이토록 고고한 연예

이토록 고고한 연예

김탁환

장편소설

북스피어

사진실 선배님을 기억하며

불쌍한 백치!
앞으로 그에게 무슨 일이 벌어질까?

도스토옙스키, 『백치』

이토록
고고한
연예

제1부 빌어먹는 자

못나고 멍청하고 가난한

언제부터 달문達文이란 이름을 들었는지 모르겠다. 하여튼 내가 아주 어릴 때부터였다. 내 또래 중에 부모로부터 그 이름을 듣지 않고 자란 이는 없다. 기억을 거슬러 올라갈수록 더 자주 끼니처럼 접했으니까. 어머니는 주로 울음통을 틀어막을 때 들이밀었다.

"뚝! 자꾸 울면 달문 데려온다!"

어머니는 달문을 데려온다고만 했지, 달문이 와서 울보인 나를 어떻게 해 버린다는 뒷이야기를 달진 않았다. 이름을 들먹이는 것으로도 충분했을까. 눈물을 통째로 삼키는 괴물이기라도 할까.

여기서 놀라운 사실은 백이면 백 나를 비롯한 어린아이들이 울음을 그쳤단 것이다. 어떻게 나는 달문이 이 세상에서 가장 못생긴 사내란 걸 알았을까. 나보다 한두 살 먼저 태어난, 그래서 달문이란 이름도 더 일찍 들은 아이들이 울음을 그쳤기 때문일까. 어른들끼리 아귀와 박쥐에 눈 넷 달린 방상시方相氏 잡귀를 물리치는 신까지 들먹이며 달문의 못난 얼굴을 안줏감으로 삼는 걸 들었던 걸까. 어쨌든 골목에 모인 대여섯 살쯤 된 아이들은 모두 달문이란 이름을 숱하게 접했고 그보다 흉측한 사내는 이 세상에 없다고 믿었다. 달문의 눈코입귀를 직접 보거나 만진 아이는 아직 없었지만.

달문의 또 다른 약점을 내 종아리에 아로새긴 이는 아버지였다. 동대문 시장 인삼 가게 주인 천송千松의 외아들인 나는 두 발로 걷기 시작하면서부터 덧셈과 뺄셈을 익혔다. 처음엔 종이나 땅바닥에 '一二三四' 이렇게 썼지만, 곧 십 단위를 넘어 백 단위와 천 단위 덧셈과 뺄셈을 암산으로 매일 풀었다. 답이 틀리거나 시간 안에 암산을 끝내지 못하면 어김없이 회초리와 함께 달문의 이름이 날아들었다.

"멍청하기가 바보 달문과 같구나. 평생 수표교 밑에서 빌어먹을래?"

수표교 거지가 달문 하나만도 아니고, 암산에 서툰 거지가 대부분일 텐데도 아버지는 달문을 꼭 집었다. 나는 어린 마음에 달문을 거지 중에서도 셈에 가장 어두운 멍청이로 간주했다. 다리 밑에서 거지로 평생 살다 죽긴 싫었기에 암산에 집중했다.

가장 못나고 제일 멍청하며 최고로 가난한 거지!

아버지의 반복된 주장을 합치자면 달문은 내가 절대로 닮아선 안 되는, 사람으로 인정해서도 안 되는 최악의 인간이었다. 거리에서 우연히 마주치더라도 경멸하며 침을 뱉고 돌아서는 것이 당연했다. 지금 돌이켜 보면, 아버지는 달문의 백 가지 삶의 태도 중 겨우 세 가지만 떼어 전부인 양 내밀었다. 어린 내가 달문이 지닌 특별한 장점들을 미루어 예측하긴 힘들었다.

다른 아이들과는 약간 다른 기억이 하나 있긴 하다. 어머니는 여섯 살 겨울에 내가 일으킨 작은 소동을 평생 되짚곤 하였다. 진눈깨비 흩날리던 그 아침에도 울음을 그치게 하려고 달문을 언급했는데, 내가 울며불며 뛰쳐나간 것이다. 해가 져도 울보인 아이는 돌아오지 않았다. 어른들이 횃불을 들고 동네를 구석구석 뒤졌다. 자시子時 오후 11시부터 다음날 오전 1시 무렵 내가 발견된 곳은 수표교 옆 골목이었다. 골목 입구에 놓인, 짱구처럼 평평한 바위에 걸터앉아 수표교를 바라보았다고 한다. 거기까지 간 이유를 묻는 어머니에게 태연하게 답했다.

"바보 달문을 만나려고요."

"만나서 뭣하게?"

"놀고 싶어요, 같이!"

"무섭지도 않니?"

"달문이 못생겼고 달문이 게으르고 달문이 멍청하고 달문이 가난하단 얘기만 수백 번 하셨잖아요? 하지만 아이들을 울렸다거나 때렸다거나 죽였단 이야긴 들어본 적 없어요. 달문이 그딴 짓을 저질렀나요?"

"나도 못 들었구나."

"그것 보세요. 바보긴 해도 살인자는 아니죠."

나는 의기양양하게 덧붙였다.

"엄만 달문에게 고마워해야 해요."

"뭘?"

"달문 덕분에 제가 울음을 그치잖아요. 열심히 암산을 하잖아요. 밥알을 흘리지 않고 깨끗이 먹잖아요. 달문이 무지무지 잘생기기라도 해 보세요. 암산에 능한 부자라고 상상해 보세요. 매일 씻고 청소도 부지런히 한다면, 아이들 울음 멎게 하고 암산 연습시키고 밥 얌전하게 먹이는 게, 수천 배 수만 배 힘들 거예요."

거기까지였다. 어머니가 나를 몰아세웠다.

"그래서? 수표교 가서 달문이랑 놀며 평생 거지로 살겠다는 게냐? 그걸 원해?"

어머니는 '평생'을 '펴어어어엉생'으로 들릴 만큼 늘였다. 그 단어의 길이에 덜컥 겁이 났다.

"미쳤어요? 그냥 구경만 하려던 거였어요. 달문과 살긴 누가 살아요? 못나고 멍청하고 가난하고 더러운 거지랑……."

세상에서 가장 어울리지 않는 이름

내 나이 열여섯 살에 수표교에서 달문을 처음 만났다. 먹구름이 사대문을 가득 덮은 초여름 저녁이었다. 서대문 시장에서 휴대용 대나무 먹물 통과 가는 붓과 종이 한 묶음을 산 후 종루 대로를 따라 동대문 방향으로 걷던 중이었다. 지필묵을 새로 마련한 것만으로도 소원을 이룬 기분이었다.

우리 집안은 동대문 시장을 끼고 3백 년을 넘게 살았다. 골목을 마주하고 아버지와 숙부의 인삼 가게가 버티는 탓에, 동대문 시장에선 내가 단추 하나만 사도 들통이 났다. 지필묵을 몰래 구하기 위해선 귀찮지만 발품을 팔 수밖에 없었다. 오늘 밤엔 이불을 펴지 않으리라. 오로지 나 자신을 위해서 이 붓에 저 먹을 듬뿍 묻혀 종이에 가득 이야기를 쓸 것이다.

당상관들의 행차가 잦아 가다 서다를 반복했다. 급한 마음에 대로를 빠져나와 개천開川 청계천 길로 내려갔다. 석 달 동안 질 좋은 인삼을 찾아 송도와 평양을 거쳐 의주까지 갔던 아버지가 돌아오는 날이 바로 오늘이었다. 가족이 모두 모여 저녁을 함께할 예정이었다. 가족이라고 해 봤자, 아버지와 어머니 그리고 외아들이자 장차 인삼 가게를 물려받을 나와 미혼인 숙부가 전부였다. 세 누이는 이미 시집을 가서 도성 밖에 살았다.

빨래하는 아낙이나 바지가 축축하게 젖는 줄도 모른 채 물놀이를 즐기는 아이들을 만나기 전, 북 장단에 얹힌 노랫가락이 귓전을 파고들었다. 소리에 민감한 귀가 이번에도 말썽이었다.

다리 위에 모인 구경꾼은 쉰 명이 넘었다. 가인歌人과 고수鼓手를 품듯이 둘러싼 꼴이 아니라, 눈덩이처럼 뭉쳐 등을 진 채 주변을 두리번거리는 중이었다. 쉰 걸음을 내려오는 동안 경쾌한 말발굽 소리를 닮은 북 장단과 수양버들 가지처럼 늘어지는 노래가 절묘하게 섞였다. 목을 길게 빼고 북 치는 고수와 노래하는 가인을 찾았지만 보이지 않았다.

구경꾼들의 고갯짓을 이끄는 사람은 따로 있었다. 그는 큼지막한 탈을 쓰고 북을 두드리면서 다리 가장자리를 절름거리며 휘저었다. 왼손에 든 철봉은 북을 칠 땐 북채고 땅을 짚을 땐 지팡이였다. 또한 그 봉을 기둥처럼 다리 위에 세우고 몸을 날려 앞으로 돌고 뒤로 돌고 옆으로 돌았다. 반보만 헛디뎌도 개천으로 곤두박질칠 만큼 위태로웠다. 웃통은 천 조각 하나 걸치지 않은 알몸이었고, 바지도 갈가리 찢겨 허벅지와 무릎과 종아리가 훤하게 드러났다. 쪽박 쓰고 손뼉 쳐 대는 아이들과 똑같은 몰골이었다. 거지 광대! 묵은 김치 같은 이름 하나가 내 가슴을 화살처럼 꿰뚫었다.

나는 서둘러 수표교로 올라가 구경꾼들 사이를 비집고 들어갔다. 텁텁한 기운이 등을 타고 뒷목까지 치밀었다. 우와아아, 하는 탄성이 이어졌다. 고개를 반복해서 돌리고 검은 동자를 쉼 없이 흔들며 움직임을 쫓았다. 광대는 예상보다 먼저 나타났고 예상보다 오래 허공에 머물렀으며 예상보다 멀리 디뎠고 예상보다 가까이 다가와선 눈을 맞췄다. 그는 다리를 절었으므로, 멋지게 공중제비를 돌고도 기우뚱거리거나 꼬꾸라지거나 나뒹굴었다. 그렇게 쓰러져도 구경꾼에겐 닿지 않았다. 아슬아슬하게 한 뼘 혹은 반 뼘 차이를 두고 쓰러졌다가, 구경꾼들의 비명과 탄식이 사라지기 전에 벌떡 일어나서 춤사위를 이었다.

광대가 쓴 흉측한 탈을 볼작시면 이러했다. 귀밑까지 찢어져 보통 사람보다 두 배는 길 뿐 아니라 사과 한 알 정도는 공중에 던져 그냥 받아 씹어 먹는 입, 짓뭉개져 입보다 더 낮은 콧등과 꿀벌이 제집인 줄 알고 들락날락거리는 동그란 콧구멍, 태어날 때부터 털 하나 없는 눈썹 아래로 쏟아질 듯 흔들리는 왕방울 눈, 늘어진 귓불이 어깨에 닿아 먼지와 비듬을 자동으로 털어 내는 코끼리 귀, 누가 광대 아니랄까 봐 쌍으로 한없이 뻗어 나와 여름엔 땀이 턱에 닿기도 전에 폭포처럼 흐르고 겨울엔 가장 먼저 얼어 터져 연지를 칠한 듯 도드라지는 광대뼈, 책을 세운 것처럼 밑면이 평평하여 어디든 붙이고 잠들기 좋은 사각 턱, 듬성듬성 뽑히다 만 잡초를 닮았으되 찔리면 송곳처럼 살갗을 파고드는 구레나룻 그리고 엉덩이를 지나 종아리에 닿을 정도로 축 늘어져 춤출 때마다 박자를 타고 출렁이는 한 가닥 총각 머리.

공중제비를 돌던 광대가 내 앞에 내려섰다. 무릎과 무릎이 닿을 만큼 가까운 거리였다. 균형을 잃고 쓰러진 그의 이마가 바닥에 붙었다. 머리가 내 두 발 사이에 낀 꼴이었다. 나는 꼼짝달싹 못 한 채 고개만 숙였다. 그때 나는 보았다. 그의 정수리에서 머릿니 십여 마리가 연이어 튀어나왔다. 그가 턱을 들며 혀를 냉큼 내밀었다. 나는 엉덩이를 빼려 했다. 그러나 오히려 광대를 구경하려는 사람들이 미는 바람에 엉덩방아를 찧고 말았다. 짜증이 입천장을 쑤셨다.

"어이쿠! 사람 치네, 이놈이!"

멱살을 쥐려 했지만 팔을 뻗을 틈도 없었다. 내 두 눈이 광대의 콧잔등에 얹힐 정도로 들러붙었다. 그 순간 나는 그의 탈에서, 이마로부터 뺨을 지나 커다란 입술을 통과하고 턱에서 발등으로 뚝뚝 흐르는 땀을 똑똑히 보았다. 내가 못나디못났다고 믿었던 탈은 거지 신선 이철괴李鐵拐의 탈이 아니라 거지 광대의 맨 얼굴이었다.

광대가 쿨럭 얕은 기침을 하자, 안팎의 악취가 한꺼번에 내 얼굴을 덮쳤다. 사람에게서 맡을 냄새가 아니었다. 쥐와 개의 오줌, 구더기와 파리로 들끓는 시궁창, 닭과 소와 돼지의 썩은 시체들만 남은 전쟁터의 어느 동네가 뒤엉켜 떠올랐다. 헛구역질이 멈추지 않았다. 불쾌했다.

악취를 내뿜은 광대의 손짓과 발짓이 차츰 느려졌다. 노래를 뚝 멈추더니, 손등으로 침을 훔치며 똥개처럼 헉헉 댔다.

"제기럴! 못 해 먹겠네, 배도 고프고! 못 해 먹겠어, 허리도 아프고! 따듯한 밥 한 주걱 고기 한 점이면, 이놈의 수표교 우르릉

쾅쾅 무너질 때까지 놀아나겠건만. 재수가 없으려니까, 도성 안에서 눈치 없는 잡것들만 죄다 모였구나. 재주 많은 이내 몸만 축나는구나. 출 만큼 췄고 지를 만큼 질렀으니 예서 그만두고 다리 밑으로 기어들어 갈거나? 코가 삐뚤어지게 잠이나 늘어지게 잘거나? 대답들 좀 해 봐. 그만둘거나?"

구경꾼들은 일제히 안 된다며 고함을 질렀다. 거지 아이들이 머리에 썼던 쪽박을 꺼내 팔을 쭉 뻗어 들이밀었다. 광대가 손뼉을 힘차게 치곤 말을 이었다.

"그럼 어디 보여들 봐! 말 한마디가 천 냥 빚을 갚는다는 거 다 헛소리지. 세 치 혀로 짓는 말은 쌀 한 톨만도 못해. 말로만 최곱니다! 멋지세요! 대단하여라! 나오는 대로 지껄이지 말고, 오늘 밤 품어 주시옵소서! 눈짓으로 애원 말고, 혓바닥과 눈알은 딱 붙들어 매고, 지극정성을 보이라고!"

"얼쑤!"

구경꾼 모두 고수처럼 소리를 받은 뒤, 곡식이며 과일이며 채소며 각종 먹거리를 박에 담기 시작했다. 날개 묶인 암탉에 돼지 머리까지 나왔다.

광대는 지쳐 노래와 춤을 중단한 것이 아니었다. 노래 값과 춤 값을 넉넉히 챙기기 위한 엄살이었다. 동냥 바가지가 그득 차면 언제 볼멘소리를 했느냐는 듯 가무를 이어 갈 것이다. 소리와 춤을 수시로 끊고 놀이 값을 거두는 것은 길 위에서 판을 벌여 입에 풀칠하는 광대들의 관례였다. 그런데 이날은 놀이 값이 풍족하게 들어오지 않았다. 처음엔 순조롭게 걷혔으나 소낙비가 쏟아지는 바람에 구경꾼들이 서둘러 자리를 뜬 것이다. 장대비가 퍼붓자 가무를 선보였던 광대도 판을 접었고 놀이 값을 거두던 거지 아이들도 비를 피해 수표교 밑으로 들어갔다.

서대문 시장에서 비싸게 산 지필묵을 품지 않았다면, 폭우가 쏟아진대도 이와 벼룩과 바퀴벌레가 마중을 나오는 거지 소굴로 피하진 않았을 것이다. 이야기를 펼쳐 나갈 종이 다발은 내게 목숨보다 소중했다.

"뭡니까?"

광대의 아귀 입이 열리자마자 시궁 냄새가 쏟아졌다. 나는 지필묵이 비에 젖을까 걱정해서 들어왔다고 사실대로 밝히는 대신 소매에서 엽전 한 꾸러미를 꺼내 들었다. 거지 광대의 튀어나온 큰 눈이 엽전꾸러미에서 출렁거렸다. 나는 고개를 돌린 채 숨을 멈추곤 말했다.

"보태고 싶어 그러네. 소리 값에다 춤 값……."

말끝을 흐렸다. 광대 옆에 웅크리고 누웠던 아이가 빈 박을 잽싸게 내밀었다.

"칠월 귀뚜라미! 이름이 뭐냐?"

가을 귀뚜라미 중 눈치 빠른 놈은 7월부터 운다던가.

"삼식입니다요."

삼식이의 박에 엽전을 넣곤 광대에게 물었다.

"절름발인 아니지?"

개천으로 내려설 때 유심히 그를 살폈다. 두 다리 모두 멀쩡했고 어깨가 기울지도 않았다. 찢긴 바지로 튀어나온, 덕지덕지 때 묻은 무릎을 손톱으로 긁어 댔다.

"판 위에선 이철굅니다. 흉내를 내는 게 아니라 제가 바로 절름발이 이철괴다 이 말입니다. 절름발이인 척하면 망칩니다. 척하지 말고, 진짜 절름발이로 걷고 뛰고 구르면서 놀아야 합니다."

"판 밖으로 나오면?"

들창코를 씨앗 돼지처럼 벌렁거렸다.

"사람입니다, 자고 먹고 싸대는."

"이름이 뭔가?"

못 들은 척 제 옆구리를 벅벅 긁어 댔다. 이와 벼룩이 동시에 떨어졌다. 사내는 벌레들을 잡을 생각도 하지 않고 미물들이 달아나는 것을 내려다보기만 했다. 그러다가 고개를 들어 수표교에서 주룩주룩 떨어지는 물줄기를 눈으로 훑으며 답했다.

"이름 따윈, 거추장스럽습니다."

꼴에 광대라고 스스로 밝히긴 싫단 건가. 물어물어 알아볼 순 있지만 귀찮았다.

"그래도 이름은 있을 거 아닌가?"

빗물에 손등을 대었다가 뒤집어 손바닥으로 훔쳐선 마른 입술로 가져갔다. 목울대가 서너 번 꿈틀거렸다.

"꼭, 이름이 필요합니까? 이름과 이름으로 만나는 대신 사람과 사람으로 만나면 안 되는 겁니까? 이름부터 정하면 그 짧고 작은 구멍으로 빨려 들어가 버려요. 새끼 사슴 꿀꺽 삼킨 구렁이처럼! 끔찍합니다."

"이름을 모르면 어떻게 자넬 기억해?"

검지로 제 얼굴과 가슴과 사타구니 가운데를 가리켰다.

"사람! 사람으로 기억하면 되죠. 요렇게 생겼고 조런 목소리를 지녔고 고렇게 곤두놀이주로 광대가 땅에서 뛰거나 넘으며 펼치는 재주를 섞어 춤췄고 다리 밑에서 빗소리 들으며 여름을 함께 깔고 앉았던 사람! 그걸로 족합니다. 뭘 또 이름까지 기억합니까?"

뜻밖의 주장이었다. 초면에 통성명은 기본이 아닌가. 대여섯 살 아이들끼리 만나도 제 이름과 형제들 이름에 아버지와 할아버지 이름, 그것도 모자라면 하인들 이름과 집에서 기르는 개와 소 이름까지 들먹인다.

"지금까지 다 그런 식으로 사람만 기억해 왔다고?"

고개를 끄덕였다.

"잠들기 전에 떠올립니다. 이런 날엔 별도 달도 보이질 않거든요. 오늘은 이런 사람과 만났구나. 그 사람 걸음걸이와 표정과 말투를 흉내 내죠. 사람이란 게 얼마나 다양한 줄 아십니까? 석 달 열흘 소개해도 안 끝납니다. 신기하지 않아요, 이 세상에 나랑 똑같은 사람이 단 한 사람도 없다는 게? 쌍둥이도 제각각입지요. 처음엔 전부 다르게 태어나서 그런가 보다 했는데, 아니었습니다. 아주아주 비슷하게 태어나도 만나는 사람이 누구냐에 따라 확 달라져요. 그렇지 않습니까? 누굴 만나느냐에 따라 하루하루가 저마다 딴판입죠."

알 듯 말 듯 한 설명을 지루하게 듣고 싶지 않아 짧게 받아쳤다.

"오늘은 나를 떠올리겠군."

그가 고개를 끄덕였다. 이름 따윈 필요 없다고 떠드는 이 광대의 이름이 풍문으로 오랫동안 들어 온 이름과 일치하는지 확인하고 싶었다.

"난 이름도 모르는 사람을 사람으로만 기억하는 게 익숙하질 않으니 오늘만 알려 줘. 다음부턴 이름 따윈 묻지 않을게."

그게 뭐 어렵냐는 듯 선선히 답했다.

"달문達文, 남들은 저를 그렇게 부릅니다."

역시 달문이었다.

나는 나무작대기를 집어 흙바닥에 '달문'이라고 썼다. 그가 유심히 두 글자를 내려다봤다. 나는 작대기를 내밀었다. 그가 넘겨받은 작대기로 삐뚤삐뚤 '달문'이라 따라 적었다.

"이게 '달문'이군요. 덕분에 제 이름을 쓸 수 있게 되었네요. 지금까진 이름을 듣기만 했지 직접 보고 따라 쓴 적은 없었습니다."

땅바닥에 두 번 적힌 이름을 내려다보며 물었다.

"달문이란 이름, 맘에 들어?"

"다른 이름들보단 낫습니다. 이래 봬도 이름이 꽤 많았습니다. 조금만 친해지면 이름을 붙여 주겠다고 개천만큼 줄을 서더라고요. 백 개쯤 되었나. 지금 생각나는 건 두 개뿐이에요. 맘에 들었거든요.”

“그 두 개가 뭔데?”

“하나는 달문, 하나는 광문廣文.”

두 이름을 입안에서 소리 없이 굴렸다. 문문. 다리 밑엔 들어오는 문도 나가는 문도 없었다.

“왜 그게 맘에 들어?”

윗입술까지 흐른 누런 코를 들숨으로 빨아 당긴 후 답했다.

“까막눈인 저랑 완전히 안 어울리니까요. 광문은 넓을 광에 글월 문이고, 달문…… 저게 그러니까, 통달할 달에 글월 문이라면서요? 저는 글이 넓거나 글에 통달한 사람이 절대로 아니니까, 그렇게 불려도 웃기기만 했죠. 지금도 이름이 그게 뭐냐며 사람들이 가끔 손가락질해요. 비웃음을 사는 이름이 맘에 든 적 없어요? 내버려 뒀더니 광문보다는 달문이라 부르는 사람이 더 많아졌습니다.”

그 사람 됨됨이와 어울리지 않기 때문에 알맞은 이름도 있는가. 나는 슬쩍 알은체를 했다.

“글월 문, 그게 꼭 글을 가리키는 건 아냐. 세상 이치가 문文에 담겼으니, 달문은 세상 이치에 통달하단 뜻도 돼.”

왕방울 눈을 흔들며 답했다.

“그 말씀 들으니 더더욱 맘에 듭니다. 저처럼 빌어먹고 사는 천하디천한 거지에게 세상 이치에 통달하단 이름이 가당키나 합니까요?”

"나이는?"

"잊었습니다."

이마와 뺨에 주름이 자글자글했다. 청춘이 벌써 지나간 얼굴이었다. 이 못생긴 거지에게도 빛나던 시절, 빌어먹지 않고 누군가와 마주 앉아 희망과 별과 꽃 따위를 이야기하던 나날이 있었을까. 태어났을 때부터 더럽고 꼬질꼬질하고 추했을 것만 같았다. 나이 따윈 상관없이.

"잊어?"

손가락을 펴 하나씩 접었다.

"열 살까진 셌는데, 그 뒤론 어렵더라고요."

마지막 남은 새끼손가락으로 제 귀를 팠다. 내가 걸음마를 시작할 때부터 이름이 오르내렸으니, 서른 살을 훌쩍 넘어 마흔 살에 가까울 것이다. 마흔 살에도 거지면 평생 거지 신세를 면하긴 어렵다.

"그래도 나이를 밝혀야 할 때가 있지 않아?"

엉뚱하게 되물었다.

"박문수朴文秀 대감을 혹시 아십니까?"

"이름이야 알지. 뵌 적은 없지만……."

"나라님 앞에서도 할 말은 딱 부러지게 한다는 그 어른과 밥 한 끼 먹을 기회가 있었습니다. 그때 공자님 말씀을 귀동냥했습죠. 열다섯 살은 어떻고 서른 살은 어떻고 마흔 살은 어떻고 쉰 살은 어떻고 이딴 식으로 칠십 살까지 가더군요. 딴 건 다 잊었는데,

마지막 말씀은 대충 기억합니다. 칠십 살엔 내 맘대로 해도 도리에 어긋나지 않는다고. 맞습니까?"

"맞네만……."

이제 공자까지 논하려 들었다. 건방지고 건방졌다.

"그게 참 요상하게 들리더군요. 지금 맘대로 해도 도리에 어긋나지 않는데, 칠십 살까지 기다릴 이유가 뭐랍니까? 도대체 나이가 무슨 상관이란 건지……."

달문은 거기까지 말하곤 아랫입술을 혀로 쓱쓱 핥으며 커다란 눈을 끔벅거렸다. 이제 내 차례인 것이다. 당신 이름은 무엇입니까, 라고는 영영 묻지 않을 듯했다. 이름보다 사람 됨됨이를 기억하는 달문이니까. 그래도 나는 이름을 가리는 것보단 이름에서부터 시작하는 것이 편했다.

"모독冒瀆이라고 불러."

모독! 달문이 두 글자를 아귀 입에 넣곤 굴리며 씹다가 꿀꺽 삼켰다. 갑자기 킬킬거렸다. 나는 기분이 상했다.

"욕심이 많은 겁니까, 상처가 많은 겁니까?"

초면에 욕심이든 상처든 아니면 또 다른 무엇이든 왈가왈부하기 싫었다.

"멋대로 생각해."

달문이 질문을 앞세워 더 밀고 들어왔다.

"다리 밑까진 왜 따라온 겁니까?"

"……말했잖아? 구경한 값을 내려고 왔어."

달문은 쉽게 받아들이지 않았다.

"설마 춤판을 처음 구경한 건 아니죠? 판을 깔았는데 비나 눈이 쏟아지면 광대는 판을 걷고 구경꾼은 제 갈 길을 갑니다. 판을 마치지도 못했는데, 소리 값 춤 값이 뭡니까? 저 그렇게 얼굴 두꺼운 짐승 아닙니다. 왜 따라왔습니까?"

관행을 깨고 호의를 베푸는 이유를 따지는 것이다. 솔직하게 답했다.

"처음엔 탈을 쓴 줄 알았지. 북 장단도 고수가 따로 친다 여겼고. 탈도 고수도 없이 광대가 혼자 노는 건 처음 봤어."

달문이 내 눈을 한참 들여다보더니 답했다.

"거지 팔자에 고수를 따로 두는 건 개 풀 뜯어 먹는 소립니다. 탈 만들 돈도 없고, 그딴 걸 쓰면 노래할 때 걸리적거리기만 합니다. 탈을 닮은 얼굴이 된 건, 이야기하자면 긴데…… 누가 제 입을 좀 찢었습니다. 코도 짓이기고."

달문은 아무렇지도 않게 털어놓았지만, 나로선 상상조차 어려운 고백이었다.

"아팠겠군……."

달문이 심드렁하게 답했다.

"아프지 그럼 안 아픕니까! 퉁퉁 부은 입과 코가 가라앉고 피딱지가 다 떨어질 때까지 열흘을 쫄쫄 굶었고, 반년이나 춤을 쉬었습니다. 처음엔 입도 내 입이 아니고 코도 내 코가 아니더라고요. 내 입으로 밥 먹고 내 코로 숨 쉬는 걸 고마워하게 됐습죠."

어둠이 개천을 따라 깔리면서 벼락까지 쳤다. 빗방울은 줄어들지 않았다. 아버지를 중심으로 어머니와 숙부는 벌써 저녁상에 둘러앉았을 것이다. 약속을 지키는 것, 특히 시간을 어기지 않는 것은 장사꾼이 지켜야 할 첫 번째 원칙이었다. 나로선 가장 지키기 힘든 원칙이기도 했다. 작년 가을 탑골에서 전기수傳奇叟가 들려주는 소설에 빠지는 바람에 약속에 늦었다. 소리에 민감한 귀가 그때도 말썽이었다. 좋은 소리를 만나면, 타령이든 소설이든 가리지 않고 멈춰 서서 끝까지 들어야 직성이 풀렸다. 정오까지 가게에 도착해야 했는데, 해가 저문 후에야 닿았던 것이다. 걸음마하면서 배운 짓이 장사니 시장에 붙어 그럭저럭 살아가긴 할 것이다. 그러나 정말 가슴 뛰는 일이 있다고 아버지에게 털어놓진 못했다.

"모독이라니, 그딴 이름으로 뭘 하며 삽니까?"

"아직은 모독으로 뭘 한 적 없어."

모독은 새 일을 시작할 때 쓰려고 아껴 둔 이름이었다. 가게나 집에선 다른 이름으로 불렸다. 아버지가 지어 준 이름을 내가 시작할 작업에선 쓰지 않으리라 결심했었다.

"이름이 모독이라면서요? 당신 말고 모독이 또 있습니까?"

"없어. 모독이란 이름을 누가 쓰겠어? 오로지 나만 모독이지."

"그럼 모독으로 사는 걸 방해하는 사람이라도?"

시시콜콜 답하기 싫었다. 그것보단 오늘 만남을 우연이 아닌 필연으로 만들고 싶었다. 팔을 올려 머리 위 그러니까 수표교를 가리키며 말했다.

"보자마자 알아차렸어. 달문이라고. 달문 외엔 수표교에서 이딴 춤과 노래를 뽐낼 거지는 없다고."

쏟아질 듯 눈에 힘을 잔뜩 주고 물었다.

"가만 있자…… 우리가 전에 만났던가요? 아무리 기억을 뒤집어 봐도 모독이란 이름과 그 이름에 어울리는 얼굴은 오늘 처음 봅니다."

"만난 적은 없지만, 달문 당신에 대한 얘긴 신물 나게 들었지. 울 때마다 못생긴 달문이 온다 했고, 암산을 틀릴 때마다 멍청한 달문이 온다 했고, 밥알을 흘릴 때마다 더러운 달문이 온다고 했으니까."

달문이 콧김을 내뿜었다. 하도 많이 듣는 이야기라 말을 보태고 싶지도 않은 얼굴이었다. 나는 이야기를 이었다.

"골목 친구들이 생긴 후부턴 부모님이 들려주지 않은 얘기도 들었어. 산대놀이와 수많은 기예에 두루 능한 이가 달문이라고. 철괴무의 일인자!"

"비슷합니까?"

달문이 강에 물수제비를 놓듯 물었다. 맥락을 짚지 못한 내가 되물었다.

"뭐가?"

"거지로 지내는 건 맞고, 멍청한가 똑똑한가는 춤과 노래로 알기 어려우니 천천히 따져 보기로 하고, 상상한 만큼 그렇게 제가 못생겼습니까? 상상한 괴물이랑 비슷하냐 이 말입니다."

"……더 못생겼어, 훨씬!"

사람 얼굴이 이토록 추하리라고 누가 감히 상상하겠는가. 달문이 돼지 목살처럼 두툼한 입술을 부르르 떨며 웃기 시작했다. 양발을 흔들고 엉덩이를 들썩이더니 덩실덩실 어깨를 놀렸다. 내 대답을 메아리처럼 따라 했다.

"더 못생겼어, 더 못생겼지. 암요, 더 더 훨씬 못생기고말고."

허리를 접고 다리 밑을 돌아다니며 춤까지 췄다. 빗소리가 줄어들었다.

"더 못생겼지요. 이렇게 생기긴 참으로 어렵습니다. 개천에 얼굴을 비춰보다가 저도 깜짝 놀란답니다. 혼자 묻곤 해요. 이렇게 생긴 너도 사람이냐? 그럭저럭 봐줄 만하다고 답했으면, 이야길 이쯤에서 끝내려 했습니다. 피차 시간 낭비할 필요 없으니까요."

"시간 낭비라!"

"간 쓸개 내장 다 드러내 놓아야 이야기할 맛이 나는 법입니다. 가리고 감추면 쓴맛도 단맛도 네 맛도 내 맛도 아닌 어정쩡한 맛에 머물지요. 백 날 천 날 씹어도 소용없습니다. 모독! 그 이름으로 아직은 아무것도 시작하지 않았다고 했죠? 모독이란 이름을 걸고 이제 시작하고 싶단 소리로도 들리는군요. 뭡니까 그게?"

호기심이 넘치는 거지였다. 타인의 가슴에 깊이 숨겨 둔 보석을 꺼내게 하는 재주가 있었다.

"매설가賣說家!"

"매설가?"

"소설 짓는 꾼. 이야기 써서 먹고사는 사람."

달문이 받아들이기 어려운 듯 고개를 서너 번 젓더니 물었다.

"그걸로 밥벌이가 됩니까? 사람이라면 이야긴 누구나 만들지 않습니까?"

"노래는 누구나 부를 수 있지, 벙어리만 아니라면?"

"당연하죠."

"춤은 누구나 출 수 있지, 앉은뱅이만 아니라면?"

"당연합니다."

"하지만 자네가 수표교에 판을 깔고 노래하며 춤출 땐 구경꾼들이 몰려와 즐기고 노래 값 춤 값을 수북하게 내잖나?"

"그거야, 누구나 노래도 하고 춤도 추지만, 저처럼 노래를 잘하고 춤까지 잘 추는 광대는 드무니까, 구경하는 값을 내는 겁니다. 오늘처럼 비가 쏟아지면 그마저도 제대로 걷지 못하지만."

"매설가도 마찬가질세. 사람이라면 누구나 이야길 짓지. 또 그 이야길 듣거나 읽고. 하지만……."

달문이 말허리를 잘랐다.

"아하! 아무나 매설가 모독만큼 잘 짓진 못한다? 이야기로 먹고살려면, 이야기를 엄청나게 잘 지어야 하겠군요. 저랑 어깨동무할 만큼. 하기야 저도 아주 어려서부터 판에서 놀며 돈을 벌었습죠. 무동舞童이었습니다. 어른 광대 어깨를 밟고 서선 춤도 추고 노래도 불렀습니다. 이야기 팔아 배를 채운 적 있습니까?"

정곡을 찔렀다. 내가 가장 안타깝게 여기는 대목을 아무렇지도 않게 쇠망치로 내리치다니.

"아직은! 연습중이지. 이야기를 쓰고 있으면 심장이 요동치네."

달문이 손바닥으로 제 가슴을 둥글둥글 쓸면서 내 눈을 들여다보며 콧바람을 뿜었다.

"어허, 고약한 바람이 들었군요. 딴 사람은 몰라도 저는 그게 뭔지 압니다. 구걸만 다녀도 한세상 그럭저럭 꾸릴 텐데, 악착같이 철괴무를 배우고 곤두놀이와 줄타기와 재담과 소리를 익혔습니다. 잘 먹고 잘살려고 이러는 거라며 핑계를 댔지만, 당신도 방금 더 나은 이야길 지어서 먹고살려는 거라고 했지만, 이 기기묘묘한 바람은 먹고사는 것 이상이지요. 당신은 소설을 쓰지 않아도 먹고살 길이 널렸을 겁니다. 그렇지만 당신은 소설이 쓰고 싶은 겁니다. 그건 특별한 사람한테만, 저와 당신 같은 이상한 사람한테만 불어 대는 바람입니다. 지금은 태풍처럼 휘몰아치겠지요. 혹시 그 바람이 잦아들다가 멈추면 언제든 부모님이 원하는 길을 가도록 하세요. 바람이 점점 더 세게 불어 지랄발광을 해 대면, 그땐 아무도 못 말립니다. 당신을 할퀴고 두들겨 패고 가두고 비웃을지도 모릅니다. 가장 가까운 사람들이 대부분 그 짓을 해 대죠. 끔찍한 날들을 앞당길 필욘 없어요. 당신을 뒤흔드는 바람이 힘들면 언제든 저를 찾아와도 좋습니다. 그렇다고 제가 당신을 도울 묘수를 가진 건 아닙니다. 그냥 당신의 이야기를 듣겠습니다. 재담이란 게 죄다 이야기니 당신이 짓는 소설에 대해서도 할 말이 없진 않을 겁니다. 얼마나 당신 이야기가 나아졌는지, 그 바람이 심해졌는지 듣겠습니다. 저는 까막눈이니 소설을 읽지는 못합니다. 하지만 두 귀는 팔랑팔랑 아직 쓸 만합니다. 그러니 와서 들려주십쇼. 모독으로 살아가는 당신 이야기도 함께."

단숨에 내가 처한 어려움과 해결책 그리고 그가 도울 방법까지 읊어 댔다. 이렇듯 조리 있게 할 말 다 하는 거지를 달문 이전에도 달문 이후에도 만난 적이 없었다. 길고 긴 이야깃주머니에 매달린 방울처럼 짧게 물었다.

"초면인데, 나한테 왜 이리 잘해 주는 건가?"

달문은 즉답을 않고 내 얼굴을 쳐다봤다. 방금 받은 질문을 이해하기 어렵다는 듯이. 늘 이렇게 사람을 사귀기 시작한다는 듯이.

매설가와 재담꾼

달문을 찾아가지 않았다.

눈치챘겠지만, 나는 초면에 누군가를 믿어 버리는 사람이 아니다. 어려서부터 줄곧 상상한 것처럼 마냥 더럽고 추하진 않았지만, 광대로서 춤과 노래와 재담에 놀라운 재주가 분명히 있었지만, 부담스럽고 불쾌한 기분은 사라지지 않았다. 달문이 예의를 갖추기 위한 최소한의 거리를 유지하지 않았던 탓이다. 춤을 출 때도 엇박자로 쓰러져 지나치게 가까이 다가섰고, 이야기를 나눌 때도 썩어 누런 이와 함께 속을 다 드러내 보였다. 악취와 어색함이 뒤섞였다고나 할까. 끝까지 간격을 두려고 애쓴 내가 오히려 죄책감이 들 정도였다.

무엇보다도 가게 일이 바빴다. 열다섯 살까진 새벽에 가게 문을 열고 깊은 밤 그 문을 닫을 때까지 상품을 진열하고 손님을 맞았다. 부지런한 점원의 나날이었다. 열여섯 살이 되자 아버지는 골목 끝에 가게 하나를 더 지어 내게 맡겼다. 상품 구입에서부터 결산까지 모든 업무를 책임지라는 것이다. 해송海松 숙부와 함께 처음에 딱 한 번 송도를 다녀왔다. 그다음부턴 나 혼자 가서 삼蔘을 구매해야 했다. 아버지와 반백 년 가까이 거래를 튼 이들이라 함부로 값을 후려치진 않았다. 그렇지만 아버지와 숙부에게 허락하는 금액보다 확실히 비싼 값을 불렀다. 손님들 역시 나를 앞에 세워 두고도 아버지나 숙부를 찾았다. 그런 질문 자체가 내 자존심을 긁었다. 이 가게는 내 가게라고 밝히면, 다음에 다시 오겠노라고 발걸음을 돌렸다. 눈에 띄게 매상이 줄었다.

더 일찍 가고 더 늦게까지 머물며 손님을 기다렸다. 이익을 내야 한다는 부담이 잠을 빼앗아 갔다. 숙부는 느릿느릿 황소걸음으로 가라고, 시간이 많은 부분을 해결해 줄 것이라며 위로했지만, 손님들에게 믿음을 주기 전에 가게 문을 영영 닫을 수도 있었다. 저녁밥도 먹지 않고 더 나은 상술을 고민하다 보면 어느새 자시였다. 뒤늦게 그날 매상을 계산하고 나선 또 한참을 한숨과 함께 보냈다. 그래도, 그러니까 더더욱 잠자리에 곧장 들지 않고 앉은뱅이책상에 붙어 앉아 소설을 썼다. 돈 계산이 필요 없는 상상을 펴는 것만으로도 가라앉았던 기분이 나아졌다. 때때로 신바람까지 났다. 졸음이 쏟아져 붓을 떨어뜨릴 때까지 이야기를 만들다가 잠들었다. 그렇게 지은 습작들은 다음 날 아침 나만 읽고 대부분 찢어 없앴다. 하루 종일 가게에서 장사를 하느라 피곤에 찌든 채 졸음을 쫓아 가며 쓴 소설이 깔끔하고 힘찰 리 없었다. 서툰 반복으로 시간만 흘러갔다.

대광통교大廣通橋 쥐 영감 세책방엔 신작이 끊이질 않았다. 어떤 날은 열 권 어떤 날은 백 권을 한꺼번에 빌려 쌓아 두고 읽었다. 한두 달에 한 편씩 신작을 쏟아 내는 작가들이 눈에 띄었다. 저마다 장점과 약점이 있었지만, 줄기차게 소설을 쓰는 것 자체가 부러웠다. 충분한 시간이 확보되지 않고는 불가능한 양이었다. 잠자는 때를 제외하곤 오로지 소설에만 매달렸으리라 짐작되는 이도 서너 명이었다. 불안했다. 일상의 대부분을 장사꾼으로 사는 나로선 그와 같은 집중이 불가능했다. 사람은 자신에겐 허락되지 않는 나날을 꾸려 가는 누군가를 부러워하는 짐승이다.

경상도 동래에 출장을 다녀온 숙부가 나를 불러 앉혔다.

"삼이라도 달여 먹어야겠네. 얼굴이 폭삭 상했어."

"불면증 때문입니다. 곧 낫겠죠."

"매상이 나쁘진 않더구나. 다섯 달 계속 떨어졌는데 이번 달은 그럭저럭 현상 유지는 되겠어."

"아버지 가게와 숙부 가게는 30년 꼬박 매상이 올랐다 들었습니다. 부끄럽습니다."

"형님은 장사에 전부를 걸라 말씀하시지만 난 생각이 달라. 사람이 어떻게 평생 한 가지 일에만 몰두하겠나? 가업을 이으면서, 네가 원하는 것 한두 개 정돈 넣어도 무방하단다. 매일 손님만 대하고 장사꾼들끼리만 어울려선 곤란해. 우리랑 전혀 다른 사람도 만나 봐야 해. 같이 마시고 걷고 자면서 받아들일 건 받아들이고 내칠 건 내쳐. 하고 싶은 일을 못 하면 병이 나는 법이지."

조심스럽게 물었다.

"숙부도 그러셨어요?"

그는 돈이 생기면 유난히 그림을 즐겨 사 모았다. 특히 청나라에서 들어오는 산수화의 진가眞假를 감정하고 꾸준히 구입하는 큰

손이었다. 비유에 그치는 것이 아니라, 숙부의 손은 곰 발바닥처럼 넓고 두꺼웠으며 손가락은 갈퀴처럼 길었다. 가게에 비치한 송도 삼과 다른 지역 삼의 크기와 모양의 차이를 설명한 그림 모음집도 숙부 솜씨였다.

"그랬지. 그림만 그리다가 죽겠단 생각이 들 때도 있었지만, 그건 어디까지나 한때란다. 내겐 겸재謙齋 정선의 호 선생이나 현재玄齋 심사정의 호와 같은 재능이 없으니, 보고 즐기는 것으로 만족해. 너도 세책방을 오가되, 당분간 형님께 들키지 않도록 조심해. 네 나이에 모든 걸 걸거나 혹은 모든 걸 잃는 건 무모하고 가혹한 일이니까. 요령껏 즐기며 살아. 그 또한 장사꾼의 삶이란다."

"그래도 제 실력이 어느 정도인지는 확인하고 싶습니다."

"그 맘 알아. 나도 그랬으니까. 하나 평생 가까이 두고 즐기며 사는 게 나을 수도 있어. 밥벌이는 그 일이 무엇이듯 옥죄는 구석이 있기 마련이야. 내 실력이 현재보다 훨씬 못하다는 건 인정해. 하지만 현재보다 그림을 더 즐기며 살아간다고 자부해. 소설이 좋다면 소설을 즐겨. 밥벌이 수단으로 삼진 말고. 돈은 다른 곳에서 벌면서 느긋하게 쓰고 읽으면 돼."

숙부의 충고를 반대 방향으로 받아들였다. 소설에 매진한다는 핑계로 장사를 접지 말란 것이 숙부의 뜻이었다. 나는 그것을 아버지처럼 장사에 전부를 걸지 않아도 된다는 식으로 해석했다. 마음을 살짝 바꿔 먹으니 하루하루가 한결 편했다. 매상에 대한 집착에서 벗어나는 만큼 시간에 쫓기지 않게 되었다.

"오랜만입니다."

저물 무렵, 세책방 가는 길이었다. 대묘동을 막 지날 때 등 뒤에서 인사말이 들렸다. 돌아서기 전에 누군지 짐작이 갔다. 사타구니와 겨드랑이의 악취가 코로 밀려든 것이다. 나는 돌아서선 억지 미소를 지었다.

"잘 지냈는가?"

"이야기에 굶주렸습죠. 기다렸습니다."

달문은 또 먼저 마음을 열었다. 나는 미안한 표정을 짓기 싫었다. 일찍이 아버지는 강조했다. 장사꾼은 속마음을 드러내지 않는 법이라고. 손익에 일희일비하지 않고 무심한 듯 임하라고. 그리해야 더 얻고 덜 잃는다고. 사람들도 어느 정도는 속을 감추며 살지만, 장사꾼은 적어도 열 배는 더 철저해야 한다고. 그런데 달문은 겉과 다른 속이 아예 없는 사람처럼 굴었다. 이야기에 굶주렸다고? 못 보는 사이 부쩍 야위긴 했다.

"지금은 선약이 있어서 급히 가 봐야 해. 다음에 봐."

세책방엔 오늘이 아니라도 갈 수 있었다. 장사꾼의 입에서 다음에 보자는 말이 나오면, 그것은 되도록 보지 않겠다는 뜻을 에둘러 밝히는 것이다. 달문이 머리를 긁적이며 물었다.

"오늘은 어렵습니까? 약속 마칠 때까지 기다리겠습니다."

"그게…… 아무래도……."

어렵겠다고 하려는데, 머리와 어깨에 동시에 빗방울이 떨어졌다. 달문과 나는 고개를 들고 흐린 하늘을 우러렀다. 빗방울이 이번에는 이마와 콧잔등을 적셨다. 올해는 유난히 비가 잦았다. 나는 여기서 세책방까지 거리를 잠시 머릿속으로 가늠했다. 쉬지 않고 달려도 옷과 신발이 흠뻑 젖을 것이다. 까다로운 쥐 영감은 서책이 훼손된다며 비를 맞은 사람이나 술에 취한 사람은 손님으로 들이질 않았다. 세책방으로 가도 책을 빌리긴 어려울 것이다. 달문은 내 대답을 기다리며 큰 눈을 동그랗게 떴다. 내가 무슨 이야기를 하더라도 순순히 받아들일, 강아지처럼 슬프고 맑은 눈이었다. 뒤돌아서서 동대문 시장으로 향하더라도 비에 젖는 것은 마찬가지였다. 차라리 오늘 딱 한 번 그의 청을 받아들이고 정리하자는 쪽으로 마음이 움직였다.

"비부터 피하시죠?"

달문이 앞장을 섰다. 또 수표교 아래로 들어가려는 것이다. 나는 곧장 뒤따르지 않고 비를 피할 근처 집들을 떠올려 보았다. 몇몇 단골들 얼굴이 스쳤다. 나 혼자면 그 집 처마 밑이라도 얻겠지만 달문이라는 혹을 달곤 곤란했다. 날이 눅눅해지고 비나 눈이 내리는 날엔 악취가 멀리까지 더 오래 깔렸다. 결국 그를 따라 걸었다.

다리 밑엔 구걸을 마치고 돌아온 거지들로 시끄러웠다. 나는 그들이 보건 말건 종이를 뭉쳐 콧구멍 둘을 꽉 틀어막았다. 입으로만 숨을 쉬며 견딜 작정을 한 것이다. 아무리 완벽하게 코를 막더라도 악취가 스며든다는 사실을 그 저녁 처음 알았다.

거지들 몰골은 하나같이 비슷했다. 누더기 속으로 벌레들이 숨바꼭질을 하듯 돌아다녔고, 얼굴부터 발가락까지 땟국물이 흘렀으며, 시커멓게 썩은 이에선 누런 가래침이 튀었고, 머리카락과 수염과 겨드랑이 털은 뻣뻣하게 제멋대로 기운을 뻗쳤다. 개천을 끼고 살면서도 평생 씻지 않았다. 세수나 목욕을 하면 비루한 인생의 비밀이 드러나기라도 하는 것처럼, 그들은 한사코 물을 피해 다녔다.

달문은 수표교 거지 패 왕초였다. 왕초는 구걸하지 않을 뿐만 아니라 거지 패가 먹고 입고 자는 것을 모두 결정했다. 왕초에게 절내복종하는 것이 거지 패의 법이었다. 왕초들은 마음에 들지 않는 거지를 두들겨 패거나 내쫓거나 심한 경우 죽이기까지 했다. 왕초치고 빼빼 마른 놈은 없었다. 거지들이 구걸해 온 음식 중에서 절반을 먹든 전부를 먹든 왕초 마음대로였던 것이다. 멀리서 거지들을 대충 보더라도 왕초는 곧 눈에 띄었다. 퉁퉁한 배를 내밀며 느릿느릿 오가는 걸음걸이가 정승 판서보다 못하지 않았다. 그러나 달문은 몸에 살점이라곤 없는 홀쭉이였다. 관절마다 튀어나온 뼈들이 살갗을 뚫을 기세였다.

거지들은 달문 곁에 앉은 나를 보고도 놀라거나 경계하지 않았다. 모르긴 해도, 이런 식으로 달문을 찾아오는 불청객이 많은 듯했다. 달문이 주먹을 쥐곤 커다란 제 입에 넣었다가 뺐다. 좌중이 조용해졌다. 수표교 거지 패에게만 통하는, 논의를 시작한다는 약속된 손짓이었다. 거지들이 각자 구걸해 온 음식들을 달문 앞에 가지런히 놓았다.

"자, 그럼 오늘은 누구부터 시작할까?"

앞줄에 앉은 외팔이가 하나뿐인 오른팔을 들었다. 늘어뜨린 머리는 절반 넘게 하얘졌고 양 볼엔 검버섯이 잔뜩 피었다. 달문의 시선이 그에게 향했다.

"난 쉰밥 반 덩이밖에 못 구했소. 한데 닷새 전부터 온몸이 쑤시고 열도 나니 두 덩이는 먹어야겠소."

달문이 다른 거지들을 쳐다보며 물었다.

"외팔이에게 밥 두 덩일 줘도 되겠나?"

제일 뒷줄에 선 꺽다리가 반대 의견을 냈다.

"닷새 전부터 아팠다는데, 어젯밤에도 외팔이는 서대문 시장에 가서 놀다 왔수. 멀쩡해요. 반 덩이면 족합니다."

외팔이가 고개를 돌려 꺽다리를 째렸다.

"논 게 아니라 썩은 김치를 버린다기에 받으러 다녀온 거요. 짝코랑 같이 갔수."

달문이 중간쯤 앉은 짝코를 찾았다. 짝코가 콧등을 긁으며 일어섰다.

"맞소. 외팔이 형님은 계속 아팠수. 내가 아는 가게에서 기별을 해와 형님이랑 네댓 명이서 다녀온 게요. 쉬라고 말렸지만 한 명이라도 더 가야 고생을 덜 한다고 그랬습니다."

여기저기서 짝코와 함께 다녀온 거지들이 "나도 갔었소." "나두!" 하며 말했다. 달문이 꺽다리에게 다시 물었다.

"외팔이에게 식은 밥을 얼마나 줄까?"

꺽다리가 이마와 두 뺨에 주름을 잔뜩 잡으며 마지못해 답했다.

"두 덩이 주쇼."

"두 덩이! 반대하는 사람?"

아무도 손을 들지 않았다. 달문이 턱짓을 하자, 외팔이가 제 바가지에 식은 밥을 한 덩이 반 더 얹곤 품에 안고 물러났다.

그 저녁 내내 달문은 이런 식으로 정리해 나갔다. 거지 한 명 한 명마다 먹고 싶은 양과 그 이유를 들었고, 그에 대한 다른 거지들의 의견을 경청했다. 한두 번으로 끝나는 경우는 극히 적었고 대부분은 대여섯 명의 거지들이 의견을 냈으며, 열 명을 넘어가는 경우도 있었다. 자기가 구걸한 양보다 적게 먹겠다는 거지는 단 한 명도 없었고, 대부분 주린 배를 충분히 채우기 위해 욕심을 부렸다. 그때마다 달문은 거지들이 모두 인정하는 결론에 도달할 때까지 의논하고 또 의논했다.

그사이 밤이 찾아들었다. 지루한 듯 거지들은 하품을 해 댔다. 그러나 먼저 음식을 받은 거지 중 바가지에 코를 박는 이는 없었다. 이윽고 마지막 거지까지 결정이 되자 달문이 일어섰다. 거지들 시선이 그에게 향했다. 달문이 환하게 웃으며 주먹을 다시 제 입으로 넣었다. 그 순간 거지들이 일제히 바가지에 손을 넣어 식은 밥과 반찬들을 집어 먹기 시작했다.

달문이 내 곁을 지나쳐 수표교를 나섰다. 비는 어느새 그쳤다. 나는 야윈 어깨와 좁은 등을 지닌 달문을 뒤따르며, 이 사내만의 독특한 분배 방식을 생각했다. 쌀이든 돈이든, 우리는 매일매일 가진 것을 나누며 살아간다. 무엇을 기준으로 어떻게 나누느냐는 문제는 인간이 거듭 고민해 온 것이기도 하다. 오늘 달문이 보여 준 분배 방식은 이 나라에서 예절이나 법률로 정한 것과도 달랐다. 특히 장사꾼은 오로지 이익을 위해 한 푼이라도 자신에게 이익이 남도록 그 방식을 정하려 든다.

내 손익을 따지지도 않고 오로지 타인의 처지만 살펴 더 주거나 덜 준다면, 어느 누가 순순히 받아들이겠는가. 오늘 잠깐 구경한 자리에서도 더 갖고 싶어 도끼눈을 뜨거나 얼굴을 찌푸린 거지가 여럿이었다. 달문이 끈질기게 설득을 이어 갔지만, 그래서 함께 모인 다리 밑에선 더 필요한 거지가 더 갖는 것을 인정했지만, 각자의 원망이나 불만까지 사라지진 않았으리라. 흔한 세상의 방식, 힘이 세고 부자인 사람이 약하고 가난한 사람보다 훨씬 유리하게 더 갖는 방식을 달문은 왜 취하지 않을까. 적어도 수표교 거지 패에서 달문은 절대 강자인 왕초이지 않은가.

탑골로 접어들었다. 어둠 속에서도 백탑은 은은하게 하얀빛을 퍼뜨렸다. 달문이 탑 옆 느티나무에 등을 기댔다. 나는 그 옆에 나란히 선 채 물었다.

"뭘 그리 복잡하게 하나? 자기가 구걸한 만큼 먹든가 아니면 모두 거둬 사람 수만큼 나눠 주면 간단히 끝날 일 아닌가?"

달문이 백탑 10층 꼭대기를 올려다보며 되물었다.

"구걸해 본 적, 당연히 없지요?"

"없어."

"구걸이 쉬워 보여도 보통 어려운 게 아닙니다. 거지들은 아침 일찍 나가 어둑어둑 해 질 때야 겨우 수표교로 돌아옵죠. 하루에 딱 한 끼 먹는 날이 대부분입니다. 종일 발품을 팝니다. 얻어먹을 만한 곳을 부지런히 찾아다니지만, 노력한다고 바가지가 언제나 차진 않습니다. 백 번 내밀어 한 번 얻어먹을까 말까입죠. 개들에게 물어뜯기거나 몽둥이찜질을 당하거나 애들이 던진 돌멩이에 얻어맞는 건 늘 있는 일이고요. 바가지를 채울 수만 있다면 무슨 짓이라도 합니다, 우린! 노래하라면 노래하고 춤추라면 춤추죠. 그렇게 죽을 둥 살 둥 최선을 다한 결과가 바로 바가지 속 음식들이에요. 그러니 함부로 나눠선 안 됩니다. 내일을 시작할 이유거든요."

달문이 말을 끊고 내 눈을 들여다보았다. 제 주장만 늘어놓지 않고, 중간중간 듣는 이의 표정을 살피는 것은 그만의 버릇이었다. 상대가 충분히 받아들이지 못한 듯싶으면, 몇 번이고 처음부터 다시 설명했다. 나는 솔직히 말했다.

"거지 노릇이 힘들단 불평은 처음 들어."

달문이 이어 말했다.

"거지가 그딴 소릴 지껄이면 밥줄이 끊깁죠. 하나만 묻겠습니다. 거지가 한 달에 며칠이나 아플 것 같습니까?"

낯선 질문이었다. 거지가 아프든 말든 내 알 바 아니었다. 대충 답했다.

"사나흘 정도?"

달문이 고개를 저었다.

"한 달에 보름은 아픕니다. 그것도 튼튼한 거지일 경우고, 스무 날 넘게 아픈 거지도 많습니다. 입고 먹고 자는 게 부실하니 아픈 날이 많은 법입니다. 아픈 거지는 구걸을 못 다닙니다. 아프면 굶어야 하고 굶으면 더 아프고, 그러다가 송장 치고 맙지요. 자기가 구걸한 음식을 자기가 먹는 식으론 아픈 거지들을 못 구합니다. 모두들 돌아가며 아프니, 매일 송장만 치다가 세월 다 보낼 판입니다. 흔히 거지들을 게으르다고들 욕하지 않습니까? 해가 중천에 떴는데도 구걸 나가지 않고 다리 밑에 누워 있는 거지들 보신 적 있죠? 그건 게으른 게 아닙니다. 열에 아홉은 제 몸 하나 가누지 못할 정도로 아픈 겁니다. 이런 처지인지라 빌어먹을 힘이 남아 있을 때 보리밥 한 덩이라도 더 먹겠다며 싸워 대는 겁니다. 거지들이 성질머리가 고약해서 제 바가지를 깨면서 치고받는 게 아닙니다. 공자 왈 맹자 왈 수십 년을 읊은 양반들이더라도, 거지들처럼 자주 아프고 더 자주 굶을 상황이면 자기 배 채울 궁리만 하게 됩니다. 그런데 내가 아파서 구걸을 못 하는 날에도 굶지 않는다는 믿음이 생기면, 으르렁대며 싸울 이유가 없습죠. 음식을 전부 모아선 사람 수만큼 나눠 주면 간단한 문제 아니냐고 하셨죠? 그 방식도 예전에 잠깐 해봤습니다. 한데 거지든 양반이든, 자기가 땀 흘린 결과와 상관없이 똑같은 양을 주니까, 힘써 일하지 않더라고요. 여름엔 땡볕에 땀 뻘뻘 흘리며, 겨울엔 동상 걸린 손가락 마디 잘라가며 구걸할 마음이 생기지 않죠. 그래서 택한 방법이 이겁니다. 오늘 바가지 가득 음식을 얻어 왔더라도 다치거나 병들면 내일 당장 구걸을 못 나갈 수도 있다는 걸 거지라면 다들 아니까요. 얼마나 먹을지 스스로 정하여 말하고, 거기에 다른 거지들이 의견을 내고, 제가 종합하는 식입니다."

"……너무 오래 걸려."

"그게 첫 번째 문젭니다. 하지만 해 떨어지면 거지들은 먹고 자는 게 답니다. 배고픔을 못 참겠다며 불만을 터뜨리긴 해도, 의논할 시간이 길어지는 건 감당해야지요."

나는 진작부터 묻고 싶었던 질문을 꺼냈다. 살점이 하나도 없이 움푹 팬 달문의 볼을 보며 물었다.

"구걸해 온 양보다 더 원하는 경우가 대부분이던데, 그럼 누군가는 배를 채울 음식이 부족하잖아?"

그래서 왕초가 되었음에도 빼빼 마른 것이 아니냐는 질문이었다. 거지들이 제 음식을 줄여 가며 왕초에게 스스로 떼어 주는 것이 가능하냐는 물음이기도 했다. 하필 그때 달문의 배에서 꼬르륵 소리가 들렸다. 달문은 손바닥으로 배를 둥글게 쓸면서 답했다.

"배고픈 건 참아도 이야기 고픈 건 못 참겠습니다. 오늘 밤엔 이야기 한 바가지 푸짐하게 먹었으면 싶습니다. 소설들을 빌려 보는 곳이 쥐 영감 세책방이라고 했던가요? 저도 그 깐깐한 영감을 알긴 압니다. 세책방은 까막눈인 저 같은 거지는 평생 갈 이유가 없는 곳이더군요. 세책방, 거기서 제일 재미난 소설이 뭡니까?"

나는 수십 번 탐독하고 직접 필사한 소설들을 떠올렸다. 그중에서 『구운몽』을 택하여 성진이 팔선녀를 만나는 대목에서부터 이야기를 풀어놓았다. 달문은 심각한 얼굴로 귀담아들었다. 전기수의 기분이 이와 같을까. 처음엔 나지막하게 속삭이는 수준으로 시작했지만 점점 내 목소리가 커졌다. 달문은 여덟 여인에 대해 각별한 관심을 드러냈다. 가령 이런 식으로 꼬치꼬치 따지며 물고 늘어졌다.

"정경패와 가춘운은 목소리가 얼마나 비슷합니까?"

"적경홍이 남장을 하고 다닐 땐 표정이나 목소리도 남자처럼 바뀝니까? 걸음은 빠른가요, 느린가요?"

"검을 쥔 심요연의 손놀림을 자세히 설명해 주세요. 그 손놀림을 양소유에게도 씁니까?"

"백능파 말입니다. 용왕의 딸은 사람의 딸과 뭔가 달라도 다르겠죠?"

나는 여덟 명의 말투, 걸음걸이, 표정, 성격을 풍부하게 설명하기 위해 손짓 발짓까지 곁들였다. 내가 흥을 내자 달문은 아예 자리를 박차고 일어나 백탑을 돌아 달리기도 하고, 소리를 뽑기도 하고, 넙죽 엎드려 땅바닥을 뒹굴며 사람에서 짐승으로 혹은 남자에서 여자로 바뀌었다. 내가 들려주는 이야기를 즉석에서 상상하여 몸짓과 소리로 표현하는 솜씨가 놀라웠다.

신나게 내달리던 이야기는 양소유의 일생이 승려 성진의 꿈으로 돌아가는 대목에서 멈췄다. 달문이 갑자기 혀를 찼던 것이다.

“쯧쯧, 그건 뱀 다리 같습니다. 양소유가 여덟 여인과 사랑을 나눈 게 뭐가 문제란 말입니까? 보여 줄 것 다 보여 준 뒤 체면 차리려고 몇 마디 훈계를 덧붙이는 꼴입니다.”

“성진과 팔선녀에서부터 시작했으니 마지막도 그들에게 돌아가는 게 어울리지 않겠나?”

수미쌍관首尾雙關을 풀어 말했다. 달문이 왕방울 눈을 뜬 채 말도 안 되는 주장이라는 듯 거듭 되물었다.

“미쳤습니까? 처음으로 돌아간다고요? 그딴 일은 일어나질 않습니다. 봄여름가을겨울 지나 다시 봄이 와도 그 봄은 작년의 봄이 아닙죠. 마음에 품은 정인을 10년이 지난 뒤 다시 만나더라도, 그건 첫 만남과 완전히 다른 겁니다. 성진은 성진이고 양소유는 양소윱니다. 성진이 양소유의 삶에 감 놔라 대추 놔라 할 권한이 없어요. 그렇게 양소유의 삶이 마음에 안 들면, 성진과 양소유가 수표교에서라도 만나 맞짱을 뜨든가 해야죠. 양소유 입장에선 얼마나 억울하겠습니까. 두 눈 시퍼렇게 뜬 채 코 베인 꼴입니다. 『구운몽』이라 했던가요? 그 소설에서 가장 시시한 대목이 바로 거깁니다. 다 된 밥에 코 빠뜨렸네요. 이걸 쓴 매설가가 누굽니까?”

“서포 김만중 선생이시네.”

내겐 너무나도 익숙하지만 달문에겐 처음 듣는 이름일 것이다.

“서포…… 그 어른이 막판에 잠깐 조셨던 거 아닙니까? 하기야 사람이 졸긴 졸아야 잠도 자고 꿈도 꾸는 것이겠지만요. 양소유가 성진으로 돌아가지만 않았으면, 이건 정말 끝내주는 걸작이라고요."

"제목이 '구운몽'이니까, 꿈을 꿨다가 깨어나는 것으로 소설을 마무리 짓는 게 자연스럽지 않겠어?"

"아 정말, 몽몽 몽몽몽거리는 말씀만 하십니다. 깨어나긴 뭘 깨어납니까. 현실이 낮에 꾸는 꿈같고 꿈이 밤에 찾아드는 현실 같으니, 밤이든 낮이든 현실이든 꿈이든 어디서나 행복하면 그만입지요. 뒤늦게 깨어나면 뭘 하겠습니까? 욕심입니다 그건. 지금 누리는 행복보다 더 나은 행복이 있을 거라는 황당한 욕심!"

거적 두 장

꼬리가 길면 잡힌다고 했던가.

점심을 먹고 오후 장사를 시작하려는데, 아버지가 문을 열고 들어왔다. 나를 보고도 다가오지 않고 문턱을 넘자마자 멈춰 선 채 가게를 훑었다. 나는 언제나처럼 아버지에게 걸어가선 두 걸음 앞에서 멈췄다. 아버지도 숙부도 나도 손님에게 인삼을 설명할 때면 항상 두 걸음 간격을 뒀다. 친근감을 표시하되 손님이 좌우로 움직이며 인삼을 고르거나 고민할 여유를 주기 위함이었다. 그러나 오늘 아버지는 익숙한 거리를 무시한 채 내 뺨부터 후려쳤다. 갑자기 따귀를 맞은 나는 진열한 인삼들 위로 쓰러질 뻔했다. 아버지는 가까스로 균형을 잡고 제자리로 돌아온 내 얼굴에 꼬깃꼬깃 뭉친 종이들을 던졌다. 두 달 전부터 집필에 들어간 '악인별전惡人別傳' 4장 첫머리였다.

"허튼짓 말라고 이르지 않았느냐? 냉큼 다 가져오거라."

고개를 들고 아버지와 눈을 맞췄다. 1장 첫머리였다면, 소설을 흉내 내어 쓰다가 그만뒀노라고 우기기라도 했으리라. 그러나 파지破紙의 첫 글자는 '四'였고, 이야기의 시작인 '화설話說'이 아니라 진행중인 이야기를 전환시킬 때 사용하는 '차설且說'이었다. 파지의 앞 이야기를 적어 둔 원고 뭉치를 가져오란 뜻이다.

가게에서 5백 보 떨어진 집으로 갔다. 결혼 전이었던 누이들이 있을 땐 그래도 활기가 넘쳤는데, 부모님과 나만 남은 집은 절간처럼 고요했다. 아버지는 귀가 후 말을 아꼈고 어머니 역시 아버지가 말을 건네기 전에 먼저 이야기를 꺼내지 않았다. 나 역시 내 방에 박혀 글을 읽거나 이야기를 상상하거나 또 조금씩 몰래 쓰며 지냈다.

내 방 천장에 꼭꼭 숨겨 둔 상자를 꺼내 옆구리에 끼고 다시 가게로 향했다. 소설을 쓰느라 지새운 밤들이 떠올랐고 상자를 품은 채 달아나 버릴까 잠시 고민했다. 그러나 동대문 시장을 떠나 먹고살 자신이 없었다. 소설은 아직 습작 단계였고 가게에서 인삼을 사고파는 것 외엔 익힌 기술도 없었다. 가게가 가까울수록 걸음이 느려졌다. 결국 나는 내 인생의 낯익은 골목을 벗어나지 않았다. 아버지는 가게 앞에 탁자를 내곤 의자에 앉아 기다렸다. 내가 탁자에 상자를 놓자 아버지가 눈짓으로 자물쇠를 가리켰다. 소매에서 열쇠를 찾아 자물쇠를 열었다.

"꺼내거라."

습작 뭉치가 나왔다. 그때까지 나는 한마디도 못 하고 있었다. 집에서 가게까지 오며 수백 번 연습한 변명을 시작했다.

"일 마치고 심심풀이로 써 본 겁니다."

"심심풀이?"

아버지가 말꼬리를 붙들어 처마에 매달듯 치켜 올렸다. 특히 마지막 '이'를 길게 끌었다. 내 변명이 얼마나 엉터리인지 이미 다

안다는 표정이었다. 아버지가 소매에서 수첩을 꺼내 탁자에 놓았다. 나는 붉은 실로 나비매듭을 두 군데 묶은 수첩을 떨리는 손으로 집어 들었다. 놀랍게도 거기엔 그동안 내가 세책방에 드나든 날짜와 빌린 소설들 제목이 열거되어 있었다. 5백 권이 족히 넘었다. 아버지는 내가 소설에 탐닉하는 것을 진작부터 눈치챘던 것이다. 더 이상은 두고 볼 수 없다고 판단하였을까. 그래도 나는 버텼다. 버티고 싶었다.

"가게 일엔 지장이 없도록 하겠습니다."

아버지는 소매에서 종이상자를 꺼냈다. 연화통煙火筒 성냥이었다.

"태워!"

아버지는 결코 손에 피를 묻히는 사람이 아니었다. 힘든 일은 대부분 숙부가 했고 당신은 그림자처럼 물러나 기다렸다. 하나뿐인 아들에게 내리는 벌도 마찬가지였다. 소설 뭉치를 직접 빼앗아 찢거나 태우지 않고 내 손으로 없애라는 명령을 내렸다. 잔인한 일이었다. 나는 연화통을 집지도 못한 채 눈물만 뚝뚝 흘렸다. 낮에 여유가 조금만 있었더라면 습작 원고를 따로 필사해 뒀을 것이다. 그러나 정말 내게 허락된 시간은 밤뿐이었기에 따로 옮겨 적을 엄두도 못 냈다.

"쫓겨나겠느냐 아니면 태우겠느냐?"

아버지는 택일의 가파른 낭떠러지까지 밀어붙였다. 나는 손등으로 콧물과 눈물을 훔치곤 연화통을 집어 들었다. 덜덜덜 떨리는 손으로 불을 붙였다. 화약 냄새와 함께 피어오른 불꽃은 순식간에 종이를 검은 재로 바꿔 나가기 시작했다. 불길이 점점 커졌다. 검은 재들이 불꽃 위로 꽃잎처럼 날렸다. 이야기를 삼킨 불꽃들이 종이를 쥔 손가락 가까이 내려왔다. 뜨거웠지만 종이를 놓지 않았다. 아버지가 불꽃과 이미 절반 이상 타버린 종이와 내 손을 동시에 쳐다보았다. 나는 타들어 가는 종이에 집중했다. 뜨거운 기운이 점점 더 가까워졌다. 머리가 시키기도 전에 손가락들이 열기로부터 물러서려고 먼저 꿈틀거렸다. 주먹을 고쳐 종이들을 더 꽉 잡았다. 아버지의 눈길에 지고 싶지 않았다. 소설을 쓰고 싶다는 열망을 손아귀에 담고 버텼다. 얼굴로 재들이 날렸다. 내 문장과 이야기를 품었으되 이제는 먹물보다 검고 먼지보다 가벼운 것들이 나비처럼 너울거렸다. 살이 타들어 가는 냄새가 났다. 불꽃이 손등을 지나 손목을 휩쌌다. 엄지와 검지로 잡은 종이까지 시커먼 재로 바뀌었지만, 손가락을 떼거나 손목을 흔들거나 비명을 지르지 않았다. 소매와 옷고름에도 불이 번졌다. 검은 연기가 눈과 코로 밀려들어 왔다.

"놔!"

외마디 고함과 함께 수건으로 내 손을 감싼 것은 아버지였다. 나는 힘껏 아버지를 밀친 다음 벌겋게 익은 양손으로 번갈아 가슴을 쳐 댔다. 소리쳤다.

"답답합니다. 답답해요. 답답하다고……."

*

시원한 빗소리가 먼저 귀를 울렸다. 벌써 보름 넘게 비가 쏟아지고 있었다. 장마였다. 알싸한 인삼 냄새가 코로 밀려들어 왔다. 가게 안이었다. 눈을 떴지만 앞이 보이지 않았다. 젖은 수건으로 이마와 눈을 가린 탓이다. 가게 구석에 놓인 평상 위였다. 그 평상은 새로 들인 인삼을 깔아 두고 점검할 때 썼다. 가슴은 물론 두 다리까지 시원했다. 속옷만 남긴 채 얇은 모시 이불을 덮은 것이다. 정신을 잃을 땐 가슴에 돌덩이를 올린 듯 답답했는데, 지금은 온몸이 두둥실 떠오를 듯 가벼웠다. 오른팔이 팔꿈치에서부터 다섯 손가락 끝까지 화끈거렸다. 차가운 수건으로 팔을 둘둘 감쌌지만 열기를 가라앉히진 못했다. 습작의 마지막 종이를 끝까지 쥐고 놓지 않았다. 불길이 오른손을 감싼 채 타올랐다. 아버지의 외마디 고함이 귀를 찌르듯 울렸다. 놔!

“가만, 가만히 있어, 눈을 더 붙여. 쉬어야 해.”

숙부였다. 인기척에 귀를 기울였다. 가게엔 숙부뿐이었다. 상체를 일으키려 했지만, 숙부가 내 벗은 어깨를 가만히 눌렀다. 나는 다시 눈시울이 젖어들었다. 눈물을 감출 수 있으니 수건으로 얼굴을 가린 것이 천만다행이었다. 숙부가 너무 무겁지도 않고 또 너무 가볍지도 않게 말했다.

“낙담하진 마라. 부모 몰래 딴짓하다 보면 오늘 같은 일이 종종 벌어지는 법이다. 폭우가 쏟아질 땐 잠시 처마 밑으로 피해. 부전

자전 아니랄까 봐. 어떻게 하는 짓이 제 아버지랑 똑같은지.”

금시초문이었다.

“똑같다뇨?”

“20년도 전이지, 아마. 중궁전에서 급히 인삼을 구한다 하여 준비한 적이 있었어. 한데 인삼을 받으러 온 내관이 따로 뒷돈을 요구하더라고. 나는 몇 푼 쥐여 주고 말자 했지만, 네 아버진 끝까지 거절했다. 한번 뒷돈을 얹기 시작하면 평생 코가 꿴다고. 장검 든 사내들의 호위를 받으며 가게로 들이닥친 내관은 우리가 준비한 인삼이 최하품이라며 모두 마당에 쌓고 불을 질러 버리라고 명했지. 네 아버지가 급히 뛰어들어 인삼 한 뿌리를 끝까지 쥐곤 놓지 않았어. 불이 소매에 옮겨붙었는데도, 손등에 살점이 타들어 가는데도! 그 인삼을 지켰기 때문에 더 심한 벌을 받진 않았지. ‘이건 아닙니다! 이럴 순 없습니다! 저는 최하품 인삼을 특등품이라 속여 파는 최하품 인간이 아닙니다.’ 이렇게 네 아버지가 육조거리까지 가서 따지듯 외쳤거든. 결국 그 인삼들을 공정하게 평가받을 기회를 얻었다.”

복숭아 한 알도 움켜쥐지 못하는 아버지의 오른손이 떠올랐다. 화상을 입은 손등의 살갗이 뭉치면서 손가락들을 잡아당기는 바람에 평생 주먹을 쥘 수 없게 된 것이다. 아버지는 그 손으로 마지막 인삼 뿌리를 쥔 채 가게를 지켰지만 내겐 남은 것이 없었다. 검은 재로 흩어진 이야기들이 되돌아올 리도 없었다. 등장인물과 등장 시간과 등장 공간을 더듬었다. 잊히기 전에, 원고 그대로는 아니더라도 적어 둘 필요가 있었다. 마음이 급했다. 그러나 화상 입은 오른손으로 붓을 쥐고 글을 쓰긴 어려웠다. 내가 들려준 이야기의 줄거리뿐만 아니라 상황 전체를 극으로 바꿔 외워 대던 달문의 얼굴이 떠올랐다. 그의 재주를 훔치고 싶었다.

달그락거리는 소리가 돌림노래처럼 들렸다. 가게 정문에 걸린 큰 자물쇠 두 개가 동시에 흔들린 것이다.

"게 누구요?"

숙부가 문 쪽으로 가며 물었다. 인삼 가게로 손님이 오기엔 늦은 밤이었다. 이 시간에 문을 연 가게는 없었다.

"달문입니다요."

달문, 빗소리를 뚫고 이름 두 자가 귀에 쏙 들어왔다.

"누구?"

"달문입니다."

"수표교 거지 달문 말이냐?"

숙부는 달문을 아는 듯했다. 자물쇠 두 개를 열고 불청객을 가게로 들였다. 나는 겨우 허리를 접고 벽에 기대앉았다. 숙부는 수건부터 집어 건넸다. 달문은 빗물에 젖은 얼굴만 대충 훔치곤 숙부에게 넙죽 절했다.

"고맙습니다. 나리."

"자네가 이 시각에 여긴 웬일인가?"

달문이 즉답 대신 평상에 기대앉은 나를 쳐다보았다. 흔들리는 등잔불에 흰 천으로 겹겹이 두른 내 오른팔이 커 보였다. 달문이 고개를 돌려 숙부를 보며 답했다.

“현재 어른 별장에서 뵈었지요? 복숭아꽃 만발한 봄이었습죠. 배불리 먹고 잔뜩 취한 좋은 날이었습니다.”

“달문 자네가 고생했지. 현재가 철괴무를 그린답시고 반나절이나 자네에게 춤을 추게 하지 않았더냐? 그날 그린 현재의 그림이 백 장이 넘었으니, 그 정도 술과 안주를 먹고 마시는 건 당연히 이치야. 기기묘묘한 춤을 선보이려고 이 깊은 밤에 장대비를 맞아 가며 가게에 온 건 아닐 테고…….”

숙부는 말끝을 흐리곤 나를 쳐다봤다. 현재 심사정의 별장에서 딱 한 번 어울린 숙부를 찾아올 까닭이 없었다. 달문이 만나려는 사람이 나란 걸 알아차린 것이다. 달문이 내게 청했다.

“부탁이 있어 왔습니다만, 다치신 줄 알았으면 오지 않았을…….”

“뭔가, 부탁이?”

나는 말허리를 자르곤 물었다.

“혹시 거적때기가 있으면 얻을까 하고요.”

인삼 상자를 얹고 덮기 위한 거적이 가게엔 충분했다. 숙부에게 눈으로 물었다.

‘줘도 되겠죠?’

숙부가 고개를 끄덕였다.

‘네 가게잖아? 인삼이든 거적이든 맘대로 해.’

“하나면 돼?”

평상에서 내려와서는 허리를 틀었다. 아직 옆구리가 많이 뻐근했다. 평상 아래에 거적이 열 장 정도 쌓여 있었다. 달문이 말했다.

"두 장이면 넉넉하겠습니다."

"알겠어. 가져가."

달문이 오른발을 절뚝이며 나아왔다. 철괴무를 추는 것도 아닌데, 다리는 물론이고 어깨까지 자꾸 무너졌다. 걸음을 내디딜 때마다 끙 끄응 앓는 소릴 해 댔다. 달문이 거적을 꺼내기 위해 허리를 숙이는 순간, 나는 말려 올라간 저고리 사이로 허리와 등에 난 피멍을 보았다. 편치 않은 오른발 역시 두들겨 맞아서일까. 달문의 손목을 쥐곤 물었다.

"몸이 왜 이래?"

달문이 고개를 돌리곤 싱겁게 웃었다.

"별거 아닙니다."

"피멍이 이만저만 든 게 아냐. 누가 이랬어?"

내 왼손을 가만히 밀어냈다.

"빌어먹는 몸뚱이가 거기서 거기지요."

빌어먹다 보면 맞고 다치고 병든 날이 무사한 날보다 더 많다고 했었다. 그래도 달문은 수표교 거지 패 왕초다. 온몸에 피멍이 든 채 절뚝거릴 사내가 아닌 것이다. 힘겹게 거적 두 장을 말아 왼 어깨에 얹은 달문이 돌아섰다. 밖은 여전히 빗살이 매서웠다. 달문이 숙부와 나를 향해 머리 숙여 인사했다.

"거적 값은 꼭 갚겠습니다. 이만 가 보겠습니다. 몸 잘 챙기십시오."

달문이 비 내리는 골목으로 사라졌다. 숙부는 문을 닫고 자물쇠를 다시 채워 나갔다. 나는 이대로 달문을 보낼 수 없었다.

"잠깐만요."

숙부가 돌아봤다.

"따라가 봐야겠어요. 거적 두 장을 어디에 쓰려는지도 궁금하고, 이 비에 저 몸으로 돌아다니다가 쓰러져 정신이라도 잃으면 큰일이기도 합니다."

숙부가 만류하는 대신 걱정스럽게 물었다.

"팔은 괜찮겠어?"

"욱신거리긴 하지만, 견딜 만합니다."

"하기야 그 손으론 당분간 소설은 못 쓰겠네."

어깨에 도롱이雨裝를 걸치는 것까지 도와줬다. 나는 달문이 사라진 쪽으로 서둘러 걸음을 옮겼다. 골목을 벗어나기도 전에 달문의 등이 보였다. 절뚝거리는 데다 거적까지 어깨에 메는 바람에 바삐 걷기 어려운 것이다. 그는 개천開川까지 내려갔다. 연이은 비로 물이 많이 불어 있었다. 아낙들이 옹기종기 앉아 빨래를 하던 넓적한 바위들은 수중에 잠긴 지 오래였다. 달문은 주변을 살피지 않고 곧장 동쪽에서 서쪽으로 걸었다. 마전교를 지난 후 잠시 멈춰 섰다. 이렇게 물이 불어났으니, 수량을 측량하는 수표교의 눈금도 다 찼을 것이고 거지 패들도 다리 밑에서 잠을 청하기 어려웠다. 한겨울과 함께 장마철은 거지들이 가장 꺼리는 기간이었다. 달문은 다시 골목으로 방향을 틀었다. 수표교 옆 골목 담벼락에 도착한 후에야 거적을 내려 기대 세웠다.

나는 그 골목을 지나쳐 타원으로 휘어 올라가는 골목에 몸을 숨겼다. 거기선 달문은 물론이고 비 내리는 수표교도 함께 보였다. 내 앞에 펼쳐진 풍광이 무척 낯익었다. 골목 입구에 놓인 짱구 모양 바위를 손바닥으로 짚는 순간, 옛 기억이 또렷해졌다. 여섯 살 때 달문을 만나겠다며 집을 나와 기다린 바로 그 골목이었다. 엉덩이를 전부 붙이고 앉을 만큼 넉넉한 바위라고 여겼는데, 이제 보니 손바닥 한 뼘을 겨우 넘는 작디작은 돌판에 불과했다.

달문은 오들오들 떨면서 기다렸다. 마음 같아선 내가 쓰고 있는 도롱이를 벗어 그의 젖은 어깨에 걸쳐 주고 싶었다. 그는 양팔을 등 뒤로 뻗어 벅벅 긁어 댔다. 빗물이 등과 어깨의 피멍과 생채기를 때리는 바람에 아리고 가렵고 근질거리는 것이다. 달문은 팔을 거둬들이고 담벼락에 기대 수표교 쪽을 살폈다. 예닐곱 명이 발소리를 죽이며 다리 위로 원숭이처럼 잽싸게 올라갔다. 어두운 데다가 비까지 쏟아지는 바람에 얼굴이 보이진 않았다. 낡은 천으로 대충 둘둘 만 등짐을 내려놓았다. 다른 사내들이 힘을 합쳐 그 짐을 들더니 다리 아래로 던져 버렸다. 사내들은 재빨리 다리에서 내려와 사라졌다. 그와 동시에 달문이 골목에서 튀어나가 개천으로 뛰어들었다. 불어난 물에 휩쓸려 한참을 떠내려갔다. 달문의 머리가 수면으로 올라왔다가 사라지고 다시 올라왔다가 사라지기를 반복했다. 수영을 못 하는 나는 그저 지켜볼 수밖에 없었다.

이윽고 달문이 개천 밖으로 나왔다. 사내들이 던져 버린, 천으로 둘둘 만 짐을 품에 안았다. 거적을 세워 둔 골목까지 비틀거리며 걸어왔다. 나는 급히 몸을 숨겼다. 거리가 점점 가까워졌다. 천 밖으로 삐져나와 나뭇가지처럼 흔들린 것은 팅팅 부은 시신의 팔이었다. 저 시신은 누구인가. 시신을 버린 사내들은 또 누구인가. 달문은 왜 사내들이 버린 시신을 개천에 뛰어들어 건져와 거두는가. 가장 중요한 질문이 마지막에 떠올랐다. 그런데 달문은 그들이 다리에서 시신을 버릴 줄 어떻게 미리 알고 내게 거적을 빌려 이 골목에 와서 기다린 것일까.

달문은 거적을 깔고 시신을 뉘었다. 둥글게 거적을 만 뒤 다시 거적 한 장을 더 깔고 시신을 정성껏 감싸 어깨에 둘러멨다. 골목을 나온 달문은 수표교를 지나서 남쪽으로 걸음을 옮겼다. 목멱산木覓山 남산 자락에 닿을 때까지 쉬지 않고 걸었다. 인적이 드문 골목만 골라 움직였다. 오물이 발목까지 차오르고 돌멩이에 발바닥이 찢겨도 주저하지 않았다. 빠른 걸음이 아닌데도 달문을 뒤쫓기는 쉽지 않았다. 잠깐만 눈길을 돌려도 이 골목에서 저 골목으로, 또 저 골목에서 그 골목으로 사라졌다. 개천 거지가 모르는 골목은 도성 안에 없다는 말은 과장이 아니었다. 이런 곳에 길이 있을 리 없다 싶은 데로 길이 났고, 너무 많이 둘러 가는 것이 아닌가 의심했지만 지름길만 택한 셈이었다.

달문은 마침내 길 없는 길을 오르기 시작했다. 비 내리는 도성도 어두웠지만 목멱산 숲에 비길 정도는 아니었다. 큰 어둠이 작은 어둠들을 집어삼킨 꼴이었다. 더듬더듬 산길을 걷더라도 비탈을 구르기 십상이었다. 달문은 길을 찾지 않고 나무와 나무 사이로 곧장 걸어 올라갔다. 도성 골목처럼 목멱산 숲도 손바닥에 올려놓고 손금 보듯 훤히 아는 것처럼.

달문은 거적에 싼 시신을 어깨에 메고도 쑥쑥 걸었고, 나는 화상 입은 오른팔까지 써 가며 나무와 바위와 풀을 잡고서도 미끄러지거나 넘어졌다. 언덕을 넘자 낯선 사내의 칼칼한 음성이 들려왔다.

"채찍 비 두들겨 맞으며 이게 무슨 지랄 맞은 생고생이야?"

사내는 달문에게서 빼앗듯이 시신을 넘겨받아 어깨에 멨다. 비가 그치고 구름 사이로 반달이 나왔다. 그 순간 사내의 얼굴을 쳐다본 나는 너무 놀라 하마터면 비명을 지를 뻔했다. 장검을 젓가락처럼 자유자재로 놀린다는 검계 두목 표철주表鐵柱! 이권을 위해선 사람 목숨을 파리 목숨보다 하찮게 여기는, 잔혹하기로 이 나라 으뜸인 악한惡漢이었다. 변덕이 죽 끓듯 하여 어디로 튈지 모르기 때문에 철주란 이름 대신 망둥이望同로 통했다. 그가 마음을 바꿀 때마다 누군가는 병신이 되고 누군가는 목숨이 달아났다.

나는 고개를 갸웃거리지 않을 수 없었다. 거지 왕초와 검계 두목이 목멱산 자락에서 왜 만난단 말인가. 게다가 그들 앞엔 거적에 싼 시신이 있었다. 달문은 허리를 젖히고 한숨을 몰아쉬며 망둥이에게 물었다.

"준비는?"

"파긴 팠는데, 네가 왜 이 새끼를……."

달문이 망둥이를 지나 앞서 걸었다. 시신 서넛은 들어가고도 남을 구덩이가 그들을 기다렸다. 달문이 구덩이를 한 바퀴 또 한 바퀴 돌았다. 망둥이가 시신을 구덩이 옆에 내려놓고 슬쩍 자기 자랑을 얹었다.

"점심 먹고 올라와선 꼬박 판 거야. 우라질, 비는 또 왜 그리 쏟아지는지. 달문, 네 부탁이 아니라면 벌써 다 때려치우고 내려갔어. 자 어서 처리하자."

망둥이가 시신을 발로 밀어 구덩이에 떨어뜨리려고 했다.

"하지 마."

달문이 황급히 건너와선 거적을 감싼 시신을 꿇어앉은 채 품에 안았다. 망둥이가 들었던 발을 슬그머니 거뒀다. 달문은 겹으로 싼 거적을 천천히 풀었다. 헐겁게 뒤엉킨 천도 걷어 냈다. 구멍 숭숭 난 제 저고리를 벗은 후 시신의 얼굴과 목덜미 그리고 손과 발을 닦기 시작했다. 정성을 쏟았지만 제대로 닦이지 않았다. 달문은 만세를 하듯 제 머리 위로 시신을 들어 올렸다. 그리고 시신이 비에 젖을 때까지 잠시 기다렸다. 망둥이가 다가가서 거들려고 했지만 달문이 반걸음 물러서며 째렸다. 그렇게 젖은 시신을 내려 다시 천으로 닦았다. 시커먼 때들이 솔잎처럼 길쭉하게 돌돌 말리다가 떨어졌다. 시신의 살갗이 거무튀튀했다. 달문은 주문처럼 같은 말을 반복했다.

"미안하다. 미안해."

시신을 구석구석 닦은 후 거적으로 다시 감쌌다. 망둥이를 올려다보며 말했다.

"잡아! 조심하고."

달문은 머리 쪽을 망둥이는 다리 쪽을 잡고 동시에 들었다. 구덩이로 옮긴 뒤 천천히 내려놓았다.

"앉아서 좀 쉬어."

망둥이가 삽으로 구덩이를 메우는 동안, 달문은 젖은 땅에 무릎을 꿇고 엎드린 채 중얼거렸다. 망자亡者를 위해 마지막 축문이라도 외우는 듯했다. 망둥이가 구덩이에 흙을 다 채울 즈음 다시 비가 쏟아지기 시작했다. 달문과 망둥이는 흙을 꾹꾹 힘껏 눌러 밟았다. 그러다가 달문이 망둥이의 어깨를 당겨 귓속말을 했다. 망둥이가 삽과 함께 놓인 쇠지팡이를 찾아 쥐었다. 나중에 안 사실이지만, 달문은 망둥이의 손에 장검이 들려 있으면 만나 주지 않았다.

망둥이는 내가 숨은 소나무를 향해 성큼성큼 걸어왔다. 달아나고 싶었지만 무릎이 후들거려 움직일 수 없었다. 표망둥이가 누군가. 종루 대로에서도 단매에 사람을 쳐 죽이는 냉혈한이다. 저 쇠지팡이로 두들겨 맞는다면 만신창이가 될 것이다. 망둥이가 쇠지팡이를 어깨 위로 들어 올렸다. 나는 두려움을 이기지 못하고 그 자리에 주저앉았다. 양팔로 머리를 감싼 채 부들부들 떨었다.

호랑이 앞의 토끼 신세였다. 서늘한 기운이 왼 어깨에 닿았다.

"일어나쇼."

쇠지팡이로 어깨를 짚은 것이다. 나는 겨우 고개를 들었다. 빗방울이 눈두덩을 두들겼다. 망둥이가 지팡이로 구덩이 옆에 선 달문을 가리켰다.

"달문이랑…… 진짜요? 아는 사이면 왜 이렇게 숨어 훔쳐보고 있수? 죄라도 지었냐 이 말이오? ……하여튼 와서 거들어야겠소. 갑시다."

언제부터 미행을 눈치챘던 걸까. 달문이 나를 안다고 했으니, 망둥이가 쇠지팡이를 휘두르진 않겠구나 싶었다. 망둥이를 따라 구덩이 쪽으로 걸어갔다. 굵은 빗방울이 온몸을 때렸다. 달문이 말했다.

"우선 밟으세요! 이야긴 나중에 합죠."

세 사람은 빗물에 흙이 떠내려가지 않도록 밟고 또 밟았다. 망둥이와 나는 무작정 발에 힘을 주고 힘껏 눌러 댔지만, 달문은 이 짓을 여러 번 했는지 요령이 있었다. 제자리에서 밟는 것이 아니라, 반보씩 왼쪽으로 움직였던 것이다. 달문을 따라 망둥이와 나도 자연스럽게 원을 그렸다. 망둥이가 두 번이나 배고프고 지친다며 투덜거렸지만 달문은 귀머거리처럼 무시했다.

꾹꾹 다진 흙 앞에 넓적한 네모꼴 돌을 놓고서야 작업이 끝났다. 달문이 말없이 앞장섰고 망둥이와 내가 뒤따랐다. 곧바로 하산하지 않고 아름드리 참나무 사이 토굴로 들어갔다. 달문은 등잔불을 밝히고 품에 쏙 들어오는 항아리부터 하나 꺼내 왔다. 뚜껑을 열자마자 진한 술 냄새가 토굴을 채웠다. 망둥이는 항아리를 끌어안고 벌컥벌컥 마셔 댔다. 나는 목을 적시는 정도로 두 모금만 삼켰고 달문도 그 정도였다.

"묻고 싶은 게 많죠?"

"태산처럼!"

술이 목구멍을 타고 내려가자 온몸이 노곤해졌다. 화상을 입은 오른팔만 다시 화끈거렸다.

"산을 내려가기 전에 다 말해드립죠. 망둥아! 넌 눈이라도 잠시 붙여."

망둥이가 구석에 깔아 둔 짚더미에 벌러덩 드러누웠다. 그러나 잠이 오진 않는지 달문의 아귀 입을 쳐다보며 지팡이를 까닥까닥 좌우로 흔들어 댔다. 재담꾼 달문의 이야기를 기다리는 것이다. 말 잘하고 이야기 근사하게 지어내는 재담꾼은 많지만, 달문은 그들과 달랐다. 그의 이야기는 결말을 짐작하기 힘들었다. 마지막이 떠오르지 않으니, 잔뜩 긴장한 채 순간순간 지나가는 이야기에 집중할 수밖에 없었다. 그의 이야기는 부드럽게 물살을 타는 숭어 같았다. 아무리 어둡고 슬픈 이야기라도 뭉쳐 가라앉지 않고, 한 박자나 적어도 반 박자 더 빨리 돌고 튀고 밀며 흐름을 타고 미끈하게 오르내렸다.

"삼식입니다, 우리가 묻은 애 이름! 하루 세끼 꼬박꼬박 먹고 살라고 아버지가 지어 줬대요. 올해 열두 살입죠. 여섯 살에 부모가 돌림병으로 죽고, 그때부터 수표교 아래로 기어들어 왔습니다. 삼식이란 이름 때문인지 음식에 집착이 심했습죠. 닷새 전에 결국 제가 양을 줄이라고 권하기까지 했습니다. 삼식이는 다들 보는 앞에선 그러겠다고 해 놓고, 우리 패에 갓 들어온 아홉 살 동칠이 몫을 탐냈나 봐요. 동칠이를 마전교까지 불러내 뺏어 먹으려 했죠. 동칠이는 안 뺏기려고 버티다가 다리에서 떨어져 팔이 부러졌습니다. 저는 삼식이에게 사흘 동안 굶으라고 벌을 내렸습니다. 물론 다른 거지들도 그 벌에 동의했고요. 그런데 삼식이는 가혹하다며 꺽다리 쪽에 붙었습니다. 잠자리가 바로 내 옆이었는데, 그 후론 꺽다리의 발밑에서 잠을 청하더군요. 꺽다리와 몇몇은 삼식이를 사흘이나 굶기는 건 지나친 결정이라며 하루만 굶기자고 다음 날 바로 의견을 냈습니다. 거지들에게 두루 물었는데, 결국 사흘을 그대로 지키기로 결정이 났어요.

그렇게 사흘은 잘 지나갔는데 나흘째 폭식을 하더니 시름시름 앓기 시작했습니다. 패에 들어오고 나서 단 하루도 구걸을 나가지 않은 날이 없었는데 어제 아침엔 완전히 뻗어 버리더라고요. 그래서 하루 쉬라고 했습니다. 물이 불어 다리 밑에 머물지 못하고, 개천 옆 천 년 묵은 은행나무 아래에 적당히 천막을 치고 삼식이와 둘이 지내게 된 겁니다. 요즘처럼 비가 퍼붓는 날엔 구걸도 힘들어 왕초인 저까지도 바가지를 들고 나서야 하지만, 삼식이가 아프니 한 명은 붙어서 도와야 했지요.

점심을 지날 즈음, 눈을 번쩍 뜬 삼식이가 울며 애원하는 겁니다. 배가 고파 못 자겠다고. 밥 한 움큼만 먹으면 소원이 없겠다고. 탑골에 잠시 다녀왔습니다. 바가지 가득 따듯한 밥을 얻어 돌아왔는데, 삼식이가 움직이질 않더군요. 찢어진 이불을 턱밑까지 덮고 잠들었다고 여겼습니다만, 그사이 숨이 끊기고 만 겁니다.

저녁에 거지들이 돌아왔습니다. 그날따라 구걸한 양이 너무 적었습니다. 우리 패가 쉰 명이 넘는데 다섯 명이 먹을까 말까 했지요. 천막에 들어오자마자 눈치를 채더군요. 삼식이 머리맡에 흰 쌀밥이 담긴 바가지가 놓여 있었거든요. 평소 삼식이라면 아무리 아프더라도 쌀밥을 그냥 둘 녀석이 아닙니다. 저는 낮에 벌어진 일을 설명하려 했습니다. 그런데 꺽다리가, 이 천막에 삼식이와 저 둘뿐이었고, 아침까지만 해도 삼식이는 열이 나고 어지럼증을 호소하긴 했지만 죽을 정도는 아니었다며 저를 몰아세웠습니다. 간단히 말해, 제가 일부러 삼식이를 죽였다는 식이었습니다. 사흘을 굶긴 것부터 잘못된 결정이었고, 꺽다리와 친해진 걸 제가 참지 못해서 삼식이를 죽음으로 내몰지 않았느냐고 따지더군요."

쇠지팡이가 토굴 벽을 쳤다. 달문이 이야기를 끊고 쳐다보았다. 망둥이는 분이 풀리지 않는지 벌떡 일어나서 지팡이로 허공을 찔러 댔다. 그 앞에 사람이 섰으면 벌써 예닐곱 명은 황천의 객이 되었으리라.

"그딴 개소릴 지껄이는 놈은 아가리를 찢어 놨어야지. 이날 이때까지 누구 덕분에 굶지 않고 지냈는데, 감히 왕초 뒤통수를 후려갈겨? 의리 없는 새끼들! 내 밑에 애들이 그랬다면, 일단 두세

놈 대가리를 부숴 놓고 시작했을 거야. 잘 들어! 왕초는 너야. 구걸한 걸 다 가져도 되고, 한두 놈 죽여 묻어도 그만인 게 왕초라고. 꺽다리 그 새끼가 왕초 자릴 계속 노렸다며? 네게 사람 죽인 죄를 뒤집어씌우려고 삼식이에게 몰래 독초라도 먹였는지 누가 알겠어? 그딴 짓 하고도 남을 놈이잖아? 한데 왕초인 네가 왜 거길 나와?"

"패에서 나왔다고?"

내가 말꼬리를 붙들고 다시 물었다. 달문이 선선히 답했다.

"삼식이는 아파서 죽었고 왕초인 나는 이밥 얻어다 준 잘못밖에 없다는 이야기를, 다른 거지들이 한 명도 안 하더라고. 내가 싫었던 걸까. 내 방식이 맘에 안 들었던 걸까. 내게 몰려와선 삼식이의 복수라며 몰매까지 퍼붓더군. 나를 의심하고 왕초로 인정하지 않는 애들과 다투는 건 내 꼴만 우습지. 이미 맘이 떠났는데……."

달문이 제 머리카락을 잡고 흩었다. 쓸쓸한 기운이 토굴에 가득 찼다. 망둥이가 가슴을 쳐 댔다.

"애들 말을 충분히 듣고 음식을 나누네 마네 할 때부터 알아봤어. 달문, 네 뱃살이 사라지고 볼이 움푹 들어갈 때부터 알아봤다고. 네가 오냐오냐 사람대접해 주니까 그 새끼들이 기어오른 거잖아?"

달문이 답했다.

"삼식이가 죽은 게 너무 갑작스러워 다들 놀랐을 거야. 게다가 배도 몹시 고프고…….”

“이렇게 비가 쏟아지는 날 거지가 굶는 게 무슨 큰일이라고. 솔직히 달문 네가 아니었으면 걔들 벌써 절반은 넘게 죽어 나갔을 거야. 신문 패나 옥류동 패는 뿔뿔이 흩어지고 열 명도 안 남았대. 아파 죽고 굶어 죽었지. 왕초에게 맞아 죽은 애들도 있고. 하지만 수표교 패는 올해 들어 한 명도 안 죽었어. 그래서 거지새끼들이 달문 너한테 들러붙었던 거야. 한데 이제 제법 살 만하다고 널 내쳐? 삼식이가 동칠이랑 다툰 게 왜 왕초인 네 책임이야? 그것들은 사람도 아냐. 천둥벌거숭이들!”

“장님은 개천을 나무라지 않는 법이야. 내 잘못도 있어.”

“무슨 잘못?”

“밥을 구하러 갈 게 아니라 의원을 데려와야 했어. 침을 맞고 약을 먹었다면 삼식이가 그리 허망하게 가지 않았을 거야.”

“헛소리 작작해. 거지 패가 도성에 들고 지금까지, 거지 왕초가 여름 감기 걸린 거지를 위해 의원을 데려온 적 있어? 자기 몸 자기가 챙긴다! 이게 거지 패와 검계의 기본이라고. 네 잘못은 발톱의 때만큼도 없어.”

“그만!”

“몇 년을 함께 지냈는데, 땅에 파묻는 것도 귀찮아 다리 아래로 던져 버린 놈들이야. 개잡놈 소릴 듣는 검계도 최소한 시신을 묻어는 준다고. 너도 널 내쫓은 거지들이 시신을 이따위로 처리할 거라고 짐작한 거잖아? 그런데도 그놈들이 사람이라고?”

"망둥아!"

달문의 목소리에 힘이 실렸다. 망둥이는 쇠지팡이로 제 어깨를 치곤 나가버렸다. 달문이 내게 사과했다.

"미안합니다. 거적만 빌릴 일이었습니다. 목멱산까지 오시게 하는 게 아니었습니다."

"미행하는 줄, 처음부터 알았어?"

달문이 고개를 끄덕였다.

"은밀히 따랐는데…… 게다가 비바람 소리까지 시끄러웠고."

"거지 노릇하며 먹고살려면 눈치가 빨라야 합죠. 춤추고 노래하는 광대 노릇하려면 귀가 밝아야 하고요."

"미행하는 줄 알면서도 왜 내버려 뒀지?"

"삼식이를 개천에서 건져 목멱산으로 데려다 묻다가 혹시 사람들 눈에 띄기라도 하면, 도움을 받으려고 했습니다."

"무슨 도움?"

"거지 왕초 달문과 검계 두목 망둥이가 떠드는 이야길 누가 믿겠습니까? 동대문에서 가장 큰 인삼 가게 외아들이 증인으로 나서 주면 괜찮겠다 여겼습죠. 저야 어찌 되어도 상관없지만, 망둥이가 저를 도와주다 봉변당하는 것만은 막고 싶었습니다. 삼식이를 거적에 싸서 어깨에 멘 후, 돌아서서 미리 이야길 하고 도움을 주십사 청할까도 생각했지만, 비도 오고 시신도 생각보다 무겁고 또 제 몸도 성치가 않아서 그냥 목멱산까지 올라갔던 겁니다."

"나한테까지 사과할 필욘 없어. 오고 싶어 온 거니까. 끔찍한 일을 연거푸 겪었으니 피곤하겠다. 한숨 자도록 해."

달문이 화상을 입은 내 오른팔을 보며 말했다.

"손을 왜 다친 건지 듣고 싶지만, 아무래도 오늘은 어렵겠습니다. 잠깐만 눈 붙일게요."

달문은 등을 대고 눕자마자 코를 골았다. 나는 토굴 입구로 나왔다. 망둥이가 떨어지는 비를 쳐다보며 앉아 담뱃대를 쪽쪽 빨고 있었다. 그 옆에 나란히 쪼그려 앉았다. 침묵이 흘렀다. 검계 두목과 산속에서 이 시간에 장맛비를 쳐다보고 앉으리라곤 상상도 못 했다.

"혹시…… 몰매를 더 맞을까 겁이 나서 왕초 자릴 내던진 건 아닐까?"

망둥이가 천천히 고개를 돌렸다. 표독스러운 뱀눈을 뜬 채 담배 연기를 내게 뿜었다. 지팡이로 제 이마를 문지르며 물었다.

"뭔 개소리야?"

당장이라도 내리칠 기세였다. 내 무릎이 다시 후들거렸다. 달문과 있을 땐 달문을 따라 내게 말을 높였지만, 지금은 완전히 부하 취급하듯 반말을 썼다. 싸늘한 기운이 뒷목을 타고 꼬리뼈까지 내려갔다.

"내, 내 말은 왕초 자리를 그리 쉽게 내준 게 뭔가 다른 이유가 있지 않나 해서……."

"딴 이유? 왜 그리 의심이 많아? 하기야 장사꾼들 오장육부는 의심으로 가득 차 있다며? 나도 달문이 왜 저렇게 바보처럼 구는지 속 시원하게 이유라도 알고 싶지만, 겁을 먹어 거지 패를 나온 건 아냐. 겁이라곤 없는 놈이라고. 처음 만났을 때부터 그랬어."

두 사람이 어떻게 친구가 되었는지 기회를 잡아서 물어보려 했었다. 그런데 대화가 자연스럽게 둘의 첫 대면으로 흘렀다. 망둥이가 이야기를 이었다.

"열 살 때였나 열한 살 때였나. 물론 그때 난 검계 두목이 아니었어. 검 좀 쓴다는 왈자들과 어울려 다녔지. 기생들 끼고 놀고먹는 자리도 빠지지 않았고. 어리다고 깔보는 기생년 턱엔 어김없이 단검을 갖다 댔어. 칼침을 놓거나 피를 보진 않았어. 그때부터 말하는 꽃 기생년들을 잘 챙겨야 두둑하게 돈을 모은다는 걸 알았던 게야. 그렇게 놀던 밤이었는데 달문이 찾아왔지. 처음엔 그 아이가 달문인 줄도 몰랐어. 마당이 시끄럽기에 문을 열어 보니, 하인들이 거지 아이를 막지 못해 쩔쩔매더라고. 하인들 손길을 날렵하게 피하며 외쳐 대더군. '도와주십시오. 도와주십시오.'

곤두놀이 솜씨에 감탄한 왈자들이 윗목으로 들였어. 그게 바로 달문이었지. 뭘 도와 달라는 거냐고 묻자 답하더군. 설사병이 돌아 수표교 거지들이 구걸을 못 나가고 있다고. 줄줄 설사만 하다가 배가 고파 더러운 물을 마시곤 다시 또 설사를 해 댄다고. 죽을 만들어 주면 한 달 안에 갚겠다고. 내가 그때 물었지. 우리가 왜 네깟 거지 부탁을 들어줘야 하냐고. 소란을 피운 너 같은 새낀 죽여도 그만이라고. 혼자 여길 찾아오는 게 두렵지 않았느냐고. 달문이 내 시선을 피하지 않고 답했어. 수표교 밑에 누워 있다간 거지 패 전부가 설사병으로 죽게 생겼으니, 살 방법을 찾는 게 당연하다더군. 사람이 사람을 찾아가는데 겁날 게 뭐냐고도 했어. 나는 화가 났지. 검계에게 겁을 먹지 않는다고? 거짓말! 놈을 위협해야겠다는 생각이 들더군. 입을 귀밑까지 찢고 콧잔등을 돌로 내리친 후에 원하는 걸 주겠다고 했지. 물론 나는 달문이 이 미친 제안을 거절하리라 여겼어. 아무리 죽이 필요해도, 입이 찢기고 코가 으깨지는 걸 받아들일 새낀 없으니까. 그런데 달문은 오래 고민하지도 않고 곧장 그러자고 하더라. 정말 미친놈이었어."

"그래서 어떻게 했어?"

망둥이가 단검을 허리춤에서 꺼냈다.

"뭘 어떻게 해? 요걸로 쫙쫙 입을 찢어 줬지. 큼지막한 돌덩이로 코를 내리찍었고. 뼈가 부러지고 코가 부어올라 콧구멍이 양쪽 다 막혀 버렸어. 입으로 겨우 숨을 쉬었는데, 그것도 숨 쉴 때마다 찢긴 입귀가 떨리는 바람에 황소 눈물을 뚝뚝 흘렸지.

하여튼 달문 덕분에 수표교 거지 패들은 죽을 먹었고 설사병에서 벗어났어. 정확히 한 달 뒤 달문은 죽 값을 갚았어. 그 돈을 받은 사람이 바로 나, 표망둥이야. 그날 내가 먼저 친구 하자고 했어. 달문이 날 멍하니 쳐다보며 웃기만 하더라. 웃다가 입과 코가 아파서 또 눈물을 쏟더라고. 겨우 입을 열고 희한한 주장을 폈어. 자긴 벌써 나를 친구로 여겼대. 내 귀를 의심했지. 그게 말이 돼? 제 입을 찢고 코를 뭉갠 놈을 친구로 삼는다는 게? 이유를 물었더니, 힘들 때 돕는 사람이 친구가 아니면 누가 친구냐고 되묻더라고. 미친 새끼야, 달문은! 그런 달문이 겁을 먹고 왕초 자리에서 물러났다고? 달린 주둥이라고 함부로 놀리다간 다쳐. 달문과 아는 사이만 아니라면 벌써 그 입 찢었을 거야. 알아들어?"

그러고 나서 다시 연기를 뿜었다. 나는 눈을 비비며 기침을 해댔다. 망둥이는 달문의 입을 찢던 순간을 재현이라도 하듯 쇠지팡이를 횡으로 그어 대며 솔숲으로 걸어 들어갔다. 나는 왼손으로 입을 가린 채 망둥이의 등을 보며 다시 저 악한과 만나지 않기를 빌었다.

망둥이는 달문의 입을 찢고 코를 뭉갠 후 그에 대한 의심을 거뒀다. 그러나 나는 여전히 달문을 완전히 믿진 않았다. 얼굴은 흉측하게 바뀌었으나 그 덕분에 수표교 거지 패의 신망을 얻어 결국 왕초가 되지 않았는가. 거지들은 달문의 일그러진 얼굴을 볼 때마다 그가 얻어 온 한 그릇 죽을 떠올릴 것이다. 여기까지 잡념이 미칠 즈음 정면에서 불어온 바람이 내 이마를 때렸다. 을씨년스러운 바람 소리가 내게 이런 질문을 던지는 듯했다. 달문이 음식이나 외모 대신 권력을 탐했다면, 평생을 구걸하며 살다가 어렵게 오른 왕초 자리를 쉽게 내던지고 물러난 까닭은 무엇일까? 나는 즉답을 내놓지 못했다. 그러나 그 이유가 달문의 겉과 속이 똑같아서라기보다는 보통 사람보다 속이 더 깊고 겹겹이 가려진 탓인 듯했다. 거지 왕초라는 권력보다 더 나은 것을 얻기 위한 짓이었다면? 더 나은 것이 무엇이란 말인가?

희뿌옇게 새벽이 밝아 오고 있었다.

제2부 사고파는 자

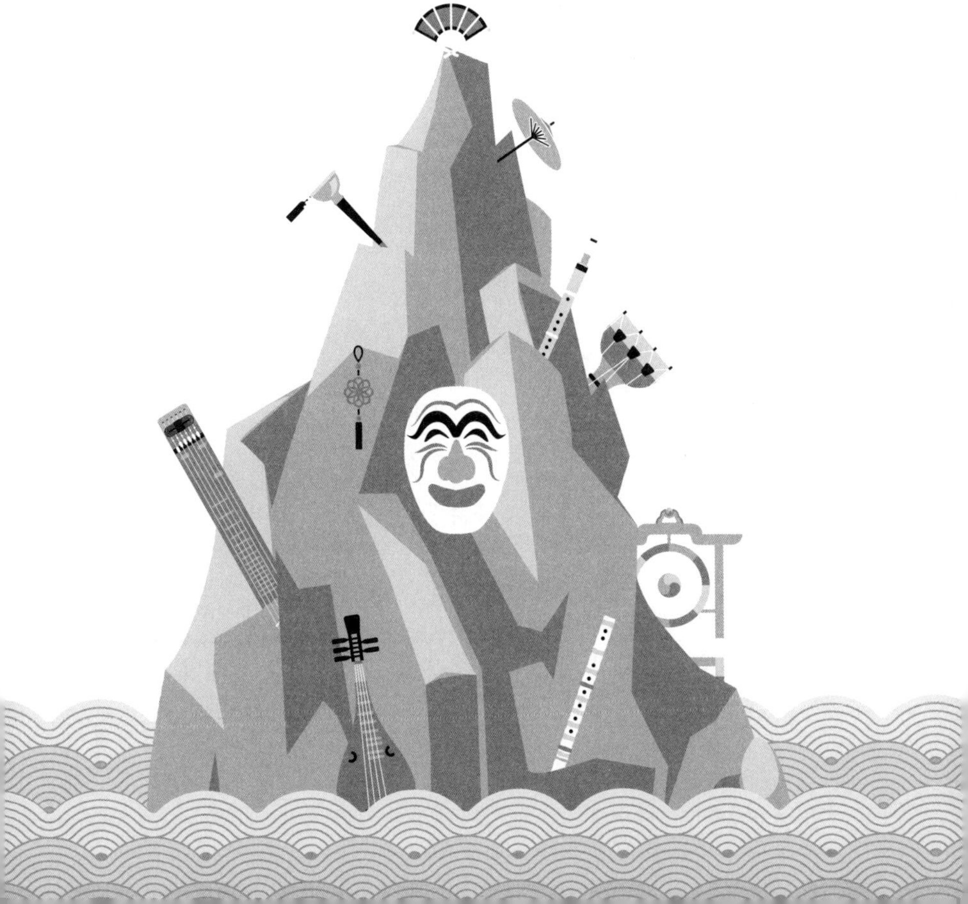

이상한 점원

달문을 미행한 사람은 나만이 아니었다.

다음 날 저녁 숙부가 사내 하나를 데리고 가게로 왔다. 처음엔 쫄래쫄래 들어선 빼빼 마른 이가 달문이란 것도 몰랐다. 기침이 쏟아지는 바람에 나는 돌아서서 손으로 입을 가렸다. 지난밤 비를 맞으며 산길을 쏘다닌 탓에 개도 안 걸린다는 여름 감기가 찾아든 것이다. 기침 사이사이로 사내의 목소리가 먼저 들렸다.

"고마웠습니다."

목소리를 듣고서야 깔끔하게 새 옷을 입은 사내가 달문이란 사실을 알아차렸다. 나는 숙부에게 눈짓으로 물었다.

'저이를 왜 데리고 왔습니까?'

달문이 뒷머리를 긁적이며 대신 답했다.

"거적 빌린 값도 드려야 하고, 어제 도움 주신 값도 해야 하니, 허락해 주신다면 가게 일을 며칠 도와드리고 싶습니다."

점원을 자청한 것이다. 깨끗한 옷 때문인지 그의 얼굴이 더욱 추해 보였다. 손님을 내쫓기에 충분했다. 악취는? 옅어지긴 했지만 여전했다. 한두 번 목욕으로 사라질 냄새가 아니었다. 코를 감싸 쥐고 물러서려는 순간 의심의 나무가 가지를 쫙 폈다. 이 나라에서 점원을 하겠다고 나선 거지가 있었던가. 거지는 구걸할 때

나 가게 문을 두드릴 뿐이다. 점원은 가게를 더럽힐까 염려하여 거지를 절대로 들이지 않았다. 그 정도로 거지와 점원은 상극이다. 거지를 점원으로 둔 점주를 만난 적이 없었다. 이것이었나? 춥고 배고픈 수표교 다리 밑을 떠나 동대문 시장 인삼 가게로 옮겨 오기 위해 내게 접근하였을까. 거지 왕초라는 권력보다 인삼 가게의 재력이 더 탐이 났던가. 무일푼 거지 시절을 접고 거금을 버는 장사꾼의 길을 가려는가. 나를 그 길의 발판으로 삼으려는가.

"가게에서 일한 적 있나?"

"없습니다."

"인삼이든 뭐든, 물건을 파는 게 얼마나 어려운 줄 알아? 손님 마음을 얻어야 한다고."

달문이 순순히 인정했다.

"이 얼굴론 어려울 줄 압니다. 가게 창고에서 물건이라도 나르겠습니다."

상대의 말문을 틀어막을 정도로 솔직한 것이 달문의 장점이자 약점이었다.

"얼굴도 얼굴이지만 점원은 거지가 할 일이 아냐. 더럽고 불쾌한 기운을 조금도 풍겨선 안 돼. 매일 적어도 대여섯 번은 손을 씻어야 해. 머리카락 한 올 떨어지지 않게 머리도 만지고, 옷을 단정히 입는 건 기본이고. 씻는 거랑 담을 쌓은 채 한 달 나고 일 년 보내고 평생 가는 게 거지들이잖아? 할 수 있겠어?"

"길바닥에서 자고 먹을 땐 씻어 봤자 곧 더러워지니까요. 거지로 지낼 때와 다르리란 예측은 했습니다. 최대한 빨리 고쳐 보겠습니다. 부족한 부분은 언제든 지적해 주십시오."

굳은 결심을 한 것이다. 내가 여기서 거절하면, 숙부가 데려가서 점원을 시킬 것이다. 달문이 장사꾼의 세계에서 돈과 재물을 탐하는 꼴을 내 눈으로 보고 싶기도 했다.

"목욕부터 한 번 더 해."

달문이 어깨를 번갈아 내밀며 제 코를 대어 킁킁 냄새를 맡았다.

"씻는다고 씻었는데…… 여전히 납니까?"

"나지 그럼 안 나? 내가 씻으라고 할 땐 잔말 말고 씻어. 약속해."

"알겠습니다."

"그리고 이제부턴 나를 점주님이라고 불러."

매설가가 아닌 점주였다. 달문이 눈코입귀를 모두 크게 움직여 웃었다. 처용의 탈이 따로 없었다.

"알겠습니다. 고맙습니다. 점주님!"

가게 뒷마당에 있는 창고를 보여 주곤 목욕 후 청소부터 시켰다. 가게로 돌아와서 숙부에게 말했다.

"아버지 허락은 받았습니까?"

아버지는 함부로 사람을 들이지 않았다. 숙부가 답했다.

"벌써 인사드리고 오는 길이야. 어젯밤 달문이 거적을 가져가서 한 일도 말씀드렸고. 일단 서너 달 시켜 보라 하셨어."

"숙부도 달문을 미행하셨던 건가요?"

역시 세상엔 믿을 사람이 없었다. 밤비 쏟아지는 내내 달문뿐만 아니라 내 뒤도 따랐던 셈이다. 내 나이보다도 어렸을 때 심마니들 비위를 맞추며 산삼을 캐러 다닌 숙부였다. 미끄럽고 가파르며 어두운 산길을 낑낑대며 오르는 나 하나쯤 은밀히 살피는 것은 일도 아니었을 것이다. 숙부가 능글맞게 적당히 변명했다.

"널 보내 놓고 궁금해서 참질 못하겠더라고. 덕분에 좋은 구경했지."

"달문과 점원, 전혀 어울리지 않습니다. 태어나서 지금까지 얻어먹기만 했지 팔아 본 적이 없는 사람입니다. 아무거나 입고 아무 데서나 자고 아무 소리나 지껄여 대는 수표교 거지 패 왕초였다고요. 죽은 거지 아이를 거둬 묻어 준 건 칭찬받을 일이지만, 그렇다고 손님 비위를 맞춰야 하는 가게 점원을 원한다고 들어주다니요."

"달문이 자청한 건 아냐."

"그럼?"

"거적을 얻어 쓰고 도움을 받은 보답은 꼭 하겠지만 가게에서 일하긴 어렵겠다며 계속 빼더라고."

나는 당연히 달문이 점원으로 써 달라고 숙부에게 찾아가서 먼저 부탁한 줄 알았다. 그러나 부탁한 쪽은 오히려 숙부였다. 내 기억에 숙부가 이런 식으로 누군가를 설득하여 가게에 들인 경우는 처음이었다.

"점원으로 삼잔 생각은 왜 하신 건가요?"

"곁에 두고 좀 더 찬찬히 보고 싶어서. 어쨌든 삼식이란 거지 아이 때문에 왕초 자리에서 물러난 거잖아? 그런데도 그 아이 시신을 거둬 정성껏 묻어 주는 게 아무나 하는 일은 아니지. 억울하기도 하고 섭섭하기도 할 텐데 전혀 내색하지 않고, 당연히 자기 일이라는 듯 헤엄치고 걷고 땅에 묻더라. 거지 달문, 광대 달문이 아니라 사람 달문이 궁금해졌어. 우리가 해 온 일이 장사니까, 제안할 자리가 점원뿐이었고."

나는 힘주어 지적했다.

"다시 말씀드리지만 장사에 합당하지 않습니다. 간단한 언문도 모르고 계산에도 어둡고……."

"장사를 방해하거나 손실을 입힌다면 너보다 내가 먼저 달문을 내보낼 게다. 이건 어디까지나 예감이지만, 난 달문이 점원 노릇도 잘할 듯싶어. 일단 한 계절만 두고 보자꾸나."

졸지에 나와 달문은 점주와 점원으로 최소한 석 달을 함께 지내게 되었다. 그는 숙식을 해결할 집도 없었으므로, 우리 집 헛간에 딸린 쪽방에서 묵었다. 아침저녁으로 같이 출근하고 퇴근했다.

나는 화상 입은 오른손을 움직이기 어려웠기에, 몸 쓰는 일은 대부분 달문에게 맡겼다. 그는 청소와 정리정돈을 의외로 깔끔하게 잘했다. 땀을 쏟아 가며 먼지 한 점 없이 쓸고 닦았다. 먼지와 때와 벌레들로 가득한 수표교 다리에서 널브러져 지내던 모습은 온데간데없었다.

“청소를 끔찍하게 싫어하는 줄 알았어. 다리 밑은 너무 더러웠잖나?”

악취까진 꺼내지 않았다.

“싫지도 좋지도 않습니다. 거지들은 다들 그게 편하다 여겼습니다. 하지만 가게에선 또 이게 편한 거고요.”

“넌?”

나는 일부러 ‘너’라고 힘주어 말했다. 그것이 점주와 점원의 격차이기도 했다.

달문이 즉답을 않고 나와 눈을 맞췄다.

“넌 어떤 게 편하냐고?”

“저는…… 제가 편한 걸 따지지 않습니다.”

“불편해도 상관없다?”

“그곳에 어울리는 꼴을 갖추려 합니다. 그 꼴이 뭐든 저는 편하고요.”

인삼들을 늘어놓곤 가격을 알려 줬다. 점원을 시켜 달라고 찾아오는 이들은 대부분 계산에 밝고 암기력이 뛰어났다. 점원이라면 적어도 가게에 진열된 상품의 가격과 특장점을 줄줄 외워야 하는 것이다. 수첩에 따로 특기 사항을 적어 두기도 하지만, 손님과 흥정할 때는 수첩을 들여다볼 여유가 없었다. 달문은 문맹이니 어차피 수첩 따위의 도움을 받지도 못한다. 지금까지 나는 그가 덧셈이나 뺄셈을 하거나 손가락을 접어가며 뭔가를 헤아리는 것을 본 적이 없었다.

"딱 한 번만 설명할게. 외워."

아버지가 10년 전 여섯 살인 내게 알려 준 대로 차례차례 읊어 나갔다. 회초리를 맞아가며 사흘 밤을 꼬박 지새운 후에야 겨우 진열된 인삼 쉰 개의 가격과 특장점을 외울 수 있었다. 그런데 달문의 반응이 뜻밖이었다. 숫자의 홍수 속에서 당황하여 울상을 지을 줄 알았는데, 백 냥이든 천 냥이든 나아가 만 냥을 매겨도 표정이 바뀌지 않았다. 숫자에 약하고 계산에 어두우며 돈으로 무엇인가를 사고판 적이 없으니, 그것이 얼마나 어마어마한 가격인지도 모르는 듯했다. 그 대신 각 인삼이 자란 장소와 토양에 대해선 깊은 관심을 보였다. 특히 심마니들을 통해 구한 산삼 앞에선 이것저것 질문이 많았다.

"3백 년이나 먹었다는데 왜 이리 작습니까?"

"물이 귀한 돌밭에서 자라서 그래. 흙이 거칠고 물이 부족해서 천 개의 씨앗을 뿌리면 구백아흔아홉 개는 말라 죽고 마는데, 하나가 싹이 나고 3백 년을 버틴 게지. 기적이야."

"이 녀석은 왜 두 발이 쫙 찢기듯 뿌리가 두 갈랩니까? 그리고 가운데 돌은 또 뭐고요?"

"날카로운 돌멩이 서넛이 삼이 자라는 쪽에 박혀 있었대. 그 돌멩이들을 피해 뿌리를 뻗고 자라다 보니까 이 꼴이 난 게지. 심마니가 잔뿌리 하나도 잘라먹지 않고 온전히 캐려 이틀을 꼬박 매달렸대. 처음엔 뿌리가 하난 줄 알았고, 그다음엔 각각 다른 두 뿌리라 여겼대. 두 뿌리면 작업이 간단해. 돌을 뽑고 왼쪽과 오른쪽의 산삼을 거두면 되니까. 그렇게 작업하려는데 뒤통수가 근질근질하더래. 돌아섰더니 새끼 고라니가 눈을 말갛게 뜨곤 심마니를 쳐다보더라는 거야. 심마니는 마음이 급해졌어. 새끼 고라니가 있다는 건 근처에 어미 고라니가 있단 얘기니까. 어미 고라니가 심마니에게 달려들기라도 하면, 그 와중에 산삼을 밟기라도 하면 끔찍한 게지. 심마니가 호미를 흔들며 쫓아도 새끼 고라니는 가질 않았어. 오히려 한 걸음 또 한 걸음 다가왔지. 그런데 갑자기 땅이 쿵쿵거리기 시작하더래. 심마니는 직감했지. 새끼 고라니를 노리는 들짐승이 솔숲에서 달려 나오고 있단 걸. 호랑이일까 표범일까 아니면 늑대들? 겁을 먹은 심마니는 무릎을 펴고 일어났지. 평소라면 그대로 내리막길로 달렸을 거야. 산삼이 정말 아깝긴 해도 사람 목숨이 먼저니까. 한데 어느새 무릎까지 파고든 새끼 고라니가 눈에 밟힌 게지. 심마니는 산삼을 캐기 위해 산에 들어온 지 30년 만에 처음으로 새끼 고라니를 품에 안고 달리기 시작했어. 숲에서 나온 녀석은 다행히 호랑이도 표범도 늑대들도 아닌 멧돼지였지. 멧돼지라고 해서 위험하지 않은 건 아냐. 하지만 호랑이나 표범이었다면 심마니와 새끼 고라니가 함께 무사하긴 어려웠을 거야. 멧돼지란 걸 확인한 심마니는 바위들이 모인 능선을 택했지. 호랑이가 가장 좋아하는 바위 능선을 멧돼지는 끔찍이 싫어했어. 바위에서 바위로 건너뛰다 발을 헛디디거나 몸의 균형을 잃으면 떨어져 뼈가 부러지기 십상이거든. 멧돼지를 따돌리고 나니 어미 고라니가 능선을 따라 내려왔대. 새끼 고라니를 어미에게 보내고, 돌아와 산삼을 캐기 위해 돌을 들려고 보니까, 그 돌 위와 아래로 넘나드는 잔뿌리들이 보였다더라. 결국 이렇게 돌과 함께 캘 수밖에 없었지. 심마니는 이게 다 고라니 덕분이라더군."

달문은 듣도 보도 못한 희한한 질문을 삼마다 던졌고 그때마다 내 대답은 길어졌다. 달문은 삼이 마치 수표교에서 동고동락했던 거지들이라도 되는지, 안타까워 한숨 뱉고 한참을 쳐다보며 눈물을 글썽이기까지 했다. 답이 만족스럽지 않을 땐 보충 질문도 던졌다. 내 답이 길다고 지루해한 적은 없었다. 거지 패들과 구걸해 온 음식을 모아 놓고 밤이 깊을 때까지 각자 무엇을 얼마나 먹을 것인지 말하고 들으며 보낸 세월의 힘이었다. 길어야 반나절이면 충분하리라 여긴 삼 오십 뿌리에 대한 설명이 이틀이나 걸렸다. 설명을 모두 들은 달문이 총평 아닌 총평을 했다.

"점주님 설명이 귀에 쏙쏙 들어왔습니다. 이야기 팔아 먹고살겠다더니 웬만한 재담꾼 저리 가라군요."

달문에게 고스란히 돌려주고 싶은 칭찬이었다.

아직 습작중이고 완성작을 세책방에 넘긴 적도 없었다. 게다가 습작품인 '악인별전'마저 아버지에게 들켜 스스로 태워 없애지 않았던가. 일탈을 묵인하는 숙부도 예술에 대한 호기심을 지지하는 것일 뿐, 내가 소설에 재능이 있다고 인정하진 않았다.

"놀리지 마. 아직 턱없이 부족해."

"산대山臺를 놀려면 팔도의 춤꾼 소리꾼은 물론이고 재담꾼도 필요합니다. 글을 모르긴 마찬가지지만 이야기 하나만은 끝내주게 하는 꾼들입죠. 어제오늘 설명이 그들만큼 능청능청 흘러가진 않았습니다. 감탄할 지점과 웃을 지점과 울 지점이 명확하지도 않고요. 하지만 점주님 이야긴 참으로 풍부합니다. 계속 듣게 만드는 힘이 넘칩니다. 잔재주들은 배우고 익히면 됩니다. 꼭 하고픈 이야기에 집중하는 능력, 그게 재담꾼의 시작이자 끝입니다."

내 이야기에 관해 칭찬을 듣긴 처음이었다. 믿긴 힘들었지만 그렇다고 칭찬이 싫지는 않았다. 쑥스러움을 감추기 위해 신입 점원에게 말했다.

"자, 이제 가격을 차례대로 외워 봐."

달문은 검지 끝을 아랫입술에 대곤 삼들을 눈으로 훑었다.

"이건 백 냥, 그다음은 오십 냥, 그 옆에 것은……."

세 개도 말하지 못했다. 내가 꾸짖기도 전에 달문이 주먹으로 제 이마를 힘껏 두드리며 자책했다.

"이렇다니까요. 수표교 밑에선 아무리 많아도 오십 이상을 헤아린 적이 없습니다. 그것도 거지들 머리통 세는 것이니 헷갈리지도 않죠. 점주들과 점원들 머리에 백 천 만 십만 이런 숫자들이 가득 차 있는 줄 몰랐습니다. 죽은 들짐승의 썩어 가는 내장에 엉겨 붙은 개미가 천 마리쯤 될까요? 그것도 눈으로 보기만 했지 한 마리 한 마리 센 적은 없습니다. 오십 이상은 없는 숫자와도 같단 말씀입지요. 가격은 나중에 따로 외우고, 각 삼의 장점부터 말씀드려도 될까요?"

"그렇게라도 해 봐."

큰 기대를 하지 않았다. 역시 점원으로 일하기엔 셈이 너무 어둡다. 달문은 심심하게 시작했다.

"모자라지도 않고 넘치지도 않은, 딱 알맞은 땅에서 자랐습니다. 햇빛도 적당했고 가뭄이나 홍수도 없었고요. 인삼밭 한가운데 있어서, 아침저녁으로 들리는 닭 울음이나 간간이 돌림노래처럼 터지는 개 짖는 소리도 시끄럽지 않았습니다."

나는 말을 끊었다.

"그게 어떻게 장점이야? 너무나도 평범한 농촌이잖아?"

달문은 주저하지 않고 답했다. 이미 그 문제에 대해 오래 숙고한 장사꾼처럼.

"평범한 날들이 쌓여 오늘 이 모양이 된 거니까요. 사람이 사람이 되고 삼이 삼이 되려면 특별함이라곤 전혀 없는 하루하루가 필요한 법입니다. 그렇지 않은가요?"

담보는 당연히 달문

달문의 점원 시절에 대해 알려진 일화는 비슷비슷하다. 물건을 사고파는 가게에서 벌어진 일이다 보니, 모두 돈과 관련이 있는 것이다.

우리 집안이 동대문에 가게를 열어 장사를 시작한 이래 달문은 가장 특이한 점원이었다. 그런데 여기서 이목을 끄는 일화 한두 개를 부각시키면, 달문의 평범한 나날이 가려진다. 그가 '이상한' 점원인 건 맞지만, '점원'으로서 맡아야 할 기본 업무부터 시작했음을 우선 지적해 두고 싶다. 새벽엔 가게를 쓸고 닦았으며 늦은 오후부턴 창고 정리에 이어 청소를 도맡았다. 땀이 많은 탓에 틈이 날 때마다 최대한 신속하게 세수했다. 매일 밤 목욕하는 것도 잊지 않았다. 내가 손님을 응대하는 것을 곁에서 지켜보았고, 그때 든 생각들을 정리하여 다음 날 아침 내게 말했다.

달문이 들어오기 전까지 아버지와 숙부 그리고 내가 택한 진열 방식은 가격순이었다. 가장 싼 것을 출입문 가까이 두고 가게 안으로 들어설수록 점점 값이 오르다가, 고가高價의 산삼은 병풍 뒤에 감추고 재력이 상당한 손님들에게만 은밀히 내보이는 식이었다. 한 번이라도 우리 가게에 와 본 손님은 자신이 가진 돈에 맞춰 적당한 삼을 어렵지 않게 찾아냈다. 간혹 산삼을 보여 달라는 뜨내기손님에겐 우선 원하는 가격대부터 물었다. 감당할 재력이 되는지 확인할 때까진 실물을 꺼내지 않았다. 눈으로 보는 것만으로도 산삼의 약효가 떨어진다는 것이 아버지의 주장이었다.

달문은 열흘 남짓 내가 시키는 일만 열심히 했다. 손님이 없을 땐 진열된 삼들을 천천히 살피기도 했지만, 점주인 내 허락 없이 자리를 바꾸거나 치우진 않았다. 달문을 뒷방으로 불러 인삼차를 탁자에 두고 마주 앉았다. 점원 노릇이 어떠한지 알아보기 위해서였다. 차 한 모금을 마신 뒤, 열흘을 보내며 궁금한 것이 있으면 무엇이든 물어보라고 말했다. 달문이 주저하지 않고 아귀 입을 열었다.

"아홉 냥에 파는 인삼을 송도 삼밭에선 얼마에 사 오는 겁니까?"

숫자부터 언급한 것이 놀라웠다. 이제 본색을 드러내고, 손익을 따지기 시작하는가.

"석 냥이지."

이마를 가릴 정도로 달문의 눈이 커졌다.

"여섯 냥이나 덧붙여 파는 이유가 뭡니까?"

낯선 질문이었다.

"장사니까."

"여섯 냥은 너무 많은 것 아닙니까? 삼밭을 일군 이들도 석 냥을 받는데."

나는 긴 한숨을 내쉰 뒤 설명했다.

"삼이 세 배 장사란 건 서대문과 남대문에서 가게를 내고 장사하는 점주들도 다 아는 사실이야. 경상도나 전라도로 내려가면 세 배가 뭐야, 네 배 아니 다섯 배 장사도 한다고. 이 나라가 세워진 후 계속 그래 왔어."

"옛날부터 그렇게 했다는 게 세 배 장사가 옳다는 증거는 못 됩니다."

따져 묻지 않을 수 없었다.

"그럼 도대체 어느 정도 이익을 남겨야 한다는 거야? 삼밭 농부들이 석 냥을 받았듯이 우리도 석 냥을 더 얹어 두 배 장사만 할까? 그것도 많아? 그럼 한 냥 반만 얹어서, 한 배 반 장사를 하면 네 기준에 맞겠어? 네가 점주라면 어떻게 할래?"

달문은 씩씩거리는 내 숨소리가 잦아들 때까지 기다렸다.

"솔직히 말씀드리자면, 석 냥에 사서 석 냥에 팔았으면 합니다."

나는 고함을 지르고야 말았다.

"뭔 소리야! 그럼 우린 뭘 먹고 살라고? 점원들 월급도 줘야 하고, 이만한 가게를 시장에서 유지하려면 돈이 얼마나 드는 줄이나 알아? 석 냥에 사서 석 냥에 팔면 한 달도 못 가서 망한다고."

"우리 가게만 삼을 산 가격과 파는 가격이 같다면, 말씀하신 대로 곧 망할 겁니다. 하지만 동대문뿐만 아니라 도성 안팎의 가게들이 모두 사 온 가격대로 판다면, 손해 볼 까닭이 없죠."

내 머리로는 상상이 되질 않았다.

“그건 장사를 하지 말란 소리와 같아. 돈도 못 버는데 그딴 짓을 왜 해? 다 굶어 죽고말걸.”

달문은 물러서지 않았다.

“돈은 못 벌지 모르지만 굶어 죽진 않을 겁니다. 돈 벌 생각 없이 원하는 걸 그때그때 주고받으면 되니까요. 어쩌면 돈을 중간에 끼우는 게 문제였는지도 모르겠습니다. 인삼이 필요한 사람과 생선이 필요한 사람이 만나 직접 물건을 주고받는 세상을 혹시 생각해 본 적 없습니까?”

물물교환을 하자는 건가. 그 한계와 문제점은 뚜렷하지 않은가.

“내가 가진 인삼과 다른 이가 가져온 생선의 가치를 어떻게 결정해?”

“그건 당사자가 만나 대화를 나누다 보면 해결될 문젭니다. 하나만 덧붙이자면, 중병을 앓거나 굶어 죽어 가는 사람이 있으면 그 사람을 무조건 살린다는 약속부터 하는 겁니다. 돈이 없다는 이유만으로 굶어 죽고 아파 죽는 건 옳지 못합니다. 돈보다 사람이 훨씬 중요하니까요.”

“언제부터 그딴 해괴망측한 생각을 한 거야?”

“시작한 날은 기억나지 않습니다. 수표교 다리 밑에서 뒹굴다 보니 자연스럽게 떠올랐어요. 돈 때문에 너무 많은 사람이 죽더라고요. 거지뿐만 아니라 웬만큼 돈을 번 이들도 돈 돈 따지다가 결국 돈 때문에 다투고 절망하다가 자살하더군요. 부자들이 자신이 가진 돈 중에서 한 움큼만 내줬어도 그 사람들 죽지 않았습니다. 돈, 그까짓 게 뭐라고!"

"남 탓해선 안 돼. 부자들이 도움의 손길을 베풀면 좋겠지만, 그러지 않는다고 비난할 순 없어."

"부자도 사람이고 가난뱅이도 사람입니다. 돈이 없으면 굶어 죽어도 어쩔 수 없단 건가요? 가난해도 살아야죠. 살 수 있도록 해야죠."

대화는 거기서 중단되었다. 달문이 갑자기 눈물을 뚝뚝 흘리기 시작한 것이다. 나는 지금까지 기껏해야 일가친척 중 네댓 명의 부음을 들은 것이 전부였다. 길 위에서 버틴 달문은 일일이 헤아리진 않았지만 백 명도 넘는 사람이 돈이 없어 죽어 가는 과정을 지켜봤다. 매일 돈을 만지는 나보다 돈 한 푼 가지지 못한 달문이 훨씬 돈에 대해 진지하게 생각한 셈이다. 그렇지만 돈을 아예 없애자는 것은 위험하고도 어리석은 바람이다. 특히 돈을 버는 것이 목적인 가게 점원이 할 고민은 결코 아닌 것이다. 그렇게 돈 벌기를 꺼리는 점원은 당장 가게에서 내쫓는 것이 옳다.

다음 날 숙부가 가게에 들렀을 때, 달문은 자기 방식대로 진열을 해 보고 싶다는 의견을 냈다.

"나한테 묻지 마! 이 가게는 어디까지나 장조카가 운영하는 거야."

화살을 내게 돌렸다. 아버지라면 엄명을 내릴 일도 숙부는 슬쩍 자신의 뜻을 감추며 기회를 줬다. 나는 조건부터 차근차근 따졌다. 어젯밤 내게 털어놓은 대로, 이익이 나지 않는 방향으로 가게를 바꾸게 둘 순 없었다.

"며칠이나 해 보려고?"

"아흐레면 됩니다. 근데 사흘마다 바꿀 거니까, 세 번 다르게 진열해도 되겠습니까?"

즉답 대신 숙부를 봤다. 6년 전, 숙부는 내게 진열을 가르칠 때 강조했었다. 한번 진열하고 나면 적어도 1년은 그대로 가야 한다는 것이다. 가격순으로 진열하되, 들고 나는 인삼에 따라 위치 조정이 없을 순 없겠지만, 눈 밝은 단골손님도 그 변화를 알아차리지 못할 정도로 익숙하고 편안하게 상품을 두는 것이 가장 중요한 원칙이라고 했다. 그런데 달문은 사흘마다 바꾸겠다는 것이다. 나는 처절한 실패를 예감하며 답했다.

"아흐레 후 평가를 받겠다면, 좋아! 그때까진 맘대로 해."

달문이 말꼬리를 잡았다.

"맘대로 하라는 말씀엔…… 병풍 뒤 산삼까지 포함됩니까?"

숙부가 빙긋 웃어 보였다. 내가 어찌 답하나 기다리는 것이다. 한 뿌리에 집 한 채씩이라는 산삼이 자그마치 세 뿌리였다. 위험부담이 컸지만 숙부 앞에서 달문에게 밀리긴 싫었다.

"좋을 대로 해."

그날부터 달문은 아흐레 내내 가게에서 잤다. 내가 강제로 끌고 가서 밥을 먹이기 전에는 곡기도 끊었다. 특히 처음으로 진열하기 전날 밤과 사흘째 밤과 엿새째 밤엔 한숨도 자지 않고 혼자서 진열을 새로 했다. 사흘 내내 고민하고 하룻밤 꼬박 몸을 움직여 그 고민의 결과를 내놓는 식이었다.

한마디로 오리무중이었다. 첫날 진열된 삼들을 보며 숙부도 나도 할 말을 잃었다. 가격순으로 진열하지 않았다는 것은 확실했다. 우리가 아는 사실은 그것뿐이었다. 이 삼 옆에 저 삼을 놓고 저 삼 옆에 그 삼을 놓아야 하는 이유를 알 수 없었다. 그렇다고 달문에게 시작부터 끝까지 설명해 달라고 하기엔, 평생 삼을 팔아 온 숙부의 자존심이 허락하지 않았다. 우리는 첫 손님이 오기를 기다렸다.

좌포청 별감 홍태식洪泰植이 들어왔다. 워낙 삼을 좋아해서 가욋돈만 생기면 가게로 달려오는 단골이었다. 성이 홍 씨이기도 하고 옷이 붉은 데다 술에 절어 늘 얼굴이 불콰했기 때문에 '삼홍三紅'이라고 불렸다. 인삼 덕분에 피부가 윤이 나고 붉은 것이지 술 때문이 아니라며 변명하곤 했다. 떡 벌어진 어깨와 두툼한 가슴은 큰 키를 더욱 길어 보이게 만들었다. 홍 별감은 문 옆에 서서 인사하는 달문을 보자마자 콧잔등이 터질 듯 붉어졌다.

"달문이 맞아? 네가 왜 여기 있어?"

둘은 구면이었다. 도성의 뒷골목을 흥청망청 휘젓고 다니는 별감이 수표교 거지 패 왕초와 안면을 트는 건 당연했다.

"보시면 모르십니까? 취직이란 걸 했습니다."

"인삼 가게 점원을 한다고? 네가? 소문이 맞나 보네. 수표교 패에서 쫓겨났다며?"

"스스로 나온 겁니다. 제가 없더라도 우리 애들 앞으로도 잘 좀 보살펴 주십시오."

달문이 크고 두꺼운 양 손바닥을 비볐다. 홍 별감이 숙부와 나를 흘끔 곁눈질하곤 진열된 삼을 구경하러 갔다. 익숙하게 네 걸음을 걷다가 멈춰 서선 처음으로 돌아왔다. 첫 번째 삼을 가리키며 물었다.

"이게 제일 싼 거 맞아?"

달문이 답했다.

"진열을 바꿨습니다."

"누구 맘대로?"

홍 별감은 도끼눈을 뜨며 당장이라도 내리칠 것처럼 육모방망이를 들었다.

"제 맘입죠."

달문이 짧게 답한 후 입을 한껏 벌리며 웃었다. 주먹 하나가 넉넉하게 들어가는 시커먼 구멍이 드러났다. 홍 별감은 기다렸다는 듯이 육모방망이를 달문의 입에 쑥 밀어 넣었다가 뺐다. 그리고 둘은 동시에 소리 내어 웃었다. 적어도 수십 번은 합을 맞춘 장난인 듯했다. 홍 별감이 채근했다.

"이야기보따리를 풀어 봐."

"크게 네 묶음으로 나눴습니다. 인왕산, 개천, 사대문, 종루 거리가 그것입죠. 먼저 인왕산에 올라 먹음직한 놈들을 마련했습니다. 호랑이가 바위를 뛰어넘듯 비약이 많은 삼들입니다. 가게에 오기까지 큰 고비가 한두 차례 있었는데, 숨거나 편한 길로 돌아가지 않고 단번에 훌쩍 뛰어넘었습니다. 하나하나 말씀드려 볼까요?"

홍 별감이 고개를 끄덕였다. 그리고 달문은 스무 개의 인삼들 각각이 돌파한 고비를 읊었다. 때론 줄줄 이야기하고 때론 손바닥으로 제 허벅지를 쳐 가며 운율을 실어 노래했다. 이 판의 압권은 이야기 하나를 마칠 때마다 달문이 "그리하여 이 모양 이 꼴이 된 것이었다!"라고 말한 후 훌쩍 몸을 놀려 인삼과 똑같은 자세를 취하는 순간이었다. 인삼과 달문의 모습이 너무 닮아 홍 별감은 손뼉을 치며 환호할 수밖에 없었다. 숙부와 나 역시 할 말을 잃었다. 그렇게 스무 개의 인삼에 관한 재담과 소리와 흉내를 이어 가는 동안 손님이 다섯 명 더 들어왔다. 그들은 인삼을 둘러보는 대신 자연스럽게 홍 별감 곁에 앉거나 서서 달문의 설명을 이어 들었다. 이야기들이 중간중간 수시로 끊겼기 때문에 어디서부터 들어도 상관이 없었다. 인왕산에 올라 먹음직한 스무 개의 인삼을 설명하는 동안 달문은 단 한 번도 가격을 밝히지 않았다. 싸다거나 비싸다고도 하지 않았다.

설명을 마친 뒤 홍 별감을 포함하여 여섯 명의 손님은 달문이 들려준 이야기 중 한두 개씩을 집어 가격을 물어 왔다. 달문은 곧장 답하지 않고 손등으로 이마의 땀을 훔치며 말했다.

"제게 인삼에 관한 거의 모든 이야기를 들려주신 분과 의논하시죠."

그리고 손님들을 내게 넘겼던 것이다. 나는 비로소 가격을 밝혔고 간단한 흥정이 오갔다. 여섯 명 중 두 명은 돌아섰지만, 나머지 네 명은 인삼을 구입했다. 여기서 지적해 둘 부분은 네 명이 산 인삼들이 결코 싸지 않다는 것이며, 그들이 가게에 들어설 때 염두에 둔 가격보다 훨씬 비싸다는 것이다. 확답을 주저하는 눈치면 달문이 슬쩍 다가왔다. 점원이라면 피해야 하는 이야기를 스스럼없이 꺼냈다.

"형편이 어려우시면 오늘 꼭 안 사셔도 됩니다. 제가 괜히 힘들게 해 드렸네요. 죄송합니다."

내가 째려보며 달문을 저만치 내쫓으려는 순간, 손님들이 하나 둘 돈주머니를 열었다.

"왜 자네가 죄송해? 억만금을 주고도 못 듣는다는 달문의 재담과 소리와 흉내를 실컷 즐겨 고마울 뿐이야."

"인삼 흉내는 처음이지? 첫 개시인데 그냥 갈 순 없지."

값을 치르면서 한술 더 떴다.

"담에 또 이런 판 벌이면 연락 줘."

"돈 주고 사 먹기만 했지, 삼마다 구구절절 사연이 있는지 몰랐으이."

매상은 나쁘지 않았다. 내가 고수하던 진열법을 쓸 때보다 두 배 정도 더 팔렸다. 열 명이 오면 그중 한두 명이 살까 말까였는데, 달문의 이야기판을 즐기고 나면 열 명 중 대여섯 명은 인삼을 사 갔던 것이다. 가게를 채운 손님 중에서 달문의 이야기가 사실인지 따지는 이는 없었다. 사실이든 아니든, 세 치 혀로 만드는 이야기에 빠져들었던 것이다. 몸으로 추는 춤만큼이나 혀로 추는 춤 역시 기기묘묘하다는 풍문은 과장이 아니었다. 그 춤이 인삼을 휘감자 가치와 약효가 눈에 띄게 늘어 보였다.

달문은 사흘이 지난 후 진열을 바꿨다. 입소문을 듣고 찾아온 이들은 진열이 바뀐 걸 보고 적잖이 당황했다. 그러나 따져 묻진 않고 달문이 설명할 때까지 기다렸다. 달문이 두 번째로 정한 진열의 틀은 색깔이었다. 빨강 파랑 노랑 이렇게 단순한 방식이 아니었다. 작년 여름 소나기 내린 뒤 남대문에 걸린 노을, 새벽 마포 나루로 들어서는 조운선에 그득한 곡물, 눈보라 치는 대낮에 북악산으로 날아가는 참매의 날개, 구걸하는 거지 떼에게 짖으며 따라오는 개들에게서 색깔을 골랐다.

손님은 더욱 늘었고 매상은 첫 사흘보다 곱절이었다. 달문은 각각의 인삼을 흉내 내는 대신 한 묶음의 이야기가 끝난 후 춤을 췄다. 노을과 곡물과 참매의 날개와 크고 작은 개들이 떠올랐다.

사흘 후 달문은 마지막으로 배열을 또 바꿨다. 이번에 주목한 것은 밤하늘이었다. 보름달을 첫손에 꼽았고 움직일 줄 모르는 북극성을 두 번째로 택했으며 새벽에 만나는 샛별을 세 번째로 두고 운이 굉장히 좋은 밤에만 만나는 별똥별을 마지막으로 골랐다. 보름달, 북극성, 샛별, 별똥별과 삼을 연결해서 이야기한 다음 춤을 선보였다. 가게에 따로 춤을 위한 공간이 없었으므로, 달문은 발놀림을 최대한 줄이고 양손과 표정으로 밤하늘의 네 가지

반짝이는 존재들을 선보였다.

손님들은 아침부터 줄을 섰고 매상은 두 번째 사흘보다 다시 곱절이었다. 마지막 사흘의 마지막 날, 그러니까 아흐렛날 장사를 시작하기 전 달문을 불렀다.

"이야기를 팔아먹고 살 사람은 내가 아니라 달문 너로구나. 다들 네 이야기에 빠져 삼을 넙죽넙죽 사 가잖아?"

달문이 답했다.

"인삼을 팔기 전까진 저도 재담을 제법 한다 여겼습니다. 하지만 지난 여드레 동안 판을 벌이며 깨달았습죠. 요 세 치 혀로 이야기를 풀어놓는 장소는 산마루까집니다. 봉우리에 오르려면 결국 몸을 놀려 춤을 출 수밖에 없더라고요. 이야기로 그쳤다면 다들, 흥미로운 소리구먼! 하며 삼을 사진 않고 돌아갔을 겁니다. 그 정도도 사실 전 만족하지만, 여긴 가게고, 제가 골머리를 앓아가며 진열을 새로 하고 또 판을 벌인 건 어디까지나 삼을 팔기 위해섭니다. 반칙이란 생각도 했지만, 철괴무나 팔풍무를 익힐 때 배운 재주 몇 가질 끼워 넣었습니다. 저는 죽었다 깨어나도 이야기로만 승부하는 매설가는 못 됩니다."

그 말이 무색하게 5백 명이 넘는 손님이 몰렸고 지난 여드레를 전부 합친 것보다 더 인삼이 팔렸다. 급기야 집으로 돌아가 창고에서 인삼을 추가로 가져와야 했다. 평소라면 점원인 달문이 할 일이지만 손님들에게 둘러싸인 그를 가게 밖으로 내보내긴 어려웠다. 나는 집에서 인삼을 비싼 것만 서른 뿌리 더 챙겨 왔다. 달문에게 물었다.

"산삼은 어디 있어?"

기와집 한 채와 맞먹는 산삼이 보이지 않았던 것이다. 달문은 밤하늘로 판을 바꾸며 산삼을 출입문 바로 옆에 첫 자리에 놓았었다. 보름달의 기운이 가장 많아서라고 했다. 이렛날부터 계속 산삼이 마음에 걸렸다. 도둑맞기라도 하면 지금까지 번 돈을 모두 날리는 것과 같았다. 열다섯 번째나 열여섯 번째 그러니까 보름달 묶음의 마지막인 가게 제일 안쪽에 산삼을 두는 것이 어떻겠느냐고 권했다. 달문은 내 뜻을 따르지 않았다.

산삼을 지키는 것은 오로지 내 몫이었다. 달문이 이야기와 춤을 이어 갈 때도, 나는 산삼 옆에 서서 움직이지 않았다. 그런데 바로 그 산삼이 사라진 것이다.

"어떻게 했느냐고?"

목소리가 높아졌다. 손님들 시선이 내게 향했다. 달문이 구석으로 자리를 옮겨 속삭이듯 답했다.

"팔렸습니다."

"팔렸어?"

"발 없는 삼이 어딜 갔겠습니까?"

손님들이 달문을 다시 에워쌌으므로 대화는 중단되었다. 나는 그들에게 스무 뿌리의 인삼을 보여 주고 값을 흥정했다. 달문은 내 옆에 서 있다가 샛별에 속한 삼들의 특장점을 다시 묻는 이들에게 갔다. 달문은 질문을 받으면 두 번이고 세 번이고 이야기를 반복했다. 단순한 반복이 아니라 질문한 손님을 위해 내용은 물론이고 대화 방식이나 풍경 묘사를 조금씩 바꿨다. 더 잘 이해시키려는 그만의 기술이었다.

집에서 가져온 인삼까지 전부 팔고 나니 날이 어둑해졌다. 손님들은 제각각 비단보자기에 싼 삼을 품고 가게를 나섰다. 손님들을 배웅하며 가게 안팎을 살폈다. 달문이 보이지 않았던 것이다. 산삼을 분명 팔았다고 했는데, 내 손에 아직 그 돈이 들어오지 않았다.

혹시?

의심이 생겼다. 달문이 평생 만져 보기 힘든 거금이었다.

내가 당했을까?

아버지는 자기 자신 외엔 그 누구도 믿지 말라고 했다. 달문에겐 기회가 많았다. 가게에서 홀로 지낼 때 야밤에 몰래 삼들을 통째로 빼돌릴 수도 있었다. 그러나 그 삼을 누군가에겐 팔아야 할 것이므로, 그 와중에 아버지나 숙부의 그물망에 걸려들 가능성이 컸다. 그래서 인삼은 그대로 두고 산삼이 팔리기만을 기다렸을까. 돈 따윈 없는 세상에서 살고 싶다는 주장은 나를 안심시키기 위한 거짓말이었을까. 하긴, 그처럼 허무맹랑한 이야기를 지껄이는 사람을 지금까지 만난 적이 없었다.

마지막 손님을 골목까지 배웅하고 가게로 돌아오니 달문이 와 있었다. 가게엔 손님을 맞는 정문 외에 뒷문이 하나 더 있긴 했다. 진열대는 텅 비었다. 삼을 전부 판 것이다. 나는 달문에게 따져 물었다.

"어디 갔었어, 안 보이던데?"

"소변이 급했습니다. 온종일 참았거든요."

아무렇지도 않게 답했다. 아침부터 손님을 맞이하느라 점심 식사도 건너뛰고 저녁까지 근무했다. 용변 볼 틈도 없었던 것이다. 나는 의심을 거두지 않았다.

"산삼을 팔았다 그랬지?"

"아, 맞다!"

달문이 병풍 뒤에서 나무상사를 들고 왔다. 가지런히 담긴 은괴가 묵직했다.

"사 간 사람은 누구야?"

"처음 보는 분이셨습니다. 산삼을 구하러 멀리 전라도 나주에서 올라오셨다더군요."

평소엔 단골이 주로 왔지만 오늘만 해도 생면부지 손님이 절반을 훌쩍 넘겼다. 이름과 고향을 확인할 여유도 없었다. 어쨌든 산삼을 팔고 받은 은괴까지 확인했으니 달문을 더 추궁할 수 없었다. 달문이 진열대를 정리하고 마무리 청소 준비를 했다. 그때 가게 문을 두들기는 소리가 시끄럽게 들렸다. 나도 모르게 고개를 돌렸다. 표망둥이였다. 달문이 가게 밖에 선 망둥이를 향해 물러서서 기다리란 손짓을 했다.

"망둥이랑 약속했어?"

"저녁 먹으며 할 말이 있답니다. 개천에 먼저 가 있으라 했는데, 가게까지 찾아왔네요. 어제 저녁을 먹자는 걸 아흐레 동안은 집중하고 싶어 하루를 미뤘더니 저럽니다."

나는 참아 왔던 질문을 기어이 던졌다.

"네 입을 찢고 코를 짓뭉갠 놈과 정말 친구로 지낼 거야?"

달문이 아무렇지도 않게 답했다.

"그게 망둥이 방식이니까요. 발뒤꿈치를 자르겠다고 해도 내줬을 겁니다."

"사과는 받았어?"

"아뇨. 사과를 하더라도 받을 생각 없습니다."

"그건 명백하게 망둥이가 잘못한 짓이야."

달문이 따지듯 불쑥 물었다. 망둥이에 대한 비난을 더 이상 듣기 싫었던 걸까.

"왜 망둥이가 제 얼굴을 엉망으로 만든 것만 지적하십니까? 그날 수표교 거지 패는 망둥이가 건넨 죽 덕분에 목숨을 건졌습니다."

"그냥 준 것도 아니고 빌려준 거야."

"그냥 줬든 빌려줬든 망둥이가 아니었으면 적어도 열 명은 다음 날 햇볕 구경을 못 했을 겁니다. 생명의 은인인 셈이죠."

예상치 못한 논리로 망둥이를 감쌌다. 망둥이가 밖에서 기다렸으므로 다툴 여유도 없었다.

"가 봐, 그럼."

"괜찮습니다. 정리정돈에 바닥 청소까지 마치고……."

나는 가게 밖을 곁눈질하며 말했다.

"망둥이 지랄 맞은 성미는 도성 장사꾼들이라면 다 알아. 시간 끈다고 가게에 오줌을 싸 대는 건 애교고 가게 여럿을 박살 낸 적도 있다며? 아흐레 동안 번 돈을 가게 수리비로 날릴 셈 아니면 빨리 가. 대충 정리만 하고 나도 갈 거야."

"그래도 되겠습니까? 망둥이 저 녀석 성질머리가 고약하긴 하죠. 귀여운 구석도 많은데 사람들이 잘 모르더라고요. 그럼 청소는 내일 새벽에 와서 하겠습니다. 정리정돈은 하지 마시고 그냥 두세요. 고맙습니다."

달문이 인사를 꾸벅하곤 가게를 나갔다. 망둥이가 나를 향해 쇠몽둥이를 흔든 후 달문의 어깨를 감싸 당기곤 허리를 젖히며 웃었다. 달문도 따라 웃으며 나란히 시야에서 사라졌다.

혼자 남자 피로가 몰려들었다. 아흐레 동안 가장 고생한 사람은 달문이겠지만, 나도 두 달은 족히 걸려 만날 손님들을 아흐레 사이에 상대하느라 분주했다. 흥정할 땐 신경이 곤두섰고, 마지막 사흘은 산삼을 지키려고 애쓰다가 눈에 실핏줄까지 터졌다. 쉬겠단 내색은 하지 않았다. 아버지에게 처음으로 자랑할 만큼 두둑하게 매상이 오른 것이다. 진열대를 정돈하는 것은 주인의 고유 권한이었다. 점원은 주인이 정한 방식에 맞춰 삼을 옮겨 두는 것이 고작이었다. 이렇듯 막대한 이익이 났으니 앞으로도 진열을 달문에게 맡겨야 할까. 나는 빈 진열대를 천천히 걸으며 달문의 방식을 되짚어 보았다. 사흘씩 나눠 세 차례 다르게 진열한 방식엔 공통점이 없었다. 막연한 글자나 숫자가 아닌 구체적인 상황과 장소에 천착한다는 것 외엔 파악하기 어려웠다. 다시 사흘이 주어진다면 달문은 어떤 식으로 진열을 바꿀까. 진열 방식을 결정하는 사람이 가게의 주도권을 쥘 수밖에 없다. 내가 아무리 돈 관리를 하고 가격 흥정을 맡는다고 해도, 가게의 특징은 진열에서 결정된다. 게다가 달문은 진열만 하고 숨는 것이 아니라, 그렇게 진열한 이유를 이야기와 노래와 춤으로 보여 주지 않았는가. 머지않아 내 가게는 '달문이네 가게'로 불릴지도 모른다. 어쩌면 벌써 그렇게 불리고 있을 것이다. 머리가 복잡했다. 돈은 벌었지만 짜증이 잦고 화가 치밀었다. 달문이 이렇듯 가게에 쉽게 적응하고 점원으로서 발군의 실력을 발휘하리라곤 상상도 못 했다.

고민이 꼬리에 꼬리를 물고 이어지니 더더욱 피로했다. 저물 무렵부터 가게 안 네 모서리에 켜 둔 등잔을 하나씩 껐다. 마지막 등잔을 끄려면 산삼을 놓아 두었던 진열대 뒤로 돌아 들어가야 했다. 진열대를 밀고 드나들 틈을 확보한 뒤 옆걸음으로 들어갔다. 등잔 밑 구석에 반쯤 풀린 비단 보자기가 눈에 띄었다. 삼 뿌리가 상하지 않도록 곱게 싼 보자기였다. 허리를 숙이고 오른손을 뻗어 보자기를 집는 순간 묵직했다. 빈 보자기가 아닌 것이다. 자세를 고친 후 두 손을 모아 보자기를 집고 들어 올렸다. 조심조심 보자기의 덮인 반쪽을 폈다.

산삼이었다.

*

그 밤 달문은 귀가하지 않았다. 나는 뜬눈으로 밤을 새운 후 어둑새벽에 가게로 향했다. 뒷문으로 들어가선 등잔도 켜지 않고 컴컴한 가게에서 기다렸다. 얼마 지나지 않아 달문이 가게로 왔다. 자물쇠를 열고 앞문으로 들어서던 그는 어둠 속에 앉아 있는 나를 보고 놀라 흠칫 섰다.

"벌써 나오셨습니까? 서둘러 청소부터 하겠습니다."

"망둥이 패와 지금까지 어울렸니?"

"여기저기 다녔습죠."

"갈 데가 많았나 보지?"

달문이 등잔을 찾아 켜며 답했다.

"낮밤을 거꾸로 사는 친구라…… 새벽에 탑골 뒷골목 가게 쪽방에서 대취해 곯아떨어진 걸 보고 나왔습니다."

나는 본론으로 바로 들어갔다. 보자기를 꺼내 탁자에 놓았다. 달문의 시선이 따라왔다. 나는 턱짓으로 보자기를 가리켰다. 달문이 그것을 천천히 풀었다. 산삼이었다. 거짓말이 들통났는데도 그의 표정엔 난처한 빛이 없었다. 오히려 산삼을 보는 달문의 입귀가 천천히 올라갔다. 모처럼 친구를 만나 반가운 듯이. 나는 굳은 표정으로 추궁을 시작했다.

"산삼을 팔았다고 왜 거짓말을 했나? 은괴는 또 어디서 난 게고?"

달문이 잃어버린 강아지라도 찾은 듯 반가운 눈으로 답했다.

"어젠 아무리 훑어봐도 없더니 어디서 찾으셨습니까? 새벽에 청소하며 찾으려 했는데 덕분에 고생을 더네요."

달문의 태도가 화를 돋웠다.

"청소하며 찾으려 했다니? 똑바로 말해. 왜 거짓말했어?"

"산삼이 없어졌다고 점주님이 너무 걱정하셔서 우선 그렇게 말씀드렸습니다. 어제도 말씀드렸지만, 발 없는 삼이 어디로 가겠습니까? 가게 안 어딘가 떨어져 있겠거니 여겼습죠."

"손님 중에 손버릇 고약한 이가 섞여 들었을지도 모르지 않는가?"

"아흐레 동안 가게를 찾은 손님 중엔 그런 분이 없었습니다."

"어찌 그리 확신하는가? 시장 바닥엔 옛날부터 좀도둑이 들끓는 법이야. 훔쳐 갈 물건이 수두룩하니까."

달문이 강조했다.

"삼을 설명하며 한 사람 한 사람 눈을 다 맞췄습니다. 딴짓을 하거나 딴마음 먹은 이는 없었습니다."

"관상쟁이야? 눈빛만 보고 어찌 마음까지 알아?"

"삼이 그대로 있잖습니까?"

잃어버린 삼이 한 뿌리도 없으니 자신의 믿음이 옳았다는 뜻이다. 말문이 막히는 질문이었다. 나는 말머리를 돌릴 수밖에 없었다.

"그건 그렇다 치고 은괴는 어디서 났어?"

"잠시 빌렸습니다."

"빌리다니? 누가 너한테 그걸 선뜻 빌려준단 말이냐?"

거지 출신 달문에게 담보가 있을 턱이 없었다.

"해송 어른께 갔었습니다."

숙부 가게는 내 가게에서 백 보도 떨어지지 않았다.

"숙부가 줬다고?"

"확인해 보십시오. 저는 이제부터 청소를 하겠습니다."

그 아침에 나는 숙부에게 갔고, 아침을 함께 먹으며 의논했다. 달문의 이야기는 사실이었다. 예전에도 은괴를 담보 없이 빌려준 적이 있느냐고 묻자 숙부가 답했다.

"당연히 없지. 담보를 잡고 그 가치의 일 할만 빌려주는 건 우리 집안의 원칙 아니냐?"

"어찌하여 달문에겐 그 원칙을 어긴 겁니까?"

"어긴 적 없다."

숙부가 납득하기 어려운 답을 내놓았다. 거지인 달문이 값비싼 땅이나 재물을 가졌을 리 없었다.

"담보가 뭐란 말입니까?"

"달문!"

"달문이 담보라고요?"

"돈을 갚지 않고 달아나 버리면 그 가치가 전혀 없겠지. 하지만 달아나지 않고 은괴를 요긴하게 쓴 후 갚는다면, 달문의 가치는 그보다 열 배 아니 백 배는 더 나갈지 몰라."

"용처도 모른 채 달문만 믿고 빌려줬다 이 말씀인가요?"

"어차피 그를 담보로 삼았으니 용처를 알든 모르든 무슨 상관이란 말이냐? 아침부터 내게 와서 따지는 걸 보니 달문이 달아나진 않았나 보구나."

그래서 나는 지난밤 산삼에 얽힌 이야기를 숙부에게 들려줬다. 그리고 은괴가 든 나무상자를 꺼내 놓았다. 숙부는 빙긋 웃으며 내게 물었다.

"한데 표정이 왜 그렇게 어두우냐? 달문이 은괴와 함께 사라지길 바란 사람처럼."

숙부는 정확하게 내 마음을 짚었다. 산삼을 찾았다는 기쁨보다도 달문이 아무렇지도 않게 건넨 거짓말이 마음에 걸렸다. 아무리 좋은 의도를 지녔다고 해도 거짓말은 거짓말이다.

나는 가게로 돌아가선 아흐레 전처럼 가격순으로 삼을 다시 진열했다. 내 명령을 받은 달문은 가타부타 말이 없었다. 뒤늦게 소식을 듣고 찾아온 손님들이 달문에게 아흐레 동안 선보인 이야기와 노래와 춤을 해 달라고 졸랐다. 나는 귀머거리처럼 내 자리를 지켰다. 달문은 난처한 표정을 지으며 손님들을 설득했다.

"딱 아흐레만 제 식대로 판을 깐 겁니다. 점원이 된 지 열흘밖에 안 된 제겐 과분한 기회였습죠. 아흐레 동안 저도 깨달은 게 많습니다. 언제인지는 모르지만 훗날 다시 판을 깔겠습니다. 그땐 미리미리 와주세요. 지금은 아닙니다. 고맙습니다."

전혀 미련을 두지 않는 것이다. 나는 더 약이 올랐다. 견물생심見物生心은 사람의 본성이 아닌가. 달문이 삼을 거둬 야반도주를 하지 않은 것과 숙부에게 은괴를 빌려 와서 내게 준 것은 뒷일을 감당하기 어려웠기 때문이 아닐까. 금액도 더 크고 달아나기도 더 쉽다면, 그때도 달문은 돈 따윈 관심 없다는 태도를 보일까.

이즈음 아버지가 내게 은괴가 든 상자를 맡겼다. 특등품 삼이 나왔을 때 구입 자금으로 마련한 여유자금이었다. 숙부의 은괴 상자보다 두 배는 더 무거웠다. 나는 은괴를 지키기 위해 병풍 뒷벽을 뚫고 북경에서 들여온 쇠 상자를 넣은 후 자물쇠를 다섯 개나 걸어 잠갔다. 도둑 떼가 몰려와 각종 흉기를 휘둘러도 결코 열 수 없는 금고였다. 두 손으로 들기도 힘들 만큼 크고 무거운 자물쇠를 차례차례 열고 그 안에 둔 은괴를 쳐다보며 고개를 끄덕이다가 낯익은 얼굴 하나를 떠올렸다. 이것을 미끼로 삼을 작정을 한 것이다.

자물쇠를 전부 열어 놓은 채 달문보다 일찍 퇴근했다. 뒷정리를 꼼꼼하게 하는 달문이 금고를 보지 않을 수 없었다. 다음 날 출근해서 확인하니 은괴가 그대로 들어 있었다. 나는 금고를 잠그고 지내다가 퇴근 직전에 또 자물쇠를 모두 풀었다. 그렇게 닷새 동안 금고를 열어 둔 채 퇴근한 후 골목 건넛집에 몰래 숨어 내 가게를 훔쳐보았다. 달문은 평소처럼 정리정돈과 청소를 하곤 문을 잠그고 퇴근했다. 이상한 조짐은 전혀 없었다.

엿새째 아침, 드디어 문제가 생겼다. 은괴가 감쪽같이 사라진 것이다. 역시! 돈 앞엔 장사가 없었다. 달문이 견딘 시간은 닷새였다. 다른 점원이라면 당일에 곧바로 은괴를 챙겨 튀었을 수도 있다. 그러나 돈에 초탈한 달문이라면 닷새가 아니라 50일이 지나도 은괴에 손을 대면 안 되는 것이다. 순진무구하게 구는 달문의 모습은 거짓이었다.

이제 은괴를 시급하게 찾는 것이 문제였다. 도성을 벗어나기 전에 붙들어 치도곤을 내야 한다. 달문을 절도범으로 신고하기 위해 급히 가게를 나섰다. 그런데 저만치 골목 입구에서 달문이 꾸벅 반절을 했다. 나는 그 자리에 멈춰 섰다. 헛말이 나왔다.

"어디 가?"

달문이 즉답하지 않았다. 그가 늘 출근하는 시간이었다.

"가게에 급한 일이라도 생겼습니까?"

달문이 내 표정을 살피며 물었다.

"일은 무슨……. 한 바퀴 둘러보고 올 테니 장사 준비해."

"다녀오십시오."

서대문까지 걸어갔다가 동대문 시장 골목으로 돌아왔다. 그사이 달문은 바닥은 물론 진열대까지 깨끗하게 청소를 마쳤다. 나는 곁눈질로 병풍 뒤를 살폈다. 금고 문이 열린 그대로였다. 나는 머릿속이 복잡했다. 달문이 은괴를 훔쳤다면 이렇게 출근할 리 없다. 밤중에 도적이라도 들었단 말인가. 그러나 아침에 가게에 왔을 땐 도적이 든 흔적이 전혀 없었다. 슬쩍 달문을 떠보았다.

"문단속은 철저하게 하고 있고?"

"걱정 마십시오."

첫 손님이 왔으므로 대화는 거기서 중단되었다. 나는 달문이 잠시 자리를 비웠을 때 금고를 다시 들여다봤다. 손을 넣어 구석구석 더듬었지만 아무것도 없었다. 달문에게 대놓고 은괴의 행방을 물어야 할까. 그러나 달문이 자신은 금고를 연 적이 없고, 그 안에 은괴가 있는 줄도 몰랐다고 오리발을 내민다면? 달문에게 금고를 특별히 신경 써서 지키란 언질을 준 적도 없었다. 은괴가 없으면 삼을 구입하는 데 큰 문제가 생긴다. 포도청에 도난 신고를 해야 할까. 그렇게 되면 포졸들이 와서 결국 달문을 추궁할 것이다. 가게를 지키는 이는 달문과 나 둘뿐이니까. 그리고 동네방네 소문이 나겠지. 그렇게라도 찾으면 다행이지만, 찾지 못하면 가게에 대한 손님들의 믿음만 망가뜨리는 꼴이다. 물건을 사고파는 것 외에 가게에서 일어난 일은 철저하게 감추라는 것이 아버지의 원칙이기도 했다. 거미줄에 걸린 나비 꼴이었다.

사흘을 끙끙 앓았다. 아침마다 금고를 열어 봤지만 텅 비어 있었다. 끼니도 거르고 세책방에서 빌려 온 소설도 읽지 않았다. 달문이 걱정스러운 얼굴로 물었다.

"어디 아프십니까? 안색이 창백합니다. 식은땀도 계속 흐르고……."

"멀쩡해. 신경 쓰지 마."

달문이 건네는 국화차도 거절했다. 나흘째 아침에 갑자기 아버지가 가게로 들이닥쳤다. 숙부를 통해 가게 사정을 들을 뿐, 내 가게엔 일 년에 한두 번 올까 말까 하였다. 아버지는 먼저 달문을 칭찬했다. 달문과 직접 만난 것은 그날이 처음이었다.

"아흐레 동안 거둔 성과는 잘 알고 있다. 하지만 너무 자주 그런 짓을 해선 안 돼. 가게가 한결같아야 손님이 오래 가는 법이니까."

"명심하겠습니다."

"해송에게 가서 삼 열 뿌리만 받아오너라."

달문이 가게를 나갔다. 달문을 내보내기 위해 일부러 만든 심부름 같았다. 아버지는 달문이 시야에서 사라지자 엄히 나를 꾸짖었다.

"멍청한 놈! 금고를 열어 둔 채 다니는 점주가 어디 있어?"

"어떻게 그걸……."

나는 말을 잇지 못했다.

"급전이 필요해서 왔었다. 송도에 좋은 산삼이 나왔다는 전갈을 받고 가는 길이었어. 금고가 열려 있더군. 너는 이미 퇴근했고 가게엔 달문뿐이었어. 달문을 방금처럼 심부름 보냈다. 그리고 금고에서 은괴를 챙겼지. 송도에서 일을 보고 지금 돌아오는 길이야."

금고를 제대로 관리하지 못한 것은 심각한 잘못이었다. 가게를 당장 접고 당신의 가게로 와서 점원으로 일하라는 불호령이 떨어져도 받아들일 수밖에 없었다. 나는 솔직하게 달문에 대한 불편한 심정을 털어놓았다. 오랫동안 이어져 내려온 관례를 따르지 않고 제멋대로 굴며, 이익을 남기지 않는 장사를 하자고 헛소리를 지껄일 뿐만 아니라, 친구라도 되는 듯 감정을 실어 인삼들과 인사하고 이야기와 노래를 들려주기까지 한다고 했다. 아버지는 달문이 가게로 온 날부터 지금까지 벌어진 일들을 끝까지 들었다. 그리고 자리에서 일어서기 전 한마디만 했다.

"다시는 얄팍한 꾀를 부려 시험하지 말거라. 네가 다룰 그릇이 아니다."

소문과 환대

그로부터 일 년 남짓 달문은 가게에서 더 일했다.

나는 아버지로부터 매몰찬 비난을 들은 후로는 돈을 미끼 삼아 달문을 시험하진 않았다. 하지만 의심을 거둔 것은 아니다. 동대문뿐만 아니라 사대문 안 상인들이 모두 달문을 칭찬할수록, 더 집요하게 달문의 약점을 찾으려 했다. 은밀히 달문을 미행하기도 하고, 그의 방을 뒤지기도 했다. 누구에게도 밝힌 적은 없지만, 다시 시작한 '악인별전'에 달문을 주인공으로 넣어 본 적도 있었다. 세상 사람들이 모두 선인善人이라고 칭송하는 악인惡人! 이보다 더 강한 반전은 없었다. 그러나 소설은 쉽게 진도가 나가지 않았다. 달문의 선행은 태산보다 높지만 그의 악행은 단 하나도 손에 잡히지 않았다.

예상대로 내 가게는 '달문이네 가게'로 불리기 시작했다. 어른들은 물론이고 아이들까지 몰려와선 가게 안을 기웃거렸다. 달문은 장사를 시작하기 전에 의자를 문 앞에 놓고 앉았다. 춤을 추거나 노래를 부르진 않았지만, 찾아와서 말을 거는 이들에겐 누구든지 응대해 줬다. 별별 사람들이 와선 별별 이야기를 하며 별별 질문을 던졌다. 그때마다 달문이 이야기를 풀지 않은 적은 없었다. 보름쯤 이 광경을 지켜본 후 물었다.

"그 많은 문제를 다 알지는 못할 텐데, 답을 그리 막 해도 돼?"

"저처럼 못 배운 놈이 답을 알 리 없습죠. 저들도 거지에 까막눈인 제게 딱 맞아떨어지는 답을 들으러 온 건 아닐 겁니다. 저한테까지 와서 하소연하는, 그 답답한 심정을 헤아릴 뿐입니다. 해답은 모르겠지만 그 문제가 당신에게 얼마나 중요한지는 알겠다고 받아주는 게 전붑니다."

달문은 찾아온 이의 말을 반복하여 되새기는 경우가 대부분이었다. 슬프다고 하면 "참 슬프시군요!"라고 하고, 외롭다고 하면 "인생에서 제일 외로우시겠습니다"라고 했으며, 화가 난다고 하면 "장작불처럼 가슴이 활활 타오른 적이 저도 있습니다"라고 하고, 후회스럽다고 하면 "그런 후회는 저도 종종 합니다"라고 했다. 달문이 그렇게 한 번 더 따라 하는 것만으로도 찾아온 이들의 얼굴이 밝아졌다.

"고작 그거라고?"

"중요한 질문을 품은 사람은 금이야 옥이야 그걸 꽉 부여안고 동동 발을 구릅죠. 다른 사람에게 내보이지 않아요. 그렇게 혼자서만 품고 다니다 보면 문득 궁금하고 두려워집니다. 과연 이게 중요한 질문이기라도 한 걸까."

"하찮은 질문일 경우엔 하찮다고 알려 주나?"

달문은 붉은 혀로 윗입술을 두어 번 핥은 뒤 답했다.

"이른 새벽에 여기까지 와서 줄을 길게 서서 기다렸다가 던지는 질문이라면 그게 뭐든 중요합니다. 중요하고말고요. 질문이 중요하다거나 하찮다고 어떻게 제가 판단을 합니까. 전 못 합니다, 그딴 짓!"

인삼 가게는 나날이 번창했다. 가게를 두 배로 확장했고 점원도 세 명이나 더 뽑았다. 달문은 고참 점원이라며 텃세 따윈 부리지 않고 신입 점원들과 공평하게 업무를 분배했다. 왕초의 특권을 누리지 않던, 수표교 아래 그 모습 그대로였다.

나는 매달 말일 월급을 지급했다. 그런데 달문의 방 어디에서도 월급으로 받은 돈이 발견되지 않았다. 돈을 몸에 지니고 다니는 눈치도 아니었다. 내 집에서 숙식을 해결하는 달문은 언제나 빈털터리였다. 자신을 위해선 단 한 푼도 쓰지 않았던 것이다. 옷은 아버지나 숙부 혹은 내가 입다 버린 것들을 받아 입었다. 신도 그렇게 얻어 신었는데, 발이 맞지 않아 크거나 작더라도 괘념치 않았다. 맞지 않는 해진 옷에 맞지 않는 낡은 신을 신고도 환하게 웃으며 돌아다녔다. 시장엔 혀를 즐겁게 할 주전부리들이 많았지만, 달문은 단 한 번도 제 돈을 내고 사 먹은 적이 없었다. 떡이든 전이든 술이든, 정말 먹고 싶은 마음이 부풀어 오르면, 가게 앞에 가서 아귀 입을 쩍 벌리고 침을 한 사발 흘리다가 돌아오는 것이 전부였다. 점주들이 딱하게 여겨 음식이나 술을 내오더라도 받지 않고 도망쳤다.

시장 사람들이 툭하면 내게 와서 달문의 월급을 넉넉하게 올려주라 충고했다. 내가 주는 월급이 떡 한 덩이나 술 한 사발을 사 먹지 못할 만큼 적진 않았다. 왜 그렇게 돈 한 푼도 없이 다녀 가게 망신을 시키느냐고 따졌더니 달문이 답했다.

"평생 거지로 살아서 그런가 봅니다. 돈을 갖고 다니면 여간 불편한 게 아닙니다."

매상을 쑥쑥 올렸다는 사실뿐만 아니라, 돈에 초탈하다는 소문 역시 꼬리에 꼬리를 물고 번졌다. 죽은 삼식이를 거적으로 싸서 목멱산에 파묻었다는 이야기도 퍼졌고, 삼이 사라졌을 때 지인에게 돈을 빌려 대신 내곤 나중에 가게에서 삼을 찾았다는 이야기도 이어서 흘러 다녔다. 삼 대신 약이나 술이나 벼루가 등장했고, 지인도 친구나 선배로 바뀌었다. 이렇게 떠도는 이야기들을 모아 보면, 달문은 동대문 시장에 있는 인삼 가게, 벼루 가게, 포목 가게 등에 두루 점원으로 근무한 꼴이었다. 달문이 인삼 가게 외에 다른 가게에서 근무했다는 이야기는 허무맹랑했지만 쉽게 사라지지 않았다. 오히려 인삼 가게 점원 이야기만큼이나 널리 퍼져 주목을 끌었다. 그와 같은 거짓 행각이 번진 것은 동대문 시장의 다른 점주나 점원들이 적극적으로 부인하지 않은 것도 큰 몫을 했다. 동대문 시장 점주들은 달문을 인삼 가게 점원으로 국한시키지 않고, 동대문 시장 모든 가게의 점원으로 만들기를 바랐다. 동대문 시장 하면 달문이 떠오르도록 하기 위해, 어쩌면 그들이 이와 같은 이야기를 꾸몄을지도 몰랐다. 달문이 아예 평양과 의주를 거쳐 압록강을 건너 북경으로 가서 귀한 그림과 글씨 혹은 종이와 먹과 벼루를 은밀히 들여와서 동대문 시장 가게들에 공급한다는 이야기까지 돌았다.

달문이 국경을 넘어 청나라를 오간 것이 완전한 거짓은 아니다. 그를 청나라로 보내자고 운을 뗀 이는 숙부였다. 아버지와 숙부와 내가 모처럼 만나 저녁을 먹는 자리에서였다. 산해관을 지키는 관원들이 특등품 송도 인삼 백 뿌리를 사겠다고 연락을 해왔다는 것이다. 의무려산 근처를 인삼과 돈을 교환하는 장소로 정하기까지 했다.

"숙부께서 다녀오실 일 아닌가요?"

숙부는 청국어에 능했고 북경을 벌써 세 번이나 다녀왔다.

"인삼을 팔고 마제은을 받을 건데, 압록강을 넘기 전에 그걸로 이것저것 귀한 그림이나 도자기 혹은 서책을 사 오는 편이 나아."

마제은은 청나라에서 통용되는 말굽 모양 은괴다.

"그렇다면 더더욱 숙부님이 가셔야죠."

"조 대인이라고, 산해관에서 가장 직위가 높은 관원이 있어. 그가 어찌 알았는지 달문이 인삼을 가져오면 좋겠다고 했대. 하기야 송도 상인들에게 곧장 주문을 넣지 않고 우리에게 연락을 취한 게 이상하긴 했어. 이제 보니 처음부터 달문을 원했던 것 같아. 인삼은 핑계고."

"달문이 조 대인을 알던가요?"

"금상 1년1725년 도성에 온 청국 사신단의 관원이라더군. 조 대인이 도와주지 않으면 우린 청나라 물건을 작은 붓 하나 사들이기 힘들어. 요구를 들어줄 수밖에."

식사를 마친 뒤 나는 달문을 뒷방으로 데려갔다.

"조 대인이라고 알아?"

"그 어른을 아느냐고 왜 묻는 겁니까?"

"잔말 말고 어찌 아는지 설명해 봐."

"사신단에 속해 도성까지 왔었습니다. 산대놀이를 마친 뒤, 조 대인이 저를 방으로 불렀습죠. 철괴무와 곤두놀이 그리고 줄타기 솜씨를 칭찬하며 그 방법을 물었습니다. 저는 춤사위 하나하나를 선보이며 설명했습니다. 조 대인은 계속 고개를 끄덕였고, 그 옆에 앉은 여덟 화인畵人들은 제 동작을 옮겨 그리느라 분주했습죠. 설명을 마치고 나니 조 대인이 독한 술을 따라 주더군요. 저는 술은 먹는 둥 마는 둥 하며 그에게 잡상雜像 인형들을 저절로 움직이는 방법을 물었습니다. 조 대인은 지금은 직이 높은 관원이지만, 불혹이 될 때까진 잡상을 만들어 산대에 세우고 조종하는 일을 맡았습죠. 조 대인은 답하지 않고 술을 석 잔이나 연거푸 따랐고 저는 단숨에 비웠습니다. 조 대인은 넙죽넙죽 받아 마시는 저를 향해 껄껄껄 호탕하게 웃고 난 뒤 답했습니다. 잡상이 움직이는 원리를 말로 설명하긴 어렵다고요. 산해관 인근에 잡상을 만드는 공방이 있으니, 그곳까지 오면 외부에 공개하지 않은 비밀 장치와 조종법을 알려 주겠다고 했습니다."

"그래서 조 대인이 너를 찾는 거야? 약속을 지키고 싶어서?"

달문이 고개를 저었다.

"아닙니다. 10년 전에 산해관으로 조 대인을 찾아가서 장치도 보고 조종법도 배웠습니다."

"이미 다녀왔다고? 그게 불법인 줄은 알지?"

양국을 공식적으로 오가는 사신단 외에 허락 없이 국경을 넘나드는 것은 법으로 엄격히 금했다. 사사롭게 물건을 내가거나 들여오다가 붙잡히면 엄벌을 면치 못했다.

"압록강을 지키는 군사들이 삼엄하긴 하더군요. 하지만 만 명의 군사가 지킨다 한들 틈은 있기 마련입니다. 대부분은 뒷돈을 내고 강을 건너갔지만, 저는 그렇게 쓸 돈이 없어서 몰래 헤엄을 쳤습죠. 여름이면 한강에 나가 물장구치며 놀았던 게 도움이 되었습니다."

"그럼 왜 조 대인이 너를 다시 찾는 거야?"

"그게 조 대인에겐 늦게 본 아들이 하나 있는데, 10년 전 제가 갔을 때 겨우 일곱 살이었습니다. 허약해서 거의 매일 코피를 쏟았고, 살짝만 넘어져도 뼈가 부러졌으며, 보름에 한두 번씩은 쓰러져 정신을 잃었습죠. 제가 곤두놀이 가운데 기본이 되는 몇 가지를 가르쳐 줬는데, 다행히 코피도 멎고 졸도도 멈추더군요. 그 아이가 장성하여 작년 섣달 혼인을 했다는 소식을 얼마 전에 듣긴 했습니다."

"산해관 조 대인의 혼사를 누가 전했단 말이냐?"

믿을 수 없었다. 달문의 재담에 내가 속아 넘어가고 있는 것이 아닐까. 그 의심을 눈치채기라도 한 듯, 달문이 소매에서 초상화 한 점을 꺼내 건넸다. 혼례복을 입은 젊은 남녀가 의자에 나란히 앉아 있었다.

"박문수 대감 편에 받은 겁니다. 10년이 지났지만 신랑 얼굴을 보자마자 알았습죠. 실눈에 광대뼈가 유난히 튀어나왔었거든요. 조 대인이 저를 불러들이려는 까닭은 산해관에 가 봐야 확실히 알겠습니다. 하여튼 조 대인과는 이런 인연이 있습죠. 조 대인 집에서 몇 번 잔치를 한 적이 있는데, 그때마다 그는 저를 옆 나라에 사는 동생이라고 소개하더군요. 저 같은 거지를 동생으로 둬서 뭐가 좋은 건지는 모르겠지만……."

달문은 인삼 백 뿌리를 챙겨 산해관으로 떠났다가 다섯 달 후 돌아왔다. 서대문 밖 모화관 근처에 도착했다는 소식을 들은 숙부가 나를 데리고 마중을 나갔다. 달문은 평상에 드러누워 낮잠에 취해 있었다. 그를 따라 들어간 방엔 그림과 글씨와 도자기와 비단과 약재가 가득했다. 달문의 부탁을 받고 조 대인이 구해준 것들이었다. 물론 달문이 인삼을 팔고 받은 마제은으로 그것들을 구입하긴 했다. 그러나 아무리 비싼 값을 줘도 구할 수 없는, 이 나라에 단 하나뿐인, 나라님도 고관대작도 지니지 못한 귀품貴品들이었다.

내 가게에서 점원으로 일하는 동안, 달문은 이렇게 딱 한 번 압록강을 건너갔다가 돌아왔을 뿐이다. 그러나 달문이 벌써 수십 번 청나라에 다녀왔으며, 청국 대신들과 술잔을 주고받았을 뿐만 아니라 황제와 독대했다는 풍문까지 돌았다. 도성의 내로라하는 상인들이 달문에게 거금을 맡겨 청나라의 귀품들을 구입해 왔는데, 달문을 통하면 구하지 못할 귀품이 없다는 이야기가 사족처럼 덧붙었다. 이 나라를 다시 침공하려는 청나라 황제를 설득하여 막았으며 청국 공주와 혼약을 했다는 이야기를 대광통교 세책방에서 들은 날, 나는 터무니없는 소문을 달문에게 전했다. 누가 왜 이따위 소문을 퍼뜨린 것 같냐고 물었다. 그가 잠시 생각한 후 답했다.

"소문 따윈 관심 없습니다."

"뭐?"

"소문대로 제가 청나라 황제의 사위로 살 것도 아니지 않습니까? 발 없는 말은 워낙 빨라 아무리 따라잡으려 해도 불가능합니다. 괜히 힘껏 달리다가 제 가랑이나 찢어지죠. 가면 가나 보다 오면 오나 보다 할 뿐입니다."

"지금 떠도는 소문들은 그래도 널 좋게 평하니까 상관없겠지만, 악한으로 모는 흉문이 돌더라도 태연하게 지낼 거야?"

"소문은 소문일 뿐입니다."

"소문이 때론 사실을 짓누르기도 하는 법이야."

오래 기다릴 것도 없었다. 소문의 악영향이 곧바로 달문을 덮쳤던 것이다. 주목받는 이에게 빌붙어 이득을 보려는 자들이 어디에나 꼭 있었다. 돈에 초탈하고 착하기로 소문난 달문에겐 뜯어먹을 것이 많았다. 내 눈에도 보이는 것을 달문 자신만 애써 무시하는 꼴이었다.

달문에게 취직 부탁을 하는 이들이 차츰 늘었다. 초면에 무작정 매달리는 식이었다. 달문은 청하는 사람들의 허기를 달래기 위해 밥까지 자신이 샀다. 그리고 정말 사정이 딱한 이들을 위해, 동대문 시장 점주들에게 조심스럽게 점원을 쓸 생각은 없는지 물었다. 달문이 추천하는 사람이면 믿고 쓰겠다는 것이 점주들의 뜻이었다. 그렇게 스무 명도 넘는 사람들이 달문을 거쳐 점원이 되었다.

대부분은 성실하게 근무했지만 사고를 치는 점원들도 가끔 생겼다. 그들은 돈이나 가게 물건을 챙겨 달아났다. 나중에 따져 보니, 그렇게 야반도주를 감행한 이들은 달문에게 오기 전에도 여러 번 죄를 지은 전력이 있었다. 달문을 속이기 위해 과거를 감추고 불쌍한 표정에 눈물을 쏟으며 엎드렸던 것이다.

사고가 터졌다는 소문이 돌자마자 그들을 소개한 달문이 가장 먼저 가게로 왔다. 정중히 사과한 후 자신이 대신 변상하겠다고 밝혔다. 손해 본 액수가 달문이 10년을 근무해도 모으기 힘든 거금일 때도 있었다. 급전이 필요한 경우엔 숙부를 비롯한 다른 점주들에게 융통해 왔다. 급하지 않을 때는 달문이 형편껏 천천히 갚아 나가는 것을 점주들이 허락했다. 나는 점주들이 이렇듯 달문을 우대하는 것을 받아들이기 어려웠다. 어느 모로 보나 정당하지 않은 지나친 특혜였다. 시장에서 잔뼈가 굵은 사람들이 아닌가. 한 푼이라도 더 벌기 위해 치고받고 싸우며 살아온 나날이 길었다. 어명이라고 해도, 담보 없이 급전을 빌려준다거나 상대방 형편을 살펴 돈을 천천히 받는 짓은 하지 않았다. 나라님에게도 하지 않는 배려를 달문에게 베푼 것이다.

어느 저녁 점주들의 술자리 말석에 끼었다. 술이 두어 순배 돌았다. 나는 잔을 받기만 하고 마시진 않았다. 작심하고 그들에게 물었다.

"달문 때문에 손해를 꽤 많이 입으셨지요?"

그들의 답이 뜻밖이었다.

"손해는 무슨……."

"장사하다 보면 이런 일도 있고 저런 일도 있는 법!"

"그게 어디 달문 때문인가?"

질문을 바꿔 다시 물었다.

"점원이 돈이나 물건을 챙겨 달아나면, 그 점원을 보증한 이가 갚아 왔지 않습니까? 길어도 보름 안엔 돈을 받아 내려 하고, 그때까지 완납이 안 되면 포도청에 고변을 넣고 그랬잖아요? 한데 왜 달문에겐 손실금을 빨리 갚으라 채근하지 않으십니까? 보름은 커녕 반년을 유예한 분도 있고 넉넉하게 1년을 허락한 분도 계시더군요. 그러다가 달문이 덜컥 동대문 시장을 떠나기라도 하면, 그 돈은 영영 떼이는 겁니다."

그들이 경쟁하듯 답했다.

"달문은 달아날 사람이 아니야."

"자네도 알다시피 달문에게 무슨 돈이 있나? 윽박지른다고 없는 돈이 생길 리도 없고, 또 나 같은 경우엔 그 돈 없어도 당분간 가게를 꾸려갈 만해."

"다 같은 마음이겠지만, 우린 사실 달문에게 그 돈 안 받아도 그만이라네."

나는 말꼬리를 잡았다.

"두 눈 시퍼렇게 뜬 채 손해를 그냥 보시겠다 이 말씀인가요?"

장사꾼으로선 용납하기 힘든 태도였다.

"답답하군! 하나만 알고 둘은 모르는 소리를, 달문을 점원으로 쓰는 자네가 할 줄 몰랐네. 달문이 소개한 점원이 사고를 치고 잠적한 가게가 몇이나 되지?"

열 명의 점주 중에서 다섯 명이 손을 들었다. 역시 만만치 않은 피해를 입힌 것이다.

"달문에게 점원을 구해 달라 다시 부탁한 가게는?"

다섯 점주가 손을 또 들었다. 나는 따져 물었다.

"달문에게 소개받은 점원들이 사고를 일으켰는데, 다시 달문에게 점원을 소개해 달라고 했다고요? 어떻게 그리합니까? 그들이 또 야반도주를 하면 어쩌시려고요?"

다섯 점주 중 한 사람이 차분하게 설명했다.

"손님들이 오면 우린 이렇게 자랑해 왔네. 달문이 소개해 준 점원이 바로 이 사람입니다. 그러면 손님들 표정이 달라져. 달문과 인연을 맺은 가게니까 믿고 거래해도 되겠다고 여기는 게지. 달문에 대해 더러 묻기도 해. 여기 모인 점주들은 다 알겠지만, 달문은 처음 가게에 출근하는 점원을 직접 데리고 와. 고맙다는 말을 열 번도 넘게 하면서, 혹시 가게에 어려움이 있으면 언제든 달려와서 돕겠다고 약속도 해. 달문과 인연이 깊다고 손님들에게 자랑해도 되느냐고 물었더니, 얼마든지 그렇게 하라더군. 자신을 믿고 사람을 써주는 것만큼 깊은 인연이 어디 있겠느냐고 말이야. 점원을 보내 하룻밤 달문과 지내면서 이것저것 알아오라고 시켜도, 기꺼이 응해 줬어. 덕분에 가게 매상이 세 배 가까이 올랐지. 달문이 소개한 점원이 달아나 버리는 바람에 피해를 입긴 했어. 하지만 그건 아주 작은 손실이지. 더 큰 손실은 손님들에게 달문과 이 가게가 인연을 맺고 있다고 더 이상 자랑할 수 없는 거라고. 달문이 다시 사람을 소개해 주면 인연이 이어질 테니 거듭 청할 수밖에! 달문이 인정한 가게라는 소문이 나는 게 우리에겐 훨씬 중요해. 이제 알아듣겠나?"

다른 점주가 강조했다.

"자네가 오해할까 싶어 한마디만 더 얹겠네. 달문도 우리에게 미안해서 사람 소개하는 걸 그만두려 했다네. 오히려 우리가 최대한 빨리 소개해 달라 조르는 형편일세. 점주들이 졸라 댔으니, 추천받은 점원이 문제를 일으킨다 해도 전적으로 달문의 책임만은 아니야. 암, 아니고말고."

점주들은 달문과 영원히 엮이기를 바라는 것이다. 달문이 소개한 점원들이 일으킨 사고는 기꺼이 감내할 비용쯤으로 간주했다. 그 정도 손실을 감수할 정도로 달문과 맺은 인연의 가치가 높았던 것이다. 달문이 져야 할 피해액이 늘면 늘수록 점주들은 오히려 쾌재를 불렀다. 달문에게 그 돈을 받을 욕심은 전혀 없었고, 그 대신 달문이 이로 인해 마음의 짐을 조금 더 오래 지기를 바랐다. 도성 안에 시장이 생긴 후 이처럼 환대받은 점원은 달문뿐이었다.

나는 그날 또 하나의 의심을 품게 되었다. 수표교 거지 왕초란 권력을 포기하고 달문이 원한 것은 재력이 아니라 '한없이 좋은 사람'이라는 평판이 아닐까. 명성은 당장 손에 잡히진 않지만, 억만금을 주고도 못할 일을 도모할 수도 있다. 동대문 상인들을 단지 이름값 하나로 쥐락펴락한 점원은 달문 이전에도 없었고 이후에도 없었다.

제3부 노는 자

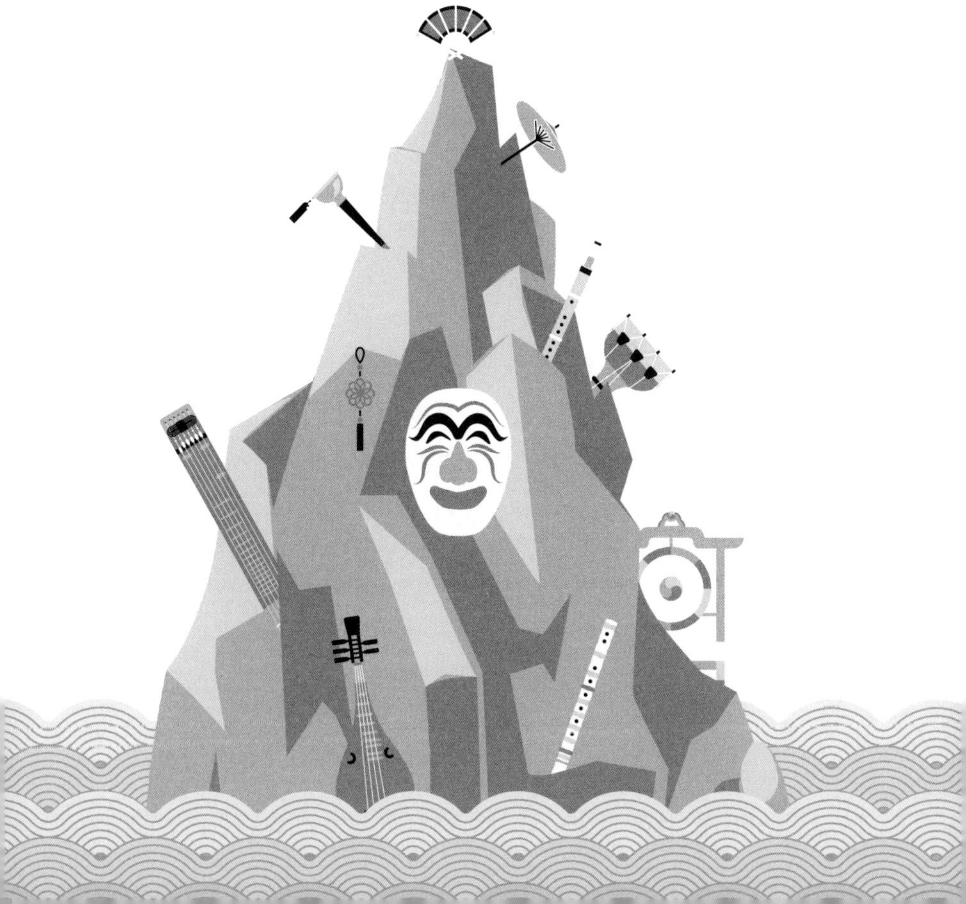

찾아오는 사람들

유유상종. 끼리끼리 산다는 속언은 예외를 발견하기 어렵다. 거지는 거지끼리, 양반은 양반끼리 만나 사귀고 함께 지내는 법이다. 이 속언을 보기 좋게 때려 부순 이가 달문이다. 이제 그 이야기를 해 보려 한다. 내가 매설가를 향해 한 걸음 더 나아간 사건이기도 하지만, 기쁨보다는 슬픔이 짙다.

금상 20년1744년, 늦여름 더위가 꺾이기 시작한 초가을 오후였다. 달문이 숙부 가게로 심부름을 간 사이 그를 찾는 손님이 왔다. 씩씩하게 인사를 하고 손님을 맞던 점원의 목소리가 돌돌 말려 잦아들었다. 오전 매상을 정리하던 나는 장부에서 눈을 떼고 출입문 쪽으로 고개를 돌렸다. 그러고 나서 눈을 다시 질끈 감았다가 떴다.

내 가게를 열고 찾아온 손님 중 가장 아름다운 여인이었다. 빛나는 이마와 짙은 눈썹, 도톰한 붉은 입술 아래로 갸름한 턱과 긴 목이 이어졌다. 어깨를 살짝 돌린 것뿐인데 가게 전체가 흔들리는 기분이 들었다. 그녀가 한 걸음 다가서자 점원들은 눈을 제대로 맞추지 못한 채 서너 걸음 물러났다. 나는 장부를 덮고 그녀에게 다가가며 물었다.

"찾는 삼이라도 있습니까?"

나를 올려다봤다. 까만 눈동자 밑으로 흰자위가 내비쳤다. 당당하고 호기심 가득한 시선이었다. 나는 숨을 멈춘 채 그 시선을 피하지 않았다. 그녀가 가게를 두리번거렸다.

"달문 오라버니가…… 여기서 일한대서 왔는데요. 맞나요?"

귀를 의심했다. 적강謫降한 선녀가 어이하여 달문과 같은 추남을 찾는단 말인가. 게다가 오라버니라니.

"심부름 갔소만……. 한데 누구시오?"

대답 대신 나를 다시 빤히 봤다. 얼굴이 화끈거리며 가슴이 뛰었다. 그녀가 대답하지 않았지만, 나는 무슨 이야기든 해야 했다.

"나는, 이 가게 주인이오."

그녀가 보조개를 드러내며 짧게 웃었다. 고개를 끄덕인 후 진열대를 향해 몸을 돌렸다.

나는 바로 이 순간을 그 후로도 오랫동안 반복해서 떠올렸다. 누군가 '첫사랑'이란 단어를 꺼내면, 곧바로 그 작고 움푹 팬, 볼 가운데 작은 홈이 그려졌던 것이다. 당신의 보조개가 얼마나 예쁜 줄 아느냐고 고백하진 못했지만, 그 후로도 그녀는 내게 부탁을 하거나 혹은 자기가 원하는 방향으로 나를 움직이려 할 땐 보조개부터 보여 주곤 했다.

두 걸음 뒤에서 그녀를 따랐다. 지금까진 손님이 오면 두 걸음 먼저 걸으면서 인삼을 설명했다. 아버지와 숙부에게 배운 상술이었다. 앞서 걸으면서 비스듬히 어깨를 돌려 손님 표정을 살필 것.

"달문을 불러올까요?"

숙부에게만 불러 가면 함흥차사였다. 숙부는 달문을 붙들어 앉혀 놓고 이런저런 대화를 즐겼다. 수표교에서 산해관까지, 두 사람의 이야기는 마구마구 뻗어 갔다. 둘이서 훌쩍 먼 여행이라도 떠나지 않을까 걱정될 정도였다. 오늘도 점심 무렵 가게를 나서는 달문을 보곤 해 지기 전엔 돌아오기 힘들겠거니 여겼다. 그러나 이처럼 눈부신 미녀가 원한다면 어떻게든 달문을 데려와야 했다. 그녀가 잠시 멈춰 섰다가 진열대의 인삼에 눈을 맞춘 채 답했다.

"운심雲心이 올라왔다고만 전해 주세요."

그러고는 내가 대꾸하기도 전에 뒤돌아서선 들어왔던 문으로 바람처럼 나가버렸다.

운심?

그녀가 정녕 운심이란 말인가.

운심을 그렇게 보내고 냉수 한 잔을 들이켜기도 전에 포도청과 군기시에서 별감 둘이 들이닥쳤다. 삼홍이라 불리는 좌포청 별감 홍태식과 군기시 별감 소정두蘇正斗였다. 도성 거리에서 산전수전 다 겪은, 마흔 살을 훌쩍 넘긴 중늙은이들이었다. 홍 별감은 지난번에 왔을 때보다 얼굴이 더 붉었다. 키가 크고 덩치가 좋은 홍 별감에 비해, 소 별감은 암갈색 피부에 올챙이처럼 배가 볼록하게 나왔고 목까지 짧아 별명이 거북이였다. 전혀 다른 외모의 두 사람이지만 어려서부터 곧잘 어울리며 춤과 노래를 배우러 다녔다. 수표교 다리 밑에 살던 거지 광대 달문의 재주를 일찍부터 아끼기도 했다. 장검과 육모방망이를 쥔 그들의 표정은 차가웠다. 명령을 제대로 따르지 않았다간 어깨뼈를 부수거나 얼굴에 칼자국이라도 낼 기세였다. 그들은 운심처럼 여유가 없었다.

"데려와, 당장!"

나는 숙부 가게로 점원을 보냈다.

달문이 가게로 들어서자 기세등등하게 기다리던 별감들 표정이 바뀌었다. 한하게 웃으며 오랜 벗을 만난 듯 달문을 끌어안았다. 달문 역시 스스럼없이 인사를 나눌 뿐만 아니라 타박까지 했다.

"가게엔 오지 말라 하지 않았습니까?"

"미안하이. 얼마나 급했으면 우리가 이렇게 찾아왔겠는가?"

"난 이제 산대는 안 놉니다. 보시다시피 인삼 파는 점원이에요. 19년 전 달문이 아니다 이 말씀이에요. 산대를 잊은 지 한참 되었습니다."

소 별감이 튀어나온 배를 쓰다듬으며 받았다.

"딱 한 판만 놀면 돼. 나머진 우리가 알아서 꾸릴게. 달문 자넨 군기시와 포도청 쪽에 서 있기만 해."

달문이 소 별감에게 따지듯 물었다.

"벌써 제 이름을 판 건 아니고요? 밀양에서 운심이 올라왔다던데요?"

벌써 달문에게까지 운심의 상경 소식이 들어간 것이다. 홍 별감이 끼어들었다. 유난히 두껍고 불그스름한 입술부터 실룩거렸다.

"겸사겸사 오라 했어. 이름을 팔다니? 그딴 짓은 안 했네. 다들 기대가 큰 거지. 예전처럼 나례도감儺禮都監 조선시대 국가나 왕실 주요 행사로 거행된 산대나례를 주관한 임시 기구을 설치하고 벌이는 판은 아니지만, 나라님이 소령묘昭寧墓 영조의 친모 숙빈 최씨의 무덤에 행차하고 돌아오시는 길에 육조 거리를 막고 광화문 앞에 산대를 높이 세울 거야. 군기시와 포도청이 한편을 먹고 또 의금부와 형조가 한편을 먹어 제대로 한판 붙는 게 19년 만이네. 당연히 그 자리엔 운심도 있어야지. 당대에 검무를 가장 잘 추는 아이가 아닌가. 철괴무 하면 달문이요 검무 하면 운심이라! 달문이란 이름을 먼저 우리에게 꺼낸 것도 운심이야. 춤추는 값은 부차적인 문제고, 달문이 이번 놀이에 참가하는지 거듭 물었어. 참가한다면 자신은 무조건 달문의 날개 아래 머물겠다더군."

달문은 가게에서 소란을 떠는 것이 마음에 걸리는 듯 내게 청했다.

"잠시만 나갔다 와도 되겠는지요?"

나는 고개를 끄덕였다. 달문은 두 별감을 데리고 가게를 나섰다.

운심에 대한 풍문은 나도 들은 적이 있었다. 밀양 출신 검무의 달인. 춤과 노래와 얼굴, 어느 것 하나 당대 제일이 아닌 것이 없다고 했다. 포도청 별감의 연락을 받고 도성으로 올라온 그녀가 달문부터 찾아온 것이다. 게다가 무조건 달문의 날개 아래 머무르겠다니, 그녀는 어떻게 그런 마음을 먹었을까.

어둠이 짙게 깔린 뒤에야 달문이 돌아왔다. 점원들은 이미 퇴근했고 가게엔 나만 남아 있었다. 등잔 하나를 탁자에 놓고 마주보며 앉았다. 달문이 사과부터 했다.

"불쑥 가게로 찾아오지 말라 했는데, 죄송합니다."

"죄송한 일은 아니지. 포도청과 군기시, 그 왈자들이 난동을 부리면 이 바닥에서 장사 못 해. 그들이 너를 친형제처럼 대하니, 적어도 포도청과 군기시 쪽으론 신경 쓰지 않아도 되겠군. 별감들 오기 전에 운심이 왔었어."

"그랬군요. 올라온단 얘길 전해 듣긴 했습니다만, 가게를 다녀간 줄은 몰랐네요."

당겨 앉으며 물었다.

"절친한 사이, 아닌가?"

"함께 판을 몇 번 놀긴 했습죠. 친하다고까지 하긴 어렵습니다."

달문은 늘 이런 식이었다. 그는 그냥 아는 사이인데 상대는 너무나도 친하다고 여기는 것이다. 그래도 그 상대가 천하의 운심이라면, 달문 역시 다른 마음이 있지 않을까.

"오늘 밤, 만나러 갈 텐가?"

포도청과 군기시 별감들이 그녀의 뒷배이니 이미 숙소를 알려

줬을지도 몰랐다. 점원이 퇴근 후에 만나는 여인까지 점주가 알 필요는 물론 없었다. 그러나 운심은 달랐다. 달라야 한다고 종일 생각했다. 달문이 말머리를 돌렸다.

"판에 끼게 되었습니다."

별감들 청을 받아들이기로 한 것이다. 그렇다면 운심은 달문의 날개 아래 머물 것이고 둘은 당연히 만날 것이다. 달문이 운심을 만난다는 것은 나 역시 운심과 재회할 기회가 생긴다는 뜻이다.

"청나라 사신을 위해 산대를 논 게 언제야?"

"19년 전입니다."

금상 1년의 일이다.

"별감들도 그때 만난 게고?"

"맞습니다. 정말 대단한 형님들이었습니다. 일 년에 단 하루도 쉬지 않고 말술을 들이부었으니까요. 그렇지만 산대를 준비하라는 명이 떨어진 순간부터 술을 딱 끊으셨습니다. 산대놀이란 게 청나라 사신 앞에서 하루만 놀면 끝나는 게 아닙니다. 적어도 서너 달 전부터 무대와 놀이에 필요한 장식물들을 만들어야 하고, 또 팔도의 재인才人 광대을 불러 모아야 합니다. 허공을 붕붕 날아다니는 재주를 지닌 재인이라고 해도, 산대놀이를 위해선 각자의 재주를 어떻게 엮을 건지 의논도 하고 연습도 해야 합니다. 거의 보름을 꼬박 밤을 함께 새워 가며 바퀴 달린 예산대를 올렸지요. 또 방상시와 죽산마竹散馬도 만들었고요."

"예산대?"

"움직이는 산대입니다. 광화문 앞에 고정시켜 세우는 산대보단 작고 가볍지만, 놀이를 위해선 오히려 더 요긴하죠. 원하는 장소로 옮길 수도 있고 또 잡상들도 그때그때 교체하면 되고요."

"판만 논 게 아니고 방상시, 죽산마 이런 것도 만들었다고?"

"원래는 나례청 장인들 일인데 도와 달라더군요. 제가 전부 만든 건 아니고요. 귀신을 쫓는 방상시가 저랑 비슷하게 생겼다고 해서, 장인들이 아예 저를 세워 둔 채 이리저리 탈의 눈코입귀를 손질한 겁니다. 그 와중에 저도 방상시 만드는 법을 어깨 너머로 배웠고요. 죽산마는 산대에 세워 네 발을 움직일 때 정말 달리는 기분이 들어야 하거든요. 실제 달리는 말보다, 뭐랄까요, 발을 좀 더 힘차게 저을 필요가 있습니다. 제가 말 달리는 흉내를 냈는데, 또 그게 마음에 든다며 죽산마를 만드는 내내 한 마리 천리마처럼 나례청 마당을 네발로 기어 다녔죠. 그러다가 죽산마 만드는 법까지 배웠고요. 나랏돈을 들여 청나라 사신을 위한 놀이를 준비할 땐 방상시도 네댓 개, 죽산마도 열 필씩 만들었는데, 이번엔 방상시도 죽산마도 두 개씩만 세우기로 했습니다."

"산대는?"

"산대놀이에 산대가 빠질 순 없죠. 웅장하고 아름답게 만들고 싶습니다. 낮에 온 두 별감이 산대 만드는 솜씨 하난 끝내줍니다. 저는 마지막에 잡상의 위치만 살펴 거들면 되고요."

"군기시와 포도청이 한편을 먹고, 의금부와 형조가 또 한편을 먹는다면서?"

"산대를 광화문 앞에 세우면 우익과 좌익으로, 마치 날개처럼 벌려 서게 되지요. 이 나라가 세워진 후부터 두 날개를 각각 군기시와 의금부에서 맡아서 했답니다. 산대나 잡상은 물론이고, 거기서 판을 놀 재인들까지 두 관청이 나눠 관장했죠."

"경쟁했겠군."

"맞습니다. 산대가 수십 길에 이르고, 재인들이 수백 명에 달한 것도 경쟁 때문이었습죠. 헛짓입니다. 경쟁이 너무 치열해서 돈도 많이 들고, 봉우리에 올라갔던 재인들이 산대가 무너지는 바람에 다치거나 죽는 사고까지 있었어요. 그 후론 군기시와 의금부를 경쟁시켜 산대놀이를 하진 않게 되었습니다. 나라에선 금했으나 왈자들끼린 지금도 가끔 돈을 걸고 겨루기도 하나 봅니다. 연말이나 연초에 재미 삼아 소소하게 판을 벌인단 소릴 저도 들었지만 참가하진 않았습니다. 한데 이번엔 제대로 한판 붙으려나 봅니다."

"그래서 자넬 찾아온 거로군. 군기시와 포도청 날개의 으뜸 광대가 되어 달라고."

공식 직함은 '상색재인上色才人'이지만 '으뜸 광대'로 통했다.

"맞습니다."

"그딴 경쟁이 헛짓이라면서, 왜 이번엔 승낙했나?"

달문은 맞붙어 다투지 않았다. 수표교 거지 패를 나올 때도 그랬고, 진열대를 새롭게 정돈하여 매상을 올렸을 때도 그랬다. 부하로 거느린 거지들과도 싸우지 않았고, 점주인 나와도 겨루지 않았다. 경쟁이 격화되어 한쪽이 다칠 가능성을 스스로 지웠다.

"청나라 사신 앞에 섰을 때 저는 겨우 열아홉 살이었습니다. 그땐 춤도 노래도 연주도 탁월한 재인이 무척 많았습죠. 겨우 19년이 지났을 뿐인데, 그때 모였던 재인들 대부분이 죽거나 다치거나 아파 누워 있습니다. 여기서 20여 년만 더 지나면, 산대놀이를 어찌 준비하고 노는지 아는 사람이 없어질지도 모릅니다. 그 전에 산대를 다시 한번 놀고 싶습니다. 철괴무나 팔풍무는 혼자 출 수 있지만 산대는 혼자 못 놉니다. 산대를 세우고 장식을 붙이려면 많은 돈이 들고, 또 전국에서 재인들을 끌어모으는 것 역시 노력이 필요합니다. 게다가 저도 열아홉 살 팔팔한 청년이 아니고요. 열아홉 살엔 편히 하던 동작도 서른여덟 살이 되니 어렵게 겨우 해내거나 아예 못 하는 것까지 있습죠."

달문의 목소리가 차츰 줄어들었다.

"스러지는 건 스러지는 대로 둬야 옳겠지만…… 욕심인 줄 알지만……."

"욕심?"

"홍 별감이 묻더군요. 이대로 사라지는 게 억울하지 않냐고……. 하기로 했습니다."

의금부 나장 조긍호趙肯浩가 찾아온 것은 다음 날 아침이었다. 높고 푸른 하늘 아래 불어오는 새벽바람이 제법 쌀쌀했다. 크지도 작지도 않은 키에 눈귀가 치켜 올라갔고 세모 모양 각진 턱엔 채 자라지 않은 수염이 듬성듬성했다. 관상을 모르는 내가 한눈에 봐도 사납고 박복한 상이었다. 달문은 왈자들이 연이틀 가게에 들이닥치자 당황하는 빛이 역력했다. 어제 왔던 별감들은 중늙은이로 달문과도 구면이었지만, 서른 살 이쪽저쪽인 조 나장은 달문을 앞에 두고도 달문을 찾았다.

"잠시 나가시죠."

달문이 권했지만 조 나장은 고개를 젓곤 다짜고짜 명령했다.

"오늘 장사 접어. 모두 가게에서 꺼지라고! 허락하기 전까진 들어오지 마."

점원들이 슬금슬금 출입문 쪽으로 움직였다. 나보다 달문이 먼저 담담하고 분명하게 말했다.

"여긴 장사하는 곳입니다. 저는 이 가게 점원이고요. 방해되지 않게 밖으로 나가서 이야기 나누면 안 되겠습니까?"

조 나장이 대답 대신 달문을 째렸다. 그러고 나서 그 시선을 내게 옮겼다.

"넌 뭐야?"

"가게 주인입니다."

"점주! 너도 같은 생각이냐?"

어정쩡하게 답했다.

"편할 대로 하십시오."

조 나장이 피식 웃으며 길고 날카로운 턱을 들곤 물었다.

"어젠 어찌했어?"

"네?"

"어제 군기시랑 포도청 새끼들에겐 어떻게 했냐고?"

달문이 끼어들었다.

"별감들은 제가 모셨습니다. 동대문 밖으로 나서면 안암에서 내려오는 산바람이 서늘하고 좋습니다. 가시겠습니까?"

조 나장이 잘라 답했다.

"싫어. 난 여기서 너랑 얘기하겠다. 장사는 접어. 그리고 너!"

검지로 나를 기리켰다.

"넌 여기 있어."

점원들이 우르르 몰려 나갔다. 조 나장과 달문과 나는 삼각형의 세 꼭짓점처럼 섰다. 조 나장이 찾아온 이유를 곧장 밝혔다.

"어제 군기시와 포도청 새끼들이 왔다 갔다니 자세한 설명은 생략하겠다. 의금부와 형조의 날개를 맡아 줘야겠어. 원하는 걸 말해 봐. 산대든 잡상이든 광대든 악공이든 무희든 원하는 대로 다 해 주지."

달문이 짧게 답했다.

"우익을 맡기로 했습니다."

군기시와 포도청의 날개에서 으뜸 광대를 맡기로 이미 약조한 것이다. 조 나장이 코웃음을 쳤다.

"그 약속은 묵살해도 돼. 네가 좌익을 맡기로 했다고 내가 통보할게. 그게 우리 원칙이야. 의금부가 원하면 얻지 못할 게 없지."

달문은 생각을 바꾸지 않았다.

"그건 의금부의 원칙이지 제 원칙은 아닙니다. 우익을 맡겠습니다. 좌익을 맡을 뛰어난 광대가 이 나라엔 많습니다. 원하신다면 추천해 드리겠습니다."

조 나장이 다짜고짜 주먹부터 휘둘렀다. 뺨을 맞은 달문이 고개를 젖힌 채 뒷걸음질을 쳤다. 조 나장이 씩씩거리며 으박질렀다.

"야, 이 거지새끼야! 좌익을 맡아! 판의금부사 영감도 달문 네게 맡기라 하셨어."

"어렵겠습니다."

고집을 꺾지 않았다.

"돌았군. 지금 누구 앞에서 감히 어렵다고 지껄여?"

주먹질과 발길질이 이어졌다. 달문은 받아치지 않고 얻어맞으며 물러났다. 나는 달문을 안타깝게 쳐다보다가 문득 깨달았다. 달문은 맞긴 맞되 얼굴이나 가슴을 살짝살짝 돌려 충격을 최소화했다. 맞아도 덜 아픈 엉덩이나 팔뚝을 내보이면서 주먹과 발을 흘려버리기 쉽게 각도를 틀었다. 궁지로 몰리지 않고 사뿐사뿐 뒷걸음과 옆걸음을 옮겼다. 때리다가 지친다는 말처럼 조 나장이 딱 그 꼴이었다. 밀어붙이면서도 헉헉거렸다. 달문의 멱살을 틀어쥐곤 당겼다.

"미꾸라지 같은 새끼! 자, 어디 달아나려면 달아나 봐."

콧잔등을 노렸다. 단번에 주먹으로 코뼈를 부러뜨려 내려 앉힐 기세였다. 달문은 손으로 얼굴을 가리지도 않고 쳐다보기만 했다. 때리면 맞겠지만 두려워하진 않는 달문의 시선이 조 나장을 휘감았다. 설설 기는 사람들을 어르고 달래며 이득을 취해 온 조 나장으로선 어색하고 낯선 상황이었다.

"그만! 멈춰."

출입문으로 뛰어든 사내가 소리쳤다. 주먹을 뻗던 조 나장이 멈칫했다. 사내는 멱살을 쥔 조 나장의 팔부터 떼어냈다.

"도사 어른!"

조 나장이 놀린 눈으로 말했다. 주먹코에 반백의 수염이 가슴까지 자란 의금부 도사 방양복方陽福이었다. 몸에도 적당히 살이 붙고 얼굴 모양도 둥글둥글해서 안온한 기운을 풍겼다. 이마 한가운데에 박힌 커다란 점을 '보살점'이라 자랑했고, 앞니 잇몸이 보일 만큼 자주 웃는다 하여 '방미소'로 통했다. 의금부 관원 중에서 가장 의금부 관원처럼 생기지 않은 사람이 바로 그였다. 달문의 얼굴과 목과 팔에서 시퍼런 멍을 확인한 후 사과했다.

"미안하게 됐네. 내가 데리고 와서 인사도 시키고 의논도 할 계획이었는데, 조 나장 저 녀석이 허락도 받지 않고 혼자 몰래 가게로 간 거야. 부랴부랴 따라오긴 했는데, 이딴 짓을 저질러 버렸군."

"그게 아니라 달문 저 새끼가……."

방 도사가 허리만 돌리며 주먹으로 명치를 때렸다. 조 나장이 반절을 하듯 고꾸라졌다. 방 도사가 달문과 나를 보며 빙긋 웃곤,

조 나장의 뒷목을 낚아채 흉악범 다루듯 끌어올렸다.

"새끼라니! 말해 봐. 조 나장 네 눈앞에 누가 보이나?"

"……달문입니다. 수표교 거지 패 왕초에 인삼 가게 점원…… 의금부 나장의 명령을 우습게 여기는 천것……."

방 도사가 뒤통수를 주먹으로 내리친 뒤 다시 머리채를 당겼다. 이번에도 달문과 내게 미소부터 띄웠다.

"잘 보라고. 내가 오늘 누굴 만난다 그랬지?"

"……달문입죠. 청나라 사신에게 칭찬을 들은 산대놀이의 으뜸 광대! 산대와 잡상을 만드는 솜씨도 장인에 버금가고, 팔도 재인이 꼭 한번 만나고 싶어 줄을 선다더군요. 달문을 확보하는 날개가 산대놀이에서 이길 거니까, 달문을 꼭 의금부와 형조의 날개인 좌익에 세워야 한다 하셨습니다. 수단과 방법을 가리지 말고 달문의 마음을 빼앗아야 한다고요. 도사 어른! 아무리 그래도 감히 의금부의 명을……."

"꿇어!"

방 도사가 조 나장의 어깨를 잡고 눌렀다. 조 나장이 왼 무릎을 꿇곤 오른 무릎을 편 채 버텼다.

"제가 어찌 천것에게 무릎을……."

방 도사의 주먹이 정수리를 내리쳤다. 조 나장이 오른 무릎까지 꿇고 엎드려 낑낑거렸다. 달문을 따라 나도 맞절을 하듯 허리를 숙였다. 방 도사가 두 손을 모아 비는 시늉을 했다.

"부디 마음을 풀게. 판의금부사까지 이번 대결에 관심을 쏟으시는 바람에 조 나장 저놈이 과욕을 부린 거야. 많이 아픈가? 치료를 받으러 갈까?"

달문이 답했다.

"아닙니다. 스쳤을 뿐입니다. 일어나라 명하십시오. 의금부 나장이 미천한 거지에게 무릎을 꿇어서야 쓰겠습니까?"

"고맙네."

방 도사가 미안한 웃음을 날린 뒤 조 나장의 어깨를 당겨 일으켜 세웠다.

"의금부에 가 있어."

조 나장을 돌려보낸 뒤, 방 도사가 비로소 내게 시선을 줬다. 달문이 소개했다.

"이 가게 주인이십니다."

"아, 그럼 천송 영감의 외아들?"

"맞습니다."

"반갑네. 아버지 일을 돕는단 이야긴 들었네."

따로 가게를 열었는데도, 아버지를 아는 이들은 내가 아버지를 '돕는다'고 여겼다.

"자리를 옮겨 이야길 나눌까?"

방 도사는 조 나장과 달리 상대의 표정과 심중을 먼저 살폈다. 둘만의 비밀스러운 대화를 선호했다. 달문이 고개를 저었다.

"괜찮습니다. 어차피 판에 나가려면 점주님 허락을 받아야 하니까요."

"하긴!"

방 도사가 길고 흰 수염을 쓸며 분위기를 잡았다. 목소리는 낮고 차분했으며, 지나간 시간을 더듬는 두 눈은 작고 따듯했다. 의금부 도사의 날카로움을 거의 완벽하게 감췄다.

"19년 전에도 찾아갔었지. 그땐 수표교 다리 밑이었어. 잊진 않았겠지?"

"기억합니다."

"별감들에게 신세를 졌다며 갚아야 한다더군. 아쉬웠지만, 돌아가서 당상관들에게 꾸중을 듣겠구나 싶었지만, 다음을 기약하며 돌아섰다네. 서너 해 안엔 다시 찾을 줄 알았는데, 19년이 훌쩍 지나가 버렸어. 난 종9품 도사에서 종6품 도사로 옮긴 게 고작이고, 거지 광대는 수표교 밑에서 동대문 가게로 이동했으이. 달문! 이번엔 내게 기회를 주게. 19년이나 기다렸어."

달문이 난처한 표정으로 답했다.

"19년 전에도 하루 늦게 오시더니 오늘도 마찬가지네요. 날개의 으뜸 광대를 뽑는 방식을 아시지 않습니까? 광대를 만나 허락을 먼저 받는 쪽에 우선권이 있습니다. 어제 이미 우익을 맡기로 약속했습니다."

방 도사의 눈이 순간 뜨거워졌다. 당장이라도 달문을 쓰러뜨리고 포승줄로 양손을 묶어 끌고 가지 않을까 걱정스러웠다. 조 나장에겐 한두 대 맞아 주면 그만이지만, 방 도사에게 잘못 걸리면 온몸의 뼈마디가 부서질 것 같았다. 방 도사는 깊게 숨을 내쉰 뒤

굳었던 표정을 고치며 웃어 보였다.

"날개를 맡는 수고비로 얼마를 약속받았는지는 묻지 않겠네. 잘 듣게. 우린 어제 제시받은 금액의 열 배를 주지. 우익에선 산대놀이를 마친 후에 수고비를 치르겠다고 했겠지만, 우린 전액을 미리 주겠어. 승패에 상관없이 대우하겠단 뜻이라네."

"도사 어른! 그게……."

방 도사가 말허리를 잘랐다.

"당장 답하진 말게. 며칠 생각해 보도록 해. 이 나라가 세워진 후 으뜸 광대에게 제시된 최고 금액이라네. 잇속에 밝은 섬주와도 의논하고 또 산대로 끌어들일 재인들과도 이야길 나눠 봐. 백이면 백 전부 내 제안을 받아들이라고 할 걸세. 돈도 돈이지만 의금부와 형조를 뒷배로 삼는다면 달문이 도성에서 못 할 일이 무엇이 있겠는가. 우리랑 척을 지면 인생이 또 얼마나 고달프겠나. 자, 나는 이만 가겠네. 좋은 소식 기다리고 있겠네."

이상하게 사람들이 많이 찾아오는 날들이 있다. 가게를 운영하는 나로선 찾아오는 손님이 많으면 많을수록 좋다. 그러나 인삼을 사러 오는 것이 아니라 점원을 만나러 오는 것이라면 문제가 달라진다. 어제부터 오늘까지 절세미인 운심에 이어 군기시와 포도청 별감들이 왔고 의금부 나장과 도사가 다녀간 저녁, 퇴근을 서두르던 내 앞에 등장한 사내는 검계 두목 표망둥이였다.

"호오, 가게가 제법 쓸 만하군."

다짜고짜 가게로 들어선 망둥이는 진열대의 인삼들을 제멋대로 만져 댔다. 점원들은 망둥이의 오른손에 들린 단검만 보고도 그 자리에 선 채 사시나무처럼 떨었다. 달문을 만날 때는 살기를 지운다며 쇠지팡이를 들었지만 오늘은 짧더라도 검을 쥐었다. 망둥이의 주특기 중 하나가 상대의 손목을 순식간에 베는 것이다. 저만치 골목에 서서 가게를 노려보는 사내들은 망둥이의 부하들이다.

"왜 왔어? 여기까지 들어오진 말랬잖아?"

달문이 쏘아붙였다. 왈자들은 물론이고 망둥이에게도 인삼 가게 출입을 삼가라고 요청했던 것이다. 그러나 망둥이에겐 친구인 달문의 부탁 따윈 무시하고도 남을 만큼 중요한 일이 생겼다.

"방 도사 어른, 왔다 가셨지?"

"……."

달문이 즉답하지 않고 쳐다보기만 했다. 의금부 도사와 검계 두목이 달문을 얻기 위해 힘을 합친 꼴이다.

"방 도사, 그 어른이 어떤 분인지 너도 잘 알 거다. 자기편은 확실히 챙기고 적이다 싶으면 잔인하게 밟지. 내가 미리 말씀은 드려 놨다. 천하의 달문이 군기시와 포도청의 똥개 노릇을 할 리 없다고. 당연히 의금부와 형조의 날개를 맡아 훨훨 날아오를 거라고."

"가라, 그만!"

달문이 돌아서선 진열대의 삼들을 나무상자에 옮겨 담기 시작했다. 망둥이가 단검으로 상자 모서리를 정확하게 찍은 후 말했다.

"판돈이 얼마나 큰지 넌 모를 거다. 수표교 같은 다리를 백 개는 만들고도 남을 돈이야. 이번엔 의금부와 형조의 좌익이 이길 거다. 왜냐하면 솜씨 하난 끝내주는 내 친구 달문이 좌익 으뜸 광대를 맡을 거니까. 그리고 난 당연히 좌익에 거금을 걸 거고. 내가 이기면 달문 네게도 두둑하게 한몫 챙겨주마. 가게를 차려 달라 하면 차려 주고, 수표교 같은 다리를 지어 달라 해도 지어 줄게. 달문아! 같이 벌자. 좌익을 맡는 거다. 알겠지?"

달문은 동문서답을 했다.

"산대놀이에 판돈을 거는 건 불법이야. 우익이든 좌익이든, 힘껏 겨루고 다 함께 즐거워하는 게 산대놀이라고. 돈을 거는 순간, 또 그렇게 돈이 걸렸다는 걸 광대들이 아는 순간, 놀이의 즐거움은 사라져. 광대도 구경꾼도 돈을 밝히면, 그 판은 고약한 돈 맛만 날 뿐이라고."

망둥이가 모서리에 박았던 검을 뽑아 제 입술에 대곤 훑었다.

"달문답네. 겉과 속이 똑같은 내 친구! 하지만 친구야. 겉 다르고 속 다른 게 세상이야. 판돈을 걸고 말고는 내가 알아서 할게. 넌 다만 방 도사 어른 체면만 세워드려. 할 수 있지?"

망둥이는 가게를 나서며 나를 따로 불렀다. 소매에서 단검을 슬쩍 보여 줬다.

“만에 하나 달문이 딴 맘 먹으면 잽싸게 알려 줘. 제때 귀띔해 주지 않으면 어찌 되는지 알지?”

나는 담담하게 답하고 싶었지만 말을 더듬었다. 떨리는 목소리도 감추지 못했다.

“아, 아, 알았어.”

우익의 으뜸 광대

다음 날 아침 달문은 출근 전 내 방으로 건너왔다. 나는 그가 간밤에 마음을 바꿨으리라 여겼다. 의금부의 권세에 검계 두목 표망둥이의 협박을 견딜 사람은 이 세상에 없다. 나라면 어제 망둥이가 찾아왔을 때 꼬리를 내렸으리라.

"백일 남짓 가게에 나오기 어렵겠습니다."

나는 산대놀이 준비에 시간이 얼마나 필요한지 몰랐다. 어림짐작으로 보름이면 넉넉하겠거니 여겼는데, 달문이 백 일을 제시한 것이다. 점원으로 온 뒤론 촌각도 허투루 쓰지 않던 그였다.

"알겠어."

"장사를 돕지 못해 죄송합니다."

매상에 영향을 끼치는 것은 사실이었다. 예전에는 아버지나 숙부의 명성을 믿고 가게를 찾는 손님이 대부분이었는데, 지금은 열에 아홉이 달문의 못난 얼굴을 보며 말 몇 마디라도 섞기 위해 왔다.

"잠깐잠깐 거들어 주면 좋긴 하겠는데……."

달문이 큰 눈을 돌리며 펼쳐질 상황들을 하나하나 짚어본 후 답했다.

"힘들겠습니다. 산대놀이를 준비할 땐 오직 그 일에만 집중해야 하거든요."

"챙길 일이 많은가 보지?"

달문이 곧장 설명하려다가 혀로 윗입술을 말았다. 이럴 땐 꼭 힘 좋은 종마를 닮았다.

"대광통교 세책방에서 빌려 읽은 소설 중 제일 긴 게 어느 정돕니까?"

"『소현성록』에서 『소씨삼대록』까지 15권을 읽었지."

"몇 명이나 나옵니까?"

"중요한 등장인물은 스무 명 안팎."

"흠…… 매설가 혼자서 스무 명을 이렇게 저렇게 엮어 나가려면 힘들겠습니다."

"강이 흐르는 것과 같아. 크고 작은 물고기들이 만났다가 헤어지고 다시 만나지. 매설가가 이야기의 강에 종종 빠져 죽기도 해. 한데 그건 왜 물어?"

"산대놀이 날개의 으뜸 광대가 되면 최소한 2백 명은 챙겨야 합니다. 소설로 치면 150권 정도일까요?"

"2백 명? 그렇게나 많아?"

"춤꾼과 노래꾼에 악공은 기본입니다. 거기다가 곡두놀이꼭두각시 놀이, 잡상놀이, 솟대타기, 줄타기에 환술幻術 마술까지 최고 기량을 지닌 재인들을 뽑아야지요. 산대와 잡상을 만드는 장인도 줄잡아 쉰 명은 필요합니다. 그들 모두 으뜸 광대의 입만 쳐다보죠. 매일 아침 제가 그날 할 일을 정해 줘야 하고 또 낮엔 잘해 나가고 있는지 살펴야 하며 저녁엔 성과를 일일이 확인해야 합니다. 밤엔 더 나은 산대놀이를 고민하지요. 이걸 전부 으뜸 광대 혼자 맡아서 합니다. 석 달 동안 소피 볼 틈도 없습니다. 가게를 돕고 싶은 마음이 굴뚝같지만, 2백 명을 위해, 또 산대놀이를 보러 올 수천 혹은 수만 명을 위해 집중해야 합니다."

달문의 설명을 듣고 나니 그가 얼마나 막중한 짐을 졌는지 느껴졌다. 나라면 하루도 견디지 못할 것이다.

"삼이라도 한 뿌리 먹고 가. 하여튼 자네가 좌익을 맡았으니 이번 놀이는 의금부와 형조가 이기겠군."

달문이 덤덤하게 내 말을 정정했다.

"고맙습니다. 삼을 먹으란 말씀만으로도 힘이 납니다. 그런데 점주님! 저는 좌익이 아니라 우익의 으뜸 광대입니다."

깜짝 놀라 물었다.

"뭐, 우익? 군기시와 포도청의 제안을 그대로 따르겠다고?"

달문이 고개를 끄덕였다. 방 도사의 차분하면서도 서늘한 웃음과 망둥이의 뺨에 난 칼자국이 동시에 떠올랐다.

"바꿀 이유가 없습니다."

"귀머거리라도 된 거야? 우익을 맡으면 방 도사와 망둥이가 가만있지 않을 거라고. 사람 목숨 한둘 앗는 건 식은 죽 먹듯 하는 놈들이야. 지금이라도 다시 생각해 봐."

"오늘 밤부터 군기시와 포도청이 마련한 연습장으로 옮깁니다. 동대문 밖에 있고 숙식도 거기서 해결합니다."

"병신이 되거나 죽을지도 몰라."

달문이 담담하게 말했다.

"저는 제 할 일만 합니다. 협박에 굴하여 포기하진 않습니다. 제가 알기론 사람 목숨을 앗는 건 불법입니다. 망둥이가 그와 같은 짓을 저지르면 의금부나 형조에서 검계 무리를 잡아들여 문초해야 하고요."

거지로 업신여김을 당하며 살았으니 세상 이치가 법대로 되지 않는다는 것을 알고도 남을 것이다. 왈자들이 검계를 내세워 이문을 취하고, 그 와중에 죄 없는 목숨을 거둔 적이 어디 한두 번인가. 아예 죄를 묻지 않거나 잡아가더라도 하루 이틀 사이에 무죄방면하는 경우가 대부분이었다. 의금부와 검계가 짜면 어떤 범죄도 저지를 수 있으며 또 어떤 처벌도 면할 수 있다. 나는 두려웠다.

"넌 왜 네 의리만 중요하게 여겨?"

달문이 놀란 눈으로 되물었다.

"그게…… 무슨 말씀이신가요?"

"네가 우익의 으뜸 광대가 되면, 의금부나 검계가 이 가게를 그냥 둘 줄 알아? 틀림없이 온갖 행패를 부릴 거야."

달문이 긴 한숨을 내쉰 뒤 답했다.

"그렇겠군요. 점주님께 심각한 피해를 입힐지도 모르겠습니다. 우익의 별감들과도 의리를 지키고 점주님과도 의리를 지키고 싶습니다. 저는 우익의 으뜸 광대를 맡겠습니다. 제가 우익의 으뜸 광대가 되는 것은 사람된 도리에 전혀 어긋나지 않습니다. 하지만 의금부나 검계가 인삼 가게로 들이닥쳐 부리는 행패는 예의에도 맞지 않고 위법한 짓입니다. 점주님이 걱정하시는 것과 같은 일이 생긴다면…… 제가 나중에 꼭 보답을 하겠습니다. 미안합니다. 지금은 이 길을 갈 수밖에 없습니다."

달문은 고집을 꺾지 않았다. 어렵고 위험한 길을 감내하겠다니 한편으론 놀랍고 한편으론 원망스러웠다.

달문이 동대문 밖으로 거처를 옮긴 후, 나는 표망둥이에게 쪽지를 보냈다. 검계 소굴로 직접 찾아갈까 생각도 했지만 감당할 자신이 없었다. 화가 나서 눈이 뒤집히면 앞뒤 재지 않고 칼부림부터 하는 놈이었다. 심부름을 한 점원은 망둥이가 쪽지를 받고도 표정 변화가 없었다고 전했다. 이런 쪽지가 날아들 줄 예상한 것처럼 따져 묻지도 않고 방으로 들어가 버렸다는 것이다.

달문이 좌익이 아니라 우익을 택했다는 풍문이 곧 도성에 퍼졌다. 의금부에서 달문을 곧바로 잡아들일 것이라는 이야기부터 달문을 설득하여 좌익의 으뜸 광대에 앉힐 거라는 예측도 있었고, 달문이 끝까지 고집을 피우다간 산대놀이가 끝나자마자 목숨이 달아날 것이란 예언까지 이어졌다.

방 도사와 표망둥이가 택한 방식은 모두의 예상을 깼다. 좌익과 우익은 상인들에게 각각 후원금을 걷어 산대와 장식물을 만들었다. 누구에게 얼마만큼 돈을 걷느냐 하는 데는 제한이 없었다. 청나라에서 사신이 오갈 때도 상인들이 산대를 위해 거금을 거둬 냈었다. 이번에도 그 관례를 따르기로 한 것이다. 망둥이가 나섰다. 검계에 속한 칼잡이들이 사대문 안 시장을 돌며 말을 퍼뜨렸다. 의금부와 형조의 좌익에는 후원금을 얼마든지 내도 좋지만, 군기시와 포도청의 우익에 후원금을 낼 때는 미리 검계 소굴로 찾아와서 망둥이에게 후원 액수와 이유를 밝히라고 한 것이다. 특히 군기시나 포도청 왈자들과 친한 상인들을 따로 파악한 후 망둥이가 직접 가게에 들렀다. 달문이 점원으로 근무한 내 가게를 빼먹을 리 없었다.

망둥이는 가게 문을 걷어차고 들어설 때부터 짧은 담뱃대를 빽빽 빨아 댔다. 나는 값비싼 인삼들을 미리 진열대에서 창고로 옮겨 뒀다. 아예 문을 닫을까도 고려했지만 도성을 떠날 생각이 아니라면 검계의 손아귀를 벗어날 길은 없었다. 망둥이는 진열된 인삼들을 향해 연기를 뿜어 댔다. 동대문 인삼 가게를 출입할 때는 그 누구도 담뱃대를 입에 물어서는 안 된다는 것이 아버지가 정한 원칙이었다. 인삼이 담배 연기를 쐬면 효능이 줄어든다는 것이다. 내 눈짓을 받은 점원들이 서둘러 가게를 나갔다. 가게 안이 연기로 가득할 때까지 돌아다닌 뒤 망둥이가 내 앞으로 다시 왔다. 내 뺨을 손바닥으로 툭툭 쳐 대며 물었다. 목소리에 짜증이 묻어났다.

"잘 좀 하지. 한판 거하게 먹어도 모자라는 판에 발품이나 팔게 하고. 산대놀이가 끝나도 달문이 새낀 다시 받지 마. 내 부탁을 거절한 놈은 친구도 아냐. 여기서 당장 대답해. 달문을 받을 거야? 우익의 으뜸 광대가 된 그놈과 의리를 지킬 거냐고? 혹시 네가 우익으로 가라고 달문을 부추겼어?"

"아니오. 달문이 결정한 게요. 나도 말렸소. 의금부 방 도사 어른의 뜻을 헤아리라고. 잘 알잖소? 달문이 고집을 부리면 꺾기 힘들다는 걸."

"황소고집이지."

"맞소."

"그래서 어떻게 할 건데?"

"점원을 두는 건 나 혼자 결정할 문제가 아니오. 아버지와 숙부와 함께 의논하여……."

"쌍!"

망둥이가 담뱃대를 들고 단검처럼 찌를 듯 내 턱 가까이 댔다. 뜨거운 기운이 목과 턱과 입술까지 올라왔다. 저절로 고개가 젖혀졌다.

"아비와 숙부 핑계를 대겠다? 이 가게 점주는 너 아냐?"

"마, 맞소."

"아이들끼리 어울리다 보면 치고받고 싸우기도 해. 코피도 나고 이마도 깨져. 그때 가장 비겁한 새끼가 누군지 알아? 지 아비나 숙부에게 고자질하는 새끼라고. 네 아비와 숙부는 내가 따로 만나 의견을 들을 테니, 오늘은 네 생각만 말해."

내 눈에 눈물이 맺혔다. 입술을 지나 코와 눈까지 올라온 담배 연기 때문만은 아니었다. 그래도 이대로 무너지긴 싫었다.

"달문과 당신, 친구 아니오?"

망둥이가 담뱃대를 서서히 내 뺨까지 올리며 되물었다.

"친구가 뭐 어쨌다고? 친구니까 나한테 이러면 안 되는 거지. 친구니까!"

망둥이의 고함이 가게를 쩌렁쩌렁 울렸다. 내 눈에서 기어이 눈물이 흘러내려 담뱃대 대통雁首으로 떨어졌다. 이게 다 달문 때문이다. 망둥이가 담뱃대를 거두며 빨다가 화를 냈다.

"에이 씨…… 담뱃불이 꺼졌잖아? 사내새끼가 울긴……. 똑똑히 들어. 내 말 안 들으면 그땐 네 얼굴을 담뱃불로 지져줄게. 툭하면 눈물이나 싸갈기는 눈깔부터!"

나는 그 자리에 주저앉았다. 망둥이가 나간 후에도 한참을 울었다. 내가 끼적이는 소설에선 불의와 싸우는 영웅호걸이 나왔지만, 정작 나는 망둥이의 담뱃대에도 떳떳하게 맞설 수 없었다. 나약한 겁쟁이일 뿐이었다.

우익 그러니까 달문을 후원하겠다며 망둥이를 찾아간 상인은 한 명도 없었다. 좌익은 서대문 밖 우익은 동대문 밖에서 산대놀이 준비를 시작했다. 도성 백성에겐 놀이가 어떻게 준비되고 있는가를 살피는 것도 큰 구경거리였다. 구경꾼 틈에 섞여 나도 두 대문을 오갔다. 망둥이의 협박을 받고 나니 달문의 처지가 위태롭다는 것을 더욱 깨달았다. 이익을 위해선 부모형제라도 찌르는 것이 검계였다. 망둥이가 오랫동안 달문과 친구로 지내 왔지만, 큰돈이 걸린 판을 달문 때문에 잃는다면, 우정 따윈 헌신짝처럼 버릴 위인이었다. 달문을 만나서 다시 한번 설득해 보고 싶었다. 아직 산대놀이가 시작되지 않았으니 구설수엔 오르겠지만, 지금도 달문은 우익에서 좌익으로 날개를 갈아탈 수 있었다. 의금부와 검계의 표적이 되는 것보단 작은 약속을 바꾸는 편이 나았다. 나라면 그렇게 했을 것이다.

멀리서 달문을 보고도 다가가서 아는 체를 할 수 없었다. 달문이 재인들과 연습하는 숙소 근처엔 항상 낯선 사내들이 어슬렁거렸다. 검계거나 의금부 관원이었다. 조 나장 얼굴을 보고 미리 자리를 빠져나온 적도 있었다.

산대만 비교해도 좌익이 훨씬 크고 높고 단단했다. 우익은 산대에 쓸 나무들을 잘라 놓기만 했을 뿐 아직 세워 고정시키지 못했다. 팔도에서 모여든 재인들을 먹이고 입히고 재우는 것 역시 큰 차이를 보였다. 서대문 밖에는 아침저녁으로 고깃국을 끓이느라 연기가 피어올랐지만, 동대문 밖은 포도청에서 겨우 준비한 식은 밥이 전부였다. 술동이가 나가는 곳도 항상 서대문이었다. 이 정도 차이면 우익의 재인들이 좌익 쪽으로 옮겨 갈 만도 했다. 좌익의 으뜸 광대는 달문 휘하의 재인들이 옮겨 오면 중요 순서를 맡기겠다고 장담하기도 했다. 그러나 우익의 재인들은 움직이지 않았다. 춥고 배고프고 연습장도 제대로 갖추지 못한 형편이지만, 그들에게는 달문의 연락을 받았다는 자부심과 의리가 훨씬 중요했던 것이다.

장사꾼의 의리는 재인의 의리와는 달랐다. 기생을 제외하곤 대부분의 재인들이 팔도를 떠도는 유랑객이었다. 한 끼 따듯하게 먹으면 기쁘고, 한 판 신나게 놀면 즐거운, 그러다가 길 위에서 병들어 죽는 것이 당연한 인생이었다. 재인에 비해 장사꾼은 지켜야 할 것이 많았다.

달문이 동대문 밖으로 가고 보름이 지난 밤, 아버지는 나와 숙부를 안방으로 불러들였다. 셋이 깊은 밤에 마주 앉기는 처음이었다. 이미 두 사람은 의논을 마친 듯 눈빛을 교환한 후 아버지가 내게 말했다.

"내일 날이 밝는 대로 의금부에 다녀오너라."

의금부! 세 글자가 귀에 쏙 들어왔다.

"방 도사에게 우리도 성의 표시를 하기로 했다."

장사꾼 중엔 늦은 편이었다.

"달문을 데리고 있었으니, 더 지체하면 괜한 오해를 받게 된다. 우리를 대표해서 다녀와."

"알겠습니다."

"불만 없어?"

숙부가 끼어들었다.

"달문과 잘 지내지 않았느냐? 덕분에 매상도 꽤 올랐고, 이것저것 배운 것도 적지 않고."

숙부의 얼굴 위에 망둥이의 얼굴이 겹쳤다. 솔직하게 답했다.

"달문이 좋은 사람이란 건 압니다. 하지만 지금 달문을 편들면 우린 모든 걸 잃습니다. 우리가 그를 후원한다 해도 달문이 산대놀이에서 이길지 확실하지도 않고요. 달문도 이해할 겁니다. 우리가 우익이 아닌 좌익을 돕는 이유를!"

"달문은 달문이고 넌 어찌할 거야?"

"네?"

숙부의 질문을 파악하기 어려웠다.

"산대놀이가 끝나고 달문이 돌아오면 받을 거야?"

나는 솔직하게 답했다.

"망둥이가 가게까지 찾아와선 경고했습니다. 절대로 받아 주지 말라고."

숙부의 목소리가 힐난조로 바뀌었다.

"마음을 정했군, 벌써! 달문이 이기든 지든, 망둥이가 경고를 했든 말든, 달문을 가게에서 내치기로. 그게 나풀나풀 가벼운 네 마음인 게야?"

나만 내몰리는 것이 억울했다. 동대문 상인 대부분이 달문이 우익의 으뜸 광대가 되었다는 소식을 듣곤 돌변하여 이렇듯 냉대하지 않는가.

"숙부가 저라면 어찌하시겠습니까?"

"나는 나답게 하겠지. 딴 사람 핑계 대지 말고 너도 너답게 해야 하고."

아버지가 대화를 잘랐다.

“그 정도 해! 자, 그만 건너들 가.”

일찍 잠을 청했다. 자꾸 달문의 못난 얼굴이 떠올랐다. 아버지의 충고처럼 달문은 내가 품을 그릇이 아니었다. 점원을 한다는 것 자체가 어울리지 않았다. 산대놀이 준비가 시작되자마자 순식간에 도성 안팎 백성이 달문에게 관심을 두었고, 달문은 좌익과 우익 중에서 선택을 했다. 그 선택의 책임 역시 달문이 오롯이 져야 했다. 지금 내가 달문을 위한다면 너무 많은 것을 잃을 것이다. 동대문 시장에서 장사를 하지 않는 아버지와 숙부와 또 나의 삶을 상상한 적은 없었다. 기반이 있어야 매설가든 뭐든 꿈꿀 수 있다.

다음 날 아버지로부터 후원금을 받아 의금부로 갔다. 방 도사를 만나기 전에 금액을 확인하고 놀랐다. 가게 하나를 낼 만큼의 돈이었다. 모르긴 해도, 좌익을 위해 들어온 후원금 중 가장 많을 것이다. 금액 아래에 아버지와 숙부 그리고 내 이름이 나란히 적혀 있었다. 방 도사는 후원금을 받아 액수를 확인하곤 짧게 물었다.

“동대문 밖엔 나간 적 있나?”

조 나장으로부터 내가 달문의 연습장을 멀리서 지켜보았다는 보고라도 받았는가. 나는 어디까지 답을 해야 할지 몰라 머뭇거렸다. 방 도사가 껄껄 웃으며 권했다.

“그래도 데리고 있던 점원인데 들여다보지 않으면 매정하다고 욕을 먹을걸세. 음식이라도 챙겨 가 보도록 해. 후원금은 고맙게 쓰겠네. 덕분에 바퀴를 한 자는 더 긴 놈으로 쓰고, 산대도 두 길은 더 높이 올릴 수 있겠군. 역시 천송 영감은 통이 커.”

후원금을 누가 갖다 주는가는 중요하지 않았다. 방 도사는 그 돈을 아버지가 내는 것으로 받아들였다. 나는 아직 심부름꾼에 불과했다. 사실이었다.

오라버니가 처음입니다

닷새 후 음식을 챙겨 달문에게 갔다. 의금부와 검계의 움직임까지 포함하여, 달문과 마음을 터놓고 이야기를 나누고 싶었다. 그사이 아버지와 숙부와 내 명의로 좌익에 후원금을 전달했다는 풍문이 돌았다. 소달구지에 밥과 국과 고기와 나물을 가득 싣고 동대문을 통과했다. 가게에 와서 행패를 부렸던 조 나장이 각진 턱을 흔들어 대며 웃어 줬다. 방 도사로부터 언질을 받은 것이다.

달문은 자리에 없었다. 한순간도 산대놀이에 대한 고민에서 벗어나기 힘들어 가게로 오지 않겠다던 그였다. 음식을 풀어 놓자, 재인과 장인들이 허겁지겁 먹기 시작했다. 그동안 제대로 먹지 못한 티가 났다. 나는 계속 달문에게 연락을 해 달라고 청했다. 그들은 알겠다고 답은 하면서도 음식을 두고 일어서지 않았다. 음식을 비운 후 달문을 데려와도 데려올 듯했다. 나는 달문이 혼자 기거한다는 쪽방에서 기다리기로 했다.

이불과 베개가 전부였다. 그 흔한 앉은뱅이 탁자 하나 없었다. 베개 옆에 종이 뭉치만 가득했다. 뭉치를 당겨 한 장 한 장 넘겼다. 필요한 도구들과 산대놀이 상상도였다. 첫 장은 산대였다. 산대와 나란히 선 사람의 크기로 볼 때, 산대는 동대문보다 높았다. 이 정도로 세우려면 목재 구입과 제작까지 막대한 돈이 들 것이다. 다음 장엔 백마와 흑마가 나왔다. 자세히 보니 앞다리와 뒷다리 그리고 목에 장봉을 붙였다. 장봉을 움직이면 나무로 만든 말들이 걷거나 달리는 것이다. 목청 좋은 광대가 말 울음이라도 흉내 내 얹으면 분위기가 더욱 고조되리라. 다음 장을 펼쳤을 땐 웃음이 저절로 나왔다. 달문의 얼굴이었다. 망둥이에 의해 입과 코가 엉망이 된 후부터는 탈 없이도 탈춤을 추기 시작했다. 달문의 표정이 풍부해지면서 여러 종류의 탈이 모두 그 얼굴에 드러났다. 그중 압권이 바로 악귀를 쫓는다는 방상시였다. 아이는 물론 귀신들조차 달문의 얼굴을 보고 달아날 만큼 흉측했던 것이다.

인기척도 없이 문이 열렸다. 방으로 들어선 여인은 가게에 들렀던 운심이었다. 나는 그녀와 눈을 맞추지도 못한 채 그림 속 달문의 못난 얼굴만 내려다보았다. 가슴이 빠르게 뛰면서 얼굴이 달아올랐다. 달문과 운심이 함께 산대놀이를 준비하게 되었으니, 그녀를 다시 만날 기회가 오리라 기대는 했었다. 그러나 이렇듯 갑자기 그녀와 단둘이 쪽방에 머물 줄은 몰랐다. 다시 만나면 어찌 대할 것인가를 거듭 생각했었다. 온화한 웃음으로 그녀의 얼굴을 오랫동안 마주 볼 것이며, 내가 동대문 인삼 가게 점주로서 하고 있는 일들을 차근차근 설명할 것이고, 덧붙여 달문과의 인연도 밝힐 계획이었다. 그녀가 질문을 던지면 눈을 보며 답하고, 달문과의 인연에 대해 더 자세히 알고 싶어 하는 눈치면 수표교와 목멱산의 위치를 그림으로 그려 가며 이야기를 덧붙일 것이다. 허리춤에 휴대용 먹물 통과 세필과 수첩을 지니고 다녔다. 그러나 방으로 들어온 여인이 운심이란 것을 확인한 뒤로는 고개를 들 수 없었다. 자리에 앉은 운심이 내 손에 들린 그림을 쳐다보며 말했다.

"달문 오라버니가 고맙다고 전해 달랍니다."

나는 떨리는 마음을 감추기 위해 당당하려 애썼다.

"안 옵니까, 달문은?"

"오늘은 바빠서 만나기 어렵겠다는군요. 만나지 않는 게 낫다는 표정이기도 했습니다."

바쁘다? 내가 만든 음식을 먹지 못할 만큼, 내 얼굴을 보며 감사 인사를 건네지 못할 만큼, 어딘가에서 열심히 산대놀이를 준비한다는 것인가? 돈줄이 끊겼으니 급할 것도 없지 않은가?

"만나지 않는 게 낫다는 건……."

"의금부와 형조 게다가 검계의 행패는 설명 드리지 않아도 잘 아실 테지요? 여기에 연습장을 차린 뒤 음식을 챙겨 온 이는…… 모독 오라버니가 처음입니다."

모독, 그 이름이 입에 붙지 않는지, 운심이 잠시 말을 끊었다가 이었다. 내 이름 뒤에 '오라버니'까지 붙였다. 고마움의 표시일까. 나는 용기를 내어 뒷목에 힘을 주면서 고개를 들었다. 환하게 웃는 운심의 얼굴이 고왔다. 이마는 반듯하니 넓고 눈썹은 먹으로 그린 듯 짙고 코는 삼각산 봉우리처럼 오뚝하고 입술은 평야를 두른 능선처럼 두텁고 넉넉했다. 그리고 나를 쳐다보는 검은 눈동자는 세상의 온갖 기운을 빨아들이고 남을 만큼 깊었다.

"인지상정이니까. 내 가게 점원을 위해 밥 한 끼 챙겨 온 것이 무슨 죄가 되겠소?"

"죄가 될지 안 될지는 우리가 정하는 게 아니에요. 법 없이도 살 사람이 의금부에 하루만 들어갔다 나오면 대역죄인이 되지 않습니까. 의금부는 필요하다면 눈 깜짝하지 않고 그딴 짓을 저지릅니다."

나는 더욱 큰소리를 쳤다. 약한 모습을 보이기 싫었다.

"걱정 말라니까. 원하면 내일도 모레도 밥을 챙겨 오겠소. 그건 그렇고 산대를 제대로 놀 순 있겠소?"

운심의 목소리가 카랑카랑 올라갔다.

"제대로 놀겠느냐고요?"

나는 목소리를 낮췄다.

"돈줄이 막히지 않았소? 산대놀이를 하려면 돈이 한두 푼 드는 것도 아니고……. 벌써부터 우익은 날개를 펴지도 못할 거란 소문이 돌고 있다오."

운심의 표정이 굳었다. 걱정해서 건넨 말이 오히려 상처를 덧나게 찌르는 송곳 구실을 한 것이다. 말이 말을 낳는다고 자꾸 쓸데없는 이야기를 이었다.

"산대도 못 올릴 정도면 그만 포기하는 게……."

운심이 발끈했다.

"헛소리나 하시려고 온 건가요? 먹은 걸 죄다 토해 버리고 싶네요."

이미 뱉은 말을 주워 담기엔 늦었다. 그런데도 나는 마지막 말까지 해 버렸다.

"승산이 없다 이 말이오. 달문과 운심이 아무리 발군이라고 해도, 산대놀이를 하려면 산대를 세워야 하고 그러려면 돈이 드는데……."

운심이 갑자기 품에서 검 두 개를 뽑았다. 장검은 아니지만 그렇다고 단검처럼 짧지도 않았다. 품에 넣고 다니리라곤 상상하기 힘들 정도로 묵직하고 길었다. 놀란 내 눈앞에서 쌍검을 어깨와 머리 위로 휘돌렸다. 처음엔 현란하게 움직이는 쌍검만 보이더니, 마지막엔 그 검들을 쥐고 버티며 돌리는 가녀린 손목이 눈에 들어왔다. 검과는 전혀 어울리지 않는 희고 고운 손목이었다. 검은 무서웠지만, 검을 노는 손목의 움직임은 아름다웠다. 그녀가 아무리 매서운 말을 하고 독한 춤을 춰도 나는 그 손목을 보며 기꺼이 내 몸과 마음을 맡길 것 같았다. 쌍검이 내 두 어깨에 하나씩 얹혔다. 꼼짝달싹 못 한 채 그녀의 얼굴을 쳐다보았다.

"달문 오라버니가 어떻게 당신 같은 좀팽이 가게에서 일을 한 걸까요. 잘 들어요. 당신은 계산한 대로 척척 살아왔는지는 모르겠지만, 판에서 노는 우린 달라요. 흥에 겨우면 황하도 건너고 태산도 넘죠. 여기까지만 놀아야지, 하는 제한이 처음부터 없다 이 말입니다. 내가 달문 오라버니를 처음 만났을 때 이야길 해 줄까요. 밀양성 아래 삼랑진 후조창 앞 넓은 마당에서 춤판이 벌어졌죠. 달문 오라버니는 거지꼴로 쇠지팡이 하나만 겨우 들었고, 상대는 밀양에서 오랫동안 검무를 갈고 닦은 열두 명의 무인舞人이 었어요. 오라버니는 맨발에 바지는 무릎과 허벅지가 드러날 정도로 찢어졌습니다. 춤출 땐 아예 저고리를 벗고 맨 가슴을 드러냈지요. 밀양 무인들은 손에 들린 장검이 멋졌습니다. 판이 시작되기 전에 구경꾼 대부분이 무인들의 완승을 예상했지요. 그러나 오라버니가 지팡이로 땅을 긁어 흙먼지를 일으키며 허공에서 몸을 빙글 돌리면서부터 판이 완전히 바뀌었어요. 어떤 걸 입었고 무엇을 쥐었는지는 하나도 중요하지 않았죠. 오라버니가 춤을 추는 내내 사람들은 눈을 깜빡이지도 않았으니까요. 밀양강이 범람하여 삼랑진 전체를 뒤덮는 정도의 충격을 줬어요. 이어진 열두 무인의 검무 따윈 기억도 나지 않아요. 우리가 산대를 세우지 못해 질 거라고요? 우리가 목마와 방상시를 무대에 올리지 못할 테니 패배를 자인하라고요? 달문 오라버니의 판을 못 본 놈들 헛소리예요. 승산? 그딴 계산은 개나 줘 버려!"

운심이 검을 거뒀다.

그녀가 방을 나간 후에도 나는 한동안 앉아 있었다. 그러다 밖으로 나가 재인들이 연습하는 광경을 지켜보았다. 춤추는 이는 춤으로, 노래하는 이는 노래로, 연주하는 이는 연주로, 재담하는 이는 재담으로 각자 맡은 역할에 집중했다. 도성 안에선 달문의 우익이 질 것이란 소문이 파다했지만, 그들은 묵묵히 연습하고 또 연습했다. 낙담이나 절망 혹은 두려움은 눈을 씻고 봐도 찾기 어려웠다. 대신 그들은 슬쩍슬쩍 서로의 재주를 격려하며 짧게 이야기를 주고받았다. 구경꾼이라면 놓치고 지나칠 찰나를 되새김질하는 것이다. 조금 나은 구석이 발견되면 웃기도 했다. 운심처럼 말로 설명하진 않았지만, 그들은 달문을 믿고 있었고, 달문을 위해서라면 돈 한 푼 받지 않아도 된다 여겼고, 또 결국 자신들이 이길 것이라고 확신했다. 계산하지 않는 확신도 있다는 것을 그때 나는 처음 알았다. 그러나 그래도 나는 달문이 이기리란 생각은 들지 않았다.

달문을 처음 봤을 때 운심은 그가 범람하는 밀양강 같았다고 말했다. 그 말을 새겨들었어야 했다. 범람하는 밀양강 같은 사내라면 한강마저 넘쳐흐를 수도 있는 것이다.

산대를 놀다

백 일은 짧다면 짧고 길다면 긴 시간이었다. 산대놀이를 위해서라면 적어도 반년은 필요했지만, 나라님의 행차에 맞춰 백 일로 줄인 것이다. 산대놀이를 준비하는 좌익과 우익으로선 기간이 줄어도 산대의 규모나 놀이의 숫자를 축소할 뜻은 전혀 없었다. 오히려 부족한 시간에도 불구하고 탁월한 성과를 냈다는 칭찬을 원했다. 놀이를 준비하는 이들은 한마음 한뜻으로 백 일 계획을 밀어붙였지만, 변동은 오히려 산대놀이를 준비하라고 명한 나라님에게서 나왔다. 겨울이 오기 전에 소령묘에 다녀오겠다는 계획을 내년 봄으로 미룬 것이다. 산대놀이도 당연히 내년으로 연기될 상황이었다. 내년 봄으로 계획을 다시 잡겠다며, 의금부와 형조와 군기시와 포도청의 당상관들이 나라님을 뵈었다. 나라님은 올해 농사가 흉년은 아니지만 그렇다고 풍년이라 할 수도 없으니, 광화문 앞에 산대를 세우는 것은 그만두는 게 낫겠다는 뜻을 밝혔다. 농부가 아니라 도성의 상인들에게서 후원금을 받으면 된다고 아뢰자, 나라님이 불같이 화를 냈다.

"농부만 과인의 백성인 줄 아느냐? 상인도 과인의 백성이며 개천의 거지도 다 과인의 백성이다. 모름지기 군주는 백성의 부모가 되어야 한다. 넉넉하지 않은 백성에게서 돈과 재물을 빼앗는 자가 어찌 부모이겠는가?"

당상관들은 아예 산대놀이 자체를 없애겠다고 아뢰었다. 그러자 나라님은 산대놀이를 도성 밖에서 예정대로 열어 백성을 즐겁게 해 주라는 명을 내렸다.

"보름 전에도 창경궁 명정문에서 도성 노인들을 불러 순문詢問왕의 질의을 하였느니라. 그때 노인들 모두 산대놀이 구경에 큰 기대를 걸고 있었다. 백성의 기대를 꺾는 군주가 되고 싶진 않구나."

산대놀이를 도성 밖 한강 변 마포로 옮겨 여는 정도로 합의를 봤다. 산대를 예산대로 바꾸는 것을 비롯하여 전체 규모를 절반 이하까지 줄이기로 한 것이다. 좌익으로선 돈줄이 끊긴 우익을 몰아세우기 위해 눈이 내리는 늦가을에라도 산대놀이를 하는 것이 나았다. 나라님이 '애민愛民'을 앞세우며 변덕을 부렸지만 좌익과 우익의 승부에서 달라지는 것은 없다고, 표망둥이는 떠들고 다녔다. 다들 망둥이와 같은 생각이었다. 달문이 제아무리 천하제일의 재주를 지녔대도 이번만은 어렵다고.

의금부와 포도청 관원들이 열흘 전 마포로 직접 와선 산대놀이를 벌일 장소를 의논하여 정했다. 즐비하게 늘어선 창고들이 끝나는 언덕 아래 공터가 최적지로 꼽혔다. 관원들은 창고의 일꾼들을 차출하여 풀을 뽑고 나무를 벴다. 예산대를 세울 자리엔 땅을 평평하게 다졌다. 의금부 관원을 이끌고 온 조 나장은 좌익의 산대를 세울 땅만 다지면 된다며 턱을 흔들어 댔다. 판이 벌어지기도 전에 승리를 만끽하듯 거만하게 굴었다.

"시간이 남아도는가 봐? 거기까지 땅을 고를 필요 없다니까. 그럴 힘 있으면 우리 땅이나 더 밟아. 달문이 제아무리 탁월한 솜씨를 지녀도 산대가 없는데 어쩌겠어. 산대를 마련해서 세우는 것도 각 날개의 으뜸 광대가 맡아야 할 몫이라고. 달문도 이제 완전히 한물간 셈이네. 행여 달문이 가엾다는 둥 하는 개소린 뻥긋하지도 마."

포도청 홍 별감은 산대를 나란히 세우기로 애초에 약속했으니 산대가 서든 말든 땅은 다져 둬야 한다고 맞섰지만, 표정은 내내 어두웠다. 후원금이 적게 걷히는 바람에 달문을 충분히 지원하지 못한 것이다. 조 나장은 눈도 꿈쩍 않고 받아쳤다.

"도성 백성 모두 아는 걸 홍 별감만 어찌 모르실까? 산대가 설 턱이 없는데 그딴 헛짓을 왜 합니까? 산대부터 꼭 온다고 확답을 한 후 사람을 부리든 말든 하십시오."

좌익의 예산대는 서대문 밖에서 하룻밤 하룻낮 동안 바퀴를 굴려 왔다. 구경꾼 모두 엄청난 높이와 화려한 장식에 감탄했다. 예산대가 굴러가는 방향엔 커다란 자라 머리가 나왔다 들어가기를 반복했다. 좌익의 산대엔 바다를 떠돌아다니는 신성한 다섯 산을 앉혔다. 천제天帝가 그 산들이 떠내려갈 것을 염려하여, 산들을 등에 지고 다니도록 내려보낸 짐승이 바로 자라였다. 이 때문에 다섯 산들은 자라가 지고 다니는 산 즉 오산鼇山이라고 불렀다. 오산 중 봉래산이 가장 높아 우뚝했다. 동쪽 바다 봉래산은 서쪽 내륙 곤륜산과 함께 장생불사의 낙원으로 이름이 높았다.

산대놀이 하루 전까지도 우익의 산대를 본 사람은 없었다. 동대문 밖에서 산대를 만들었다면, 동대문과 종루 대로와 서대문을 통과하는 길밖에 없었다. 결국 우익은 산대를 세울 돈을 마련하지 못한 것 같으니, 이번 산대놀이에선 좌익의 산대에서만 놀게 생겼다고 대부분 아쉬워했다. 일찍이 달문이 청나라까지 가서 잡상과 산대 만드는 기술을 배워 왔다는 소문이 돌았기에, 우익의 산대에 대한 기대가 남달랐던 것이다.

전날 밤부터 많은 사람이 도성을 빠져나가 마포 나루로 몰려들었다. 산대놀이를 벌이는 날엔 마포 상인들 스스로 장사를 접었다. 배를 들이거나 내지도 않았으며 창고도 모두 문을 닫았다. 나 역시 가게 문을 잠그고 아버지와 숙부와 함께 동이 트기도 전에 마포로 향했다.

일찍 나선다고 서둘렀지만 검계들이 이미 좋은 자리를 선점한 뒤였다. 조금이라도 가까이에서 구경하려는 이들에게 자릿값을 받고 팔았다. 우리도 돈을 내기로 했다. 평생 보기 힘든 놀이를 돈 몇 푼 아낀다고 멀리 서서 구경하긴 싫었다. 자릿값을 내려는 순간, 표망둥이가 우리를 발견하고 손을 흔들어 댔다. 그는 어깨동무까지 하며 반겼다. 아버지와 숙부를 향해 소리 내어 웃었다.

"방 도사 나리에게 얘기 들었수. 동대문 인삼 가게에서 큰 도움을 주셨다고. 덕분에 산대가 더 근사해 졌수. 자자, 여기 앞자리로 앉으시오. 돈은 도로 넣으쇼. 자릿값은 필요 없수다. 우리 사이에, 무슨!"

아버지와 숙부가 내 뒤에 자리를 잡았다. 망둥이는 내 옆에 앉았다. 어색한 침묵이 흘렀다. 왼 소매에서 담뱃대가 언뜻 보였다. 나는 숨소리도 크게 내지 못한 채 잔뜩 얼었다. 나를 위협했던 바로 그 담뱃대였다. 망둥이가 내 불안한 시선을 알아차리기라도 한 듯 담뱃대를 꺼내 제 어깨에 쓱쓱 닦고는 입에 물었다. 담배를 넣지도 않고 빈 담뱃대만 서너 번 빨다가 다시 소매에 넣었다. 좌익은 예산대를 앞세우고 재인과 악공들이 모두 들어왔으나 우익은 아직 산대도 사람도 등장하지 않았다. 지루하게 기다리던 내 눈이 망둥이의 오른 소매에 닿았다. 수백 명을 찌른 단검이 그 속에 숨겨져 있으리라. 망둥이가 툴툴거렸다.

"고집부리지 말고 좌익을 맡았으면 얼마나 좋아. 달문 이 녀석은 내 말을 개똥으로 듣는다니까."

검계 두목의 요구를 무시한 유일한 광대일 것이다. 망둥이가 째려봤으므로 나도 거들어야 했다.

"맞소. 달문은 내 말도 안 들었소."

망둥이가 썩은 앞니를 드러내며 피식 웃었다.

"점주 말도 안 듣는 점원이라! 내 부하가 그딴 식으로 굴면 손모가지 발모가지 모두 잘랐을 거야. 그놈을 가게에서 진작 잘랐어야지. 월급만 축내는 버러지들!"

나는 따라 웃지 않았다. 망둥이를 따라 웃다가 혀가 뽑힌 장사꾼 이야기를 숙부로부터 들었던 것이다. 숙부는 또한 이렇게 충고했다. 망둥이가 무슨 말을 하고 어떤 짓을 하든 긴장할 것!

"달문도 많이 깨달았겠지. 혼자 힘으로 못 하는 게 있단 걸. 이 표망둥이 말을 듣는 게 오늘도 좋고 내일도 좋단 걸. 근데 이 자식은 왜 아직 안 나와? 날개를 못 펴게 생겼으니 그냥 내뺀 거 아냐?"

그런 흉문이 돌기도 했다. 그러나 나는 산대놀이에 대한 달문의 열의를 알기에 나타나리라 믿었다. 산대는 포기하더라도 소학지희笑謔之戲로 묶이는 탈춤과 잡상놀이와 재담을 춤과 곁들이고, 규식지희規式之戲로 묶이는 곡두놀이와 방울받기와 줄타기와 솟대타기를 선보이려 들 것이다. 동대문 밖 연습장에 모인 재인들과 함께라면 그 솜씨가 떨어지지 않을 것이다. 망둥이도 나와 생각이 같았다.

"산대도 못 올릴 판이라니 싱겁긴 하겠어. 하지만 이 나라에서 으뜸인 달문의 춤과 곡두놀이와 재담은 구경해야지. 그것만 해도 마포까지 다리품 들인 값은 되고도 남을 거야."

나루 쪽에 모인 이들의 웅성거림이 커졌다. 박수와 환호가 터져 나왔다. 아버지와 숙부와 나 그리고 망둥이가 거의 동시에 일어나서 시끌벅적한 곳을 향해 돌아섰다. 창고 사이로 거대한 산이 솟아올랐다. 정말 '솟아올랐다'라는 표현을 쓸 수밖에 없을 정도로 갑작스러웠다. 그것은 분명 산대였다. 좌익의 산대와 비교

해도 높이와 넓이에서 밀리지 않을 정도로 웅장한 예산대! 그 산대가 바퀴를 굴려 판으로 들어서자 구경꾼들의 박수와 환호가 쏟아졌다. 망둥이가 욕을 해 대며 달려갔다.

"쌍! 뭐야 저게? 달문 이 새끼. 가만두나 봐라. 니미럴!"

예산대를 앞세우고 우익의 재인과 악공들도 따라 들어왔다. 예산대보다 열 걸음쯤 앞서 걸으며, 탈도 쓰지 않고 탈춤을 덩실덩실 추는 이는 달문이 분명했다. 우익의 으뜸 광대였다. 훗날 밝혀지기론, 달문이 창고 두 개를 빌려 재료를 배로 실어 나른 다음 은밀히 산대를 만들었던 것이다. 달문이 창고에서 장인들을 독려하며 산대를 제작하는 동안 동대문 밖 연습장은 운심이 책임졌다.

숙부가 우익의 산대를 살피며 고개를 갸웃거렸다.

"자라가 지고 있는 오산도 아니고, 곤륜산도 아닌데……. 뭘까, 저 산은?"

산대놀이에서 산대는 판을 결정짓는 가장 중요하고 값비싼 기물이었다. 산대놀이를 기다린 백일 동안, 숙부는 산대를 담은 희귀한 그림들을 구해 와서 꼼꼼히 들여다보며 지냈다. 우리나라의 산대뿐만 아니라 청나라와 일본의 산대도 있었다. 다섯 개의 봉우리 중에서 구름에 가려진 가운데 봉우리가 눈에 익었다. 나도 모르게 귓속말처럼 읊조렸다.

"설마…… 연화봉?"

숙부가 말꼬리를 잡아챘다.

"연…… 뭐라고?"

"아닙니다."

확신하긴 일렀다. 산대에서 펼치는 잡상놀이를 보면 좀 더 확실해질 것이다. 숙부가 구름을 올려다보며 말했다.

"역시 솜씨가 예사롭지 않아. 구름이 하나였다가 둘이고 둘이었다가 여럿으로 바뀌네. 게다가 구름 모양도 움직일 때마다 깃털 같다가 물결 같다가 돌무더기 같다가 그래. 지난번에 달문이 산해관에 다녀온 후 내게 넌지시 털어놓았단다. 산대를 만들 기회가 있다면, 윤통輪桶을 예전 산대보다 열 배는 더 쓰면서 기목機木도 굵기와 길이가 제각각인 놈을 택해 보겠다고. 잡상을 움직이는 기술은 우리가 청국에 결코 뒤지지 않은데, 문제는 좀 더 튼튼하고 많고 복잡한 기관機關을 산대에 설치하는 것이라고 했어. 구름 하나만 봐도 저렇듯 변화가 많으니, 기대해도 좋겠군."

내 평생 수많은 놀이를 즐겼지만 마포의 산대놀이엔 미치지 못했다. 그 후로도 산대놀이를 제대로 벌인다 하여 찾아간 것이 스무 번이 넘었다. 그러나 달문이 이렇듯 날개 하나를 맡아, 놀이의 내용과 순서를 짜고 산대부터 온갖 기물을 만들고 또 재인과 악공들을 연습시켜 산대놀이를 벌인 것은 이때가 마지막이었다.

좌익과 우익의 산대는 겉모습만 놓고 보자면 엇비슷했다. 산대 자체를 세우지 못하게 막으려는 의금부와 형조와 검계의 시도는 실패했지만 승부는 이제부터였다.

좌익의 산대가 먼저 잡상놀이를 시작했다. 잡상이란 사람과 사물을 본떠 만든 형상이니, 산대잡상놀이란 곧 산대에 설치한 인형들을 움직이며 즐기는 놀이다. 좌익의 산대에서 눈에 띄는 형상은 바위 동굴이었다. 바위엔 풀과 나무가 가득 했고, 세 개의 동굴엔 미녀와 호랑이와 원숭이가 하나씩 들어 있었다. 미녀가 나타난 동굴 옆에는 강태공이 허공을 향해 낚싯대를 드리웠다. 악공들의 연주에 맞춰 노란 저고리에 다홍치마를 입은 미녀가 양팔을 흔들며 춤을 추기 시작했다. 고개를 좌우로 돌리고 허리를 비틀었다. 그녀가 머리 위로 오른팔을 뻗을 때마다 호랑이가 입을 쫙 벌리곤 엄청나게 큰 소리로 울음을 토했고, 동굴 속 소나무에 매달린 원숭이가 가지를 붙든 채 맴을 돌았다. 원숭이가 맴을 열 바퀴 돌 때마다 강태공의 낚싯대에서 물고기가 한 마리씩 낚여 올라왔다. 미녀와 호랑이와 원숭이와 낚시하는 강태공과 물고기가 동시에 움직이자, 박수가 절로 쏟아졌다. 나 역시 벌어진 입을 다물지 못한 채 탄성을 쏟았다. 곁에 앉은 숙부가 관전평을 이야기했다.

"금상 1년 청나라 사신이 왔을 때도 미녀와 원숭이와 낚시하는 강태공을 등장시켰지. 한데 그땐 셋이 따로따로 움직였을 뿐이야. 잡상 다섯 개가 동시에 움직이는 건 엄청난 기술이지. 게다가 낚싯대에 낚여 올라오는 물고기가 붕어, 숭어, 메기, 잉어로 전부 다르군. 놀라워."

구경꾼들의 시선이 이번에는 우익의 산대로 향했다. 달문이 직접 산대 밑 바퀴 사이로 들어갔다. 잡상을 조종하기 위해서였다. 달문이 만든 산대는 좌익에 비해 간단했다. 동굴이라거나 기이한 바위 혹은 가지가 축축 늘어진 나무는 없었다. 겹겹 봉우리가 솟은 산이 있고 그 아래 남녀 한 쌍이 마주 보며 섰을 뿐이다. 남자는 빛깔이 검은 중의 탈을 썼지만 여인은 맨 얼굴이었다. 치마와 저고리와 머리댕기까지 붉은색으로 맞춘 탓에 일렁이는 불꽃처럼 보였다. 나는 산대 옆에 선 악공들을 곁눈질로 살폈다. 연주와 함께 잡상놀이가 시작되는 것이 보통이었다. 그런데 악공들은 악기를 내려놓은 채 산대를 쳐다보기만 했다. 구경꾼들의 웅성거림도 어느새 잦아들었다.

철릭을 입고 가죽으로 덧댄 토시를 팔뚝에 감은 사내가 산꼭대기까지 올라갔다. 사내가 팔뚝을 드니 깃털 구름 위에서 날던 해동청 한 마리가 잽싸게 내려앉았다. 그와 동시에 붉은 진달래가 가득 피고 여인의 노래가 시작되었다. 노래의 첫 마디가 끝나기도 전에 그 여인은 사라졌다. 꼭대기 바로 아래에서 다른 여인이 노래를 이어 불렀다. 그녀 주위엔 노란 국화가 만발하였다. 연꽃, 개나리, 철쭉, 매화, 수국, 장미와 그에 어울리는 여인들이 차례차례 등장했다. 노래가 끝나기 직전엔 여덟 종류의 꽃과 여덟 명의 여인들이 모두 등장하여 합창했다. 맑고 고운 노래를 들으며, 나는 저 산이 남악 형산이고, 구름을 머리에 인 봉우리가 연화봉임을 확신했다.

노래가 끝나자마자 해동청은 하늘로 날아올랐고, 서로 다른 여덟 송이 꽃은 다발이 되어 사내의 손에 들렸다. 사내는 꼭대기에서 빠르게 미끄러져 내려오며 꽃다발을 여인들에게 내밀었다. 여인들은 그것을 받지 않고 펑펑 폭죽 소리와 함께 피어오르는 연기 속으로 사라졌다. 마지막 장미와 함께 등장했던 붉은 치마저고리 여인은 사라지는 대신 팔을 뻗어 꽃다발을 받았다. 그녀가 장검을 뽑아 휘두르자 사내가 허리를 숙이며 피했다. 그리고 둘은 동시에 산대에서 몸을 날려 공중제비를 돌며 땅으로 내려섰다. 잡상인 줄로만 여겼던 그들은 사람이었다. 여인은 검무의 달인 운심이었고 검은 얼굴의 사내는 이 모두를 설치하고 조종한 달문이었다. 그리고 사내가 썼다고 여긴 먹중의 탈도 달문의 맨 얼굴에 먹칠을 한 것이었다.

잡상이라 여긴 남녀가 갑자기 튀어나와 재주를 노는 바람에 놀라기도 했지만, 달문이 산대에 펼쳐 놓은 이야기가 서포 김만중의 소설『구운몽』이란 점이 더 놀라웠다. 세책방에서 널리 읽히는 소설 가운데 하나로『구운몽』이야기를 들려준 적이 있었다. 달문은 성진과 팔선녀를 산대에 옮겨 놓은 것이다. 산대에 우리 소설을 등장시킨 시도가 참신했다. 그런데 양소유로 한세상을 즐긴 후 그 세월을 꿈으로 치부하며 깨달음을 얻는 장면은 등장하지 않았다. 여덟 명의 여인이 여덟 가지 각기 다른 아름다움을 뽐내는 것만으로도 충분히 아름다웠다.

우익의 산대놀이를 보며, 나는 내가 매설가가 되려는 이유를 새롭게 깨달았다. 내 문장으로 사람과 동물과 식물과 사물이 만나고 어울리고 흩어지는 과정을 세심하게, 오직 단 한 번만 드러나도록 만들고 싶은 것이다. 흥망성쇠의 희로애락이 그 속에 담겼다. 산대놀이에선 수천 혹은 수만 명의 구경꾼이 일제히 함께 환호한다. 소설은 겉으론 조용해 보이지만, 각자의 골방에 틀어박힌 수천 혹은 수만 명의 독자가 문장에 담긴 이야기를 통해 울고 웃으며 각자의 삶을 뜨겁게 뒤돌아보는 것이다. 벌떡 일어나서 이렇게 외치고 싶었다. 달문의 산대여! 모독의 소설이여! 달문과 모독의 이야기여! 무궁무진 나아가라! 활짝 꽃피어라!

산대잡상놀이에서 이미 승부가 갈렸는지도 몰랐다. 좌익이 금상 1년의 산대놀이에서 한두 걸음 나아갔다면, 우익은 최소한 백보는 내달린 꼴이었다. 놀이든 소설이든 그것을 즐기는 구경꾼들은 정직했다. 우익을 향한 박수가 좌익 때보다 열 배는 더 크고 길었다.

대결의 종지부를 찍은 이는 역시 달문이었다. 놀이가 진행될수록 구경꾼들의 시선은 산대 바퀴 옆에 선 달문에게 쏠렸다. 산대잡상놀이에서 운심과 깜짝 등장한 후론 나무처럼 거기 서 있었다. 서 있기만 해도 기대감이 점점 높아졌다. 우익의 재인과 악공들이 기기묘묘한 솜씨를 선보일 때마다, 구경꾼들은 구석에 선 달문을 쳐다보았다. 저들이 저토록 놀라운 솜씨를 선보이니 우익의 으뜸 광대인 달문은 과연 얼마나 탁월할까.

달문이 택한 재주는 두 줄 타기였다. 판 좌우에 왕골 대나무를 세우고 두 줄을 가로로 걸었다. 달문의 손엔 어느새 쇠지팡이가 들려 있었다. 시작과 끝을 맞춘다고나 할까. 산대에서 내려온 먹중과 여인의 대결이 두 줄 위로 옮겨 간 꼴이었다.

놀이를 마친 우익의 재인들과 악공들은 물론 달문을 줄곧 괴롭혀 온 의금부와 형조의 관원들까지 모두 고개를 들고 줄을 우러렀다. 달문은 몸을 허공에 띄워 앞공중돌기로 줄 위에 섰다. 달문의 발이나 손 혹은 몸이 줄에 닿을 때마다 북이 울렸다. 줄 아래로 운심이 나왔다. 그녀는 붉은 치마에 겨자색 저고리를 입고 자주색 고름을 매었다. 치마저고리 위에 자주색 쾌자를 입고 가슴에 파란 전대를 둘렀다. 머리엔 가체加髢를 얹고 패랭이 모양 검은 전립을 썼는데, 붉은 상모象毛가 정자에 달려 흔들렸다. 달문이 걸쭉한 음담淫談과 패설悖說을 시작했다.

"어이, 이 몸이 목숨 걸고 줄에 올랐는데, 거기거기 딴짓하는 양반님네들!"

오른팔과 왼팔을 번갈아 내밀었다.

"우선 이 천리마 좆침부터 한 대 맞으시고, 또 이 똥개 좆침도 한 대 맞으시오."

박수가 터졌다. 줄 아래 운심이 부채를 치켜들어 가리키며 받았다.

"거 좆침 한번 장대하구나. 줄을 놀면 그리 침이 두꺼워지는

가? 없는 내가 다 부럽네!"

줄 위 달문이 코웃음을 쳤다.

"부럽기는 개뿔! 사뿐사뿐 줄만 타면 어찌 팔이 두꺼워지랴. 어떤 놈은 부모 잘 만나 작은 붓 들고 이리 슬쩍 저리 슬쩍 끼적이며 평생을 호강하는데, 나 같은 놈은 재수도 지지리 없어, 조실부모하고 비렁뱅이로 떠돌다가 삼 년 흉년에 입에 풀칠할 길이 없어, 이렇게 두 줄에 거꾸로 서서 말도 하고 노래도 하고 춤도 춰야 밥 한술이라도 뜨는데, 이런 내가 부럽다면 네년도 올라와 물구나무를 서거라. 아이 숨차!"

줄 아래 운심이 고개를 과장되게 흔들었다.

"싫다! 힘든 일은 네가 다 하고 두둑한 놀이 값은 내가 몽땅 챙겨야지."

줄 위 달문이 말했다.

"부자유친 군신유의 장유유서 나불대면서도 제 것부터 챙기는 년이 광대 중에서도 나왔구나. 하기야 재물 욕심부리는 데 양반 상놈 따질 텐가. 맹자 아들이든 석가 손자든 돈 준다 쌀 준다 하면 못 할 짓이 뭐람."

앞공중돌기를 한 후 물구나무로 줄을 다시 쥐며 말했다.

"거짓말을 하든!"

뒤공중돌기를 했다.

"도적질을 하든!"

옆공중돌기를 했다.

"칼침을 놓든!"

몸을 튕겨 두 발로 섰다.

"사람을 죽이든! 줄광대짓 말고 못할 짓이 없지. 이 세상 온갖 일들 양반이면 용서가 되고 부자면 납득이 돼. 양반도 부자도 아닌 놈들은 죄인 될 팔자니, 어떤 여인이 불쌍한 이내 몸을 어화둥둥 품에 안고 비벼줄까."

달문이 사지를 비틀며 비벼대는 시늉을 했다. 줄 아래 운심이 받았다.

"줄이나 잘 비벼. 공양미는 넙죽넙죽 받고 자비는 쥐꼬리만큼도 없는 게 이 판이지. 이 줄 저 줄 신나게 놀아 보자고."

달문이 튕겨 올라앉고 튕겨 올라 눕고 튕겨 올라 물구나무섰다. 오른손만으로 줄을 잡더니 돌기 시작했다. 붕붕 소리가 날 정도로 빠르고 크게 원을 그렸다. 손을 놓고 까마득한 하늘로 날아올랐다. 다시 두 줄 위에 내려섰을 땐 입고 있던 저고리가 사라진 맨 몸이었다. 허공에서 저고리를 벗어 던져 버린 것이다. 줄 아래에서 운심이 고개를 치켜든 채 물었다. 먼저 나눈 음담패설과는 달리, 표정도 목소리도 바뀌어 다정함이 넘쳐났다.

"오라버니! 그 위는 안 춥소?"

달문이 오들오들 떨며 답했다.

"더럽게 춥구나."

구경꾼들이 일제히 웃음을 터뜨렸다. 운심이 질문을 이어 갔다.

"하면 솜옷을 꼭꼭 여며 입고 이불로 칭칭 감고 다니지, 뭐 한다고 그렇게 홀라당 벗긴 벗는 거요?"

"보기 싫으냐?"

운심이 부채를 펴 얼굴을 가렸다가, 두 눈만 보이도록 부채를 내린 채 답했다.

"보기 좋소. 오라버니! 아랫도리도 윗도리만큼 튼실하오?"

"까주랴?"

달문이 바지춤을 잡고 내리는 시늉을 하였다. 구경하던 여인들의 흥겨운 비명이 터져 나왔다. 달문이 바지를 내리지 않고 입맛을 쩝쩝 다시며 말했다.

"한바탕 놀았더니 목이 몹시 마르구나. 곡차 한 잔 주면, 중생에게 자비를 베풀라는 부처님 말씀 받들어, 아랫도리를 확 까주마. 이 나라에서 가장 맛난 곡차를 대령하겠느냐?"

"옛수!"

달문은 운심이 던진 호리병을 받았다. 쇠지팡이 끝에 호리병을 올려놓은 다음 지팡이 손잡이를 이마에 받혔다. 외발로 서선 이마를 왼쪽으로 살짝 흔들었다. 호리병이 기울며 술이 흘러내렸다. 달문은 술을 입으로 받아 삼키며, 호리병의 잘록한 허리에 지팡이 끝을 붙이곤 균형을 잡았다. 술을 흘리지 않기 위해, 왼발을 학처럼 뻗고 허리를 거미줄처럼 늘어뜨렸다. 그 자세로 지팡이를 미세하게 흔들 때마다 술이 입으로 떨어졌다. 호리병에 술이 빌수록 지팡이가 수평에 가까워졌다. 마지막 방울이 떨어질 땐 등이 아예 줄에 닿을 지경이었다. 술을 다 마신 달문은 취기가 도는지 비틀거렸다. 지팡이가 흔들리며 호리병이 떨어졌다. 달문이 손을 뻗어 쥐기에는 너무 멀었다. 구경꾼들의 안타까운 탄식이 터지는 순간, 해동청이 날아들어 호리병을 두 발로 움켜쥐었다. 지금까지 시종일관 달문을 따르던 북소리와는 달리 꽹과리가 요란하게 판을 흔들었다. 해동청이 다시 나타나 떨어지는 호리병을 쥔 것이 우연이 아니란 증거였다. 운심이 줄 아래에서 요구했다.

"오라버니! 자, 이제 마실 만큼 마셨고 취할 만큼 취했으니, 확 까쇼."

달문이 취한 듯 비틀대며 엉뚱하게 받아쳤다.

"까긴 뭘까? 알을 까나 밤을 까나?"

"이런 날도둑 땡중을 봤나. 나도 볼 맘 싹 사라졌으니, 곡차 값이나 내쇼."

"마시라고 던져 줄 땐 언제고 왜 나한테 값을 달래? 없어. 있어도 못 준다."

"후회하지 말고 어서 내놓으쇼."

"없다니까. 정 받고 싶으면 이리 올라와. 줄은 타 봤어? 앞줄 뒷줄 옆줄 윗줄 모름지기 줄을 잘 타야 복도 받고 돈도 버는 법. 나랑 겨뤄 이기면 그땐 곡차값도 내고 아랫도리도 불끈불끈 보여 주지."

"오라버니! 큰 실수 하는 거요. 내가 누군 줄이나 알고 그딴 내기를 거쇼?"

"네가 누군데? 아, 칼 들고 요렇게 조렇게 장난처럼 춤이나 추는 너는, 운심이구나."

운심이 큰 소리로 웃은 뒤 소리쳤다.

"나는 어제까지 운심이었으되, 오늘부터 운심이 아니구나."

"그럼 누군데?"

운심이 판을 크게 돌며 이야기를 풀었다.

"여기 모이신 남녀노소 모두 내가 누군지 아실 거요. 나로 말할 것 같으면, 당나라 양주에서 태어났으며, 당나라 대장군 양소유의 목을 베려고 침입했던 토번 최고의 자객이었수. 여러분, 내 이름이 뭡니까?"

구경꾼들이 동시에 외쳤다. 숙부는 물론 아버지까지 그 이름을 답했다.

"심 요 연!"

『구운몽』에 등장하는 여덟 여인 중 검술에 가장 능한 인물이었다. 달문의 맞은편 줄 위에 장검을 양손에 들고 재빨리 올라섰다. 쌍검을 동시에 높이 던지곤 줄을 튕겨 허공으로 뛰어올라 내려오는 쌍검을 다시 쥐었다. 쏟아지는 박수를 뒤로하고 달문을 향해 쌍검을 돌리며 다가갔다. 걸음은 가벼웠고 주저함이 없었다. 검무의 달인이 되기 위해 땅에서 만큼이나 두 줄에서도 연습을 했다는 풍문이 허풍만은 아니었다. 운심이 쌍검을 휘두르며 다가서는데도 달문은 태연하게 담배 피우는 시늉을 하거나 호미로 밭을 가는 흉내를 내거나 세책방에서 소설을 고르는 척했다. 구경꾼들은 달문의 능청스러움에 웃음을 터뜨렸다. 웃음이 커질수록 운심의 발놀림과 손놀림이 빨라졌다. 달문을 반드시 벨 기세였다. 고개를 들고 쳐다만 보는데도 살기가 느껴졌다. 구경꾼들의 웃음이 어느새 사라졌다. 놀며 즐기는 것이 아니라 죽고 죽이는 승부임을 알아차린 것이다. 달문도 전력을 다해 운심의 검을 피했다. 옷깃을 베고 뺨을 스친 칼날이 어깨와 옆구리를 노렸다. 칼날을 피하느라 쇠지팡이까지 놓쳤다. 핏방울이 떨어졌다. 정말 달문의 피였다. 둘은 혈투를 벌이는 중이었다.

달문은 왕골 나무 가까이까지 물러났다. 더 이상 물러설 곳이 없었다. 멈춰 섰다. 운심도 허공에 쌍검을 휘돌리다가 멈췄다. 달문을 노리며 마지막 일격을 준비했다. 바위와 바위, 쇠와 쇠, 칼과 칼이 부딪치기 직전이었다. 둘 중 하나는 목숨이 달아날 만큼 격렬했다. 운심이 양손을 휘저으며 나아갔다. 달문도 피하지 않고 옆공중돌기를 하며 줄을 튕겼다. 운심의 쌍검이 달문이 섰던 자리를 동시에 베었고, 달문은 내달려 그녀를 안았다. 줄이 끊어지면서 운심의 쌍검이 떨어졌다. 구경꾼들의 시선이 쌍검으로 내려왔다. 당연히 함께 추락해야 할 달문과 운심이 없었다. 줄 아래 판에도 없고, 잘려 나간 두 줄에도 없고, 두 줄이 매달린 나무 위에도 없었다. 감쪽같이 사라진 것이다.

"어디로 간 거야?"

망둥이가 일어서며 외쳤다. 마포에 모인 구경꾼 모두가 우르르 일어났다. 방금까지 달문과 운심이 놀았던, 두 줄이 걸려 있던 허공 주변을 우러렀다. 그러나 없었다. 완전히 사라진 것이다.

북이 울렸다. 강 건너로 사라졌던 해동청이 날개를 활짝 편 채 유유히 날아오는 것이 보였다. 훨씬 높은 하늘에서 아주 천천히 고도를 낮췄다. 구경꾼들은 세 번째로 나타난 해동청을 가리키며 마른침을 삼켰다. 이제 그들도 저 매가 오늘 우익이 펼치는 놀이에서 중요한 역할을 맡았다는 것을 알아차린 것이다. 이 나라 걸물들과 형아우하는 달문이니, 해동청을 부리는 매잡이 한둘 우익에 속한다 해도 이상할 것이 없었다. 『구운몽』과 함께 해동청을 산대놀이와 엮은 달문의 솜씨가 놀라울 뿐이었다.

해동청은 곧장 산대로 향했다. 잡상놀이에서 날아내렸던 꼭대기에 이르자 연기가 피어올랐다. 그 연기를 가르며 갑자기 달문과 운심이 나타났다. 해동청이 달문의 팔뚝에 앉자마자 산대에 수천 송이의 붉은 장미가 활짝 피었다. 우익의 재인과 악공들도 모두 하늘 높이 장미를 던졌다. 종이로 만든 장미가 아니라 진짜 장미였다.

산대놀이는 우익의 완승으로 끝났다. 달문의 승리였다.

지옥으로 간 이유

마포에서 벌어진 산대놀이는 수많은 이야기를 남겼다. 대부분은 달문의 신출귀몰한 솜씨에 집중되었고, 그로 인해 막대한 손해를 본 사람들은 언급조차 되지 않았다. 믿기 힘들겠지만, 산대놀이로 인해 가장 큰 타격을 입은 사람은 바로 나였다. 이 한판의 놀이로 모든 것을 잃으리라곤 나 자신도 몰랐다.

아버지와 숙부와 나는 막대한 후원금을 의금부에 이미 냈다. 달문을 인삼 가게 점원으로 둔 탓에 우익을 후원한단 오해를 받지 않기 위해서였다. 동대문 밖 우익의 연습장으로 가서 점심 한 끼를 선사했지만, 그것은 어디까지나 방 도사의 권유가 있었기 때문이다.

검계 두목 망둥이도 내기 판에서 거금을 잃었다. 따지고 보면 그건 전혀 내 잘못이 아니다. 좌익에 돈을 건 것도, 우익에 후원금을 내지 말라 협박하고 다닌 것도, 망둥이 스스로 내린 결정이었다. 의금부 도사 방양복과 나장 조긍호는 산대놀이에서 좌익을 책임진 관원인 탓에 완패를 추궁당할 것이 분명했다. 그러나 이것 역시 장사꾼인 내가 개입할 문제는 아니었다.

다만 나는 달문을 점원으로 다시 받지 않으려 했다. 별문제 없이 지나갈 수도 있겠지만, 불똥이 튈 것을 미리 조심하는 차원이었다. 거지를 점원으로 받은 것부터 어색했고, 점원이 산대놀이의 으뜸 광대로 나가는 것 역시 이상한 일이었다. 어색하고 이상한 일은 사고파는 것을 업으로 하는 상인에게 전혀 도움이 안 된다. 달문은 우익의 으뜸 광대로 완승했으므로, 약속된 금액 외에 웃돈을 두둑하게 받았을 것이다. 점원이 되기 전까진 돈이 거의 필요 없는 거지로 살고, 점원이 된 후에도 월급 쓰는 걸 못 봤다. 이번에 받은 돈까지 합치면 최소한 삼사 년은 거뜬하게 버틸 것이다. 달문을 다시 받지 않는 정도에서 산대놀이와 얽힌 문제를 정리하려 든 것이 섣부른 낙관임을 깨닫는 데는 긴 시간이 걸리지 않았다.

놀이가 끝나고 열흘 후 저물 무렵 달문이 가게로 찾아왔다. 나는 오히려 잘되었다고 생각했다. 더 이상 점원으로 쓰지 않겠다는 통보를 그날 하기로 마음을 정한 것이다. 그런데 달문은 자리에 앉지도 않고 물었다.

"저녁에 바쁘십니까?"

"특별한 일은 없지만……."

"그럼 저랑 밤 산책 나가지 않으시겠습니까?"

산책? 달문에겐 어울리지 않는 단어였다. 구걸을 다닌다거나 산대놀이처럼 판에 서는 일이 아니고는 몸을 놀리기 싫어했다. 해가 지면 더더욱 곰처럼 웅크린 채 이야기나 나누다가 일찍 잠자리에 들곤 했다.

"그러지."

달문이 덧붙였다.

"조금 길지도 모릅니다. 늦가을 바람이 차고 매서우니 옷을 단단히 여미십시오."

"알았어."

정작 달문 자신은 수표교 밑에서 사시사철 구멍 숭숭 뚫린 얇은 옷 한 벌로 버텼다. 우익의 으뜸 광대로 산대놀이를 하기 전엔 아버지나 숙부의 제법 값나가는 옷을 물려받았지만, 달문은 그 옷들을 즐기지 않았다. 오늘 보니 방한이 전혀 안 되는 낡은 옷을 걸쳤다.

산책이 '조금 길다'고 했으니 이 밤을 새울 정도일까. 나를 동행으로 택한 이유가 궁금했다. 가게를 닫은 뒤 골목을 나섰다. 시장을 벗어나 동대문을 통과했다. 달문이 횃불을 든 채 앞장섰다. 초가들이 늘어선 골목으로 접어들었다. 내내 오르막이었다. 흙벽에 짚을 엮어 지붕을 얹은 집들이 이어졌다. 언덕을 넘었다. 무너지거나 구멍이 뚫린 벽에 별이 보일 정도로 지붕까지 휑한 움집들이 드러났다. 똥오줌을 모아 버릴 변소도 부족한 듯 길거리에 오물이 차고 넘쳤다. 때마침 식사 시간인지라 음식 냄새가 똥오줌 냄새와 뒤섞여 퍼졌다. 언덕 하나를 더 넘자 골목과 집이 아예 분간조차 되지 않았다. 음식 냄새도 끊기고 오직 악취뿐이었다. 대나무나 소나무 가지에 거적을 얹어 두고 더러운 천을 대충 걸친 채 웅크리고 누워 가슴을 쥐어짜듯 기침을 해대는 이들로 들끓었다. 대부분 거동이 불편한 늙은이거나 병자였다. 사지 멀쩡한 거지는 그래도 사대문 안으로 들어와서 개천 다리 밑에 모여 구걸을 다녔지만, 다치거나 병들거나 늙은 사람들은 이렇게 사대문 밖 숲에서 죽을 날만 기다렸던 것이다. 이곳이 살아 있는 지옥이었다.

어디로 가는 걸까. 언덕을 두 개나 넘었는데도, 달문은 계속 오르막길을 고집했다. 횃불이 지나칠 때마다 올려다보는 눈동자들이 땅바닥에서 흔들렸다. 톡 치기만 해도 곧 시들 풀 같았다. 눈만 멀뚱멀뚱 뜨는 사람이 대부분이었지만, 그중엔 안간힘을 써서 팔을 내미는 이도 있었다. 그 팔이 내 신발과 발목을 잡거나 만지거나 칠 때마다 뒤통수가 서늘하고 손바닥에서 땀이 났다. 달문이 횃불을 비추기 전까지, 언덕은 완전한 어둠에 잠겨 있었다. 저 멀리 동대문 근처에서 일렁이는 불빛만으론 이곳이 망자들의 무덤인지 산 자들이 마지막 숨을 몰아쉬는 동네인지 구별하기 어려웠다.

달문이 걸음을 멈췄다. 꼬마 하나를 일으켜 세웠다. 험악한 얼굴을 보고 달아나려는 아이의 손에 뭔가를 쥐여 주었다. 가래떡이었다.

"월선 할매라고 아니?"

"몰라요."

아이가 떡을 먹기 시작했다.

"이것 좀."

나는 달문이 내민 횃불을 받았다. 달문은 왼 무릎을 꿇고 아이와 눈을 맞췄다. 아이가 떡을 다 먹을 때까지 기다렸다. 어둠 속에서 허기진 아이들이 날벌레처럼 모여들었다. 눈대중으로 훑어도 서른 명이 넘었다. 달문이 그들을 향해 말했다.

"하나만 묻자. 아는 대로 답하면 너희에게도 가래떡을 주마."

아이들이 꼴깍꼴깍 마른침을 삼켰다.

"월선 할매라고 아니? 대나무 지팡이를 짚고 다니는 꼬부랑 할머니! 허리가 굉장히 굽었는데."

여자아이가 손을 번쩍 들었다. 이마에 커다랗게 난 부스럼에서 진물이 뺨까지 흐르다가 굳었다.

"알아요. 그 할매 저기 은행나무 밑에 누워 있어요. 봄에도 누워 있고 여름에도 누워 있고 가을 겨울에도 누워 있어요. 혹시 죽었나 싶어 발로 툭툭 차면 대나무 지팡이를 짚곤 부들부들 떨면서 일어나 혼잣말을 하며 은행나무를 느릿느릿 돌죠. 그리고 다시 누워 꼼짝도 안 해요. 벌써 굶어 죽었어야 하는데, 안 죽는 게 신기하대요. 할매의 먼 친척 동생이 있는데, 그 사람은 꼬부랑 할배인데, 그 할배가 한 달에 한두 번 와서 할매 입에 풀칠할 것들을 주고 간대요. 그래 봤자 보리 한 줌도 안 돼요."

달문이 가래떡을 내밀며 물었다.

"그 나무로 우릴 데려다줄래?"

여자아이가 떡을 받곤 허겁지겁 먹기 시작했다. 달문은 다른 아이들에게도 공평하게 나눠 줬다. 그들이 떡을 다 먹을 때까지 기다렸다.

"천천히 먹어. 체하면 큰일 나. 숨을 요렇게 한 번씩 내쉬면서 씹어. 옳지, 그렇지!"

여자아이를 따라 은행나무를 찾아 나섰다. 아이는 잠깐잠깐 멈춰 서선 이마에 난 부스럼이 가려운지 얼굴을 긁으려다가 숨을 내쉬며 다시 양손을 내렸다. 그렇게 참을 때마다 두 발을 떨었다. 부스럼을 긁으면 뒤따르는 고통을 아는 것이다. 달문은 아이가 충분히 숨을 몰아쉬고 머리를 흔들며 가려움을 털어낼 때까지 기다렸다. 아이는 부스럼이 보이지 않는 쪽으로 고개를 살짝 돌려 입귀로만 웃곤 걸음을 뗐다. 나머지 아이들도 달문과 나를 따라왔다.

아이가 손을 들어 늙은 여인을 가리켰다. 그녀는 인기척이 났는데도 꼼짝하지 않고 누워 있었다. 달문이 머리맡에 무릎을 꿇고 앉았다. 허리를 숙여 귀에 대고 또박또박 큰 소리로 말했다.

"월선 선생님이시죠?"

늙은 여인이 힘겹게 눈을 떴다. 달문이 큰절을 올린 뒤 말했다.

"달문이라고 합니다. 철괴무와 팔풍무를 조금 흉내만 냅니다."

그녀가 허공을 향해 오른팔을 들었다. 달문이 손을 쥐곤 그녀를 일으켜 나무줄기에 등을 대고 앉혔다. 앞니에서 어금니까지 이가 몽땅 빠진 탓에 귀 기울여 들어도 단어들이 뭉개졌다.

"내가…… 월선이 맞긴 맞아……. 다 늙어 잊힌 사람……. 어이하여 찾아오셨수?"

달문이 품에서 나무상자를 꺼냈다. 한 손에 들고 다닐 만큼 작고 가벼워 보였다.

"얼마 전에 마포에서 산대놀이를 했습니다. 부끄럽게도 제가 우익의 으뜸 광대를 맡았고요. 놀이를 이끈 값을 받았는데, 선생님께 보탬이 될까 싶어 이렇게 왔습니다."

"가져가우……. 난 곧…… 죽을 목숨……."

"개국 이후 지금까지 첫손에 꼽히는 명창께서 이렇게 돌아가시면 안 됩니다. 자, 업히시지요."

달문이 등을 보이곤 돌아앉았다. 내가 그녀의 팔을 잡아 조심스럽게 이끌었다.

"가끔 오신다는 동생이 북을 잡는 윤칠복 선생님 아니신가요?"

그녀가 갑자기 눈물을 흘리며 고개를 끄덕였다.

"칠복이는…… 또 어찌 아우?"

"명창엔 명고수가 함께하기 마련입죠. 윤칠복 선생님 북 장단에 노랠 오래 하셨죠?"

"꼬박 70년…… 같이 다녔다오. 방방곡곡 안 가 본 곳이 없지……. 칠복이가 어려서부터 정이 많았수……. 그래서 여태 날 챙기고 있다오."

달문은 언덕 두 개를 내려가서 윤칠복을 수소문하여 찾아갔다. 그의 집은 한 사람이 들어가 누우면 딱 맞는 작은 토굴이었다. 벌레는 물론 쥐들까지 구멍을 뚫고 아무렇지도 않게 오갔다. 칠복은 달문의 등에 업혀 온 월선과 반갑게 손을 맞잡았다. 달문이 먼저 인사했다.

"달문이라고 합니다."

칠복이 알은체를 했다.

"자네가 수표교 달문인가? 월선 누님을 여기까지 모셔다 줘 고마우이. 5년 전부터 내가 사는 곳을 보고 싶다 하셨는데, 보다시피 나 역시 두 발로 걷기도 힘들어 누님을 업질 못했어."

달문은 월선을 칠복의 토굴 앞에 내려놓았다. 월선이 엎드린 채 토굴로 천천히 기어 들어갔다. 토굴 옆에 낡은 북이 비스듬히 놓여 있었다. 달문이 물었다.

"가끔 치십니까?"

"두고만 본다네. 늙어도 아직 귀는 안 먹었어. 문제는 이 망할 손이지. 가만있어도 덜덜덜 떨리거든. 귀와 손이 따로 노니, 영 재미가 없어. 손이 귀를 따라가지 못할 날까지 살 줄 몰랐네. 이 세상에 나보다 손이 날랜 이는 없다 자부했네만, 다 지난 일이야. 눈과 귀와 손과 발이 멀쩡할 때, 놀 수 있을 때 놀아. 충분히 즐겨. 이런저런 핑계 대며 아끼고 그러지 마. 늙으면 놀고 싶어도 못 노니까."

달문은 칠복에게도 나무상자를 따로 하나 내밀었다.

그 밤에 달문이 찾아간 명창과 고수와 광대는 모두 여섯 사람이었다. 월선, 칠복, 만병, 덕삼, 춘단, 진실. 그들 모두 환갑을 넘겨서까지 무대를 주름잡다가 이제는 늙고 병들고 가난해서 죽을 날만 기다리고 있었다. 자신들을 잊지 않고 찾아왔음을 알고 눈물로 반겼다. 보답으로 노래를 하거나 북을 치거나 춤을 추거나 재담을 늘어놓진 못했다. 이제 늙고 병들어 그딴 재주는 다 잊었다 여겼는데, 죽기 전에 딱 한 번 재주를 부리고 싶은 날이 오늘이라고도 했다. 그러나 하늘은 그런 기회마저 주지 않았다. 오히려 달문이 그들을 위해 노래하고 북을 치고 춤을 추고 재담을 늘어놓았다. 어둠 속에 누워 죽음을 기다리던 거지와 병자들이 걷거나 기어서 모여들었다. 노래하다가 북을 치다가 춤을 추다가 재담을 하다가 달문이 문득 멈추고 물었다.

"이렇게 하는 게 맞습니까?"

물기 어린 눈으로 달문의 놀이를 보던 재인들은 하나같이 답했다.

"더 낫네."

재담꾼 진실에게 여섯 번째 나무상자까지 건네고 나서야 달문은 손을 비비며 벙글벙글 웃었다. 동대문을 향해 걸으며 내가 물었다.

"기분이 그렇게 좋아?"

"좋고말고요. 왕년에 그분들, 이 나라 으뜸이셨습니다. 한 수 배움을 청하려면 수백 냥은 기본이었죠. 물론 저 같은 거지가 그런 거금을 내고 찾아뵐 기횐 없었습니다. 한데 오늘 무려 여섯 분이나 뵈었습니다. 좋고말고요."

"그들이 노는 판을 본 적 있던가?"

"제가 작심하고 보러 다니기 시작할 즈음, 그분들은 대부분 판을 떠나셨습니다."

"판도 못 봤고 사제지간도 아닌데, 왜 챙겨 주는 거지? 예전에는 어땠는지 몰라도 지금은 곧 죽을병에 걸린 늙은이들인데!"

"미래라서 그렇습니다."

"미래? 무슨 미래?"

"이번엔 저도 돈 좀 만졌습니다. 군기시와 포도청에서 약속했던 거금을 챙겨 줬습니다. 웃돈까지 얹었더군요. 지금이야 아직 마흔 살도 되지 않았고 몸도 성하니, 판을 놀아 당분간 돈을 더 벌 수 있을 겁니다. 하지만 저를 찾지 않는 날이 언젠가는 옵니다. 그땐 오늘 봤듯이 늙고 병든 채 죽어 가지 말란 법도 없지요. 이번에 목돈이 생기면, 제일 먼저 미래의 나를 만나러 가자 작정했습니다. 선배들이 소리꾼으로 북쟁이로 춤꾼으로 재담꾼으로 산 걸 온통 후회하며 쓸쓸히 떠나게 하긴 싫었습니다. 그래서 제 몫을 그들에게 쓰는 겁니다."

"우익의 다른 이들과도 의논했어?"

"말 안 했습니다. 부담 주기 싫어서요. 여섯 어른 정도는 제 몫으로도 충분합니다."

"번 걸 대부분 늙은 재인 여섯에게 줬다고?"

"……그분들 당분간은 끼니를 거르시진 않을 겁니다. 남은 돈으로 재인들을 좀 더 도울 거고요."

다시 히죽 웃었다.

"좋아?"

"또 좋습니다."

"뭐가 그리 좋아?"

"오늘 우리가 만난 여섯 어른 중 한창 시절 저보다 못한 이가 있는 줄 아십니까? 모두 날고 날고 또 날기만 하셨습니다. 하지만 그들도 결국 모두 추락했습니다. 늙는다는 건 이렇듯 단 한 사람의 예외도 없습죠."

"그러니까 기회가 있을 때 돈을 챙겨 둬야지. 산대놀이에서 이긴 후, 달문이 가게 하나를 차릴 만큼 거금을 벌었다는 소문이 파다해. 무일푼이 확실한가?"

"그렇습니다, 언제나처럼! 하지만 저는 지금 엄청나게 부자입니다."

"부자라니? 산대놀이로 번 돈을 늙은 재인들에게 주지 않았는가?"

"돈을 많이 지닌 자가 부자가 아니라, 그 돈을 남에게 많이 준 자가 부자입니다. 오늘 밤, 저보다 더 많은 돈을, 그 돈이 꼭 필요한 이들에게 나눠 준 사람은 없겠죠? 그러니까 오늘은 이 나라에서 제가 제일 부자인 겁니다."

날이 밝아왔다. 우리는 멀리 동대문을 쳐다보며 앉아 문지기가 나타나기를 기다렸다. 내가 어제저녁부터 건네려던 이야기를 꺼냈다.

"방 도사도 그렇고 망둥이까지, 점원으로 다시 받지 말라 했어."

달문이 선선히 고개를 끄덕였다.

"손해를 많이들 봤으니까요. 우익과 좌익 중 누가 이길 건지 내기 판에 돈을 꽤 많이 걸었다고 들었습니다. 돈 잃고 기분 좋은 사람은 없겠죠."

달문도 내가 걱정하는 부분을 충분히 살펴본 것이다. 나보다도 훨씬 산대놀이에 정통한 달문이니, 놀이가 끝난 뒤 후유증도 우익의 으뜸 광대를 받아들이는 순간부터 예측했을 것이다. 다시는 사고파는 업으로 돌아가지 못한다는, 그렇지만 산대놀이의 으뜸 광대를 놓치고 싶지 않다는! 나는 매정한 점주란 소리를 듣긴 싫었으므로, 마음에도 없는 말을 꺼냈다.

"그래도 돌아오겠다면, 아버지와 숙부를 모시고 의논해 보겠네."

"그러지 마십시오. 삼식이 덮어 줄 거적 두 장을 주신 게 고마워 어떻게든 돕고 싶어 가게에 머문 겁니다. 산대놀이 으뜸 광대를 맡는 바람에 충분히 도와드리지도 못했고요. 세 분께 부담을 드리는 짓은 더 이상 안 하겠습니다. 덕분에 사고팔며 살아가는 이들의 삶을 엿볼 수 있었습니다. 저같이 무일푼 거지에겐 과분한 기회였습죠. 고맙습니다."

달문답게 또 자신이 아니라 아버지와 숙부와 내 처지를 먼저 걱정했다. 나는 구구절절 설명하지 않고 결론으로 건너뛰었다.

"갈 덴 있나?"

"제가 누굽니까? 사람입니다. 사람이 못 갈 곳이 어디겠습니까? 걱정 마십시오."

경쾌한 목소리가 새벽 공기와 묘하게 어울렸다. 달문이 말했다.

"여기서 헤어지는 게 낫겠습니다."

"정말 갈 데가 있는 게야?"

"강으로 나가 배를 얻어 타고 마포로 갈까 합니다. 예산대를 만들 창고를 공짜로 빌려준 친구들에게 한턱내겠다고 했거든요."

"돈이 없지 않나?"

"걱정 마십시오. 돈 없이 살아가는 게 바로 접니다. 꼭 돈이 필요하다면 마포 나루 친구들에게 빌리면 됩니다. 다음에 찾아뵙지요."

달문이 꾸벅 반절을 한 뒤 돌아섰다. 그러나 걸음을 내딛지 않고 고개만 돌려 내 얼굴을 쳐다보았다. 걱정이 가득한 눈길이었다.

"왜 그러나?"

"한 가지만 약조해 주십시오."

"약조라니? 갑자기 무슨 약조?"

"저는 친구들과 당분간 마포에서 지낼 겁니다. 늘 일손이 필요한 곳이죠. 배들이 쉼 없이 오가고 창고까지 옮길 물건으로 나루가 꽉꽉 차거든요. 제가 필요하단 생각이 들면 주저 말고 마포로 오십시오."

말 속에 뼈가 있는 제안이었다. 곧 다시 만날 것이라는 암시이기도 했다. 불길한 예감을 품은 채 헤어지긴 싫었다.

"필요하단 생각이 든다고? 왜 내게 그런 생각이 든다는 거지?"

한 걸음 다가서며 따지려 하자 달문은 옆걸음을 떼며 피했다. 문답을 나눌 때가 아니라고 여기는 눈치였다.

"길게 설명은 못 하겠습니다. 하여튼 제 이 못난 얼굴이 딱 떠오르면, 그땐 오시라 이겁니다. 아셨죠?"

이번에는 언덕을 넘을 때까지 돌아서지 않았다. 나는 어깨를 번갈아 주먹으로 두드리며 허리까지 젖혔다. 밤을 새워 언덕을 오르내린 피로가 비로소 온몸을 눌러 댔다. 어서 이불 속으로 파고들어 깊은 잠에 빠지고 싶었다. 달문과의 인연을 접었다고 여긴 날이었다.

아버지와 숙부와 내 가게에 도둑이 동시에 든 것이 바로 그 밤이었다. 도둑은 도둑이되 이상한 도둑이었다. 훔쳐간 물건은 없고 가게만 때려 부순 것이다. 출입문과 진열대와 탁자와 의자와 병풍과 옷장 등 성한 것이 없었다. 엄청나게 시끄러웠을 텐데도 목격자가 나서지 않았다.

새벽에 달문과 헤어진 나는 동대문이 열리자마자 집으로 곧장 가지 않고 가게로 향했다. 지금 생각하면 불길한 예감 탓이었다. 내 가게에 이어 숙부 가게와 아버지 가게로 차례차례 달려갔다. 산사태를 맞은 듯 기둥이 뽑히고 기와지붕이 내려앉기까지 했다. 가게 골목을 지나 숙부 집에 먼저 들렀다. 숙부는 어젯밤에 귀가

하지 않았다. 집으로 갔더니 아버지 역시 밤에 돌아오지 않은 것이다.

무너진 가게로 다시 갔다. 이상한 점은 또 있었다. 출근 시간이 지났는데도 점원이 한 명도 나오지 않았다. 숙부 가게와 아버지 가게도 마찬가지였다. 가게가 엉망진창이 되었으니 장사는 이미 글렀고 사람 찾는 일이 급했다. 나는 급히 좌포청으로 달려갔다. 도둑을 잡고 행방이 묘연한 백성을 찾는 것은 포도청 소관이었다. 우리 가게와 인연이 깊은 홍 별감을 찾았다. 처음엔 자리에 없다고 피하더니, 내가 계속 소리를 지르며 소란을 피우자 별실에서 나왔다. 홍 별감은 나를 데리고 탑골로 갔다. 백탑이 보이는 느티나무 아래에서 주변을 살핀 뒤 입을 열었다. 긴장한 탓인지 얼굴이 더욱 붉었다.

"상황이 많이 안 좋아."

나는 흥분을 가라앉힐 수 없었다.

"간밤에 세 군데 인삼 가게 모두 도둑이 들었습니다. 아주 엉망을 만들어 놨습니다. 조사해 주십시오. 아버지와 숙부가 어젯밤 귀가하지 않았습니다. 찾아 주십시오."

홍 별감이 사무적으로 건조하게 물었다.

"도둑이 들었다면 훔쳐간 물건이 뭔가?"

"도둑맞은 건…… 없습니다. 하지만 가게가 박살이 났습니다. 기둥이 무너지고……."

"증인이 있는가?"

"예?"

"기둥이 뽑히고 지붕이 내려앉을 정도였다면 무척 시끄러웠을 거야. 주변에서 본 사람이 있느냐고?"

"그게, 경황이 없어 확보하지 못했습니다. 찾으면 있을 겁니다."

"천송, 해송 두 사람은 언제부터 귀가하지 않았지?"

"어젯밤입니다."

"돌아가서 기다리게. 다 큰 어른들이 하룻밤 안 들어온 걸 가지고 좌포청까지 뛰어오다니. 두 사람이 자주 출장을 다녔던 거로 아는데."

인삼을 사러 송도엔 정기적으로 갔고, 거래를 위해 팔도를 돌아다니기도 했다. 그러나 출장 갈 땐 원칙이 있었다. 적어도 보름 전엔 점원들과 단골들에게 알렸고, 두 사람 중 한 사람은 도성에 남았다. 이렇게 연락도 없이 동시에 사라진 것은 처음이었다.

"그게, 그렇지 않습니다. 하루라도 집을 비울 땐 미리 알리셨습니다. 철저하게 조사해 주십시오."

홍 별감이 말했다.

"의논해 보겠네. 나 혼자 결정할 일이 아니야. 그보다 자네부터 조심하게."

"네? 조심하라뇨?"

그가 주변을 살피며 목소리를 낮췄다.

"달문을 데리고 있었으니 내 특별히 귀띔하는 걸세. 방 도사가 무척 억울해하는 것 같아."

후원금을 내기 위해 만났던 방 도사 얼굴이 떠올랐다. 이마 한가운데 튀어나온 검은 점이 우스꽝스럽기도 했고 욕심꾸러기로도 보였다. 독한 분위기는 전혀 풍기지 않았다.

"억울해한다고요?"

"다른 사람 이름을 빌려 내기에 판돈도 넣은 듯하고…… 우익측 군기시와 포도청에게 졌다고, 의금부와 형조의 당상관들에게 아주 혼이 난 모양이야."

"대결에서 진 게 어찌 방 도사 어른 잘못입니까? 달문이 워낙 뛰어나서……."

"달문의 탁월함을 모르는 사람도 있는가? 그토록 뛰어나다면 진작 좌익으로 끌어들였어야 하고, 그렇지 못했다면 우익에서 솜씨를 발휘하지 못하게 막았어야 한다는 게지."

"방 도사 어른도 나름 노력하지 않았습니까?"

망둥이를 끌어들여 우익에 후원금이 걷히지 못하도록, 그래서 달문과 그를 따르는 재인들이 끼니도 제대로 잇지 못하도록 만든 장본인이 방 도사였다. 홍 별감이 내 입을 막기라도 하듯 손을 저었다. 늙은이 둘이 지나가기를 기다렸다가 백탑을 올려다보며 말했다.

"그게 완벽하진 못했지. 우익도 결국 예산대를 세웠으니까. 군기시의 소 별감이나 나도 산대 없이 놀이를 하게 생겼다고, 당일 아침까지 한숨을 푹푹 쉬었다네. 달문이 우리에게도 말 않고 은밀히 산대를 만들었을 줄이야. 한데 자네 정말 모르는 건가? 모르는 척하는 건가?"

"뭘 말입니까?"

홍 별감이 긴 한숨 끝에 답했다.

"달문이 만든, 그 예산대 뒷돈을 동대문 인삼 가게에서 댔다던데……."

"누가 그딴 헛소릴 합니까? 제가 의금부 방 도사 어른을 직접 만나 후원금을 냈습니다."

"나도 그 얘긴 들었네. 동대문 상인 중 드러내 놓고 우리를 후원한 이는 한 명도 없어. 하지만 우익도 예산대를 만들었지. 한두 푼으로 뚝딱 짓지 못한다는 건 자네도 알지?"

"우리가 뒷돈을 댄 게 아닙니다."

"동대문 밖까지 음식도 장만해 가서 우익의 재인들을 먹였다며? 자네가 그딴 짓을 했으니 나라도 자넬 의심하겠네."

"그, 그건 방 도사 어른이 권한 겁니다. 달문을 점원으로 부렸는데 좌익만 후원하면 인정머리 없단 소릴 듣는다고. 한 번쯤은 달문 무리를 위로해 주라고."

홍 별감이 혀를 찼다.

"쯧쯧, 그때 딱 잘라 거절했어야지. 방 도사가 흔히 써먹는 수법이야. 자네 맘도 떠보고 또 나중에 빠져나갈 구멍도 만들고."

"빠져나갈 구멍이라고요?"

"순진하긴. 달문 무리에게 밥 한 끼 먹이라고 방 도사가 권했다는 말을 누가 믿겠나? 방 도사가 그런 적 없다고 잡아떼면 그만인 거야. 지금 문제는 동대문 인삼 가게들이 달문을 진짜 후원했는가 안 했는가가 아니야. 방 도사를 비롯한 도성 백성 대부분이 그리 믿는다는 게지. 소문이 이미 돌았네. 인삼 가게 세 군데가 어젯밤 부서졌다면 포졸들이 곧바로 달려가는 게 맞아. 하지만 어젯밤 당직을 선 포졸들은 동대문 시장 근처엔 얼씬도 하지 않았더군. 왜 그런 줄 아는가? 누가 그 밤에 두려움 없이 가게들을 부술 수 있겠어?"

"……."

험악한 얼굴이 동시에 떠올랐다. 홍 별감이 확인시켜 줬다.

"포졸들은 방 도사가 미리 막았을 거야. 의금부에서 협조해 달란 부탁이 내려오면, 포도청에서도 어쩌지 못 해. 부탁이 아니라 명령에 가깝다고 보면 돼. 가게를 박살 낸 건 망둥이 짓일 게고. 산대놀이를 준비하는 동안 방 도사의 개처럼 굴었으니까."

"그럼 제 아버지와 숙부도……."

"거기까지 속단하긴 일러. 하여튼 어젯밤 심각한 일이 벌어진 건 분명해. 자넨 어젯밤 어디 있었나?"

달문과 함께 걸었던 더럽고 탁하고 어두운 언덕이 스쳤다.

"일이 있어 잠시 도성 밖에 나갔었습니다."

"자네 아버지와 숙부가 납치당했다면, 그놈들은 지금 자넬 찾고 있을걸세. 미행이 붙었을 수도 있고. 지금은 나와 같이 있으니 감히 덤비지 못하는지도 몰라. 자네를 좌포청에 숨길 수도 없고,

또 내가 언제까지나 자네 곁을 지키지도 못해. 우선 조용히 도성을 빠져나가도록 해. 내가 대문까진 동행하지. 어디로 가겠는가? 동대문? 서대문?”

날아온 불행

남대문을 통해 마포로 갔다. 사람들 눈이 많은 나루는 피하고 숲에서 해가 질 때까지 기다렸다가 달빛 아래로 걸었다. 찬바람이 가지만 앙상하게 남은 나무들을 때렸다. 낙엽들이 발에 밟힐 때마다 바스락대며 자신의 기억을 마지막으로 알렸다. 가게에 이르러도 멈추지 않고 더 멀리 둘러 갔다. 허기가 지고 목이 말랐지만 마른침을 삼키며 참았다. 남대문에서 헤어질 때 홍 별감은 당분간 좌포청으로 찾아오지 말라고 했다. 의금부 방 도사의 눈 밖에 난 사람은 백이면 백 죽거나 반병신이 되었다는 것이다. 좌포청이 알아서 꼬리를 내릴 만큼 의금부의 기세가 등등했다.

자정이 넘어서야 마포 나루에 닿았다. 번을 서는 창고지기들에게 조심스럽게 달문의 행방을 물었다. 그들은 하나같이 산대놀이 이후 달문을 본 적이 없다고 시치미를 뗐다. 나는 숨어 예산대를 만든 창고지기를 물고 늘어졌다. 달문을 만나야 가게 셋이 박살 나고 아버지와 숙부가 없어지고 점원들이 출근하지 않은 이유를 의논할 수 있었다. 이런 날을 예측이라도 한 듯 달문은 마포로 자신을 꼭 찾아오라고 했었다.

"모독이 왔다고 전해 주게. 모독!"

잠시 후 예닐곱 살쯤 된 꼬마가 다가왔다. 달문은 평생 아이들과 친했다. 같이 놀 땐 누가 어른이고 누가 아이인 줄 모를 정도였다. 나이 순서로 인생의 지혜를 깨우치는 건 아니라고도 했다. 흐르는 코를 손등으로 훔친 꼬마는 내 소매를 잡아 살짝 당긴 뒤 앞장섰다. 창고가 즐비한 나루에서부터 5백 보쯤 떨어진 강변에 외따로 움집 하나가 있었다. 울타리나 마당 따윈 없고 방과 부엌이 전부였다. 문 앞에 서서 기다리던 달문이 내 손을 힘껏 맞잡았다. 꼬마의 손에 엽전 한 닢을 쥐여 주는 것도 잊지 않았다. 꼬마가 문 옆 평상에 찢어진 이불을 덮고 걸터앉았다. 바람이 매서웠지만 따듯한 곳을 찾아 움직이진 않았다. 달문도 꼬마가 그 자리에 앉는 것을 당연하게 여기는 듯, 이제 그만 가 보라는 말도 없이 등 뒤로 방문을 굳게 닫았다. 내가 입을 열기도 전에 어깨와 팔꿈치를 만지며 물었다.

"다친 덴 없습니까?"

그의 팔을 뿌리치며 한 걸음 물러선 후 따졌다.

"이런 날 이런 꼴로 내가 올 줄 어떻게 알았지?"

"최악엔 이리되지 않을까 걱정했습니다. 하루 만에 다시 만날 줄은 몰랐고요. 방 도사가 예상보다 빨리 움직였군요. 어찌 된 겁니까?"

달빛 아래에서 낙엽을 밟으며 떠올린 질문을 던지기 시작했다. 바늘구멍 같은 답을 찾기엔 가슴밤이 컴컴했다.

"가게 셋을 때려 부순 건 검계들 짓이겠지?"

달문이 고개를 끄덕였다.

“아버지와 숙부가 사라지셨네. 어젯밤 귀가하지 않으셨고 동대문 시장뿐만 아니라 도성 안엔 안 계셔. 이것도 망둥이 짓인가?”

“속단하긴 이릅니다. 이곳 마포 상인들을 통해 두 분을 찾아보겠습니다.”

달문이 문을 여니 고개를 들곤 달맞이를 하던 꼬마가 쪼르르 뛰어왔다. 달문이 몇 마디 속삭이자 꼬마가 어둠을 향해 달렸다.

“예산대를 세울 돈을 댄 사람은 누군가? 동대문 인삼 가게에서 뒷돈을 댔다는 소문이 돌고 있다더군. 그 때문에 지난 밤 그 난리가 난 게고. 누가 산대를 지을 거금을 줬어?”

“모릅니다.”

“모르다니? 돈을 받아 목재와 물품을 사서 예산대를 은밀히 만든 장본인이 달문 바로 너잖아?”

“받긴 받았습니다. 산대는 세워야겠는데 돈은 턱없이 부족하여 서대문, 남대문, 동대문 시장을 돌며 후원금을 모으러 다녔습죠. 하지만 방 도사가 미리 손을 썼더군요. 한 푼 모으기도 쉽지 않았습죠. 밤늦게 동대문 밖 처소로 돌아갔는데, 은괴가 가득 든 상자가 놓여 있었습니다. 누가 왜 보냈는지 차분히 따질 겨를이 없었습니다. 급한 마음에 산대부터 만들었습니다. 산대놀이가 불과 열흘밖에 남지 않았으니까요. 마포에 창고를 빌려 밤낮없이 매달렸습죠. 놀이를 무사히 마친 후에야 예산대를 세우는 데 뒷돈을 댄 분들이 곤란을 겪을 수도 있겠단 생각이 들었습니다.”

“그러니까 뭐야? 그 은괴를 내 아버지나 숙부가 준 건지 확인하지도 않았다?"

코웃음이 나왔다. 적어도 내가 아는 달문은 누가 줬는지도 모르는 거금을 덥석 받을 사람이 아니다. 나중에 사례하기 위해서라도 반드시 후원자를 파악하려고 들었을 것이다. 달문이 철저하게 부인했다.

"판을 위해 써 달라고 들어오는 뒷돈 중엔 익명도 적지 않습니다. 이름을 감출 만한 이유가 있는 것이니, 구태여 누군지 찾진 않습니다. 주목을 끌지 않고 지나가길 저도 바랐습니다. 그게 쉽지가 않더군요. 예산대를 무슨 돈으로 만들었냐고 형조에서 직접 따지고 들었습니다. 자초지종을 설명했지만 믿지 않더군요. 뒷돈을 익명으로 줬음 직한 사람을 한두 명 대라고도 했습니다. 끌려가서 곤장을 맞는 한이 있더라도 그건 못 하겠다고 버텼습죠."

나는 달문의 툭 튀어나온 맹꽁이 눈과 귀밑까지 찢어진 아귀입을 보며 물었다.

"내겐 숨기지 않아도 돼. 솔직히 말해 주게. 그 은괴가 든 상자, 해송 숙부가 건넨 거 아닌가?"

달문이 고개를 저었다.

"말씀드린 게 답니다. 누구일 것 같으냐는 질문엔 답하지 않겠습니다. 제게 추측을 강요하지 마십시오. 그런 질문은 누군가에게 큰 상처를 입힐 수도 있습니다. 제가 보고 듣고 맛본 것만 이야기하겠습니다."

"어찌 되었든, 세상은 벌써 동대문 인삼 가게에서 우익에게 뒷돈을 댔다고 믿고 있어. 소문이 파다해. 망둥이가 가게들을 때려 부순 것도 그 때문이겠지."

달문은 솥뚜껑같이 크고 두꺼운 손으로 얼굴을 훔쳤다. 흘러내린 눈물이 들창코에서 나온 콧물과 뒤섞였다.

"천송 어른과 해송 어른을 찾을 때까진 여기 숨어 지내십시오. 이게 다 제가 산대놀이에 참가하면서 벌어진 일입니다. 세 분 덕분에 가게에서 편히 지냈습니다. 배불리 먹고 따듯한 잠자리까지 얻었습죠. 산해관까지 다녀왔고요. 역시 산대놀이의 날개를 맡는 게 아니었나 봅니다. 19년 전 즐겼던 것으로 끝을 냈어야 했습니다. 하지만 그게 또 포기가 쉽게 되지 않았습니다. 굶주리고 병들어 죽어 가는, 19년 전 산대놀이에서 뵈었던 재인들을 부족하나마 챙기고 싶었습니다. 제 몫으로 산정된 돈이 필요했습니다. 또한 19년 동안 궁리한 여러 기술을 죽기 전에 꼭 한 번은 산대놀이에 올리고 싶었습니다. 이번이 제게 허락된 마지막 기회라 여겼습죠. 맞습니다. 제 욕심이고 제 잘못입니다. 저 때문에 천송 어른과 해송 어른 그리고 점주님이 억울한 일을 당한 겁니다. 미안합니다. 정말 미안합니다."

그 집에서 이레를 묵었다. 바깥출입을 삼갔다. 잠도 못 자고 종일 방에 갇혀만 있자니 답답하고 좀이 쑤셨다. 몸은 피곤한데 누워도 잠이 오지 않았다. 밤이 들고 어둠이 깊을수록 산산이 부서진 가게들이 더욱 또렷했다. 달문은 아침 일찍 나갔다가 밤늦게 돌아왔다. 두루 사람들을 만나 아버지와 숙부의 행방을 수소문하였던 것이다. 반쯤 열린 창을 통해 한강을 오르내리는 배들을 보니 더더욱 마음이 무거웠다. 첫날 밤 집으로 돌아온 달문이 보따리 하나를 내밀었다. 만져만 봐도 익숙한 책 보따리였다.

"대광통교 세책방에 다녀왔습죠. 시간 때우긴 이야기만 한 게 없고, 또 매설가로 살아갈 꿈도 가지셨으니, 읽으시라고 몇 권 빌려 왔습니다."

"어떻게 골랐지? 까막눈이잖나?"

"쥐 영감에게 울적한 거 말고 읽으면 신나는 소설만 골라 달라 했습죠. 한데 『구운몽』이 유명한 소설이긴 한가 봅니다. 세책방을 찾은 손님들로부터 산대에 등장한 여덟 여인의 생김새가 소설과 무척 닮아 좋았다는 칭찬을 여러 번 받았습니다. 어영대장御營大將께서도 오늘 그 얘기부터 하셨습니다."

"어영대장이라면?"

"박문수 대장입죠. 의금부나 형조의 압박을 견딘 건 박 대장께서 도움을 주신 덕분입니다. 별견어사別遣御史로 전국을 두루 돌아다니며 사귄 이들도 적지 않아, 천송과 해송 두 분 행처를 알아봐 달라 부탁드렸습니다."

'어사 박문수'라고 하면 모르는 이가 없었다. 백성의 어려움을 살피고 탐관오리를 색출하여 엄벌하는 대명사였다. 흉년이 거듭되고 있으니 광화문 앞 산대놀이를 다음으로 미루라고 반대하고 나선 대신도 박문수라는 소문이 파다했다. 나라님 앞에서 목숨을 내놓고 직언하는 인물이었다. 도승지와 병조판서에 올랐다가 황해도 수군절도사를 거쳐 지금은 어영대장이었다. 나라님은 나라의 중요한 문제를 박문수를 불러 물었고 박문수도 할 말이 있을 때는 스스로 입궐해서라도 제 뜻을 아뢰었다. 돌이켜 보니 내가 수표교에서 처음 만난 날부터 달문은 박문수를 거명했었다. 나는 왈자나 검계들이 당상관을 들먹이며 누굴 아네 누구와 친하네 하는 말을 믿지 않았다. 그 이름을 후광으로 삼아 사사로운 이익을 취하려는 경우가 대부분이었던 것이다.

"박 대장과는 어찌 아는 사인가?"

"별견어사를 하실 때 몇 번 도와드린 적이 있습죠."

"돕다니?"

"금상 3년1727년 영남별견어사가 되셨습니다. 영남의 몇몇 고을에만 흉년이 지독하게 든 해였습니다. 굶주린 농부들 사정을 제대로 살피지 않고 세금을 곧이곧대로 걷어 원성이 자자했습죠. 그때 수표교에 있던 저를 불러 도움을 청하셨습니다. 영남으로 먼저 내려가서 농부들 형편을 살피고, 또 세금을 턱없이 거둬들이는 고을 수령이 누군지 알아보라는 것이었습죠. 별견어사는 암행어사와 달리 누가 어사에 제수되었는지를 밝힌다더군요. 박 어사는 자신이 내려가기 전에 고을 수령들이 세금으로 거둔 미곡을 숨기거나 장부를 조작하지 않을까 걱정했습니다. 별견어사로 제수한단 언질만 받은 상태에서, 누군가 영남을 은밀히 살필 사람이 필요했던 것입죠. 돌아다니며 농부들 만나는 거야 거지인 저한테는 식은 죽 먹기였죠. 도성에선 그래도 제 이름과 얼굴을 아는 이들이 제법 되지만, 영남 시골에선 달문이 누군지도 몰랐습니다. 반년 정도 신나게 돌아다녔습죠. 그리고 두 달에 한 번씩 어사를 만나서 보고 들은 것들을 소상히 말씀드렸습니다. 그게 답니다. 그때부터 계절마다 저를 불러 맛난 걸 사주십니다. 덕분에 탐관오리를 열 명이나 가려냈고, 억울한 농부를 백 명도 넘게 구제했다고 하시더군요. 그 후로도 어느 고을을 조용히 둘러볼 필요가 있으면 저를 부르십니다. 도와드리긴 했지만 제가 한 일은 미미합니다. 대부분은 어사께서 원칙을 세우고 과감하게 밀어붙인 결과지요."

"도성에 거지가 수백 명인데, 하필 네게 그 일을 맡긴 이유가 뭐야? 어떻게 신임을 받게 되었지?"

"별일 아닙니다. 그즈음 흉년이 자주 들어 빌어먹기도 힘들었습죠. 하루에도 서너 명씩 개천의 거지들이 굶어 죽었고요. 풍문으로 들으니 박문수 대감이 백성의 어려움을 두루 살피고 선처한다 하여, 입궐중인 가마를 제가 막아섰습죠."

"당상관의 가마를 막아? 치도곤을 당할 짓 아닌가?"

길라잡이를 하는 하인들에게 멍석말이를 당하거나 곤장을 맞아 죽어도 할 말이 없는 짓이었다.

"막긴 막았는데, 넙죽 길에 엎드린 건 아니고요……. 춤을 췄습니다."

"춤을 췄다? 무슨 춤을?"

"혈기왕성하게 저잣거리를 쏘다니던 거지가 구걸을 못 해 보름을 쫄쫄 굶다가 결국 죽는 이야깁죠. 처음엔 비둘기처럼 훨훨 날아다녔고, 그다음엔 준비해 간 바가지 다섯 개를 부수며 끼니를 잇지 못하는 처지를 보였고, 이어서 절뚝거리며 걷다가 네발로 기다가 결국 땅에 코를 박고 쓰러지는 겁니다. 저를 불러 개천 거지들 형편을 묻고, 나라에서 조처를 취하기 전에 먼저 대감 댁 곡식 창고를 열어 저힐 먹였습죠. 그때부터입니다."

"제 욕심만 차리는 사람이었다면 어쩌려고?"

"굶어 죽으나 가마를 막고 춤추다가 죽으나 며칠 차이가 나지 않겠더라고요. 거지가 구걸을 못해 굶어 죽는 건 너무 슬프지 않습니까. 해서 대감께 목숨을 걸고 큰 구걸을 한 셈입죠."

거지들 목숨을 구할 수만 있다면 당상관의 가마를 대로에서 막고, 악랄하기로 소문난 검계 두목의 칼날에 턱을 들이미는 것이다.

이레가 지났다. 나는 아버지와 숙부를 계속 걱정했다. 달문은 그사이 박 대장을 한 번 더 찾아가고 또 마포 상인들 도움을 구해 강화도 근처까지 다녀오기도 했다.

숙부가 마포로 온 것은 삼경三更 오후 11시 무렵이었다. 달문과 이불을 펴고 나란히 누웠는데 꼬마가 문을 두드렸다. 마당으로 나간 달문은 그 길로 함흥차사였다. 한참을 기다렸다가 문을 살짝 열고 주변을 살폈지만 꼬마도 달문도 없었다. 나는 등잔을 켜고 달문이 돌아올 때까지 소설이나 읽을 생각이었다.

그때 문을 열고 사내가 들어섰다. 달문보다 덩치가 작고 호리호리했다. 삿갓 아래로 거친 수염이 입술을 모두 가렸다. 그는 등잔 심지부터 엄지와 검지로 잡아 껐다. 불이 꺼지기 직전 나는 삿갓 속에서 크고 깊은 두 눈을 발견했다.

"숙부! 이게……."

그가 내 입을 손으로 막았다. 나는 놀란 눈을 뜬 채 어둠 속에서 숙부를 끌어안았다. 불길했다. 아버지와 숙부, 둘은 어렸을 때부터 호흡이 척척 맞았다. 가게를 지금까지 유지하며 키운 것도 두 사람이 합심한 결과였다. 아버지는 동대문뿐만 아니라 남대문과 서대문에도 인삼 가게를 적어도 세 개씩은 내려는 욕심이 있었다. 매일매일 더 많은 돈을 벌기 위해 노력했다. 숙부도 아버지의 계획을 지지했지만, 가끔 화인畵人이나 기생들과 어울려 그림도 그리고 시조도 읊으며 지냈다. 꼼꼼하게 일 처리를 마친 뒤 유산遊山을 즐겼기에, 아버지도 대놓고 숙부를 탓하진 않았다. 위로 시집간 누이만 셋이 있어 외아들인 나는 종종 외로웠다. 가게에서 일을 함께 배우는 남자 형제가 한 명이라도 있었다면, 외로움이 절반에 절반으로 줄었을 것이다. 아버지와 숙부가 늘 함께 가게를 떠받들었으므로, 가게를 비운 채 사라진 것 역시 둘이 의논해서 정했으리라 여겼다. 추측은 확신으로 바뀌었다. 함께 사라졌으니 함께 돌아오겠지. 그런데 숙부만 혼자 마포에 나타난 것이다.

"아버지는…… 같이 안 오셨습니까?"

숙부가 내 손을 쥐었다. 언제나 여유가 넘치던 그 손이 떨렸다. 불길했다.

"무슨 일입니까?"

"화살을 맞으셨다."

"네?"

"가게가 부서지던 그 저녁에 형님과 난 미리 남대문을 빠져나갔지. 우리 목숨까지 위태로울지 모른다는 이야길 미리 들었기 때문이야. 오랫동안 가게에서 인삼을 사 간, 젊어 폐병을 앓다가 그 인삼 덕분에 죽을 고비를 넘겼던 형조좌랑이 귀띔해 줬거든."

"누가 두 분 목숨을 노린 겁니까? 그 이유가 뭡니까?"

숙부가 잠시 숨을 골랐다.

"우리가 달문에게 은밀히 후원금을 냈다."

믿기 힘든 말이었다.

"뭐라고요? 우리는 의금부에 내지 않았습니까?"

"……."

"결국 소문이 맞았군요. 좌익뿐만 아니라 우익까지, 양쪽에 모두 후원금을 낸 거로군요. 좌익은 드러내 놓고 우익은 비밀스럽게! 숙부다운 결정이십니다. 달문의 재주를 아끼셨고, 거지 왕초 자리에서 쫓겨난 그를 제 가게에 데려오기도 하셨으니까요. 납득하기 힘든 건 아버지입니다. 숙부가 달문을 돕자는 의견을 내더라도, 아버지라면 단칼에 거절하시리라 여겼습니다. 떠도는 소문을 믿지 않은 것도, 결국 그와 같은 거금을 달문에게 주려면 아버지의 승낙이 필요한데, 아버지는 결코 의금부나 형조와 척질 짓을 하지 않으실 것이기 때문입니다. 지금까지 그렇게 사셨어요. 어떻게 아버지를 설득하셨나요?"

숙부가 웃음을 흘렸다. 즐겁고 기쁜 웃음이 아니라 허무가 깔린 웃음이었다.

"넌 네 아버지를 잘못 알고 있구나. 하긴 나도 형님의 진심을 그때 처음 알았으니까."

"잘못 알다니요?"

"네 추측과 정확히 반대란 얘기다. 예산대도 못 세우게 된 달문을 도와주자고 먼저 말을 꺼낸 이는 내가 아니고 형님이야. 나는 오히려 반대했다. 달문의 우익이 이기기라도 하면, 달문에게 예산대를 세울 뒷돈을 댄 사람을 의금부 방 도사가 반드시 색출할 거라고. 방 도사 별명이 여러 개인 건 알지? 방미소 외에 '광견狂犬'이란 별명이 왜 붙었다고 생각해? 한번 물면 절대로 안 놓기 때문이다. 의금부가 나서서 우릴 괴롭히면 최악의 경우 장사를 못 할 수도 있고, 거기까지 가지 않더라도 관청에서 정기적으로 구입하는 인삼만 막아도 손해가 이만저만 아니라고 말씀드렸다. 아무도 달문을 돕지 않는데, 지금 나서면 이름을 숨기더라도 결국 드러날 테고, 그럼 몰매를 맞을 수밖에 없다고. 달문의 처지가 딱한 건 알겠지만, 우리가 이토록 막대한 손해를 입을 순 없다고! 형님이 말씀하시더군. 지금까지 돈만 좇아 왔는데, 돈이란 건 결국 사람에게 쓰기 위해서 버는 게 아니겠느냐고. 돈을 모으기만 한 건 아직 그 돈을 쓸 사람을 발견하지 못해서였다고. 그런데 우리 인생에서 달문만 한 그릇을 만나기 어려우니, 그를 위해 돈을 쓰는 게 어떻겠느냐고. 사람들을 위협하고 억누르는 의금부나 형조의 방식이 아니라 북돋우며 위하는 달문의 방식이 이기는 게 보고 싶어졌다고. 그게 목돈이나마 챙겨 둔 우리가 할 수 있는 최선일 거라고. 형님 말씀을 듣고 나니, 내 자신이 부끄러워지더군. 그래서 우린 달문에게 익명으로 후원금을 냈다."

아버지에게 그런 마음이 있는 줄 몰랐다. '좋은 사람'을 위해 거금을 후원하고, 돌아오는 손해를 기꺼이 감수하겠다는 마음. 내게 가르친 장사꾼의 마음은 아니었다.

"왜 감추셨습니까?"

"너만은 지키고 싶었으니까. 달문이 이기고 나서 행여 이 일로 조사가 시작되면, 가장 먼저 의심받을 사람은 달문을 점원으로 부렸던 너야. 네가 뭔가 알고 있으면 여러모로 힘들어져. 아예 아무것도 모른다면, 그래서 의심받는 것 자체를 억울해한다면, 적어도 너는 안전하리라 믿었다."

나를 위한 두 사람의 배려가 느껴졌다. 그러나 의금부 방 도사는 훨씬 잔인하고 집요했다. 결국 나까지 포함해서 가게 셋을 부수고, 또 세 사람을 추격하고 있는 것이다.

"아버지는 어디서 화살을……."

"남대문을 나온 뒤 노들 나루에서 배를 탔지. 한강을 건너 일단 청주로 피신할 계획이었다. 한데 배가 강 중앙에 도달했을 때, 화살이 날아와 형님 가슴에 박혔어. 형님은 그대로 강으로 떨어지셨다. 내가 뛰어들어 구하려 했는데, 연이어 화살이 날아왔지. 내 이 팔꿈치에도 두 발이 연이어 박혔어."

숙부가 왼 팔꿈치를 힘겹게 들어 올렸다. 화살들을 뽑고 상처를 압박하기 위해 천으로 둘둘 감고 나서 저고리를 입은 것이다.

"갑판에 엎드릴 수밖에 없었지. 배가 화살이 닿지 않는 데까지 이르렀을 땐, 이미 형님은 강물에 쓸려 떠내려간 뒤였다. 보이질 않더라고. 사람을 사서 내내 찾았지. 강을 샅샅이 뒤졌지만 형님을 발견하진 못했다. 답답하고 답답했지. 게다가 뒤쫓는 괴한들 때문에 나도 맘대로 한강을 돌아다니기 어려운 형편이었으니. 그런데 지난밤 박문수 대장과 연락이 닿았어. 달문의 부탁을 받고 의금부 쪽도 살피면서 형님과 내 행방을 찾고 계셨더군. 직접 뵙지는 못하고 서찰을 건네받았지. 형님 시신을 강화도에서 찾았다고. 강물을 따라 거기까지 떠내려갔던 모양이야. 또 이제 도성으로 들어가도 괴롭힐 사람이 없을 테니 장례를 치르라고. 그리고 네가 마포 나루에 숨어 있다고 마지막에 적으셨더라. 서찰을 불태운 후 급히 여기로 온 게야."

아버지의 갑작스러운 죽음 앞에 나는 눈물을 멈추기 어려웠다. 아버지는 항상 나를 엄하게 대했다. 가게를 물려받을 유일한 아들이라서 더욱더 당근 대신 회초리를 들었을지도 모른다. 특히 습작중인 소설을 내게 불태우라고 했을 때는 가출이라도 하고 싶었다. 그러나 한편 아버지는 나의 든든한 울타리였다. 아버지가 아니었다면, 내가 어떻게 열여섯 살 어린 나이로 동대문에서 인삼 가게를 맡겠는가. 숙부가 내 등을 다독이며 말을 이었다.

"잘 들어라. 내일 나 혼자 동대문으로 들어가서 형님 장례를 치르마."

"혼자 가신다고요? 저는요?"

"너는 날이 밝는 대로 강을 건너 청주로 가라. 가서 최불뚝이를 찾아. 형님 가게 점원이었고, 10년 전 청주로 내려가서 가게를 냈지."

어렴풋이 기억이 났다. 송송 난 밤톨 수염이 따가운 뚱뚱보. 말은 느렸지만 화가 나면 고함을 질러 대는 바람에 '불뚝이'란 별명이 붙었다.

"함께 가요."

"안 돼. 위험해. 박문수 대장이 의금부와 합의를 봤다지만, 죽이려 들면 화살 몇 대로 족해. 내가 부를 때까지 청주에서 꼼짝 말고 기다려. 넌 우리 집안 장손이다."

두 사람은 나를 배제한 채 달문에게 익명의 후원금을 주기로 결정했었다. 그리고 숙부는 또 내 뜻은 묻지도 않고 혼자 동대문 시장으로 들어가겠다는 것이다. 나는 고집을 부렸다.

"맞아요. 둘 다 돌아가는 건 위험합니다. 그러니 제가 혼자 가겠습니다. 청주는 숙부가 가세요. 한강을 건널 때 아버지에게 화살을 쏜 괴한이 숙부 얼굴도 봤을 겁니다. 숙부는 도성으로 들어가자마자 표적이 됩니다. 제게 맡기세요."

"어허, 내가 간대도!"

숙부도 물러서지 않았다. 그때 달문이 왔다. 숙부와 나는 달문에게 자초지종을 설명한 뒤 의견을 물었다. 달문은 먼저 숙부에게 큰절로 고마움을 표했다.

"덕분에 산대놀이를 무사히 마쳤습니다. 이 은혜 평생 잊지 않겠습니다."

숙부 뜻을 따르겠단 말인가. 달문은 즉답을 않고 우선 숙부에게 물었다.

"처음에 두 분이 동대문의 가게들을 포기한 채 도성을 벗어나서 청주로 가려고 한 이윤 뭔가요?"

숙부가 답했다.

"불뚝이네 가게의 절반은 사실 우리 거야. 가게를 시작할 때 종잣돈 대부분을 우리가 댔지. 그래서 청주에서 불뚝이와 동업을 하든, 아니면 따로 가게를 내자고 뜻을 모은 거라네. 불뚝이가 자기 도움이 필요하면 언제든 내려오라 했거든."

달문이 고개를 끄덕인 후 나와 숙부를 번갈아 보곤 자기 입장을 밝혔다.

"지금 상황에서 두 분이 모두 도성으로 들어가는 건 저도 반대합니다. 그리고 두 분이 청주로 내려가는 것 또한 반대합니다. 박문수 대장과 의금부 방 도사가 합의를 본 마당에, 내일이면 시신까지 도성으로 옮겨올 텐데, 상주가 나타나지 않으면 더 큰 의심을 받을 겁니다. 그러니 한 사람은 도성으로 나머지 한 사람은 청주로 가는 게 맞겠습니다."

숙부를 보며 권했다.

"청주로 가시죠."

동대문 시장엔 내가 가라는 것이다. 숙부와 나는 그 이유가 궁금해서 눈에 힘을 줬다. 달문이 이어서 설명했다.

"최불뚝이와 동업을 하려면 해송 어른이 가셔야 합니다. 불뚝이도 어려워하는 윗사람이니까요. 해송 어른이 가지 않으면, 점주님이 가셔서 도성에서 청주로 내려온 이유를 설명해야 합니다. 종잣돈을 불뚝이에게 건넸을 뿐만 아니라, 차용 조건을 상세히 아는 해송 어른이 가시는 게 백 배 낫습니다."

정확한 지적이었다. 불뚝이는 나를 옛 주인의 철부지 외아들 정도로 볼 것이다. 불뚝이에게 가게 일 하나하나를 가르친 숙부와 비교할 수 없다. 우리는 달문의 뜻을 따르기로 했다. 숙부는 날이 밝기 전에 길을 나서겠다며 서둘러 일어섰다. 달문의 손을 굳게 잡았다.

"부족한 게 많은 아이라네. 잘 지켜 주게."

"걱정 마십시오."

달문이 꾸벅 절하곤 먼저 밖으로 나가더니 밤하늘을 우러렀다. 숙부는 내게 차분히 당부했다.

"장례를 치르려면 적지 않은 돈이 들 거다. 당분간 가게를 꾸려 가기도 어려울 테지. 형수님께서 돈이 떨어져 살림을 하기 힘들다 하시면, 그땐 달문에게 가서 원하는 만큼 액수를 말해."

"달문에게 장례비와 생활비를 청하라고요?"

"넉넉하진 않지만 최소한 1년은 버틸 정도를 맡겼다. 그 후로도 필요하면 내가 어떤 식으로든 대마. 지금 네가 그 돈을 지니고 도성으로 들어가는 건 너무 위험해. 달문이 보관하는 게 최선이야."

숙부 역시 달문을 무조건 믿고 있었다. 고개를 끄덕이긴 했지만, 나와 의논도 하지 않고 달문에게 거금을 건넨 숙부의 결정이 못내 섭섭했다. 그 마음을 헤아렸는지 숙부가 물었다.

"아직도 달문을 의심하니?"

"장사꾼이라면 모름지기 아무도 믿어선 안 된다고, 아버지가 말씀하셨죠."

"하나만 알고 둘은 모르는군. 그런 충고를 네게 했던 형님을 돌려세운 이가 바로 달문이야."

"숙부님은 달문처럼 사는 게 가능하다고 보십니까? 평생 남을 먼저 생각하며 손해를 감수하는 게 가능하냐고요? 자기 자신은 어떻게 되든 말든, 몸과 마음이 만신창이가 되더라도, 전혀 원망하지 않겠다는 겁니다. 전 못 믿겠습니다. 인仁을 부르짖은 공자님도, 자비의 길을 간 부처님도, 달문과 같지는 않았습니다."

"내가 보기에 넌 이미 달문을 믿고 있어."

헛웃음이 나왔다.

“제가요? 천만에요.”

“맞아. 다만 믿기 시작한 너 자신을 받아들이기 싫을 뿐이지. 곧 너도 깨달을 날이 올 거다. 형님은 돌아가셨고 나도 청주로 떠나고 나면, 네 곁엔 누가 남지? 달문뿐이야. 달문이 없다면 난 네 곁에 머물렀을 거야.”

누가 아버지를 죽였나

삼일장은 을씨년스러웠다. 문상객은 손으로 헤아릴 정도로 적었고, 만일을 대비해 마련한 음식들은 상에 올려 보지도 못한 채 버려졌다. 동대문 시장에서 평생 장사를 한 아버지의 장례치고는 너무 초라했다. 그렇다고 아버지가 인심을 잃은 것은 아니었다. 나서서 베풀거나 친목 모임을 주도하진 않았지만 예의를 갖춰 사람들을 만났다. 무엇보다도 당신이 남에게 피해 주는 것을 극도로 피했기 때문에, 깐깐하지만 정직한 상인으로 통했던 것이다. 동대문 시장 상인뿐 아니라 아버지에게 인삼을 공급하던 송도 상인과 아버지를 통해 양질의 인삼을 정기적으로 구입한 경기도와 충청도와 전라도와 경상도의 상인들도 조문 오지 않았다. 아버지가 추천한 인삼 덕분에 목숨을 건진 단골손님들 역시 그림자도 찾기 어려웠다. 가게를 거쳐 간 점원들조차 나타나지 않았다.

나는 어머니와 세 누이를 부엌으로 밀어 넣었다. 문상객을 맞는 것은 나만의 몫이었다. 순간순간 허전했다. 청주로 간 숙부만 곁에 있어도 외로움이 한결 덜하리란 생각이 들었다. 매부들도 어디서 무슨 소리를 들었는지, 갖은 핑계를 대곤 몸을 피했다. 의금부와 검계의 표적이 된 처가가 부담스러웠을 것이다.

달문은 대문 안으로 들어오지도 않고 골목에서 사흘 밤 사흘

낮을 보냈다. 수표교 거지 예닐곱 명을 다른 골목에 두었다. 혹시 있을지도 모르는 괴한들의 습격을 경계하기 위함이었다. 의금부 관원이든 검계 무리든 상가喪家를 어지럽히는 자는 누구와도 맞서 싸울 작정이었다. 내가 오히려 달문을 설득했다.

"마포로 돌아가. 여기 있다간 무슨 봉변을 당할지 몰라. 자넬 죽일 핑계를 만들기 위해 일부러 시비를 걸고도 남을 놈들이야."

"괜찮습니다. 상가를 지키겠다고 해송 어른과 약속했습니다."

"죄책감 갖지 마. 최선을 다했잖아? 아버지가 돌아가신 건 네 잘못이 아냐."

"그렇게 말씀해 주셔서 고맙습니다."

아버지의 시신을 확인할 때도 달문이 곁에 있어 줬다. 달문에게 산대놀이를 권하러 가게에 왔던 좌포청 홍 별감이 담당이었다. 홍 별감은 달문이 내 뒤에 서 있는 걸 보고는 더욱 친절하게 편의를 봐줬다. 염을 하고 관에 넣기 전 뒷마당에 장막을 치고 시신을 옮겼다. 먼저 시신을 보고 나온 달문이 내게 권했다.

"천송 어른이 분명합니다. 힘드시면……."

내게 보여 주기 힘들 정도로 참혹하단 뜻이다.

"확인을 해야겠어."

"꼭 그러셔야 하겠습니까?"

고개를 끄덕였다.

"그럼 얼굴만 보도록 하세요."

홍 별감을 따라 장막으로 들어갔다. 시신은 흰 천으로 덮여 있었다. 머리맡에 무릎을 꿇고 앉아 천천히 천을 벗겼다. 마음을 단단히 먹었지만 저절로 고개가 돌아가며 눈이 감겼다. 새까만 살갗이 성난 복어처럼 부풀어 올랐던 것이다. 두 눈이 있던 자리엔 빈 구멍만 커다랗게 뚫렸다. 뺨과 이마에는 군데군데 살점이 뜯겨 나갔다. 굶주린 물고기들이 달려든 탓이다.

"아!"

휘청대며 쓰러지는 내 어깨를 달문이 뒤에서 붙들었다. 비로소 실감이 되었다. 아버지가 돌아가셨다. 끔찍하게 살해당했다. 아버지를 죽인 범인을 찾겠다는 생각보다, 나도 저렇게 목숨을 잃지 않을까 덜컥 겁이 났다. 오늘 밤에라도 당장 나 역시 물고기 밥이 될 듯했다. 하늘과 땅이 빙글빙글 돌고 숨을 쉬기 힘들 정도로 가슴이 답답해졌다. 토하고 싶었다. 달문이 더 가까이 곁으로 와선 어깨를 감쌌다.

그 순간이었다.

내 곁에 남은 유일한 사람, 나보다 더 슬퍼하고 나보다 더 고통스러워하는 사람, 내가 겪을 치욕을 미리 헤아리고 대처하는 사람, 기다릴 줄도 알고 도울 줄도 알며 때론 나를 위해 잠시 떠날 줄도 아는 사람. 이 세상에 그런 사람은 오직 단 한 사람뿐이었다. 달문을 향한 의심이 마지막으로 풀린 순간이기도 했다. 그때 달문의 생각들을 완전히 안 것은 아니다. 그 후로도 오랫동안 나는 달문의 고민을 겨우 알아차린 순간보다 전혀 몰랐던 나날이 대부분이었다. 달문을 낱낱이 알아 가겠다는 욕심은 진작부터 버렸다. 달문이 무슨 생각을 하든 달문을 믿기로 한 것이다. 그것은 달문이 그 사람의 언행과 상관없이 사람을 믿는다는 것과 같은 자세였다. 달문은 만인을 믿지만 나는 달문 한 사람이라도 믿고 싶었다.

그때부터 나는 달문을 '너'라고 하지 않고 '자네'라고 불렀다. 일부러 거리를 두고 천것으로 취급하며 낮춰 보던 마음을 지운 것이다. 달문은 내가 무엇이라고 부르든 괘념하지 않았다.

"힘드시면……."

달문이 다시 권했다. 상처는 받지 않는 것이 최선이다. 자신을 시길 것. 이것이 사람들에게 권하는 달문의 처세술 아닌 처세술이었다. 타인에겐 그렇게 권해 놓고 정작 달문 자신은 크고 작은 상처를 기꺼이 감당했다.

나는 손등으로 눈물을 훔치고 머리와 허리를 일직선으로 꼿꼿하게 세웠다. 달문은 얼굴만 보라고 했지만 나는 여기서 멈출 수 없었다. 아버지의 목숨이 어떻게 끊겼는지 치명적인 부위를 확인해야 했다. 당겨 앉으며 깊게 숨을 들이마셨다. 천을 쥐곤 허리까지 단번에 내렸다. 가슴이 찢겨 너덜너덜했다. 옆에 선 홍 별감이 설명했다.

"시신을 강화도에서 건진 후 곧바로 검시檢屍했네. 화살이 심장을 관통했어. 치명상이지. 강물로 떨어져 휩쓸릴 때 이미 세상을 떠났을걸세. 원한다면 초검안初檢案을 보여 주지."

나는 더운 눈물을 쏟으며 손바닥으로 아버지의 가슴을 덮었다.

싸늘했다. 온기라곤 없었다. 그리고 아버지의 오른손을 찾아 쥐었다. 타오르는 인삼 한 뿌리를 끝까지 쥐고 버텼던 손. 그 후론 평생 주먹을 쥘 수 없던 손이었다. 거무튀튀한 손바닥과 손등 모두 젖은 나무처럼 축축했다.

이렇게 돌아가실 어른이 아니다. 아버지에게 더 배울 것들이 산처럼 많았다. 당신은 인삼 상인으로서 자부심이 컸다. 단순히 돈을 버는 일이 아니라, 사람을 건강하게 하고 나아가 목숨까지 살리는 일이라 여겼다. 인삼 한 뿌리를 팔 때도 손님에게 딱 맞는지 적어도 세 번은 고민하라 했다. 점원을 채용할 땐 까다로웠지만, 가게에서 두고 쓴 이들은 평생 챙겼다. 그들이 점원을 그만두고 가게를 낼 땐 기꺼이 도왔고, 부르지 않아도 가서 충고하기를 미루지 않았다. 아버지는 내게 인삼에 관해서라면 모르는 것이 없어야 한다고 강조했다. 문외한인 손님의 질문에 답하는 수준 이상으로, 따로 깊이 공부해야 한다는 것이다. 인삼에 정통한 사람이 있다는 풍문이 들리면, 천릿길도 마다하지 않고 가서, 귀천과 노소를 구별하지 않고 가르침을 청했다. 평생을 그렇게 인삼에 빠져 산 덕분에 아버지는 인삼에 대해서라면 누구와 이야기를 나눠도 밀리지 않고 우위를 점했다. 명의名醫로 소문난, 인삼 상인들을 우습게 여기는 의원들까지 아버지를 찾아와 자문을 구했다. 아버지는 장사에 필요한 셈법은 물론이고 가게에서 손님을 대하는 방법까지 일일이 가르쳤다. 적어도 30년은 공부해야 인삼의 가치를 어느 정도는 알게 된다고도 했다. 그러나 나는 인삼에 대한 갈증보다 소설에 대한 갈망이 백 배는 컸다. 결국 집안 대대로 전해 내려온 인삼에 대한 지식을 내가 완전히 익히기도 전에 아버지가 떠난 것이다. 꼿꼿하고 단단한 분이니 적어도 30년은 더 내 곁에 있으리라 믿었다. 소설에 대한 갈망을 채운 후에라도 아버지로부터 인삼의 진가를 배울 기회가 있으리라 가볍게 여기고 지나갔던 것이다. 그러나 그 길은 이제 영원히 끊겼다. 후회가 강물처럼 밀려들었다. 노래도 아니고 노래가 아닌 것도 아닌 달문의 곡진한 울음이 장막을 타넘어 상여소리처럼 들어왔다.

"편히 가소서. 이승의 미련들 붙잡아 두지 마시고, 훠이훠이 새처럼 날아오르소서. 훠이훠이 구름처럼 흐르소서. 훠이훠이 바람처럼 떠나소서."

어영대장 박문수가 첫날 아침 조문을 왔다. 대문 밖에 섰던 달문이 앞마당까지 안내했다. 박 대장은 문상객 없는 텅 빈 마당을 눈으로 훑었다. 조문을 마친 뒤 잠시 마루에 앉았다. 음식을 내왔지만 먹진 않았다. 손가락이 희고 유난히 길었다. 이야기하면서도 사방을 곁눈질로 살피는 습관이 있었다.

"천송의 올곧음은 나도 익히 들어 알고 있네. 원통함이 얼마나 클까! 하지만 당분간은 그 감정을 드러내지 말게. 억울함을 풀겠다며 나서서도 아니 돼. 하고 싶은 말이나 하고 싶은 일이 있으면 먼저 내게 알려 줘. 철저하게 단속을 해 뒀네만, 누가 자네와 자네 가족을 위협한다면 혼자 맞서지 말고 내게 와. 알겠지?"

"고맙습니다."

"혹시 내가 없으면, 그땐 달문에게 조언을 구하도록 해. 달문의 마음이 내 마음이니까."

대단한 믿음이었다. 어영대장이 자신의 마음을 한낱 거지의 마음과 일치시킨 것이다. 나는 박 대장이 일어서기 전에 말했다.

"범인을 잡고 싶습니다. 범인을 잡기 전까진 아무 일도 못 하겠습니다."

내 눈을 한참 들여다본 후 물었다.

"누구라고 짐작하는가?"

비보를 접한 뒤 내내 고민한 것들을 작고 낮은 목소리로 털어놓았다.

"그야 산대놀이에서 달문과 겨뤄 패한 의금부와 형조 그리고 그들을 위해 일한 검계 무리겠지요."

박 대장의 눈빛이 날카로워졌다.

"물증이나 증인은 있겠지?"

싸늘한 기운이 내 얼굴을 찔렀다.

"어, 없습니다."

"입조심하게. 자네를 뒤쫓던 의금부 관원들은 자네가 천송을 죽였을지도 모른다고 의심하더군."

놀라지 않을 수 없었다.

"제, 제가…… 아버지를 죽였다고요?"

"부자父子 사이가 썩 좋진 않았다며? 천송이 자네가 쓴 글을 스스로 불태우란 엄명도 내렸다면서?"

아버지와 나의 사소한 다툼을 살인 동기로 두려는 것이다.

"그런 적이 있긴 하지만, 그렇다고 제가 아버지를 해치다니요?"

"의금부와 형조에서 따지고 들면 충분히 수사를 시작할 수 있어. 나도 범인을 꼭 잡고 싶네. 하지만 막연한 추측으로 말하고 움직인다면 반격을 당해. 상대는 이 나라에서 범인을 색출하는 데 가장 능한 의금부야. 명심하게. 범인을 잡을 기회가 꼭 올 거야. 조급하게 섣불리 나서지 말게. 알겠는가?"

박문수가 나가고 점심이 지날 때까지 문상객이 없었다. 오후에 들이닥친 이는 놀랍게도 의금부 방 도사였다. 방 도사를 따라 들어온 달문의 얼굴에도 긴장하는 빛이 역력했다. 조문을 마친 뒤, 아침에 박 대장이 머물렀던 자리에 방 도사를 앉혔다. 그는 묻기도 전에 망둥이 핑계를 댔다.

"장사를 어찌하나 살펴만 보라고 했는데, 망둥이 이 자식이 아예 때려 부쉈더라고. 알겠지만 나도 천송 영감과 해송 영감에게서 삼을 많이 사 간 사람이야. 마누라 허리 병도 삼으로 고쳤고. 망둥이 패가 천송 영감과 해송 영감 그리고 자네까지 미행을 붙인 줄은 정말 몰랐어."

박 대장은 의금부를 조심하라 했지만 확인하지 않을 수 없었다.

"그게 다 검계 짓이란 겁니까? 아버지를 활로 죽인 자도 그럼……."

"망둥이가 부하들이 가게를 부순 것과 미행을 붙인 것까진 인정했어. 자긴 그냥 내 명령대로 가게를 살펴보려고만 했는데, 부하들이 흥분해서 쓸데없는 짓까지 해 버렸대. 화살을 쏘진 않았다더군. 하지만 검계들이 천하의 거짓말쟁이란 걸 모르는 사람도 있나?"

가게를 부수고 미행을 붙였다고 이미 털어놓았다면 검계를 잡아들여 조사하는 것이 옳다. 나서서 더 따지려는데, 달문이 눈짓으로 나를 말린 후 말머리를 돌렸다.

"그랬군요. 망둥이의 부하들이 가게를 부순 거군요. 장례를 마치고 나면 가게를 수리해서 장사를 다시 시작해도 되겠습니까?"

방 도사가 흔쾌히 답했다.

"당연하지. 송충이가 솔잎을 먹듯, 삼 장사꾼은 삼을 팔아야겠지. 걱정 말고, 장례 치른 후 다시 시작해. 검계든 누구든 내가 막아 줄 테니까. 의논할 문제가 있으면 언제든 찾아오게. 자네가 동대문 시장 아니 이 나라 최고의 인삼 장사꾼이 되도록 돕겠네."

망둥이가 온 것은 발인하기 직전이었다. 부하들을 거느리지 않고 새벽에 혼자 왔다. 달문이 망둥이를 대문 밖에 세워 두곤 내게 와서 알렸다.

"괜찮겠습니까? 힘들면 다른 날 따로 만나자고 하겠습니다."

방 도사는 내 아버지를 검계가 죽였다고 단언했었다. 그런데 그 검계 두목이 조문하겠다고 찾아온 것이다.

"데려와."

조문을 왔다는 것은 내게 할 말이 있다는 뜻이다. 망둥이가 마당으로 들어서자, 그나마 있던 사람들까지 사랑방이나 뒷마당으로 숨었다. 눈만 마주쳐도 단검을 날린다는 풍문이 돌았던 것이다. 망둥이가 상복 입은 나를 노려봤다. 그의 시선을 피하지 않았다.

조문을 마친 후, 박 대장과 방 도사가 앉았던 자리에 망둥이가 자리를 잡았다. 달문이 망둥이와 나 사이에 끼어 앉았다. 혹시 있을지도 모르는 다툼을 막기 위해서였다. 망둥이를 째려보며 기다렸다. 찾아온 사람이 먼저 입을 열 때까지! 망둥이는 국과 밥을 한 그릇 뚝딱 비웠다. 달문과 나는 망둥이가 먹는 것을 지켜보기만 했다. 숭늉까지 들이켠 뒤에야 망둥이가 속내를 밝혔다.

"방 도사가 와서 뭔 소릴 했는지 모르겠지만, 난 천송 영감을 건드리지 않았어. 괜히 검계에 원한을 갖지 말라는 말을 해 주려고 온 거야."

달문보다 내가 먼저 받아쳤다.

"네놈들 짓이 아니면 누구란 말야?"

망둥이 목소리가 빨라졌다. 신경질이 가득 묻어났다.

"그걸 왜 나한테 물어? 몰라. 하여튼 우린 아냐."

"가게들을 때려 부쉈잖아?"

독이 오른 내 얼굴을 보며 망둥이는 어처구니가 없다는 표정으로 혀를 끌끌 찼다.

"당연히! 방 도사가 시켜서 한 짓이야. 천송과 해송 그리고 네가 달문에게 몰래 뒷돈을 댔다며? 왜 그딴 짓을 했어? 산대놀이에서 지는 바람에 내가 얼마나 큰돈을 날린 줄 알아? 의금부와 내 경고를 무시하고 달문을 도왔다면, 가게가 부서지는 것 정도는 각오했어야지."

"그렇다고 사람을 죽여?"

"안 죽였다니까. 귓구멍이 막혔어? 뚫어 줘?"

망둥이가 젓가락을 집어 들었다. 당장이라도 내 머리를 당겨 붙잡고 젓가락을 귀에 쑤셔 박을 기세였다. 달문이 둘 사이로 커다란 얼굴을 들이밀었다. 나와 눈을 맞춘 다음 망둥이에게 시선을 옮긴 후 물었다.

"두 어른을 미행한 것도 방 도사가 시킨 거야?"

"맞아. 천송과 해송 그리고 저 애송이에게 미행을 붙이긴 했지만 병신을 만들라거나 죽이라곤 안 했어."

"하나가 빠졌잖아?"

망둥이가 질문의 맥락을 몰라 즉답을 않고 노려만 봤다. 달문이 더 밀어붙였다.

"내 뒤도 밟았지?"

망둥이는 한숨을 푹푹 내쉬었다.

"야! 아무리 그래도 내가 친구 뒤를 밟으라고 애들을 풀었겠어? 그건 내가 한 짓 아냐. 의금부나 형조에서 했겠지. 방 도사는 돈도 돈이지만 의금부에서 쫓겨날지도 모른다며 걱정이 많았어. 네놈이라도 잡아들여 분을 풀 작정이었나 봐."

"천송 어른 돌아가신 거, 정말 네놈 짓 아냐?"

망둥이가 답답한 듯 자리에서 벌떡 일어섰다. 제 가슴을 검지로 가리키며 말했다.

"화살이 요기에 콱 박혔다며? 잘 들어. 검계는 화살 따위 쓰지 않아. 죽일 놈이 있으면 직접 찾아가서 검으로 처리하지. 검을 써야 상대의 몸이 생기를 잃는 마지막 순간을 느낄 수 있거든. 검을 쥔 내 손에 누군가의 마지막이 닿는 기분이 어떤 줄 알아? 어마어마하게 짜릿하다고. 아무리 독주를 들이켜도, 예쁜 계집을 품어도 그처럼 짜릿하진 않아. 그 맛을 한번 보고 나면 비겁하게 멀리 숨어서 화살 따윈 안 쏴. 검계 중에 활로 누군가를 죽였단 소문이 돌면, 그놈은 그날로 끝장이야. 더군다나 배가 나루를 떠나 거의 한강 가운데로 나아갔을 때 화살이 날아왔다며? 그것도 단 한 발에 심장을 꿰뚫었고? 검계엔 그 정도로 활 잘 쏘는 놈이 없어. 활 쏘는 훈련을 꾸준히 받은 자의 솜씨라고. 명궁 소리 꽤나 들었겠지."

"누구란 말이야?"

"내 입으론 말 못 해. 활을 오랫동안 쏴 왔고, 천송 영감을 죽이려던 무리가 누군지는 네가 따져 봐. 하여튼 검계는 거기서 제외해 줬으면 해. 이 얘길 하러 온 거야."

자리를 뜨려는 망둥이에게 달문이 물었다.

"이제 그럼 다시 장사해도 돼?"

망둥이가 나를 노리며 답했다.

"마음 같아선 도성에서 영영 내쫓고 싶지만, 달문이 네 부탁도 있고, 또 박문수 대장이 직접 움직이셨으니 체면은 세워 드려야지. 대신 두 번 다시 의금부 방 도사나 이 표망둥이 눈 밖에 나는 짓은 하지 마. 그땐 내가 직접 와서 가슴에 단검을 꽂을 테니."

망둥이가 엉덩이를 떼기 전에 내가 선언하듯 외쳤다.

"꼭 범인을 잡을 거야. 잡아서 내 손으로 죽여 버리겠어."

박 대장은 울분을 숨기라고 했지만, 의금부와 검계가 서로 책임을 떠넘기는 꼴을 보니 참을 수 없었다. 망둥이의 부하들이 도끼눈을 뜨며 덤벼들려 했다. 망둥이도 시비조로 말투가 바뀌었다.

"지랄! 왜 하필 내 앞에서 그딴 소릴 질러 대는데? 내가 죽였단 거야? 썅! 곱게 말하고 갈려고 했더니 안 되겠네. 야, 이 새끼야! 내가 죽였단 증거 있어? 네가 봤어? 봤냐고?"

달문이 끼어들었다.

"그만해. 초상집에서 칼부림이라도 하겠단 거야?"

망둥이가 부하들을 이끌고 집을 나설 때까지 나는 계속 노려보며 버텼다. 그들이 사라지자 주저앉았고, 울음이 터져 나왔다. 죽은 사람은 있는데 죽인 사람이 없었다.

아버지를 죽인 살인자를 찾기 위해, 나는 평생 노력했다. 돈이면 돈 시간이면 시간 아낌없이 쏟았다. 사람을 사서 맡겨 보기도 했다. 잠시라도 여유가 생기면, 내 행복을 즐기기보다 아버지의 갑작스러운 불행을 곱씹으며 지냈다. 그러나 파면 팔수록 살인자의 행방은 더 묘연해져만 갔다. 거금을 요구하며 나타났던 몇몇 사람들의 증언도 허위로 드러났다. 내가 상심해 있을 때면 달문이 충고했다.

"최선을 다하고 계신 겁니다. 하지만 바란다고 다 이뤄지지 않는 것이 또한 삶이기도 합니다."

"그만두란 건가?"

"아닙니다. 하고 싶은 만큼 하십시오. 다만 지금 당장 그만둔다고 해도, 혹은 평생 계속한다고 해도, 어느 쪽이 낫고 어느 쪽이 못한 건 아닙니다. 그날을 정할 사람은 이 세상에 오직 한 사람, 점주님뿐입니다. 그리고 점주님이 정하는 날은 무조건 가장 합당한 날이고요. 아시겠습니까?"

완전히 이해하긴 어려웠지만, 달문의 권유가 이상하게 위로가 되었다. 나는 멈추지 않고 계속 찾는 쪽을 택했다. 이야기를 시작하면 끝마칠 때까지 써 내려가야만 하는 매설가의 습성 탓인지도 몰랐다. 그리고 이왕이면 내가 이 세상을 떠나기 전에 살인자가 누군지 알고 싶었다. 물증을 찾거나 증인이 나타나는 행운이 찾아들기를 빌고 또 빌었다.

혹평

인삼 장사를 곧바로 재개하진 못했다. 방 도사와 표망둥이가 조문까지 와서 더 이상 괴롭히지 않겠다는 뜻을 전했지만, 인삼을 대던 송도 상인이나 가게에서 인삼을 사가던 손님들이 두려워 발길을 끊은 것이다. 의금부와 검계는 이 나라 백성이 가장 꺼리는 두 집단이었다. 나 역시 당장 가게 문을 여는 것보단 상황을 충분히 검토하고 싶었다. 달문과 의논했다.

"건물부터 원래대로 복구시켜 줘. 서두르지 말고 꼼꼼하게, 아버지와 숙부의 손때 묻은 문과 창과 진열대와 최대한 비슷하게 만들었으면 싶어. 장사를 재개하는 시기는 그다음에 정하자."

달문은 숙부가 주고 간 돈으로 목수를 사서 건물 셋을 새로 짓기 시작했다. 검계들이 깡그리 부쉈기 때문에 개축보다는 신축이 나았다. 광대나 기생뿐만 아니라 목수들도 달문이 부르니 곧장 달려왔다. 궁궐을 보수하고 정승 판서 집을 도맡아 짓던 솜씨 좋은 이들이 헐값을 감내하고 동대문 인삼 가게를 짓는 데 뛰어든 것이다. 나이가 많든 적든 달문을 형님이라 부르며 새벽부터 밤까지 몸을 놀렸다.

그사이 나는 사대문 밖으로 방을 얻어 나갔다. 가게 신축은 달문 혼자로도 충분했다. 아버지나 숙부였다면 송도 상인들을 만나러 가거나 인연이 있는 팔도 상인들을 둘러보며 내일을 도모했을 것이다. 그러나 내겐 그런 열정이 남아 있지 않았다. 어머니와 이미 출가한 세 명의 누이와는 의논하지 않았지만, 나는 인삼 장사꾼으로 평생을 보낼 뜻이 없었다. 가게 건물이 완공되고 송도 상인들이 삼을 다시 대 준다 해도 맡지 않을 작정이었다. 가게를 짓고 어머니와 내가 1년 남짓 지낼 돈을 달문에게 맡겼다는 이야기를 숙부로부터 들었을 때, 나는 그 1년 동안 딴짓을 해 보자 마음먹었다. 그것은 다름 아닌 소설을 쓰는 일이었다. 역설적이게도 아버지의 갑작스러운 죽음으로 내게 기회가 생긴 셈이다.

마포 나루의 외딴 방을 집필실로 정했다. 오가는 이도 적고 창문만 열면 도도히 흘러가는 한강이 보였다. 매일 새벽 강을 산책한 후 돌아와 해가 질 때까지 쓰기로 했다. 소설을 쓰겠다는 내 뜻을 달문도 선선히 받아들였다.

"제게 들려준 이야기들만 다듬어도 매설가로 이름을 낼 수 있을 겁니다. 건물 짓는 일은 걱정 마십시오. 지필묵 외에 필요한 게 있으면 말씀해 주세요. 식사는 언덕 너머 어물전 아낙에게 말해 뒀습니다. 여기까지 가져다 달라 해도 되지만, 운동 삼아 걸어가서 먹고 오십시오. 소설을 써야 하니 하루 종일 앉아만 지낼 것 아닙니까. 저도 열흘에 한 번씩은 들르겠습니다만, 급한 용무가 있으면 꼬마에게 말하십시오. 꼬마가 틈만 나면 와서 머물 겁니다. 조용히 하라고 각별히 주의를 줬으니 소설 쓰는 걸 방해하진 않을 거고요. 그럼 고생하십시오."

달문은 과연 열흘에 한 번씩만 와서 하룻밤을 자고 갔다. 내가 매일 가장 많은 시간을 함께 보내는 이는 꼬마였다. 녀석은 소리 없이 나타나서 문밖 평상에 머물다가 또 소리 없이 사라지곤 했다. 방문을 열거나 창문을 열면 문득 거기 녀석이 있었다. 이름을 물었지만, 그냥 '꼬마'라고 불러 달라 했다.

반년 꼬박 마포 집필실에서 소설을 썼다. 그러나 그 소설은 세책방으로 나가지도 못했고, 주변 지인들에게 읽힌 적도 없다. 이 습작품과 관련해선 세 가지 장면이 떠오른다.

먼저 달문의 긴 침묵이다. 집필을 시작하고 한 달 정도는 그도 줄기차게 이야기를 늘어놓았다. 열흘에 한 번씩 올 때마다, 신축 상황을 알려 주기도 전에 그사이 쓴 소설부터 말해 달라고 졸랐다. 내가 등장인물과 도입부의 사건들을 들려주면, 그때부턴 저녁 먹을 생각도 않고 그 이야기에 대한 자신의 느낌과 생각을 떠들었다. 두 달째로 접어들면서 달문의 참견이 눈에 띄게 줄었다. 여섯 달째는 내가 집필한 부분을 들려줘도 심각한 표정으로 듣기만 할 뿐이었다. 완전한 침묵의 밤을 두 번 보내고 세 번째 밤에 내가 먼저 따져 물었다.

"왜 그래? 좋으면 좋다 싫으면 싫다 말을 해야지? 그렇게 입을 꾹 다물면 다음을 이어 가기 힘들잖아?"

달문이 이마의 주름을 풀지 않고 답했다.

"어차피 정해진 거잖습니까?"

"정해졌다고?"

"하나만 묻겠습니다. 소설이란 게 이렇듯 복수심에 불타야 쓸 수 있는 겁니까? 착한 백성 괴롭히는 악인들을 잡아들여 엄벌해야 하는 건 알겠습니다. 하지만 그렇다고 이렇듯 길게 어딜 어떻게 때리고 찌르고 지졌는지, 또 얼마나 고통스럽게 죽였는지 적을 것까진 없죠. 처음 한 달은 크고 작은 일들이 부챗살처럼 벌어지는 게 경쾌했습니다. 그런데 두 달째부터 늘어놓은 문제들을 하나하나 해결하면서 끔찍해졌습다. 이게 꼭 필요한 거냐고 두어 달은 계속 물었습니다만, 더 지독하게 썼으면 썼지 나아지지 않았습니다. 소설이란 게 이런 이야기라면 제가 낄 부분은 없겠다 싶어 입을 닫았습죠."

그랬는가. 권선징악의 구조에서 악인을 다루는 내 붓질이 그토록 매서웠는가. 그렇다고 복수심 운운할 정도는 아니라고 여겼다. 세책방에서 빌려 본 소설 중에는 이보다 더한 방식으로 악인을 응징하는 장면이 심심찮게 등장했던 것이다. 달문의 지적을 부드럽게 받아넘겼다.

"소설이란 게 시작이 어려운데 자네가 첫 달에 이것저것 많은 이야길 해 줘서 큰 도움이 되었어. 마무린 내가 알아서 할게. 불편하면 당분간 안 와도 돼."

"저는 괜찮습니다만, 모독 매설가님이 불편하시다면 오지 않겠습니다."

나를 부르는 호칭이 '점수'에서 '매설가'로 바뀌었다. 바뀐 호칭과 내 필명을 이어 붙인 것은 나를 응원하기 위해서였다. 아직 나는 소설 한 편 탈고하지 못한 매설가 지망생에 불과했다. 열흘 뒤 소설 초고를 마무리 지었을 때 달문은 언제나처럼 마포로 왔다.

세책방에서 보낸 초조한 시간이 두 번째 장면을 채운다.

그날 달문은 마포에서 대광통교 세책방까지 동행해 주었다. 혼자 가도 된다고 했지만 기어이 소설 초고가 든 보따리를 직접 품에 안았다. 멀리 서대문을 보며 달문이 말했다.

"기분이 묘하네요. 사나흘 굶다가 배 터지게 먹고 난 직후 같은, 아니 먹을 게 잔뜩 쌓인 바가지를 끌어안은 것 같은, 그것도 비슷하긴 한데, 내일 아침 왕창 먹을 약속이 잡혀 있는 밤과 같은 그런 기분입니다. 원래 소설이란 걸 품으면 기분이 이렇습니까?"

나는 그저 웃기만 했다. 탈고한 나는 안도감이나 만족감보다 불안감이 더 컸다. 그동안엔 세책방에서 소설을 빌려 오기만 했지, 내가 쓴 작품을 가져가긴 처음이었다. 세책방에 소설이 진열되기 위해선 주인 허락이 필요했다. 특히 내가 예닐곱 살부터 드나든 단골 대광통교 세책방은 역사도 가장 오래되고 가지고 있는 소설도 제일 많았다.

세책방 주인은 대대로 '쥐 영감'이라 불렸다. 지금 가게를 맡은 쥐 영감의 나이도 일흔 살을 훌쩍 넘겼는데, 그의 아버지와 할아버지와 증조할아버지까지 모두 쥐 영감이라고 불리며 세책방을 운영하다가 거의 백 살 가까이 이르러 세상을 떴다. 죽는 날까지 쥐 영감들은 소설을 검토했다. 세책방에 진열해 달라고 매설가들이 가져온 작품들이었다. 그중에는 이미 세책방에 작품이 진열된 이도 있었고, 처음으로 완고完稿를 가져온 이도 있었다. 쥐 영감들은 엄격하게 작품을 평했다. 이미 세책방에 진열한 작품이 있는 매설가의 것이라고 우대하지도 않았고 첫 작품이라고 홀대하지도 않았다. 쥐 영감들이 고르는 작품은 무척 적었다. 백 개 중 한두 개가 고작이었다.

쥐 영감은 우리를 서고에 둔 채 쪽방으로 들어갔다. 단골 고객으로 수백 권의 소설을 독파한 내가 지은 소설이기에, 쥐 영감도 내심 기대하는 눈치였다. 까막눈인 달문은 가게 지붕을 얹는 날이라며 초고 보따리만 쥐 영감에게 건네고 갔다. 내가 소설 초고를 쓰는 반년 동안 가게 세 채를 완공한 것이다. 가게가 크고 단단하고 아름답다고 달문에게 심부름을 갔던 꼬마가 전했다. 도성 최고 목수들 솜씨가 어디 가겠는가.

서고에서 멍하니 기다렸다. 예전 같으면 세책방에 들어서기가 무섭게 신간 소설들을 찾아 제목과 첫 부분을 읽느라 바빴을 것이다. 쥐 영감은 각 작품을 다섯 장 이상 읽지 못하도록 했다. 소설을 빌려 가지 않고 세책방에서 읽어 버리는 얌체 손님을 막기 위한 방책이었다. 다섯 장 이상 몰래 읽다가 적발되면 그 책을 빌린 값을 내야 할 뿐만 아니라 석 달 동안 세책방 출입이 금지되었다. 소설에 빠지는 것은 담배에 중독되는 것과 비슷했다. 석 달 세책방 출입을 금지당한다는 것은 손가락을 자르는 것보다 끔찍한 고통이었다. 나는 쥐 영감이 허락하는 한도 내에서 최대한 많은 분량을 빠르게 읽어 나가는 손님이었다. 그러나 그날은 가게가 한산해서 신작 소설 검토에 가장 좋은 조건이었음에도 우두커니 앉아만 있었다. 소설 제목조차 쳐다보지 않았다.

벌써부터 후회가 밀려들었다. 고치고 싶은 장면과 문장이 두더지처럼 쑥쑥 튀어나왔던 것이다. 퇴고까지 마치고 여기로 왔어야 했다.

달문은 내가 원하는 소설을 열흘마다 한 번씩 충분히 빌려다 줬다. 그런데 소설을 쓰다 보면 이 문장을 쓰기 전에 꼭 읽고 싶은 소설이 생기기도 하는 법이다. 그날도 그랬다. 이틀 전 이곳을 다녀간 달문에게 기별하기도 그렇고, 또 내가 직접 서대문을 지나 대광통교까지 가기도 귀찮아서 꼬마를 보냈다. 『영영전』이란 짧은 소설 한 권만 빌려 오면 되는 일이었다. 그런데 세책방에 처음 간 꼬마가 노련한 쥐 영감의 질문 공세에 넘어가 버린 것이다. 내가 마포에 은신중이란 사실은 끝까지 숨겼지만, 여섯 달째 소설을 쓴다는 것은 흘리고 말았다. 쥐 영감은 꼬마에게 『영영전』을 빌려주며, 쪽지에 이렇게 한 문장을 적었다.

—초고가 완성되면 읽고 싶소.

쥐 영감이 검토해 주겠다는 것만으로도 고맙게 받아들여야 할 형편이었다. 다섯 장만 손님에게 읽히듯, 그도 매설가 지망생이 쓴 첫 소설은 다섯 장 안에 판단을 내린다는 풍문이 돌았다.

반나절 후 드디어 쥐 영감이 쪽방에서 나왔다. 서고엔 손님들이 네댓 명 있었으므로, 그는 내게 눈짓을 보낸 후 다시 쪽방으로 들어갔다. 나도 따라 들어갔다. 쥐 영감이 원고를 싼 보따리를 내밀며 짧게 말했다.

"이건 못 쓰겠수."

비수 같은 거절의 말에 눈물이 핑 돌았다. 반년이나 내가 가진 전부를 쏟은 작품이었다.

"이유가 뭡니까? 구성이 엉성한가요? 문장이 형편없어요?"

쥐 영감이 서너 가닥 겨우 난 수염을 흔들었다.

"처음 쓴 것치곤 짜임새도 괜찮고 문장도 나쁘진 않수. 다만……."

"다만?"

"읽는 내내 불쾌했수. 복수심이 지나치게 끓는다고나 할까?"

달문과 놀라울 만큼 똑같은 평이었다. 나는 반박했다.

"이 정도 복수는 흔하지 않습니까? 제가 읽은 것만 해도……."

작품 제목을 줄줄 대려는데, 쥐 영감이 말허리를 잘랐다.

"백 개! 이보다 지독한 소설 제목을 나도 백 개는 댈 수 있수. 하지만 그것들은 응징하는 순간만 지독하우. 이 소설처럼 문장 하나하나마다 복수심과 분노가 이글대진 않수. 내 세책방을 통해 세상에 나가면 분명 문제가 될 게요."

"문제라뇨?"

"나는 살 만큼 살았으니까 그 감정을 누르겠지만, 아직 세상살이를 모르는 젊은이들이 읽는다면 울분에 휩싸여 무슨 짓을 할지 모른다 이 말이우."

"고쳐 와도 안 되겠습니까?"

쥐 영감이 내 품에 들린 소설 보따리를 독사 보듯 째렸다.

"일단 그걸 태워 버리도록 하슈. 당분간은 소설 쓰지 말고 그 맘부터 다스리도록 하우. 가게 셋이 박살이 나고, 천송 영감이 돌아갔고 해송 영감이 사라졌단 얘긴 나도 들었우. 지금은 쓸 때가 아니우. 다친 마음을 다스리는 게 소설 쓰는 것보다 훨씬 중요하다우. 알겠수?"

세 번째 장면은 다시 마포에서 시작된다.

나는 원고 보따리를 들고 집필실로 돌아올 수밖에 없었다. 실망이 컸다. 그래도 숙부가 준 돈으로 아직 반년은 버틸 수 있으니 퇴고에 집중할 작정이었다. 퇴고부터가 진짜 소설을 쓰는 것이라는 속언도 있지 않은가. 쥐 영감에게 보여 준 원고는 천리마가 질주하듯 내달린 초고일 뿐이다. 한 글자 한 글자, 한 문장 한 문장 고쳐 나가면 소설이 눈에 띄게 개선되리라 믿었다.

그날 밤 달문이 마포로 왔다. 어제 마포로 와서 머물렀으니 약속대로 하자면 다음 방문은 열흘 뒤였다. 쥐 영감의 감상평이 궁금했던 걸까. 아니면 쥐 영감에게 들러 감상평을 이미 듣고, 나를 위로하기 위해 온 걸까. 둘 다 아니었다. 달문은 자리에 앉자마자 뜻밖의 소식을 전했다.

"돈이 다 떨어졌습니다."

"무슨 소리야? 숙부가 1년은 지낼 돈을 네게 맡겼잖아?"

"맡기긴 하셨는데, 그 가운데 절반은 석 달 전에 찾아가셨습죠."

"숙부가 왔었어?"

"강화도에서 잠시 만났습니다."

"왜 내게 귀띔하지 않았나?"

"근황을 물어보시더군요. 마포에 방을 구해 소설을 쓰고 있다 말씀드렸습니다. 그랬더니 돈 찾아간 건 잠시 비밀로 두라 하시더군요. 한창 이야기가 잘 풀리는데 돈을 찾아간 걸 알면 십중팔구 불안해서 글이 안 될 거라 하셨습니다. 초고라도 마치면 그때 알리라고 하셨어요. 그게 바로 오늘이네요."

그리고 물었다.

"어찌 됐습니까? 쥐 영감이 뭐라던가요?"

쥐 영감 세책방엔 들르지 않고 동대문 가게에서 곧장 온 것이다. 나는 쥐 영감의 혹평을 옮기기 싫어 적당히 거짓말을 했다.

"첫 작업치곤 나쁘지 않다더군. 몇 군데 수정해서 반년 후에 다시 보기로 했어."

달문이 큰 입을 좌악 벌리곤 웃었다. 소실의 후반부를 듣고 침묵하던 것과는 딴판이었다.

"역시! 쥐 영감 눈에 들 줄 알았습니다."

"뭘 그렇게까지 기뻐해?"

"기쁜 일입죠. 이보다 더 신나는 일이 어디 있습니까?"

달문은 벌떡 일어나 춤을 추기 시작했다. 북 장단도 가야금 반주도 없이, 손뼉을 치고 발을 구르며 스스로 소리를 만들고, 그 위에 춤사위를 얹었다. 나는 잠시 그 춤을 보다가 달문의 팔을 잡아끌어 앉혔다.

"조건부일 뿐이야. 많이 고쳐야 해. 반년은 더!"

"반년만 지나면 대광통교 세책방에서 매설가 모독이 쓴 소설을 구경할 수 있는 겁니까?"

거짓말이 거짓말을 낳았다.

"그래서 말인데, 가게를 다 지어도 당분간 내가 맡아서 하긴 어렵겠어. 퇴고는 초고를 쓰는 것보다 열 배는 더 힘들거든."

"열 배나요?"

달문의 튀어나온 눈을 보며 답했다.

"자기가 쓴 것을 자기가 읽고 어느 부분이 문제가 있는지를 자기가 발견한 후 그 대안을 자기가 고민해서 고치는 것까지 자기가 해야 하니까. 잠시라도 방심하면 손봐야 할 단어나 문장을 지나쳐 버려. 오직 내가 고치는 이 원고로부터만 자극받으며 전적으로 매달려야 해. 쥐 영감하고 약속했어. 반년 후에 최종 원고를 들고 만나기로."

달문이 고개를 끄덕였다. 정말 의심이라곤 없는 사람이었다.

"그렇겠네요. 저는 퇴고란 걸 안 해 봐서 몰랐는데, 힘들고 우울하고 불행하고 그러겠습니다. 가겐 어찌하는 게 좋겠습니까, 그럼?"

"송도에 가서 삼을 사 올 목돈이 없으니, 당장 인삼 가게를 열긴 어려워. 숙부도 청주의 형편이 좋지 않으니까 줬던 돈을 찾아갔을 게고."

나 역시 인삼 가게를 할 마음이 없었다.

"맞습니다. 여러모로 사정이 안 좋습니다."

"따로 생각해 둔 게 있어?"

달문이 이미 고민을 마친 듯 되물었다.

"자리가 좋으니 삯을 받는 건 어떻겠습니까?"

"건물을 빌려주자고?"

달문의 설명에 따르면, 동대문 시장에서 가게 건물을 빌려주고 받는 삯이 장사해서 벌어들이는 것과 맞먹을 정도라고 했다. 지난 반년과 같은 금액을 어머니에게 드리고, 또 내 집필에 필요한 용돈 정도는 된다는 설명에, 굶주린 고양이 생선 물 듯 덥석 제안을 받아들였다.

왈자와 함께

반년이 훌쩍 지나갔다. 퇴고하겠다고 책상에 앉은 것은 사흘도 되지 않았다. 달문이 가게 건물을 빌려 종이 장사를 하겠다는 이들을 데려왔고, 나는 미리 작성된 문서에 수결手決했다. 쥐 영감의 독설은 묘한 구석이 있어서, 시간이 흐를수록 집필 의지를 꺾었다. 첫 사흘은 퇴고해 볼까 했지만 어디서부터 어떻게 고쳐야 할지 난감했고, 그다음 사흘은 새로 써 볼까 했지만 짜증과 분노에 이어 우울이 찾아들었다. 책상을 박차고 집필실을 나왔다.

초여름에서 초겨울까지 반년 동안 많은 것을 배웠다. 내게 새 세상을 가르쳐 준 이들은 왈자로 통하는 별감들이었다. 달문을 우익의 으뜸 광대로 세우기 위해 가게로 찾아왔던 포도청 홍 별감과 군기시 소 별감을 서대문에서 우연히 만난 것이 배움의 시작이었다. 그들은 아버지의 죽음에 또 한 번 조의를 표한 뒤 도움이 필요하면 찾아오라 했다. 나는 술이나 한잔 사주십사 청했다. 상중이니 술과 여자를 멀리하는 것이 예법에 맞지만, 예법 따윈 지키고 싶지 않았다. 아버지를 죽인 범인은 잡지도 못했고, 청주로 간 숙부와는 연락이 끊겼으며, 반년을 꼬박 집중한 소설은 혹평을 받았다. 번잡스러운 일은 달문에게 전부 맡겼다. 집필실에 앉아 있자니 어찌 살아갈지 앞길이 막막했다. 집필하느라 시간에 쫓겨 반년을 보냈는데, 지금부터 반년은 시간이 남아돌았다.

늦봄에 별감들이 내 나이를 물었다. 열여덟 살이라고 했더니, 도성의 밤을 경험하기에 딱 좋은 나이라고 했다. 홍 별감도 소 별감도 아버지뻘이었다. 홍 별감이 하루만 즐길 것인지 아니면 열흘이나 보름 넘게 도성의 밤을 노닐고 싶은지 물었다. 소 별감이 홍 별감을 타박했다.

"어찌 하루에 그 좋은 걸 다 하누. 엄지발가락만 담가도 석 달 열흘은 못 빠져나와."

나는 소 별감의 말꼬리를 붙잡았다.

"그럼 석 달 열흘로 할게요. 일단!"

홍 별감과 소 별감이 휘파람을 불며 서로의 손바닥을 쭉 밀어올려 마주 쳤다. 홍 별감이 말했다.

"백 일을 버티려면 요거 몇 가진 지켜. 첫째, 해가 떠 있는 동안엔 잔다. 즉 해가 진 뒤부터 우리랑 놀면 돼. 둘째, 무조건 반말. 나이가 많든 적든 상관없이 이놈 저놈 해. 이 새끼 저 새끼도 좋고. 셋째, 갔던 곳은 다시 가지 않는다. 아무리 맘에 들더라도 두세 번 연이어 가지 말란 뜻이지. 왜 그래야 하는지 지금은 모르겠지만 곧 알게 돼."

소 별감이 튀어나온 배를 쓰다듬으며 거들었다.

"하나만 더! 논 걸 후회하지 않는다. 놀 때 놀아야지. 지금까지 실컷 놀아 본 적 있어?"

"없습니다."

"맘껏 놀 날이 인생에서 얼마나 될 것 같아? 무지무지 짧아. 손가락 한 마디도 안 돼. 우리랑 다니게 된 걸 행운으로 알아. 도성의 밤을 모르고 죽는 사내들이 밤하늘의 별보다 많거든."

두 별감과 도성의 밤을, 그 밤의 뒷골목을 쏘다니기 시작했다. 처음엔 둘이었는데, 한두 가게만 거치고 나면 둘이 넷이 되고 넷이 또 여덟이 되었다. 홍 별감이 그 밤에 돌아다닐 골목과 가게를 정하면 소 별감이 한두 곳을 넣거나 뺐다. 하룻밤에 최소한 다섯 가게를 돌면서 술과 음식을 즐겼고, 술을 치는 기생들이 꼭 옆에 앉았다. 도성의 낮을 지배하는 이는 나라님이고 밤을 지배하는 이는 왈자라는 풍문이 과장이 아니었다.

왈자들과 다니며 벌어진 일들만 따로 모아도 소설 한 권은 넉넉히 되고도 남는다. 평생 잊히지 않는 경험이었다.

왈자들은 가게에서 무조건 자신들이 원하는 걸 시켰다. 생선을 안주로 내는 가게에서 소고기를 대령하라 하고, 돼지고기로 각종 요리를 하는 가게에서 꿩고기를 내오라는 식이다. 놀라운 점은 점주들이 황당한 요구를 거절하지 않고 따른다는 사실이었다. 왈자들에게 주문을 받은 점주는 곧장 이웃 가게로 가서 도움을 청했다. 왈자들이 몰려 든 가게를 위해 이웃들이 서로서로 돕는 것이 그들만의 방식이었던 것이다.

또한 왈자들은 술과 음식과 기생을 즐긴 뒤 절대로 돈을 내지 않았다. 상다리가 휘어질 정도로 차린 산해진미를 먹고는 우르르 몰려 나가면 그만이었다. 술값과 음식값과 기생 부른 값을 내라고 붙잡는 점주는 단 한 명도 없었다. 왈자들에게 돈을 받지 않는 것이 또한 상식이었다.

왈자들은 후한 대접을 받고도 하루에 적어도 한 번씩은 불같이 화를 내며 상을 엎고 술병을 깨고 집기를 때려 부쉈다. 그들이 난동을 부리기 시작하면, 점주들은 잘잘못을 따지지 않고 무조건 엎드려 용서를 빌었다. 술과 음식을 다시 장만해 오는 것은 물론이고, 성난 마음을 풀라며 뒷돈까지 두둑하게 집어 줬다.

처음 왈자들이 행패를 부리는 광경을 건천동 가게에서 봤다. 백숙과 청주가 정갈하게 나오는 집이었다. 이제 막 술을 입에 대기 시작한 내게도 군침이 도는 맛집이었다. 그런데 소 별감이 닭다리를 뜯어 입에 넣지도 않고 점주부터 찾았다. 턱에 좌우로 혹이 두 개나 달린 점주가 강아지처럼 쪼르르 달려왔다. 홍 별감이 닭다리를 주인의 혹에 대곤 물었다.

"이딴 걸 먹으라고?"

점주가 시선을 깔고 급히 답했다.

"다, 다시 해 오겠습니다요."

홍 별감이 닭다리로 눈을 찔렀다.

"병아릴 잡은 게야? 지난번보다 크기가 반도 안 되잖아?"

내 손에 들린 닭다리를 쳐다보았다. 먹어 본 닭다리 중에서 가장 크고 굵었다.

"병아리라뇨? 아닙니다. 우리 가게에서 제일 맛있는 놈으로다가……."

점주는 말을 마치지도 못하고 나자빠졌다. 소 별감이 일어서며 돌려차기로 점주의 혹 붙은 턱을 갈겨 버린 것이다.

"우리가 그럼 당달봉사라도 된단 말이야? 병아리랑 장닭도 구분 못 한다고? 어디서 개소리야 개소리가?"

두 별감은 백숙과 청주가 차려진 술상을 엎어 버리곤 창 쪽으로 갔다. 창문 아래에 삼과 뱀과 과일을 넣은 술들이 커다란 유리병에 담겨 있었다. 술을 독에 담지 않고, 북경에서 가져온 유리병에 넣어 손님들이 직접 눈으로 보도록 하는 것이 이 가게의 자랑이었다. 두 별감은 육모방망이를 휘둘러 쉰 개가 넘는 유리병을 깨기 시작했다. 병들이 퍽퍽 소리를 내며 부서졌고, 파편이 튀면서 진한 술 냄새와 함께 술이 바닥에 흥건하게 흘렀다. 점주와 점원들은 무릎을 꿇고 양 손바닥을 비비며 눈물을 쏟았다. 나서서 별감들을 제지하는 이는 없었다. 유리병을 박살 내고 있는 별감들이 점주와 점원의 머리통을 깨는 데 전혀 주저하지 않는다는 것을 모르는 장사꾼은 없었다. 나는 닭다리를 든 채 멍하니 서서 별감들의 육모방망이질을 쳐다보기만 했다. 가게에서 횡포를 부리고, 이유 없이 사람들을 때리는 범법자를 포박하여 잡아들이는 것이 좌우 포도청의 업무이지 않은가. 그런데 오히려 별감들이 나서서 악행을 저지르고 있었다. 소 별감이 내 등을 밀며 점주에게 호통을 쳤다.

"맨입에 용서하면 삼 년 재수가 없단 얘기도 못 들었어? 하다못해 해어화解語花라도 붙여 주고 봐 달라고 하든가."

점주가 양손을 모은 채 고개를 들었다. 나와 눈이 마주쳤다.

"아, 해어화. 알겠습니다. 별실로 드십시오. 곧 데려오겠습니다."

점원과 점주가 황급히 나간 뒤, 내가 두 별감에게 물었다.

"해어화를 부르려면 세 송이를 달라 하셔야죠?"

홍 별감이 손바닥으로 제 이마를 쓸며 답했다.

"우리야 늘 해 왔던 거고, 오늘 재미는 막내가 보는 걸로 해. 싫은 건 아니지?"

"그럼요."

소 별감이 상기된 내 표정을 살피며 넘겨짚었다.

"혹시 처음?"

"아닙니다. 사람을 뭘로 보고……."

호기롭게 받아쳤지만 여자를 품은 적은 없었다. 산대놀이를 위해 상경한 운심을 짝사랑한 것이 전부였다. 홍 별감이 소 별감과 어깨동무를 하며 말했다.

"마치고 소광통교小廣通橋 점복이네로 와."

두 별감이 가게를 나가고 나서 곧 별실로 말을 알아듣는 꽃 한 송이가 들어왔다. 불 꺼진 별실은 어두컴컴했다. 작은 창으로 들어오는 달빛이 전부였다. 등잔불을 밝힐까 생각하는데, 그녀가 자리에 앉지도 않고 품에 안겼다. 짙은 술 냄새가 코를 파고들었다. 어디선가 술 시중을 들다가 점주에게 이끌려 급히 이곳까지 온 것이다. 소설에선 남녀가 합궁할 때면 서로 이름을 밝히고 예를 갖추었다. 그러나 내 품의 해어화는 다짜고짜 내 입술에 제 입술을 붙이려 들었다. 그녀의 어깨를 밀곤 물었다.

"이름이 무엇이냐?"

"설심이……."

말끝을 흐리며 스스로 옷고름부터 풀어헤쳤다. 손목을 쥐곤 다시 물었다.

"뭐라고?"

"이름이 뭐 그렇게 중요해요? 전부 가짠데. 제 일을 돕는 조방꾸니가 눈 설雪에 마음 심心이라고 붙여 줍디다. 눈의 마음. 됐나요? 지난달에 어떤 손님은 이야기 설說에 마음 심心이라고 하더라고요. 이야기의 마음! 눈의 마음이든 이야기의 마음이든 저랑은 상관없답니다. 일하다가 왔어요. 가야 해요. 이제 벗을게요."

이름 따윈 있어도 그만 없어도 그만이라던 달문이 떠올랐다. 나는 이 계집에게 스쳐 지나가는 수백 명의 남자 손님 중 하나일 뿐이었다. 그러나 나는 그녀의 익숙한 장단에 맞춰 서두르긴 싫었다. 장사꾼답게 그녀의 벗은 어깨에 엽전 한 다발을 얹었다. 돈 냄새와 함께 무게까지 느낀 그녀가 갑자기 코맹맹이 소리를 내며 솜처럼 부드러워졌다.

"원하시는 건 뭐든 말씀만 하세요. 소녀가 정성을 다하여 모시겠어요."

청나라 소설들 삽화에서 골똘하게 살핀 합궁 장면들이 어두어둑한 벽에 어른거렸다. 내가 선뜻 답을 못 하자 그녀가 제 뺨을 내 가슴에 비볐다.

"말로 하기 힘드시면 소녀의 몸부터 만지셔도 됩니다."

원하는 것을 밝혔다.

"운심이라 부를게."

"네?"

"구름 운雲에 마음 심心."

"아, 구름의 마음! 엄마 마음 비슷한 건가요?"

"왜 그렇게 생각해?"

"설심, 눈의 마음이잖아요? 구름이 모여야 눈이 내리는 거니까, 설심의 입장에서 운심은 엄마 마음 아닐까요? 하여튼 좋아요. 지금부터 저는 운심이에요. 불러 봐요, 제 이름!"

그녀가 두 팔을 활짝 벌렸다.

"운심아!"

나는 힘껏 이름을 부르며 안겼다.

그 이름을 스무 번도 더 부르며 설심과 사랑을 나눈 뒤, 소광통교 가게로 들어섰다. 두 별감은 그사이 청주가 든 호리병을 다섯 병이나 더 비워 얼큰하게 취해 있었다. 마주 보며 앉자마자, 나는 가게에서부터 묻고 싶었던 질문을 했다.

"닭다리가 정말 작았습니까?"

홍 별감이 피식 웃었고, 소 별감이 내 어깨에 팔을 두르곤 답했다.

"먹음직스러웠지."

"한데 왜 병아리라고……."

소 별감이 말허리를 잘랐다.

"죄도 없는 사람을 패고 상을 엎었냐고? 그게 궁금해?"

내가 고개를 끄덕였다.

"그래야 왈자 무서운 줄 알지. 잘해 주면 머리 꼭대기까지 기어오르려 들어. 사람이 언제 가장 두려움을 느끼는 줄 알아? 예상하지 못한 순간에 갑자기 추궁을 당할 때야. 잘잘못을 따지지도 못하게 해야 해. 잘못한 게 전혀 없는, 오히려 칭찬받아 마땅한 순간에 패 버리는 거야. 그러고 나면 얼마나 고분고분해지는지 몰라. 아까 그 거리의 장사꾼들 나아가 도성 전부에 내일 아침이면 소문이 구석구석 퍼져. 장사꾼들은 최선을 다해 우릴 대접할 거야. 설령 우리가 오늘처럼 행패를 부려도 어쩌지 못해. 원래 왈자는 그런 잡놈들이니까."

"그래도 아무 잘못도 없는 사람을……."

이번엔 홍 별감이 내 말을 잘랐다.

"어허, 이건 일종의 놀이라니까 그러네. 장사꾼은 왈자를 대접하고, 왈자는 행패를 부리는 놀이! 억울하면 장사하지 말고 우리 같은 왈자를 했어야지. 놀 땐 각자 맡은 역할에 충실하면 돼. 너는 달문과 친하니까 잘 알겠네. 산대놀이에서 파계승을 맡은 광대는 계집들에게 추근거리는 야한 춤도 추고 당장 몸을 섞자고 지껄이지? 달문이 그런 춤에 이야길 한다고 구경꾼들이 달문을 욕해? 비열하면 비열할수록 더 칭찬을 듣지. 이것도 똑같아. 왈자놀이라고 생각해. 우린 난동을 부리는 왈자고 저것들은 얻어맞고 돈 뜯기는 장사꾼이고. 그게 다야. 잘잘못을 따질 문제가 아니라고. 알겠어?"

반년을 꼬박 왈자들과 어울렸다. 즐겁지 않았다면 거짓말이다. 처음엔 이렇게 공짜로 먹고 마시며 놀아도 될까 주저했지만, 소개받은 왈자들이 모두 그렇게 하자 나도 점점 죄의식이 옅어졌다. 내가 속한 왈자들을 피하더라도 다른 왈자들이 가게로 들이닥칠 것이다. 어차피 당해야 한다면, 동대문 시장에서 인삼 가게를 했던 내게 당하는 것이 그래도 피해가 적다고 스스로에게 정당성을 부여했다. 적어도 나는 홍 별감이나 소 별감처럼 가게 집기를 부수지는 않았다. 장사꾼에게 가게란 제 몸과 같다. 차라리 얻어맞을지언정 가게가 부서지는 것은 막으려 드는 것이 장사꾼인 것이다.

희한한 일은 또 있었다. 산대놀이를 준비하면서는 서로 잡아먹을 듯 으르렁대던 두 별감과 의금부 방 도사가 종종 밤에 어울려 즐겼던 것이다. 약속을 잡아 만나기도 했고 우연히 마주쳤을 때도 그냥 지나치는 법이 없었다. 나이가 가장 많은 방 도사를 깍듯하게 큰형님으로 모시고, 두 별감이 돌아가며 춤까지 췄다. 의형제처럼 어울리는 그들 곁에서 나는 웃어야 할지 울어야 할지 갈피를 잡기 힘들었다. 좌익이냐 우익이냐 의금부와 형조냐 포도청과 군기시냐. 서로 잡아먹을 듯이 경쟁하지 않았는가. 그런데 그와 같은 대결은 내 머릿속에서만 벌어졌고, 이들은 한데 어울려 신나게 웃고 떠들며 노래했다. 이렇게 밤마다 함께 즐겨 왔다면, 왜 우리 가게를 셋이나 모두 박살 냈는가. 내 아버지를 향해 화살을 날렸는가. 문득 울컥하고 자주 서러웠다. 처음 서너 번은 나를 보고도 말을 않던 방 도사가 반년이 흐를 즈음에는 내 손목을 끌어 옆에 앉힌 뒤 충고를 늘어놓았다. 대낮부터 내리던 싸락눈이 폭설로 바뀐 밤이었다.

"넌 뭐야? 왈자도 아니면서 왈자랑 놀고, 장사꾼의 자식으로 가게까지 맡았으면서 장사할 생각은 당최 하질 않고. 천송 영감이 저세상으로 갔고 해송 영감까지 도성을 떴으니, 널 지켜 줄 사람도 없어. 아비 잃은 슬픔이야 어느 아들인들 끔찍하지 않겠냐만, 벌써 일 년이 지나갔다고. 지금도 죽은 아비 때문에 이렇게 처먹고 저렇게 처 놀며 도성의 밤길을 다닌다고 변명하진 않겠지? 박문수 대장과 약속했어. 네가 동대문 시장에서 인삼이든 뭐든 팔아서 먹고살면, 털끝 하나 건드리지 않겠다고. 머릿속에 대체 뭐가 들어앉은 거야? 다음에 또 저 두 별감일랑 노닥거리고 있으면, 그땐 네 머릴 쪼개서 들여다볼지도 몰라. 이제 그만 꺼져. 가짜 왈자 노릇, 지겹지도 않아?"

제4부 — 돕는 자

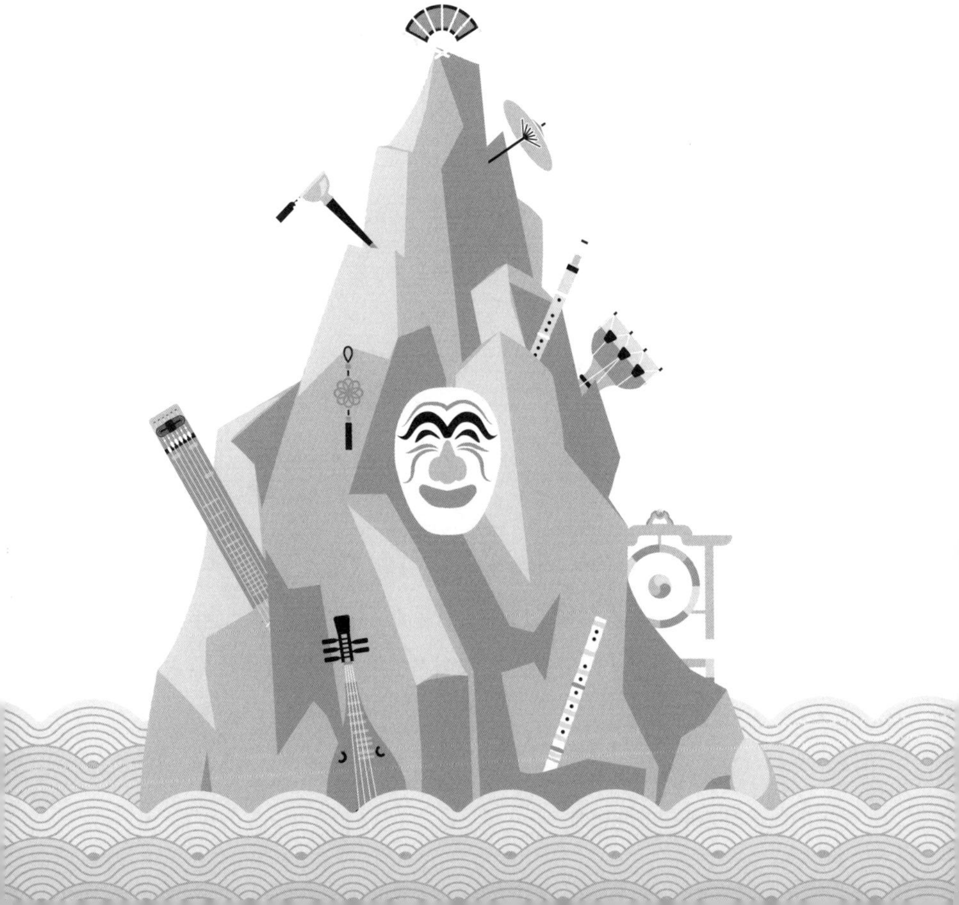

동업

방 도사로부터 충고를 가장한 협박을 들은 다음 날 저녁, 나는 수표교에서 달문과 마주쳤다. 사흘 계속 눈이 내린 탓에 개천을 오가는 행인이 매우 적었다. 다리 위에는 그와 나 둘뿐이었다. 고개를 숙인 채 지나치고 싶었지만, 달문이 펄쩍 뛰어 내 앞을 가로막았다. 아귀 입으로 벙글벙글 웃었다. 허연 입김이 흔들리며 올라갔고 그보다 많은 눈송이들이 우물 같은 입으로 떨어졌다.

왈자들과 어울린 반년 동안 달문을 만나지 않았다. 이 겨울을 넘기면 내 나이도 열아홉 살이었다. 마포 집필실도 반년 넘게 출입하지 않았다. 달문이 이미 반년 어치 세를 냈기 때문에 방은 언제라도 쓸 수 있었다. 그러나 왈자들과 도성의 밤을 꼬박 새워 놀다가 새벽에 서소문이나 남소문을 통해 마포까지 가는 것이 귀찮았다. 대문은 문을 열고 닫는 시간이 엄격했다. 밤에 문을 열 경우엔 그 까닭과 출입한 자를 자세히 기록했다. 소문小門에도 문을 지키는 군사들이 있긴 했지만, 별감을 통하면 원하는 시각에 출입이 가능했다.

고백하자면 도성에서 거리가 멀어 마포 집필실을 비운다는 건 핑계고 진짜 이유는 따로 있었다. 달문과 열흘에 한 번씩 마주 앉아 소설 이야기를 나누는 것이 싫어서였다. 쥐 영감에게 혹평을 받고 돌아와선 반년쯤 퇴고하겠다고 둘러댔으니, 달문은 내게 어떤 이야기를 어떻게 바꾸는 중인지 알려 달라고 할 것이다. 매사에 느긋한 달문이지만, 이야기를 만들고 고칠 때는 집요했다. 춤과 기예를 연마할 때도 그랬을 것이다. 아름다움을 갈고닦는 일에만 조급한 사람! 그조차 느릿느릿 굴었다면, 춤과 기예와 재담의 중요한 기술들을 익히지 못했을 것이다. 그런 달문과 고치지도 않은 문장에 대해 거짓으로 떠들며 밤을 지새우는 것은 상상만 해도 바늘방석이었다. 그래서 달문이 오기로 한 날엔 마포 근처에 얼씬도 하지 않았다.

작년에 아내와 사별하고 홀아비로 지내는 소 별감 집 건넌방에서 신세를 졌다. 그 방이 내겐 무릉도원이었다. 방에는 책이 단 한 권도 없었고, 늦잠 잔다고 깨우는 이도, 청소를 안 한다고 타박하는 이도 없었다. 밤새 먹고 마셨기 때문에 점심을 훌쩍 넘겨도 배가 고프지 않았다. 느지막하게 일어나 눈 비비고 마당을 어슬렁거리다 보면 어느새 해가 졌다. 그러면 다시 도성의 밤이 시작되는 것이다. 재수가 옴 붙은 어느 날 달문과 만나게 되겠지만 최대한 그 순간을 미루고 싶었다. 그런데 하필 얼어붙은 낙엽 위로 눈송이 흩날리는 수표교에서 딱 마주친 것이다.

변명을 하려 했지만 입이 떨어지지 않았다. 달문의 콧구멍으로 눈송이들이 숭숭 들어갔다. 달문은 풀쩍 개구리처럼 뛰어 가슴이 서로 닿을 만큼 다가섰다. 나는 몸을 밀착하는 것이 끔찍하게 싫었다. 뒷걸음질을 치려고 오른발을 빼려는 순간, 달문이 씨름 샅

바를 잡듯 내 허리춤을 꽉 움켜쥐었다. 버둥거릴수록 못난 얼굴이 가까워졌다.

달문에게 이끌려 동대문 시장으로 갔다. 내가 점주로 그가 점원으로 근무했던, 지금은 종이를 사고파는 가게로 들어갔다. 달문이 뒷방으로 나를 밀어 넣었다. 다리를 건넌 후부터 달아나고 싶었지만 내 허리춤을 쥔 달문의 아귀힘이 엄청났다. 산대에 필요한, 장정 서너 명이 붙어도 꿈쩍 않는 목재들을 혼자 어깨에 메고 옮길 만큼 힘이 셌던 것이다.

허구한 날 왈자들과 어울려 돌아다닌 이유를 추궁할 줄 알았다. 도성이 넓다지만 달문처럼 곳곳을 누비고 다닌 이에겐 손바닥보다 작았다. 내가 어디서 무엇을 하는지도 부처님 손바닥에서 놀아나는 손오공 보듯 파악했을 것이다. 나는 허리춤을 잡힌 채 끌려가며 두 가지 굳은 결심부터 했다. 하나는 마포로 가서 소설 습작을 하지 않겠다는 것이고 또 하나는 동대문 시장으로 가서 인삼 장사를 하지 않겠다는 것이다. 왈자와 도성의 밤을 쏘다녀 보니 내 자신의 한계가 새삼 또렷해졌다. 나는 소설 읽기를 좋아하지만 소설 쓸 준비가 턱없이 부족했고, 돈 걱정 없이 살고 싶긴 하지만 악착같이 장사해서 그 돈을 벌 마음이 없었다. 이 정도가 왈자와 돌아다닌 열여덟 살의 나였다. 그런데 달문은 소설이나 장사 얘길 꺼내지도 않았다. 꾸짖기는커녕 오히려 간절히 손을 내미는 꼴이었다.

"절 좀 도와주십시오."

나는 험험 헛기침을 했다. 반년 동안의 일탈은 쳐다보지도 않는 것이다. 달문이 보통 사람과 다르긴 했지만 이런 식으로 나올 줄은 몰랐다. 아무것도 묻지 않으니 오히려 섭섭할 지경이었다. 내가 먼저 왈자들과 보낸 도성의 뒷골목을 한두 군데 털어놓을까 하는 생각이 들 만큼.

"도와 달라니? 무슨 일인가?"

"조방꾸니를 하려고요."

"조방꾸니라면, 기생 뒤봐주는 거?"

왈자들과 밤을 보내는 동안 기생을 따라다니는 조방꾸니를 여러 번 봤다. 말을 알아듣는 꽃들을 호위하고 다니면서 그녀들이 원하는 자잘한 물품을 사다 주는 것부터 그녀들을 원하는 사내들에게 소개하는 역할까지 맡았다. 곁에 앉은 기생이 마음에 들지 않을 때, 손님들이 불러다가 두들겨 패는 이가 또한 조방꾸니였다. 피를 철철 흘리면서도 엎드려 빌며, 잘못은 모두 자신이 저질렀으니 기생은 용서해 달라고 읍소하는 사내들. 내키지 않는 일이었다. 적어도 장사꾼은 상품을 두고 손님과 대등하게 흥정한다. 손님이 고관대작이나 갑부라고 해도, 원하는 상품을 얻기 위해선 장사꾼을 천대하지 못하는 법이다. 그러나 조방꾸니는 어디서든 굽신대며 이마를 땅에 대고 다녔다. 억만금을 번다 해도 내 할 일이 아니었다.

달문도 조방꾸니로는 어울리지 않았나. 그를 점원으로 두고 겪어 보니, 근무중엔 맡은 역할에 무시무시할 정도로 충실하지만 가게를 닫은 후엔 홀로 있기를 즐겼다. 도움이 필요한 사람에겐 제 시간을 아낌없이 쓰며 떠들지만 특별한 약속이 없을 땐 고요히 지냈다. 수표교 밑에서 빌어먹으며 느긋하게 평생을 보낼 수 있었던 것도 그와 같은 습성 탓이다. 그런데 조방꾸니는 다르다. 일이 없을 때도 자기가 맡은 기생을 위해 사람들을 만나러 다녀야 한다. 잠깐씩 선잠을 잘 때 외엔 항상 사람들과 부대끼는 직업이 조방꾸니이다. 가게로 오는 손님을 맞는 것보다 열 배는 분주한 일이다. 게다가 기생이 찾으면 무조건 달려가야 한다. 기생은 그냥 두면 꼼짝 않는 산대놀이 잡상이 아니다. 말하는 꽃일 뿐만 아니라, 웃고 울며, 걷고 누우며, 사랑도 하고 이별도 하는 사람이다. 게다가 손님인 사내들이 늘 품으려 드는 매력적인 계집인 것이다. 잠시만 방심해도 크고 작은 사고가 생겼다. 일단 문제가 터지면 기생이든, 얽힌 사람들이든, 무조건 조방꾸니부터 불렀다.

"맞습니다. 그 조방꾸니! 흔히 조방꾸니가 하는 일은 제가 전부 맡겠습니다."

"그럼 난?"

"계산을 해 주셨으면 합니다."

점원으로 근무하는 동안 달문이 끝까지 적응하지 못한 것이 계산이었다. 그는 평생 숫자를 놀려 이익을 남기는 짓을 단 한 번도 하지 않았으며, 앞으로도 영원히 할 생각이 없었다. 인삼의 가치를 이야기와 춤으로 훌륭하게 설명했지만 딱 거기까지였다. 그

가치를 숫자로 돌려 흥정하고 손익을 맞추는 계산은 언제나 내 몫이었다.

조방꾸니를 하려면 두 가지 계산이 필요했다. 하나는 기생과 손님 사이에서 판을 여는 값을 정하는 것이다. 이를 위해 조방꾸니는 기생의 가치를 충분히 파악해야 하고 또 손님이 끌리도록 마음을 흔들어야 한다. 또 하나는 그렇게 벌어들인 돈을 기생과 조방꾸니가 공평하게 나누는 것이다. 판을 깐 점주와 기생이 수익을 나누고, 기생 몫의 수익 중에서 기생과 조방꾸니가 또 각자의 몫을 나눴다. 점주와 기생의 배분이 제각각이듯 기생과 조방꾸니의 배분도 저마다 달랐다.

많든 적든 미리 정한 숫자를 어기지 않는다면 별다른 문제는 없었다. 그런데 가끔 조방꾸니가 기생을 두들겨 패거나 아예 죽이는 끔찍한 사건이 터졌다. 조방꾸니는 기생의 기둥서방인 경우가 많았다. 눈이 맞아 좋을 때는 내 것 네 것 따로 없지만, 열정이 식고 마음이 멀어지면 기생은 기생대로 조방꾸니는 조방꾸니대로 자기가 손해란 생각에 사로잡혔던 것이다. 게다가 기생이란 돈을 벌기 위해 남자 손님을 계속 맞아야 하고, 그 앞에서 춤과 노래를 불러야 하는지라 조방꾸니들의 의심을 사기 쉬웠다.

계산에 밝지 않은 달문에겐 너무나도 어려운 일이지만, 흥정과 정산은 내겐 끼니를 잇는 것처럼 쉬웠다. 걸음마를 시작한 후부터 아버지와 숙부에게 배우고 익힌 일이다. 인삼 대신 기생을 넣고 손익을 맞춰 적으면 그뿐이었다. 정작 내가 달문에게 궁금한 것은 따로 있었다.

"조방꾸니를 왜 하고 싶은데? 자네랑 어울린다고 생각하나?"

"하고 싶지 않습니다. 하기 싫은 일입죠. 단 한 번도 조방꾸니를 하겠단 바람을 가진 적이 없습니다."

싫은 일은 하지 않는 것이 달문의 삶이었다. 그가 점원이 된 것은 내게 거적 두 장을 얻었기 때문이다. 갑자기 조방꾸니가 되려는 데도 그처럼 특별한 이유가 있지 않을까? 달문이 스스로 이유를 밝힐 때까지 기다렸다.

"그게…… 조방꾸니를 꼭 맡아 달라고들 자꾸 조르는 바람에 어쩔 수 없었습니다. 신세를 졌으니 모른 척할 수 없는 노릇이지요. 어젠 한꺼번에 찾아와 눈물 바람까지 했어요."

한꺼번에 찾아온다?

"몇 명이나?"

"스물이었나 스물하나였나……? 하여튼 그 정돕니다."

"기생이 스물한 명이나 조방꾸니를 맡아 달라 했다고?"

"맞습니다."

"너무 많군. 아무리 유능한 조방꾸니도 기껏해야 예닐곱이야. 스물한 명이나 되는 기생을 어찌 다 맡아? 그녀들과 어떻게 아는 사인데?"

"열 명쯤은 지난 산대놀이 때 제가 도움을 청한 기생들입죠. 노래면 노래 춤이면 춤 재주가 특출납니다. 선상기選上妓로 뽑혀 벌써 도성을 다녀간 기생도 여럿이고요. 나머지는 그 기생들이 판을 벌여 노래와 춤을 선보인단 소문을 듣고 도성에 와서 산대놀이를 구경한 기생들입니다. 솜씨는 산대놀이에 참가한 기생보다 조금 못하지만, 그래도 지금 도성 안 기생 중 으뜸으로 치는 이들과 어깨를 나란히 할 정도는 됩지요."

"부탁한다고 덥석 맡겠다고 한 게야?"

"아닙니다. 수표교로 가서 다시 거지로 살 거라고, 조방꾸니는 못 하겠다 손사래를 쳤습죠. 산대놀이를 위해 연습할 때부터 그딴 소리가 나왔지만 딱 잘라 거절했습니다. 산대놀이를 마친 뒤엔 그녀들도 대부분 각자 살던 곳으로 흩어졌죠. 그런데 산대놀이를 즐긴 벼슬아치 중 몇몇이 거금을 들여서라도 그녀들의 가무를 보고자 했습니다. 기생들이 도성으로 올라왔고, 그중엔 길든 짧든 당분간 도성에서 살아 보겠다는 이도 나왔습니다. 다시 저를 찾아와 조방꾸니를 해 달라 졸랐습죠. 그때도 저는 거절했습니다. 그러자 그녀들 중 몇 사람이 조방꾸니를 따로 구해 손님을 맞기 시작했습니다. 그럭저럭 조방꾸니 문제가 제게서 사라지나 싶었는데, 향월向月이라고 강릉에서 가기歌妓로 이름 높은 기생이 왈자 손님들과 다투다 그만 이가 일곱 개나 빠져 버렸습니다. 노래가 장기인 기생이 이를 다쳤으니 큰일입죠. 아무리 애를 써도 노랫말 받침들이 뭉개져 흘러 버릴 테니까요. 향월이 봉변을 당할 때 조방꾸니가 나서서 말리기는커녕 가게를 벗어나 도망쳤다고 합니다. 향월은 물론이고 다른 기생들까지 제게 와서 매달리더군요. 도성의 조방꾸니들은 믿지 못하겠다고요. 벌어들이는 돈도 자기들 멋대로 나누고, 옷이며 장신구도 싸게 사서 비싸게 넘긴다고 했습니다. 어쩔 도리가 없더군요. 점원을 거쳐 조방꾸니까지 하는 게 팔자구나 싶었습니다."

달문다운 설명이었다. 기생들은 거듭 찾아가 매달리면 결국 그가 받아들이리란 기대도 했을 것이다.

"우리 둘이서 스물한 명을 맡는 건 불가능해."

최대한으로 뽑아도 여섯 명 정도였다. 열다섯 명이나 넘치는 것이다. 달문이 고개를 끄덕였다.

"저도 그렇게 생각합니다."

"여섯 명만 골라."

달문의 눈귀가 쳐지면서 입귀도 덩달아 내려갔다. 난처할 때 짓는 표정이다. 안아 주고 싶은 생각이 들도록 만드는 표정이라고 운심이 그랬었다. 흉내를 내 본 적도 있지만 전혀 닮지 않았다.

"맡으면 다 맡고 아니면 그만두고 둘 중 하나를 택해야 합니다. 거절하시더라도 저는 합니다."

양자택일이 아니었다. 달문은 그녀들을 모두 맡기로 결정한 것이다. 이미 결심한 후 내게 찾아와 넌지시 의견을 묻는 것은 달문의 습관 아닌 습관이었다. 내가 거절한다고 자기 일을 접은 적은 없었다. 달문다웠다.

"욕심부리지 말게. 이건 안 되는 일이야. 우리가 손오공처럼 분신술을 쓸 수도 없고."

『서유기』가 읽고 싶은 날이었다. 속세의 고민 따위 털어버리고 근두운을 타고 훨훨 날았으면.

"둘이선 힘드니 동업자를 한 사람 더 늘리려고요."

이미 염두에 둔 사람이 있는 것이다.

"나처럼 사서 고생할 이가 또 있다고? 누군가 그 사람이?"

"저물 무렵 들르기로 했습니다."

"내가 아는 사람인가?"

방문 밖에서 걸걸한 음성이 문풍지를 뚫고 날아들었다.

"들어갈까? 아니면 자네가 나오겠는가? 출출하니까 개천에 가서 저녁부터 해결해도 좋겠고."

온몸이 굳었다. 너무 긴장해서 고개를 돌릴 힘도 없었다. 내 귀를 의심했다. 표망둥이였다.

"들어오게."

달문이 답하자마자 문이 열렸다. 망둥이가 성큼 들어와서 내 옆에 앉았다.

"드디어 나타나셨군."

나는 겨우 고개를 돌리곤 검계 두목과 눈인사를 나눴다.

"오늘까지도 못 데려오면 애들을 풀려 했지. 하루면 될 일을 벌써 한 달이나 내버려 두지 않았는가?"

둘은 이미 조방꾸니에 대한 의논을 한 달 전에 마친 것이다. 망둥이의 말처럼, 검계를 풀면 하루가 아니라 반나절도 지나지 않아 내 거처를 파악했을 것이다. 달문이 지지 않고 답했다.

"동업자에게 할 짓이 아니지."

"배 안 고파?"

나가고 싶은 눈치였다. 달문이 단칼에 잘랐다.

"의논부터 마치고! 셋이 다 모이긴 처음이니까."

나는 달문이 왜 망둥이를 주저 앉혔는지 알아차렸다. 해가 지고 일이 없으면 망둥이는 저녁 밥상에서부터 술을 퍼마셨다. 망둥이가 술을 마시기 시작했다는 것은 동업에 대해 어떤 의논도 불가능하다는 뜻이었다.

그물이 옥죄듯 가슴이 갑갑했다. 수표교에 닿기 전까지만 해도 일없이 놀 생각뿐이었다. 달문에게 허리춤을 잡히자마자 조방꾸니 동업을 하게 생겼다. 검계를 포함하여 주먹 쓰는 놈들과는 한 푼도 주고받지 말라는 것이 아버지의 당부이기도 했다. 망둥이 같은 자들에게 기댄다면, 짧은 기간에 제법 큰돈을 손쉽게 만질 수도 있지만, 결국 그보다 수십 배 혹은 수백 배 손실을 본다는 것이다. 그런데 한 푼을 훨씬 넘어 스물한 명의 기생을 합심하여 거느리게 생겼다. 나는 조심스럽게 물었다.

"조방꾸니 일은 검계도 따로 해 왔지 않소?"

왈자들과 돌아다닐 때 만났던 조방꾸니 중엔 망둥이를 두목으로 모시는 사내도 있었다. 소매나 가슴 깊숙이 검을 감춘 채 웃는 낯으로 다녔지만 살기殺氣를 감추긴 어려웠다. 도성 밖으로 몰래 달아난 기생을 천안까지 따라가서 뺨에 칼침을 놓았다는 풍문이 돌았다. 검계를 조방꾸니로 둔 기생치고 돈 번 계집을 못 봤다는 이야기도 심심찮게 흘러 다녔다. 거기엔 망둥이의 제멋대로인 성미도 자주 거론되었다. 기생들이 어떤 상황에 처해 있든지, 망둥이는 자신이 원하는 시간에 원하는 장소로 그녀들을 불러내곤 했다. 특히 의금부 관원들을 위해선 돈도 받지 않고 기생들에게 밤새워 노래하고 춤추도록 시켰다. 조방꾸니 노릇을 하는 검계들은 다른 조방꾸니처럼 손님에게 고분고분하지 않았다. 망둥이와 친분이 있는 왈자들 앞에선 꼬리를 내렸지만, 도성의 밤을 즐기고자 찾아든 양반이나 돈 많은 중인들에겐 뻣뻣하게 굴었던 것이다. 검을 뽑아 위협하거나 주먹질에 발길질까지 더했다는 풍문도 돌았다. 조방꾸니가 검계인가 아닌가를 식별하는 요령까지 덧붙었다. 마르고 걸음이 빠른 자, 손에 지팡이나 몽둥이를 쥔 자, 길에서 행인과 마주쳤을 때 결코 비켜서지 않는 자는 검계일 가능성이 높으니 피하고 보라고 했다.

내가 검계 두목 망둥이라면 달문이 조방꾸니를 못 하도록 협박하여 내칠 것이다. 망둥이가 궁금증을 풀어 줬다.

"달문, 저놈이 미친 게지. 산대놀이에 져서 내가 본 손해만 해도 이만저만이 아닌데, 이제 조방꾸니까지 하겠다니 남의 밥그릇까지 빼앗을 심보잖아? 나를 친구로 생각한다면 이건 아니지. 부하를 보내 경고했어. 조방꾸니로 나서면 그땐 목이 잘릴 줄 알라고. 제아무리 배포가 두둑한 놈도 그 정도면 겁을 먹고 포기해. 한데 달문은 포기는커녕 나를 만나러 또 혼자 찾아왔더라고. 그때 무슨 마음을 먹고 온 거야?"

달문이 양팔을 들어 맹수의 앞발처럼 흔들었다.

"호랑이굴로 들어가는 마음."

"지랄! 달문의 팔다리를 베겠다고 으르렁대는 부하들 말린다고 애를 먹었다니까. 화가 머리끝까지 났을 때라 나도 저 녀석과 마주 앉자마자 단검 두 개를 양손에 쥐었지. 수틀리면 곧장 가슴 두 짝에 단검을 팍 찔러 버릴 작정이었어. 조방꾸니를 접겠다는 약속도 없이 여길 찾아온 것부터 내 경고를 받아들이지 않는 거잖아? 어쨌든 얘길 먼저 듣기로 했어. 친구로 지낸 세월이 있으니 죽일 땐 죽이더라도 그 정도는 해 줘야겠더라고. 한데 저 녀석이 꺼낸 첫마디가……."

달문이 받았다.

"동업!"

망둥이가 반복했다.

"동업! 기생을 스무 명도 넘게 한꺼번에 데려오겠단 거야. 그렇지 않아도 내가 데리고 있던 계집들이 달아나거나 다치거나 골병으로 드러눕는 바람에 고민하던 차였거든! 옳다구나 하고 달문의 제안을 받아들였지. 운이 좋은 녀석이야. 내 기생들에게 문제가 없었다면 동업할 까닭이 없지. 최소한 손가락 열 개는 자른 뒤 엉덩이를 걷어차 쫓아 버렸을 거야."

망둥이에겐 운으로밖에 보이지 않는 일들이 달문에겐 실력이었다. 그렇다고 달문이 미리 조사해서 망둥이의 형편을 파악한 후 동업을 제안한 것은 아니다. 흥정은 나 같은 장사꾼이나 붙이는 것이다. 달문은 자신만이 가진 것, 자신만이 할 수 있는 것으로 상대를 설득하는 재주를 지녔다. 망둥이는 자신이 데리고 있던 기생들 숫자가 부족했다는 것을 강조했지만, 더욱 중요한 사실은 기존 기생들과는 수준이 다른 기생이 달문에게 스물한 명이나 있다는 것이었다. 망둥이의 기생들이 전혀 문제가 없었다고 해도, 차고 넘쳤다고 해도, 망둥이는 달문의 제안을 받아들였을 것이다. 다시 강조하지만 이것은 달문의 운이 아니라 실력이었다. 그 실력은 달문의 삶 자체에서 나온 것이기도 했다. 달문에게 이야기의 주도권이 넘어갔다.

"하나만 부탁할게. 나한테는 녀석이니 놈이니 해도 되지만 내가 점주로 모셨던 분을 그딴 식으로 부르지 마."

"그럼 뭐라고 해?"

"매설가님! 깍듯하게!"

나를 째리며 물었다.

"매설가? 무슨 소설을 썼는데?"

달문이 대신 답했다.

"지금 아주 끝내주는 이야길 쓰는 중이야. 완성되면 너한테도 읽어 줄게."

망둥이의 검은 눈동자가 빙글빙글 돌았다. 검계들과 더 친해진 후 안 사실이지만 그들 역시 이야기를 즐겼다. 평소에는 날카로운 눈초리로 사람들을 째리며 지내지만, 검술에 조예가 있고 의義와 협俠을 중요하게 여기는 상대를 만나면 이야기보따리부터 풀었다. 검 하나로 천하를 누빈 검객에 관한 숱한 무용담은 물론이고, 자신들이 겪은 기기묘묘한 이야기와 함께 며칠 밤낮을 지새우는 것은 보통이었다.

"의협도 등장해? 검객도?"

나는 달문이 깔아 놓은 판에서 가볍게 세 치 혀를 푸는 재담꾼 흉내를 냈다.

"당연히 검술을 뽐낼 뿐만 아니라……."

망둥이가 말허리를 잘랐다.

"그럼 좋아. 오늘부터 매설가님이라고 불러 주지. 그 소설 끝나면 내게 읽게 해 준다는 조건이야. 하지만 높임말은 못 써. 내가 이래 봬도 으뜸 검객이라고. 달문이야 점원이었으니 점주를 높이는 게 당연하지만, 당신과 난 그런 관계가 아니잖아? 불만 있어?"

고개를 저었다. 이렇게 끝내긴 아쉬워 한 걸음 용기를 냈다.

"그럼 나도 말 놓을게."

그동안엔 눈치를 봐 가며 말을 어중간하게 뱉었다. 망둥이가 뿜어대는 독한 기운 탓에 말을 놓는 것 자체가 두려웠던 것이다. 망둥이가 달문을 쳐다본 후 답했다.

"맘대로!"

달문이 끼어들었다.

"두 가지만 약속해. 먼저 나와 매설가님 허락 없인 기생들을 손님에게 데려가선 안 돼. 기생을 보내 달란 요청을 받으면 모두 매설가님에게 알리도록 해."

"꼭 그래야 해? 달문 너도 알겠지만 이 판이 나름 또 경쟁이 치열해. 금방 결정하지 않으면 다른 기생이 꿰차 버려."

달문이 재차 강조했다.

"검계들 맘대로 하겠다면 같이 일 안 해. 내가 말한 거 잊었어? 난 도성에서 검계를 조방꾸니로 둔 기생들과 경쟁할 맘 없어. 우리가 맡을 기생들은 차원이 달라. 아무리 돈을 많이 준다 해도 격에 맞는 자리가 아니면 내보내지 않을 거야. 또 기생들이 원하지 않는 자리도 거절할 게고."

"그렇게 사정 다 봐주면 돈은 언제 벌어?"

"싫다면 지금 말해."

달문이 단호하게 나서자 망둥이도 제 고집만 부리긴 어려웠다.

"알았어. 할게. 한다고. 근데 하나만 확인하자. 너희 둘을 만나려면 어디로 가야 해? 또 숨으면 나만 답답할 거라고."

달문이 즉답했다.

"이 방으로! 매설가님이 여기서 전체 관리를 맡을 거야. 난 당분간 낮에는 순서를 정해 놓고 기생들과 만나 이런 얘기 저런 얘기 나눌 거고, 밤에는 기생들 데리고 담당 조방꾸니와 함께 손님이 기다리는 가게로 갈 거야."

달문은 이 뒷방을 지키지 않을 테니, 결국 나 혼자 검계들까지 상대해야 하는 것이다. 검에 목숨을 걸었다고 떠들어 대는 사내들은 길닐만큼이나 거칠고 사나웠다. 망눙이가 나를 노려보며 달문에게 물었다.

"또 하난 뭐야?"

"손님과 싸우지 말 것! 검을 지녀도 안 돼. 주먹질이나 발길질도 하지 마. 욕해서도 안 되고."

"검계가 검이 없으면 어떻게 해?"

망둥이가 미간을 찡그렸다. 달문이 못을 박았다.

"검으로 장난칠 거면 그냥 검계로 살아. 내겐 검계가 아니라 조방꾸니가 필요해."

망둥이가 코끝을 찡그리며 싫은 티를 냈지만, 달문의 요구를 꺾진 못했다.

"알았어. 나도 하나만 묻자."

달문이 고개를 끄덕였다. 망둥이가 나를 턱짓으로 가리키며 물었다.

"매설가님까지 끼면 돈은 어찌 나눠?"

나도 그것이 궁금하긴 했다. 달문이 오른 손바닥으로 제 얼굴을 이마에서 턱까지 쓸어내렸다. 생각을 정리할 때 버릇처럼 하는 짓이다.

"열 냥이면 기생이 일곱 냥을 갖고 조방꾸니가 석 냥을 갖는 거야. 그 석 냥을 우리 셋이 한 냥씩 또 나누는 거고. 알겠지?"

"말도 안 돼!"

망둥이가 나를 째리며 반대했다.

"기생들이 달문 너를 따라 오는 것이니 네가 한 냥을 갖는 건 좋아. 하지만 약속이나 정하고 들어오는 돈 나가는 돈 챙기는 사람이 어떻게 똑같이 한 냥이야? 부하들을 스물한 명이나 쓰는 나도 한 냥인데."

달문이 반문했다.

"그럼 네가 돈 계산 다 하고 시간 약속 다 잡고 기생이 받을 노래 값 춤 값 다 흥정할래? 기생 스물한 명에게 시시콜콜하게 들어가는 뒷돈들 매일 챙기는 게 아무나 하는 일인 것 같냐고? 넌 가게에서 일해 본 적 없으니 모르겠지만 나고 드는 돈을 정리하는 방법이 가게마다 제각각이야. 매설가님은 인삼 가게를 운영하며 터득한 방법으로 그 돈을 관리하려는 거라고. 내가 믿고 맡길 사람은 매설가님뿐이야. 알아듣겠어?"

망둥이도 더 이상 불만을 달지 못했다. 아버지에게 야단을 맞아가며 배운 출납법이 이렇듯 유용하게 쓰일 줄 몰랐다. 사실 나는 망둥이의 목소리가 들려온 순간부터 조방꾸니 동업에서 손을 뗄 생각뿐이었다. 검계 무리와 함께 일한다는 것은 너무 위험했다. 그들을 매일 보느니 다시 인삼 가게를 차리는 편이 나았다. 망둥이가 내 굳은 표정이 마음에 걸렸는지 확인하듯 물었다.

"아직도 날 의심해? 다시 한번 확실히 말해 두는데, 천송 영감은 내가 한 짓 아냐. 앙금이 남아 있으면 이참에 씻어."

망둥이가 자리에서 일어섰다. 달문이 그를 따라 나섰으므로 나도 동행할 수밖에 없었다. 수표교 옆 가게에서 국수를 시켜 먹었다. 반주가 부족했던지, 망둥이는 자신의 단골 가게에서 딱 한 잔만 더 하자고 했다. 검계 역시 왈자처럼 공짜 술과 음식을 챙겨 먹으며 도성의 밤을 누볐다. 나는 계속 망둥이 몰래 눈짓을 했다. 달문이 망둥이의 어깨에 손을 얹곤 말했다.

“내일부터 기생들이 도성으로 속속 들어올 거야. 얻어 두란 집들은 다 구했어?”

“애들한테 시켰으니 걱정 마.”

“이제부턴 네가 다 확인해. 애들이 빠뜨리거나 실수하면 전부 네 책임으로 돌릴 거야.”

“그걸 왜 내가 책임져? 애들이 잘못하면 애들을 족쳐야지.”

달문이 정색하고 물었다.

“한 냥을 부하들하고 나눌 건가?”

망둥이가 술잔을 입술에 댄 채 멈췄다. 술잔을 비우지 않고 술잔을 탁자에 내려놓았다.

“다 알면서 왜 이래. 두목이 챙길 일이 어디 한두 갠 줄 알아? 부하들이 배를 채우고 가끔 목돈을 쥐는 것도 내가 다 건수를 만들어서 그런 거라고. 조방꾸니하며 버는 돈은 내가 일단 맡아 두기로 애들하고 이야길 끝냈어.”

“돈만 챙기고 책임은 안 지겠다고? 그렇담 빠져. 네 돈까지 나눠 주란 얘긴 안 할게. 부하들이 일한 만큼은 몫이 돌아가게 해.”

짧은 침묵이 흘렀다. 망둥이가 피식 웃었다.

“검계 두목 표망둥이에게 그딴 식으로 지껄이고 칼침 안 맞은 새끼는 너밖에 없을 거야.”

“칼침? 놓고 싶으면 놔. 대신 조방꾸니 얘긴 없어지는 거고.”

망둥이에게는 조방꾸니라도 해서 돈을 버는 일이 급했다. 산대놀이 내기판에 거금을 쏟은 뒤론 계속 쪼들렸던 것이다. 부하들에게 체면이 서려면 밥은 굶기지 않아야 했다. 조방꾸니 동업으로 돈을 벌면 빚부터 갚을 작정이었다.

"못 말리겠군. 알았어. 검계들 잘못은 전부 다 나 표망둥이가 책임져. 됐지?"

"여기 모인 세 사람 마음이 맞는 게 가장 중요해. 셋 중 한 명이라도 조방꾸니를 못 하겠다고 하면 동업을 깨고 일을 접을 거야."

"동업하기로 결정한 날 부정 타게 그딴 얘긴 왜 해? 자자 마시자고. 좋은 날이잖아?"

망둥이는 빠르게 술잔을 비워 나갔고 곧 대취했다. 부하들이 네 명이나 와서 팔다리를 하나씩 들곤 부축해서 나갔다. 둘만 남자 비로소 나는 속마음을 털어놨다.

"난 이거 못하겠네."

"해야 합니다."

"왈자들과 반년 논 걸 꾸짖으려고 벌이는 짓이라면 이 정도에서 그만하지. 이제부터라도……."

"누굴 벌주려고 일을 꾸미진 않습니다. 더구나 조방꾸니는 제일 피하고 싶은 직업이고요. 스물한 명의 기생을 위하려다 보니 일이 커졌습죠."

"어쨌든 난 안 해. 검계 두목 망둥이와 동업이라니. 저놈이 얼마나 악질인데……."

"어렵겠습니까?"

"싫다."

"한 번만 더 생각해 주십시오. 험하고 힘든 일은 저와 망둥이가 다 하겠습니다. 장부 둘만 매일매일 채워 나가시면 됩니다. 출납 장부과 예약 장부."

"싫다니까."

낯선 일로 뛰어들기엔 피곤하고 지쳐 있었다. 더군다나 반년 동안 기생 옆에 끼고 공짜 술을 마시던 왈자 손님에서 기생들 돈이나 챙기고 예약이나 정리하는 조방꾸니가 되긴 싫었다. 내가 강력하게 거절하자 달문이 난감한 듯 이마와 뺨에 잔뜩 주름을 잡았다. 그때 점원이 와서 물었다.

"밖에 손님 오셨습니다. 모독과 달문, 두 분을 찾는데요. 모시고 올까요?"

내가 답하기도 전에 손님이 뒤따라 들어왔다. 운심이었다.

달문방 나가신다 길을 비켜라

도성에 진풍경이 하나 더 늘었다. 우는 아이 울음도 뚝 그칠 정도로 못생긴 달문이 이 나라에서 아름답기로 소문난 기생들과 나란히 종루 대로를 활보하기 시작한 것이다. 점원을 그만둔 후부터 달문의 복색은 수표교 거지 시절로 돌아갔다. 더벅머리에 구멍이 숭숭 뚫린 저고리, 때가 잔뜩 낀 바지에 시커먼 맨발이었다. 누런 이는 죄다 썩어 성한 놈이 없고 뺨과 목엔 부스럼이 가득했다. 꾀죄죄한 냄새가 백 보 밖에서도 풀풀 풍겼고, 지나간 뒤에도 반나절은 그 악취가 사라지지 않았다. 달문과 나란히 걷는 기생들은 가체를 덧대고 윤이 나는 최고급 비단으로 만든 치마와 저고리를 입고 살을 벨 것처럼 앞코가 날카로운 버선에 가죽신을 신었다. 몸에 바른 향내가 백 보 밖에서도 솔솔 풍겼고, 지나간 뒤에도 반나절은 그 향기가 사라지지 않았다. 세상에 이처럼 지극한 아름다움과 끔찍한 추함이 함께 머무는 풍경은 드물었다.

달문이 조방꾸니를 시작했다는 풍문이 삽시간에 도성 안팎을 휘돌았다. 그와 나란히 운종가雲從街를 누비는 기생들 이름이 가오리연 꼬리처럼 뒤따랐다. 그 행렬의 맨 앞을 차지한 이는 당연히 운심이었다.

운심과의 재회가 나를 조방꾸니 동업에 눌러 앉혔다는 사실을 부인하진 않겠다. 그녀가 가게로 들어와서 달문의 옆자리 그러니까 나와 마주 보며 앉았을 때, 나는 달문의 제안을 거절하기 힘들겠다고 생각했다. 망둥이를 비롯하여 들짐승 같은 검계들을 매일 만나는 한이 있더라도, 숨소리까지 들릴 정도로 이렇듯 운심과 가까이 앉을 기회를 포기할 순 없었다. 더구나 운심은 나이의 많고 적음에 상관없이 가장 친한 남자들에게만 쓴다는 '오라버니'라는 호칭을 달문과 내게 썼다.

운심은 내 앞에 앉자마자 방금 망둥이가 쥐었던 잔에 술부터 한 잔 따라 마셨다. 망둥이도 세 번에 나눠 마신 독주를 단번에 들이켠 것이다.

"왜 나왔어? 해가 지면 바깥 출입을 삼가라고 했잖아?"

달문이 술잔을 빼앗아 제 앞에 놓았다. 운심은 달문에게 답하지 않고 내 얼굴을 빤히 쳐다보았다.

"아…… 인삼 오라버니네. 달문 오라버니랑 동업하신다면서요? 내가 왜 도성에 다시 올라온 줄 알아요? 물론 이 세상에서 제일 못생긴 남자가 더 못생겨졌나 보려는 마음도 있지만, 밀양을 중심으로 경상도에서 나를 돌봐 주던 조방꾸니가 글쎄 내 이름을 팔아 1년 동안 약속을 잡곤 돈을 챙겨 튀어 버렸답니다. 그 빚 갚느라 평생 모은 재산 다 날렸어요. 나처럼 당한 기생이 한둘이 아니더라고요. 노래하는 재주, 춤추는 재주, 시 쓰는 재주를 부려 돈이 좀 모인다 싶으면 어김없이 쇠파리들이 몰려들어요. 우리도 속수무책 피를 빨리긴 싫어서 오래 인연을 맺은 조방꾸니에 의지하게 되죠. 산전수전 함께 겪은 바로 그 조방꾸니가 쇠파리로 판명되는 날엔 정말 충격이 크답니다. 적어도 여기 계신 두 오라버니는 쇠파리 아니죠? 쇠파리들로부터 운심과 다른 기생들을 지켜줄 거죠?”

달문에게 조방꾸니가 되어 달라고 가장 강력하게 청한 이가 운심이었던 것이다. 운심 정도 이름난 기생이면 도성에서 매우 좋은 조건에 조방꾸니를 구하겠지만, 그녀는 달문과 함께 새 판을 벌이려 했다. 팔도 기생들이 도성에서 불행해지는 것만은 막겠다는 마음이었다. 그녀는 오직 단 한 사람만이 팔도에서 상경할 기생들을 지킬 능력을 지녔다고 믿었다. 잘못된 판단은 아니었다.

조방꾸니를 시작한 날, 달문은 스물한 명의 기생들과 함께 동대문 밖에 판을 벌였다. 기생들의 춤과 노래도 뛰어났지만, 두고두고 회자된 것은 달문의 곤두놀이와 재담이었다. 그날 달문은 화로살판과 숭어벼룩뛰기와 용틀임에 팔풍무까지 이어 놀며 재담까지 얹었었다.

화로를 들고 껑충껑충 뛰다가 공중제비를 돌아 제자리에 선 후, 화로살판의 이야기를 시작했다.

“양반들이야 초가을부터 대문 닫고 방문 닫고 그것도 모자라 솜이불 덮은 채 화로를 끼고 살지만, 나 같은 광대는 죽을 판 살 판 몸을 던져야 겨우 화롯불 구경을 하지. 추운가? 이리 나와 화롯불을 쬐시게. 하나 세상에 공짜가 어딨는감. 내가 품을 통실한 계집을 데려오든가 아니면 자네도 죽을 판 살 판 놀아보든가.”

그리고 달문은 숭어벼룩뛰기를 이어 갔다. 가슴이 하늘을 향하도록 드러누워 두 팔과 두 발로 땅을 짚곤 버티다가, 몸을 튕겨 높이 뛰어올라 단정하게 내려선 뒤 이야기를 폈다.

"이게 뭣 하는 짓인지 모르는 사람도 있는가? 계집이랑 이렇게 붙어먹는 양반을 봤다고? 그 양반 물건도 이만저만 대단하겠어. 물에서 편히 놀고먹던 숭어가 뭍으로 나와 고생 고생 이런 고생이 없지. 숭어가 왜 이리 높이 뛰겠는감? 편히 들어가 누울 강이 어디 없나 찾는 게야. 하지만 여기서 제아무리 높이 뛰어도 한강에 닿을까. 용이라도 될 것처럼 뛰고 뛰고 뛰어도 개천도 못 벗어나서 나자빠지지. 고작 벼룩이니, 가련타 숭어야. 네 신세가 숭숭숭 숭하구나."

다음은 용틀임이었다. 동쪽을 보고 뒤공중돌기를 한 후 몸을 틀어 북쪽을 보고 섰다.

"요건 또 무엇인가?"

귓불에 손을 대고 듣는 시늉을 하였다.

"옳거니, 이 정도는 되어야 황룡, 청룡, 백룡, 적룡, 흑룡이 몸을 뒤틀며 하늘로 올라가는 꼴이라 할 만하지. 못 믿겠는감? 그럼 당장 나와 죽을 판 살 판에서 끌어안고 업고 빨고 물고 닦고 쓸고 핥고 함께 몸과 맘 뒤틀며 올라갔다 내려가고 내려갔다 올라가 보더라고."

구경꾼들 사이에 앉았던, 각시탈을 쓴 광대가 달려 나와 달문의 품에 안겼다. 포옹한 두 사람을 흰 천이 둘둘 말아 감쌌다. 두 사람의 머리에 거대한 용머리가 씌워졌다. 용이 하늘로 오르려다가 쓰러지고 또 오르려다가 자빠졌다. 구경꾼들이 배꼽을 쥐고 웃어 댔다.

마지막은 팔풍무였다. 각시탈 광대가 용머리를 들고 판 밖으로 물러난 뒤, 달문은 똑바로 선 채 그대로 쓰러져 바닥에 누웠다. 배를 불룩하게 올려 공처럼 감곤, 두 손으로 두 발을 잡았다. 그대로 몸을 비틀어 뒤집고 또 몸을 비틀어 뒤집었다. 머리가 사타구니 사이로 튀어나오기도 하고, 왼손이 오른 어깨를 돌아 왼 귀를 잡기도 하고, 오른손이 왼 어깨를 돌아 오른 귀를 잡기도 했다. 그렇게 양쪽 귀를 쥔 채 다시 몸을 뒤집으니, 가위처럼 얽힌 두 손이 귀를 잡은 채 풀렸다. 몸에 뼈가 하나도 없는 듯 관절을 자유자재로 꺾고 돌리며 빙글빙글 바람을 일으키며 앞으로도 돌고 뒤로도 돌고 옆으로도 돌았다. 그때마다 세기와 소리와 높낮이가 다른 바람이 판을 어지럽혔다. 이윽고 달문이 머리를 휘휘 돌리면서 눈을 번갈아 깜짝이며 주위를 살폈다. 비뚤어진 큰 입에서 침이 뚝뚝 흘렀다.

"사지를 하도 비틀어 댔더니 입까지 돌아갔네. 하늘로 오르려고 아무리 날뛰어도 정신 차려 보면 다시 지저분한 땅바닥이로구나. 땅 위에서 놀다가 땅 밑에서 잠드는 게 우리네 인생이지. 놀 때 놀아 둬야 늙고 병들어 누구나 병신처럼 뒹굴다 죽을 때 억울하지나 않지. 얽히고설켜 놀고 놀면, 벌건 대낮도 야심한 밤이니, 나처럼 살 노는 아이들 쑥쑥 여덟만 낳아 바람막이로 세우련다."

*

달문은 전혀 다른 조방꾸니를 꿈꿨다. 돈이 중심이 아니라 기생들을 최우선으로 뒀다. 손님과 약속을 잡을 때는 기생들 의견부터 반드시 물었고, 그녀들이 원하지 않는 자리는 만들지 않았다. 약속을 했더라도 그녀들의 몸과 마음이 춤이나 노래나 시를 즐길 상황이 아니면 손님들에게 양해를 구하고 자리를 접었다. 몇몇 기생들은 처음엔 이 방식을 불편해했다. 조방꾸니가 알아서 하던 일을 쓸데없이 찾아와서 따져 묻는다는 것이다. 죽을병에 걸려도, 일가친척이 죽어 나가도, 손님과의 약속을 지켜온 그녀들로선 달문의 방식이 낯설었다. 그러나 그녀들도 곧 달문의 진심을 헤아렸고 적응했고 또한 만족했다. 달문이 그녀들에게 원한 것은 단 하나뿐이었는데, 이 나라 최고 수준의 춤이요 노래요 시가 그것이었다. 무슨 이유에서든 그와 같은 수준을 선보이기 힘들다면, 물러나 쉬며 연습해서 다음을 기약하는 편이 옳았다. 약속을 지키라고 요구하는 손님들에게 달문이 물었다.

"완벽한 판을 한 달 뒤 보시겠습니까? 아니면 실금이 가고 이가 서너 개 빠진 항아리와 같은 판을 오늘 보시겠습니까?"

사람들은 달문과 망둥이와 내가 만든 조방꾸니를 쓰는 기생들을 묶어 '달문방達文幇'이라고 불렀다. 달문방 기생들과 만나려면 최소한 열흘 전에는 예약을 넣어야 했다. 건방지다며 나무라는 이들도 적지 않았다. 벼슬이 당상관에 이르고 도성 안에 번듯한 기와집을 여러 채 지녔으며 경기도나 황해도 혹은 충청도에 논밭을 수천수만 마지기나 지닌 부자일수록 더더욱 그랬다. 평생 거절당해 본 적이 없었던 것이다. 거지 출신 조방꾸니가 그들의 자존심을 건드린 셈이다. 정승 판서를 앞세우고 돈다발을 안겨도 달문은 요지부동이었다.

복면 쓴 괴한들이 종이 가게를 덮친 것은 해가 중천에 뜬 대낮이었다. 열 명이 넘는 괴한들은 점주와 점원들을 묶어 종이를 쌓아 둔 뒷마당 창고에 가둔 뒤 뒷방으로 들어왔다. 하필 그때 나는 낮잠에 취해 있었다. 조방꾸니는 저물 무렵부터 바빠지기 시작하여 밤에 주로 일했다. 동대문 시장 가게들이 판을 걷을 즈음에 조방꾸니는 일과를 시작하는 셈이다. 예약도 주로 저녁부터 밤까지 받았고, 판이 길어질 경우엔 만약을 대비하여 새벽까지 뜬 눈으로 버텼다. 느지막하게 일어나 아침 겸 점심을 먹고 미시未時 오후 1시부터 3시 전후에 가게로 나왔다. 해가 질 때까진 찾는 이가 거의 없었으므로, 방에 머물면서 잠깐잠깐 낮잠으로 밀린 잠을 보충하곤 했다.

누군가가 발로 내 머리를 툭툭 찼다. 꿈인가 싶다가 정신이 번쩍 들어 급히 일어나 앉았다. 나를 깨운 괴한이 복면을 쓴 채 낄낄거렸다.

"잘하는 짓이다. 대낮에 자빠져 자기나 하고……."

나는 반사적으로 탁자 밑에 둔 나무상자에 눈이 갔다. 달문은 항상 예약금을 미리 받았다. 기생과 동석한 후 지불할 돈의 절반이었다. 손님 쪽에 문제가 생겨 자리가 취소되더라도 그 돈은 돌려주지 않았다. 기생이 그 판을 위해 준비한 시간에 대한 보상이라고 했다. 전날 받은 예약금은 정리하여 다음 날 저녁 달문에게 알려 주는 것이 원칙이었다. 달문은 사람들을 만나느라 바빴다. 겨우 내게 들러 예약 건수와 날짜와 돈만 정산한 뒤 다시 급히 나갔다. 같이 저녁을 먹을 여유도 없었다. 어제는 예약이 네 건이었다. 그 예약금이 바로 저 상자에 들어 있었다. 도둑이라면 저 돈을 노릴 것이다. 그러나 괴한들은 방을 뒤져 돈을 찾는 대신 나를 에워쌌다. 이불을 뒤집어씌우더니 밟아 대기 시작했다.

이유도 없이 얻어맞고 초죽음으로 쓰러져 있을 때, 달문과 망둥이가 함께 왔다. 달문이 수건으로 내 얼굴과 몸에 묻은 피를 닦아내는 동안, 망둥이가 의원을 데려왔다. 달문은 창고에서 점주와 점원들을 찾아 결박을 풀어 줬다. 나는 코피를 쏟았고 온몸에 시퍼렇게 멍이 들었지만 다행히 뼈가 부러진 곳은 없었다.

"누가 이랬어?"

망둥이가 도끼눈을 뜨고 물었다. 나는 더듬더듬 입안에 고인 피를 뱉어가며 기억나는 대로 상황을 설명했다. 자리를 박차고 나가려는 망둥이의 손목을 달문이 쥐고 당겼다.

"놔!"

망둥이가 그 손을 뿌리치려 했지만 달문이 버텼다.

"괜한 짓 하지 마."

"이대로 당할 거야? 우리 셋이 동업한다는 걸 알면서도 몰매를 때렸어. 이건 나 망둥이에 대한 도전이라고."

"앉으래두!"

달문의 목소리에 힘이 실렸다. 망둥이가 누워 있는 내게 당겨 앉아 허리를 숙인 채 물었다.

"최근에 껄렁껄렁 시비 거는 새끼가 누구야? 이름 대."

나는 즉답을 않고 달문을 쳐다보았다. 예약자와 예약된 시간 그리고 장소는 당일 아침까지 나와 달문과 또 예약된 기생만 아는 비밀이었다. 망둥이나 검계에게도 비밀로 부쳤다. 달문이 정한 세칙이었다.

"그만둬."

달문이 대신 답했다.

"곤죽이 된 이 꼴을 보고도 그딴 소리가 나와? 딱 한 번만 확실하게 밟으면 돼. 그래야 다른 새끼들도 이딴 짓을 못하지. 누구야? 이름! 이름을 대라니까?"

달문이 망둥이의 어깨를 제 쪽으로 당겼다.

"이름을 말하면 가서 두들겨 패겠다고? 동업 시작할 때 나랑 약속했지? 검계가 아니라 조방꾸니로 살겠다고. 검으로 해결하려 들지 않겠다고. 네가 가서 괴한들을 응징했다 치자. 소문이 도성에 퍼지겠지. 사람들이 뭐라 하겠어? 널 칭찬할까? 아냐. 망둥이가 조방꾸니 한다고 며칠 잠잠하더니 개 버릇 남 못 주는구나 손가락질할 거야. 괴한들이 노리는 것도 그거고. 섶을 지고 불로 뛰어들래?"

"그래도 억울하잖아, 이건 너무……."

달문이 받아쳤다.

"검계 두목 망둥이 입에서 억울하단 소리가 다 나오네. 네가 억울하게 만든 사람들을 생각해 봐. 돈 받고 병신 만든 이가 수십 명은 되지? 그 사람들 요즘도 오다가다 만나지? 몸도 성치 않은 사람들이 네게 또 당할까 두려워 숨는 것도 볼 거고? 멀쩡한 몸으로 열심히 살다가 병신이 되었으니 얼마나 억울할까. 그러니 이 정도 억울하다고 복수 운운하는 건 지나쳐. 눈에 띄지 않게 장정 두어 명만 가게 앞에 세워 둬 당분간! 우리도 우리지만 예약하러 찾아오는 손님들까지 곤란을 겪으면 안 되니까. 알겠지?"

내게도 동의를 구했다.

"이번은 이렇게 덮으려 합니다. 괜찮겠습니까?"

나는 고개를 끄덕였다. 그리고 일찍이 아버지가 달문에 대해 했던 말이 떠올랐다. 달문은 점주의 명령을 받아 가게에서 일할 점원의 그릇이 아니다. 왕초든 두목이든 제일 위가 그의 자리다. 수표교 거지 패 왕초와 산대놀이 우익의 으뜸 광대를 능숙하게 해내지 않았는가. 달문은 아무것도 책임지지 않고 홀로 살고 싶어 하면서도, 책임져야 할 사람이나 일이 생기면 자신을 던진다. 책임감과 함께 빼놓을 수 없는 것이 독창성이다. 예전에 그 자리를 차지했던 이들이 전혀 고려하지 않았던 제안을 스스럼없이 했다. 세상 최초의 시도들도 주저하지 않았다. 수표교 거지 패 왕초와 인삼 가게 점원과 산대놀이 으뜸 광대를 거쳐 이제는 조방꾸니였다. 그는 나를 끌어들여 판에서 일하는 사람과 돈을 관리하는 사람을 철저하게 나누었다. 기생들 입장을 최우선으로 살펴 모든 것을 결정하는 방식은 다른 조방꾸니들은 상상도 못 했다. 스물한 명의 기생과 검계 출신 조방꾸니들을 거느린 달문방 으뜸 조방꾸니로도 달문이 성공하리란 확신이 들었다.

상황은 달문에게 유리하게 돌아갔다. 스물한 명의 기생에게 은밀히 말을 넣는 벼슬아치와 장사꾼도 있었지만 번번이 그녀들에게 거절당한 것이다. 기생들은 한두 번 특별 대우를 받고 큰돈을 만지기보다 달문을 믿고 의지하며 길게 가기를 바랐다. 기생들이 그렇게 나오자 달문의 원칙을 받아들이는 손님도 차츰 늘었다. 박문수 대감부터 열흘 전에 예약을 넣는다는 소문이 돌자 다른 이들도 그 원칙을 받아들였다. 무엇보다도 달문방 기생들의 실력이 탁월했다. 시면 시 노래면 노래 춤이면 춤, 이 나라 으뜸이었다.

검무를 추듯 사랑을 하듯

틀이 갖춰지자 달문방 기생들은 곧 도성 명물로 떠올랐다. 한 사람 한 사람의 솜씨도 뛰어났지만 둘 혹은 셋씩 짝을 지어 꾸린 판이 큰 인기를 끌었다. 달문이 기생들의 성향과 특장特長을 완전히 파악하여 만든 판이었다. 평양 기생의 노래에 전주 기생의 춤과 강릉 기생의 시가 어우러지는 식이었다.

스물한 명의 기생들이 번갈아 가며 혼자 혹은 함께 손님을 맞았고, 그때마다 꼬박꼬박 적지 않은 돈이 들어왔다. 점주 몫을 제외하고 남은 돈을 공평하게 나누는 것은 나만의 업무였다. 기생과 조방꾸니 몫을 나누면서 에누리는 기생 몫에 얹었다. 조방꾸니 몫을 셋으로 나눠 달문과 망둥이 그리고 내가 똑같이 가졌다.

그들이 내게 와서 돈을 찾아가는 방식은 제각각이었다. 망둥이는 매일 제 몫을 챙겨 갔다. 부하를 보내 대신 돈을 가져오라고 한 적은 없었다. 그만큼 집착이 심했다. 기생들은 닷새에서 보름에 한 번씩 돈을 가져갔다. 처음엔 사나흘마다 찾아오던 그녀들도 이 틀이 자리를 잡고 손님이 눈에 띄게 늘자 횟수가 점점 줄었다. 돈을 찾아가지 않는 이는 달문뿐이었다. 전적으로 내게 맡겼다. 일 년에 한 번씩, 내가 필요하다는 판단이 설 때만 결산하자고 했다. 금고 열쇠를 통째로 주곤 쳐다보지도 않는 식이었다. 모아 둔 돈의 액수에도 전혀 관심이 없을 뿐만 아니라, 어쩌다가 돈이 필요할 때는 내게 와서 청했다.

"빌려주십시오. 갚겠습니다."

갚을 필요는 전혀 없었다. 그가 요청한 돈의 백 배 혹은 천 배쯤이 달문의 몫이었다. 어떤 날은 답답해서 내가 숫자를 대며 설명해 주기도 했다. 빌리지 말고 그냥 달라 하라고. 달문은 내 얼굴을 멀뚱멀뚱 보며 물었다.

"빌려주기 싫으십니까? 그럼 그냥 몇 푼 도와주십시오."

내가 정색을 하고 따졌다. 왜 자꾸 빌어먹는 거지로 살려고 하느냐고. 이제 번 돈이 충분하니 구걸은 말라고. 달문이 답했다.

"그게 그렇게 됩니까? 그런데 방금 들은 숫자가 제겐 너무나도 큽니다. 그게 제 것이란 생각이 전혀 안 드네요. 한 일도 별로 없고……."

"한 일이 없다니! 달문 아니면 스물한 명의 기생이 모였을 리도 없고, 망둥이와 그 부하들이 조방꾸니를 제대로 할 수도 없어. 나 역시 자네가 권유했기에 합류한 거라고. 달문 자네가 이 모든 일의 중심이야."

"그렇지 않습니다. 힘든 일은 기생들이 다 하지요. 주안상 앞에 두고, 노래와 춤과 시를 재주껏 뽐내는 게 말처럼 쉽지 않습니다. 그녀들을 호위하며 잔심부름하는 조방꾸니도 어렵긴 마찬가집니다. 매설가님 업무도 만만치 않죠. 뒷방에 편히 앉아 세월을 보내는 것 같지만, 나고 드는 돈을 단 한 치의 오차도 없이 딱딱 계산해서 맞춰야 하니까요. 한 푼이라도 부족하거나 넘치면, 그날은 밤잠을 이루지 못하시지요? 이런 사람들에 비해, 저는 하는 일이 거의 없습니다. 기생들이 탁월하다는 풍문이 널리 퍼져 이젠 애써 손님들을 찾아다닐 필요도 없습니다. 조방꾸니들도 처음엔 한두 번 실수를 했지만 이제 능숙해졌고, 매설가님이야 처음부터 최고였습니다. 저는 하는 일이 없기 때문에, 이렇게 많은 돈을 받기 싫습니다."

"달문과 망둥이와 나. 이렇게 셋이서 동업을 하며 세 토막으로 나눠 갖기로 약조하지 않았는가? 뭐니 뭐니 해도 그녀들은 '달문방' 기생들로 불려. 망둥이의 기생들도 아니고 나 모독의 기생들은 더더욱 아니지."

달문은 그래도 계속 내게 돈을 빌려 갔다. 거지처럼 구걸하기 전에 나는 얼른 그가 원하는 돈을 챙겨 줬다.

달문방 기생들이 도성의 밤을 흥겹게 만들었지만, 달문이 그 밤에 나타나는 횟수는 눈에 띄게 줄었다. 기생들과 나란히 대로를 걷는 것도 전설처럼 회자될 뿐이었다. 종종 기생들이나 기생이 보낸 조방꾸니들이 내게 와서 달문이 있는 곳을 묻곤 했다. 나 역시 달문이 어디서 무엇을 하며 돌아다니는지 몰랐다. 내가 모른다고 답하면, 기생들이나 조방꾸니들은 눈물로 거듭 청하기도 하고 짜증을 내기도 하고 씩씩대며 소리를 지르기도 했다. 달문을 한강이나 예성강 혹은 멀리 금강에서 봤다는 사람도 있었고 금강산이나 구월산을 함께 오르내렸다는 사람도 있었다. 한 번 보면 평생 잊기 힘든 얼굴이었으므로, 그들이 본 사내는 달문이 맞을 것이다. 어쩌다가 내가 머무는 뒷방으로 돌아온 달문에게 물으면 순순히 답했다.

"그 산들을 올랐고 그 강들을 타고 흘렀습죠."

"자넬 계속 찾았어."

"누가 저를?"

"기생들과 조방꾸니들, 손님들…… 다음부턴 갈 곳을 밝히고 가."

달문이 머뭇거리다가 답했다.

"그건 좀 어렵겠습니다."

"어렵다니?"

"갈 곳을 미리 정하지 않습니다. 도성 문을 나설 땐 한두 군데 맘에 품은 곳이 있긴 하지만, 걷다 보면 늘 다른 산이나 강으로 가거든요. 도성 밖만 산책하고 돌아오기도 하고 열흘이나 보름쯤 걷는 날도 있습죠."

"달문을 찾는 사람이 얼마나 많은데, 도성을 그렇게 비우면 돼?"

"제가 없다고 큰일이라도 났습니까?"

"그런 건 아니지만…… 그건 기생들이나 조방꾸니들, 손님들 모두 자네가 도성 어디엔가 있으리라 믿기 때문이야. 가까이 없다는 걸 알면 무척 걱정하고 불안해하고 또 제넛대로 굴지도 몰라."

달문이 내 말을 차근차근 곱씹은 뒤 엉뚱한 대안을 제시했다.

"그럼, 제가 도성에 없다는 걸 말하지 않으면 되겠군요."

"응?"

"기생이든 조방꾸니든 손님이든 모두 매설가님에게 와서 제 행방을 묻지 않습니까? 그때 이렇게만 답해 주십시오. 어디 있는지 나도 모르겠다. 아마도 도성 어딘가에서 달문답게 지내고 있을 거다! 이렇게 답하면 그들도 불안하지 않을 겁니다."

"거짓말을 하라고? 달문답지 않군."

"거짓말이 아닙니다. 그렇게 말씀하실 때 열에 아홉은 제가 도성에 있을 테니까요. 예외적인 한둘은 사실 매설가님도 모르시는 상황이고요. 도성 밖으로 멀리 가지 않았을까 의심이 든다고 말씀하시면, 그건 참말이겠습니까? 저는 저 때문에 사람들이 맡은 일을 제대로 못하는 경우가 없었으면 합니다. 그뿐입니다."

역설적이게도, 달문이 숨을수록 영향력은 커졌다. 그가 와서 해결해야만 할 정도로 큰 문제는 일어나지 않았지만, 기생들과 조방꾸니들과 손님들 사이엔 다툼이 적지 않았다. 그때마다 그들이 처음으로 찾는 이는 달문이었다. 그러나 아무리 수소문해도 달문이 나타나지 않자, 자기들끼리 적당한 선에서 타협하고 해결했다. 이런 일이 반복되면서, 자잘한 다툼에선 아예 달문을 찾지 않게 되었다. 별 탈 없이 해결되면 달문이라도 이렇게 했을 것이라며, 없는 달문에게 공을 돌렸다. 그러다가 달문이 가끔 한 번씩 나타나면 얼굴을 마주한다는 사실만으로도 감격스러워했다. 그가 이 나라 최악의 추남이란 사실은 까맣게 잊힌 듯했다.

특히 기생들은 달문의 때가 끼고 살이 갈라져 고름이 흐르는, 피딱지가 앉은 손을 잡고, 제 고운 볼을 손등에 비벼 댔다. 달문의 품에 와락 안겨 떨어질 줄을 모르거나 눈물을 쏟거나 그리움으로 가득 찼던 제 가슴을 두드려 대거나 했다. 달문은 그녀들이 행동하고 말하고 울고 웃는 동안 막거나 물러서거나 나무라지 않았다. 그녀들의 기쁨엔 같이 기뻐하고, 슬픔엔 같이 슬퍼하고, 그리움엔 같이 그리워했다. 그녀들을 위해 충분히 시간을 썼다. 그녀들 대부분은 달문과 만날 날엔 손님을 받지 않으려 했고, 취소하기 어려운 약속이라면 최대한 빨리 판을 마치고 돌아오려 했다. 달문은 그녀들 각자와 그녀들이 원하는 방으로 가서 함께 머물렀다. 달문은 기생 한 사람 한 사람의 표정과 말투에서 세심하게 고민을 읽어 냈다. 사소한 손짓이나 눈짓 하나도 허투루 넘기지 않았다. 이야기를 나누는 동안 모든 시간을 오로지 한 사람에게 집중했다. 그녀들은 많은 사내 앞에서 노래를 부르고 춤을 추고 시를 지었지만, 달문처럼 배려하는 이를 만난 적이 없었다. 그의 답을 듣기도 전에 충분히 존중받는다는 느낌을 받았다. '연모戀慕'라거나 '사랑'이라거나 '그리움'이란 단어로는 달문과의 시간을 설명하기에 턱없이 부족했다.

이틀 밤을 연속으로 머물진 않았다. 달문을 독점했다는 이야기가 나오지 않도록 두루두루 나눴다. 달눈이 그렇게 다니는 것에 대해 문제를 제기하는 이는 없었다. 기생 중엔 달문이 하루만 더 자신의 방에 머물다 가기를 원하기도 했다. 그때 달문은 지난 밤 그녀의 배려와 정성에 고마워하면서도 자신이 가지 않으면 밤을 새워 울 것 같은 다른 기생의 이름과 딱한 사정을 이야기했다. 기생이 두 명 혹은 세 명뿐이었다면 달문을 두고 쟁탈전이 벌어졌을 수도 있다. 그러나 기생들은 모두 스물한 명이었고 달문은 혼자였다. 도성에 머물더라도 기생들을 찾아오는 경우가 열흘에 하루 혹은 보름에 하루인데, 괜한 고집을 부려 달문의 눈에서 벗어나면 적어도 반년 길게는 일 년 넘게 달문과 밤을 보내는 것이 어려워졌다. 기생들은 모두 하룻밤씩만 달문과 보내고 골고루 오래 기다린다면 그것도 나름대로 공평하며 가혹한 일이 아니라고 여겼다.

그렇지만 나는 아니었다. 나는 달문이 스무 명의 기생과 자든 말든 상관이 없었지만, 운심이 오로지 달문을 기다리며 수절과부처럼 지내는 것은 마음에 걸렸다. 그녀는 내 방에 종종 와선 '오라버니' 운운했다. 그러나 그것은 그녀에게 오직 단 한 명뿐인 오라버니 달문의 근황을 묻기 위한 수단이었다.

"달문 같은 추남을 기생들이 왜 그리 좋아하오?"

내 질문을 이해하지 못하겠다는 표정으로 운심이 되물었다.

"추남이라고요? 누가요?"

"달문이 착하고 욕심 없는 사내란 건 인정하겠소. 하지만 참으로 못난 사내인 건 맞지 않소?"

"미남이죠. 달문 오라버니보다 아름다운 사내는 없어요."

"오래 봐서 눈에 익어 못난 얼굴이 평범하게 보인다는 것까진 받아들이겠소. 하지만 미남이라니? 지나치오."

"도대체 누가 달문 오라버니를 추남이라고 하죠?"

"다들 그렇게 말하오. 나도 어렸을 때부터 그리 들었고……."

"달문방 기생들이 모여 이 나라 최고 미남을 놀이 삼아 고른 적이 있답니다. 달문 오라버니가 압도적으로 으뜸이었어요. 아름다움에 대해서라면 저마다 뚜렷한 기준과 높은 눈을 가진 기생들 대부분이 달문 오라버니를 미남으로 골랐다면, 그가 정말 아름답기 때문이란 생각 안 드세요?"

"달문의 마음이 아름답다는 뜻이라면 받아들이겠소."

운심의 목소리가 커졌다.

"마음이 아니라 몸이라니까요. 얼굴부터 팔과 다리와 가슴과 배와 등과 엉덩이까지, 달문 오라버니처럼 아름다운 사람을 본 적이 없답니다."

"반어反語인 게요?"

"곧이곧대로 알려 드리는 거예요."

나는 묻지 않을 수 없었다.

"대체 어디가 아름답단 게요? 하나만 예를 들어 주오."

운심이 잠시 나를 딱하게 쳐다보곤 답했다.

"아름다움이란 바위처럼 불변하는 게 아니라 움직이며 채워 나가는 거랍니다. 잘리거나 뽑힌 나무보나 잎을 피우고 가지를 뻗는 나무가 훨씬 아름다운 법이죠. 달문 오라버니처럼 자유자재로 움직이며, 부족하지도 넘치지도 않게 아름다움을 채워나가는 사내는 없어요. 분명히 더럽고 추한 자리였는데 순간순간 뜻밖의 아름다움을 만들어 채우니 놀라고 탄복하죠. 달문 오라버니도 자신이 그런 재주를 지녔다는 걸 알아요. 아름다움이 무엇이란 걸 아는 사내는 만 명에 한 명 될까 말까 하고, 그 아름다움을 솜씨 좋게 만드는 사내는 그걸 아는 만 명 중에서 또 한두 명이랍니다. 모독 오라버니는 이런 게 아름다움이라고 생각한 적 없죠?"

내 인생에서 가장 놀라웠고, 놀라운 만큼 쓰라렸던 밤을 이야기해 보려 한다. 달문이 운심의 방을 찾은 것은 금상 22년1746년 늦봄이었다. 하루도 빠지지 않고 손님을 맞던 운심이 사흘을 연이어 쉬었다. 달문을 위한 준비를 하려는 것이다. 달문방 기생들의 일정을 모두 파악하고 있는 나로선 운심과 달문이 함께할 밤을 자연스럽게 알게 되었다.

그 밤, 혼자 몰래 운심의 집 담을 뛰어넘었다. 운심은 평소 머무르던 방이 아니라 뒷마당 별실에서 달문을 맞았다. 별실 앞에 오동나무 다섯 그루가 호위하듯 서 있었다. 나는 도둑고양이처럼 네발로 기다시피 하며 별실 창문 앞까지 갔다. 운심도 달문도 소리에 예민한 귀를 지녔다. 등잔 빛이 은은하게 창에 비쳤다. 술이라도 주고받는지, 마주 보며 앉은 두 그림자의 움직임이 느긋하면서도 단아했다. 나는 마른침을 꼴깍꼴깍 삼키며 호리병을 든 운심의 손과 잔을 비우는 달문의 아귀 입을 그림자 속에서 확인했다.

갑자기 두 사람이 동시에 일어섰다. 혹시 내가 밖에 있는 걸 눈치챘는가 싶어 무릎을 꿇고 개처럼 양팔로 땅을 짚은 채 웅크렸다. 다행히 문을 여는 소리는 들리지 않았다. 나는 가만히 고개를 들고 창문을 살폈다. 그들의 양손엔 각각 검이 들려 있었다. 누가 먼저랄 것도 없이, 네 개의 검이 움직이기 시작했다. 찌르고 베고 치고 돌리며, 달문과 운심은 가까이 붙기도 하고 멀리 떨어지기도 했다. 나는 당장 별실로 뛰어들고 싶었다. 엉덩이와 발뒤꿈치는 벌써 뗐다. 전혀 예상치 못한 풍경이었다. 술잔을 기울이다가 서로를 품고, 서로의 옷을 벗긴 후 잠자리에 드는 것을 수십 번이나 떠올렸었다. 부드럽고 따듯한 분위기 대신 둘은 격렬하게 부딪쳐 겨루는 중이었다. 가벼운 춤이 아니라, 검과 검이 서로의 목숨을 빼앗기 위해 달려들었다. 대체 무슨 일이 저 안에서 벌어지고 있단 말인가. 마포에서 산대놀이를 했을 때, 줄타기에서 벌어졌던 살벌한 풍경을 밀실에서 다시 볼 줄 몰랐다. 나는 서너 걸음 창으로 더 다가섰다. 손을 뻗으면 창문이 닿을 정도로 가까운 거리였다. 그 순간 칼끝이 창호지를 베며 튀어나왔다. 나도 모르게 턱을 당기며 숨을 참았다. 별실 안의 무시무시한 기운이 그대로 내 이마를 치는 듯했다. 칼끝이 다시 별실 안으로 들어간 후, 나는 주저주저하다가 칼날이 나왔다가 들어간 종이 틈에 눈을 갖다 댔다. 여전히 네 개의 검과 두 개의 몸이 격렬하게 움직이는 중이었다. 그림자가 아니라 달문과 운심의 검과 몸을 내 눈으로 똑똑히 확인했다. 두렵고 아름다운 풍경이었다.

달문이 운심과 밤을 보내고 아침 일찍 방으로 왔을 때, 나는 더 이상 쓰린 마음을 숨기기 어려웠다.

"장가 들 생각 없어?"

"아침부터 왜 그러십니까? 제가 무슨 장가를……."

달문은 손등으로 큰 눈을 비벼 댔다. 어젯밤을 꼬박 새웠는지 눈이 시뻘겠다.

"좋아 죽겠다는 여자들이 줄을 섰잖아? 모아 놓은 돈도 두둑하고. 장가 못 갈 이유가 하나도 없지."

"기생들이란…… 외로움을 많이 타는 사람들이에요. 상처도 깊고. 저는 그저 곁에서 고민을 들어 주고 몇 마디 위로를 건넬 뿐입니다. 그 돈은 제가 받기엔 과분하다고 예전에 말씀드렸고요."

"혹시 스물한 명의 여인과 돌아가며 만나는 게 더 낫다고 생각하는 거야? 혼인을 하면 책임이 따르니, 가장의 책임은 지지 않고 즐기기만 하겠단 건가?"

달문이 눈살을 찌푸렸다.

"즐거움이라고요?"

"절세미녀 스물한 명과 돌아가며 노니는 남자는 달문 자네뿐일 거야. 나라님도 못 누리는 호사지."

달문이 깊은 한숨을 몰아쉬었다.

"노닌 적 없습니다. 감당하기 힘들 때가 훨씬 많습죠. 그녀들

고민을 들어 주다 보면 말로 위로할 단계를 넘어서 버리는 경우가 종종 있긴 합니다. 그땐 손과 발 그리고 때론 몸으로 위로할 수밖에 없습니다. 아예 고민을 듣지 않았다면 모를까. 듣다가 중간에 멈추고 물러나면, 그녀들은 절망에서 영영 빠져나오지 못합니다. 마음이든 몸이든 주고받는 게 인생입죠. 그렇게 주고받다 보면 드물게 즐거움이 찾아들기도 합니다. 말씀하신 대로, 스물한 명의 절세미인이니까요. 하지만 그녀들과 즐기려고 조방꾸니 노릇을 허락한 건 결코 아닙니다. 저를 위해 그녀들 방에 들어간 것도 아니고 하룻밤 몸을 섞는 것도 아닙니다. 제가 꼭 필요하다고 하니 곁에 머무는 겁니다. 그녀들의 고통과 슬픔을 듣고 보고 어루만지는 겁니다. 제가 해 줄 수 있는 건 그게 답니다. 그 이상을 저는 하지 않습니다."

"섭섭해할 텐데? 특히 운심은 오랫동안 함께 판에서 놀고 또 이런저런 일을 겪은 사이 아닌가?"

달문의 눈이 슬퍼 보였다. 눈물이 살짝 비치다 사라졌는지도 모르겠다.

"사람과 사람이 만나 보름달처럼 채워지는 시간이 얼마나 될까요? 보름달이 점점 줄어 그믐에 이르듯 사람 사이도 그리됩니다. 섭섭해도 어쩔 수 없습죠. 하지만 운심을 비롯한 스물한 명의 기생들과는 그래도 섭섭함을 달랠 기회가 있어 다행입지요."

"기회라니? 그게 뭔가?"

"판에서 함께 춤출 때와 노래할 때입죠. 시를 읊을 땐 그 시에 맞춰 즉흥무를 선보이기도 하고요. 그렇게 판에서 같이 놀면 서로에 대한 섭섭함이 사라집니다. 둘 다 느끼죠. 아! 지금이 우리 둘의 보름이구나.”

“판이 끝나면 또 섭섭해지고?”

“맞습니다. 하지만 스물한 명의 기생들은 도성에 머물고 있고, 또 제가 그녀들과 차례차례 만나니 섭섭함이 많이 줄어들겠죠. 평범한 처녀들이라면 섭섭함을 메울 기회를 찾기가 더 어렵습니다.”

“평생 총각머리 늘어뜨리고 살겠단 말로 들리는군.”

“혼인은 제게 욕심입니다. 보름달과 같은 기쁨을 주고받는 여인들을 만난 적도 있지만, 더더욱 홀로 살다가 가야겠단 마음을 굳히게 되었습죠.”

“기다리다 지쳐 떠나는 여인도 있었겠네?”

“제가 단 한 사람만 고집하지 않듯, 상대도 저만 고집하길 바라선 안 됩니다.”

결국 이렇게까지 꼬집어 버렸다.

“그게 결국 책임을 지지 않겠다는 자세 아닌가. 수표교 패를 거느릴 때나 산대의 우익을 맡을 땐 책임감으로 똘똘 뭉쳐 살더니, 왜 사랑은 그렇게 무책임하게 하지?”

달문은 반박하지 않고 천장을 올려다봤다. 만나 즐기다가 헤어진 여인들의 얼굴을 떠올리는 듯했다. 그리고 내게 물었다.

“하나만 여쭙겠습니다. 사랑엔 책임이 꼭 따라야 합니까?”

"응?"

"책임이 따르지 않는 사랑은 해서는 안 되는 짓입니까? 서로가 서로를 속박하지 않는 만남이, 매설가님 눈엔 탐탁지 않죠?"

나는 그렇게 생각해 왔다.

"사랑에 책임이 따르는 건 당연해. 남자도 여자에 대해 책임이 있고, 여자도 남자에 대해 책임이 있지."

"왜 그게 당연합니까?"

"책임을 지지 않는다면, 서로 믿고 관계를 이어 가기 힘들잖나."

"그렇군요. 정말 그렇게 생각하시는군요. 저는 다릅니다. 책임 없이 사랑하는 게 훨씬 더 깊고 넓게 사랑할 수 있습니다. 사랑할 땐 사랑만 해야 합니다. 사랑에 책임이든 뭐든 딴 걸 덧붙이면 안 됩니다. 그래야 사랑이 변하거나 사라질 때, 엉뚱한 걸 사랑이라 붙들고 세월을 낭비하지 않습니다."

"엉뚱한 걸 사랑이라 붙든다고?"

"추억이라든가, 체면이라든가, 가족이라든가 뭐 그런 것들 말입니다."

묻지 않을 수 없었다.

"지금은 스물한 명의 절세미인이 제발 곁에 머물러 달라 비는 형국이니 자신만만할 만도 해. 하지만 자네도 늙고 병들면, 여자들이 전부 사라질 날이 올 거야. 혼자 남는 거지. 그땐 후회하지 않을까?"

"한 여자와 혼인하고 아들딸 낳고 살다가 문득 혼자란 걸 느끼면, 그땐 후회할 것도 같습니다. 지금도 혼자고 그때도 혼자라면 후회고 뭐고 할 까닭이 없습죠."

그날 대화를 통해 나는 몇 가지를 분명하게 확인했다. 달문은 주위에 사람이 있든 없든 혼자라고 생각한다는 것, 평생 혼자 살다가 혼자 죽기로 정했다는 것, 되도록 혼자 있고 싶고 다른 이들과 어떤 일을 할 때도 맡은 책무만 완수하려고 노력한다는 것. 그렇다면 달문이 길을 잘못 들었다는 생각도 했다. 혼자 살다 갈 마음이면, 머리를 깎고 깊은 산 작은 암자에 들어가서 중노릇하는 것이 낫지 않을까. 그런데 그는 어려서부터 수많은 행인이 오가는 수표교 다리 아래에서 살았고, 매일 누군가를 만나 구걸하는 거지였으며, 또한 손님에게 물건을 팔아야 하는 점원이었고, 또 기생들을 달래며 술자리에 데리고 나가야 하는 조방꾸니인 것이다. 게다가 무엇보다도 그는 산대놀이의 날개 하나를 맡을 정도인 이 나라 으뜸 광대였다. 광대에겐 판이 필요했고 그 판에 또 반드시 필요한 것이 바로 구경꾼이었다. 이렇듯 사람들 속에서, 특별히 눈에 띄는 인물로 살아갈 수밖에 없는 그가 혼자이기를 꿈꿀 뿐만 아니라, 그것을 평생 이루려 든다는 것은 모순이었다. 처음부터 잘못된 단추를 잠그고 있는 꼴이랄까.

그해 섣달에 걱정하던 사건이 터졌다.

닷새나 열흘, 길어도 보름에 한 번은 얼굴을 보여 주던 달문이 두 달이나 보이지 않았다. 강릉, 군산, 상주 심지어 평안도 의주나 함경도 갑산에서 달문을 보았다는 풍문이 돌았다. 한 달이 지났을 때 한 번 그리고 또 한 달이 지났을 때 또 한 번 망둥이가 똑같이 물었다. 매일 찾아와서 제 몫을 찾아가던 그도 궁금했던 것이다.

"달문은 어디 있어?"

달문과 약속했던 답을 했다. 어디 있는지는 모르겠지만, 도성 안에서 혹은 근처에서 달문답게 지낼 것이라고. 첫 달엔 달문에게 연락이 오면 자신에게 제일 먼저 알려 달라는 말만 남기고 갔지만, 두 번째 달엔 위협하듯 따졌다.

"튄 거 아냐?"

"튀다니?"

"나 몰래 돈 빼돌리는 거 모를 줄 알아? 그걸 챙겨 도망친 거 아니냐고?"

나는 헛웃음을 흘렸다.

"웃어?"

망둥이가 단검으로 찌를 듯, 콧바람을 뿜으며 허리를 당겨 앉았다. 나는 그의 시선을 피하지 않고 받아쳤다.

"달문과 친구라며? 그런데 달문을 그렇게 모르나? 그 사람, 주머니에 한 푼이라도 들어 있으면 귀찮아하고 싫어하는 거, 정말 몰랐던 건가? 돈 생기면 몽땅 그 돈 필요한 사람들한테 줘 버리지. 표 두목도 봤을 거 아냐?"

"봤지. 하지만 그건 정말 푼돈이고 스물한 명 기생을 거느린 조방꾸니로 벌어들이는 돈은 어마어마해.”

“딴 맘은 달문이 아니라 표 두목이 먹었나 보네.”

“내가? 무슨 딴 맘?”

“내가 달문이라면 이쯤에서 챙겨 튈 텐데……. 이딴 맘 말이지.”

망둥이는 숨겨 둔 마음을 찔린 듯 허리를 젖히며 미간을 찡그렸다. 내가 못을 박듯 말했다.

“그래도 의심하는 눈치니 알려 주지. 달문 몫으로 떼어 놓은 돈은 내가 고스란히 다 갖고 있어. 보여 달라면 보여 줄게. 보여 줘?”

“그걸 왜 매설가 당신이 다 갖고 있어?”

“찾아가질 않았으니까. 표 두목이야 꼬박꼬박 직접 와서 매일 가져가지만, 달문은 그냥 내게 맡겨뒀거든. 총액이 얼마인지도 달문은 모를 거야.”

그제야 망둥이가 앞니를 보이며 웃었다.

“하여간 달문 그놈은 참!”

나도 따라 웃었다. 달문다운 언행에 그도 나도 마음이 풀린 것이다. 망둥이가 물었다.

“이번엔 그래도 좀 멀리 간 것 같지? 감이 어떤지 묻는 거야. 소설 쓴다며? 매설가는 이야기 속 인물이 어디서 뭘 하는지 다 안다고 쥐 영감이 그러더라. 그 인물이 지금 이 장면에 나오든 안 나오든.”

쥐 영감의 가늘고 긴 수염이 떠올랐다. 속이 답답해졌다. 망둥이의 예리한 눈초리와 포성 같은 고함은 이제 그다지 두렵진 않았지만, 세책방과 쥐 영감은 떠올리기만 해도 가슴이 찢겼다. 내가 들어가고 싶은 첫 관문을 막은 사람이었다. 그리고 나는 아직 그 길로 들어설 방법을 모르고 있었다. 대충 둘러댔다.

"감이 전혀 안 와. 달문이 소설 속 인물도 아니고."

다음 날 저녁 망둥이가 다시 와서 자기 몫을 받아 갔다. 오늘 할 얘긴 어제 다 했다는 듯 내가 인사를 건네도 들은 체 만 체였다. 말을 하든 말든 그것은 망둥이의 자유였다. 망둥이가 묻기 전에 말을 붙였다가 손가락 한두 개가 잘린 검계도 있었다.

해가 완전히 진 뒤, 그러니까 내가 등잔불을 밝히고 어제 읽다 만 『최척전』에서 전쟁 이후 뿔뿔이 흩어진 가족을 찾아 헤매는 대목부터 찾아 읽으려는데 문밖에서 고양이 울음이 들렸다. 그냥 울음이 아니라 온통 젖은 울음이었다. 문을 여니 계집종 하나가 언 손을 모은 채 눈물을 뚝뚝 떨구며 서 있었다.

"넌 혜정이 아니냐?"

혜정은 운심이 밀양에서부터 데리고 온 몸종이었다. 올해 열두 살로 눈썰미가 대단해서, 운심의 화장을 돕고 검무에 어울리는 가체와 전립과 옷들도 챙겼다. 혜정에게 맡겨진 가장 큰 임무는 운심이 검무 때 쓰는 장검들을 관리하는 것이다. 운심의 검은 유난히 길고 무거웠다. 나무로 된 칼자루엔 자주색 실을 감았고, 자루의 목엔 황동으로 만든 검막이가 있었다. 자루 끝엔 붉은 유소

流蘇 장식용 술가 달렸으며. 자주색 칼집엔 옻칠을 했다. 담당 조방꾸니 태식은 첫날부터 자신이 검을 맡겠다고, 어려서부터 칼을 잡아 관리에는 자신이 있다고 자랑했지만, 운심은 계속 혜정에게만 검이 담긴 상자를 건넸다.

"같이 가주세요……. 도와주세요."

"가다니? 어딜?"

"월류관月流館이요. 검무를 추라고 막 협박하고……."

나는 장부를 넘겨 일정을 확인했다. 오늘 저녁 운심은 쉬는 날이었다. 열흘이나 연이어 검무를 추었으니 하루 정도 푹 쉬는 것도 나쁘지 않았다. 그런데 월류관에 있다는 것이다.

"태식이는? 조방꾸니는 어찌하고 네가 왔어?"

"조방꾸니도 한편이에요. 다들 운심 낭자를 에워싸고 춤을 추라고 겁박해요. 내가 품고 있던 검도 조방꾸니가 빼앗아 낭자에게 쥐라고 들이대고…… 낭자께서 내게 눈짓을 했어요. 모독 나리께 당장 가라고. 나리, 어서 월류관으로 가주세요. 어서요."

나는 서둘러 방을 나섰다. 월류관까지 한달음에 달렸다. 싸락눈이 겨울바람을 타고 길 위에 흩어졌다. 급히 가게로 들어서려는데 태식이 막아섰다.

"비켜!"

태식이 내 등 뒤에 숨은 혜정을 노려보며 말했다.

"여기까진 웬일이슈?"

"너야말로 여기서 뭣 하는 거야? 운심은 어디 있어? 운심 곁을 한시도 떠나지 않는 것이 조방꾸니인 네 일 아니냐?"

그때 월류관에서 비명이 터져 나왔다. 운심의 목소리가 분명했다. 내가 밀치고 들어가려 하자 태식이 무릎을 걷어찼다. 나는 주저앉아 다리를 부여잡고 낑낑거렸다. 태식이 내 머리 위에서 말했다.

"좋은 말 할 때 돌아가슈. 당신이 있을 곳은 뒷방이지 월류관이 아닙니다. 쥐새끼 한 마리 들이지 말란 명령을 받았수. 당신이니까 무릎을 깠지 다른 새끼였다면 벌써 칼침을 놓았을 게요."

"칼침이라고?"

고개를 들었다. 태식이 슬쩍 허리춤을 보여 줬다. 단검이 꽂혀 있었다. 달문은 망둥이와 동업할 때, 조방꾸니가 검을 지니지 않는 것을 원칙으로 내세웠다. 그런데 태식이 아무렇지도 않게 단검을 내보이며 나를 위협한 것이다. 태식이 이 정도라면 운심이 월류관에서 어떤 봉변을 당할지 짐작이 갔다. 망둥이가 운심을 강제로 월류관으로 데려갔을 테고, 손님들 앞에서 검무를 추라고 강요했을 것이다. 운심은 예약하지 않은 손님이므로, 달문의 허락이 있기 전까진 춤을 추기 어렵다고 버텼을 것이다. 목에 칼이 들어와도 뜻을 꺾지 않는 여자였다. 그런 운심의 태도가 망둥이를 더욱 화나게 했으리란 건 불 보듯 뻔했다. 태식이 단검을 지녔으니 망둥이도 당연히 자신이 애용하는 장검을 쥐었을 것이다. 그 검으로 해친 사람이 적어도 백 명이 넘는다는 풍문이었다. 거기에 운심 하나 더하는 건 망둥이에게 쉬운 일이었다. 태식의 단

겁이 두렵기는 했지만 그렇다고 어려움에 처한 운심을 두고 물러날 순 없었다. 나는 고래고래 고함을 치기 시작했다.

"망둥이! 표망둥이 나와! 표망둥이!"

내가 두목 이름을 함부로 부르자, 태식은 양손을 뻗어 입을 막으려 들었다. 나는 그 손을 꽉 깨물곤 더 큰 소리로 외쳤다.

"망둥아!"

방문을 박차고 망둥이가 나왔다. 아니나 다를까 그의 손에는 장검이 들렸다. 마당을 가로질러 곧장 대문을 걷어찼다. 눈에는 살기가 번뜩였다. 조방꾸니에서 검계 두목으로 돌아간 것이다.

"매설가, 너냐? 상갓집 개새끼처럼 내 이름을 부른 게?"

겁이 났지만 지지 않고 목소리를 높여 답했다.

"그래 나다. 운심이 월류관에 있다며? 오늘 운심인 일이 없어. 열흘 전에 예약하지 않은 손님에게 기생을 데려갈 때는 달문 허락을 받아야 해. 한데 왜 표 두목 멋대로 운심을 끌고 온 게야?"

행인들이 웅성웅성 모여들었다. 망둥이에게 당할 때 당하더라도 사람들에게 왜 내가 여기 왔는지 알려 둘 필요가 있었다. 망둥이는 그렇게 모여든 구경꾼들이 부담스러운지 목소리를 깔았다.

"아가리 닥쳐! 이 큰길에서 꼭 그렇게 고함을 질러야 해?"

"나도 조용히 들어가서 의논하고 싶었다고. 한데 태식이가 앞을 막았어. 절대로 못 들어간대. 표 두목이 나라면 어찌했겠어? 내가 태식이나 표 두목처럼 검을 든 것도 아니고, 소리라도 치는 수밖에 더 있어? 달문에게 허락은 받았어? 대답해 봐. 달문에게 허락을 받았냐고?"

구경꾼들이 서너 걸음 물러섰다. 그러나 완전히 달아나진 않고 호기심 어린 눈으로 망둥이와 나를 번갈아 살폈다. 장검을 쥔 망둥이의 팔이 떨렸다. 당장이라도 내 목이나 가슴을 내리그을 듯했다. 그러나 내가 달문이란 이름을 반복했으므로, 지금 망둥이가 검을 휘두르면, 그것은 곧 달문의 친구를 해치는 꼴이었다. 소문이 순식간에 도성을 덮을 것이다. 망둥이가 성큼 다가섰다. 나는 주먹에 힘을 꽉 준 채 버텼다. 망둥이가 귓불에 입김이 닿을 정도로 가까이 고개를 숙이곤 목소리를 낮췄다.

"들어와. 조용히!"

망둥이가 돌아서서 먼저 대문으로 들어갔다. 나는 혜정의 팔목을 쥐곤 태식을 지나쳐서 따라 들어섰다. 방문을 열자마자 음식 냄새가 코를 찔렀다. 상에 가득 차려진 산해진미에서 흘러나온 냄새였다. 손님은 모두 일곱 명이었다. 병풍을 등진 채 주안상을 앞에 두곤 일렬로 앉았다. 그 앞 넓은 자리엔 오직 한 사람, 운심만 서 있었다. 등만 보였다. 바닥에는 운심이 검무를 출 때 사용하는 검들이 어지럽게 흩어져 있었다. 망둥이가 방으로 돌아왔지만 운심은 고개를 돌리거나 돌아서지 않았다. 정면만 응시한 채 바위처럼 섰다. 붉은 치마에 겨자색 저고리 차림이었지만, 아직 쾌자도 입지 않고 전대도 두르지 않았다. 가체와 전립도 방구석에 놓여 있기만 했다. 따라 들어온 혜정이 쪼르르 달려가서 방바닥에 떨어진 검들을 챙겨 품에 안고 구석에 놓인 상자에 조심스럽게 넣었다. 일곱 손님도 망둥이도 혜정을 막지 않고 두고 보기만 했다.

"오호! 이게 누군가? 동대문 인삼 가게 외아드님 아닌가?"

귀에 익은 목소리. 홍 별감이었다.

"감히 표 두목 이름을 동네 강아지처럼 불러 젖히는 장부가 누군가 했더니 자네였어."

소 별감이었다.

"검계도 두렵지 않다 이건가? 하긴 그러니까 의금부도 우습게 알고 달문에게 뒷돈을 댔겠지."

의금부 방 도사였다.

"어허, 형님! 지난 얘긴 해서 뭣합니까? 한데 표 두목! 여긴 잡상인 출입 금지 구역 아닌가? 왜 저치를 데려왔어?"

의금부 조 나장이었다.

그 외 세 사람과도 안면이 있었다. 홍 별감과 소 별감을 따라 반년 남짓 도성의 밤거리를 돌아다닐 때 만난 왈자들이었다. 산대놀이에서 두 날개로 갈라져 다퉜다는 것이 믿기지 않을 정도로 분위기가 화기애애했다. 그런 자리를 더 흥겹게 하고자 운심을 불러낸 것이다. 방 도사 정도면 충분히 망둥이를 시켜 그런 명령을 내릴 만했다. 망둥이가 일곱 왈자들을 향해 답했다.

"운심이 저년이 오라버니라 부르는 사내가 도성에 딱 둘 있습죠. 하나는 달문이고 또 하나는 저 인삼 장사꾼입니다. 운심을 혹시 설득할 수 있을까 싶어 데려왔습니다."

"거지 광대 대신 인삼 장사꾼이라…… 꿩 대신 닭이군!"

"그럼 어디 시켜 봐. 아무리 천하의 운심이라 해도 고깃국이 싸늘하게 식을 때까지 저리 고집을 부려서야 쓰나."

망둥이가 나를 윗목 구석으로 데려간 뒤 눈을 부라리며 작지만 날카롭게 말했다.

"두 달이나 나타나질 않는다는 건 너도 알지? 지금이라도 달문이 오면 허락을 구할 거야."

달문은 미리 허락을 구하라고 했지만, 허락한 적은 한 번도 없었다. 나타나지 않는다는 것은 예약하지 않은 손님 때문에 기생들을 괴롭히지 말라는 뜻이 담긴 것이다. 그러나 여기서 그런 달문의 깊은 뜻을 추측하며 왈가왈부하긴 어려웠다. 망둥이가 이어 말했다.

"설득해 봐."

"기생들은 표 두목 말도 내 말도 안 들어. 오직 달문 말만 듣지. 운심은 더더욱 그래."

"하라면 해."

망둥이가 장검 칼자루로 옆구리를 쑤셨다. 허리가 끊어지듯 아팠다. 나는 웅크렸던 몸을 겨우 펴곤 천천히 운심에게 다가갔다. 그때까지도 운심은 여전히 정면을 노리며 서 있었다. 내가 들어왔다는 것을 소리로 들었으면서도 움직일 줄 몰랐다. 운심과 나란히 서선 몸을 틀었다. 왼뺨과 왼 어깨가 보였다.

"우선 춤을 추시오. 달문이 오면 내가 잘 설명하겠소."

운심이 정면을 노리며 짧게 답했다.

"싫어요!"

겨우 그녀만 들릴 정도로 속삭였다.

"봉변당하지 말고…… 제발!"

운심이 천천히 고개를 돌렸다. 눈이 마주쳤다. 말을 하려다가 멈추곤 다시 정면을 향했다. 대답은 똑같았다.

"싫어요!"

나로선 어찌해 볼 방법이 없었다. 네댓 걸음 뒤에 서서 우리를 쳐다보던 망둥이 쪽으로 몸을 돌렸다. 망둥이가 성큼성큼 걸어와 선 자신의 어깨로 내 어깨를 밀었다. 나는 옆으로 밀리며 쓰러져 엉덩방아를 찧었다. 망둥이는 내가 쓰러지는 것과 동시에 장검을 뽑아 운심의 턱밑에 갖다 댔다.

"참는 데도 한계가 있어. 네가 달문에게 귀염을 받는다고 이렇게 개판으로 군다면, 검 맛을 보여 줄 수밖에 없다. 어느 뺨부터 그어주랴?"

운심은 턱밑에 칼끝이 닿았는데도 물러나거나 누려움에 떨지 않았다. 오히려 싸늘하게 비웃으며 망둥이에게 한 걸음 다가섰다. 그 바람에 망둥이가 급히 한 걸음 물러섰다. 위협만 하려 했지 운심의 목을 칼로 찌를 마음은 없었던 것이다. 이렇듯 운심에게 밀려 뒷걸음질 치는 꼴을 왈자들에게 보인 것이 참기 힘들었을까. 망둥이는 한 손으론 검을 거두면서 동시에 다른 손으로 뺨을 때렸다. 운심이 쓰러졌다. 망둥이가 달려들어 짓밟으려 했다.

장검으로 목과 손과 발 등 치명적인 부위를 아무렇지도 않게 베는 것과 함께, 발뒤꿈치를 잘라 앉은뱅이를 만들거나 쓰러진 상대가 정신을 잃을 때까지 발로 차고 밟는 것으로 망둥이는 악명이 높았다.

"멈춰!"

걸걸한 목소리가 방 안을 울렸다. 망둥이가 오른발을 높이 든 채 곁눈질을 했다. 달문이었다. 두 달 넘게 사라졌던 달문이 월류관에 나타난 것이다. 침묵이 흘렀다. 달문은 쓰러진 운심과 또 나를 번갈아 살폈다. 망둥이가 오른발을 내린 뒤 히죽 웃으며 달문에게 걸어갔다.

"어딜 갔었어? 애들을 죄다 풀어 찾았는데……."

달문의 시선이 주안상 앞에 앉은 일곱 왈자들까지 훑었다. 상황 파악이 끝난 달문이 확인하듯 내게 물었다.

"오늘 이 자리 예약은 했습니까?"

내가 엎드린 채 다시 굳어 버린 운심을 보며 답했다.

"아니! 오늘 운심인 쉬는 날이야. 열흘 만에 처음으로……."

망둥이가 말허리를 잘랐다.

"저 형님들이 운심의 검무를 꼭 보겠다고 하셔서 말이야. 춤 값도 세 배나 내시겠다고 하고. 허락을 받으려고 널 찾았지만 어디 있는지 아는 사람이 아무도 없었어. 그래서 우선 검무부터 추자고 했지. 세 번 일한 값을 한 번에 다 받는 건 흔한 행운이 아니라고."

달문이 쓰러져 있는 운심을 보며, 망둥이에게 물었다.

"운심도 그리하겠다고 했어?"

"응?"

"내가 분명히 말했었지? 예약하지 않은 손님을 만나야 할 경우엔 내 허락을 받는다. 기생이 원치 않으면 판을 취소한다. 나를 만나기 어려워서 허락을 얻지 못한 건 그렇다고 쳐. 하지만 운심에겐 허락을 구했나?"

운심이 이마를 바닥에 대곤 참았던 울음을 터뜨렸다. 망둥이가 달문에게 바짝 다가서선 목소리를 낮춰 답했다.

"세 배 장사라니까. 게다가 저 형님들이 누군 줄 달문 너도 알잖아? 우리가 거절하기 힘든 왈자들이야. 이 바닥에서 기생들 데리고 장사하려면, 고관대작보다도 저치들 눈치를 봐야……."

달문이 망둥이가 쥔 장검을 보며 따졌다.

"그 검은 또 뭐야? 조방꾸니를 하는 동안엔 검을 쥐지 않겠다고 약속하지 않았어? 검으로 기생들을 위협해서 뭘 어쩌겠단 거야? 저렇게 울리면 기생들이 춤추고 노래하고 시를 짓겠어? 진심을 다해도 최고 솜씨를 선보이기 어려운데, 검을 들고 강요하면, 그 판이 제대로 될까?"

망둥이가 답답한 듯 제 가슴을 쳐 댔다.

"그럼 어떻게 해? 운심이 저년은 춤을 안 추겠다 하지. 달문 너는 코빼기도 뵈지 않는데……. 허락을 받지 못해 어렵겠다고 저 형님들에게 말해? 그게 통할 것 같아? 썅! 그러니까 싸돌아다니지 말고 동대문 시장에 붙어 있지. 네가 도성에 있었으면 내가 왜 검을 들겠어? 이게 다 네가 멋대로 행동해서 그래. 또 네 멋대로 원칙이니 뭐니 말도 안 되는 걸 정해서 그렇고."

지켜만 보던 왈자들이 슬슬 자리에서 일어섰다. 방 도사가 달문과 망둥이에게 나아와선 물었다.

"뭐가 이리 복잡해? 기생은 춤추며 노래하고 손님은 술 마시고, 그게 도성 뒷골목 밤 풍경인데. 기분 잡쳤군! 오늘 일은 나중에 다시 따지겠어. 운심의 검무 구경이 이렇듯 어려워서야 어디 쓰겠어?"

달문이 방 도사와 왈자들을 보며 말했다.

"잠시만, 잠시만 기다려 주십시오."

엎드려 흐느끼는 운심에게 갔다. 달문은 운심의 어깨를 잡고 일으켜 벽에 기대 앉혔다. 잠시 이야기를 나눴다. 나는 귀를 쫑긋 세웠지만 두 사람의 대화가 들리진 않았다. 몇 마디 주고받은 후 달문이 다시 방 도사에게 왔다.

"검무를 추겠답니다."

방 도사의 굳은 표정이 금방 밝아졌다.

"정말인가?"

"이것저것 준비가 부족해서 많이는 못 하고, 딱 한 곡만 추겠습니다. 북채는 제가 잡고요."

"오호! 달문 자네가 직접 북을 친다고?"

"네. 둘이 합심해서 해 볼까 하는데, 괜찮겠습니까?"

"물론이지."

"알겠습니다. 보여 드립죠. 대신 제가 오기 전까지 생긴 분란은 문제 삼지 않겠다고 약속해 주십시오."

"약속하지. 약속하고말고."

달문이 치는 북소리를 들은 사람은 드물었다. 어린 시절 처음 춤을 배울 때 북까지 함께 익혔다고 한다. 춤과 북 모두에서 탁월한 재주를 보였지만, 춤에 기울며 북채를 잡은 횟수가 줄어들었던 것이다. 나중에 확인하니, 30년 만에 처음 북채를 쥐는 날이었다.

운심이 쾌자를 입고 전대를 두른 후 머리에 가체를 얹고 전립을 썼다. 혜정에게서 검 두 자루를 건네받았다. 그리고 언제 흐느꼈냐는 듯이 당당하게 방 한가운데 나아가 섰다. 달문이 북을 세워 넣고 앉아선 북채를 어깨까지 들었다. 그리고 둘은 잠시 눈을 맞췄다.

두둥.

북소리와 함께 검무가 시작되었다.

둥.

운심이 쌍검을 바닥에 내려놓고, 무릎을 꿇은 채 뒷짐을 지고 허리를 숙였다. 북소리에 맞춰 몸을 오른쪽으로 기울였다가 다시 왼쪽으로 기울였다.

둥.

천천히 허리를 펴며 일어나 앉아선, 두 팔을 번갈아 앞으로 내

밀어 돌렸다.

둥.

왼손을 허리에 얹은 채 오른팔을 내려 검을 잡았다. 그 검을 왼쪽으로 올려 벴다. 오른손을 허리에 얹은 채 왼팔을 내려 검을 잡았다. 그 검을 오른쪽으로 올려 벴다.

두둥.

일어섰다. 검을 손가락 사이에 끼우고 공중으로 던졌다. 떨어지는 검의 칼자루를 매처럼 낚아챘다.

둥.

쌍검을 모아 머리 위로 들곤 빙글빙글빙글 제자리에서 맴을 돌며 뛰었다.

두둥.

왼 검을 어깨에 메었다가 다시 오른 검을 어깨에 메었다. 두 팔을 들었다가 떨어뜨려 배꼽 앞에 엇갈리게 뻗었다. 다시 두 팔을 들어 올렸다가 좌우로 활짝 펴니, 기러기 날개를 닮았다. 오른쪽으로 재빨리 돌며 오른 검과 왼 검을 차례차례 수평으로 베었다.

두두두 둥.

운심은 쌍검을 번갈아 내밀며 원을 그리듯 방을 한 바퀴 돌았다. 그리고 다시 그 원을 반으로 잘라 물결치듯 들어갔다. 태극의 형상이었다.

둥 둥.

방 한가운데로 돌아온 운심의 다리와 팔이 따로 놀았다. 다리가 동쪽으로 향할 때 칼끝은 서쪽을 향했고, 다리가 서쪽으로 뻗을 때 칼끝은 동쪽을 노렸다. 팔다리가 따로 놀았지만, 운심의 몸은 흐트러지지 않고 흐름을 탔다. 어디로도 가지 않지만 어디로도 갈 수 있는 기운이 넘쳤다.

일곱 왈자뿐만 아니라, 방금까지 언성을 높였던 망둥이도 대문에서 앞을 막아섰던 태식도 또 울며 나를 찾아왔던 혜정까지도 달문의 북과 운심의 검무에 취했다. 나 역시 소리와 동작을 따라가느라 숨 쉴 틈도 없었다.

북과 춤, 소리와 동작이 서로를 향해 파고들어 깊이 사랑을 나눴다. 북이 앞서면 춤이 휘감고, 춤이 앞서면 북이 두들기며 좇아 균형을 맞췄다. 그렇다고 서로를 위해 소리를 낮추고 동작을 줄이진 않았다. 오히려 소리는 예상 못 할 박자를 타며 울렸다가 멈추고 또 울렸다. 춤사위 역시 소리를 품고 뱉고 핥고 당기고 찌르며 활개를 쳤다. 팽팽한 긴장이 시작부터 내내 유지되었다. 둘은 사랑을 나누면서 또한 전투를 벌이는 듯했다. 완전한 아름다움에 이르거나 완벽한 폐허에 도달하거나. 그 중간은 없는 판이었다. 북을 치는 달문도 눈물을 글썽거렸고 춤을 추는 운심의 눈도 젖어 들었다. 너무 짜릿하고 황홀해서, 이런 순간은 다시없을 것만 같아서 흘리는 눈물이었다. 내가 결코 알 수 없는 눈물이었다. 달문이 눈을 질끈 감았다가 뜨며 눈물을 털어 냈다. 그리고 선 채로 공중제비를 돌아 다시 그 자리를 지켰다.

두둥!

운심이 쌍검을 휘돌리며 곧장 달문에게 다가갔다. 이번엔 달문이 물러서거나 좌우로 움직이지 않고, 천 년 묵은 은행나무처럼 꼿꼿하게 흔들림 없이 서 있기만 했다. 운심의 쌍검이 동시에 북과 채를 쥔 달문의 어깨를 내리쳤다. 구경하던 왈자들과 망둥이와 나와 혜정의 눈이 동시에 커졌다. 칼날이 어깨를 베었다는 느낌이 들었던 것이다. 그 순간 떨어진 것은 달문의 단단한 어깨를 감쌌던 저고리의 잘린 천 조각이었다. 이번에는 운심이 달문의 왼편으로 껑충 뛰었다가 다시 내달리며 쌍검을 휘둘렀다. 달문의 옷고름이 툭 떨어지는 것과 동시에 등을 가린 천이 척추를 따라 정확히 세로로 잘려 너덜거렸다. 달문이 빙글 맴을 돌자 그가 입었던 저고리가 조각조각 잘려 바닥으로 흩어졌다. 군살이 전혀 없는 달문의 미끈한 상체가 드러났다.

둥!

운심이 이번엔 허리를 앞뒤로 접었다가 젖혔다가 다시 접으며 달문에게 달려들었다. 운심의 머리가 달문의 아랫배를 들이받으려는 순간, 달문이 양발을 좌우로 쫙 찢어 벌리곤 튀어 올랐다. 쌍검이 황소의 뿔처럼 불쑥 달문의 사타구니를 향해 솟구쳤다. 운심이 달문을 지나치며 몸을 돌려 벽에 겨우 기대섰다. 달문이 두 다리를 모아 균형을 잡고 섰다. 바지는 물론이고 속고의까지 한꺼번에 조각조각 찢겨 내렸다. 달문은 이제 옷을 하나도 걸치지 않은 완벽한 벌거숭이가 되었다. 달문이 북과 채를 든 손을 무릎까지 가지런히 내렸다. 왈자들의 시선이 자신들을 향해 선 달문의 사타구니에 달린 대물로 향했다. 망둥이는 손뼉을 치며 고함을 질러 댔고, 혜정은 양손으로 얼굴을 가린 채 손가락 사이로 달문의 탱탱한 등과 엉덩이를 훔쳐봤다. 달문은 고개를 돌려, 쌍검으로 자신의 옷을 몸에서 떼어 낸 운심과 눈을 맞췄다. 운심이 웃자 달문도 웃었다. 나는 두 사람을 번갈아 보며, 늦봄 깊은 밤 별실 창문 틈 풍경을 떠올렸다. 그 풍경의 남은 절반을 겨울 월류관에서 펼친 셈이었다.

화수분을 거두다

파국은 벼락처럼 들이닥쳤다.

운심이 월류관에서 검무를 춘 다음 날은 금상 23년1747년 정월 초하루였다. 달문은 망둥이와 나를 마포 나루로 불렀다. 한겨울 나루는 고요하고 쓸쓸했다. 언 강이 아직 풀리지 않아 큰 배는 들어오지도 못했고, 작은 짐배들만 겨우 깨진 얼음을 노로 밀며 움직였다. 대낮인데도 탁주가 다섯 동이나 상에 놓였다. 기생 스물한 명의 조방꾸니를 시작한 후론 술을 입에도 대지 않던 그였다. 망둥이도 이상한 낌새를 눈치채곤 앉자마자 너스레를 떨었다.

"웬 술? 너랑 마신 날이 가물가물하다."

"한잔해."

달문은 망둥이와 내 앞에 놓인 사발에 탁주를 그득 따랐다. 우리는 단숨에 사발을 비웠다. 달문이 곧장 본론으로 들어갔다.

"조방꾸니 노릇 이제 접어야겠어. 이달까지만 하고 그만뒀으면 해."

망둥이도 나도 놀랐다. 어젯밤 월류관에서 소란이 있긴 했지만, 화수분처럼 돈을 벌어들이는 중이었다. 망둥이는 뜻밖의 통보를 믿기 힘들다는 얼굴로 물었다.

"이유가 뭐야? 어제 월류관에서 벌어진 일 때문에 그래?"

"서너 달 전부터 고민해 왔어."

"내가 운심을 만날게."

"운심이나 기생들과는 상관없어."

망둥이가 곁눈질을 했다. 나는 현실적인 문제를 끄집어 냈다.

"여섯 달 뒤까지 예약이 밀려 있네."

반년 동안 일을 계속하며 천천히 의논해 보자는 뜻이었다. 달문이 물었다.

"이번 달까지만 하는 걸로 하고, 그 뒤는 취소해 주십시오. 기생들 사정에 의해 취소할 수도 있다는 이야긴 예약 받을 때 했지요?"

"그렇긴 하지만, 다들 잔뜩 기대하며 기다리고 있어. 다섯 달 치를 취소하면 몰려와 난동을 부릴지도 몰라. 내 생각엔 적어도 석 달은 일을 하고 나머지 석 달은 취소하는 게 낫겠어."

달문은 절충안도 받아들이지 않았다.

"이번 달까지로 끊겠습니다. 기생들에겐 제가 설명을 하겠습니다. 정월이니 고향으로 돌아가기 좋은 때이기도 합죠."

새해 달문의 첫 결심인 것이다.

"누구 맘대로!"

망둥이가 사발을 내리치며 화를 냈다. 나는 움찔 몸을 떨었지만 달문은 태연하게 받았다.

"우리가 처음 조방꾸니 동업할 때, 셋 중에 한 명이라도 그만두겠다고 하면 접기로 약속했어. 기억나지?"

망둥이가 더 화를 냈다.

"그딴 거 몰라! 너 지금 이게 말이 된다고 생각해? 하여튼 안 돼. 조방꾸니를 그만둘 순 없어."

"왜 안 된단 거지?"

달문이 짧게 물었다.

"매일 벌어들이는 돈이 얼만데! 마른하늘에 날벼락도 이렇겐 안 쳐."

망둥이가 내 옆구리를 팔꿈치로 찔렀다. 나도 이 문제만은 망둥이와 같은 생각이었다.

"너무 손해가 커. 우리가 매일 버는 걸 지난달을 근거로 뽑아 보자면……."

숫자를 들이밀려 했다. 달문이 말허리를 잘랐다.

"손해랄 게 뭐 있습니까? 조방꾸니를 하지 않을 땐 한 푼도 벌지 못했습니다. 손해가 아닙니다. 원래 모습으로 돌아가는 것뿐입죠."

망둥이가 끼어들었다.

"돌아가다니? 돈 한 푼 없는 거지로 뭣 땜에 돌아가? 거지들이 얼마나 널 부러워하는데……."

달문이 거기서 잘랐다.

"몰랐어? 난 처음부터 거지야. 못생긴 빈털터리 수표교 노총각 거지 달문. 그게 나야."

"개소리!"

망둥이가 벌떡 일어나며 술동이를 걷어차 깨 버렸다. 탁주가 줄줄 방바닥에 흘렀다. 나는 윗목으로 피했지만 달문은 자리를 지키며 사발을 들이켰다. 망둥이가 분노를 퍼부었다.

"조방꾸니를 접자고 하니, 그럼 나도 다음 달부터 검계로 돌아가야겠군. 장검을 잡고 맘에 들지 않는 새끼들 모가지부터 댕강댕강 잘라야겠어. 너 때문에 돈벌이가 끊긴 내 부하가 스물한 명이야. 그중 누가 네놈 가슴에 검을 박으려 들진 모르겠다. 올해 봄꽃 피기 전에 뒈지고 싶으면 맘대로 해. 눈이 뒤집히면 무슨 짓인들 못 할까. 술술 들어오는 돈을 마다하고, 칼침 맞을 궁리나 하다니. 잘 들어! 나 오늘부터 너랑 친구 안 해."

"넌 내 친구야!"

달문은 고집을 꺾지 않았다. 망둥이가 달문의 멱살을 쥐고 끌어 올렸다.

"우린 끝났다고. 오늘부터 내 눈에 띄면 두들겨 맞을 각오해."

"때리려면 때려. 그래도 넌 내 친구고 난 네 친구야!"

"닥쳐! 친구 같은 소리 하고 자빠졌네."

망둥이가 떠나자 달문이 겨울 강으로 나섰다. 그를 따라 강변을 걸었다. 작은 짐배를 타고 지나가던 이들이 달문의 이름을 큰 소리로 부르곤 손을 흔들었다. 달문도 멈춰 서서 그들을 향해 손을 흔들며 어깨를 들썩였다. 어깨를 살짝 흔든 것뿐인데도, 선상에선 탄성이 터져 나왔다. 나는 처음부터 묻고 싶었던 질문을 던졌다.

"망둥이가 기생들을 함부로 부리지 못하도록 엄히 꾸짖는 건가?"

"검을 지니지 않는다 해도, 말을 부드럽게 주고받는다 해도, 섬뜩한 눈빛은 여전하죠. 눈빛만으로도 얼어붙는데 장검을 들이대고 춤을 추라 강요했으니 충격이 무척 클 겁니다."

"망둥이도 지난밤 일로 깨달았겠지. 검으로 안 되는 일도 있다는 걸."

달문이 멈춰 서서 고개를 들었다. 꿩 두 마리가 강을 질러 남쪽으로 날아갔다.

"하룻밤 깨달음으론 달라지지 않습니다. 돈 앞에선 더더욱 고집을 꺾지 않죠. 검계들이 의리를 강조하지만, 그건 어디까지나 돈을 버는 사람들끼리의 의립니다. 돈을 벌지 못하거나 혹은 다른 무리에서 돈을 더 벌 수 있다면 금방 배신합니다."

"역시 어젯밤 때문이로군. 망둥이와 손잡고 검계들을 조방꾸니로 둔 것 자체가 위험한 시도였어."

달문이 시선을 점점 내려 나를 쳐다보았다.

"꼭 검계 때문만은 아닙니다. 기생들 때문이기도 하고 매설가님 때문이기도 하고 또 저 때문이기도 합니다. 궁극적으론 돈 때문에 그만두려는 겁니다."

기생과 달문과 나 때문이란 것도 납득이 되지 않았지만, 제일 마음에 걸리는 이유부터 물고 늘어졌다.

"돈이 왜? 인삼 장사 할 때보다도 스무 배는 더 벌어. 이 나라에서 달문방 기생만큼 많은 돈을 버는 이는 없다고."

"그게 문젭니다. 돈만 바라보고 나머질 전부 하찮게 여기는 식으로 다들 생각을 고쳐먹는 것! 검계는 처음부터 돈을 위해 동업에 끼었으니 따질 구석이 적습니다. 하지만 기생들은 돈만 보고 상경한 게 아닙니다. 그녀들 중 당장 돈이 없어 굶어 죽을 이는 없습죠. 다들 고향에서 일할 때도 만나려는 사내들이 줄을 섰으니까요. 각자 이유들이 있었을 겁니다. 좀 더 큰 고을로 가서 기량을 겨뤄 보고 싶은 욕심도 있고……."

"달문 너와 함께 일하려는 바람도 있고."

"그렇기도 합니다. 매설가님도 하고 싶은 일이 따로 있질 않습니까. 이렇게 조방꾸니로 돈 버는 데 재미를 붙이면, 소설로부턴 영영 멀어질 겁니다. 조방꾸니를 하는 동안 소설을 쓰셨나요?"

쓰려는 마음만 있었지 붓을 들진 못했다.

"돈을 위해 인생을 낭비해선 안 됩니다. 돈은 있어도 그만 없어도 그만이니까요. 저를 믿은 기생들과 또 제가 끌어들인 표망둥이와 검계들 그리고 매설가님까지 이 정도면 각자 몫을 챙겼다고 봅니다. 기생들은 각자 고향에 머물렀을 때보다 열 배는 더 벌었을 테고, 망둥이와 검계들도 한몫 두둑하게 받았습니다. 그렇지 않습니까?"

돈을 위해 인생을 낭비하지 말자는 말이 가슴을 찔렀다. 워낙 돈이 잘 벌리고 있었던지라, 이대로 이삼 년 조방꾸니를 더 하고 그 돈으로 나머지 인생을 편히 살자는 안일한 마음도 먹었던 것이다. 달문은 단 하루도 돈을 위해 인생을 낭비하기 싫다고 했다. 달문만이 취할 수 있는 자세였다.

"실망들이 클 거야. 아쉬움도……."

"충격은 받겠지만 돈을 위해 각자의 삶을 헛되이 쓰는 것보단 훨씬 낫습니다. 도성에 사는 대부분의 백성이 돈 없인 하루도 못 살겠다고 하지만, 상평통보가 없던 시절에도 그들은 잘만 살았습니다. 그게 세상에 나온 지 아직 70년도 되지 않았잖습니까?"

정확히 말해 상평통보는 숙종 4년1678년에 발행되었다. 그 전에는 낮은 가격인 경우 쌀과 종이, 높은 가격인 경우 은銀을 지불 수단으로 썼다.

"옛날 같으면 벌써 창고에 쌀이 그득 찰 정도로 부자가 된 겁니다. 돈으로 바꿔놓으니, 각자 얼마나 부자인지 느끼지 못할 뿐이죠. 그래도 저 때문에 상처를 입는다면 두고두고 갚겠습니다."

이미 마음을 굳힌 것이다. 망둥이나 내가 이탈하더라도 조방꾸니는 계속할 수 있지만 달문이 손을 놔 버리면 끝이었다. 어쩌면 망둥이가 부하들을 데리고 조방꾸니 노릇을 계속하려 들지도 모른다. 그러나 그 시도는 한 달도 못 가서 실패할 것이다. 망둥이 곁에 달문이 있었기에 손님들이 찾아온 것이다. 달문 없이 망둥이만 있는 자리에 선뜻 나올 손님은 적었다. 망둥이가 장검이라도 들고 미쳐 날뛰면, 누가 막을 것인가. 이 나라에서 망둥이를 만류할 이는 달문뿐이었다.

나는 마음속 가장 밑바닥에 넣어 두려고 했던 질문을 꺼냈다.

"기생들과 조방꾸니들을 이끄느라, 원하지 않는 말도 해야 하고 원하지 않는 술도 마셔야 하고 원하지 않는 판에도 올라 놀아야 해서 그런 것 아닌가? 어젯밤만 해도……."

운심과 단둘이 오직 서로를 위해 즐기던 것들을 왈자들 앞에 묘기라도 부리듯 선보인 꼴이었다. 달문은 즉답을 않고 두 눈을 끔뻑거렸다.

"적당히 하면서 간다면 못 갈 일도 아니지 않는가? 달문 자네의 마음과 실력을 반의반도 이해하지 못하는 자들 앞에서, 꼭 그렇게 최선을 다하고 최고를 보일 필욘 없다네."

"매설가님이 보잖습니까?"

화살을 내게 돌렸다.

"매설가님이 없다 해도, 어제 같은 경우는 운심이 내 북소리를 들으며 춤을 췄습니다. 매설가님과 운심이 없다 해도, 제가 저를 봅니다. 차츰차츰 무너지는 흙벽처럼 살고 싶진 않습니다."

더 이상 설득한다는 것이 무의미했다. 달문은 한번 정하면 바꾸지 않는 황소고집이었다. 망둥이가 내일 또 와서 달문을 설득하거나 위협하려 들 수도 있지만, 나는 이 정도에서 조방꾸니에 대한 미련을 접기로 했다. 달문이 정한 대로 한 달 동안 마무리 영업을 하고, 또 마지막 돈 계산까지 깔끔하게 하는 것이 내게 남은 일이었다.

"자네 몫을 주겠네. 내일 동대문 가게 뒷방으로 나오도록 하게."

달문이 고개를 저었다.

"여기서 헤어지는 게 낫겠습니다."

"헤어지다니?"

"내일 제가 동대문 시장에 나타나면 시끄러울 겁니다. 기생들도 검계들도 제게 할 말이 많겠죠. 미안하지만 매설가님이 그분들 마음을 잘 좀 헤아려 주십시오. 내일뿐만 아니라 이달 말까진 차질 없이 늘 하던 대로 챙기시면 됩니다. 이번에도 두 달 만에 왔는데, 한 달은 금방 갈 겁니다."

도성으로 돌아가지 않고 강을 따라 사라지겠다는 것이다. 달문이 지금까지 떠돈 행적을 볼 때 이번에도 목적지를 따로 두진 않았으리라. 뒷감당이야 내가 하겠지만 여기서 그를 보내긴 싫었다.

"자네 몫은 어떻게 해?"

"제 몫이라뇨? 그딴 건 처음부터 없었습니다."

"삼등분하여 갖기로 했잖아? 자네 몫을 내게 잠시 맡긴 게고."

"그것까지 모두 매설가님 몫입니다."

"내 몫이라니? 무슨 소릴 하는 건가?"

놀라지 않을 수 없었다.

"가게 건물은 어찌어찌 새로 지었지만 인삼 가게를 재개하려면 돈이 꽤 들겠죠? 내년 수확량까지 확보하려면 송도 상인들에게 선금을 줘야 하니까요. 조방꾸니로 이제까지 번 돈이면 삼을 어느 정도는 사들일 겁니다. 천송 어른을 이어 인삼 가게를 하세요.

이대로 망하지 않았다는 걸 보여 주세요. 가게가 어느 정도 안정되면 밤을 새워 소설을 쓰시고요."

달문의 설명을 듣는 동안 가슴이 뜨거워졌고 눈도 젖어 들었다. 그가 갑자기 찾아와서 조방꾸니 동업을 제안했던 또 하나의 이유를 이제야 깨달은 것이다. 스물한 명 기생들의 요청을 뿌리치지 못한 것과 함께 나를 돕고자 했던 것이다. 장사꾼의 재기를 위해선 종잣돈을 버는 수밖에 없었다.

"그런 줄도 모르고…… 난데없이 조방꾸니를 왜 하자는 건가 했어……. 나를 위해, 장사 밑천을 모아 주려고 벌인 일이었나? 왜 처음부터 말하지 않았지?"

달문이 아무렇지도 않게 답했다.

"제가 매설가님을 그래도 꽤 모셨지 않습니까? 자존심이 대단하시죠. 소설을 쓰려면 그 정도 마음은 먹어야 하나 봅니다. 걱정 마십시오. 저는 돈이 없는 게 오히려 편합니다. 그 돈 제게 주셔도 갖고 다니지 못할 뿐만 아니라 둘 데도 없습니다. 달문이 돈을 넣어 두려 집 사고 창고 짓고 금고를 들인다면, 세상이 비웃을 겁니다. 하지만 매설가님은 다릅니다. 인삼을 사고팔든, 이야기를 사고팔든, 사고팔며 살아갈 분이니까요. 사고팔기 위해선 종잣돈이 필요합니다. 장사란 게 밑천 없이 시작하긴 너무나도 어려우니까요. 큰 은혜를 입은 제가 작은 종잣돈을 마련해 드린 셈이니, 대단한 일도 아닙니다. 천송 어른과 해송 어른 그리고 매설가님 도움이 없었다면, 저는 예산대를 세우지도 못했을 것이고, 마포에 모인 많은 이들을 실망시켰을 겁니다. 제가 처음부터 밝혔다면 매설가님이 조방꾸니 동업을 받아들였을까요? 돈을 못 번다면 어쩔 수 없지만, 운이 좋아 조방꾸니인 제 몫까지 챙길 기회가 있다면, 오늘과 같은 날이 오길 기대했습니다. 다행입니다, 정말!”

이별의 끝

그리하여 나는 다시 가게와 소설에 매인 몸이 되었다. 한 달 동안 조방꾸니를 마무리 지으면서 인삼 가게를 준비했다. 아버지와 숙부와 내 가게 건물을 빌려 종이 가게를 하던 상인들에게 이사할 곳을 알아 보도록 했다. 그들과의 계약도 한 달 후면 끝이지만, 나는 무료로 석 달을 더 얹어 줬다. 기생들은 기생들대로, 검계들은 검계들대로 마무리에 충실했다. 망둥이의 저주처럼 검을 품고 다니며 달문의 행방을 묻는 이는 없었다. 챙길 건 확실히 챙긴 후에 움직여도 늦지 않다고 판단한 것일까.

한 달을 채우던 날, 망둥이가 그동안 조방꾸니 노릇을 한 스물한 명의 부하들을 데리고 왔다. 그는 내가 내미는 마지막 돈을 받아 챙긴 후 달문의 행방을 물었다. 나는 모른다고 답했다. 마포에서 강을 따라 걷다가 그는 계속 가고 나는 돌아섰다. 나는 도성에 도착했지만 그가 어디까지 걸어갔는지 알 수 없었다. 망둥이가 내 계획을 물었다. 나는 석 달 후 인삼 가게를 다시 연다고 답했다. 망둥이가 의미심장하게 웃었다.

"한밑천 챙겼나 보지? 왈자 형님들이 안부 전해 달래. 도성의 질펀한 밤 나들이에 언제든 끼워 준다 하셨어."

나는 왈자들과 두 번 다시 어울리지 않으리라 다짐했다. 돈 때문에 인생을 낭비하면 안 되듯이, 유흥 때문에 시간과 돈을 낭비해선 안 되는 것이다. 망둥이는 점원이 필요하지 않느냐고 물었다. 조방꾸니를 했으니 점원이라고 못할까. 그러나 나는 왈자만큼이나 검계와도 얽히기 싫었다. 이미 점원들을 뽑아 뒀다고 둘러댔다. 망둥이는 의심스러운 눈초리로 째려봤지만 캐묻진 않았다. 대신 가끔 저녁밥과 술을 한두 잔씩 나누기로 했다. 그것까지 거절하면 장검을 품고 가게 앞을 어슬렁거릴지도 몰랐다. 망둥이는 스물한 명의 부하들을 일렬로 세운 뒤 내게 반절을 시켰다. 자신이 허락하지 않는 한 동대문 인삼 가게는 건드리지 말라고 명령했다. 다시 말해 망둥이가 허락하면 검계들이 몰려와 가게 셋을 다시 박살 낼 수도 있었다. 망둥이가 덧붙였다.

"매설가에서 다시 점주가 된 건가? 귓구멍 열고 똑똑히 들어! 난 아직 동업을 포기하지 않았어. 그동안 우리가 얼마나 많은 돈을 벌었는지는 나보다도 직접 돈 계산을 맡았으니 더 잘 알겠지? 땅 짚고 헤엄치기보다 쉬웠잖아? 월류관 일도 있고, 달문이 지친 것 같으니 잠시 쉬는 것뿐이야. 다시 동업할 기회가 생기면, 그땐 인삼 가게고 뭐고 때려치우고 합류해야 해. 그리고 말이야. 혹시 달문이 나 빼고 너희 둘이서 뭘 해 보잔 소릴 한다면, 그때도 곧바로 내게 알려 줘. 너희 둘이선 안 돼. 나 표망둥이가 너흴 보호해 줘야 한다 이 말씀이지. 달문도 그렇고 너도 세상을 너무 몰라. 착하게만 계산대로 군다고 무사할 줄 알아? 내가 없었으면 벌써 너희 둘은 손발 다 잘리고 빈털터리로 도성 바닥이나 기어 다녔을 거라고. 가끔 들를게."

기생들도 대부분 작별 인사를 하러 왔다. 마지막 날까지 손님을 맞고 뒷방을 찾은 이는 운심이었다. 나머지 기생들은 이레 전부터 짐을 싸서 도성을 떠났다. 동업을 하며 손님들 예약을 받는 동안, 기생들이 크고 작은 선물을 건넸다는 사실을 부인하진 않겠다. 그녀들로선 원하는 시간과 장소를 잡는 일이 중요했다. 그 일은 전적으로 내 몫이었다. 선물의 많고 적음으로 차별하진 않았지만 건네는 선물을 거절한 적은 없었다. 과일이나 과자나 떡에서부터 그릇이나 유리 인형, 붓에 이르기까지 다양했다. 내가 매설가를 꿈꾼다는 소문이 돈 뒤엔 북경 유리창琉璃廠 문화예술의 거리에서 들여온, 삽화를 곁들인 소설들도 열 권이나 스무 권씩 한꺼번에 선물하곤 했다. 그러나 작별의 순간엔 인사말과 웃음 외엔 아무런 선물도 없었다. 운심은 달랐다. 등잔불을 가운데 놓고 마주 앉자마자 물었다.

"달문 오라버니는 소식 있어요?"

"없소."

한 달 전, 월류관에서 검무를 추었을 때보다 훨씬 수척해 보였다. 화장으로 가리려 했지만 눈 밑에 기미까지 꼈다. 내 시선이 그녀의 얼굴에 머물지 못하고 자꾸 아래로 내려갔다.

"모독 오라버니 덕분에 도성 생활을 무사히 마쳤어요."

"그게 어찌 내 덕분이겠소. 시작부터 끝까지 달문이 한 게요."

"달문 오라버니가 여러 번 그러셨어요. 모독 오라버니가 있어서 믿고 맡긴 채 산이나 강으로 떠돈다고. 조방꾸니 동업의 핵심은 망둥이가 아니라 모독이라고. 제 생각도 같아요. 달문 오라버니는 점점 게으름을 피우셨죠. 늘 그래요. 뭔가를 하는 것보다 하지 않고 숨는 데 익숙한 사람이거든요. 모독 오라버니는 겪어보니 달문 오라버니와는 상극이네요. 가만히 누워 쉬는 걸 못 참고 뭐든지 자꾸 하는 사람, 맞죠? 계산도 한두 번이 아니라 열 번씩 반복한 덕분에 숫자에 차질이 없었답니다. 기생들도 조방꾸니 검계들도 제 몫으로 돌아오는 숫자엔 무척 민감했어요. 하지만 모두 모독 오라버니의 계산만은 의심하지 않았죠."

"걸음마 뗀 후 평생 해 온 일이오."

"선물을 드리고 싶어요. 혜정아!"

운심이 고개를 돌려 몸종을 찾았다. 혜정이 종이를 잔뜩 품에 안고 들어 내 앞에 놓았다. 혜정에 뒤이어 종이 가게 점원이 또 다섯 다발의 종이를 가져왔다. 왕실 의궤에나 쓰는 최고급 초주지草注紙였다.

"달문 오라버니가 또 그랬어요. 돈 계산이나 하며 지낼 사람이 아니라고. 길이길이 읽힐 무지무지 좋은 소설을 쓸 분이라고. 긴 세월을 견디려면 종이가 좋아야 한다더군요."

"아직까지 초주지에 쓴 소설을 읽은 적이 없소. 한낱 이야기를 담기엔 너무 비싼 종이라오."

"종이란 게 글을 쓰고 그림을 그리는 바탕 아닌가요? 글과 그림이 빼어나면 소설이라 하여 질이 떨어지는 종이에 쓰고, 나라님 말씀이라 하여 초주지에 쓰는 건 아니라고 봅니다. 초주지에 어울리는 탁월한 이야기를 써주세요. 여기에 담긴 오라버니 소설을 읽을 기회가 있었으면 하네요. 혹시 부족하시면…….”

운심이 돈을 꺼내려고 했다. 내가 막으며 답했다.

“충분하오. 꼭 여기다가 소설을 완성하겠소.”

과연 초주지에 어울리는 이야기를 내가 쓸 수 있을까. 두렵기도 하고 꼭 소설을 완성하여 운심에게 보여 주고 싶다는 생각도 들었다.

“월류관에선 정말 고마웠어요. 오라버니가 태식이와 대문에서 다투지 않았다면, 그래서 시간을 벌지 않았다면, 달문 오라버니가 오기도 전에 내가 무슨 일을 당했을지 몰라요. 달문 오라버니는 언제나 조금씩 늦거든요. 다른 애들은 모독 오라버니가 뒷방에만 있고, 숫자 놀음만 하는 장사꾼 샌님이라고들 하지만 난 알아요. 오라버닌 용감할 땐 용감하고 철저할 땐 철저한 사람이란 걸. 경상도에 와 본 적 있어요?”

“아직 없소.”

“오면 밀양부터 들러요. 도성에서도 나쁘진 않았지만 밀양강 흘러가는 영남루에서 추는 검무가 그래도 제격이죠. 오라버니가 오면 원하는 만큼 춤을 춰 드릴게요.”

“정말이오?”

“그럼요. 운심은 약속한 건 반드시 지킨답니다. 그 대신…….”

말끝을 흐리며 얼굴을 빤히 들여다봤다. 짚이는 게 있었다.

"부탁이라도?"

운심이 소매에서 서찰 한 장을 꺼내 내밀었다.

"달문 오라버니를 만나면 드리세요."

"그가 까막눈인 걸 잊은 건 아니죠?"

"전해 드리고 읽어 드렸으면 해요."

운심이 부탁하지 않더라도, 달문은 내게 읽어 달라 청할 것이다.

"알았소. 나도 하나만 물읍시다."

내가 서찰을 챙겨 함에 넣을 때까지 운심이 기다렸다. 나는 솔직하게 물었다.

"달문은 혼례 따윈 치르지 않겠다고 했소. 아내도 필요 없고 아이는 더더욱 원치 않는다고. 남은 세월 홀로 살다 떠날 마음이 바위 같았소. 운심 당신은 돈을 벌려고 상경하진 않았을 게요. 밀양에서 누워만 있어도 돈을 싸 들고 와서 춤을 청하는 이들로 성을 한 바퀴 두르고도 남을 지경이란 풍문을 들었다오. 결국 달문 때문일 터인데, 달문은 당신뿐만 아니라 어떤 여인과도 인연을 쌓길 바라지 않소. 그래도 당신은 기다릴 거요? 왜 아무것도 약속하지 않는 그를 기다리는 게요?"

운심은 즉답 대신 내게 다가앉았다. 그녀의 숨결이 뺨에 닿을 만큼 가까웠다. 작년 늦봄 창에 비친 알몸이 어른거렸다. 쌍검과 함께 출렁이넌 젖가슴 흔들리던 엉덩이. 그녀가 내 손목을 깁자기 잡았다. 나는 손목을 쥔 그녀의 손을 내려다보며 물었다.

"이, 이게 무슨 짓이오?"

운심이 미소를 띠며 물었다.

"소설엔 남녀의 사랑 이야기도 있겠죠?"

"물론이오."

"이렇게 깊은 밤 단둘이 방에 앉은 남녀가 손을 잡는 장면도 나오나요."

"그렇소."

"입을 맞추는 장면은?"

"……더러 있소. 하지만……."

운심이 더 나아갔다.

"몸과 몸을 섞는 장면도 있겠네요?"

나도 계속 밀릴 수만은 없었다.

"그건 왜 묻소?"

무시하고 계속 물었다.

"거기까지 쓴 적 있나요?"

"……아직."

재채기를 했다. 목이 타들어 가는 듯했다. 운심은 내가 물을 한 잔 따라 마실 때까지 기다렸다가 질문을 이었다.

"모독 오라버니! 당신은 왜 나를 기다렸나요? 당신은 나를 아내로 맞을 생각이 털끝만큼이라도 있어요?"

"……."

기다린 적 없다고 잡아뗄 수 없었다. 나는 이 좁은 뒷방에서 그녀를 기다렸다. 나와 의논하고 싶은 일이 있더라도 대부분은 담당 조방꾸니인 태식이나 몸종인 혜정이 왔다. 그렇게 와선 달문의 근황만 묻고 갔다. 달문이 한 달 이상 나타나지 않던 어느 날들이었다. 답답한 마음을 조금이라도 풀기 위해, 내 앞에서 '달문'이란 이름 두 자를 거듭 꺼내 놓기 위해 왔다고밖에 생각할 수 없었다. 와서 무슨 이야기를 하든, 나는 그녀와 이렇듯 둘이 방에 앉아 있는 것이 좋았다. 그리고 또 다음에도 이와 같은 시간을 갖기를 바라며 기다렸다. 기다리는 것 외엔 딴생각이 들지 않았다. 기다리기 위해 기다리는 꼴이었다. 운심은 내 답을 기다리지 않고 자신의 생각을 밝혔다.

"혼인 따위가 남녀의 사랑이랑 무슨 상관이람. 원하면 기다리는 거고 원하면 만나는 거고 원하면 입 맞추며 몸 섞는 거고. 그렇지 않나요?"

"……맞소."

겨우 답했다. 운심이 엉덩이를 떼며 더 가까이 다가와선 나를 꼭 안았다. 그리고 내 뺨에 입을 맞췄다. 나도 팔을 뻗어 그녀를 안고 입술을 빨았다. 그녀의 긴 혀가 내 입으로 밀려들어 왔다. 바닷가를 산책할 때 풍겨 오는 비릿함이 입안 가득 맴돌았다. 등을 감쌌던 팔을 옮겨 그녀의 옷고름을 찾아 쥐었다. 이 고름을 풀어헤치는 상상을 백 번도 넘게 했었다. 상상한 대로 고름을 풀려는 순간, 그녀가 내 손등을 덮고는 쥐었다. 손을 잡힌 채, 나는 고개를 들고 그녀를 쳐다봤다.

"남겨두는 맛이 있어야 재회의 기쁨이 큰 법이죠."

그녀가 내 가슴을 가만히 밀어냈다. 나는 어깨에 힘을 실으며 버텼다. 가까이 더 가까이 가고 싶은 마음뿐이었다. 운심이 고개를 들곤 내 어깨에 뺨을 대는 듯하더니 힘껏 깨물었다. 나는 움찔 몸을 떨었다. 그녀는 그 틈을 놓치지 않고 몸을 빼며 일어섰다. 그리고는 허리를 숙여 잇자국이 벌겋게 돋은 내 어깨에 입김을 불어 줬다. 나는 더 이상 그녀를 붙들지 못했다. 상처를 주는 이도 그녀였고 따듯하게 만져 주는 이도 그녀였다. 운심은 방을 나서기 전 돌아서서 작별 인사를 건넸다.

"잘 지내요. 기다리려면 무엇보다 잘 먹고 잘 놀고 잘 자며, 세월을 견뎌야 하거든요. 오라버니 소설에 담길 애절한 사랑도 기대할게요."

삶은 계속되니, 끝낼 수 없는 소설

돈이 말을 하는 세상이었다. 거지 왕초 달문, 검계 두목 망둥이와 함께 조방꾸니 동업을 했던 것이 내게 재기의 기회가 될 줄은 몰랐다. 내 몫에 달문의 몫까지 더하니 인삼 장사를 새로 시작할 종잣돈이 되고도 남았다. 의금부가 검계를 앞세워 동대문 인삼 가게를 괴롭힌다는 풍문도 사라졌다. 산대놀이의 우익을 맡은 달문과 좌익을 지원한 망둥이가 함께 울타리 안으로 들어오자, 송도 상인들도 내년뿐만 아니라 내후년까지 거래를 약속했다. 더 이상 내 곁에 달문도 망둥이도 없다는 것은 문제가 되지 않았다. 유비 관우 장비가 도원결의를 하듯, 마포에서 셋이 어울려 술을 마신 적이 있다는 이야기만 흘려도, 상인들은 밤하늘 별보다 많은 질문을 쏟아 내며 기꺼이 거래를 텄다.

장사는 순조로웠다. 아버지 밑에선 거듭 배워도 이해되지 않던 것들을 저절로 깨닫기 시작했다. 내가 영특하다거나 장사에 재주가 있어서가 아니었다. 아버지는 죽고 숙부는 사라진 상황에서 그 둘의 자리까지 홀로 메워야 하는 상황이 나를 깨달음으로 이끌었다. 그들 자리에 서자, 그들 밑에서 가게 하나를 맡아 힘겨워하던 문세들의 해답이 보였다. 점원을 뽑을 때도 조금은 여유로워졌다. 부지런하다거나 친절하다거나 정직하다는 기준도 나쁜

진 않지만, 나라면 이렇게 가게를 운영하겠다며 욕심을 내는 건방진 이들에게도 눈길을 주었다. 손해를 감수하고서라도 상품 진열과 가게 홍보의 권한을 그들에게 주기도 했다. 달문에게서 배운 것들이다.

조방꾸니를 마감하고, 석 달 동안은 송도를 오가며 인삼을 안정적으로 공급받을 통로를 마련했다. 그러고도 곧바로 장사를 시작하지 않고 한 달 남짓 더 공을 들였다. 점원을 뽑고 보수공사를 하고 다양하게 인삼들을 진열했다. 오늘 최선을 다해 진열한 것을 점원들과 함께 평가한 뒤, 내일 다른 방식으로 또 진열하는 식이었다. 내 식대로 말하면 공든 탑을 무너뜨리는 일이었다. 이 일을 좋아하는 점원은 책임자로 앉혔고 이 일을 싫어하는 점원은 청소나 창고 정리를 시켰다. 어리석고 게을러도 내쫓지는 않았다. 처음부터 거두지 않았다면 모를까, 한번 들인 사람을 내치지는 않기로 한 것이다. 달문에게 배운 것들이다.

아버지처럼 확장일로를 걸었다고 자랑하긴 어렵겠다. 그러나 그 후로 동대문 인삼 가게는 망하지 않았다. 아무리 힘들어도 현상유지는 했고, 많든 적든 이익을 낸 해가 대부분이었다. 나는 아버지처럼 새벽에 출근하고 밤늦게 퇴근하지 않았다. 실력 있는 점원을 뽑을 궁리도 하지 않았다. 돈을 벌기 위해 시간을 낭비하기 싫었던 것이다. 역시 달문에게 배운 것들이다.

금상 23년 5월 다시 개업한 후 밤마다 습작을 이어 갔다. 9월에 초고를 마치는 것이 목표였다. 운심이 선물한 초주지는 퇴고까지 마친 후 마지막 완고를 위해 남겨 뒀다. 기생들이 건넨 붓을 꺼내 몇 번 사용했지만 손에 익지 않아서인지 문장이 쭉쭉 나오지 않았다. 결국 종이와 함께 붓과 먹과 벼루까지 새로 장만했다. 참고할 서책을 두기 편하도록 길고 넓은 책상까지 맞췄다. 왈자들과 어울리거나 기생들을 위해 조방꾸니 노릇을 하지 않으니, 밤이 오롯이 나만의 시간이 되었다. 일찍 저녁을 먹은 후 다음 날 아침을 먹을 때까지 서재에서 나오지 않았다. 홀어머니는 물론이고 출가한 세 누이도 가끔 와서 서재를 기웃거렸지만, 나는 원칙을 지켰다.

습작의 방향을 바꿨다. 적강한 미남자 영웅호걸이 가 보지도 않은 중원을 누비며 호적수들과 쟁투하는 것이나 미녀들과 근사한 사랑을 나누는 이야기를 쓰기보단, 적강도 안 했고 영웅호걸도 아닌 사내가 도성의 거리에서 살아가는 이야기를 옮기기로 한 것이다. 그 소설의 주인공은 달문이었다.

내 소설의 주인공 달문에게 집필 계획을 알리진 않았다. 수표교에서 처음 만나고 점원을 거쳐 조방꾸니 동업을 하면서 자연스럽게 든 생각이었다. 세책방에서 원하는 소설을 쓰기보다는 달문과 같은 사람을 다루는 것도 흥미롭겠다고 여긴 것이다. 과문한 탓이겠지만 지금까지 내가 읽은 역사서와 소설책에서도 달문처럼 기이한 사람은 없었다. 각 시대마다 널리 회자되는 걸물들도 달문에겐 미치지 못했다.

붓을 들고 쓰기 시작하자 점점 욕심이 생겼다. 처음엔 달문과 내가 나눈 대화를 중심으로 일화들을 연결시킬 계획이었다. 그러나 나를 만나기 전 달문의 거지 생활은 어떠했는지, 달문이 추는 춤의 종류와 구사하는 춤사위의 이름과 특징은 무엇인지, 산대놀이는 언제부터 시작해서 어떻게 이어져 왔는지, 하다못해 지금까지 조방꾸니 중에서 가장 유명한 이는 누구인지까지 궁금했던 것이다. 아낌없이 돈과 시간을 썼다. 수표교 거지 중에서 가장 나이가 많은 외팔이를 점원으로 채용하여 곁에 두고 이야기를 들었다. 필요하면 돈을 주고 거지들을 모아 오도록 했다. 달문이 특히 잘 추는 철괴무와 팔풍무는 광대에게 교습비를 내고 직접 배웠다. 이야기를 듣고 춤을 보는 것만으로는 달문이 구사한 춤사위의 특별함을 파악하기 어려웠던 것이다. 산대놀이의 역사에 대해선 좌포청 홍 별감과 군기시 소 별감을 청하여 따로 문답하는 시간을 가졌다. 홍 별감은 우리나라 초기부터 산대가 행해진 날과 산대의 크기와 무게, 활약한 광대들, 전체 경비 등을 기록한 자료를 베껴 주기도 했다. 나는 전설적인 조방꾸니들을 알기 위해, 금주라는 대원칙을 깨고 딱 하루 왈자들과 이울렸다. 저녁부터 다음 날 새벽까지 술과 노래를 즐기며 조방꾸니 이야기를 나눴지만 성과는 미미했다. 강직하고 창의적인 조방꾸니보다는 기생이나 손님을 속여 두둑하게 챙긴 사기꾼 이야기가 대부분이었다. 왈자들의 설명을 듣고 나니, 조방꾸니 중에서도 달문이 최고였다.

처음에는 길어야 100장쯤이겠거니 여겼다. 내 머릿속에 들어 있는 달문의 이야기는 그 정도였다. 그러나 붓을 잡고 문장을 적어 나가기 시작하자, 이야기 속 달문이 스스로 움직였다. 내가 다른 이야기로 옮겨 가려 해도, 달문이 뒤따라오지 않는 횟수가 점점 늘었다. 등장인물 대부분이 떠난 자리에도 달문은 거리에 남았다. 남아서 특별히 이야기가 될 만한 말이나 행동을 한 것은 아니었다. 그는 남아서 하늘을 바라보거나 집을 바라보거나 땅을 바라보았다. 아무것도 바라보지 않고 눈을 감은 채 소리를 듣기도 했다. 아이들이나 새들이나 혹은 개들이 다가오면 내버려 뒀다. 몇 마디 말을 보태기도 했지만, 밥은 먹었는지, 아픈 데는 없는지, 안부를 묻는 정도였다. 처음엔 달문이 게으른 탓이라고 여겼다. 산대놀이를 준비하는 기간에도 달문은 가장 늦게까지 남았다. 광대들의 탈과 악공들의 북채 따위를 집어 제자리에 두곤 또 앉거나 누워 머물렀다. 달문이 그렇게 머무르든 말든, 다음 이야기로 넘어간 적도 있었다. 그러나 달문이 거듭 그렇게 남자, 나도 슬며시 그가 스스로 다음 이야기로 나아올 때까지 기다리게 되었다. 서둘러 자르고 다음으로 넘어가는 건 달문답지 않았고, 그렇게 다른 등장인물들과 동시에 등장하고 동시에 퇴장하는 이야기는 달문의 이야기가 아닌 것만 같았다. 남아서 머무는 달문을 문장으로 담기 시작하자 분량이 한없이 길어졌다. 100장을 금방 채웠고 200장도 곧 지나갔으며 500장을 돌파했고 900장에 이르렀는데도 아직 이야기 속 달문은 조방꾸니로 들어가지도 않았다.

한 번 속도가 느려지면서 분량이 늘어나자 걷잡을 수 없었다. 결국 나는 앞부분부터 조금씩이라도 손을 대 줄이기로 마음을 먹었다. 100장을 70장 정도로만 줄여도, 900장을 630장 정도로 만들 수 있다는 계산이 나온다. 손 볼 100장만 책보에 싸서 어깨에 걸고 가게와 집을 오갔다.

구성이 간결하면서도 문장이 아름답고 긴장감이 흐르는 소설들을 참고하기 위해 대광통교 세책방에 들렀다. 방대하게 흘러가는 연의演義 역사적 사실을 소재로 한 소설도 많지만, 삶의 치명적인 순간을 골라 담은 단편들도 적지 않았다. 주로 한문으로 적힌 소설들을 골라 탁자에 올렸다.

“새 작품을 쓰나 보우?”

돌아보았다. 쥐 영감이 어느새 뒤에 서선 내가 고른 소설들을 뒤적였다. 비밀이 발각된 것처럼 당황스러우면서도 불쾌했다. 다른 세책방을 통해 소설을 돌릴 수도 있었지만, 대광통교 세책방을 건너뛰고 싶진 않았다. 그것은 새로 쓴 이야기를 쥐 영감에게 다시 들이민다는 뜻이었다. 그는 내게 생사여탈권을 쥔 재판관과도 같았다. 두려우면서도 미웠다. 설득하고 싶으면서도 싫었다. 내가 완벽한 작품을 들고 가기 전까진, 그에게 깃털 하나도 숨기고 싶었다.

“아닙니다.”

“아니긴……. 지난번 작품 쓸 때 빌려 가던 소설과는 완전 딴판인데. 소설을 새로 쓸 때마다 읽는 소설들이 다르단 걸, 설마 모르진 않겠지?”

“제가…… 그랬습니까?”

"당신뿐만이 아니라, 대부분의 매설가들이 그렇다우. 자기 이야기를 만들 때 아예 소설을 읽지 않는 매설가들을 제외한다면 전부라고 해도 과언이 아닐걸. 그러니 말해 보우. 이번엔 어떤 걸 쓰는 거요? 여전히 복수심이 들끓고 있진 않을 게고……. 혹시 초고를 지금 가지고 있수?"

쥐 영감이 내 어깨에 걸린 책보를 쳐다봤다. 나는 엉겁결에 어깨를 돌렸다. 그 몸짓은 책보에 초고가 있다고 고백하는 것과도 같았다. 이상한 일이었다. 쥐 영감은 완고만 보는 것으로 유명했다. 완고라고 하더라도 악필이거나 글자가 한두 개 빠지거나 잘못 들어가 있으면 읽기를 멈췄다. 그런데 내게는 또 초고를 보여달라는 것이다.

"보게요? 아직 초고인데?"

쥐 영감이 한 가닥 턱수염을 쓸며 되물었다.

"내게 첫 완고를 가져오는 이가 일 년에 몇 명이나 된다고 보우?"

한 달에 세 명 정도씩 쳐서 답했다.

"마흔 명 이쪽저쪽쯤인가요?"

"그보다 열 배!"

4백 명이란 이야기다. 즉 한 달에 서른 명꼴이니, 매일 한 명씩 찾아온다는 것이다.

"그중에서 내가 읽고 세책방에 둔 원고는 얼마나 될 것 같수?"

쥐 영감의 깐깐한 성격을 봐서 1푼만 취했다.

"서너 작품쯤?"

"단 한 편도 없수."

귀를 의심했다.

"네?"

"난 첫 완고를 세책방에 두지 않수. 아무리 좋아도 돌려보내지. 왜 그런 줄 아우?"

"모르겠습니다."

"첫 완고엔 매설가의 약점과 장점이 고스란히 담긴다우. 어떻게 해야 이야기를 끝마치는지도 모르면서 어찌어찌 마무리가 된 작품이 대부분이유. 하지만 두 번째 작품은 달라. 내게 혹평을 받고 거절까지 당했으니, 시작부터 끝까지 준비를 철저하게 해서 잘 쓰려고 노력한다우. 그런데 오늘 고른 소설들을 보니, 하나같이 당신의 약점을 극대화시킬 가능성이 큰 작품들이유. 당신은 깨끗하고 맑고 반듯한 걸 좋아하지? 군더더기 없이 깔끔한 문장과 구성을 원할 테고? 지난번 작품도 그랬수. 사람을 죽이는 끔찍한 장면인데도, 감정은 폭발하는데도, 문장은 단정했다우. 그런 취향은 이야기나 인물을 힘차게 밀고 나갈 때 심각한 약점으로 작용한다우. 왜 그렇겠수? 그 이야기의 끝, 그 인물의 끝에 닿기도 전에 깎고 다듬으려 들기 때문이우. 더럽고 구질구질하고 거칠고 앞뒤가 안 맞더라도 일단 끝까지 가야 하우. 당신의 첫 완고는 결국 끝까지도 못 가고 울분만 잔뜩 담겼었다우. 이번에도 그럴까 걱정스럽수. 두 번째 소설까지 그러면 영영 거기서 빠져나오기 힘든데, 그럼 안 되는데."

단정한 것을 즐기는 취향이 소설 창작에 약점이란 주장을 인정하긴 어려웠다.

"제가 설령 그런 약점을 지녔다고 해도, 초고를 보여 달란 이유는 못 됩니다."

"골라 놓은 소설들을 보니 지나치게 깔끔한 소설들이유. 그건 뭘 뜻하느냐 하면, 지금 집필중인 소설이 받아들이기 어렵단 뜻이라우. 주인공이든 사건이든 뭔가가 당신을 뒤흔드는가 보우. 그러니까 글을 쓰다가 말고 소설들을 구해 읽으려 세책방까지 온 게 아니우? 당신의 첫 소설을 혹평한 나와 이렇게 마주치는 불편을 감수하고서라도. 어떻게 얼마나 휘몰아치는지 궁금해서 그러우. 초고를 보여 주슈. 전부가 부담스러우면 일부라도. 여기서 바로 읽고 돌려주겠수."

지금까지 쓴 전부를 보여 주고 싶더라도 내가 가진 것은 100장뿐이었다. 나는 머뭇거렸다. 세책방을 벗어날 갖가지 핑계가 머릿속을 맴돌았다. 그 마음을 눈치채기라도 한 것처럼, 쥐 영감이 말을 보탰다.

"초고란 걸 감안하고 읽겠수."

그래도 부담스러웠다. 슬쩍 그의 마음을 떠보기로 했다.

"달문에 관한 이야기입니다."

주인공이 탐탁지 않다면 쥐 영감은 미간을 좁히며 수염을 만지작거릴 것이다. 그러면 소설들을 빌려 세책방을 나오면 된다. 그런데 쥐 영감이 두 눈을, 지금까지 내가 본 것 중에서 가장 크게 뜨곤 내 팔목을 쥐기까지 했다.

"호오! 달문이라구? 당신처럼 깔끔한 장사꾼이 거지 왕초이자 광대이며 추남 중의 추남 달문을 썼다? 모 아니면 도겠군."

"모 아니면 도라고요?"

말꼬리를 붙들지 않을 수 없었다.

"매설가와 주인공이 전혀 어울리지 않으니, 완전히 새로운 작품이거나 아니면 기름과 물처럼 섞이지 않아 따로 노는 쓰레기거나 둘 중 하나겠지. 어여 보여 주시우, 어여!"

주섬주섬 책보를 풀고 초고 100장을 꺼내 내밀었다. 쥐 영감이 잽싸게 초고를 쥐곤 쪽방으로 사라졌다.

내가 소설을 다섯 권 더 골랐을 때, 쥐 영감이 쪽방에서 나왔다. 그는 내가 빌리려고 모아 놓은 소설들을 탁자 밑으로 내려 버렸다.

"왜 그러십니까?"

애써 골라놓은 작품들이었다. 쥐 영감이 내 질문을 무시하고 말했다.

"이딴 거 보지 마우. 뒷부분도 마저 보여 주시우. 당장 가져올 수 있수? 오늘이 안 되면 내일?"

쥐 영감의 손에서 내가 건넸던 초고 100장을 돌려받았다. 그리고 탁자 밑에 아무렇게나 던져진 소설들을 내려다보며 말했다.

"그게, 보셔서 아시겠지만, 아직 보여 드릴 만한 게 못 됩니다. 더 다듬어야……."

쥐 영감이 말허리를 잘랐다.

"내 말 못 알아듣겠수? 당장 가져오우."

"제 소설에서 어떤 부분이 맘에 드십니까?"

"당연히 달문이지. 세책방에 소설만 수천 편을 헤아리지만, 달문 같은 주인공은 없수."

그리고 더 칭찬하지 않았다. 나는 낯이 두껍다는 지적을 감수하고 이렇게 더 물어야만 했다.

"주인공 외에는요?"

쥐 영감이 냉정하게 밝혔다.

"뭘 더 바라는 게요? 나머진 내가 예상한 대로요. 예전에 봤던 소설보다도 훨씬 못하우. 문장은 힘이 없고 구성도 엉성하고 장면들도 주인공의 마음을 전혀 담지 않아 흐릿하고……. 그래도 달문의 일화들을 이처럼 상세히 담은 글은 없었소. 뒷부분을 가져오시오. 꼭."

밤이 깊어도 잠이 오지 않았다. 억울함과 분노와 짜증이 밀려왔다. 쥐 영감은 내 문장이나 구성에 감복한 것이 아니라, 주인공인 달문에게만 마음을 빼앗긴 것이다. 부족한 문장과 엉성한 구성을 바로 잡기 전엔 원고를 넘기지 않기로 했다. 게다가 조방꾸니 시절 일화들을 아직 마치지도 못했다. 최소한 100장은 더 쓰고, 이미 쓴 900장을 다듬어야 했다. 매일 밤을 샌다고 해도 며칠 만에 끝낼 작업량이 아니었다. 나는 우선 10월 한 달을 작업 기간으로 정했다. 쥐 영감에겐 미리 알리지 않았다. 쥐 영감이 사람을 보내 동대문 가게까지 직접 원고를 받으러 오겠다고 했다. 내가 몇 달을 연기한대도 오히려 몸이 달아 선금까지 내밀지 모른다. 쥐 영감은 선금이 짜기로 악명이 높았다. 첫 소설을 내는 매설가에겐 선금을 주지 않았고, 두 번째부터는 다른 세책방의 절반 수준이었다. 그럼에도 매설가들이 쥐 영감 세책방을 선호하는 이유는 다른 세책방보다 열 배는 큰 데다가 쥐 영감의 예리하고 냉정한 평가를 받기 위해서였다.

내 인생에서 가장 열심히 소설을 쓰고 다듬은 한 달이었다. 조방꾸니 시절을 100장에 맞추면서, 900장을 고쳐 문장을 다듬고 구성을 새로 짜나갔다. 200장을 줄이고 100장을 더 써서 달문의 이야기를 800장으로 마무리 지었다.

그 밤에 나는 가게 뒷방에 있었다. 그 전날 밤에도 또 그 전날 밤에도 그 방을 벗어나지 않았다. 그러니까 사흘 전부터 나는 더 이상 이야기를 바꾸거나 문장을 고치지 않았다. 운심이 선물한 초주지를 꺼내 놓곤 완고를 적기 시작했던 것이다. 단 한 글자도 잘못 쓰지 않기 위해, 집중해서 천천히 붓을 놀렸다. 조금이라도 어색하거나 마음에 들지 않는 대목이 나오면 퇴고한 종이들을 이리저리 들춰 확인했다. 하루라도 빨리 밀양의 운심에게 소설 완고 소식과 초청의 뜻을 담은 서찰을 띄우고 싶었다. 그리고 운심을 만나면, 초주지를 한 장 한 장 넘기며 나의 첫 소설을 읽어 줄 계획이었다.

소설이 드디어 결말 부분에 이르렀다. 이틀 밤을 꼬박 새운 탓인지 눈이 쑤시고 손목이 아렸다. 그러나 이제 마지막 글자 하나만 적으면 끝이었다. 나는 '終'이라는 글자를 쓰려다가, 붓을 다시 거둬 벼루에 붓끝을 적셨다. 마지막이니 더욱 바르고 힘차게 쓸 작정이었다. 붓을 다시 벼루에서 초주지 위로 옮겨 갔다. 왼쪽 하단 빈 자리가 보였다. 붓을 들고 붓끝을 종이에 대려다가 멈췄다. 그리고 고개를 들었다. 소리는 들리지 않았지만 방문 밖에 누군가가 서 있는 기분이 들었던 것이다. 나는 붓을 든 채 물었다.

"거기…… 누구요?"

"……."

답이 없었다. 그러나 이 가게에 나 혼자 있지 않다는 느낌이 더욱 강했다. 불길했다. 붓을 놓고 곁에 둔 장검을 슬그머니 들었다. 검계들이 가게를 박살 낸 후론 호신용으로 검을 챙겨 두는 버릇이 생겼다. 검술을 익히지는 않았다. 막상 들면 어떤 자세로 어떻게 나아가고 물러나야 하는지도 몰랐다. 그러나 맨손이 아니라는 것만으로도 든든했다. 손잡이를 쥐고 일어서니 생각보다 장검이 묵직했다. 칼끝을 방문으로 향하며 다시 물었다.

"누구냐니까?"

"……접니다."

느릿느릿 흐르는 말투, 단번에 목소리 임자를 알아차렸다. 달문이었다. 검을 내려 오른손에 들고 왼손으로 방문을 열었다. 역시 달문이었다. 올해 정월 초하루 마포 강변에서 헤어지곤 열 달 만이었다. 간간이 달문을 도성 안팎 어디에서 보았다는 이야기를 듣긴 했다. 그러나 일부러 그를 만나러 가진 않았다. 혼자 와선 머무르다가 떠나기를 즐긴다는 것을 누구보다도 잘 알기 때문이다. 나와 함께 무엇인가를 하고 싶다면, 달문이 먼저 찾아올 것이다. 그때까진 아무리 가까이 오더라도 찾지 않기로 했다. 달문이 내 손에 들린 장검을 보며 걱정스럽게 물었다.

"그사이 변고라도 있었습니까?"

"아니야, 변고는 무슨! 호신용이라네."

나는 장검을 얼른 칼집에 넣었다. 달문이 방으로 들어오지 않고 그대로 서 있었다.

"들어오게. 바람이 차."

늦가을에서 초겨울로 넘어가는 바람이 도성의 낙엽들을 흩어놓은 지도 보름이 넘었다. 구멍이 송송 뚫린 바지와 저고리로는 이기기 힘든 첫 추위였다. 글을 쓰던 아랫목엔 구들이 뜨거웠지만, 방문 밖만 해도 말을 할 때마다 입김이 허옇게 뿜어 나올 정도였다. 달문이 아랫목에 놓인 지필묵을 슬쩍 보며 말했다.

"쓰는 중이셨나 보네요. 방해 말고 곧 가야죠. 인사드리러 왔습니다."

인사? 더욱 불길했다. 함께 할 일을 도모하기 위해서라면 인사따윈 필요 없는 것이다. 버선발로 내려가선 팔을 잡아끌었다.

"들어가서 얘기해."

달문이 버텼다.

"방바닥을 더럽히긴 싫습니다."

짚신도 신지 않은 맨발이었다. 똥통에 빠졌다가 나오기라도 했는지, 옆에서 팔꿈치를 잡고 당기기만 했는데도 악취가 코를 찔렀다. 적어도 한 달 어쩌면 서너 달은 씻지 않은 듯했다. 점원과 조방꾸니를 하는 동안 달문은 청결함을 유지하려 애썼다. 따지고 보면 달문의 인생에서 청결함을 유지한 유일한 시기였다. 그보다 훨씬 오랜 기간을 그는 빌어먹으며 지냈다. 거지로 산다는 건 정말 특별한 일이 있기 전에는 씻지 않는다는 뜻이다. 맨발을 보고 악취를 맡는 순간, 나는 달문이 점원 시절 이전으로 돌아갔음을 알아차렸다. 달문이 거지꼴로 다닌다는 풍문과도 다르지 않았다.

"무슨 소리야 우리 사이에? 나한텐 그렇게 굴지 않아도 돼."

거듭 당겨 방으로 데리고 들어갔다. 아랫목에 깔린 요를 젖힌 뒤 달문을 앉혔다. 맨발에 구멍 뚫린 얇은 옷만 입고 도성을 돌아다녔으니 온몸이 꽁꽁 얼었을 것이다. 동상에 걸린 부위도 여럿이리라. 마음 같아선 당장 더운물로 목욕을 시키고 싶었다. 그러나 그렇게 권하면 달문은 줄행랑을 칠 것이다. 아랫목에 앉혀 몸을 녹이는 것만으로 오늘 밤엔 만족하기로 했다.

얼어붙은 달문의 몸에 열이 가해지자, 겨드랑이와 사타구니에서 진물이 흘러나오면서 악취가 더 심해졌다. 동상에 걸려 갈라진 살점에서 고름들이 터진 것이다. 달문이 손을 들었다가 내리고 다시 들었다가 내려놓았다. 진물이 흐르는 부위가 몹시 가려웠던 것이다. 마음껏 긁어대다간 아랫목이 온통 고름으로 얼룩지리라. 달문은 어깨와 두 다리를 흔들며 지독한 가려움과 뒤이어 찾아드는 고통을 참으려 애썼다.

내 눈시울이 뜨거워졌다. 달문이 거지꼴로 지낸다는 풍문을 듣고도 그러려니 했다. 태어나서 줄곧 거지로 살았으니, 또 그답게 잘 지내리라 여겼던 것이다. 그러나 달문은 야위었을 뿐만 아니라 병색이 완연했다. 아랫목에 앉자마자 속 깊은 기침을 계속 해댔다. 목과 왼쪽 눈두덩엔 피멍까지 들었다.

"사람이 어찌 그리 미련해. 이렇게 될 때까지 어디 있었던 거야? 진작 오지 그랬어? 내일이라도 같이 의원에게 가자. 침도 맞고 부황도 뜨고 탕약도 지어 먹고."

"아닙니다. 전 괜찮습니다. 작별 인사드리러 온 겁니다."

"작별 인사라니?"

"도성을 영영 떠나려고요. 말씀을 드리고 가야 할 것 같아서 왔습니다."

달문은 언제나 떠나는 사람이었다. 그리고 어느 날 문득 돌아오는 사람이기도 했다. 그런데 도성을 영영 떠나겠다고 선언한 것이다. 돌아오더라도 도성으로는 오지 않겠다는 것이다. 팔도의 여러 곳을 오가긴 했지만, 달문이 먹고 자고 쉰 곳은 도성, 그것도 개천 수표교 근처였다. 그 다리 밑을 고향이라고 할 수는 없지만, 수표교 근처에서 기다리면 언젠가는 달문이 나타날 것이라고 대부분이 믿었다. 이제 그런 믿음마저 지워 버리려는 것일까.

"도성으론 두 번 다시 돌아오지 않겠단 말인가? 왜?"

달문이 눈을 가린 머리카락을 입김으로 불어 올린 뒤 길게 답했다.

"도성 안팎을 나고 드는 한, 사람들 입방아를 피하긴 어렵습죠. 조방꾸니를 마친 직후엔 제가 거금이라도 챙겼는 줄 알고 꽤 많은 사람들이 붙었습니다. 빈털터리라고 속옷까지 다 벗어 보여줘도 믿질 않더군요. 결국 제게 돈이 없다는 걸 알고는 욕을 퍼붓는 사람도 있고, 두들겨 패는 사람도 있었습니다. 그것보다 더 견디기 힘들었던 건 원래 제 모습으로 돌아간 후였어요. 도성 근처에만 오면, 저를 알아보는 이들이 꼭 있더군요. 손을 잡고 눈물 글썽이기도 하고, 더운밥을 가져와 먹으라고 건네기도 하고, 자신의 집에 가서 하루 묵고 가라며 끌기도 했습니다. 신세 지기 싫다고 아무리 거절해도 막무가내였습죠. 저를 위해 좋은 일을 하겠다는데 마다하는 것도 할 짓이 아니라서 결국 그들이 원하는 대로 하게 됩니다. 밥도 먹고 잠도 자고 어떨 땐 옷과 약첩까지 받지요. 가장 힘들 때는, 놀고먹는 거지 노릇 그만하고 점원이든 조방꾸니든 일을 해서 몸도 마음도 챙기라는 충고를 들을 땝니다. 이야기하는 이들의 진심을 몰라서가 아닙니다. 오히려 그게 진심이기에 미치고 펄쩍 뛸 노릇입죠. 오늘도 아침과 낮에 두 번이나 충고를 들어야만 했습니다. 저도 사람인지라, 그런 대접과 충고를 받으면 지칩니다. 처음엔 사람들 눈을 피하여 밤에만 다닐까 생각도 했습죠. 하지만 그러기엔 제가 도성 안팎에서 그동안 너무 많은 일을 했던 겁니다. 40여 년이나 어쨌든 별별 짓을 하며 별별 사람을 만났으니까요. 그들 잘못이 아닙니다. 제 업보입죠. 그래서 도성을 떠나기로 한 겁니다. 이제부턴 한 군데에 오래 머물지 않으려 합니다. 저를 모르는 고을일수록 더 좋겠죠. 도성에서 가장 머나먼!"

"며칠만 쉬었다가 가게. 몸이 만신창이야."

달문을 막을 생각은 없었다. 내가 만류한다고 들을 사람도 아니었다. 그러나 이렇게 굶주리고 병든 채 보낼 수는 없었다. 도성으로 돌아오지 않는다면, 그리고 자신을 모르는 동네로만 숨어다닌다면, 해후할 가능성은 매우 적었다. 오늘이 이승에서의 마지막 만남일 수도 있었다. 거기까지 생각이 미치자 더더욱 평생 후회할 짓을 만들어서는 안 되겠단 생각이 들었다. 사나흘이라도 치료하고 먹이고 입힌 다음에 이별을 해도 하자. 그러나 달문은 딱 잘라 거절했다.

"갈 겁니다."

곧 무릎을 손바닥으로 밀며 일어서려 했다. 나는 그 손을 잡아당겨 다시 앉혔다.

"알았어. 머물란 소린 안 할게. 도성을 떠나 어디로 갈 작정인가?"

달문이 즉답을 않고 내 얼굴을 쳐다봤다. 다음 행선지를 숨길 것인가 아니면 털어놓을 것인가 망설이는 것이다. 이럴 때 계속 추궁하면 결국 털어놓는 사람이 또한 달문이었다.

"나만 알고 있겠네. 어디로 가려고?"

"통신사를 따르려 합니다."

"통신사? 일본으로 가는 그 통신사?"

"맞습니다. 11월에 도성을 출발합니다. 부산포까지 내려간 뒤 배를 타고 일본으로 건너갈 겁니다. 재인들이 통신사에 속해 함께 가는데, 운이 좋아 저도 끝자리에 끼었습니다."

운이 좋다고 말했지만, 통신사에 아무나 끼지 못한다는 것은 삼척동자도 안다. 나는 그 부분을 짚었다.

"운이 어떻게 좋았는데?"

"조방꾸니 노릇할 때 손님으로 모신 당상관의 추천을 받았습니다."

달문은 그 정도에서 말문을 닫았다. 직책과 이름까진 밝히고 싶지 않은 눈치였다. 나는 점점 더 달문의 어두운 마음속으로 파고들어 갔다. 도성을 영영 떠나겠다는 것은 부산포까지 가겠다는 뜻이 아니다. 어쩌면……?

"일본으로 건너갈 작정인가?"

합법적으로 바다 건너 일본에 가는 길은 통신사에 속하는 것뿐이다.

"부산포까지 가면서 더 궁리하겠지만, 갈 수 있다면 구경삼아 건너가 볼까 합니다."

일본은 구경삼아 갈 곳이 아니다. 고려 말 몽고의 강군도 일본으로 건너가다가 태풍을 만나 몰살하지 않았는가. 건너갈 때도 대단한 결심이 필요하고, 돌아오는 길 역시 녹록하지 않다.

"도성을 영영 떠나는 게 아니라, 이 나라를 영영 떠나고 싶은 겐가?"

의심의 끝자락까지 꺼냈다. 오늘이 마지막 만남이라면 더더욱 따져 물어야 하는 것이다. 달문은 이미 압록강을 건너 청나라에 다녀온 적이 있지 않은가. 나 같은 이는 도성을 벗어나 팔도를 여행하는 데도 큰 결심이 필요하지만, 달문처럼 길 위에서 빌어먹고 사는 인생은 도성 안이든 밖이든, 혹은 압록강 너머 청나라든 남해 건너 일본이든 못 갈 곳이 없었다.

"꼭 그렇게 정하고 가는 길은 아닙니다. 지금은 도성을 출발하면 다시 이곳으로 돌아오지 않겠단 생각만 굳혔습죠. 나머진 그때그때 부딪치며 고민하렵니다. 일본으로 건너갔는데, 마음을 끄는 구석이 있으면 더 머물 방법을 찾아볼지도 모르죠. 아직 일본인을 단 한 명도 만나지 못했는데, 그들의 나라에 가니 마니 따지긴 이릅니다."

"그 말은 이 나라에 꼭 살 이유도 없다 이거군. 어디든 맘이 가는 길을 떠돌겠다?"

"떠돈다……! 근사합니다 정말! 맞아요. 떠돌려고요. 산이 막아서면 그 아래에서 며칠 쉬고, 강이 막아서면 또 강변에서 며칠 쉬고, 바다가 막아서면 포구에서 며칠 쉬는 거죠. 나라가 정한 법에 따라 멈추고 머물진 않으려 합니다. 세상이 엄청나게 넓다면서요? 그 넓은 세상 두루두루 돌아다니다가 바람처럼 먼지처럼 구름처럼 사라질까 합니다."

"그래도 나고 자라 평생을 보낸 나라 아닌가? 아는 이도 전부 이 나라에 있을 테고. 꼭 가야겠나?"

달문이 잠시 입가에 미소를 머금었다가 되물었다.

"솔직히 말씀드려도 되겠습니까?"

고개를 끄덕였다.

"이 나라를 제 나라라고 여긴 적이 없습니다. 이 나라는 나라님의 나라입니다. 또 그 나라님 아래에서 높은 벼슬을 살고 드넓은 땅을 지닌 양반님네의 나라기도 하고요. 또 그 도성과 경기도와 충청도 양반님네와 합심하여 재물을 늘리고 돈을 버는 장사꾼들의 나라일 수도 있겠습니다. 하지만 거기까집죠. 이 나라는 땀 흘려 땅을 일구는 농부의 나라였던 적이 없습니다. 농부의 나라가 아닐진대 어찌 저 같은 거지의 나라이겠습니까?"

무섭고 위험한 주장이었다. 늘 웃고 다니는 사람 좋은 달문이 이와 같은 생각을 품었을 줄은 몰랐다. 대응할 말들이 떠오르지 않았다. 달문이 이야기를 이었다.

"이 나라의 으뜸 광대니 이 나라의 으뜸 조방꾸니라느니 하는 소리가 싫었습니다. 칭찬인 줄은 알지만, 제가 광대짓과 조방꾸니 노릇을 한 것은 이 나라와 아무런 상관이 없습니다. 그렇게 자꾸 나라라는 틀 안에 가둔 후 경쟁하는 자리에 제 이름이 오르내리는 것부터 피하고 싶습니다. 도성에서만 살았으니 아는 사람이 전부 도성 근처에 있는 게 당연합니다. 하지만 제가 도성 밖 혹은 나라 밖에 머무르게 되면, 자연스럽게 거기서도 누군가를 사귀겠죠. 그곳에선 적어도 저를 과장해서 칭찬하지도 않을 것이고, 나라 운운하며 창피를 주는 경우도 없을 겁니다."

유언 같았다. 그사이 무슨 일이 있었기에 이토록 지쳤단 말인가. 나는 책상 서랍에서 서찰 하나를 꺼냈다.

"운심이 맡긴 거라네. 자네가 오면 주라더군."

달문이 서찰을 받아 잠시 내려다보다가 품에 넣었다. 내가 물었다.

"내게 읽어 주라고 했네만……?"

달문은 입귀에 옅은 웃음을 매달았다가 지웠다.

"읽지 않으셔도 됩니다."

"그래도 운심의 정성을 생각해서, 뭐라 적었는지 들어 봐야 하지 않겠나?"

"서찰에 적힌 글보다 운심의 마음이 크고 깊단 걸 압니다. 잊지 않고 지니고 다닙지요."

"여인들이 건네는 서찰은 늘 그렇게 품고 다니는가?"

달문이 선선히 답했다.

"품고 싶을 때까진 그리합니다. 평생 지니고 다닌다거나 그러진 않습니다만, 한 사람의 마음이 담긴 물건을 어찌 함부로 다루겠습니까? 이번에도 그리할 겁니다."

그를 보내고 싶지 않은 마음이 점점 커졌다. 내 마음을 눈치라도 챈 듯 달문이 기우뚱거리며 일어섰다. 따라 일어서며 팔목을 쥐었다.

"바람이 차네. 해가 뜰 때까지만이라도 예서 머물도록 해."

"아닙니다. 가야지요. 문밖에서 인사만 드리려고 했는데, 벌써 많이 쉬었습니다."

나는 손에 잡히는 대로 돈을 쥐어 내밀었다. 달문이 그것마저 받지 않았다.

"됐습니다."

"여비로 넣어두게. 도성에서 부산포까진 먼 길이야. 거기서 또 에도江戶까진 상상하기 힘들군. 몸도 성치 않으니 고을에 들를 때마다 침이라도 맞도록 해. 뜨뜻한 국에 밥이라도 챙겨 먹고."

"마음만 받겠습니다."

"자네 왜 이러나? 내게 맡겨 둔 돈만 해도 얼만데……."

"맡긴 거 없습니다. 저를 도와 주시다가 낭패를 당하셨으니 조금이나마 그 은혜를 갚은 겁니다."

"그래도 가져 가."

"앞으로 돈이 드는 일은 하지 않으려고요. 돈 없이도 할 일이 얼마나 많은 줄 아십니까. 저는 이게 편합니다."

그리고 잠시 지필묵을 내려다보다가 물었다.

"소설은 좀 쓰셨습니까? 이번엔 무슨 이야깁니까?"

나도 그의 시선을 따라 책상으로 눈이 갔다. 이럴 때는 달문이 까막눈인 것이 다행이었다. 글을 조금이라도 안다면, 저 두툼한 종이에 가득 적힌 이야기들이 모두 달문 자신을 향한 것임을 눈치챘을 것이다. 그러나 달문에게 흰 것은 종이요 검은 것은 읽지 못하는 글자였다. 나는 잠시 망설였다. 달문 바로 자네에 대한 글이라고 솔직히 밝히고 이야기를 풀면 적어도 아침까진 그를 이 따듯한 방에 붙잡아 둘 수도 있었다. 달문에게도 내게도 익숙한 방식이었다. 그러나 달문이 도성을 영영 떠날 것이고, 작별 인사를 위해 나를 찾아왔다는 것을 먼저 알고 나선, 지금 쓰는 것이 달문에 관한 이야기라고 밝히긴 싫었다. 최선을 다해 쓰긴 했지만 이 원고는 달문의 모든 것을 담진 못하는 것이다. 지금까지 이야기가 전개된 도성을 버리고 달문은 멀리 떠나려 한다. 그리고 그 먼 곳에서 새로운 나날이 펼쳐질 것이다. 나는 그 나날까지 소설에 담지 못하는 것이 안타까웠다. 차라리 그가 오지 않았다면, 나는 쥐 영감에게 날이 밝는 대로 원고를 넘기며 행복했으리라.

“내 소설은 아닐세. 요즘 인기 있는 이야기들을 모아 필사하는 중이지.”

“전 또…… 제법 두툼하기에 드디어 쥐 영감을 깜짝 놀라게 할 소설을 쓰셨는가 싶었습니다. 쥐 영감이 여간 까다롭지 않잖습니까? 온갖 소설을 읽었으니 이야기 보는 눈이야 경지에 올랐겠죠. 산대놀이를 좋아하는 양반 중에도 그런 분이 꼭 있습죠. 자신은 물구나무도 제대로 못 추면서, 수십 가지 곤두놀이를 보고 평합니다.”

“박문수 대장이 그러한가?”

통신사 일행에 끼도록 도와준 당상관이 있다는 이야기를 할 때부터 떠오른 이름이었다. 달문이 입귀로만 웃었다.

"제 춤과 놀이를 특별히 좋아해 주십니다. 매설가의 길을 포기한 건 아니지요?"

"포기할까 싶기도 한데……."

말꼬리를 흐리며 슬쩍 떠보았다. 달문이 단언했다.

"괜한 말씀 마십시오. 한 작품만 더 정성 들여 쓰십시오. 그러면 대광통교 쥐 영감은 물론이고 세상이 놀랄 겁니다."

"말이라도 고마우이."

달문이 제 손목을 쥔 내 팔을 슬그머니 풀곤 돌아섰다. 나는 더 이상 붙잡지 않았다.

그를 보내고 나니 머릿속이 복잡했다. 쥐 영감에게 넘기려고 한, 초주지에 사흘 꼬박 정서한 원고가 결국 달문에 관한 이야기의 일부에 불과하다는 뼈아픈 자책이 밀려들었다. 아직 살지 않은 달문의 미래가 더욱 흥미롭게 느껴졌다. 도성 안과 한강 근처만 해도 달문의 행적이 이토록 놀라운데, 도성에서 부산포까지 나아가고 또 거기서 남해 바다를 건너 일본을 돌아다니는 달문의 나날은 얼마나 대단할까. 그걸 쓰지 않고 여기서 소설을 마무리할 순 없었다. 초주지에 정성껏 적은 소설이 제아무리 흥미로워도 그건 어디까지나 미완未完이었다. 마음 같아선 당장이라도 달문을 따라 겨울 밤길을 나서고 싶었다. 그러나 내겐 맡아야 할 가게가 셋이나 있었다. 족쇄였다.

제5부 — 떠도는 자

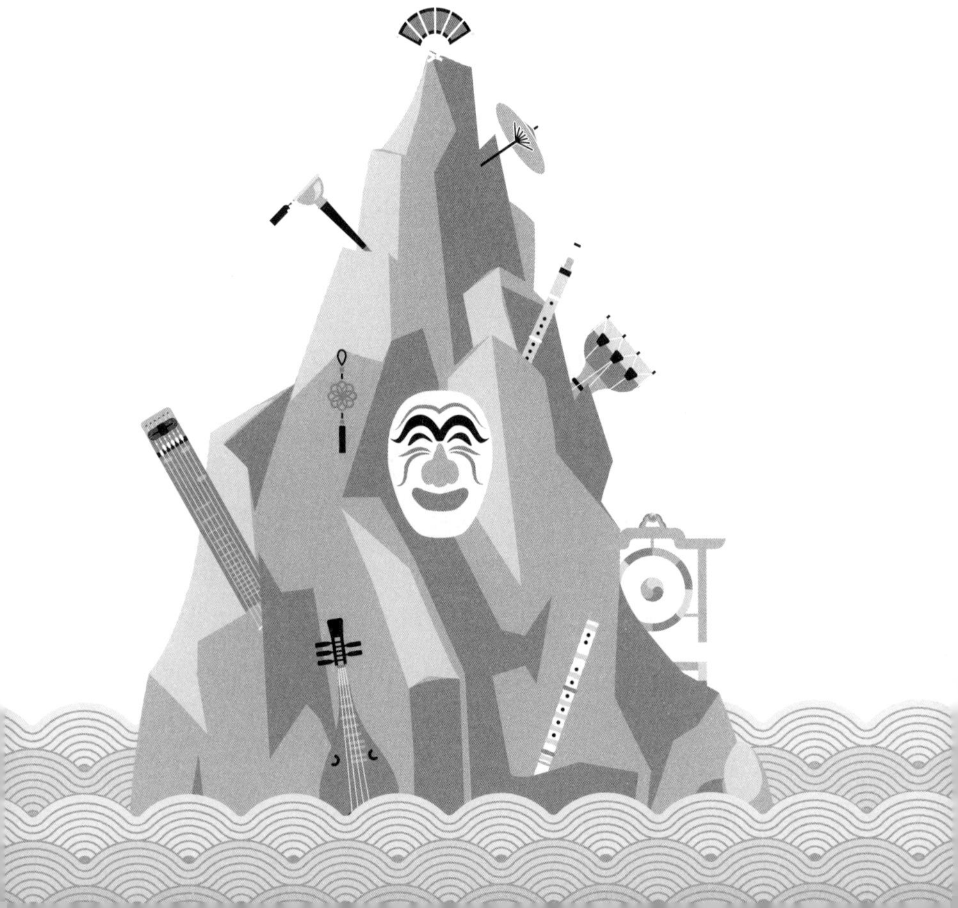

부산포에서 기다리다

결국 대광통교 세책방엔 원고를 넘기지 않았다.

쥐 영감이 두 번이나 인삼 가게까지 찾아왔다. 점원에게 송도로 인삼을 구하러 갔다는 핑계를 대도록 했다. 세 번째로 찾아오겠단 연락해 왔을 땐 짧은 답장을 보냈다. 보충할 부분이 많아 당장은 드리기 어렵겠다고, 탈고하면 가장 먼저 세책방으로 달려가겠다고 적었다.

11월에 통신사 일행은 도성을 출발했다. 삼사三使 정사, 부사, 종사관를 비롯하여 글재주가 뛰어난 재술관, 악기 연주가 탁월한 악사, 말타기와 활쏘기에 능한 군관에 요리사와 재담꾼, 각종 깃발을 든 기수들까지 함께 떠났으므로, 행렬 자체가 큰 구경거리였다. 그날 나는 가게에 틀어박혀 나가지 않았다. 행렬에서 달문을 보기라도 하면, 뒤따라 남행하려는 마음이 크게 일 것이다. 내가 무슨 짓을 할지 나 자신도 두려웠다.

그 후로도 통신사 소식이 충청도와 경상도에서 올라오는 보부상들을 통해 간간이 전해졌다. 무극, 문경, 유곡 등 지나치는 고을마다 놀이판을 크게 열고 며칠씩 춤과 노래와 기예를 뽐냈다는 것이다. 재주가 특출한 재인 중 달문의 이름이 언제나 가장 먼저 언급되었다. 통신사에서 달문의 직책은 말을 타고 기예를 부리는 마상재馬上才의 말을 관리하는 이마理馬였다.

달문은 산대놀이에서 우익의 으뜸 광대로 활약한 뒤론 조방꾸니들을 이끄느라 놀이판을 떠나 있었다. 도성에선 그래도 달문의 춤과 재담과 기예를 구경한 이들이 제법 있었지만, 충청도와 경상도는 처음이었다. 구경꾼들이 돈과 재물을 판 위로 던지며, 놀이를 마친 달문이 내려가는 것을 막는다고 했다. 얼음이 얼고 눈이 내리는 겨울 놀이판이었지만, 놀이가 끝나기 전에 돌아가는 이는 없었다. 판을 마친 뒤에도 달문을 졸졸 따라다니는 이가 백 명이 넘는다는 것이다. 마상재로 뽑힌 두 사람보다도 재주가 훨씬 낫다는 달문에 대한 풍문도 두어 달이 지나가면서 차츰 뜸해졌다. 부산포에서 놀이판이 성황을 이뤘다는 소식만 마지막으로 올라왔을 뿐이다.

그 겨울 나는 원고를 들여다보지 않았다. 열 번을 고치면 열 배 더 좋아질 것이란 생각도 했지만, 당분간은 책장 깊숙이 넣어 두리라 마음먹었다. 달문이 도성으로 돌아오진 못하더라도, 도성을 떠난 그가 경상도와 일본에서 어떤 일을 겪는지 파악한 뒤에 원고의 뒷부분을 채우기로 했다. 나 역시 도성을 떠나 멀리 답사를 다녀오는 것을 감수할 작정이었다. 나름대로 작전을 세웠다. 세 명의 누이와 세 명의 매부를 가게로 불러 새로운 제안을 했다. 가게 셋을 나와 함께 운영하자고. 각 가게의 지분 중 절반은 내가 갖고 나머지 절반은 그들에게 넘기겠다는 것이다. 조건은 단 하나였다. 내가 장기간 도성을 비울 때 가게를 맡아 성실하게 장사할 것. 누이들과 매부들은 흔쾌히 제안을 받아들였다. 나는 첫 답사를 통신사가 일본에서 돌아오는 금상 24년1748년 7월 말이나 8월 즈음으로 잡았다. 달문이 일본에서 통신사와 헤어져 귀국하지 않는다면, 우리의 재회는 기약하기 힘들었다. 나로선 부산포까지 가서 달문에 대한 소식이 들려오기를 기다릴 수밖에 없었다. 그런데 뜻밖에도 그와 다시 만날 날이 앞당겨졌다.

금상 24년 3월 2일 저물 무렵을 잊지 못한다.

좌의정 조현명趙顯命이 인삼 가게를 찾아온 것이다. 조 정승은 눈썹이 옅고 볼에 살이 많아 후덕한 인상을 풍겼다. 가게로 들어서자마자 진열대는 쳐다보지도 않고 점원에게 내 필명을 댔다.

"모독이 이 가게 점주가 맞는가?"

뒷방에서 조현명과 단둘이 마주 앉았다. 그는 대뜸 낯익은 이름 하나를 내밀었다.

"달문을 알지?"

"네. 여기서 점원으로 일했습니다."

"추천을 받고 왔네."

달문이 박문수를 비롯한 몇몇 당상관들과 허물없이 지내는 것은 알고 있었다. 박문수가 만든 자리에 달문이 운심을 데리고 간 적도 다섯 번이었다. 그러나 달문이 한 나라의 정승을 움직여 동대문 인삼 가게까지 오게 할 줄은 몰랐다.

"특등품 삼 70근이 급히 필요해."

"특등품을 70근씩이나요?"

적지 않은 양이었다.

"모독 자네라면 구할 거라고 달문이 말했다더군. 구해 주겠나?"

다시 달문의 이름이 언급되었다. 나는 우선 확인하고 싶었다.

"달문은 일본으로 건너가지 않았는지요?"

조현명이 방문 쪽으로 눈을 돌렸다.

"걱정 마십시오. 제가 부르기 전엔 쥐새끼 한 마리 얼씬거리지 않습니다."

그렇지만 내 귀에도 발소리가 들렸다. 나는 일어나서 방문을 열었다. 점원이라면 호통을 쳐 쫓을 작정이었다. 방문 앞에 선 이는 어영대장을 지낸 영성군靈城君 박문수였다. 그는 방 안의 조현명과 눈을 맞추며 인사부터 했다.

"잘 찾아오셨군요. 제가 좀 늦었습니다."

박문수까지 들어와서 앉으니 방이 꽉 차는 느낌이었다. 박문수가 늦은 이유부터 설명했다.

"통신사가 갈 길이 급하니 삼을 다시 구해 일본에 줄 여유가 없다는 대신들을 설득하느라 늦었습니다. 처음엔 아예 보내지 말자는 입장이더니, 이젠 여건이 안 된다는 정도까지 물러났습니다."

내가 맥락을 이해하지 못하겠다는 표정을 짓자, 조 정승이 끼어들었다.

"어디까지 설명했더라? 아, 달문이 일본으로 건너갔느냐고 물었지? 건너가려고 부산포 영가대에서 해신제까지 지낸 후 출발했어. 한데 중간 기착지인 대마도에서 작은 문제가 생겼다네."

"문제라뇨?"

"세 명의 사신이 대마도에 내린 직후에 생긴 사고라더군. 부선副船에서 불이 나 예폐禮幣 외교관계에서 주고받는 예물 중 일부와 노잣돈이 타 버렸다네. 일본에 선물로 줄 특등품 삼 70근도 재가 되었어. 사람도 세 명이나 죽었다는군. 달문이 비선을 타고 부산포로 돌아왔네. 삼을 다시 보내 달라는 청이 올라왔으이."

"달문이 도성으로 돌아왔단 말입니까?"

박문수가 답했다.

"아닐세. 듣자 하니 달문도 화상을 입어 거동이 불편하다는군. 그는 부산포에 머물며 요양하고, 대신 부산포의 군관이 배가 불에 탄 연고를 적은 통신사의 편지와 달문의 말을 전했다네. 달문이 언급한 이름은 모독 자네뿐이었고. 무덤에 갈 때까지 이 일은 발설해선 아니 되네. 자, 이제 특등품 70근을 구해 주겠나? 한시가 급해."

나는 벌써 머릿속으로 특등품 삼을 신속하게 구할 길을 찾는 중이었다. 달문의 추천은 정확했다. 다른 상인들이라면 한 달은 필요했겠지만 나는 사흘이면 족했다. 달문이 화상을 입어 부산포에 머무른다는 소식이 가슴을 찔렀다.

"청이 있습니다."

조현명이 물었다.

"구할 순 있는가? 필요하다면 내가 나서서 삼을 가진 이들을 만나겠네."

"아니 됩니다."

"아니 된다?"

"나라에서 급히 삼을 구한다는 사실을 알면 장사꾼들이 가격을 다섯 배 아니 열 배는 올릴 겁니다."

"나랏일인 줄 알면서도 값을 올린다고? 천벌을 받을 놈들이지 않느냐?"

"돈 벌 기회인데, 나랏일이라고 값을 낮출 장사꾼은 없습니다. 사흘만 말미를 주십시오. 제가 꼭 구해 오겠습니다. 대신에 청이 있습니다."

"사흘 만에 구할 수 있단 말이냐? 청이 무엇이냐?"

"그 삼을 제가 직접 부산포까지 가져가게 해 주십시오."

조현명이 답을 주지 않고 박문수를 쳐다보았다. 박문수가 따지듯 물었다.

"왜 꼭 자네가 가져가겠다는 게야?"

나는 잠시 말을 멈추고 두 사람을 차례차례 쳐다봤다. 핑계를 대야 할 사람들인지 솔직하게 마음을 내보여야 할 사람들인지 따져 보았다. 달문이 조정 대신 중에서 두 사람을 지목한 것은 남다른 인연이 있기 때문이리라. 나는 그 인연을 믿기로 했다.

"달문을 만나고 싶습니다. 화상을 입었다고 하니 더더욱……."

박문수가 조현명과 눈을 맞춘 뒤 승낙했다.

“알겠네. 나랏일을 돕겠다는데, 그 정도 청은 들어줘야겠지. 한데 자네, 말은 탈 줄 아는가? 삼을 구하면 곧바로 밤낮없이 부산포까지 내달려야 해. 통신사 일행이 대마도에 발이 묶여 있네. 70근의 삼이 대마도에 닿아야 그들도 움직일 수 있어. 서두르게. 한시가 급해.”

“고맙습니다.”

조현명은 나라님을 뵈어야 한다며 곧장 방을 나섰고, 박문수는 내게 몇 마디 충고를 덧붙이겠다고 남았다. 나 역시 그에게 던지고 싶은 물음이 있었다. 인삼차를 가운데 두고 내가 먼저 이야기를 시작했다.

“왜 허락하셨습니까? 돌아오지 않을지도 모릅니다.”

“고인 물은 썩기 마련이야. 통신사 일행에 넣지 않았다면 갑갑해 병이 나거나 홀연 사라졌겠지. 그럼 정말 영영 이별인 게고. 돌아오지 않을지도 모른다? 여행이란 게 다 그렇지 않은가? 돌아오거나 돌아오지 않거나……. 돌아온다면 돌아오는 이유가 있을 테고 돌아오지 않는다면 또 그만한 이유가 있는 거겠지. 그래도 달문이 어느 쪽으로 간 줄은 아는 것이니, 가끔 그 방향으로 술이라도 한두 잔 놓을 순 있지 않겠나?”

“남해 바다는 험한 곳입니다. 천하무적 몽골 대군도 건너다가 태풍을 만나 전멸하지 않았습니까?”

“험한 곳이니, 아무나 가기 힘든 곳이니 가려는 게지. 바람과 파도를 아는 이들이 통신사의 배에 타니까 너무 걱정은 말게."

"달문은, 일본 말을 한 문장도 못 합니다."

박문수가 내 팔을 잡아끌곤 손등을 토닥였다. 나라님 앞에서도 할 말은 하는 강직한 그답지 않았다.

"달문은 자넬 무척 좋아해. 천송 영감의 시신을 찾아 달라고 거듭 내게 청을 넣기도 했었고. 장례를 치를 땐 골목에서 사흘 밤낮을 내내 버텼으니까. 친형제라도 그리하기 힘들다네. 오늘 보니 자네 역시 달문을 제 몸처럼 아끼는군. 타향도 힘겨운데 타국으로 가는 길이 어찌 힘들지 않겠는가. 하지만 달문이 일본 말을 못 한다 하여 너무 걱정은 말게. 말은 비록 못하지만, 말보다 몇십 배 몇백 배 강력한 걸 지녔으니까. 빌어먹어야 하거나 도움이 필요하면 소리를 할 걸세. 소리로도 부족하면 춤을 추겠지. 달문의 소리와 춤을 보면, 사람뿐만 아니라 하늘의 새와 바다의 물고기들도 모여들어 도울 게야. 자네나 나보다도 훨씬 큰사람일세. 큰사람이니 더 큰 세상에서 마음껏 놀며 돌아다녀야지. 붕새가 날개를 펴고 춤추기엔 이 도성은 너무 작아. 아니 그런가?"

이틀 만에 삼을 구했다. 사흘은 실수하지 않으려고 넉넉하게 잡은 기한이었다. 누이들과 매부들을 불러 가게를 맡긴 뒤, 호위군관 둘과 함께 도성에서 부산포까지 내달렸다. 숙부는 위급한 일을 당했을 때 필요하다며 말타기와 헤엄을 가르쳤었다. 처음엔 속도를 맞추기가 어려워 허리와 어깨가 아팠지만, 문경에 이르자 어느 정도 적응이 되었다. 그 후론 잠과의 싸움이었다. 나보다 머리 하나는 더 큰 군관들이 자지도 먹지도 않고 내달렸던 것이다. 나는 하룻밤은 겨우 넘겼지만 그다음 날 저물 무렵부턴 말을 타고 달리면서 깜빡깜빡 졸았다. 군관들이 좌우에서 달리며 고함을 지르거나 칼집으로 내 어깨를 툭툭 치지 않았다면 낙마했을 것이다. 졸음이 밀려와도 삼을 군관들에게 넘기진 않았다. 특등품 삼까지 손에 넣으면 나를 두고 자기들끼리 먼저 내려가려 할 것이다.

부산포 관아에 도착하여 객사에 들어서자마자, 나는 달문이 도성으로 말을 타고 올라오지 못한 이유를 알아차렸다. 그는 일어나 앉지도 못하고 엎드린 채 나를 맞았다. 화상을 입은 엉덩이에서 진물이 흘러내렸던 것이다. 그런데도 달문은 아귀 입을 벌리며 웃어 댔다.

"오셨습니까? 또 신세를 지네요. 삼만 구해 보내시면 되는데……."

이마에도 진물이 흐르고 검은 딱지가 앉았다. 불꽃이 얼굴까지 덮쳤던 것이다. 나는 삼을 넣은 상사를 윗목에 놓고 무릎걸음으로 다가앉았다.

"그딴 소리 말게. 당연히 와야지. 치료는?"

"침도 맞고 약도 발랐습죠."

"배에 불이 났었다며?"

"깊은 밤 갑자기 불길이 치솟는 바람에 사람이 셋이나 죽었습니다. 구해 보려 했지만 늦었지요."

달문이라면 활활 타오르는 배 안으로 뛰어들었을 것이다.

"한데 왜 부산포로 나왔는가? 이 정도 화상이면 대마도에서 부산포까지 오는 동안에도 몹시 힘겨웠을 텐데?"

달문이 문밖을 살폈다.

"작은 소동이 일었습니다. 죽은 이들은 모두 군관이었습죠. 한데 실수로 불을 놓은 이가 노자奴子 잔심부름꾼라고, 동료 군관들이 몰아세웠습니다. 노자들이 자던 방에서 불꽃이 시작되었다고 우기더군요. 죽은 이들에겐 미안한 말이지만, 그 셋은 도성을 떠날 때부터 밤마다 등잔불 아래 모여 내기 바둑을 즐겼습니다. 바둑 귀신이 붙었는지, 잠보다 바둑을 더 좋아했습죠. 그래도 육지에선 낮에 이동하기 때문에 잠시라도 눈을 붙였지만, 부산포에서 배를 탄 후로는 밤을 꼬박 새워 바둑을 두었습니다. 그들은 불이 나던 그 밤에도 바둑에 몰두했습니다. 번을 서는 격군을 제외하곤 모두 잠든 밤에 그들 셋은 깨어 바둑돌을 쥐고 있었단 뜻입죠. 불이 노자들의 방에서 시작되었다면, 그들 셋이 가장 먼저 나무 타는 냄새를 맡고 피했을 겁니다. 하지만 죽은 이들은 바로 그 세 명의 군관입니다. 이것은 곧 바둑을 두던 방에서부터 불이 시작된 증거이기도 합니다."

달문이 거친 숨을 몰아쉬며 이불에 코를 박았다. 폐까지 상한 걸까.

"노자들을 위해서 나선 겐가?"

"별다른 도리가 없었습죠. 군관들이 장검을 뽑아 들고 힘없는 노자 한둘을 벨 기세였습니다. 저는 엉덩이를 들썩이는 젊은 노자들을 눈짓으로 앉혔죠. 나서야 한다면 파릇파릇한 그들이 아니라 마흔 살을 훌쩍 넘긴 제가 맡는 게 맞습니다. 방금 말씀드린 것처럼 차근차근 설명했습죠. 세 군관을 구하려고 타오르는 방에 뛰어들기까지 했으니, 군관들도 저를 함부로 대하진 못하더군요. 대마도에 상륙했던 사신들이 급보를 듣고 배로 돌아왔습니다. 그들은 죽은 군관보다 재로 변한 삼 70근을 더 걱정하더군요. 제가 삼을 구해 오겠다고 자청했습니다. 매설가님 얼굴이 떠오르기도 했고, 제가 자원해야 군관들이 더 이상 노자들을 건드리지 않을 거란 생각이 들었습죠. 고맙습니다."

"고맙긴! 나를 떠올려줘 오히려 내가 고맙네."

"매설가님이 통신사 일행에 속한 노자들 목숨을 구한 겁니다. 저 삼을 다시 가져가지 못하면 사신들까지도 틀림없이 실화失火의 잘못을 노자들에게 지우려고 할 겁니다……."

인기척이 들렸다. 짧은 침묵 속에서 나는 달문과 눈을 맞췄다. 관기官妓가 수건을 품에 안고 들어왔다. 달문이 그녀를 소개했다.

"소화라는 아입니다. 이 꼴로 부산포에 당도한 저를 도와주고 있습죠. 사람들은 웃기는 꽃笑花으로 여기는데, 스스로는 흰 꽃素花이라고 우깁니다. 운심에게서 검무를 배운 인연도 있고요. 춤도 곧잘 추지만 재담에 재주가 넘칩니다."

"재주라면 어느 정도인가?"

"저한테도 밀리지 않습니다."

"설마!"

소화가 돌아보았다. 이름만큼이나 희고 고운 얼굴이다.

"벌 받은 겁니다. 저만 남겨 두고 자기들끼리만 몰래 바다를 건넜으니 불벼락이 내린 거예요. 부산포에서 일본으로 건너가 두루 떠돌다가 다시 부산포로 돌아올 때까지 매일매일 웃겨 드리겠다고 했잖아요? 통신사 행렬에 이야기보따리 꽤나 찼다는 재인이 여럿이지만, 누구 하나 일본 사람들 앞에서 동서남북 혀를 제대로 놀릴 사람이 없다 이 말씀이에요. 와타시와 소화데스…… 도 못 알아먹는 재담꾼들이라니! 일본으로 건너가 봤자 벙어리에 귀머거리 흉내만 내다가 돌아올 거잖아요? 당연히 제가 가야죠. 이 날을 위해 왜관倭館에서 판을 수십 번이나 흔들며 일본 말을 익혔어요. 일본인들 앞에서 일본 말로 웃겨 본 적은 달문 어른도 없잖아요? 맞죠? 맞죠?"

촉새처럼 찔러 댔다. 달문은 그녀의 질문을 무시한 채 내게 양해를 구했다.

"많이 나았는데, 진물이 아직 좀 흐르네요. 수건으로 닦고 새 천을 덮어 둬야 합니다. 냄새가 지독하니 바깥바람이라도 쐬고 오십시오."

나는 소화에게 자리를 내주고 나왔다. 달문이 치료를 받는 동안 포구를 천천히 걸었다. 바닷바람이 정면에서 불어와 양볼을 때렸다. 도성보다는 훨씬 포근했지만 그래도 겨울바람은 겨울바람이었다. 앞으로 할 일을 짚어 봤다. 급선무는 달문을 데리고 도성으로 돌아가는 것이다. 화상 치료에 용한 의원이 서넛 정도 떠올랐다. 부산포에 누워 있다가 상처가 덧나기라도 하면 큰일이었다. 말을 타긴 불가능한 상황이니, 가마를 구해 엎드린 채 이동할 방법을 찾아보기로 했다. 달문은 도성을 영영 떠나겠다고 했지만, 이 나라에서 가장 좋은 것들은 누가 뭐래도 도성 안 나라님 가까이에 있었다.

갈매기들이 낮게 날며 요란하게 울었다. 먹구름이 하늘의 서늘한 푸른빛을 가렸다. 묶인 배들이 삐걱삐걱 흔들렸다. 겨울비라도 한바탕 쏟아질 분위기였다. 서둘러 객사로 돌아갔다.

치료를 마친 달문은 엎드린 자세 그대로 맞았다. 나는 이야기를 시작하는 통로로 소화를 끌어들여 써먹었다.

“과연 말이 경쾌하고 재치가 넘치더군. 일본 말에 정말 능통한가?”

“최고일 겁니다. 도성에서 따라온 역관들보다도 더 잘 합니다. 왜관을 비롯해서 부산포를 오가는 일본인들 앞에서 종종 재담을 한 것도 사실이고요.”

“허풍이 아니군. 하면 왜 데려가지 않았어?”

“그게…… 데려가 보려고 여기저기 부탁도 하고 그랬습니다. 한데 문제가 좀 있어서, 그래서 두고 떠났습니다.”

“문제?”

“소화의 아비가 일본인이란 소문이 돌았거든요. 어미는 동래 관기가 분명한데, 다 늙어 관기에서 물러나 낳은 아이가 소화입니다. 아비가 누군지는 아무도 모릅니다. 소화가 걸음마도 떼기 전에 어미가 병에 걸려 죽었고, 일가친척도 없습죠."

"소문대로라면 일본의 간자 노릇을 할지도 모른다고 여기겠군."

"그럴 애는 아니지만, 워낙 재담이 출중하다 보니 오히려 차별을 당하는 꼴입니다. 일본인이니 일본 말을 잘하는 게 아니냐는 식이죠. 소화를 태웠다간 두고두고 소문이 퍼질 테고요. 정사와 부사 어른이 그런 부담을 질 이윤 없습죠."

"그랬군."

"기횐 또 있을 겁니다."

"따로 시간을 내어 재담을 가르치는가?"

"그 수준을 넘어섰습니다. 판 위에서 함께 이야기를 주고받을 때도 잠시만 방심하면 제가 밀려요. 스승과 제자라기보다는 판에서 어깨를 나란히 하는 동료입니다. 그리 여기며 지냅니다."

도성으로 옮겨 치료하자는 말을 꺼내기도 전에 달문이 먼저 물었다.

"수표교에 다녀오신 적 있으십니까?"

"두어 번! 지나치기만 했네."

개천의 다른 다리에도 거지들이 모여 살았지만, 수표교를 지날 때면 유심히 살폈다. 달문의 흔적이 있는 장소면 어디라도 그랬다.

"여전하던가요?"

"숫자가 많이 줄었어. 대충 뒹굴며 지내더라고. 구걸해 온 음식들을 달문의 방식에 따라 나눠 먹던 거지들은 사라졌지. 자네가 왕초였을 땐 멀리서 봐도 활기가 넘쳤는데."

"그랬던가요? 몰랐습니다. 하루 벌어 하루 먹는 일에만 몰두하느라, 남들이 우릴 어떻게 보는지 눈길 돌릴 여유가 없었습죠. 거지들 사는 게 대충 비슷합니다. 전에도 말씀드린 적이 있지만, 사나흘만 굶어도 몸이 아프고 아프면 구걸을 못 하니 목숨이 위태로울 지경입니다. 수표교 거지들만은 그처럼 끔찍한 최후를 맞게 하지 않겠다는 생각뿐이었습니다."

"어디든 먹고 사는 게 문제지. 충분한 재물이나 음식을 가지더라도, 굶어 죽는 이들이 점점 늘어. 왕초 노릇 할 때 자넨 거지들의 바람을 충분히 들었지. 더 필요한 이에게 더 주고 덜 필요한 이에게 덜 주는 방식을 취했어. 양반이나 부자가 대부분을 갖는 방식도 아니고 모두 똑같이 나누는 방식과도 달라. 오직 자네만의 방식대로 수표교 거지들을 먹여 살린 셈이야."

"그게 그렇게 특별했나요? 아무도 죽지 않고 다 같이 버틸 방법을 고민한 건 사실입니다만, 누구라도 그렇게 하지 않았을까요?"

"특별한 건 거기에 그치지 않아……."

그리고 나는 이야기보따리를 풀었다. 쥐 영감에게 보이진 않았지만, 달문의 언행을 정리하고 적어 둔 덕분에 막힘이 없었다. 달문은 이야기를 듣기만 했다. 그러다가 자신도 미처 알지 못하거나 혹은 잊은 일화들과 마주쳤을 때는 당황하고 놀란 표정을 짓기도 했다.

"그렇군요. 다른 가게에선 저처럼 진열하지 않는다 이 말이죠? 몰랐습니다."

"다른 조방꾸니들이 어찌하는지는 관심 밖이었습니다. 수표교 거지들을 이끌 때처럼, 기생들이 최선의 몸과 맘으로 손님 앞에서 기예를 뽐내도록 하고 싶었을 뿐입니다."

"누구라도 저처럼 하지 않나요? 제겐 그깟 돈 필요 없습니다. 하지만 어떤 이들은 그 돈이 없으면 굶어 죽고 아파 죽습니다. 그 사람들에게 돈을 주는 게 당연하죠. 하나도 아깝지 않습니다."

졸음이 밀려들었다. 도성에서 부산포까지 한숨도 자지 않고 말을 몰며 내려왔던 것이다. 나는 달문과 눈을 맞추고 내 뜻을 전했다.

"도성으로 올라가세. 이렇게 다친 몸으로 일본 여행을 하는 건 무리야. 충분히 쉬며 치료받아야 해. 당장 세상이 끝나는 것도 아니지 않는가?"

"조 정승과 박 대장께서 어렵게 마련해 준 기횝니다."

"나도 만나 뵈었네. 두 분 다 자네를 무척 아끼시더군. 한 번 기회를 주셨다면 두 번은 아니 주시겠는가?"

"대마도로 가야 합니다. 노자들에게 돌아오겠다고 약속했습죠. 마무리를 지어야 합니다."

"그럼 내가 따라감세. 대마도에서 인삼을 전한 후에 다시 돌아오도록 해. 부탁인데 이번엔 내 말을 듣도록 해. 자네가 이런 몰골로 떠나 버리면 내가 견딜 수 없을 것 같아서…… 영영 떠나 버릴 것 같아서…… 자네를 놓치지 않으려고……."

결국 나는 말을 끝맺지 못한 채 모로 쓰러져 잠이 들었다. 이야기를 듣거나 글을 쓰다가 잠든 적은 있지만, 이야기를 누군가에게 들려주다가 쓰러져 잠에 취한 것은 처음이었다.

이상한 느낌이 들어 눈을 뜨자마자 일어나 앉았다. 비가 그쳤고 해는 벌써 중천에 떴다. 달문이 엎드렸던 바로 그 자리에서 땀을 뻘뻘 흘리며 잤던 것이다. 내가 여기 누웠다면 달문은?

급히 방문을 열고 나서려는데, 툇마루에 앉은 여인에게 눈이 갔다. 소화였다.

"달문은 어디 있느냐?"

소화가 젖은 눈으로 답했다.

"떠나셨습니다."

"떠나다니?"

"이른 새벽에 대마도로!"

"정말이냐? 나를 깨우지도 않고?"

"당부하셨습니다. 도성에서 한달음에 오시느라 피곤하실 것이므로, 스스로 일어나실 때까진 깨우지 말고 여기 앉아 기다리라 하셨습니다."

윗목을 살폈다. 도성에서 조심조심 가져온 특등품 삼 70근도 없었다.

"그 몸으로 어찌 배를 탄단 말이더냐? 왜 말리지 않았어?"

소화가 울먹였다.

"말렸습니다. 이리 가시면 상처가 덧나 목숨이 위태롭다고 거듭 말씀 올렸습니다. 하지만 가야 한다고. 가지 않으면 가여운 노자들이 다친다고. 그리고 나리가 깨어나시면 전하라 하셨습니다. 이 은혜 잊지 않고 꼭 갚겠다고. 이렇게 부산포까지 삼을 가지고 내려와 준 것만도 감사하다고. 대마도는 혼자 가겠으니, 기다리지 말고 도성으로 돌아가시라고."

마지막 문장에서 달문이 새벽에 나를 두고 떠난 이유를 알아차렸다. 그는 내가 대마도, 나아가서 일본까지 동행하겠다고 나설까 걱정했던 것이다. 소화가 울음을 터뜨렸다.

"소녀를 이번엔 꼭 데려가 달라고 청하였어요. 한데 제 손을 쥐기만 하셨죠."

대마도행 배에 내가 오르는 것도 소화가 오르는 것도 불법이었다. 통신사 일행에 명단을 올리지 못한 이는 그 누구도 대마도로 건너갈 수 없었다. 그러나 달문이 응낙한다면 나는 무슨 수라도 냈을 것이다. 아무리 많은 돈을 쓰더라도 그의 곁을 지켰을 것이다. 그것은 소화도 같은 마음이었다. 그녀의 울음이 커졌다. 울음 속 이야기에 고저장단高低長短이 섞여들었다.

"파도가 너무 높은데, 바람이 바위를 날릴 듯 휘몰아치는데, 이런 날은 배를 띄우지 않고 아랫목에 누워 파도와 바람이 잦아들기를 기다리는 법인데, 주고받을 이야기 아직 산처럼 쌓였는데,

밀고 당길 느낌들 이제 겨우 샘에서 흘러나오기 시작했는데, 도성으로 올라가 뵈올 결심했을 때 바람처럼 내려와 내 입술에 머물러 좋았는데, 혀로 세상을 들어 올리고 혀로 세상을 삼키고 혀로 세상을 만들라는 칭찬이 든든했는데, 판에 오를 때 날카로운 검도 고운 옷도 멋진 탈도 손에 꼭 맞는 작은 북도 두고 혀만 지니라는 말씀이 활활 타올라 뜨거웠는데, 만인의 행복 속에 재담꾼의 고독이 자란다는 말씀도 가슴에 새겼는데…… 떠나셨어요. 하루만 더 있다가 가시라 했지만 기어코 가셨어요. 대마도까지 무사히 닿겠죠? 나리! 그렇겠죠?"

나는 답하지 않고 포구로 달려 내려갔다. 소화의 말처럼 파도는 두 길이 넘고 바람은 돛대를 꺾어 버릴 듯 매서웠다. 이 풍랑을 뚫고 달문이 떠난 것이다. 과연 대마도에 탈 없이 도착할 수 있을까. 괜히 나 때문에 악천후를 무릅쓰고 떠난 것은 아닐까. 망망대해에서 사고라도 당한다면, 그 원통함을 어찌 씻을까. 뒤따라온 소화가 도롱이를 내밀었다.

"걸치세요. 겨울비는 뼈까지 얼린답니다."

도롱이를 받지 않고 그녀의 얼굴을 쳐다봤다. 젖은 머리 사이로 차가운 빗물이 흘러내렸다. 어느 것이 눈물이고 어느 것이 빗물인지 가릴 수 없었다. 내 슬픔도 저 얼굴과 같았다.

그는 떠났고 나는 남았다. 그는 미련을 두고 기다리지 말라고도 했다. 그러나 나는 그 봄과 여름 내내 부산포에서 기다렸다. 통신사가 곧장 돌아오진 않았으므로, 달문과 인삼을 실은 배가 무사히 대마도에 닿았다는 것은 짐작할 수 있었다. 그러나 거기서부턴 감감무소식이었다. 나는 누이들과 매부들이 함께 보도록 서찰을 띄웠다. 부산포에 중요한 일이 생겨서 통신사가 들어올 때까진 상경하지 못한다는 내용이었다. 가게는 걱정 말고 편히 지내다 오라는 답신이 왔다.

통신사가 돌아온 것은 7월이었다. 나는 소화와 함께 포구로 마중을 나갔다. 삼사와 군관들에 이어 마상재와 악사들이 배에서 내렸다. 그러나 달문은 그 대열에 없었다. 나는 노자들을 붙잡고 달문에 대해 물었다. 그들은 삼을 가지고 도착한 달문이 상처가 덧나 일본으로 건너가지 못하고 대마도에 남았다고 했다. 그리고 통신사가 여정을 마치고 돌아오며 대마도에 들렀을 때, 달문은 그 섬에 없었다는 것이다. 달문을 치료한 대마도 의원에 따르자면, 상처가 나아 걸어 다닐 정도가 된 후부턴 일본 지도들을 구해 에도까지 이어진 고을 이름과 특색을 물었다고 했다. 가미노세키, 우시마도, 오미하치만, 히코네 등 각 고을을 불러 주자 달문은 한 번 듣곤 곧잘 따라했다고 한다. 대마도주가 사람을 풀어 섬을 뒤졌으나 찾지 못했다. 대마도를 떠난 달문은 부산포로 돌아오지 않았다. 일본의 고을들을 떠돌고 있을 가능성이 컸다. 그가 돌아왔다는 증거는 전혀 없었다.

소화는 바닥에 퍼질러 앉아 곡을 하듯 울었다. 푸념하는 말 한마디 뱉지 않고 시린 파도에 눈물만 더했다. 나는 먼바다를 바라보며 한숨을 내쉬었다. 그렇게 달문은 완전히 사라진 것이다.

우울이 천 일을 덮고 난 후

도성으로 돌아온 후 천 일을 앓았다

마음의 병이었다.

불면증이 시작되었다. 사나흘 밤을 새우는 것은 보통이고 열흘 동안 이불을 펴지 않은 적도 있었다. 하는 일도 없이 뜬눈으로 새벽을 맞는다는 것은 지루한 고통이었다. 피곤에 절은 몸으론 글을 읽을 수도 쓸 수도 없었다. 야경 도는 포졸을 피하여 도성의 밤거리를 싸돌아다녔다. 방에서 우두커니 앉거나 눕거나 빙빙 돌며 서성이는 것보단 나았지만, 아무리 걷다 와도 졸리지 않았다.

술의 힘을 빌려 보기도 했다. 마시면 곧 쓰러진다는 독주를 추천받아 들이켰다. 과연 효력이 있어서 잔을 놓기도 전에 취기가 돌았고 쓰러져 잠이 들었다. 문제는 잠든 후였다. 너무 많은 악몽이 찾아왔던 것이다. 세책방에 쌓인 소설 속 지옥들이 연이어 등장했다. 팔열지옥八熱地獄과 팔한지옥八寒地獄에서 비명을 지르며 고통을 당하는 이는 달문이었고, 나는 멀찍이 떨어져 지켜보다가 달아났다. 단 한 번도 달문을 구하기 위해, 혹은 달문과 함께 아파하려고 지옥으로 뛰어든 적은 없었다. 내가 계속 도망만 다닌다는 사실이 꿈 속에서도 싫고 미웠다. 이다음 지옥에선 꼭 달문 대신 내가 지옥을 맛보리라 다짐하기도 했다. 그러나 다시 지옥에 닿으면 어김없이 달문이 먼저 고통받고 있었다. 나는 어느새 돌아서서, 달문의 비명이 들리지 않는 곳까지 달아나는 중이었다. 울며불며 고함을 지르고 발악을 하다가 깼다. 깬 후에도 지옥의 잔상이 분명해서 남은 하루를 버티기 힘겨웠다. 취중 수면에 따른 부작용이 너무 컸던 것이다.

누이들이 약첩을 지어오기도 했다. 꿈 없이 깊은 잠에 빠진다는 약이었다. 약을 달여 세 번 먹은 뒤 모처럼 숙면을 취했다. 그런데 또 다른 문제가 생겼다. 얼굴부터 시작해서 놀랄 정도로 빠르게 살이 찌는 것이다. 약을 사흘 먹고 나니 두꺼비를 떠올릴 정도로 목과 볼이 두툼해졌다.

술도 약도 먹지 않고 버티기로 했다. 산 좋고 물 맑은 곳에서 시름을 잊고 요양을 하라는 권유도 받았다. 강화도에 별장을 마련해서 며칠을 묵었다. 그러나 도성을 떠나 한적한 숲이나 바닷가로 옮기니 잠이 더욱 달아났다. 도성에선 야경꾼들의 눈을 피하여 밤거리라도 쏘다닐 수 있지만, 낯선 시골에선 꼼짝없이 방에서 밤을 나야 했다.

불면증은 날로 심각했지만 그 외엔 만사가 형통했다. 누이들이 하나씩 꿰차고 매부들과 해 나가는 가게는 하루가 다르게 손님이 불어나고 매상이 늘었다. 그도 그럴 것이, 통신사에게 특등품 삼 70근을 급히 변통한 후, 좌의정 조현명은 의정부와 육조에서 필요로 하는 인삼들을 우리 가게에서 사들이도록 했기 때문이다. 물론 나는 보답을 요구한 적이 없었다. 좌의정을 뒷배로 두었다는 풍문이 돌자 그보다 낮은 직급의 벼슬아치들도 가게를 찾기 시작했다. 벼슬아치가 아니더라도 도성에서 손꼽히는 부자들은 통신사에게 보낸 특등품 삼을 사고 싶다고 청했다. 따지고 보면 이 모든 거래는 달문이 부산포에서 좌의정에게 연락을 취하면서 내 이름을 언급한 덕분이다. 그로 인해 재개업한 인삼 가게들이 자리를 잡은 것이다.

불면은 우울을 낳았다. 금고에 돈이 그득그득 쌓여도 우울은 사라지지 않았다. 맛난 음식과 술, 귀한 옷, 번듯한 기와집을 열 채나 사들였음에도, 절망은 더 깊고 짙어지기만 했다. 살이 점점 빠졌다. 앙상한 살가죽으로 뼈란 뼈는 다 튀어나왔다. 거울을 들고 실핏줄이 터진 퀭한 눈을 비비며 이렇게 뇌까리는 아침이 늘었다.

"완전히 수표교 거지꼴이군."

수표교 거지 중에도 나만큼 야윈 놈은 없었다. 살이 빠지자 무릎과 발목이 아프기 시작했다. 사람 하나 없는 대로를 천천히 걷다가도 제풀에 넘어졌다. 몸은 반쪽이 되었는데 걸음걸이는 예전 그대로인 것이 문제였다. 발목이 돌아가며 쑤시기 시작하더니 대나무 부러지듯 무릎이 꺾였다. 갑자기 넘어지는 바람에 이마나 뺨 혹은 뒤통수나 뒷목에 혹이 나고 멍이 생겼다. 그래도 밤 산책을 포기하진 않았다. 누이들은 밖에서 방문을 잠그는 한이 있더라도 산책을 막으려 했다. 해 질 무렵까지만 걷고 매부들이 돌아가며 나와 동행하는 정도에서 타협을 봤다.

낙엽 밟는 소리가 가슴을 잘게 부수는 늦가을이었다. 개천 쪽으로 방향을 잡았다. 해가 일찍 지기 때문에, 늦은 점심을 먹곤 곧바로 산책에 나섰다. 막내 매부가 내 곁에 바짝 붙었다. 그즈음 나는 왼손에 쥔 지팡이에 의지하지 않고는 스무 걸음도 온전히 걷기 힘들었다. 몸이 점점 왼쪽으로 기울어 왼 발목이 삐거나 왼 무릎이 꺾였던 것이다. 왼뺨과 왼 귀와 왼 어깨에 상처를 늘 달고 살았다.

멀리 수표교가 보였다. 달문과 내가 처음 만난 다리였다. 나는 지팡이에 의지하여 허리를 펴곤 어둑어둑한 다리를 살폈다. 그런데 그 다리 위에서 누군가 춤을 추고 있었다. 한눈에 철괴무란 걸 알아차렸다. 술에 취한 듯 비틀거리며 다리까지 절던 광대가 허공으로 뛰어올라 앞공중제비를 돈 후 내려왔다. 눈이 마주쳤다. 나는 화살처럼 튀어 나갔다.

달문이었다. 귀밑까지 찢어진 입과 당장이라도 튀어나올 듯한 왕방울 눈, 거기다가 빗물이 들이치는 들창코에 하나는 위로 하나는 아래로 뻗은 눈썹까지, 철괴무의 달인 달문이 분명했다.

허겁지겁 내달리다가 지팡이를 놓치고 나뒹굴었다. 왼눈이 퉁퉁 부어오르기 시작했다. 저만치 날아간 지팡이를 찾지도 않고 벌떡 일어나 다시 달렸다. 다리로 올라서려다가 무릎이 꺾여 다시 넘어졌다. 쓰러질 때 관절이 뒤틀렸을까. 무릎이 펴지지 않았다. 통증을 참으며 무릎걸음으로 기었다. 눈이 마주친 사내의 팔을 겨우 붙잡으며 외쳤다.

"달문!"

사내가 돌아다보았다. 바가지를 품에 안은 수표교 거지였다. 뺨에 여드름이 가득하여 어린 티가 났다. 기껏해야 열 살을 넘지 않았을 것이다. 거지 아이는 겁에 질린 눈으로 온몸을 떨며 울먹이다시피 말했다. 해골 같은 사내가 갑자기 팔을 붙들었으니 겁을 먹을 만도 했다.

"놔, 놔요!"

나는 손을 놓지 않고 오히려 바짝 당겼다. 아이의 얼굴을 찬찬히 뜯어보았다. 땟국물이 흐르긴 해도, 눈코입 모두 기이하게 생기진 않았다. 깨끗이 씻기고 빗긴다면 멀끔하게 잘생겼단 소릴 들을 정도였다. 뒤따라온 막내 매부가 등 뒤에서 나를 안아 일으켰다. 눈이 유난히 맑고 심성이 착해서 노루 매부로 통했다.

"괜찮은가 처남? 이렇게 갑자기 뛰어가는 법이 어디 있어? 대체 뭘 본 건가? 이 거지 아이 때문이야?"

나는 그때까지도 아이의 손목을 놓지 않고, 고개만 돌려 매부에게 물었다.

"봤죠?"

"뭘 말인가?"

"다리에서 철괴무를 추던 사내."

"철괴무라고? 저 아이가 각설이 타령을 부르며 건들거리긴 했지. 철괴무는 아니었네."

"철괴무였어요. 춤춘 광대는 달문이었고."

매부는 아이의 얼굴을 가리키며 말했다.

"자, 잘 봐. 저 얼굴이 어디 당대 최악의 추남인가? 헛것을 봤던 게야. 그렇게 자지도 않고 먹지도 않으니 이 아이를 달문으로 착각한 거라고. 가세. 어여 가서 닭이라도 한 마리 고아 먹자고. 그리고 제발 잠을 자도록 해 봐. 뚱보가 되든 고주망태가 되든 오늘 밤은 자라고. 알겠어?"

불면과 우울 그에 따른 절식絶食이 이어졌다. 산책길에 행인을 달문으로 착각하는 경우가 점점 늘었다. 처음엔 남자들을 달문으로 알고 다가갔지만, 그 후론 덩치 큰 여자를 달문으로 간주했고, 그다음엔 덩치나 나이와 상관없이 여자아이부터 할머니까지 내 앞에서 어른거리기만 하면 달문이라 여기고 쫓아갔다. 달려가다 넘어져 다친 경우는 부지기수이고, 달문으로 오해받은 이들의 비명을 듣고 달려온 포졸들에게 포박당해 좌포청과 우포청에 끌려간 것만도 다섯 번씩이었다. 조 정승과 박 대장의 도움이 없었다면 옥살이를 톡톡히 했을 것이다. 그렇게 풀려난 뒤에는 급기야 사람이 아니라 사람 비슷하게 생긴 나무나 돌만 봐도 달문으로 여기고 달려가 얼싸 안았다. 누이들과 매부들은 나를 방에 가두곤 앞마당 산책도 금지시켰다. 그리고 이 나라에서 가장 용하다는 의원을 특등품 삼 두 뿌리를 미리 건넨 후 데리고 왔다. 주먹코에 입술까지 두툼한 의원은 진맥을 짚고 한참을 숙고하다가 내게 물었다.

"아주 독하게 실연당한 적 있소?"

실연? 사랑하는 여자와 헤어진 적이 있느냐는 물음이다. 검무에 능한 운심을 사모한 적은 있지만 어디까지나 외사랑이었다.

"없습니다."

의원이 고개를 갸웃거렸다.

"사랑을 잃고 크게 상심한 사람에게서 나오는 맥이라오. 백약이 무효일 만큼 상처가 깊군."

막내 누이가 받았다.

"백약이 무효하다고요? 이대로 동생을 잃으란 말입니까? 약이 없는 병은 없다 들었습니다. 방책을 알려 주세요."

"약이 될지 독이 될지 모르겠지만, 지금으로선 마음에 담은 사람과 재회하는 게 유일한 방책이오. 만나서 상처가 덧나면 독이겠지만, 상처를 다스린다면 마음의 병은 물론이고 몸의 병까지 말끔하게 나을 게요."

의원이 약 한 첩 지어주지 않고 자리를 떴다. 세 누이는 내게 상처를 준 여인을 털어놓으라고 몰아세웠지만 할 말이 없었다. 누이들과 매부들이 나간 후 홀로 빈방에 남았을 때, 나는 어쩌면 이 모든 병의 근원이 달문일지도 모른다는 생각이 들었다. 사랑이라거나 실연이란 단어와는 어울리지 않았지만, 부산포에서 봄과 여름을 보내며 나는 오직 한 사람만을 기다렸다. 그가 돌아오면, 내가 이야기하다가 끝내지 못한, 묻지 못한 대목들을 꺼낼 작정이었다. 나를 두고 몰래 대마도로 떠난 것을 따질 것이다. 그리고 다시는 내 앞에서 사라지지 않겠다는 약조를 받고 싶었다. 물론 내겐 달문을 곁에 둘 명분이 없었다. 그는 이제 내 가게 점원도 아니고 조방꾸니 동업자도 아니었다. 내가 그에게 책임이 없듯 그도 나에게 책임이 없었다. 법적으론 그리고 상식적으론 우린 완전히 남이었다. 그가 내 곁에 머물 순 있지만 그건 어디까지나 호의 때문이며, 그가 내 곁을 떠나간다 하여 나무라거나 원망할 구석이 없는 것이다. 즉 나는 법이나 상식을 넘어서서, 달문을 원했다. 그와 함께 어떤 일을 도모할 마음을 먹진 않았다. 그는 처음 나를 만난 날부터 지금까지 가급적 아무것도 하지 않으면서, 겨우 입에 풀칠할 정도의 수고만으로 살고 싶어 했다. 돈도 재물도 명예도 아내도 아이도 원하지 않았다. 나는 달문처럼 완벽하게 무소유를 추구하진 않았지만, 그래도 달문을 만난 후로 욕심을 꽤 내려놓았고 지금은 오로지 하나만을 원했다.

달문을 곁에 두는 것!

갈매기 높게 날고, 고기잡이 배 어지럽게 떠도는 남해 바다를 하염없이 바라보며 든 생각이었다. 달문이 일을 전혀 하지 않고 밥만 축내도 상관없었다. 돈 벌고 재물 쌓는 장사꾼은 나 하나로 족했다. 달문이 내 곁에 서 있거나 앉아 있기만을 바랐다. 나무처럼 바위처럼!

달문에 대한 내 마음을 누구에게도 털어놓지 않았다. 누이들이나 매부들이 알면, 대식對食 동성애을 의심하며 더욱 부끄러워할 것이다. 달문의 손을 잡고 등에 기대고 나란히 누워 잠든 밤도 있었지만, 우리는 서로를 사랑하진 않았다. 달문은 우정을 나누는 것조차 때때로 조심스러워했다.

산책이 불허되었고, 불면증은 낫지 않았으므로, 내가 기댈 곳은 소설뿐이었다. 대광통교 세책방에 연락하여 소설 목록집을 가져오게 했다. 신작소설 절반과 이미 통독한 소설 절반을 빌렸다. 읽고 읽고 또 읽는 나날이었다. 남이 쓴 이야기를 읽고 있자니, 내 이야기를 써보고 싶은 욕심이 스멀스멀 올라왔다. 그러나 나는 이내 마음을 접었다. 달문을 만나지 않고는, 만나서 도성을 떠난 후의 삶을 듣기 전에는 쓰다 만 소설을 마칠 수 없었다.

쥐 영감에게서 만나자는 연락이 연이어 왔다. 이번에도 나는 거절했다. 만나면 달문을 주인공으로 두고 뜻을 붙인 소설을 달라고 조를 것이 분명했다. 쥐 영감의 아들이 직접 내 집으로 찾아왔다. 겨우 벽에 기대앉은 채 손님을 맞았다. 아들을 보자마자 나는 깜짝 놀랐다. 쌍둥이라고 해도 믿을 만큼 쥐 영감과 닮았던 것이다. 수염이 더 가늘고, 눈에 주름이 조금 덜 하다는 것 외엔 판박이였다.

나중에 알고 보니 쥐 영감은 일찍 장가를 가서 하나뿐인 아들을 열네 살에 얻었다. 게다가 그 아들은 어려서부터 병약하여 얼굴에 주름이 자글자글했던 것이다. 전주에 세책방을 내어 따로 가게를 운영하다가 올해 대광통교로 올라왔다. 세책방을 드나드는 손님들도 두 사람을 구분하기 어려워, 아버지 쥐 영감은 쥐 영감으로 아들 쥐 영감은 생쥐 영감으로 불렀다. 생쥐 영감은 방바닥에 눈물부터 떨어뜨리며 사정했다.

"꼭 함께 가주세요. 아버지께서 위독하십니다. 오늘 밤을 넘기기 힘들지도 모릅니다. 모독 당신을 죽기 전에 만나야 한다고, 그렇지 않으면 죽어서도 눈을 감지 못하겠다고. 이렇게 부탁드립니다. 원하는 것은 무엇이든 들어 드릴 테니까, 제발 세책방으로 가주십시오. 심신이 편치 않다는 풍문을 들었습니다. 밖에 가마를 대령해 뒀습니다."

사경을 헤맨다고 하니 아니 갈 도리가 없었다. 쥐 영감은 세책방 쪽방에 누워 있었다. 생쥐 영감에 따르면, 넓고 깨끗하고 조용한 집으로 옮기자고 했지만 죽을 때까지 세책방을 떠날 수 없다고 고집을 부렸다 한다. 쥐 영감다웠다.

방문을 열었지만 벽을 보며 누워 있던 그는 움직이지 않았다. 생쥐 영감이 무릎걸음으로 다가가서 내가 왔음을 알린 뒤에야 그가 천천히 고개를 돌렸다. 그러나 목을 돌릴 힘도 남아 있지 않았는지, 천장까지 돌던 머리가 멈췄다. 생쥐 영감이 아버지의 어깨를 누르고 머리를 더 돌려 놓은 다음에야 우리는 눈을 맞출 수 있었다. 나를 쳐다보는 쥐 영감의 눈이 커졌다. 병색이 완연한 그의 몰골만큼이나 내 몸도 바싹 야위었던 것이다. 쥐 영감의 오른손이 아주 천천히 이불에서 빠져나와 머리 위에 놓인 앉은뱅이책상을 가리켰다. 생쥐 영감이 그 손짓을 알아차리곤 책상 위에 놓인 서책을 집어 내밀었다. 『풍운기風雲記』, 처음 듣는 제목이었다. 쥐 영감이 겨우 입술을 벌려 책에 관해 설명했다.

"설익은 솜씨라우…… 첫 작품이지……."

"퇴짜를 놓았겠군요."

품평에선 조금도 양보하지 않는 사람이었다. 쥐 영감이 흔들리지 않고 말을 이었다.

"……책갈피 끼워 둔 곳…… 거길 보여 주려고 불렀수."

나는 책갈피를 잡고 책장을 빠르게 넘겼다. 붉은 점으로 찍어 둔 '차설'부터 소리 내어 읽어 나갔다.

차설. 춤을 추기 전에 광대는 바다가 내려다보이는 언덕바지에 병자들과 둘러앉아 늦은 점심을 먹었다. 하늘은 푸르고 파도는 잔잔했다. 겹겹이 늘어선 섬 사이로 고깃배들이 숨바꼭질을 하듯 숨었다가 나타나고 다시 숨었다. 거듭된 흉년에 몹쓸 병까지 걸린 그들에겐 하루에 한 끼 보리밥으로나마 배를 채운 것만도 다행이었다. 커다란 바가지에 보리밥과 김치가 함께 담겨 있었다. 나무 숟가락들이 다투어 바가지로 들어갔다. 광대도 그 다툼에 동참했다. 곁에 앉은 최연장자인 병자가 광대에게 물었다.

"괜찮겠소?"

"뭐가 말입니까?"

"지금까지 우리랑 둘러앉아 같은 바가지에 숟가락을 넣어 밥을 먹은 이는 없었소. 병이 옮을까 두려워 우리가 강 이쪽에 있으면 강 저쪽으로 달아나기 바빴다오. 불편하면 저만치 물러나 있으시오. 다 이해하오. 우린 익숙하다오."

광대가 답했다.

"바가지에 둘러앉아 함께 먹지 않으면 먹은 것 같지 않습니다. 신경 쓰지 말고 어서 숟가락부터 드세요. 다 먹어 치웁니다, 눈 깜짝할 사이에."

왁자지껄 점심을 마친 뒤 곧바로 놀이를 시작했다.

광대는 작은 법고法鼓와 북채를 들고 등장했다. 오그라든 손가락 때문에 북과 북채를 겨우 잡은 채, 비틀거렸다. 춤을 추는 것도 같고 병 때문에 몸을 가누지 못하는 것도 같았다.

"아이고 내 신세야! 오늘 아침에도 죽 먹다가 엄지가 양쪽 모두 똑 떨어져, 이제 요 작은 법고도 못 들겠고 북채도 못 쥐겠네. 손가락들이 죄 떨어지고 오그라드니, 젓가락 던지고선 3년이 지났고, 이제 숟가락도 못 놀리겠구나. 손으로 퍼 먹기도 힘드니, 개처럼 엎드려 주둥아리로 먹어 대야 할까.

내 신세 이렇듯 처량하다 하여 깔보지 마라. 이래 봬도 오대조 조부는 정승, 그 아래는 판서, 그 아래는 진사, 만석꾼의 외아들로 태어나 열 살까진 내 땅이 아닌 곳은 밟아 본 적도 없어. 나도 조상님들처럼 열심히 공부하여 급제도 하고 벼슬도 얻을까 했으나, 난데없이 몹쓸 병에 걸려 일가친척 이별하고 고향 떠나 떠도는구나.

아무리 따져 보아도 형제자매 못살게 군 적 없고, 친구 재산 욕심낸 적 없고, 남의 문장 훔친 적 없는데, 어찌 이리 지독한 병에 하필 내가 걸려 이 고생일까. 억울하고 원통한 마음 백두산에서부터 흘러 남해 바다에 닿았네."

광대 열 명이 차례차례 등장했다. 외팔이, 절름발이, 입 삐뚤이,

언청이, 곱추, 곰배팔이, 혹부리, 난장이, 장님, 코 빠진 이 등 겹병신 문둥이들이었다. 재담하던 광대가 다른 광대들과 함께 춤을 췄다. 겹병신 광대들이 한 명씩 퇴장할 때마다 그 광대의 뒤틀리고 잘린 몸들이 재담하던 광대에게 얹혀졌다. 열 명의 광대가 모두 퇴장하자, 남은 광대는 한 걸음 떼기도 힘들 정도로, 세상에 온갖 고통을 모두 짊어진 꼴이다. 광대가 각종 병신춤을 뒤섞어 보인 뒤 말했다.

"내 신세 이러하나, 그래도 저승보단 이승이 낫지. 오늘 하루도 죽지 않고 살고 싶고, 사는 동안 한판 놀고도 싶네. 판에서 놀 땐 고통도 없고 슬픔도 없고 신세타령도 없고 내일도 없고 오늘도 없어라."

술에 취한 듯 비틀비틀 춤을 추다가 외팔이처럼 곰배팔이처럼 외다리처럼 곱사등이처럼 손발과 온몸을 뒤틀었다. 웃어도 슬펐고 즐거워도 슬펐고 으쓱으쓱 거들먹거려도 슬펐다. 그 춤을 보고 울지 않는 병자는 없었다.

그렇게 한바탕 울고 나선, 모두 광대를 따라 병신춤을 췄다. 병자들 모두 성치 않은 몸이었지만, 춤을 추는 데 주저하지 않았다.

차시에……

'차시'에 또 붉은 점이 찍혀 있었다. 나는 고개를 들고 쥐 영감과 눈을 맞췄다. 내가 하고 있는 추측을 그도 한 걸까.

"그 광대…… 아무래도 달문 같지 않수? 문둥병에 걸린 병자들과도 스스럼없이 먹고 놀고……. 소설이라고 가져오긴 했는데,

겪지 않고는 쓸 수 없는 대목이기에…….”

나도 같은 생각이었다.

“여기가 어딥니까?”

쥐 영감이 즉답 대신 슬쩍 아들인 생쥐 영감을 곁눈질하곤 다시 내게 눈길을 줬다.

“약조를…… 해 주오.”

“무슨 약조 말입니까?”

“달문을 만난 후엔 소설을 완성하겠다고…… 그리고 그걸 꼭 대광통교 세책방으로 가져오겠다고…….”

쥐 영감은 아직까지 포기하지 않은 것이다. 그리고 내가 원고를 세책방으로 가져오지 못하는 이유도 알고 있었다.

“완성작을 내가 꼭 읽고 싶었수…… 당신이 달문을 만나고 원고를 마저 쓰고 퇴고까지 하여 세책방으로 가져올 때까지…… 살려고 했건만……. 나 대신…… 저 아이에게 보여 줄 수 있겠소? 저 아인 아직 세책방에 확신이 없다우. 내가 시키니 마지못해 전주에 내려갔었던 거고…….”

쥐 영감이 잠시 말을 멈추고 눈을 감았다. 나는 내내 궁금하던 것을 물었다. 소설을 완성한 후 쥐 영감에게 던지리라 마음먹은 질문이기도 했다. 임종한다면 지금 이 순간 외엔 기회가 없을 것이다.

“달문에게 왜 그리 집착하십니까? 주인공으로 삼기에 매력적인 인물인 건 맞지만 이렇게까지 할 정도는 아니잖습니까?”

쥐 영감이 고개를 겨우 돌려 나와 눈을 맞췄다. 수만 권의 소설이 들어앉은 눈이었다.

"……지붕이 날아간 날이 있었수……. 비바람이 무시무시하던 늦여름 밤이었지……. 지붕을 덮은 무거운 기와들이 종이처럼 날아다녔다오……. 장대비가 서고로 곧장 떨어졌는데…… 서책들이 순식간에 젖기 시작했소……. 혼자선 역부족이었지……. 난 거리로 나가서 고래고래 고함을 지르기 시작했소……. 그런데 아무도 오지 않았소……. 주저앉아 펑펑 울었소……. 대대로 전해 내려오던 소설들이 다 젖게 생겼으니까……. 죽어 조상님 뵐 면목이 없었소……. 그때 갑자기 거지 떼가 들이닥쳤소……. 까막눈인 그들이 서책들을 들고 비가 들지 않은 쪽방으로 옮겼소……. 그 사람이 데려온 게요…… 달문!"

말을 멈췄다. 생각을 가다듬고 혀와 목에 힘을 싣는 중이었다. 이것이 유언이란 걸 그도 나도 알았다.

"내내 궁금했소……. 왜 그랬을까? 거지들…… 내가 정말 모질게 박대했소. 식은 밥 한 덩이 준 적 없고…… 서책을 더럽힐까 봐 문지방도 넘지 못하게 내쫓았다우……. 비가 그치고 한참이 지난 뒤 달문에게 물었소. 웃기만 하더니 한마디 합디다. ……사람이라면 누구라도 그리했을 겁니다……. 사람이라서, 그렇게 하지 않는 놈들이 훨씬 많은데…… 아들 녀석은 매설가 모독의 완성작을 보기 전까진 세책방을 처분하지 않겠다고 나와 약조를 했수……."

가쁜 숨을 몰아쉬며 기침을 네댓 번 이었다. 달문을 만난 후에 쓰다 만 원고를 이어 갈 수 있을까. 솔직히 거기까진 생각이 미치지 않았다.

"어딥니까?"

"경상도 산청……."

"산청엔 바다가 없지 않습니까?"

"소설에서…… 광대와 병자들이 노는 곳은 통영이고, 원고를 보낸 곳은 산청…… 이라우."

유랑단

도성을 나섰다.

달문을 만나겠다는 바람뿐이었다. 누이들과 매부들은 나를 혼자 보내지 않겠다며 막았다. 막내 매부가 동행하겠다고 나서기까지 했다. 나는 홀로 떠나겠다는 고집을 꺾지 않았다.

보름 정도 실랑이가 이어졌지만, 누이들과 매부들은 결국 내 뜻을 받아들였다. 보름 동안 내 몸이 급격히 나아진 것이다. 소설 『풍운기』를 쥐 영감에게서 받은 그 저녁부터 넉넉하게 밥을 먹고 베개를 높이 베고 이불을 턱밑까지 덮은 채 눈을 붙였다. 하루 세 끼 꼬박 끼니를 잇고 잠까지 길게 자고 나니 하루가 다르게 살이 쪘다. 누이들은 새벽부터 시장을 돌며 내게 먹일 음식을 장만했다. 보름 내내 잔칫상을 받는 것과 다르지 않았다.

도성을 떠나기 전날 밤 쥐 영감이 죽었다. 길 떠날 채비를 마친 뒤 조문을 갔다. 영정 아래에는 그가 평생 아낀 소설들이 가지런하게 놓였다. 모두 아홉 작품이었고, 마지막 자리엔 책 대신 흰 종이 뭉치뿐이었다. 조문을 마치고 나오는 내게 생쥐 영감이 말했다.

"기다리겠습니다. 돌아오셔서, 저 종이 뭉치를 대신할 작품을 꼭 주십시오."

죽어서까지 쥐 영감은 달문의 이야기를 기다리기로 한 것이다. 나는 생쥐 영감의 손을 쥐곤 위로의 말을 건넸다.

"대광통교 세책방에 가면 구하지 못할 이야기가 없다고 했습니다. 변함없이 지켜 주세요."

속마음을 더 내비치진 않았다. 반드시 달문을 만나 최대한 빨리 소설을 쓰고 고쳐 돌아오겠다는 달콤한 약조는 생쥐 영감에게도 내게도 부담이었다.

곧장 경상도 산청으로 내려갔다. 진주라 천 리 길인데, 진주 옆 지리산 자락에 붙은 산청 역시 먼 고을이었다. 천안까진 가마에 의지했으나 천안부턴 말을 구해 달렸다. 언제 아팠냐는 듯 몸도 가볍고 힘도 붙었다.

대광통교 세책방으로 보낸 원고 마지막에 적어 둔 주소를 찾아갔다. 담이 높고 대문이 단단한 것이 동네에서 목소리 꽤나 높이는 양반 집임을 알 수 있었다. 대문을 두드린 뒤 기다렸다. 늙수그레한 하인이 나와선 아래위로 훑어봤다. 낯선 이를 경계하는 눈초리였다. 찾아온 용건을 밝혔다. 도성 대광통교 세책방 점원이라 둘러댄 후, 소설을 보낸 민세묵閔世嘿 씨를 만나고 싶다고 말했다. 하인이 급히 뒷걸음질을 치더니 대문을 닫아걸었다. 잠시 후 몽둥이를 든 하인들이 우르르 몰려나와 나를 에워싼 후 끌고 들어가선 마당에 꿇렸다. 대청마루에 정자관을 쓴 백발의 사내가 나왔다.

"세묵이가 소설을 썼다고?"

"그렇습니다."

나는 고개를 들려고 했지만, 하인들이 어깨를 잡고 땅에 닿을 만큼 짓눌렀다.

"헛소리 마. 그 아이가 천박하고 난삽한 소설 따윌 썼을 리 없어."

"가지고 왔습니다. 등짐에 넣어 뒀습니다."

하인들이 등짐에서 소설 원고를 꺼낸 후 나를 광에 가뒀다. 따져 묻고 싶었지만 주먹이 먼저 날아와 명치를 때렸다. 새우처럼 허리를 숙이며 헉헉댈 수밖에 없었다.

얼마나 시간이 흘렀을까. 굳게 닫혔던 문이 가만히 열렸다. 소복 차림의 여인이 들어왔다. 하인 둘이 좌우에서 몽둥이를 흔들었으므로 나는 고개를 들지도 못하고 꿇은 채로 기다렸다.

"서방님을 만난 적이 있나요?"

서방님! 민세묵의 아내였다.

"없습니다. 『풍운기』 그 소설만 인편에 대광통교 세책방으로 왔습니다."

잠시 눈치를 보다가 물었다.

"민세묵, 그 어른은 댁에 계십니까?"

소복 치마가 눈에 밟혔다.

"돌아가셨습니다."

그녀는 최대한 담담하려 했지만 목소리가 젖어 들었다.

"돌아가셨다고요?"

"열흘 전에 상을 치렀어요."

"그럴 리가……."

실망이 컸다. 민세묵을 만나면 달문의 거처를 알 수 있으리라 기대했던 것이다.

"그 소설 서방님이 쓰신 게 분명한가요?"

"제가 묻고 싶은 겁니다. 작품을 읽고 몇 가지 확인하고 싶은 대목이 있어 내려왔습니다. 민세묵, 그 어른이 쓰신 소설이 확실합니까?"

"몰라요."

목소리가 더 많이 출렁거렸다. 부부라면 남편이 어떤 글을 쓰고 있었는지는 알지 않을까. 더군다나 200장이 훌쩍 넘는 장편이다. 그런데 모른다?

"평소에 소설을 즐겨 읽고 쓰셨습니까?"

"몰라요."

이번에도 같은 대답이다. 나는 잠시 생각을 가다듬기 위해 질문을 아꼈다. 그녀가 그 짧은 침묵을 깨며 말을 이었다.

"7년 전 혼인하고 바로 다음 날부터 시름시름 앓으셨어요. 몹쓸 병에 걸린 걸 안 때는 한 달이 지나서고요. 아무리 귀한 약첩을 써도 소용없는 병이었죠. 서방님은 늦가을 밤 홀로 사라지셨어요. 다시는 찾지 말란 쪽지를 남겼죠. 그 후로 단 한 번도 귀가하지 않으셨어요."

"귀가하지 않았다는 건?"

"떠도셨죠."

민세묵도 소설 속 등장인물들처럼 문둥병자였다. 7년이나 길위를 떠돌다가 숨진 것이다. 나는 조심스럽게 물었다.

"열흘 전에 상을 치렀다고 하셨는데, 하면 숨을 거둔 곳은 어디입니까?"

"밀양이에요. 몹시 못생긴 거지가 찾아왔었답니다. 숨이 끊어지기 전에 서방님이 고향 주소를 일러 줬던가 봐요."

"몹시 못생긴 거지?"

"입이 엄청 컸어요. 주먹이 들어갈 정도였죠. 콧구멍도 하늘을 향하고……. 하여튼 제가 본 사람 중에 제일 못났습니다."

숨이 막힐 뻔했다. 문둥병자들과 함께 먹고 놀던 거지, 소설 속 거지가 여기까지 와서 민세묵의 죽음을 가족에게 전한 것이다.

"혹시 달문이라고 하던가요?"

"이름을 밝히진 않았어요. 서방님 이름만 대면서 비보를 전했습니다. 고통 없이 편히 가셨다고요. 밀양으로 가서 운심을 찾으라더군요."

"운심을요?"

달문이 분명했다.

"맞아요. 검무로 유명한 기생 운심! 그 길로 밀양에 가서 운심을 만났답니다. 지도를 한 장 주더군요. 밀양부터 지리산까지 상세하게 그린 지도였습니다. 글 한 자 없었지만 거기 담긴 산과 강과 호수를 끼고 난 길을 따르면 되겠다 싶었어요. 솔숲에 붉은 점이 찍혀 있더군요. 쓰러진 고목 속에 서방님의 시신을 두었다고 했습니다. 그 지도를 따라갔더니 과연 고목이 있었습니다. 짐승들이 침탈하지 못하도록 고목의 구멍을 돌과 나뭇가지로 꽉꽉 막아 뒀더군요. 무사히 상을 치르고 시아버지께서 운심에게 사례하러 갔는데, 그녀는 아무것도 받지 않았어요. 자신은 그저 심부름만 했다고요. 누가 시신을 고목에 안전하게 두었고 또 누가 지도를 그렸느냐고 물었지만 웃기만 했다고 합니다. 그런데 오늘 느닷없이 서방님이 쓰신 소설을 가지고 그쪽이 찾아온 겁니다."

"제가 거짓말을 한다고 생각하시나요?"

"아닙니다. 시아버지 말씀이 필체가 서방님 것이 맞다고 합니다."

다행이었다. 누명을 벗은 것이다. 그렇다면 직접 와서 내게 사과부터 해야 하지 않는가. 그녀가 말을 이었다.

"소설은 돌려드리지 못합니다. 서방님이 몹쓸 병을 앓다가 돌아가신 걸 구태여 세상에 드러내고 싶지 않으니까요. 세책방에 소설이 도는 것만은 막아야 해요. 혹시 따로 필사해 둔 게 있나요?"

민세묵의 가족들이 걱정하는 것이 무엇인지 알아차렸다. 세책방에 두고 돌리기엔 부족한 작품이라고 쥐 영감이 혹평한 것을 그들은 몰랐던 것이다. 자초지종을 설명해도 내 말을 믿지 않을 것이다. 나도 『풍운기』를 지니고 다닐 마음은 없었다. 그 소설을 통해 달문을 만나고 싶었을 뿐이다.

"그게 유일본입니다. 제 목숨을 걸고 맹세하겠습니다. 세책방에 돌릴 일은 결코 없습니다. 소설에 담긴 인물이나 사건을 발설하지도 않겠습니다."

"약조하시겠어요?"

"하늘에 맹세하지요."

"하인들이 험하게 군 건 사과드리겠어요."

"귀댁에서 얻어맞은 것 또한 문제 삼지 않겠습니다. 열흘 전 상을 치른 줄 알았다면, 정중하게 조문부터 했을 겁니다. 첫 소설치곤 문장이 훌륭했습니다. 아까운 재능입니다."

"문중 어른들도 다 그리 말씀하셨어요. 소과는 물론 대과도 거뜬히 붙을 실력이었다고. 서방님 마지막 글을 전해 주셔서 고맙습니다. 하지만 다시는 이렇게 마주 보며 말을 섞을 날이 없었으면 해요. 서방님 이름이나 이곳 주소도 잊어 주시고요."

말을 타고 밀양으로 향했다.

낙동강을 따르다가 삼랑진에서 밀양강으로 올라서자 고삐 쥔 손이 떨렸다. 운심과 도성에서 헤어진 지도 4년이 넘었다. 달문이 더 이상 조방꾸니를 맡지 않겠다고 한 후 운심은 결국 밀양으로 내려갔다. 나는 미리 사람을 보낼까 고민했다. 그러나 운심에게 생각을 가다듬을 여유를 주지 않고 갑자기 들이닥치기로 했다.

성문을 통과하며 문지기에게 운심의 집을 물었다. 문지기는 째려보며 운심을 왜 찾느냐고 되물었다. 산청에서 하인들에게 두들겨 맞고 광에 갇히는 바람에 내 몰골이 남루했던 것이다. 운심이 산대놀이를 위해 도성에 올라왔을 때 조방꾸니 노릇을 했다고 사실대로 밝혔다. 문지기가 놀란 눈으로 다가섰다.

"운심이 도성에서 정승 판서들을 들었다 놨다던데, 사실이오?"

"그 솜씨가 어디 가겠습니까?"

"그렇지? 운심의 검무야 청나라까지 아울러도 당할 상대가 없지. 하하하."

호탕하게 웃고는 운심의 집을 자세히 알려 줬다.

문지기가 일러 준 집 앞에 어렵지 않게 도착했다. 벽이 높고 기와지붕이 버선코처럼 날렵했다. 소리쳐 운심을 찾으려는데 반쯤 열린 문으로 바삐 오가는 기생들이 눈에 띄었다. 그 틈으로 가만히 들어서선 마당을 가로지르던, 기껏해야 열 살쯤 먹어 보이는 동기童妓의 앞을 막아섰다. 동기가 깜짝 놀라며 엉덩방아를 찧곤 울음을 터뜨렸다. 당황하긴 나도 마찬가지였다. 여기저기서 기생들이 우르르 몰려나왔다. 몸단장이 한창이었던지 크고작은 붓과 색색가지 물을 들인 천을 들었다. 쏟아지는 시선이 불편했지만 나는 고개를 숙이지 않았다. 내가 원하는 얼굴은 보이지 않았다. 눈이 작고 날카로운 기생이 카랑카랑한 목소리로 쏘아붙였다.

"당신, 뭐야? 여기가 어딘 줄 알고 함부로 들어와?"

다행히 남자 하인은 보이지 않았다. 산청에서처럼 곧장 광에 갇히진 않았지만 소란스러워지기 전에 수습하는 것이 중요했다.

"운심이 있나?"

내 질문에 기생들이 번갈아 코웃음을 쳤다.

"운심이 안에 있냐고 물었네."

"스승님은 왜 찾아?"

나를 몰아세웠던 기생이 가시 돋친 목소리로 물었다.

"내 이름은 모독이라고 하네. 도성에서 왔어. 운심이에게 내가 왔다고 전해 주게."

"모독! 요사스러운 이름이네."

기생들이 다시 까르르 웃었다. 웃지 않은 기생은 엉덩방아를 찧은 동기뿐이었다. 동기가 엉덩이에 묻은 흙을 털며 내게 한 걸음 다가와선 물었다.

"혹시 스승님의 조방꾸니 모독 님이신가요?"

기생들이 웃음을 그친 후 동기를 쳐다보곤 다시 시선을 내게 옮겼다.

"맞아. 내가 조방꾸니 모독이란다. 네 스승님 아니 운심은 어디 있니? 알려다오."

동기가 곁에 선 기생들과 눈을 맞춘 뒤 답했다.

"떠나셨어요, 사흘 전에."

"떠나? 어디로?"

"모릅니다."

"혹시, 달문이라고, 못생긴 광대와 함께 떠났어?"

"못생긴 광대라고요? 아닙니다. 스승님은 혼자 떠나셨어요. 어행이 제법 길어질 것 같다며, 검무 연습을 게을리 말라는 말씀을 남기셨습니다."

운심의 집을 나섰다. 남아 있는 기생들에겐 캐낼 것이 없었다. 그녀들은 운심이 이렇듯 갑자기 떠났다가 돌아오는 경우가 종종 있다고 했다. 제자와 동행하는 법도 없이 여정도 밝히지 않고 혼자 밀양성을 나선다는 것이다. 그녀라고 달문을 흉내 내지 말란 법은 없다.

결국 나는 운심을 만나지 못한 채 그 저녁 밀양성에서 폭음했다. 모처럼 술을 마시다가 엎어져 잠이 들었다. 산청에 닿을 때는 달문을 곧 만난다는 기대로 가슴이 벅찼고, 밀양에 이르렀을 때는 운심과의 재회를 그리며 사지가 떨렸다. 그러나 그들 턱밑까지 다다랐다는 것은 나만의 착각이었다. 손 움큼을 빠져나가는 모래처럼, 달문도 운심도 사라졌다. 나는 어디서부터 어디로 뒤쫓아야 하는지 전혀 몰랐다.

닷새를 꼬박 주막 뒷방에 누워 있었다. 고열에 두통, 치통, 복통이 연이어 들이닥쳤던 것이다. 엉덩이뼈와 무릎뼈까지 삐걱대며 시렸다. 나는 겨우 주모에게 약값과 방값을 냈다. 송장 치게 생겼다고 여겼던 걸까. 주모는 의원까지 데려와서 대침을 맞혔다. 내가 앓아누운 동안 더 끔찍한 불행이 들이닥쳤다. 운심의 행방을 수소문할 때부터 나를 눈여겨보던 사내들이 닷새째 밤에 내 등짐과 뒷마당에 묶어 둔 말까지 훔쳐 달아난 것이다. 그 저녁엔 밥을 먹고 이상하게 빨리 잠이 들었다. 주모도 그들과 한패가 아닐까 의심이 들었지만 물증이 없었다. 나는 무일푼이 되었고 엿새째 아침도 얻어먹지 못한 채 쫓겨났다.

술병은 그럭저럭 나았지만 달문을 뒤쫓을 엄두가 나지 않았다. 말도 없으니 꼼짝없이 걸어야 했다. 삼랑진까지 내려온 후 낙동강을 거슬러 창녕 쪽으로 올라갈 것인지 아니면 낙동강을 따라 합포 쪽으로 내려갈 것인지 망설였다. 산천 유람을 떠났다면 창녕도 좋고 합포도 좋지만, 내겐 달문을 만나야 한다는 목적이 있었다. 오도 가도 못 하고 나루에 앉아 하루를 보냈다. 배가 몹시 고팠다. 낙동강을 따라 소선을 몰고 내려온 늙은 어부가 내 곁에 앉더니 담뱃대를 꺼내 물었다. 불을 붙여 한두 모금 빨곤 내밀었다.

"안 피워."

늙은이의 손바닥이 뒤통수를 후려갈겼다.

"새파란 놈이 어디서 반말을 찍찍 해 대는 거야?"

어려서부터 나는 집에서 일하는 하인이나 가게 점원에게 항상 반말을 썼다. 아버지는 나이가 어리다고 얕잡혀선 안 된다며, 나이가 두 배나 많은 이들에게도 반말을 쓰라고 가르쳤다. 처음엔 어색했지만 곧 익숙해졌다. 그러나 늙은 어부는 내 반말을 순순히 받아들이지 않았다. 행색이 거지꼴인 탓도 있었다. 그렇다고 동대문 인삼 가게에서부터 이야기를 풀 순 없었다. 내가 자세히 설명해도 늙은이가 믿어 줄 것 같지 않았다. 설명이 끝나기도 전에 손바닥이 뒤통수를 서너 차례 더 후려칠 듯했다. 앙상한 손바닥에 툭 튀어나온 뼈들 때문에 뒤통수 곳곳에 혹이 생겼다.

"담배 안 피…… 피웁니다."

"여기서 뭐해?"

오늘 밤은 이 늙은 어부에게 빌붙을까. 내 맘을 알아차리기라도 한 듯 어부가 한숨을 내쉬었다.

"오늘따라 한 마리도 안 무네. 들판만 흉년인 줄 알았더니 강도 마찬가지야. 쌀 떨어진 게 열흘도 넘었는데, 물고기 한 마리 없으니 오늘은 물이나 마시고 잠들 수밖에. 손자가 줄줄이 열한 명인데, 그것들 다 어찌 챙기누?"

"열한 명? 엄마 아빠는요?"

"큰아들 내외는 돈 벌겠다고 넉 달 전 경주로 갔는데 감감무소식이고, 작은아들 내외는 고깃배라도 타겠다며 합포로 갔는데 역시 돌아오질 않아. 타지 생활도 어려운데 자식새끼들까지 주렁주렁 달려선 안 되니 다 두고 가라 했지."

보나마나 허름한 움집 단칸방이 고작일 것이다. 아이들이 열한 명이라면 내가 낄 자린 없었다.

"이럴 줄 알았으면 진작 초계로 갈 걸 그랬어."

"초계는 왜요?"

늙은 어부가 담배 연기를 내 얼굴로 뿜었다. 콜록콜록 기침하는 모습을, 재미있다는 듯 시커멓게 썩은 이를 드러내곤 웃었다.

"소문 못 들었어?"

"무슨 소문요?"

"유랑단이 초계에 들러 한판 신나게 놀곤 곡물을 골고루 나눠 줬대."

"유랑단이라고요? 그게 뭔데요?"

"일종의 광대 패지. 초계에도 탈춤을 노는 광대 패가 있지만, 춤 값을 안 내면 판을 벌이지 않아. 근데 이 유랑단은 판을 공짜로 벌인대. 춤 값을 받지 않는 것은 물론이고, 모여든 사람들에게 곡물까지 나눠 준다는 거야. 미리 알았더라면, 이 배에 애들 다 태우고 일찌감치 초계로 갔을 텐데 말씀이야."

"그 유랑단 으뜸 광대가 누구라던가요?"

"그, 그게…… 이름은 들었는데 까먹었네. 하여튼 춤을 기차게 춘대. 외줄에 물구나무를 서서도 가락을 잊지 않는다더군. 아, 그 으뜸 광대가 무지무지 못생겼대."

"달문이라던가요?"

"맞아. 달문! 달문 유랑단이랬어."

마운령에서 생긴 일

그리하여 다음 행선지가 정해졌다.

배를 타고 낙동강을 거슬러 올라간 후 걸어서 초계에 도착했다. 유랑단은 이미 그곳을 떠나고 없었다. 달문과 이야기를 나눈 동네 사람들을 찾아갔다. 처음엔 나를 경계했다.

“달문은 왜 자꾸 와서 묻는 게요?”

“자꾸라뇨? 누가 또 와서 달문에 대해 물었습니까?”

“관아에서 두 번이나 다녀갔수. 이렇게 묻습디다. 놀이판을 공짜로 벌인 게 맞냐고. 또 곡물을 거저 나눠 준 게 확실하냐고. 동네 사람 전부에게 묻고 또 물었지만 우리야 답이 하나지. 달문 유랑단은 우리에게 퍼주기만 했수. 물 한 모금도 얻어 마시지 않았다 이 말입니다. 한데 당신은 누군데 달문을 찾소?”

“친굽니다. 도성에서 함께 지냈습니다.”

나는 자초지종을 설명하기 싫어 대충 둘러댔다. 그들의 반응은 뜻밖이었다. 내 손을 꼭 쥐곤 빙글빙글 돌며 웃기도 하고 고맙다며 두 손 모은 채 눈물을 흘리기도 했던 것이다.

“반갑소. 달문의 친구라면 우리에겐 은인과 다르지 않지. 자, 갑시다. 흉년이라 찬은 부족하지만 저녁부터 한 끼 대접하리다. 무엇이든 말만 하시오. 방이 필요하다면 방을 드릴 것이고 옷이 필요하다면 옷을 드리겠수."

동네 아낙들이 함께 모여 저녁을 차렸다. 깊숙하게 숨겨 둔 밀주까지 나왔다. 구들이 설설 끓는 방에서 배가 터지도록 저녁을 먹었다. 그만 먹겠다고 해도 계속 음식을 내왔다. 밥 한 공기를 뚝딱 비운 뒤 물었다.

"너무 대접이 후합니다. 저는 달문과 잠시 알고 지낸 벗일 뿐입니다."

"아무나 그런 분과 우정을 나누진 않수. 대접이 너무 소홀해서 미안합니다. 그리고 혹시 달문 님을 다시 만나면 전해 주시우. 꼭 다시 한번 와 주시라고. 그때 같이 오셔도 좋겠수. 자, 어서어서 더 드시우."

"근데 그 유랑단에 혹시 검무 추는 여인이 있던가요?"

"있었소. 유랑단원들 모두 노래면 노래 춤이면 춤 재담이면 재담이 뛰어났지만, 특히 달문과 줄 위에 마주 보고 서서 검무를 추는 여인의 솜씨가 으뜸이었다우."

운심이었다. 그녀 역시 달문 유랑단에 합류한 것이다.

저녁을 배불리 먹고 늦잠까지 잔 뒤 다시 아침상을 받곤 두둑하게 노잣돈까지 얻어 초계를 나섰다.

달문 유랑단의 행로를 찾는 것은 어렵지 않았다. 흉년이 가장 심한 고을만 골라 놀이판을 벌였던 것이다. 인동, 선산, 풍기, 청풍으로 북상했다. 이들 고을 농부들은 솔잎을 따 쌀가루에 섞어 끓인 죽으로 겨울을 겨우 났다. 그마저 떨어지면 설죽設粥 관아에서 무상으로 끓여주는 죽을 기대하며 관아로 찾아갔다. 그러나 쌀 한 줌에 물을 스무 바가지나 붓고, 그마저 썩은 쌀로 가루를 내는 바람에 죽을 먹고도 전혀 허기가 채워지지 않았다. 배탈이 나서 설사를 하다가 죽는 이가 속출했다. 결국 방에 누워 끼니를 거르며 죽을 날만 기다렸다. 달문 유랑단이 아니었다면, 열 중 예닐곱은 목숨을 잃었을 것이다.

첫 고을에서부터 질문 하나가 찾아들었다. 놀이판을 무료로 하는 것은 논외로 치더라도, 달문은 스무 명이 넘는 광대와 무희와 악공들이 먹고 쉴 경비와 농부들에게 나눠 주는 곡물을 사들일 돈을 어떻게 마련했을까. 두 번째 고을인 선산에서 궁금증이 풀렸다. 달문 유랑단은 보릿고개를 힘겨워하는 농부들을 위해선 무료로 판을 벌이는 한편, 흉년과 무관하게 배불리 먹고 사는 양반과 부자들을 위해선 유료로 판을 연 것이다. 즉 양반과 부자에게 거둬들인 돈으로 가난한 농부들을 먹이고, 또 유랑단원 숙식에 필요한 경비를 쓴 셈이다.

고을을 하나하나 방문하며 달문 유랑단의 행적을 확인하는 동안, 새로운 질문이 떠올랐다. 한 해 건너 한 번씩 흉년이 이어지고, 수천 명이 굶어 죽는 형편이지만, 나라에선 별다른 대책을 내놓지 못했다. 고을을 다스리는 수령들도 농부들의 어려움을 감추는 데만 급급했다. 굶주림을 견디지 못한 농부들이 곳곳에서 난亂을 일으키고 있었다. 나라에선 난을 일으킨 농부들의 고통을 헤아리기는커녕 관군을 보내 진압하고 주모자들 목을 벴다. 악순환의 나날이었다.

달문처럼 움직이는 사람은 없었다. 난을 일으키지도 않았고 고을 수령이나 조정에 항의하지도 않았다. 자신들의 재주로 판을 벌여 돈을 번 뒤 그것으로 농부들을 도왔다. 그리고 바람처럼 훌쩍 그 고을을 떠나 다른 고을로 옮겼다. 그게 전부였다.

달문은 왜 이런 일을 하는가? 그리고 유랑단에 든 운심을 비롯한 무희와 악공과 광대들 역시 한 푼도 벌지 못하는 고행의 놀이판에 왜 동참하는가?

질문의 답을 듣기 위해선 달문 유랑단을 따라잡아야 했다. 튀어나온 눈을 보며 찢어진 입에서 시작된 이야기를 들어야 했다.

달문이 놀이판을 벌일 고을을 정하는 원칙과 각 고을에 머무는 시간을 알았기 때문에, 유랑단과의 거리를 빠르게 좁힐 수 있었다. 달문 유랑단이 거쳐 간 첫 일곱 군데 고을에선 적어도 하루씩은 묵었지만, 그다음 세 군데는 고을에 들어가서 달문 유랑단이 왔는지 확인만 했고, 그 뒤로는 미리 경로를 추측해 두었다가 유랑단이 그 고을에 들렀나는 풍문이 들리면 지나쳐 다음 고을로 향했다. 그사이 달문의 경로는 경상도를 지나 충청도를 거쳐 강원도를 넘어 함경도 지경에 이르렀다.

계절은 어느새 가을로 접어들었다. 나는 노잣돈을 모아 말을 한 필 구했다. 함경도는 말을 타지 않고 걷기엔 산도 험하고 물도 깊었다. 이성과 단천 사이 마운령을 넘어갈 때는 마음이 급했다. 달문 유랑단이 바로 이 고개를 어제 넘었다는 것이다. 단천 관아에서 아전과 포졸 십여 명이 고개 초입의 주막으로 마중을 나와 함께 갔다고 한다. 오늘은 비가 내리니 놀이판을 펴지 못하고 하루를 쉴 것이다.

가랑비를 맞으며 말을 달렸다. 잡힐 듯 잡히지 않던 달문의 코앞까지 온 것이다. 고개로 접어들며 마지막으로 말에게 물을 먹인 주막에서 불길한 이야기를 듣긴 했다. 여름부터 마운령에 부쩍 실종자가 늘었다는 것이다. 호랑이나 늑대를 비롯한 들짐승들 짓이거나 아니면 산적 짓이라고 했다. 말을 타고 달린다 해도 혼자 움직이지 말라는 충고를 들었다. 찬비를 맞으며 고개를 넘으려는 나그네는 없었다. 결국 나는 주막에서 몽둥이 하나를 구해 등에 메곤 길을 나섰다.

마운령은 말도 지쳐 쓰러질 만큼 험악하기로 이름이 높았다. 양의 창자처럼 구불구불한 구비가 백여덟 개나 되었다. 속세의 백팔번뇌가 굽이굽이 서린 곳이었다. 빗길에 비탈길이 미끄러우니 시간이 배로 걸릴 듯했다. 말이 발이라도 헛디뎌 넘어지면 오도 가도 못 하고 큰 낭패였다. 나는 단번에 고개를 넘기로 결심했다. 힘들다고 중간에 멈추고 쉬면, 들짐승이든 산적이든 표적이 될 가능성이 컸다. 달리고 달리는 것만이 살길이었다.

고갯마루에 설 때까진 계획이 척척 들어맞았다. 말이 자주 더운 김을 내뿜었지만 그래도 앞발을 들며 버티거나 걸음을 멈추진 않았다. 주막에서 든든하게 배를 채우고 무게가 나가는 등짐을 모두 버린 것이 도움이 된 듯했다. 고갯마루에 서니 멀리 단천의 불빛이 보였다. 먹구름이 잔뜩 내려앉는 바람에 대낮인데도 저물무렵처럼 어두웠다.

이제 고비를 넘겼다고, 신나는 내리막길만 남았다고 여겼을 때 문제가 생겼다. 아름드리 소나무들이 좁은 길을 횡으로 막고 쓰러져 있었던 것이다. 달리는 탄력을 이용하여 처음 두세 개는 뛰어넘었지만 곧 가파른 굽이가 나왔다. 쓰러진 나무를 피하다가 길 밖으로 튕겨 절벽으로 떨어질 수도 있었다. 속도를 줄이고 느릿느릿 나무를 넘었다. 다섯 번째 나무에서 튀어나온 가지에 뒷발이 걸리는 바람에 말이 기우뚱거리며 빙글 돌았다. 하마터면 낙마하여 다칠 뻔했다. 그다음부터는 말에서 내려 고삐를 쥐고 걸었다. 말이 끌려가지 않겠다는 듯 고개를 흔들어 댔다. 아무래도 오른쪽 뒷발을 다친 듯했다. 나는 잠시 고민했다. 말을 타지 못한다면, 이제부턴 말이 가장 큰 짐인 셈이다. 혼자 움직이면 해가 지기 전에 단천에 닿겠지만, 저렇듯 다쳐 반항하는 말을 달래고 어르며 끌고 내려가다간 꼼짝없이 고갯길에서 밤을 맞을 것이다. 어둠은 들짐승과 산적에겐 한없이 유리했고 나그네에겐 끔찍하게 불리했다. 결국 나는 말을 나무에 묶어두곤 뛰기 시작했다. 다행스럽게도 비가 그쳤다.

얼마나 달렸을까. 굽이를 도는데, 무엇인가가 오른 발목을 낚아챘다. 몸이 공중으로 끌려 올라갔다. 단단한 밧줄에 오른 발목이 묶인 채 거꾸로 매달려 흔들렸다. 낄낄거리는 웃음소리가 먼저 귀에 닿았다. 이어서 흉기를 든 사내들이 숲에서 나와 에워쌌다. 산적이었다.

그들은 눈을 가리고 양손을 등 뒤로 묶고 재갈을 물린 채 산막山幕으로 끌고 갔다. 빗길에 미끄러져 나뒹굴 때마다 몽둥이찜질을 해 댔다. 짚신마저 벗겨져 맨발로 진흙길을 기다시피 올랐다. 처음엔 고갯길을 머릿속으로 그리며 방향을 가늠하려 애썼지만, 몽둥이찜질을 받고 나서부턴 그마저 잊었다. 살이 찢기고 피가 튀는 고통을 면하기 위해선 한 걸음 한 걸음 집중하는 것이 최선이었다.

걸음을 멈춘 곳은 동굴이었다. 바람과 새소리가 멎고 서늘한 기운이 발바닥에서부터 머리끝까지 온몸을 감쌌다. 그들은 눈을 가린 수건과 입에 채운 재갈을 풀고 명치를 주먹으로 내지른 후 엉덩이를 걷어찼다. 나는 비명을 지르며 저만치 나가떨어져 뒹굴었다. 산적들이 그런 나를 또다시 밟아 댔다.

고요가 찾아들었다. 동굴엔 나만 갇힌 것이 아니었다. 들릴락 말락 작은 소리가 귓불에 닿았다가 미끄러지고 또 닿았다가 미끄러졌다. 분명 사람 목소리였다. 주모는 여름부터 고개를 넘다가 사라진 이들이 부쩍 늘었다고 했다. 산적에게 붙잡혀 온 실종자들인가. 동굴은 빛 한 점 없이 컴컴했고 소리가 벽에 부딪혀 울렸으므로, 어디에 몇 명이나 있는지 가늠하기 어려웠다. 나는 용기를 냈다.

"거기, 몇 사람이나 있소? 나는……."

누군가 말허리를 황급히 잘랐다.

"조용! 말소리가 새어 나가면 모가지가 잘려."

그들이 쥐죽은 듯 침묵하다가 숨소리처럼 겨우 속삭이는 이유를 알았다.

다음 날, 산적들은 나를 끌어내 눈을 가리곤 숲길을 걷게 했다. 작은 움막에서 마주 앉은 사내는 수염이 입과 턱을 가린 털보였지만 나이는 스무 살을 겨우 넘긴 듯했다. 그는 단검과 밥 한 공기를 탁자 위에 올려놓았다. 단검을 보자 겁이 났고 밥을 보자 침이 꼴깍 넘어갔다. 고갯길로 접어든 후 지금까지 물 한 모금 마시지 못했다.

"사실대로 말하면 저 밥을 주겠다. 거짓을 말하면 손가락을 하나씩 자르겠고. 자, 시작해 볼까? 이름!"

잠시 고민했다. 사실대로 털어놓는다면, 산적들은 두고두고 나를 괴롭힐 것이다. 녀석들은 내가 참말을 하는지 거짓말을 하는지 알아낼 방법이 없다.

"해송이라 합니다."

소식이 끊긴 숙부 이름을 댔다.

"사는 곳은?"

"송도입니다."

그래도 가 본 적이 있는 고을을 말했다.

"직업은?"

"심마니입죠. 산삼을 캐려고 여기까지 온 겁니다."

직업과 이 험준한 고개까지 들어온 이유를 함께 밝혔다. 산적은 내 눈을 가만히 들여다보다가 천천히 탁자 위 단검을 쥐었다. 당장이라도 손을 당겨 새끼손가락을 자를 기세였다. 산적의 질문은 엉뚱했다.

"이만 해?"

"네?"

"산삼이 이 단검만 하냐고? 말만 들었지 한 번도 본 적이 없어서 말이야."

"그것보다 큰 것도 있고 작은 것도 있습니다."

"크다? 정말 이보다 큰 걸 캔 적 있어?"

"네, 세 번 정도 됩니다."

세 번 정도 단검보다 큰 산삼을 판 적은 있었다. 모두 왕실에서 은밀히 사갔다.

"우리가 누구라고 생각해?"

"네? 그야……."

산적 아니냐고 되묻고 싶었지만 말끝을 흐렸다. 답을 제대로 못 하면 목이 달아날 것만 같았다. 차라리 침묵이 나았다.

"편먹을 생각 없어?"

"편을 먹다뇨?"

"무슨 말인지 몰라? 한편이 되자 이 말이지. 심마니 따위가 알리 없겠지만, 팔도에 우리 편이 널렸다고. 곧 세상을 바꾸려는데, 해송, 너도 힘을 보태라 이 말이다."

"……저는 여기 온 지 하루밖에 지나지 않았습니다."

"하루든 한순간이든 살아날 기회가 그리 흔한 게 아냐. 우리가 언제까지 네놈에게 공짜 밥을 먹일 것 같나? 팔도가 흉년이니 우리도 끼니를 잇는 것 자체가 힘겨워. 하루 더 주지. 내일까지 우리 편에 붙을지 아니면 우물쭈물 거리다가 저승으로 갈지 정해."

산적이 되지 않으면 죽이겠다는 협박이었다. 털보는 단검만 챙겨 허리에 꽂곤 움집을 나갔다. 탁자엔 식은 밥이 그대로 놓여 있었다. 두 팔이 등 뒤로 묶였기 때문에 손을 쓸 수 없었다. 개처럼 밥공기에 얼굴을 묻곤 식은 밥을 우적우적 씹어 삼켰다. 밥을 먹을 기회가 지금뿐이듯, 내가 살 기회도 내일까지였다.

동굴 앞까지 다시 눈을 가리고 걸었다. 털보는 눈을 가린 천을 벗긴 후 동굴 입구의 가림막을 걷었다. 아주 짧은 순간이었지만 빛이 동굴 안을 비췄다. 앞쪽에 앉아 있던 사내들 서넛의 얼굴이 보였다. 그중에서 동굴 벽에 기댄 채 고개를 돌린 중늙은이가 눈에 띄었다.

설마?

피부는 더 검어졌고 광대뼈가 튀어나올 정도로 말랐지만, 짙은 눈썹에 깊은 눈매는 여전했다. 나는 어둠 속을 기어 사내 곁으로 갔다.

"호, 혹시……."

"쉿!"

사내가 등을 돌렸다. 묶인 양손을 움직여 내 손을 쥐었다. 갈퀴처럼 길고 가는 손가락에 반가움이 듬뿍 담겼다. 동대문 시장의 큰손 해송 숙부가 분명했다.

동굴 밖에서 보초를 서는 산적들이 동굴 입구에서 멀어지기를 기다렸다. 보초가 가림막 가까이 서면 대화를 나누기 어려웠고, 보초가 네댓 발자국이라도 가림막으로부터 떨어져 담배를 피우든가 하늘을 쳐다보든가 요깃거리를 찾든가 하면 몇 마디 대화를 나눌 틈이 생겼다. 그때까진 귀를 쫑긋 세우고 가림막 바깥의 잡음에 집중하는 것이 최선이었다.

“모독이냐, 정녕?”

“네, 숙부.”

우리는 서로의 어깨에 이마를 비비며 눈물부터 흘렸다. 아버지 장례식 직전에 헤어졌으니 거의 7년 만의 재회였다. 숙부가 객사하지 않은 것만도 다행이었지만, 산적에게 붙잡혀 동굴에서 만나리라곤 상상도 못했다.

“언제 여기로 붙들려 오셨어요?”

“정확하진 않다. 보름에서 한 달 사이야.”

“그렇게나 오래……. 저는 내일 결정하라던데요. 어느 편에 설지.”

털보와 나눈 대화를 숙부에게 빠짐없이 들려줬다. 숙부는 내 손을 꽉 쥐고 작지만 또렷하게 말했다.

“나만 믿어. 산적들이 천하무적인 듯 굴지만 저들도 이런 험산險山에서 살아가려면 필요한 게 많아. 그걸 구해 주는 사람은 못 죽여.”

대화는 거기서 끊겼다. 보초가 가림막을 툭 쳤던 것이다.

시간이 얼마나 흘렀을까. 가림막 밖에서 털보가 이름을 불렀다.

"모독!"

놀랍게도 내 이름이었다. 움찔 떨며 일어서려 했다. 그때 옆에 누웠던 숙부가 내 엉덩이를 발로 밀어 앉혔다. 지나치듯 속삭였다.

"네 이름을 팔았어!"

내가 해송이라고 둘러댔듯 숙부도 내 이름 모독을 자기 이름인 양 이야기했던 것이다. 숙부와 조카가 이런 곳에서 만나리라 예상을 못 했으니 각자 주워 읊기엔 적당한 이름이었다.

동굴 밖으로 나간 숙부는 산적들과 이야기를 나눴다. 가림막 때문에 정확히 들리진 않았지만 대화 사이사이 웃음까지 들렸다. 그리고 이름 하나가 더 불렸다.

"해송!"

가림막을 걷고 나갔다. 털보가 씨익 웃더니 검은 천을 꺼내 들었다. 나와 숙부의 눈을 가리곤 숲길을 걷게 했다. 나는 자꾸 발을 헛디뎠는데, 그때마다 숙부가 어깨나 팔꿈치로 내 몸을 지탱하여 넘어지는 것을 막았다.

"서!"

명령에 따라 멈췄다. 털보는 등 뒤로 묶은 손목의 줄부터 풀어 줬다. 나는 눈을 가린 천을 천천히 걷어 냈다. 앞에 놓인 것은 수

직에 가까운 절벽이었다.

"도망치는 건 꿈도 꾸지 마. 우리가 곳곳마다 숨어 네놈들을 지켜보고 있을 테니까. 산삼을 찾으면 곧바로 내려와. 자, 어서 시작해."

숙부가 앞에 놓인 줄부터 허리에 둘러맸다. 내게도 그 줄의 나머지를 던졌다.

"매. 어서."

허리와 허리를 서로 묶어 연결하려는 것이다. 숙부가 앞장서서 절벽에 붙었다. 나도 그 옆에 나란히 서며 물었다.

"이런 곳에 산삼이 있나요?"

"사흘 전에 한 뿌리 캤어. 돌 틈 사이 그늘에 흙들이 꽤 붙어 있지."

"산삼은 왜?"

"대두령이 아프다나 봐. 내가 캔 삼을 먹고 기력을 조금 회복했대."

"우린 심마니가 아니잖아요?"

숙부가 입귀로만 웃었다.

"넌 따라오기만 해. 난 예전에도 그랬고 최근에도 심마니들 따라 꽤 돌아다녔으니까. 걱정 말고. 위험하고 자신 없다 싶으면 불러. 내가 듣지 못하면 이 줄을 두 번 탁탁 끊어서 당기고. 알겠지?"

숙부는 능숙하게 절벽을 타기 시작했다. 나는 바위틈에 발가락을 끼우고 허리를 세운 채 팔을 뻗는 것부터 힘겨웠다. 처음엔 그가 줄을 당기며 짚기 편한 곳을 알려 줬다. 숙부가 디딘 곳만 따라 오르니 그럭저럭 오를 만했다. 낮은 곳엔 흙들이 다 흘러내려 버려 삼이 자랄 곳이 없었다. 더 높이 올라가야 했다.

하늘만 바라보고 곧장 올라갔어야 했다. 왼발이 살짝 미끄러지면서 턱을 당겨 아래를 쳐다본 것이 문제였다. 밑에 선 털보가 지팡이만 하게 보였다. 벌써 스무 길 가까이 올라와 버린 것이다. 여기서 떨어지면 즉사였다. 두 손과 두 발이 동시에 떨렸다. 온몸이 출렁거렸다. 앞서가던 숙부에게까지 두려움이 전해진 듯했다. 숙부가 멈춰 서선 내려다보며 말했다.

"살고 싶어?"

"……예."

"저기 바위 보여?"

절벽 제일 높은 곳에 바위가 튀어나와 있었다. 바위의 높이만 해도 세 길이 넘어 보였다.

"우린 저 바위를 넘어갈 거다."

"예?"

바위 아래까지 훑은 뒤 산삼이 없으면 내려가리라 예상했었다. 그런데 바위를 넘어가겠다는 말은? 숙부가 눈을 맞추며 고개를 끄덕였다.

탈출하자!

산적들이 주변에 깔려 있지 않나요?

저 바위 위엔 없어. 우리가 저걸 넘어가리라곤 상상도 못 할 테니까.

넘을 수 있어요?

동굴로 가면 어차피 우린 끝장이야. 대두령의 병이 나으면, 우린 산적이 되든가 아니면 죽든가 둘 중 하나라고. 산적으로 살고 싶어? 동굴에서 죽고 싶어?

죽고 싶지 않았다. 죽으려고 이곳까지 온 것이 아니다. 단천으로 가서 달문을 만나야 한다. 달문을 만나기 위해서라면, 탈출해야 하는 것이다.

숙부가 먼저 바위에 들러붙었다. 그는 두 팔을 틈에 완전히 넣고 버틴 뒤 두 발을 재빨리 움츠렸다. 그리곤 두 발과 한쪽 팔을 고정시키곤 다른 팔을 멀리 뻗었다. 나머지 팔을 뻗어 버티곤 두 발을 움츠리기를 반복했다. 막힘없이 물 흐르듯, 그러나 떨어지지 않기 위해 최대한 버티며, 끌어안다시피 바위에 붙어선 올라갔다. 이번엔 내 차례였다. 숙부는 최대한 줄을 풀어 주며 말했다. 목소리만 들렸다.

"미끄러져도 걱정 마. 내가 끌어올릴 테니까."

어쩌면 그 편이 나을지도 몰랐다. 그러나 허공에 축 늘어진 채 줄에 딸려 올라가는 꼴을 상상하니 부끄러웠다. 내 힘으로 해내고 싶었다. 악착같이 바위에 붙었다. 숙부의 움직임을 떠올리며 손발을 재빨리 놀렸다. 누워서 바위를 끌어안다시피 하는 자세에선 시간을 끌수록 손해였다. 뺨을 아예 바위에 붙인 채 낑낑거리며 나아갔다. 바위의 튀어나온 부분을 거의 다 지난 순간, 두 발이 한꺼번에 미끄러졌다.

"밀어!"

숙부가 외쳤다. 나는 두 팔로 힘껏 바위를 밀었다. 발이 떨어졌으니 팔로만 버티는 것은 불가능했다. 내 몸이 바위로부터 최대한 멀어지는 사이, 숙부가 줄을 당겨 올렸다. 그렇지 않았다면 내 몸은 바위에 부딪혀 살이 찢기고 뼈가 부서졌을 것이다. 가까스로 두 발을 바위 위에 얹곤 숙부 품에 안겼다. 우리는 그대로 쓰러져 거친 숨을 몰아쉬었다.

숨 돌릴 틈도 없이, 허리에 묶었던 줄을 풀곤 숲으로 달리기 시작했다. 길 없는 길이었다. 숙부의 예측대로 절벽 위엔 산적들이 없었다. 그러나 숙부와 내가 바위에 들러붙어 올라가는 것을 털보가 밑에서 보았으니 곧 우리를 뒤쫓을 것이다. 숲에서 저들과 마주치면 살아남지 못한다. 한 걸음이라도 더 달려 단천에 닿을 생각뿐이었다. 이번에도 숙부가 앞장섰다. 심마니를 따라다닌 것이 허언은 아닌 듯, 스무 살이나 많은 숙부지만 조카보다 훨씬 날렵했다. 내가 따라 달리다가 지쳐 걸으면, 길을 되돌아왔다.

"다 왔어. 조금만 힘을 내."

활빈活貧을 꿈꾸다

단천에서 달문을 만나진 못했다. 내가 산막에 붙잡혀 있는 동안, 놀이판을 두 번이나 펼친 뒤 더욱 험한 고을인 길주를 향해 떠난 것이다. 나는 너무 허기진 탓에 단천에 도착하자마자 달문의 친구라며 도움을 청했다. 단천 농부들도 달문이라는 이름을 듣고 극진히 대접해 줬다. 숙부와 나는 농부들이 마련해 준 방에서 하루만 쉬어가기로 했다. 달문이 길주로 향했다는 소식도, 보리밥을 사발에 수북하게 쌓아온 농부들에게 전해 들었다. 그곳엔 흉년에 돌림병까지 돌아 태반이 굶어 죽었다고 했다. 혹시 못된 병에 걸릴지도 모른다고 달문을 말렸지만 잔잔한 웃음으로 답했다는 것이다. 탁주까지 한잔 걸치곤 누웠다. 숙부가 물었다.

"이런 식으로 예까지 왔던 게야?"

나는 괜히 자랑스러운 마음까지 들었다.

"달문에게 고마워해야지요. 덕분에 고을마다 환대를 받았답니다."

경상도 초계에서 여기까지 각 고을에서 내가 받은 대접과 또 달문이 벌인 놀이판과 유랑단의 탁월한 솜씨와 달문이 양반과 부자들에겐 돈을 받고 가난한 농부들에겐 무료로 판을 벌인 까닭을 두루 설명했다. 숙부는 긴 이야기를 끝까지 듣기만 했다. 잠들기 전 내가 권했다.

"달문을 만나면 다 같이 도성으로 돌아가요."

숙부는 천장을 쳐다보며 누워 물었다.

"그래…… 그럴 수 있을까?"

다음 날 새벽부터 서둘러 길을 나섰다. 길주까진 외길이지만, 거기서 달문을 놓치면 명천으로 갔는지 삼수로 갔는지 고민해야 하는 것이다. 다행히 날은 쾌청했고, 단천 농부들이 말 두 필을 구해 왔다. 길주 관아에 서찰 한 통을 전하고 말을 거기에 맡기기만 하면 된다는 것이다. 달문이 단천 관아 수령과 아전들을 위해 놀이판을 멋지게 벌인 덕이었다. 돈을 걷긴 했지만, 구경 값의 몇 배를 줘도 아깝지 않다는 칭찬이 쏟아졌다고 한다.

숙부와 나는 길주까지 한달음에 말을 달렸다. 관아에 도착하여 서찰을 전하면서 물으니, 달문은 어제 관아 마당에서 한차례 판을 벌였고, 오늘은 서북보 아래 동네에서 판을 이어 간다고 했다. 숙부와 나는 급히 서북보로 향했다.

동네 초입에 들자마자 놀이판이 벌어지는 곳을 알아차렸다. 함성과 박수가 연이어 터져 나왔던 것이다. 서북보에 사는 이들뿐만 아니라, 길주 인근 백성이 모두 모인 듯했다. 가까이 다가가기엔 구경꾼이 너무 많았기 때문에, 숙부와 나는 놀이판이 훤히 보이는 초가지붕을 택했다. 열 명이 넘는 아이들이 벌써 지붕에 앉아 눈을 동그랗게 뜨고 구경이 한창이었다.

검무부터 시작했다. 운심과 마주 서서 춤을 추는 여인은 부산에서 만났던 소화였다. 운심은 붉은 치마에 푸른 전대를 둘렀고, 소화는 푸른 치마에 녹두색 전대를 둘렀다. 염불도드리장단의 한삼춤에 이어 굿거리장단의 맨손춤을 지나 드디어 두 사람이 쌍검을 쥐고 마주 섰다. 운심이 먼저 검을 하늘로 던졌다가 받았다. 소화는 운심보다 두 배 더 높이 검을 던졌다가 받았다. 박수가 터져 나왔다.

마주 보며 멀리 물러섰다가 순식간에 달려들어 검을 휘두르기도 하고, 종대로 나란히 선 채 맞섰다가 횡대로 바꿔 맞서기도 했다. 각자의 쌍검을 들고 빙글빙글 돌기도 하고, 서로 등을 진 채 멀어지기도 했다. 운심이 서 있고 소화가 다가서거나 소화가 서 있고 운심이 다가서기도 했다.

발과 몸의 놀림에 따라 두 사람의 손에 들린 네 자루의 검은 순간순간 다른 힘과 다른 빠르기와 다른 각도로 춤췄다. 그것은 비유가 아니라 정말 춤이라고밖에는 표현할 말이 없었다. 베고 찌르고 돌리고 막고 흔들고 치고 던지고 휘두르고 누르고 감싸고 미는 동안, 운심은 섬세하게 춤사위 하나하나를 완성했고 소화는 넘치는 힘으로 스승의 칼날에 맞섰다. 떨어져 서로를 노리던 두 사람의 칼날이 드디어 맞부딪쳤다. 어깨를 맞댄 채 빙글빙글 돌았다. 장단이 점점 빨라졌다. 그 장단에 맞춰 발이 보이지 않을 정도로 급히 맴을 돌았다. 그리고 판의 끝과 끝으로 화살이 튕겨 나가듯 멀어졌다. 거친 숨을 토하며 서로를 노려봤다.

쌍검을 동시에 천천히 바닥에 내려놓았다. 두 손을 포갠 채 마주 보며 서선, 오른발과 왼발을 번갈아 앞뒤로 오가며 숨을 골랐다. 악공들의 장단이 점점 느려지다가 멈췄다. 다시 환호와 박수를 받으며 두 사람이 판에서 내려왔다.

이어서 달문이 다리를 절며 등장했다. 여기저기 웃음이 터져 나왔다. 달문은 대뜸 험한 소리부터 해 댔다.

"아가리 닥치고 눈깔 또릿또릿 떠. 시작부터 왜 웃고들 지랄이야? 절뚝절뚝 절뚝발이 처음 봐? 두 팔 두 다리 멀쩡한 운심과 소화는 펄쩍펄쩍 뛰어다녔지만, 나로부터 시작해선 죄다 휘고 굽고 뒤틀리고 잘리고 엉키고 쓸리고 찢긴 년놈들만 나올 거야. 소경 귀머거리 벙어리 외팔이 곰배팔이 꼽추 앉은뱅이가 왼새끼 꼬듯 줄줄이 기다리고 있거든. 나더러 먼저 가서 우리가 뛰놀 만한 판인지 훼방꾼은 없는지 왕방울 눈으로 살피라기에, 절뚝절뚝 오른발 절며 꿀꺽꿀꺽 호리병 약술 마시며 투욱툭 쇠지팡이 짚고 나왔지. 오호라, 들보다 넓고 강보다 시원한 판은 우선 맘에 딱 드는군. 여기 모인 잡놈들 가운데 누구 면상부터 자근자근 훑어 줄까?

쉬잇, 조용조용!

발뒤꿈치 바짝 들고 귀를 쫑긋 세워, 지금!

감쪽같이 변장해 대니 쳐다보는 것만으론 안 돼. 코로도 살피고 귀로도 살펴야 솎아 낼 수 있다니까. 맞아, 우리도 병신이지만, 우리보다 천 배 만 배 한심한 병신 같지도 않은 병신들이 너희 중에 숨었어. 비렁뱅이 절뚝발이 이철괴가 춤을 춘다 하니, 비틀비틀 뒹굴뒹굴 삐쭉빼쭉 우당탕탕 사방팔방에서 몰려온 쪼다 병신들 죄다 어디로 숨었는감? 어허, 고렇게 둘러보지 마. 사지 멀쩡하다 안심하지도 말고. 요즘처럼 처먹고 막살기 힘든 세상에 몸뚱아리 한두 군데 아프지 않은 사람 있는가? 아픈 구석일랑 볏단 말리듯 까발려 대면 일도 못 하고 쫓겨날까 그게 걱정이라 감추는 게지. 하면 절뚝발이 이 몸이 살피려는 꼴값 떠는 병신은 과연 대체 누구냐? 딴 데 보지 말고 다들 자기 가슴팍 가운데를 손가락으로 냅다 쑤신 뒤 들여다보라 이런 말씀! 그 속이 바르지 못하면, 그게 바로 병신 중에 상병신이지. 울어야 하는 판에 웃고 웃어야 하는 판에 울고, 풀어야 하는 판에 맺고 맺어야 하는 판에 풀고, 뛰어야 하는 판에 주저앉고 주저앉아야 하는 판에 뛰면, 이 판 저 판 아래 판 위 판이 몽땅 개판에 병신 굿판이거든! 그런 고약한 병신들 이 쇠지팡이로 쏴악 쓸어버리려고 나오긴 했는데, 오늘 이야기판에 모인 년놈들은 다들 반반하니 혈색 좋고 웃음 넉넉하니, 꼴값 떨 병신은 없어 보이긴 하다만, 그래도 만사불여튼튼이라, 내가 먼저 휘이 돌아보려 하는데, 어찌들 생각하는가?

예서 춤 한판 놀아도 되겠는가?

나를 따라 흔들며 취하려는가?"

구경꾼들이 일제히 고함을 질러 답했다. 달문이 다리를 절며 판을 한 바퀴 도는 동안, 벌써 눈물을 훔치는 이도 적지 않았다. 철괴무가 끝나고, 뒤이어 달문이 예고한 대로 소경 귀머거리 벙어리 외팔이 곰배팔이 꼽추 앉은뱅이를 흉내 내는 병신춤이 이어졌다. 구경꾼들이 눈물을 훔치는 횟수가 훨씬 늘었다. 긴 한숨과 제 가슴 두드리는 소리도 양념처럼 섞여 들었다.

그날도 달문은 아슬아슬 줄을 탔고 팔풍무와 함께 허공으로 몸을 날렸다. 머리만 살짝 틀어도, 엉덩이만 조금 빼도, 놀이판을 에워싼 농부들은 웃고 울고 환호했다. 그가 취하는 모든 동작이 춤이었다. 숙부도 몇 번이나 일어나선 두 팔을 흔들어 댔다. 가만히 앉아서 달문의 춤을 구경하는 것 자체가 죄스러울 지경이었다. 소화와 달문이 주거니 받거니 재담을 이어 갔다.

"꼬르륵!"

"이게 뭔 소리야?"

"배고파요. 열흘을 굶었어요. 밥 줘요."

"밥 없다."

"김치라도 줘요."

"김치 없다."

"풀뿌리라도 줘요."

"뿌리까지 다 먹었다."

"나무껍질이라도 삶아 줘요."

"다 벗겨 먹고, 옻나무만 남았다. 그거 삶아 먹다간 안팎으로 옻이 돋아 죽는다."

"물이라도 한 동이 마실래요."

"아서라! 마시자마자 죄다 설사다. 싸다가 뒈진다."

"꼬르륵, 배고파 죽겠다니까요. 먹을 걸 주세요."

달문이 돌멩이를 집는 시늉을 하더니 하늘로 던졌다. 그리고 바가지로 받는 시늉을 한 뒤, 새 한 마리를 꺼내 건넸다.

"옛다. 참새다. 구워 먹거라."

"뭘로 참새를 잡았어요?"

"돌멩이를 던졌지. 방금 보지 않았느냐?"

"거짓말! 팔매질만 했지, 돌멩인 없었잖아요?"

달문이 곰곰 고민하는 척하다 답했다.

"참새 말고 거짓새다! 먹어."

"그딴 새가 어딨어요?"

"참새든 거짓새든, 배에 들어가면 다 똑같아. 먹기 싫으면 나한테 넘겨. 내가 먹지."

"아니 아니, 이거라도 먹겠어요. 고맙습니다."

달문이 구경꾼들을 향해 돌아섰다.

"자, 여기 모인 분들께도 거짓새 한 마리씩 드리겠습니다. 맘껏 드십쇼. 참새는 잡기 힘들어도 거짓새는 얼마든지 있습니다."

달문이 바가지에서 새를 쥐는 시늉을 했다. 그리고 그걸 구경꾼들에게 던지는 척했다. 구경꾼들도 익숙하게 새를 받아 뜯어 먹듯 입을 오물거렸다. 구경꾼 중 하나가 물었다.

"이 새는 무엇으로 만들기에 이리 질긴 게요?"

달문이 답했다.

"이야기로 만들었습죠. 질질 질질질 끝이 안 납니다. 앞으로도 출출할 땐 이야기로 새를 만들어 찌든 삶든 볶든 양껏 해 드십시오. 혀와 이와 입술과 목만 고생하면 됩니다."

웃음과 함께 박수가 쏟아졌다.

놀이판이 끝나고 초가지붕에서 내려온 뒤, 숙부가 말했다.

"실력이 또 늘었구나. 달문에 대한 풍문이 들려올 땐 도성에서 봤던 춤들을 떠올리며 맞장구를 치곤 했지. 가서 살필 마음은 접었더랬어. 달문도 광대로선 늙은이에 속하는 사십 대 중반에 접어들었으니까, 더 나은 솜씨를 선보이리라곤 상상도 못 했지. 도성에서 본 그 놀라운 장면들이 달문에겐 전성기였다고 속단했던 거야. 하지만 내 착각이었어. 달문은 오늘이 전성기고 또 내일이 전성기야. 매일매일 더 새롭고 더 단단하고 더 아름다워. 어떻게 이게 가능할까? 이제 꺾일 나이건만."

나는 간단히 답했다.

"달문이니까요!"

드디어 달문을 만났다. 달문을 만나겠다고 도성을 떠난 후 재회의 순간을 무수히 상상했다. 산에서 강에서 때론 바닷가에서 그와 만날 때 내가 건넬 말들도 미리 정해 뒀다. 그러나 그 저녁 달문과 다시 만나는 순간은 의외로 평범했다. 어제 아침 헤어지고 오늘 저녁 다시 만난 사이처럼.

나는 숙부와 함께 나란히 걸었다. 걸음이 빨라졌다. 숙부도 구태여 곁을 지키지 않고, 내가 먼저 걸어가도록 내버려 뒀다. 밭두

렁으로 접어들 때는 달리다시피 했다. 가슴이 뛰었다. 달문이었다. 드디어 달문과 만나는 것이다.

농부들이 겹겹이 에워싼 동네 앞 공터에선 다시 걸음이 느려졌다. 사람들을 헤집고 나아가는 것이 쉽지 않았던 것이다. 그들은 거지꼴인 나를 흘끔 보곤 다시 달문을 향해 환호했다. 내게 길을 열어 주는 이는 없었다. 길을 만든 이는 달문이었다. 갑자기 나를 향해, 정확히 두 팔을 흔들며 고함을 질렀던 것이다. 그것은 "여기이이!" 같기도 하고, "야하하하!" 같기도 하고, "와아아아!" 같기도 했다. 그 소리와 손짓에 대나무가 갈라지듯 길이 열렸다. 나는 그 길로 걸어 들어갔다. 내가 닿기도 전에 달문이 껑충 공중제비를 돌아 나를 뛰어넘었다. 그리고 돌아섰다. 나도 돌아섰다. 달문이 웃었고 나도 웃었다.

달문은 그 밤에 명천으로 향하려던 여정을 하루 늦췄다. 숙부와 내가 마운령에서 산적에게 붙들렸다가 탈출했단 설명을 듣곤 하룻밤 편히 길주에서 쉬어가기로 정한 것이다. 달문의 배려로 숙부와 나는 따듯한 물에 목욕부터 했다. 씻고 돌아오는 길목에 운심이 서 있었다. 두 뺨에 보조개가 피어올랐다.

"모독 오라버니 맞네. 아깐 너무 꾀죄죄해서 몰라 봤어요."

곧바로 인사말을 건네지 못했다. 가슴을 타고 입천장까지 뜨거운 기운이 울컥 치밀었던 것이다. 4년이나 그리워한 사람의 얼굴과 목소리였다. 넓은 이마와 짙은 눈썹 아래 상대를 빨아들일 듯 크고 맑은 눈은 여전했다. 그러나 도성에서 이별할 때보다 확실히 나이 들어 보였다. 이어진 강행군에 볼살이 빠지고 아랫입술이 거칠어진 탓도 있지만, 이제 운심도 기생으로선 뒷방에 앉는다는 나이에 이른 것이다. 파릇파릇 피어나는 어린 기생들에겐 범접하기 힘든 검무 스승이기도 했다.

"밀양에 들렀었소."

나는 짧은 한숨에 서운한 감정을 실었다. 며칠만 더 기다려 줬다면 함께 초계에서부터 달문 유랑단원으로 다녔을 것이다.

"날짜가 촉박했어요. 약속한 날에 도착하지 않으면, 유랑단을 놓쳐요. 그럼 혼자 길 위에서 무척 고생해요. 온다고 미리 서찰이라도 보냈더라면, 그럼 어쨌든 오라버니를 기다렸을 텐데……. 만났으니 그나마 다행이에요. 좀 마르긴 했지만 그래도 늠름하고 보기 좋네요. 밀양에서부터 계속 뒤쫓아 왔던 건가요?"

"잡힐 만하면 달아나고 또 잡힐 만하면 달아나더군요."

"강행군이긴 했어요. 단원 중엔 감환感患 감기에 배앓이에 판에서 놀다가 다친 경우도 많았어요. 하루 이틀 쉬자 해도, 달문 오라버니는 쉬질 않으셨어요. 환자는 두고 가는 한이 있더라도, 사흘마다 다른 고을로 옮겨 판을 벌이는 걸 원칙으로 했지요. 하루는 유료, 하루는 무료, 하루는 이동. 이렇게 다시 판을 까는 거였죠."

"왜 그리 서둘렀습니까?"

"나도 궁금해서 물었어요. 하루 늦게 가면 굶어 죽는 이가 수백 명 는다는 겁니다. 하루 늦었다고 다음 고을에 죽는 사람이 그렇게 많아질 까닭이 있느냐고 따졌더니, 우리가 늦가을까지 돌아다닐 고을들을 모두 머리에 넣으래요. 하루가 늦으면 그 고을 전부를 하루씩 늦게 가게 되고, 그럼 이 흉년에 수백 명이 굶어 죽지 않겠느냐는 겁니다. 달문 오라버니만의 멍청한 셈법이죠?"

"오늘은 특별한 날이네요. 숙부와 나 때문에 하루를 쉬어 가니까."

운심이 고개를 과장되게 끄덕였다.

"그렇기도 하고…… 사실 외줄이 끊겼어요. 달문 오라버니가 그사이 너무 많이 타기도 했고, 또 줄이 끊길 정도로 심하게 몸을 놀린 탓이죠. 새 줄을 가져오려면 어차피 하루는 걸려요. 겸사겸사 쉬는 거죠."

그리고 내게 물었다.

"혼인은 했어요?"

귀밑까지 벌겋게 달아올랐다.

"아, 아직입니다."

"하고도 남을 나이잖아요? 왜 안 했죠? 마음에 둔 정인이라도 있나요?"

여전히 당신이라고 고백하고 싶었다. 운심은 산대놀이를 준비할 때부터 자신을 향한 내 마음을 알고 있었다. 달문과 함께 나를 오라버니라고 부른 것도 그 마음을 어여삐 여긴 까닭이다.

"없습니다."

"없으면 쓰나…… 함경도 땅에서 혼인하긴 어렵겠고, 정인부터 하나 두는 건 어때요? 내 제자 중에 마음 착하고 얼굴 고운 이가 있는데요…….”

“소화 말입니까?”

“소화를 알아요? 안다니 더 좋군요. 말문이 터지면 좀 시끄럽긴 해도 좋은 아이예요.”

“거짓말에 능하다면서요?”

“살 섞고 평생 의지할 남정네에게까지 거짓말을 해 댈까요. 거짓말을 해도 참된 아이입니다.”

소화든 운심이든, 그녀들 마음은 달문에게 가 있었다.

“아직 생각 없습니다.”

내가 단칼에 자르자, 운심이 코끝을 찡그렸다가 폈다.

“언제든 귀띔해 줘요. 오라버니는 내가 직접 챙길 테니까, 평생!”

달문에게 못한 말을 내게 하는 것인지도 몰랐다.

숙부와 나는 달문과 방 하나를 같이 썼다. 둘이 눕기에도 좁아서, 처음에 달문은 그 방을 숙부와 내게 양보하고 자신은 다른 방을 찾아보겠다고 했다. 나보다 먼저 숙부가 제안했다.

“잠이야 대충 구겨 자도 될 게고, 회포를 풀려면 셋이 한 방에 머물러야겠지?”

저녁을 겸하여 탁주를 마시기 시작했다. 내가 먼저 달문에게 물었다.

“일본에서 언제 귀국한 겐가?”

“귀국하지 않았습니다. 그럴 마음도 없었고요.”

"귀국하지 않았으면…… 어떻게 여기 있지?"

달문이 나와 숙부를 번갈아 보며 동의를 구했다.

"좀 긴 이야기가 될 듯합니다. 괜찮습니까?"

숙부가 먼저, 그다음으로 내가 고개를 끄덕였다.

"풍속과 언어가 달라도 나라에서 하는 일은 마찬가지더군요. 권력을 쥐려고, 재물을 차지하려고 더러운 판을 벌이는 겁니다. 그 판에서 죄 없이 죽어나는 이들은 배운 것 짧고 순박하기 이를 데 없는 백성들입죠. 일본에서도 머물기 싫어지더군요. 그래서 택한 곳이 섬입니다."

"섬?"

"네. 청국도 아니고 일본도 아니며 그렇다고 우리나라에 속하지도 않는 섬. 청국과 일본을 비롯하여 몇몇 나라에서 온 사람들이 모여 살아도 다툼이 없는 섬이 있다기에 찾아갔죠."

숙부가 따져 물었다.

"삼봉도三峯島 말인가? 아니면 해랑도海浪島?"

둘 다 나라 밖 섬이다. 개국 이래 조정에서 찾고 있으나 위치조차 확인되지 않았다. 그 섬들에는 큰 도적이 산다고도 했고, 각 나라에 실망한 이들이 모여 조용히 세월을 보낸다고도 했다.

"이름이야 붙이기 나름이겠죠. 섬에서 사는 동안 섬 이름을 들어 본 적이 없습니다. 그 섬 외에도 주변에 섬들이 드문드문 있었죠. 그것들도 하나같이 이름이 없었습니다. 이름이 붙으면 곧 구별하여 지도를 그리고 뱃길을 살피는 것이 가능해지니까요."

"한데 왜 다시 들어온 겐가?"

달문의 큰 눈이 조금 쓸쓸해졌다.

"그 섬에서 작은 밭을 일구고 물고기나 잡으며 평생 지내리라 여겼습니다. 그런데 어느 날 제법 먼 바다로 나가 물고기를 잡아서 돌아오니 집들이 모조리 불타 버렸습니다. 살던 이들도 사라졌고요. 우물마다 독을 풀었더군요. 어느 나라인지는 모르겠으나 나라에서 보낸 관원들이 벌인 짓이라는 것만은 분명했습니다. 그 섬을 나올 수밖에 없었습니다. 처음에 찾아내는 것이 힘들지, 섬을 도륙한 놈들은 언제든 또 올 겁니다. 또 다른 섬을 찾아 떠난 이들도 있지만, 저는 육지로 들어가서 이름을 감추고 지내기로 했습니다. 그래서 이렇게 두 분을 다시 만나게 된 것이고요."

삼봉도 혹은 해랑도일 수도 있는 불경한 섬 이야기를 달문에게서 들을 줄은 몰랐다. 일본에서의 삶도 상상하기 어려운데, 어느 나라에도 속하지 않는 섬에서의 삶은 전혀 떠오르지 않았다.

"돌아오니 어땠어? 여전하던가?"

숙부가 나와 비슷한 느낌을 받았는지 불쑥 물었다. 달문이 망설임 없이 답했다.

"더 나빠졌더군요. 나라 전체가 돈놀이 판이 되었습니다. 고을 수령들부터 봄에 빌려준 곡식에 이자를 얼마나 많이 붙일 것인가에 골몰했으며, 돈 좀 굴리는 부자치고 이자 놀이를 하지 않는 이가 없더군요. 수확량의 일부만 내던 옛날이 그나마 나았지요. 지금은 수확한 곡물을 고스란히 갖다 바치고도 모자라서 또 돈을 빌려야 하는 상황입니다. 밤에 몰래 고향을 떠나 거지로 떠도는 이들이 엄청나게 늘었습니다. 분노가 턱밑까지 차오른 이들은 군도群盜를 이뤘고요. 지리산과 금강산의 군도뿐만 아니라, 방방곡곡 산이란 산 골짜기란 골짜기마다 군도가 있다고 합니다. 부자는 점점 더 부자가 되고 가난뱅이는 점점 더 가난뱅이가 되니, 악 중에도 최악입지요."

나라에 대한 실망은 변한 것이 없어 보였다. 나는 산청에서 올라온 장편소설을 안줏감으로 꺼내 놨다. 달문은 처음 듣는 이야기라며 눈을 동그랗게 떴다.

"민세묵, 그 사람이 공부가 깊단 소린 들었습죠. 책을 늘 끼고 산다 하여 민 책벌레, 줄여서 민 벌레라 불렀습니다. 하지만 저를 주인공으로 소설을 쓴 줄은 몰랐습니다. 손가락이 열 개 중에 네 개나 떨어져 나갔거든요. 그런 손으론 붓도 제대로 쥐기 어려운데, 두툼한 소설까지 썼다니 대단하단 생각밖에 안 듭니다. 민 벌레를 따르던 병자 중에 동찬이란 녀석이 있었더랬죠. 열대여섯 살쯤 먹었는데, 고분고분 착한 아이였습니다. 두 달 넘게 갑자기 사라졌다가 통영으로 돌아왔습죠. 자기 말로는 지리산에 용한 샘이 있다 하여 찾아가 머물렀다는데, 이제 보니 대광통교 세책방에 민 벌레 소설을 전하고 왔었나 봅니다. 그 소설 주인공이 저였다니 참 부끄럽기도 하고 고맙기도 합니다."

"한데 민세묵은 원고를 띄운 곳으로 왜 산청 고향집 주소를 적었을까?"

달문이 잠시 생각한 후 답했다.

"평을 듣고 싶었나 봅니다. 길 위에서 떠도는 팔자니 마땅히 적어 둘 주소도 없었을 테지요."

나도 달문을 주인공으로 소설을 써두긴 했다. 달문은 그 사실도 알면 고마워할까. 잔을 채웠다. 달문은 놀이판이 매일 이어진다며 딱 한 잔만 마시겠다고 했다. 결국 숙부와 내가 주거니 받거니 술동이를 비워 나갔다. 숙부가 물었다.

"두렵지 않았나? 병이 옮을 수도 있잖아?"

"병에 걸릴까 하는 두려움보단 더 큰 걱정이 있었습니다."

"그게 뭔가?"

"산과 들로 떠돌던 병자들이 한꺼번에 굶어 죽을까, 그게 걱정스러웠습죠."

숙부가 말꼬리를 잡고 한 걸음 더 들어갔다.

"그런 걱정을 예전에도 했었던 적이 있나?"

달문은 오늘 스스로에게 허락한 잔을 단숨에 비웠다. 눈을 질끈 감고 깊은 한숨을 쏟아놓았다. 떠올리기 싫은 장면을 억시로 뒤져 찾는 듯했다.

"너무 어려서…… 부모님과 함께 살던 시절의 유일한 기억입니다. 경상도 어디였던 것도 같고, 서너 살 즈음이었던 것도 같고, 확실하진 않습니다……. 끔찍한 일이 벌어졌습죠. 모두 굶어 죽었습니다. 그들은 스무 군데도 넘는 동네를 돌며 구걸을 했습니다. 정말 먹을 것이 전혀 없었던 겁니다. 몽둥이찜질을 당하고 화살을 맞으면서도, 동네로 들어가선 외쳤답니다. 제발! 먹을 걸 달라고. 개든 돼지든 닭이든…… 가축들이 먹는 거라도 주면 고맙겠다고. 단 한 동네도, 단 한 사람도 그들에게 먹을 걸 내주지 않았습죠……. 그들은 결국 작은 개천 옆에서 굶어 죽었습니다. 마지막으로 먹은 것은 아마도 말라버린 개천에 듬성듬성 고인 흐린 물이었겠죠. 몰살한 그들을 발견하고, 사람들이 어찌한 줄 아십니까? 모조리 태웠습니다. 그 불이 참 오래도 타더군요. 흩어지지 않고 곧장 하늘로 올라가던 연기가 지금도 눈에 선합니다. 이번에도 제가 나서지 않았다면…… 통영에서 그들은 굶어 죽었을 겁니다. 동네로 들어가는 것 자체가 막히니까요. 병자들은 그늘에 누워 죽을 날을 기다리는 도리밖에 없어요. 병이 옮을 수도 있겠죠. 그때 바란 건 제가 먹을 것을 구해 오고, 또 이들에게 살 수 있단 희망을 준 후에 제가 병에도 걸려도 걸렸으면 한 겁니다."

"그 불 속에서 용케 살았군."

"살고 싶어 산 게 아닙니다. 새소릴 들었습죠. 모두 쓰러졌는데, 저만 겨우 깨어 그 소리를 따라 네발로 기었습니다. 무릎을 펴고 걸을 힘도 없었거든요. 한참을 기어 언덕 솔숲으로 들어갔을 때, 등 뒤가 갑자기 환해지더군요……. 돌아보니 불길이 치솟았습니다. 주저앉아 오줌을 지렸습니다. 그대로 누운 채 불꽃을 내려다보기만 했습니다. 그 불구덩이에서 병자들이 모두 타죽은 겁니다……. 혼자만 살아남았죠. 그땐 울다가 자다가 또 울다가 자느라 깊이 생각할 겨를이 없었습니다. 나중에 결심했습니다.

두 번 다신 혼자 달아나지 말자고."

달문은 천하의 재담꾼이지만, 함부로 말을 해 대는 사람이 아니었다. 점원을 할 때는 그래도 손님이 오면 꼭 필요한 말들을 친절하게 했지만, 조방꾸니 동업을 하면서는 더더욱 말수가 줄어들었다. 산과 바다 혹은 강을 벗하며 조용히 시간을 보내는 날이 늘었던 것이다. 그런데 오늘은 술 한 잔에 벌써 긴 이야기를 쏟았다. 그도 이 여정이 힘들었던 탓일까.

"거리에서 사람들이 너무 많이 죽었습니다. 거리는, 자유롭지…… 위험해요. 저는 그들을 살리고 싶습니다. 한 사람이라도 더……."

달문의 이야기가 길어질수록 내 눈꺼풀이 무거워졌다. 자꾸 혀가 꼬이면서 눈이 감겼다. 숙부의 얼굴도 벌겋게 달아올랐지만 달문의 이야기에 집중하느라 나보다 눈이 두 배는 더 커졌다. 나는 숙부와 부딪친 마지막 잔을 비우지도 못한 채, 쓰러져 잠이 들었다.

얼마나 잤을까. 두런두런 이야기 소리에 눈을 떴다가 다시 감았다. 베개를 벤 채 이불을 덮고 누워 있었다. 일어나려다가 내 이름이 들려 실눈을 떴다.

"이 아인 자넬 좋아하네."

"알고 있습죠. 저도 마찬가집니다."

"지금부터 하는 얘긴 모독에겐 영원히 비밀로 해 주게나."

"그리하겠습니다."

"자네가 해 온 일도 귀한 일이야. 달문 유랑단 덕분에 적어도 만 명은 살았을걸세."

"형편없는 재주를 부려 주린 이들을 도왔을 뿐입니다."

"달문의 춤이 이 나라 으뜸임을 모르는 사람은 없으이. 하지만 자네가 태어나기 전에도 이 나라에서 으뜸이라고 추앙받던 광대들이 적지 않았네. 그들 중 단 한 사람도 흉년이 들었다고 하여 신속하게 유랑단을 꾸린 적은 없어. 양반과 부자들을 모아 판을 벌이고 그 돈으로 곡물을 사서 굶어 죽기 직전의 농부들을 구제한 적도 없고. 나라에서 못 한 일을 자네가 한 셈이지. 대단해."

"과찬이십니다. 신속하게 유랑단을 꾸렸다 말씀하시지만, 게으름이 천성인 저 같은 거지가 그렇게 잽싸게 움직였을 리 없습니다. 기다리고 또 기다렸습죠. 한 사람이 굶으면 그 가족이 챙기고, 가족이 못 챙기면 그 동네가 챙기고, 그 동네가 못 챙기면 고을 수령이 챙기고, 수령도 힘에 부치면 나라님과 조정 대신들이 머리를 맞대고 구할 방법을 찾아야 합니다. 저는 굶는 일에 이골이 나서, 다른 사람들이 배가 고파 죽겠다고 해도 그저 그러려니 하고 지냈습죠. 그러다가 보니 한 사람 두 사람 정말 죽어 나가기 시작했습니다. 굶어 죽는 사람 보신 적 있으십니까? 정말 끔찍한 노릇입니다. 죽 한 그릇이면 살아날 사람인데, 그 죽 한 그릇이 없어서 꼼짝도 못 하고 누워 있다가 숨이 꼴까닥 넘어가 버리는 겁니다. 굶어 죽은 사람은 또 얼마나 가벼운지, 시신을 넣은 관을 혼자 번쩍 들 정돕지요. 최대한 기다렸지만 아무런 기별이 없었습니다. 그나마 걸을 수 있는 사람들은 관아로 가서 무릎도 꿇고 눈물도 흘리며 살려 달라 빌기도 했습죠. 그런데 우리가 받은 것은 곡물이나 죽이 아니라 육모방망이 찜질이었습니다. 어명이 내려온다면 모를까, 지방 수령 맘대로 곡식 창고를 열 순 없다더군요. 죽도 공짜로 나눠 줄 순 없으니 돈을 가져오라더군요. 몇몇 사람들이 과격한 주장을 펴기도 했습니다. 월담해서 창고에 몰래 들어가 곡물을 훔쳐 오자는 이도 있고, 아예 관아로 쳐들어가 수령과 포졸들을 제압한 뒤 곡식 창고를 부수고 곡물을 취하자는 이도 있었습죠. 하지만 저는 그런 짓을 할 뜻이 없었습니다. 굶어 죽게 생겼으니, 제가 가진 부족한 재주로나마 돈을 벌어 사람들을 먹여 보자고 나섰던 겁니다. 그렇게 시작한 게 여기까지 왔습니다. 함경도 험한 고을까지 오자고 처음부터 계획한 건 아니었습죠. 경상도와 전라도 서너 고을만 돌까 싶었죠. 병들고 굶주린 자들을 찾아가고 또 가다 보니, 어느새 봄이 가을로 바뀌고, 전라도도 충청도와 강원도를 거쳐 함경도로 달라졌더라고요. 이게 답니다."

"자네가 살린 건 만 명이지만, 그 만 명도 대단히 많은 숫자이긴 하지만, 유랑단이 고을을 돌며 놀이판을 벌이는 동안 자네가 구한 숫자의 열 배는 굶다가 죽었을 거야."

달문의 볼이 번갈아 실룩였다. 마음이 아플 때 짓는 표정이다.

"열 배보다 더 많을지도 모릅니다. 이 나라에 속한 고을이 3백개라면 그중 30개도 채 돌지 않았습죠. 하지만 저는 손오공이나 홍길동이 아닙니다. 매설가님에게 들은 얘깁니다만, 손오공이란 원숭이는 분신술을 써서 제 몸을 열 개도 만들고 백 개도 만든다면서요? 홍길동이란 도적도 그런 재주를 뽐냈다고 들었습죠."

"맞네. 달문은 한 사람이야. 아무리 출중한 재주를 지녀도 만 명 이상은 어렵지. 자네가 병이라도 덜컥 걸린다면, 또 단원들 중에서 이런저런 이유로 이탈자가 생긴다면, 5천 명 아니 천 명도 어려울 걸세. 그런데 이 일을 어쩌지? 흉년은 벌써 3년째로 접어드네. 내년에도 흉년이 들면, 올해보다 더 많은 사람이 굶어 죽을 걸세. 내년에도 가족이, 동네가, 고을 수령들이, 나라님이 구제책을 내놓지 못하면 어쩌지? 달문 유랑단을 데리고 또다시 방방곡곡을 다니며 놀이판을 벌일 텐가?"

"내년에도 흉년이라고요? 정말입니까?"

닭똥 같은 눈물이 떨어지기 시작했다.

"올해만 도와 달라 했습죠. 무희도 광대도 악공도, 딸린 식솔에 제자들이 한두 명이 아닙니다. 제가 딱 한 번 고집을 부린 겁니다요. 평생 쌓은 인연에 기대어 나랑 올해만 돌아다니자! 살면서 이런 나날도 한 번쯤은 있어야지. 말도 안 되는 소릴 지껄여 가며 설득했습니다. 각자 살기도 바쁜데, 특별히 제게 시간을 내줬습죠. 그들에게 정말 한 푼도 건네지 못했습니다. 놀이 값은커녕 밥도 제대로 못 먹이고, 옷도 제대로 못 입히고, 잠도 제대로 못 재웠습죠. 내년까지 도와 달란 말, 저는 못 합니다. 그러니 내년엔 흉년이 들지 않아야 합니다. 꼭 풍년이어야 합니다."

"그래도 흉년이 들면? 3년 내리 흉년이 들라고 빈 사람은 없어."

달문은 고개를 치켜들고 천장을 바라보며 손등으로 눈물을 닦았다. 내년에 흉년이 들면 벌어질 비참한 광경들을 머릿속에 그렸던 것이다.

"내년에도 흉년이 들면…… 저 혼자라도 돌아다녀야겠습니다. 올해 갔던 고을은 피하고, 그러니까 전라도에서 경기도와 황해도와 평안도 쪽으로다가……."

"후내년도 흉년이면?"

숙부는 계속 몰아세웠다. 흉년이란 단어로도 사람을 옴짝달싹 못 하게 죌 수 있다는 걸 처음 알았다.

"너무하십니다. 후내년이면 5년 내리 흉년이라고요?"

"드물지만 그런 적도 있다네."

"5년 내리 흉년인데도 구제책이 내려오지 않겠습니까?"

"도성에선 나라님과 대신들이 이런저런 방책을 만들어 내리겠지. 하지만 거의 지켜지지 않을 거야."

"이유가 뭡니까?"

"5년이나 흉년이 거듭되면, 구제할 곡물이 곡식 창고에 제대로 남지 않을 거야. 그나마 있는 곡물도 고을 수령들이 장사꾼처럼 열 배 백 배 가격을 올려 팔아먹겠지. 돈이면 다 되는 세상이지 않은가. 달문! 그때까지 끌려갈 참인가? 올해 1만 명, 내년에 5천 명 그다음 해엔 2천 명, 이렇게 굶주린 자들을 살려 냈다고 스스로를 위로하면서? 그보다 훨씬 많이 죽어 가는 이들에겐 눈감을 작정이야?"

달문은 답을 못하고 울음을 터뜨렸다. 나는 매섭게 몰아세우는 숙부를 말리고 싶었다. 흉년이 든 것도, 굶어 죽는 이들을 구제하지 못한 것도 달문의 잘못이 아니다. 유랑단을 이끌고 헌신한 그가 왜 이런 질문을 연이어 받아야만 하는가. 일어나 달문을 위로해 줘야겠다는 생각이 들었다. 나보다 먼저 숙부가 달문과 어깨동무를 하곤 토닥였다.

"자네를 탓하는 게 아냐. 자넨 이 불행에 책임이 없어. 달문 자넨 착해. 달문보다 더 착한 이가 이 세상에 또 있을까. 하지만 자네가 할 수 있는 모든 걸 다 했다고 단정해선 안 돼. 여기까지 온 것만도 물론 대단하지. 아무나 할 일은 아니야. 하지만 달문이라면 더 나아갈 여지가 있지."

"더 나아간다고요? 그게 뭡니까?"

"자네도 인정한, 자네가 구하지 못한 그 많은 사람을 굶겨 죽이지 않으려면, 세상을 바꿔야 해. 구제책을 제대로 만들지 못하는 나라님과 조정 대신들, 그리고 부실한 구제책마저 집행하지 않는 지방 수령들을 모조리 갈아야 한다고. 이미 3년이나 당했어. 참담한 죽음들을 보고 들었어. 턱밑까지 분노가 차올라 있지. 굶어 죽은 이들의 가족과 이웃들만 떨쳐 일어나도 이 세상을 바꿀 사람들은 넉넉해. 다만 한 가지가 부족해. 달문, 자네라면 쉽게 할 일이지만."

“제겐 쉽다고요?”

“자넨 무기를 들 필요도 없어. 사람들을 만나지 않아도 돼. 다만 더 이상 굶주려 죽는 사람이 없는 나라를 만드는 데 달문도 동참한다는 뜻만 밝혀 주게.”

달문의 표정이 딱딱하게 굳었다. 지금 숙부는 난亂을 일으키는 데 동참하라고 달문에게 권한 것이다. 심마니를 따라다니며 산삼을 캔 것이 아니었다. 세상을 갈아엎으려는 자들과 어울려 때를 기다린 것이다. 달문이 물었다.

“그것 때문에 저를 만나러 오신 겁니까?”

“마운령에서 기다렸었네. 포졸들이 유랑단을 호위해서 고갤 건널 줄은 몰랐지. 모독이 자네 뒤를 쫓고 있단 소식은 진작부터 듣고 있었다네. 나 혼자라도 찾아가서 의논을 할까 했지만, 아무래도 서먹서먹할 것 같았어. 동대문 인삼 가게에서 함께 일한 지도 8년이 훌쩍 지났으니까. 내가 이렇게 생각을 가다듬고 삶을 고치는 동안, 달문 자네도 나름대로 버릴 건 버리고 벼릴 것 벼렸겠지. 오늘처럼 편하게 만나려면 모독 저 아이가 필요했으이. 그래서 함께 왔다네.”

도끼로 뒤통수를 얻어맞은 기분이었다. 숙부는 산적들과 한패였다. 가까스로 절벽을 올라 튀어나온 바위까지 넘어 탈출하는 계획도 그들과 미리 짠 것이었다. 나를 앞장세워 달문에게 접근하기 위해서. 당장이라도 숙부에게 따지고 싶었다. 그러나 달문의 대답이 더 궁금했다. 숙부에게 따지는 것은 달문의 답을 듣고도 얼마든지 가능했다. 내가 깨어나 숙부와 언쟁을 벌이면 달문의 진솔한 대답을 영영 듣지 못할 것이다.

"저는 압니다. 해송 어른은 훌륭한 분입니다. 하지만 이 일만은 도와드리기 힘듭니다. 저는 지금 하는 유랑도 감당하기 벅찹니다. 말씀하신 그 큰일은 저같이 추하고 더럽고 게으른 놈이 맡을 게 아닙니다. 저를 그렇게까지 생각해 주시니 고맙습니다. 하지만 못 하겠습니다."

"정녕 못 하겠는가?"

숙부의 목소리가 뜨거웠다. 반복된 질문은 부탁이 아니라 협박처럼 들렸다.

"못 합니다. 저는 제 이름이 어떤 식으로든 퍼져 나가 남들의 삶을 흔드는 걸 바라지 않습니다. 좋은 쪽이든 나쁜 쪽이든, 저는 있어도 그만 없어도 그만인 곳에서 살아도 죽은 것처럼 지내렵니다. 그러려고 도성도 떠났고, 대마도까지 배를 타고 건너갔었고, 일본을 두루 돌아본 후 섬에 숨었고, 또 몰래 들어와 조용히 지냈던 겁니다. 흉년이 아니었다면 결코 세상에 나오지 않았을 겁니다. 조금만 더 기다렸어야 했을까요? 후회가 되는군요."

숙부는 포기하지 않았다. 충분히 남을 배려하는 성품이지만, 그 밤엔 달문을 끌어들이기 위해 수단과 방법을 가리지 않았다.

"분신술 부리는 홍길동을 손오공과 함께 얘기했으니, 활빈당活貧黨에 대해선 알지?"

"의로운 도적 아닙니까?"

"산에는 산적, 바다에는 해적! 곳곳마다 활빈당이 있지. 활빈活貧! 가난한 이들을 되살리는 일을 우리는 할 거야. 그건 지금 달문 자네가 하는 일과 하나도 다르지 않아. 그러니까 뭉쳐야 해. 같은 뜻을 지닌 우리와 뭉치면, 활빈, 가난한 이들을 되살리는 세상을 만들 수 있다고."

달문이 숙부의 얼굴을 똑바로 보며 답했다.

"저 같은 거지를 찾아내어 어디다 쓰시게요? 저는 제 이름을 걸곤 아무 일도 하지 않겠습니다. 다음 고을 그다음 고을로 가서 놀이판만 펼 겁니다. 굶어 죽어 가는 이들을 구할 겁니다. 방해를 하시면 저나 단원들은 당할 수밖에 없습니다. 우린 군졸도 아니고 의적도 아닙니다. 힘으로 제압하고 무기를 휘두르는 일은 못 해요. 응징하시겠다면, 제게 하십시오. 단원들은 제 부탁을 받고 따라나선 잘못밖에 없습죠."

"농담이 아닐세. 팔이나 다리 하나를 부러뜨릴 수도 있어. 쇠몽둥이에 뒤통수가 박살 나고도 살아난 사람은 없다고."

"농담하지 않는 어른이란 거 잘 압니다. 저 같은 하찮은 놈의 이름이 뭐 그리 필요하시겠습니까? 활빈당, 그 큰 뜻에 목숨을 건 분들과 하고 싶은 일들 충분히 잘해 나가시길 빌겠습니다. 저는 아닙니다."

숙부가 예언 아닌 예언을 했다.

"아니라고 하면 할수록 자넨 세상으로 끌려 나올 거야."

"그럴까요?"

"그래."

"왜 그리 생각하십니까?"

"몰라서 묻나? 달문 자네 같은 사람은 이 나라는 물론이고 이 세상에 단 한 사람뿐이야. 그러니 많은 이들이 탐내고 찾는 거지. 함께 몽땅 부수고 새로 지어 올리자고."

"쪼개고 무너뜨리고 뭉개고 부수는 짓은 어려서부터 잘 못했습니다. 싸우더라도 상대를 끌어안으려 했습죠. 가난뱅이든 부자든, 천민이든 양반이든 혹은 나라님이든, 나라 안 사람이든 나라 밖 사람이든, 사람이든 동물과 식물이든 혹은 바위나 바람이나 별까지도 다 품는 방법은 없을까요? 가난하고 억울한 사람들만 살리는 게 아니라, 모두 다 살리길 원합니다. 그런 사람을 그런 고을을 그런 나라를!"

"망상이 지나치군. 누군가 이 거대한 불행에 책임을 져야지. 죽일 자는 죽이고, 가둘 자는 가두고, 벌할 자는 벌해야, 모든 것이 올바름으로 돌아갈 거야. 다른 방법은 없어. 부자와 양반에다가 나라님까지 끌어안겠다고?"

"날 때부터 이렇게 생겨 먹었으니 어찌합니까요. 모처럼 뵈었으니 제가 목이나 한 자락 풀겠습니다."

달문이 손바닥으로 제 무릎을 치며, 재담과 소리를 섞어 놀기 시작했다.

부글부글 끓어오르는 웅덩이에 발가벗고 누워 목만 내밀고 눈을 감으니, 이마에 주먹 눈이 내려도 견딜 만한데, 갑자기 예닐곱 명이 한꺼번에 웅덩이에 뛰어들며 고래고래 비명을 질러 댄다! 어차피 못 알아먹는 소리라 여기고 눈을 더 질끈 감았다가 떴구나. 한데 나를 뻥 둘러 쳐다보는 것은 사람이 아니라 짐승, 짐승 중에서도 원숭이였더라. 평생 원숭이 흉내를 내며 팔도를 다녔으되, 진짜 원숭이를, 그것도 온천을 즐기는 원숭이를 만난 것이었다. 이도저도 어쩌지 못해 그냥 원숭이 울음이나 또 흉내 내며 길게 뽑았더니, 원숭이들이 따라 울며 다가와 내 머리털을 하나하나 훑기 시작하는구나.

아프다! 이놈아, 부모 일찍 사별하여

아프다! 이놈아, 아파 죽고 맞아 죽고 굶어 죽은 사람들 모두 누구의 애비고 누구의 애미고 누구의 아들이고 누구의 딸

아프다! 이놈아, 아프다! 이놈아,

아무리 아파도, 이내 몸은 죽진 않고, 죽는시늉만 하며 예까지 왔구나.

끊어질 듯 끊어질 듯 하염없이 이어지는 목소리가 나를 꿈나라로 이끌었던 것일까. 노래가 끝나면 일어나 앉아서, 숙부와 달문의 대화에 끼려 했는데, 노래를 마치기도 전에 다시 잠이 들었다.

눈을 뜨자마자 이불을 걷고 황급히 일어섰다. 창은 벌써 밝았고 방엔 나 혼자뿐이었다. 곁에 누군가 누웠던 흔적도 없었다. 방

문을 열었다. 달문이 빗자루를 쥐고 마당을 쓸다가 돌아보았다.

"숙부는?"

달문이 답했다.

"새벽에 떠나셨습니다."

마당으로 내려서선 달문에게 다가갔다. 간밤의 대화를 들었다고 할까. 숙부까지 떠났으니 한발 늦은 듯했다. 달문이 어색함을 깼다.

"일 다 마치면 동대문 시장으로 돌아가시겠다고 그러셨습죠."

숙부가 하고 싶은 일을 다 마칠 날이 오긴 올까. 숙부는 다시 백팔구비 마운령을 올라 산적들의 소굴로 갔을까. 활빈당의 일원으로 새로운 세상을 꿈꾸며 살까. 그 세상을 만들기 전엔 그는 결코 동대문 시장으로 돌아오지 않을 것이다. 그런 날이 와서 그가 돌아온다 해도, 그것은 내 숙부가 아니라, 난을 일으킨 주모자로 오는 것이다. 숙부는 영영 되돌리지 못할 강을 건너 버렸다. 달문 덕분에 용케 다시 잠깐 스치듯 만났을 뿐! 사사롭게 보자면 나는 그의 조카지만, 그는 나보다 달문을 천 배 만 배 귀하게 여겼다. 나를 속여 달문에게 가는 길에 동행했고, 달문의 마음을 얻지 못하자 내겐 작별인사조차 남기지 않고 떠났다. 나에 대한 배려는 전혀 없었다.

두만강, 그 너머

"기쁜 소식 들은 적이 언젠가요? 하루 전, 한 달 전, 1년 전, 3년 전? 흉년이 시작된 후로 기쁜 날이 하루라도 있었던가요? 오늘 이렇게 모이니 좋으시죠? 기쁘시죠? 3년 만에 기쁜 날이네요. 달문 유랑단이 기쁜 소식을 몰고 다닌다는 소문은 들으셨나요? 기기묘묘한 놀이를 구경하니 기쁘고, 우선 이 판에서 배불리 먹을 테니 기쁘고, 겨울 내내 먹을 식량을 골고루 받아 갈 테니 또한 기쁠 수밖에요. 그런 것도 물론 기쁘지만, 정말정말정말 기쁜 소식 알려 드릴까요? 대답 소리가 작네요. 알려 드리지 말고 그냥 갈까요? 알려 드려야 나도 두 발 쭉 뻗고 잘 거니까, 그럼 지금부터 말씀드릴게요. 나라님이 3년 내리 흉년이 들어 고생하는 백성들을 위해 나라 곳간을 활짝 열었답니다. 나라 곳간이 얼마나 큰 줄 아십니까. 팔도 백성이 배불리 겨울을 나고도 남을 만큼 크답니다. 그 곳간을 떠난 쌀들이 지금 전국 방방곡곡으로 향하고 있답니다. 이곳 길주는 함경도니까, 늦어도 내일 아침까지는 도착하겠네요. 기쁘시죠? 그리고 또 나라님이 오늘부터 1년 동안 나라에 바칠 세稅를 면제한다 하셨답니다. 곡물을 바칠 까닭도 없고요. 길주의 특산물 사향과 녹용을 힘겹게 모으지 않아도 됩니다. 게다가 두만강이 위태롭다며 툭하면 징발하여 군역을 맡기던 것도 1년간 멈춘답니다. 자, 이제 바다와도 같은 은혜를 내려 주신 나라님을 위해, 또 그 나라님 뜻을 빈틈없이 따르는 이 고을 수령과 아전들을 위해, 큰절 한번 할까요? 기쁜 소식 들었는데, 그 정도 인사는 드려야겠죠? 자, 다들 일어나세요. 저를 따라 절을 드리십시다."

소화의 거짓말 실력도 몰라보게 늘었다. 판에 모인 구경꾼들이 모두 일어나서 그녀를 따라 대궐이 있는 방향으로 큰절을 올렸다. 두 손을 땅에 대고 엉덩이를 한껏 치켜든 채 다같이 좌우로 방울처럼 흔들었다. 여기저기서 웃음이 터져 나왔다. 나라님이 결코 그와 같은 어명을 내리지 않았다는 것을, 소화의 기쁜 소식이 하나부터 열까지 모조리 거짓말이라는 것을, 처음부터 그들도 알았던 것이다.

달문 유랑단의 놀이는 계속되었다.

판에서 내가 부릴 재주는 없었지만, 단원 중 나를 경계하는 이는 없었다. 달문이 우선 내게 꼬박꼬박 존댓말을 썼고, 운심이 오라버니 운운하며 친누이처럼 굴었으며, 소화 역시 운심만큼은 아니지만 나만 보면 방긋방긋 웃어 줬다. 악공 둘은 도성에서 조방꾸니 동업을 할 때 인사를 나눈 적이 있었다. 그 외는 처음 보는 얼굴들이었다. 나이는 마흔 살 이상이 대부분이고 쉰 살을 넘겨 예순 살을 바라보는 이들도 섞여 있었다. 소화가 가장 어리고 운심도 젊은 축에 속했다. 단원 중에는 난장이와 꼽추와 곰배팔이, 애꾸도 한 자리를 차지했다. 운심은 여전히 밀양에서 이름값이

상당한 기생이지만, 나머지는 솔직히 전성기를 넘긴 재인들이었다. 어린 재인들을 가르치며 입에 풀칠하는 이도 있었고, 아예 판을 떠나 농사를 짓거나 물고기를 잡는 이도 있었으며, 이도저도 못 한 채 구걸로 연명하는 이도 있었다. 달문은 그들을 거둬 유랑단을 꾸렸다. 달문의 명성이라면 젊고 실력 있는 재인들을 끌어들일 수도 있었다. 그러나 그는 운심과 소화와 악공 두 명을 제외하곤, 판에 서고 싶어도 늙고 병들어 기회가 없는 재인들에게 먼저 연락했다. 늙고 병들고 다친 재인들은 마지막 놀이라는 각오로 판에 올랐다. 희끗희끗한 머리카락과 성치 않은 몸을 판에 내보이는 것만으로도 구경꾼들은 눈물을 훔치며 박수를 보냈다. 그들이 판에서 한두 가지 실수를 하더라도 달문은 자신의 재주로 메꿔 나갔다. 지금까지 전국을 떠돌며 재주를 뽐낸 재인들 중에서 가장 나이 들고 불구자가 많은 유랑단이었다.

나 역시 놀고먹으며 유랑단을 따라다닌 것은 아니다. 내가 합류함으로써 유랑단은 적어도 두 배 이상 수익을 냈던 것이다. 나는 유료 놀이판의 구경 값을 흥정하는 역할을 전담했다. 부자와 양반이 이런저런 이유를 대며 값을 깎으려 들면, 나는 달문과 운심이 도성의 고관대작들에게서 어떤 대접을 받았는가를 상세히 이야기했다. 억만금을 줘도 못 볼 춤과 노래를 즐길 기회인데, 돈 몇 푼 때문에 분위기를 망쳐야 쓰겠느냐며 설득했다. 주는 대로 받던 구경 값보다 곱절은 더 가격을 올렸다. 달문은 너무 비싸게 받지 말라 했지만, 내게 맡겨 두라고 버텼다. 그때마다 달문이 웃으며 말했다.

"한시름 놨습니다. 신경 쓸 게 어디 한두 가지라야 말입죠. 그 중에서도 구경 값 받고, 단원들 필요한 물건들과 입고 먹고 자는 데 필요한 돈들 제때 쓰고, 벌어들인 것과 쓴 걸 맞추고…… 아무리 해도 계산은 안 맞고, 이건 정말 제가 할 짓이 아니더라구요. 안심입니다. 고맙습니다."

단원들을 최대한 배려했다. 하나를 원하면 둘을 주고, 적당한 것을 원하면 상상품을 구해 건넸다. 달문을 위한 마음이 앞서서 합류했겠지만, 단원들이 모두 달문처럼 물건 욕심이 없지는 않았다. 재인일수록 예쁜 것, 고운 것, 맛난 것에 이끌리는 법이다. 굶주린 농부들에겐 희멀건 죽 한 그릇도 귀했지만, 단원들까지 그런 죽으로 끼니를 이을 순 없었다. 최고의 놀이를 선보이기 위해선 마음은 물론 몸도 최상으로 끌어올려야 했다. 거기에 나는 적절한 선물까지 한두 개씩 끼워 넣었다. 도성에서라면 거들떠보지도 않겠지만, 함경도 심심산골에선 지니고 다니는 것만으로도 기분을 좋게 했다. 운심에겐 비단 노리개를 내밀었고 소화에겐 거울과 빗을 줬다. 악공들에겐 각 고을에서 유명한 술을 한 병씩 건넸다. 인삼까지는 아니더라도 도라지 뿌리를 구해 달여 먹였다. 구경 값을 두 배나 걷었기 때문에, 그렇게 단원들의 사기를 북돋아 주고도 굶주린 이들을 구할 곡물을 더 많이 살 수 있었다.

내가 합류한 뒤에도 경성, 부령, 무산, 회령에서 놀이판을 벌였다. 계절은 어느새 초가을에서 늦가을로 옮겨갔다. 함경도는 특히 가을이 짧았다. 낙엽이 지기도 전에 눈이 내리는 식이었다. 말은 하지 않았지만, 단원들 모두 마지막을 생각하고 있었다. 아무리 재주가 뛰어난 광대라고 해도 겨울에는 판을 접었다. 몸이 얼고 관절이 굳어 다칠 위험이 큰 데다가 무엇보다도 구경꾼들이 모이지 않았던 것이다. 함경도 개마고원에선 두툼한 가죽옷을 껴입는다 해도, 짧은 타령 한 곡을 다 듣지 못할 정도로 삭풍이 매서웠다.

부령에 닿았을 때 첫눈이 내렸다. 그러나 달문은 부령에서 더욱 신나게 판을 휘저은 뒤 무산과 회령까지 놀이를 이어 갔다. 천하의 달문이 왔는데도, 구경꾼은 눈에 띄게 줄었다. 양반들은 추운 마당에 놀이판을 벌이는 대신 따듯한 방에서 달문과 운심과 소화만 들여 술과 함께 즐기기를 바랐다. 달문은 악공과 무희와 광대가 모두 참가하는 마당 놀이판을 고집했다. 그 판을 하든가 아니면 접든가 둘 중 하나였다. 내 역할이 커졌다. 삭풍을 두려워하는 양반들을 있는 말 없는 말 보태 설득했다. 그들이 구경 값을 내야 그 돈으로 굶주린 이들을 먹일 수 있는 것이다.

회령에선 기어이 폭설이 쏟아졌다. 마당에서 판을 벌이기 어려워지자, 달문은 대청마루에 어깨가 맞닿을 정도로 사람들을 앉힌 뒤, 그림자놀이를 시작했다.

말을 전혀 하지 않는 놀이였다. 등장인물과 동물 인형들을 모두 달문이 혼자 조종했다. 각종 효과음과 동물 울음도 그가 만들었다. 유랑단원은 모처럼 쉬면서 마음 편히 놀이를 구경했다.

우선 방을 반으로 나눠 장막을 쳤다. 구경꾼들이 모여 앉은 대청마루와 장막 앞은 어두컴컴했다. 달문이 장막 뒤로 가선 벽 밑에서 화톳불을 피웠다. 장막이 순식간에 밝아졌다. 아무것도 등장하지 않았는데도, 구경꾼들이 환호하며 박수를 쳤다.

둥!

북이 울렸다. 좌중이 고요해졌다.

장막 가운데로 불쑥 만석중의 그림자가 나타나고 둔탁한 소리와 함께 놀이가 시작되었다. 시끄러운 소리는 만석중이 팔과 다리로 제 머리와 가슴을 빠르게 두드려 내는 것이다. 특히 이마를 때릴 때 나는 소리는 바위가 부서지는 굉음과 같았다.

그 굉음을 짐승들 울음이 삼켰다. 호랑이가 먼저 어흥! 울자, 뒤이어 사자가 더 크게 아흥! 울었다. 울음이 오간 뒤, 만석중의 왼편에 호랑이와 사자의 그림자 두 개가 등장했다. 두 맹수가 뒤엉켜 싸웠다. 뛰어오르고 뒹굴고 앞발로 후려치고 뒷발로 밀어댔다.

만석중이 제자리에서 빙글빙글 돌며 승무를 추기 시작했다. 만석중의 몸이 점점 커졌다. 호랑이와 사자를 포함해서 벽을 거의 덮을 정도였다. 그러자 어흥 호랑이와 아흥 사자의 울음이 점점 작아지다가 사라졌다. 만석중의 춤이 느려지면서 몸도 차츰 줄어들었다. 춤이 멈추자 그의 몸도 원래 크기로 돌아와 있었다.

기생 세 명이 등장했다. 만석중을 가운데 두고 빙글빙글 돌며 춤을 췄다. 만석중은 꿈쩍도 하지 않았다. 세 명의 기생이 왼편으로 사라진 뒤 새로운 기생 하나가 오른편에서 들어왔다.

기생은 춤추지 않고 만석중을 등진 채 가만히 서 있었다. 만석중이 한 걸음 다가서선 기생을 보고 또 한 걸음 다가서선 보았다. 승무를 추기 시작했다. 기생은 승무가 끝날 때까지 여전히 서 있었다. 춤을 마친 만석중이 끌어안으려 하자, 기생이 뺨을 후려쳤다. 엉덩방아를 찧으며 쓰러진 만석중이 엉금엉금 기어 와선 무릎을 꿇고 두 팔을 들어 손을 잡아 달라는 시늉을 했다. 기생이 손을 잡는 대신 스스로 저고리 고름을 풀었다. 만석중도 장삼을 벗었다. 기생이 만석중의 팔목에서 염주를 빼앗아 멀리 던져 버렸다. 만석중이 기생의 치마를 벗겼다.

알몸이 된 만석중과 기생의 몸이 점점 자라 장막을 가득 메웠다. 두 사람이 마주 서더니 끌어안았다. 불이 갑자기 꺼지면서 벽이 깜깜해졌다. 어두운 벽에서 만석중이 내는 굉음이 들려왔다. 놀이를 시작할 때 만석중이 자신의 팔과 다리로 가슴과 머리를 두들겨 내던 바로 그 소리였다. 소리가 빨라지다가 뚝 그쳤다.

그림자놀이를 마친 뒤, 운심이 나를 불러냈다.

"두만강이 지척이라면서요? 오라버니, 우리 강 구경 가요."

"곧 해가 질 거요. 여긴 동네만 벗어나면 집이 거의 없소. 불빛 하나 없는 어둠이라오."

"두만강 바라보며 둘이서 하룻밤 보내고 오죠, 뭐."

운심이 또 내 마음을 찔러 댔다. 달문에게 권했지만 가타부타 말이 없었다. 그는 지난번에 검무를 추다가 다친 소화의 무릎에

침을 놓고 있었다. 워낙 자주 다리를 삐고 접질렸던 탓에 달문도 제 발에 침을 놓곤 했다. 어깨 너머로 달문의 손에 들린 침을 보곤 운심이 재촉했다.

"가요, 빨리!"

운심은 말에 올라 내 등을 꼭 끌어안았다. 두툼한 옷을 겹으로 입어도 그녀의 가슴이 등에 닿았다.

두만강은 멀지 않았다. 언덕을 세 개 넘으니 물비린내가 났다. 초겨울 추위만 아니라면 저녁을 먹고 걸어왔다가 돌아가도 될 듯했다. 그녀가 말에서 내린 후 아쉬운 듯 말했다.

"이렇게 가까운 줄 알았다면 다 같이 오자 할 걸……."

"소화가 절뚝대던데, 괜찮겠소?"

어두운 강을 바라보며 나란히 선 상황에서 어울리는 질문이 아니었다. 운심이 동대문 인삼 가게에 처음 들어왔을 때처럼, 나는 장사꾼답지 않게 당황한 것이다. 이번에도 침착한 쪽은 운심이었다.

"아침이면 붕붕 뛰어다닐 겁니다. 그 나이 땐 자주 다치고 또 금방 낫고 그래요. 정말 심각했다면 내가 오라버니랑 두만강 구경 오자고 했을까요? 나도 소화를 아껴요. 내 제자 중엔 그 애가 가장 나으니까."

강을 따라 먼저 걸었다. 말을 붙이지 못한 채 어둠을 밟으며 따랐다. 운심이 말했다.

"저길 봐요. 벌써 강이 군데군데 얼었어요. 한겨울에도 밀양강이나 낙동강은 얼지 않는데, 여긴 첫눈 오고 며칠 지나지도 않아 어네요."

들어가려는 듯 강을 향해 몸을 돌렸다. 나는 운심의 손목을 쥐곤 당겼다. 얼굴이 내 가슴에 닿았다. 그녀가 고개를 들고 올려다봤다.

"와, 완전히 언 건 아니오. 살얼음을 잘못 디디면 큰 낭패를……."

운심이 소리 내어 한참을 웃었다.

"그 정돈 나도 알아요. 저길 건너 뭣하게요. 내가 아끼는 사람은 여기 있는데……."

내가 아끼는 사람! 사람들이 아니라 단 한 사람. 거의 동시에 나는 달문의 얼굴을 떠올렸고 운심은 그 이름을 말했다.

"달문 오라버니에게 어젯밤 마지막으로 청했어요."

마지막! 운심은 맺고 끊음이 분명한 사람이었다.

"마지막이라면?"

"부부의 연을 맺자고요. 홀로 떠돌 만큼 떠돌았으니 이제 함께 남은 삶을 쌓아 가자고요."

역시!

"답을 들었소?"

"웃기만 하더군요. 하지만 이번엔 꼭 인연을 맺을 거예요. 내 사랑이니까. 내 사람이니까."

달문은 아무런 내색도 하지 않았다. 산대놀이에서 으뜸 광대를 지낼 때도 그랬지만, 유랑단을 꾸린 후로도 모든 단원을 공평하게 대했다. 그들로부터 많은 이야기를 들었을 텐데도 듣지 않은 것처럼 입을 닫았다. 또 한 사람의 얼굴이 떠올랐다. 이번에도 운심은 내 추측을 따라왔다.

"소화도 오늘 아침에 마지막 청을 드렸대요."

"그랬군요……."

모두 마지막을 예감하고 있었다. 운심도 소화도 이번만큼은 달문을 그냥 보내지 않겠다고 다짐한 것이다.

"소화뿐만이 아니라 많은 여인이 달문 오라버니에게 청했죠. 하지만 난 알아요. 달문 오라버니는 결국 나와 인연을 맺을 거랍니다."

과연 그럴까. 운심은 언제나 자신감이 넘쳤다. 그런데 두만강까지 나를 데리고 나와 이 이야기를 왜 꺼내는 것일까. 내가 받을 마음의 상처 따윈 거들떠보지도 않는구나. 운심이 미웠다. 그녀는 나를 불러낸 이유를 비로소 말했다.

"부탁 하나만 할게요. 달문 오라버니가 혹시 몰래 움직이면 내게 곧바로 알려 줘요."

"보초라도 서란 말이오?"

내 질문이 딱딱하고 날이 섰다.

"나를 위해 보초를 서 주면 안 되나요? 호호, 농담이에요. 둘이 같은 방에 묵으니까 부탁하는 거죠."

"보초를 서면, 내겐 뭘 해 줄 거요?"

"뭘 원해요?"

운심이 강하게 받아쳤다. 나는 그녀의 시선을 피하지 않았다. 그러나 내가 원하는 것이 말로 나오진 않았다. 말로 할 수 없는 것인지도 몰랐다. 그녀가 그 침묵에 못을 박았다. 달문에게 최후통첩을 하듯 내게도 마지막 충고를 건넨 것이다.

"다음엔 오라버니가 좋아하는 사람 말고, 오라버니를 좋아하는 사람 만나요. 아셨죠?"

대화는 이어지지 못했다. 바람이 얼음 깔린 강의 수면을 훑고 우리 두 사람을 감싸며 회오리를 돌았던 것이다. 더 있다간 감환에 걸릴 것이다. 서둘러 말을 타고 숙소로 돌아왔다. 운심은 갈 때와 똑같이 내 등에 가슴과 뺨을 댔다. 운심이라면, 달문의 마음이 흔들릴지도 모른다. 어려서 만나 평생 서로의 춤과 삶을 지켜본 사이가 아니던가. 달문이 한 여자를 택해 가정을 꾸린다면, 운심이 첫손에 꼽히는 것이 당연했다. 그러나 돈도 명예도 헌신짝 취급하는 달문은 여자를 아내로 맞아들여 가정을 꾸리기를 원치 않았다. 수많은 여자들로부터 구애를 받았지만 단 한 번도 응한 적이 없었다. 운심을 택하든 택하지 않든, 둘 중 한쪽으론 결론이 날 것이다. 두만강 너머까진 가지 않을 테니, 유랑단도 이제 해산이 코앞이었다.

운심을 내려놓고 방으로 들어섰다. 달문이 깨어 있다면, 소화의 무릎부터 걱정하곤 운심의 마지막 청에 대한 그의 마음을 슬쩍 살피려고 했다. 그러나 달문은 등잔불도 밝히지 않은 채 코를 골며 자고 있었다. 되짚어 보니, 길주에서 내가 합류한 뒤로 지금까지 달문과 같은 방을 썼지만 그가 눕는 것을 본 적이 없었다. 언제나 내가 먼저 잠들었고 나중에 일어났다. 달문은 벽에 기대 뭔가를 골똘히 고민하다가, 노래를 흥얼거리다가, 나를 향해 웃어 줬다. 더러 내 곁에 누워 잠을 자긴 했지만, 그의 몸에서 뿜어 나오는 냄새와 온기로 겨우 지난 밤 노곤한 잠을 짐작할 뿐이었다. 그런데 처음으로 그가 먼저 잠든 것이다. 내일 아침 즈음이면 단원들을 불러 모아 고맙다는 인사를 하곤 긴 여정을 마칠 듯했다.

나는 비록 밤이 늦었지만, 이 동네 원로 몇 명을 찾아가서 내일 아침 식사를 부탁했다. 전날 유료 놀이에서 거둔 구경 값 중 남은 돈을 건넸다. 단원들 각자에게 노잣돈으로 돌아갈 몫을 제외하곤 아침 식사를 위해 전부 낸 것이다. 동네에선 돼지 두 마리를 잡겠다고 했다. 달문은 폐를 끼쳐선 안 된다며 화를 내겠지만, 나는 고맙게 받겠다고 답했다. 언제 또 이 늙고 병들었지만 씩씩하고 멋진 재인들과 함께 고을을 누비며 판을 벌이겠는가. 일생에 딱 한 번 누릴 즐거움이다. 여정은 힘들었지만 마지막이라도 배불리 먹고 서로를 격려하며 웃고 헤어지자고 생각했다. 그러기 위해선 고기 몇 점이라도 씹고 배를 든든히 채워야 하는 것이다.

방으로 돌아오니 달문은 여전히 잠에 취해 있었다. 코를 골진 않았지만 내가 들어갔는데도 깨지 않고 벽을 향해 돌아눕는 것이 전부였다. 나도 대충 겉옷만 벗고 누웠다. 찬바람이 콧잔등을 간

지럽혔다. 운심과 소화는 달문에게 청했지만, 나는 아직 그에게 청을 하지 않았다. 돌아가자고, 점원도 동업도 할 필요 없이 도성으로 돌아만 가자고. 낯선 거리에서 이름을 감추고 홀로 외롭게 지내지 말라고, 이제 내가 곁에 있겠다는 말을 달문의 손을 잡고 눈을 보며 들려주고 싶었다. 몇 번 기회를 엿보았다. 입술을 열어 이야기를 꺼내기 직전까지 간 적도 있었다. 그러나 나는 그 청을 차마 하지 못했다. 달문의 거절이 두려웠던 것이다. 그러나 내가 함께 도성으로 돌아가 살기를 바란다는 것을 알면, 그는 더 깊이 숨어 버릴 것이다. 내가 보초를 서고, 단원들이 보초를 서고, 우리가 거쳐 온 고을 백성 모두가 보초를 서더라도 달문 하나를 지키긴 어려웠다. 내일 아침은 나도 이야기를 꺼내리라 마음먹었다. 거절을 당할 때 당하더라도, 말은 일단 해 보리라.

달문을 향해 돌아누웠다. 팔을 뻗어 달문의 목과 어깨와 팔꿈치를 쓸어내렸다. 단단한 근육들이 잡혔다. 평소엔 건덩건덩 부드럽게 다니지만 그의 몸은 근육 덩어리였다. 평범한 사람들은 흉내 내기도 힘든 동작을 빠르고 정확하게, 또한 오래 해내기 위해선 남들이 쓰지 않는 근육을 발달시켜야 했다. 그리고 나는 알고 있었다. 그는 남들이 쓰지 않는 근육뿐만이 아니라 남들이 쓰지 않는 마음을 쓰면서 여기까지 살아왔다는 것을. 그 마음과 몸으로 많은 사람을 살렸다는 것을, 누군가 한 사람쯤은 그런 달문을 이해하고 문장으로 적어야 하지 않을까. 나는 아직 달문에게서 들을 이야기가 많았다.

그의 팔꿈치에 손을 얹은 채 잠이 들었던가 보다. 손이 허전해서 눈을 떴다. 아직 해가 뜨기 전이었다. 달문이 누웠던 자리는 텅 비어 있었다. 예감이 좋지 않았다. 속히 일어나 방문부터 열었다. 사내 하나가 열린 대문 밖으로 나가는 것이 얼핏 보였다. 대충 겉옷을 걸치곤 따라나섰다. 어둠도 걷히기 전인 데다가 안개까지 자욱했다. 곁에 서 있어도 알아차리기 힘들 정도였다. 안개 속으로 들어가자마자 내 몸과 마음이 순식간에 젖어 차가웠다.

"달문! 어디 있어, 달문?"

이름을 불렀지만 답이 없었다. 언덕 쪽에서 돌멩이가 굴러떨어졌다. 나는 재빨리 소리가 들린 쪽을 향해 달렸다. 언덕 위로 단숨에 올라섰지만 달문은 없었다. 숨을 크게 한 번 들이쉬었다가 내뱉으며 언덕을 내려갔다. 오르막보다 더 빨랐다. 달리는 발소리가 귓전을 때렸다. 달문도 내가 따라오는 줄 알고 뛰기 시작한 것이다. 뒤따르며 머릿속으로 길의 모양을 그렸다. 운심을 뒤에 태우고 두만강까지 다녀온 것이 도움이 되었다. 선명하게 보이진 않더라도, 어디서 얼마나 길이 휘고 펴지는지 가늠할 수 있었다.

강이 가까워지자 어둠은 옅어졌지만 안개는 더욱 자욱했다. 물비린내를 맡으며 확신했다. 달문은 지금 떠나려는 것이다. 유랑단원들과 작별 인사도 나누지 않고, 운심과 소화에게 답도 하지 않고, 내 눈을 보지도 않고 영영 사라지려는 것이다. 그가 택한 것은 두만강 너머였다. 부산포에서 배를 타고 대마도까지 건너갔던 그가 아니던가. 그를 전혀 알아보지 못하는 곳을 원한다면, 두만강 너머보다 더 어울리는 곳은 없었다. 함께 일한 이들을 챙기고 마지막까지 배려하는 달문이지만, 이 새벽엔 결심을 한 것이다. 유랑단 해산을 알리고 나면, 어쩔 수 없이 그들에게 붙들릴 것이라 예상했을까. 달문과 헤어지길 원하는 단원은 없었다. 놀이판을 벌이진 않더라도, 그와 하루라도 더 먹고 마시고 쉬고 놀고 이야기 나누려 할 것이다. 평소의 달문이라면, 더군다나 자신의 부탁을 받아들여 함경도 회령까지 온 유랑단원들의 바람을 쉽게 외면하긴 힘들 것이다. 그렇게 단원들의 부탁을 하나둘 들어주다 보면, 완전히 사라지고 싶은 달문의 바람도 이루기 힘든 꿈이 되고 만다. 그래서 달문은 매정하단 비난을 받더라도 이번만은 은밀하게 홀로 갑자기 사라지기로 했으리라.

강에 닿았다. 주위를 훑었지만 달문의 흔적은 없었다. 발소리마저 사라졌다. 그사이 강 안개가 조금씩 스러졌다. 바람이 불 때마다 풍경을 드러내고 감추기를 반복했다. 발소리는 틀림없이 강을 향했다. 그러다가 갑자기 침묵에 빠진 것이다. 혹시? 나는 얼음이 단단한 곳을 골라 강으로 올라섰다. 그 순간 바람이 불며 강위에 깔린 안개를 흩어 놓았다. 거기, 쉰 걸음 정도 앞인 강의 중간에 달문이 있었다. 얼음 위를 걸어 강을 건너는 중이었다.

"달문!"

이름을 다시 불렀다. 조심스레 걷던 달문이 고개를 돌렸다. 그리고 나를 향해 손을 흔들어 댔다. 좌우가 아니라 앞뒤로 흔드는 손은 따라오지 말고 돌아가란 뜻이었다.

"멈춰요. 돌아가!"

나는 소리쳐 물었다.

"달문! 어딜 가는 거야?"

"이 나라에선 더 이상 할 일이 없습니다."

지난번엔 부산포에서 바다를 건너더니, 이제 두만강을 지나 드넓은 벌판으로 사라지려는 것이다. 나라가 없는 곳에서의 삶을 또다시 시작하려는 것일까. 그렇게 흔들리는 손을 보자 오기가 생겼다. 달문이 건넜다면 나도 건너리라. 이번엔 놓칠 수 없었다. 얼음 위로 한 걸음 또 한 걸음 나아갔다. 내가 따라오자 달문도 손 흔드는 걸 멈추고 강을 다시 건너기 시작했다. 처음엔 얼음이 깨어질까 조심조심 발뒤꿈치까지 들고 움직였지만, 달문이 안개에 가려 사라지자, 걸음이 빨라졌다. 발을 디딜 때마다 얼음들이 쫘악 쫘아악 어디에서도 듣기 힘든 울음을 내며 금이 갔다. 머리로는 더 이상 건너는 것이 위험하다며 멈추려 했지만, 두 발은 더욱더 바삐 움직였다. 금이 가는 자리가 늘고 길이도 길어졌다. 금이 생길 뿐만 아니라 얼음판이 부서지며 강물이 튀어 오르기도 했다. 그때라도 멈췄어야 했다. 그러나 목을 뽑고 살피니 달문은 더욱더 빨리, 언덕에서 내리막길을 치닫듯 달리고 있었다. 나도 포기하지 못하고 서너 걸음을 더 나아갔다.

결국 조각조각 부서진 얼음 사이로 빠지고 말았다. 강물은 상상도 못 할 정도로 차갑고 또 빠르게 흘렀다. 두 발을 잡아끌기라도 하듯 몸이 자꾸 수면 아래로 내려갔다. 헤엄을 치기 위해 두 팔과 두 다리를 놀렸다. 강물에 젖은 옷이 너무나도 무거웠을 뿐만 아니라 차디찬 강물이 뼈 마디마디를 얼리는 것 같았다. 얼음으로 올라가기 위해 팔을 뻗어 디디면 그 자리가 또 금방 금이 가며 부서졌다. 내가 빠진 구멍이 점점 커졌다. 머리가 수면 아래로 내려갈 때마다 코와 입으로 얼음 조각과 함께 강물이 밀려들어왔다. 이렇게 조금만 더 시간이 흐르면 버티지 못하고 강물에 휩쓸려 얼음 밑으로 들어가 버릴 듯했다. 얼음 밑으로 흘러 버리면, 두 번 다시 살아서 땅을 밟지 못할 것이다.

"모독!"

그때 내 이름을 언뜻 들었다. 강 건너에서 바람과 함께 들려오던 소리가 이내 사라졌다. 나는 대답하고 싶었지만, 입으로 물을 뿜으며 숨을 쉬기도 바빴다. 딱딱한 나무 막대가 내 어깨를 쳤다. 고개를 돌려 보니, 달문이 얼음판에 엎드려 긴 막대를 내밀고 있었다. 나는 그 막대를 꽉 쥐곤 달문을 향해 손발을 놀렸다. 그러나 달문은 내 어깨를 막대로 밀며 반대쪽 얼음으로 가게 했다. 내가 지나온 곳도 또 달문이 기다리는 곳도 아닌, 강물이 흘러가는 동쪽 방향이었다. 달문은 막대를 그 얼음판으로 던졌다.

"올라서진 말고, 잡아요. 얼음을 잡고, 버텨요. 잘하고 있습니다. 그래요. 그렇게!"

그리고 달문은 사라졌다.

"달문! 달문!"

나는 다시 그를 애타게 찾았다. 그때 열 걸음쯤 물러났던 달문이 내달리며 공중제비를 돌아 내 머리 위를 통과하며 동쪽 얼음판으로 올라서선 몸을 굴렸다. 다시 막대를 내밀었다. 내가 그것을 쥐니 달문이 천천히 끌어 올렸다. 금이 가기 시작하자 잠시 멈췄다가 다시 당겼다. 머리가 올라가고 그다음엔 가슴이 그리고 배와 다리까지 전부 얼음판으로 올라갔다. 금 가는 소리는 더 이상 들리지 않았다. 나는 얼음판에 이마를 대곤 거친 숨을 몰아쉬었다. 기침을 연이어 쏟아 냈다. 죽음의 냉기가 목구멍으로 터져 나왔다. 강을 건너갔다가 되돌아온 달문 덕분에 목숨을 구한 것이다. 생명의 은인에게 이제 고맙다는 인사를 할 차례였다. 쥐고 있던 막대를 당겼다. 그런데 막대만 힘없이 딸려 왔다. 맞은편에서 느껴지던 힘이 사라진 것이다. 고개를 들었다. 두만강 얼음판을 내달리는 사내의 뒷모습이 저 멀리 보였다. 달문은 다시 내게서 멀어지고 있었다.

영영 이별

그리고 영영 달문과는 이별인 줄 알았다.

두만강을 건너가 버린 사람을 어디서 찾는단 말인가.

살아나 기쁜 것보다 달문을 놓친 것이 곱절은 슬펐다. 눈물이 줄줄 흘러내렸다. 입술과 턱에 닿은 눈물이 그대로 얼어 살갗을 잡아당겼다. 다시 두만강을 건너갈까. 그러나 이미 건너간 달문을 찾아내기란 불가능에 가까웠다. 얼어붙은 강을 건너다가 다시 빠지면 그땐 정말 끝이었다.

강가에 사는 어부에게서 옷을 빌려 입곤 숙소로 돌아왔다. 푸짐하게 아침 식사가 준비되고 단원들이 모두 둘러앉은 후에도 달문은 보이지 않았다. 상을 그대로 두고 동네 안팎을 뒤졌다. 두만강까지 다녀오기도 했다. 그가 떠났다는 사실에 단원들은 누가 먼저랄 것도 없이 툭 툭 봄날 꽃망울이 터지듯 울음을 터뜨렸다. 걸으면서도 울고 앉아서도 울고 달문의 이름을 부르면서도 울고 돼지고기에 쌀밥으로 배를 채우면서도 울었다. 함께 오래 꺼이꺼이 울었지만 달문은 해가 질 때까지도 끝내 돌아오지 않았다. 그들이 울자 내 눈에도 눈물이 흘러내렸다. 단원들이 지극히 작은 기대와 희망이나마 품을 때, 내 울음은 그중에서도 가장 곡진해졌다. 가슴에 가득 찬 절망을 나도 어찌할 수 없었던 것이다. 운심이 울고 있는 내 팔을 끌고 뒷마당으로 갔다. 내 눈을 들여다보며 물었다.

"말해요. 오라버닌 알죠? 달문 오라버닌 어디로 갔어요? 말해요, 제발!"

나는 운심의 젖은 눈을 보며 천천히 고개를 저었다.

"모르오. 깨어나 보니 떠나고 없었소."

"거짓말! 거짓말이라고 해요. 달문 오라버니가 그냥 떠났을 리 없어. 날 두고 혼자 갔을 리 없다고. 어디로 갔어요? 고을 이름만 말해 줘요. 나만 알고, 나만 갈게요. 누구에게도 말하지 않을게요. 어디죠? 어디로 갔어요?"

행선지를 안다면 운심보다 내가 먼저 갔을 것이다. 내가 다시 고개를 젓자, 그녀는 주저앉아 통곡했다. 내겐 위로의 말이 남아 있지 않았다.

제6부

죄 짓는 자

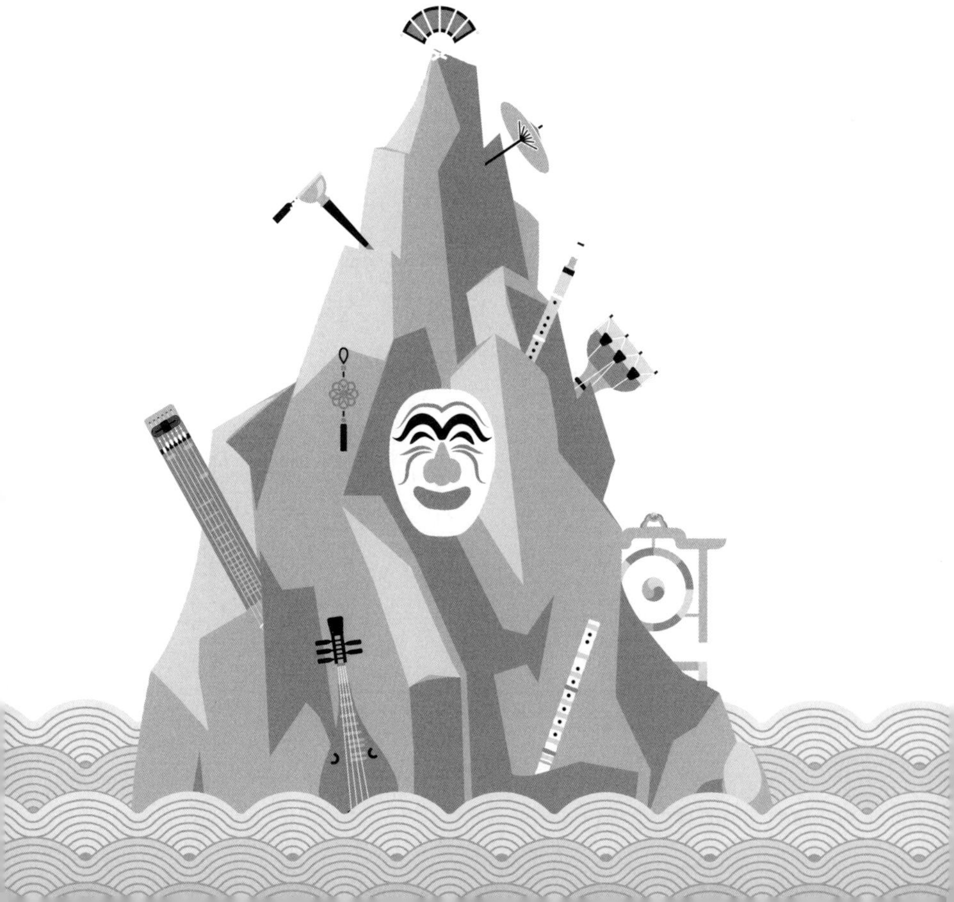

의금옥에 갇히다

금상 40년1764년 봄에 겪은 일만 가지고도 장편소설 한 편은 거뜬할 것이다.

여기에 이르기 위해, 먼 길을 돌아왔다는 생각이 든다.

아는 사람은 알겠지만, 나는 달문이 얼어붙은 두만강을 건넌 후 금상 40년 봄까지, 햇수로 13년 동안 달문에 관한 이야기들을 보충하며 지냈다. 소설 하나를 13년씩이나 쥐고 있느냐고 따질 만도 하다. 내가 생각해도 한없이 더딘 진행이었다. 제자리걸음을 거듭하는 꼴이었다. 내가 얼마나 이야기꾼으로서 재능이 없는지 실감한 나날이기도 했다. 머릿속으로는 완결된 이야기가 문장으로 적기만 하면 감당하기 힘든 구멍이 생겼다.

달문이 대마도에서 돌아와 정착했다던, 청국도 아니고 일본에 속하지도 않는 섬에 관한 이야기를 자세히 듣지 못한 아쉬움이 점점 커졌다. 소설의 구멍은 군데군데 더 있었다. 달문이 문둥병자들을 처음 만난 곳은 어디였고, 그들과 함께 떠돌기 시작한 때는 언제였으며, 통영까진 어떻게 가 닿았을까. 숨어 지내기를 갈망한 달문이 다시 재주를 뽐내게 된 결정적인 계기는 무엇이었을까. 흉년으로 인해 이웃 중 누군가가 굶어 죽었던 걸까. 그런 구멍들을 일단 내버려 둔 채, 달문이 고을을 순례하듯 돌며 놀이판을 벌여 굶주린 자들의 목숨을 구한 나날부터 우선 썼다. 그러다가 또 새로운 구멍들에 맞닥뜨렸다. 해송 숙부의 지난날 역시 오리무중이었던 것이다. 청주로 내려간 후 연락을 끊은 이유는 무엇일까. 언제 마운령으로 갔을까. 팔도에 두루 활빈당과 합심한 이들이 있다고 했는데, 얼마나 많은 사람이 어디에서 어떤 방식으로 모임을 이어 가고 있을까? 그 무리를 이끄는 자들의 면면은? 이 구멍들 역시 질문만 모아 두고 안타까워할 수밖에 없었다.

가뭄과 흉년이 이어지면서 팔도에서 민란이 일어났다. 난을 주도한 자들을 찾는 방이 초상肖像과 함께 나붙었다. 하나같이 험상궂게 생긴 사내들이었다. 나는 혹시 숙부의 얼굴일까 싶어 유심히 살폈다. 사람을 앉히고 정밀하게 본뜬 것이 아니라, 증언이나 풍문을 모아 그린 탓에 눈코입귀 모두 허술한 구석이 많았다. 차라리 손을 그렸다면 숙부인지 아닌지 단번에 가려냈을 것이다.

생쥐 영감이 계절마다 한 번은 찾아와서 원고를 달라고 졸랐다. 달문과 재회한 후 긴 유랑까지 함께 했으니 이제 원고를 완성하라는 것이다. 나는 각종 이유를 대며 차일피일 미뤘다. 무엇보다도 내 앞의 구멍들부터 메우고 싶었다. 구멍의 앞뒤를 살펴 추측하고 상상하여 채워도 봤지만 어색하거나 부족했다. 달문과 숙부를 다시 만나 하루씩만 밤을 새워 이야기를 나누면 해결될 구멍들이었다. 달문은 달문대로 숙부는 숙부대로, 이승에서 다시 만나리라 장담하기 어려웠다.

생쥐 영감만큼은 아니지만 표망둥이 역시 잊을 만하면 찾아왔다. 쉰 살을 넘기면서부턴 그도 거리에서 행패를 부리며 피를 보는 짓은 하지 않았다. 부하들은 여전히 길고 짧은 검을 휘두르며 검계다움을 과시했지만, 망둥이는 돈은 취하고 검은 숨기는 쪽을 택했다. 망둥이가 가장 즐기는 이야기는 도성을 떠난 후부터 두만강에서 사라질 때까지 달문의 다양한 활약이다. 나는 초고에만 쓰고 세상 누구에게도 감췄던 두만강 이별 장면을 망둥이에게 털어놨다. 협박을 받아서도 아니고 술에 취해서도 아니다. 이 세상에서 한 사람 정도는 달문이 강을 되돌아와 나를 구하고 표표히 사라졌다는 걸 알았으면 싶었다. 만에 하나 내가 갑자기 죽더라도, 그 장면만은 두고두고 입에서 입으로 퍼지길 바랐다. 물론 이야기를 꺼낼 땐 내가 소설을 발표할 때까진 누구에게도 이야기하지 않는다는 약속을 받았다. 망둥이를 어찌 믿고 그딴 약속에 입을 열었느냐고 따질 수도 있다. 맞는 지적이다. 망둥이는 나라님이 막더라도 하고 싶은 짓은 하는 칼잡이다. 그러나 그가 다른 사람들에게 두만강 장면을 떠벌리면, 두 번 다시 내게서 달문의 이야기를 듣지 못할 것이다. 망둥이는 내 이야기를 들으며 옛 친구를 그리워하는 것을 즐겼고, 이야기와 술이 곁들여지면 더욱 좋아했다. 이야기 없이 홀로 술만 마시며 달문을 그리는 날엔 꼭 과음을 하거나 죄 없는 부하들을 팼다. 숙취도 사나흘은 갔다.

달문에 관해 이야기를 주고받을 때는 망둥이와 어깨동무도 하고 술잔도 서로 채워 줬다. 그러나 거리에서 우연히 마주치면, 망둥이는 내 인사를 건성으로 받거나 아예 무시하고 지나쳤다. 어떤 날은 뚫어지도록 나를 노려보는 바람에 그 자리에서 오줌을 지릴 뻔했다. 망둥이를 피하려 했다면 핑계는 얼마든지 있었다. 그래도 결국 그와 마주 앉아야 하겠지만, 만나는 횟수가 절반 가까이는 줄었을 것이다. 그러나 그를 멀리하기엔, 달문을 향한 내 그리움이 너무나도 컸다. 가까이에서 달문과 우정을 나눈 이가 매우 귀했다. 도성 안에선 망둥이밖에 없었다. 그리움에 젖어 털어놓은 이야기들이 비수로 돌아올 줄은 꿈에도 몰랐다.

4월 17일 저녁이었다. 봄놀이를 다녀오는 길이라며 망둥이가 내 방으로 들어섰다. 술상이라도 챙겨 오려고 일어서려는데, 망둥이가 단검으로 찌르듯 명령했다.

"그대로 있어."

엉덩이를 들었다가 다시 바닥에 붙였다. 망둥이가 주위를 살핀 후 방문을 닫았다. 맞은편에 자리를 잡은 후 나를 노려봤다. 달문과의 추억에 젖기 위해 들른 분위기가 아니었다. 망둥이와 나 사이에 무슨 이야기가 또 남았는가. 아무리 더듬어 보아도 이렇듯 심각한 표정의 검계 두목을 맞을 이유가 없었다.

"돌아왔나?"

여전히 맥락을 몰라 되물었다.

"돌아오다니? 누가?"

망둥이가 소매에서 단검을 꺼내 내 얼굴을 향해 뻗었다. 칼끝이 아슬아슬하게 콧잔등 바로 앞에서 멈췄다. 나는 턱을 당기며 놀란 눈만 끔벅거렸다. 섣불리 답했다간 저 검이 내 얼굴을 찢을 것이다. 망둥이가 단검을 거둬 제 허벅지에 얹었다. 언제라도 쥐고 휘두를 수 있었다.

"알잖아? 달문이 돌아왔냐고?"

뜬금없는 질문이었다. 한편으론 반갑기도 했다. 달문이 두만강을 넘어 돌아왔단 말인가.

"모른다."

"몰라?"

"처음 들어."

짧은 침묵이 이어졌다. 망둥이가 시선을 내려 제 허벅지에 놓인 단검을 쳐다보았다. 내 시선도 단검으로 향했다.

"말하는 게 나아. 너한테는 연락했을 거야. 어디 있어, 지금?"

다시 몰아세웠다. 아무리 단검이 무섭더라도 답답한 마음을 감추긴 어려웠다.

"달문이 정말 귀국했어? 확실해? 만난 사람이 있대? 어디서? 언제?"

쏟아지는 질문을 받은 후, 고개를 들고 한심하다는 듯 늘었다.

"소문 못 들었어?"

"무슨 소문?"

망둥이가 갑자기 욕을 해 댔다. 화가 치밀어 오르는 모양이었다.

"니미럴, 썅! 잘 들어. 정말 아무것도 모른다면, 지금이라도 수소문해 봐. 그래도 널 이해하는 사람은 표망둥이 나뿐이라고. 저들은 널 믿지 않아. 너도 한패라 여길 거야."

"저들이 누군데? 한패는 또 무슨 소리고?"

망둥이가 즉답을 않고 방문을 열고 나가 버렸다. 어둠이 어느새 대청마루까지 올라섰다.

4월 17일 자시에 의금부 관원 스무 명이 내 집을 덮쳤다. 동대문 가게에서 삼이나 파는 장사꾼을 붙잡아 가기엔 너무 많은 숫자였다. 그들은 나를 쓰러뜨려 밟아 대기 바빴다.

"그만!"

짧은 명령에 발길질이 멈췄다. 명령을 내린 사내가 내 앞에 쪼그려 앉았다. 벼슬을 그만두고 서강에서 낚시나 하며 지낸다는 방 도사였다.

"도사 나리!"

그가 혀를 쯧쯧 차며 말했다.

"코피에 입술까지 터져 버렸네. 살살 다루라 했는데도 저놈들이 대역죄인 잡는다는 마음만 앞서서 말씀이야. 이해하게."

대역죄인. 네 글자가 가슴을 찔렀다. 사지가 찢겨 죽는 형벌을 받는 자가 바로 대역죄인이다. 코피 터지고 입술 찢어진 건 상처도 아니다. 방 도사가 이야기를 이었다.

"그러니까 순순히 이실직고했으면 이런 짓 안 당하고 좀 좋아."

망둥이의 배후에 방 도사가 있었던 것이다. 이미 의금부를 떠난 사람까지 불러들일 만큼 중요한 사건이란 말인가. 망둥이는 달문의 행방을 내게 거듭 묻고 갔다. 그렇다면 대역죄인이 달문이란 뜻인가. 머리가 깨어질 듯 아팠다.

"지금이라도 늦지 않았어. 달문과 최근에 만난 게 언제야? 도성 가까이에서 봤다는 소문이 도는데, 맞아?"

"만난 적 없습니다."

"없, 다?"

방 도사가 천천히 일어나서 한 걸음 물러섰다. 대기하던 관원들이 달려들어 다시 나를 밟았다. 묻고 밟고 또 묻고 밟기를 반복했다. 집을 나설 때 벌써 두 다리로 걷지 못할 지경이었다. 관원 둘이 내 팔을 하나씩 잡곤 질질 끌고 갔다. 그 바람에 무릎과 발등이 길바닥에 쓸려 피가 흘렀다.

의금부로 들어서자마자 다른 관원들이 달려들어 나를 거꾸로 매달았다. 중곤重棍으로 허벅지부터 엉덩이와 허리를 갈겼다. 스무 대까진 헤아렸지만 그 후론 놓쳤다. 기절한 것이다. 얼굴에 찬물 세례를 받곤 깨어났다. 방 도사가 두 걸음 물러나며 짜증을 냈다.

"야! 핏물 튀잖아? 이건 씻어도 잘 안 지워져."

다시 두 걸음 나아와선 명치를 힘껏 내질렀다. 내 허리가 굽혀지다가 머리 무게를 견디지 못하고 바닥을 향해 늘어졌다.

"똑똑히 들어. 의금부가 어떤 곳인진 알지? 멀쩡하게 걸어 들어왔다가 송장 되어 실려 나가는 데가 바로 여기야. 게다가 오늘부터 친국親鞫이 시작되었어. 친국이 뭔진 알아? 나라님이 직접 죄인을 문초하신다고! 너 같은 새낀 지금 당장 죽여도 그만이야. 자꾸 이달문, 이달문이 죄인들 입에서 튀어나오는데, 우린 그 달문이 어디 있는지도 몰라. 이래선 의금부 체면이 안 서지. 달문이 어디 있는지만 대. 그럼 곧바로 집으로 보내 줄게. 귀가할 뿐만 아니라, 대역죄인을 붙든 공으로 큰 상까지 받을 거다. 계속 시치미를 뗀다면 너 죽고 나 죽는 거야. 우리 사이가 그렇게 끝나선 곤란하겠지? 안 그래?"

나는 목구멍을 막고 있는 피범벅 가래부터 뱉어 냈다. 그러고도 코피가 계속 입으로 넘어와서 말을 제대로 잇기 힘들었다. 방 도사는 친국이라고 했다. 나라님이 직접 죄인들을 문초하고 있는 것이다. 죄인들 입에서 왜 달문이란 이름이 계속 나올까. 대체 어떤 자들이 대역죄로 잡혀 온 걸까. 맥락을 모르니 나로선 뭔가 단서를 잡을 때까지 버티는 수밖에 없었다.

"모릅니다…… 정말 몰라요. 죄 없는 사람을 왜 이렇듯……."

방 도사가 경멸에 찬 웃음을 보였다.

"너 내가 바보로 보이지? 네가 죄가 없다고? 달문이 두만강을 건너가는 걸 본 유일한 사람이 바로 너 아니냐? 국경을 함부로 넘나드는 죄가 얼마나 큰지 모르진 않겠지?"

달문에 대한 추억을 망둥이와 나누는 것이 아니었다. 망둥이는 내가 무덤 속에 들어갈 때까지 비밀이라고 강조한 뒤 들려준 이야기들을 고스란히 의금부에 고해바친 것이 분명했다.

"배웅도 네가 했듯 마중도 네가 한 게 분명해. 네 아비 천송 영감처럼 비명횡사하고 싶지 않으면 똑바로 대. 달문은 어디 있나?"

방 도사가 오래전에 돌아가신 내 아버지까지 들먹이자 설움이 북받쳤다. 죄 없는 사람을 거리낌 없이 죽여 내보내는 곳이 정녕 의금부인가. 나는 버텼다.

"모릅니다."

"이 새끼, 안 되겠네. 풀어!"

관원들이 발목에 묶인 줄을 풀고 거꾸로 매달린 나를 끌어내려 의자에 앉혔다. 방 도사가 지필묵을 탁자에 놓았다.

"네놈 소원이 매설가라며? 자, 지금부터 써."

붓을 쥐지 않고 퉁퉁 부은 눈으로 방 도사를 올려다봤다.

"뭘 쓰란 말입니까?"

"달문을 처음 만난 날부터 마지막 헤어진 날까지 전부 다! 다 쓸 때까지 물 한 모금 못 마시고, 잠 한숨 못 잘 테니 그리 알아. 자, 시작해. 첫 장엔 '달문'이란 이름 두 자만 크게 써. 이것도 이야긴데 제목은 있어야 하지 않겠나?"

나는 붓을 쥐곤 먹을 묻혔다. 그러나 몰매를 맞은 탓에 손목과 팔꿈치가 제대로 움직이지 않았다. 방 도사가 등 뒤로 돌아와선 허리를 숙여 귀에 대고 속삭였다.

"망둥이라면 이렇게 충고했겠지. 당장 시작하지 않으면 손가락을 하나씩 잘라 주마!"

달문과의 이야기를 쓰기 시작했다. 어린 시절 달문에 대한 풍문을 듣고 울음을 그친 장면은 빼고, 내 나이 열여섯 살에 수표교에서 그의 춤을 우연히 구경한 날부터 시작했다. 쥐 영감이 죽기 전에 검토한 미완성 초고 외에 달문과의 이야기를 처음부터 다시 쓴 것은 처음이었다. 시간이 꽤 흐른 탓일까. 쥐 영감에게 보였던 초고에서 굵직굵직한 순서는 기억났지만 세세한 문장이 떠오르진 않았다. 그래도 그 순서가 머릿속에 남아 있는 덕분에 달문이 도성에서 떠나기 전까진 빠르고 순조롭게 나갔다. 문제는 도성을 떠난 후부터였다. 달문을 만나러 삼을 품고 부산포로 향하는 순간부터 문장들이 꼬이기 시작했다. 부산포에서 만나고, 또 한참 시간이 흐른 후에 마운령에서 만나고, 거기서부터 동행하여 회령 북쪽 두만강에서 헤어졌다. 이렇게 간단히 쓸 수도 있었지만, 그 사이사이에서 한참을 머뭇거렸던 것이다. 나는 달문과 평생 함께 지내고 싶었으나 달문은 두 번 다 내 곁을 떠나갔다. 배를 타고 대마도로 갔고 얼어붙은 두만강을 걸어서 건넜다. 나 자신에게 되물었다. 다시 한번 달문을 만나고 싶은가. 당연히 만나고 싶었다. 그러나 지금 달문을 만나선 안 된다. 달문이 잡혀 오면, 자초지종은 모르겠으나 그의 목숨이 위태로울 것이다.

도성을 떠난 후부터 달문에 관한 문장들을 조금씩 바꿔 적었다. 이 나라를 떠나 드넓은 세상을 떠돌다가 아무도 모르는 길 위에서 죽고 싶은 사람! 대마도까지 갔다가 일본을 두루 살피고 섬에 숨어 지내다가 돌아온 것은 작은 실패였고, 두만강을 건너간 것은 완전한 성공이라고. 하루를 꼬박 쓰고 나자 찢겨 터진 엉덩이의 피떡이 의자와 엉겨 붙었다. 그걸 떼고 일어서는 데도 무척 아팠다. 방 도사가 두툼한 종이 뭉치를 집어 들곤, 신기하다는 듯 나를 째렸다.

"이걸 하루 만에 썼다 이 말이지? 달문은 입으로 요란하더니 넌 손으로 시끄러운 놈이로구나."

그리고 옥에 갇혔다. 어둡고 더러운 감방이었지만, 목에 칼을 채워 눕지도 못했지만, 얻어맞지 않고 흙벽에 등을 대고 앉는 것만도 다행이라 여겼다. 벽에 등을 기대자마자 곧 잠들어 버렸다. 구타당한 몸도 몸이지만 달문과 만났던 순간들을 하나하나 기억해 내고, 달문이 영영 돌아오지 않는 쪽으로 상황을 몰아가는 이야기를 짜느라 생각에 생각을 거듭한 탓이다.

얼마나 잠들었을까. 처음엔 스스로 내는 신음인 줄 알았다. 너무 많이 맞아 자면서도 아팠던 것이다. 그런데 나보다 훨씬 짧게, 겨우겨우 이어지는 신음이란 걸 알곤 실눈을 뜨고 고개를 돌렸다. 왼쪽 감방 짚단 속에서 나는 소리였다. 겨우 몸을 돌려 참나무 기둥 사이를 노려봤다. 옥리들이 근처에 없다는 걸 확인한 뒤 물었다.

"거기…… 괜찮소?"

즉답은 없고 신음만 이어졌다.

"얼마나 아픈 게요? 정신은 차리고 있소?"

역시 답이 없었다. 이대로 두면 목숨이 끊길지도 몰랐다. 나는 나무기둥에 머리를 박으며 외쳤다.

"여기 사람 죽소! 사람 죽어!"

고함을 듣고 옥리 둘이 돌아왔다. 그들은 구석에 세워 둔 횃불을 들곤 내게 와서 비췄다.

"뭐야? 뭔데 이리 시끄럽게 굴어?"

"저기 저 사람, 송장 치는 거 아닙니까?"

횃불이 왼쪽 방으로 향했다. 그제야 천장을 보고 누워 있던 죄수의 얼굴이 일렁거리는 불빛 아래 드러났다. 그 얼굴을 보는 순간 나는 눈을 질끈 감았다가 다시 떠 확인했다. 수염이 절반도 넘게 줄어들었지만, 그였다. 마운령에서 만났던 산적 털보!

옥리 하나가 몽둥이로 죄수의 발을 찔러 댔다. 무릎이 접혔다.

"멀쩡하네."

다른 옥리가 몽둥이로 내 어깨를 힘껏 내리친 뒤 경고했다.

"네놈 걱정이나 해."

옥리 둘이 다시 의금옥을 나가 버렸다. 문밖에서 담배라도 피우며 잡담을 즐기는 눈치였다. 나는 닫힌 출입문을 노려보며 왼쪽 방 쪽으로 최대한 가까이 다가앉았다.

"정신 차리시오. 일어나 앉을 순 있겠소?"

털보가 고개를 들었다. 천천히 몸을 놀리며 신음을 뱉어 댔다. 겨우 벽에 기대앉으니, 나무 기둥들을 가운데 두고 같은 방향을 바라보는 꼴이었다.

"모독! 당신도…… 잡혀 온 거요?"

"내 이름을 어떻게? ……나를 아오?"

어리석은 질문이었다. 털보가 속한 무리에 해송 숙부가 있었다. 달문과 만날 기회를 잡기 위해 일부러 나를 붙잡고 산막으로 데려갔다가 숙부와 함께 내보내는 것까지 모두 그들의 계략이었다. 숙부는 내가 누군지 당연히 산적들에게 밝혔을 것이다.

"해송 숙부는 어디 있소?"

"모르오. 모독 당신과 함께 하산한 뒤론 산막으로 돌아오지 않았소."

진위를 가릴 물증도 증인도 없었다. 달문에게 활빈당 합류를 권하였다가 거절당한 후 새벽에 떠났지 않은가. 당연히 마운령으로 돌아갔을 줄 알았는데, 숙부에겐 다른 계획이 있었을까. 숙부의 주장대로 활빈당이 방방곡곡에 있다면, 구태여 마운령으로 돌아갈 까닭도 없는 셈이다.

"어디로 가셨단 게요?"

그가 히죽거리며 숙부와 비슷한 주장을 폈다.

"팔도에 깔린 게 활빈당이고, 활빈당을 따르는 군도들이오. 그중 한 무리에 들어갔겠지."

"연결된 것이 또한 활빈당 아니오?"

"원하면 인연을 이었겠으나 피치 못할 사정으로 끊고 싶으면 이름과 고향만 바꿔도 새로운 사람이 된다오."

"피치 못할 사정? 그게 뭐요?"

"조카도 모르는 걸 내가 어찌 알겠소? 그건 그렇고, 혹시……

그 소문이 정녕 사실이오?"

"무슨 소문?"

"달문이 도성 근처…… 모처에 살고 있다는 소문!"

"못 들었소. 달문을 만난 적도 없고."

"나한텐 털어놔도 좋소……. 달문은 어디 있는 게요?"

털보까지 달문의 행방을 내게 묻는 것이다. 나는 그에게 끌려 들어 가지 않고 차근차근 따졌다.

"털보, 당신은 왜 의금옥으로 잡혀왔소?"

"이대성李大成이요……. 내 이름!"

"이대성?"

"결국 알게 될 테니…… 말하리다. 나 이대성은…… 이달문의 아들이오."

놀랍기도 하고 기가 막히기도 했다. 헛웃음부터 나왔다.

"무슨 소릴 하는 게요? 달문의 아들이라니? 달문은 혼인도 안 했고 아들 따윈 없소."

"어떻게 없다고…… 확신하오? 당신이 달문과 합궁한…… 여자들을 다 아오?"

"그건 아니지만, 달문이 내게 그랬소. 아내든 자식이든, 인연을 맺는 짓은 하지 않노라고."

"그 말을…… 믿소?"

"나는 달문을 믿소. 거짓말할 사람이 아니오."

"달문은 아들이 있다는 걸 몰랐을 수도 있지만…… 나는 태어났소. 내 어미는 내게 아버지가 이달문이라고 분명히 말했다오."
"그걸 지금 나보고 믿으란 게요?"
"믿든 말든 상관없소……. 하지만 경상도에선 내가 이달문의 아들이란 걸 모르는 이가 없다오. 내려가서 아무나 붙들고 물어보시오. 이대성이란 사람을 아느냐고…… 나를 아는 사람은 곧 내가 이달문의 아들이라 들었다고 말할 게요."
"그럼 마운령 산막엔 왜 머물렀소?"
"아버지, 그러니까 이달문이 그 고개를 넘을 거라고…… 당신 숙부가 귀띔해 줘서 기다렸던 거요. 하지만 아버지를 처음 만나는 기쁨을 누릴 순 없었다오. 한데 우리가 마운령에서 만났단 얘긴 어디 가서 하지 마시오."
"왜 말하지 말란 게요?"
마운령에서 산적에게 잡혀 갔었단 이야긴 망둥이에게도 하지 않았다. 그래야 활빈당에 속한 해송 숙부의 이름을 숨길 수 있었다. 이번에도 같은 이유일 것이다.
"모독 당신과 내가 예전에 만난 적이 있단 게 밝혀지면…… 이걸 의금부 관원들이 우연이라 여길까……?"
"어쨌든 당신은 달문의 아들이 아니오."
털보가 나를 보며 헛헛하게 웃다가 뚝 그쳤다.
"살 궁리를 해야 하지 않겠소?"
"그게 무슨 소리요?"
"여기서 말 한마디 까딱 잘못하면 남대문 밖에서 능지처사陵遲

處死를 당하오……. 나라님이 요순시절보다 나은 이때 하삼도下三道 충청도·전라도·경상도에서 민란이 줄줄이 일어난 이유를 알고 싶어 하신답니다. 혹시 달문과 연락이 된다면 영영 떠나 숨으라 하시오. 알겠소? 그리고 모독 당신은 달문과 최근에 만난 적이 없다고 하고……."

거기까지 설명을 들었을 때 털보가 그리는 큰 그림이 머릿속에 떠올랐다.

"모든 잘못을 달문에게 떠넘기겠다?"

"아버지 말씀을 곧이곧대로 따른…… 효자가 되어 볼까 하오. 효孝를 중히 여기는 나라이니 설마 나를 죽이기나 할까."

"그래도 그건 거짓이오. 달문은 능지처사를 당할 죄를 결코 지은 적이 없소."

"하면…… 달문은 어떤 사람이오?"

"……."

즉답하지 않고 털보를 쳐다보았다.

"내 듣자니, 달문은 어려움에 처한 사람을 성심껏 돕는 사람이라 들었소. 맞소?"

"……."

털보의 설명이 틀리진 않았다.

"나를 비롯하여 많은 이들이 경상도에서 붙잡혀 왔소. 달문이란 이름만 잠시 더럽히면 우리들 목숨은 건질 수 있다오. 내가 달문이라면, 그깟 이름 얼마든지 쓰라고 할 듯싶소만……."

의금옥 출입문이 열리는 소리가 들렸다. 털보는 엎드려 실신한 척 꼼짝도 하지 않았고 나는 텅 빈 오른쪽 방을 향해 돌아앉았다. 목숨을 건지기 위해선 자신에게 유리한 거짓말이라도 해야 하는 절박한 상황이었다. 그러나 나는 달문을 이용하긴 싫었다. 지금 달문이 끌려오면 대역죄를 범한 주모자로 몰릴 것이다. 털보와는 다른 이유에서, 나는 달문이 붙잡히지 않기를 바랐다. 내 앞에 놓인 불행은 내가 감당하겠다고 날이 밝을 때까지 마음을 다지고 다졌다. 그러나 그 불행이 얼마나 거대하고 끔찍한지 나는 아직 모르고 있었다.

쓰고 쓰고 또 쓴다

방 도사는 새벽부터 나를 감방에서 끌어냈다.

탁자엔 지필묵이 놓여 있었다. 점 하나 없이 깨끗한 종이 다발이었다. 고개를 들어 방 도사를 쳐다봤다. 달문에 대한 글은 이미 마치지 않았느냐는 무언의 질문이었다. 방 도사가 차분히 명령했다.

"다시 써. 첫날부터 마지막 날까지."

"또, 씁니까?"

방 도사의 쇠지팡이가 뒷목을 후려갈겼다. 눈앞이 아찔해지면서 토할 것 같았다.

"쓰라면 써. 열 번이고 백 번이고 내가 그만두라 할 때까지. 철괴무의 달인 달문을 또렷이 떠올리라고 이렇게 쇠지팡이까지 구해 왔어. 못 쓰겠다면 말해. 한 번에 손가락을 하나씩 잘라 주겠단 말, 농담 같나?"

"쓰, 쓰겠습니다."

나는 다시 달문과의 인연을 써 내려가기 시작했다. 방 도사가 왜 다시 쓰라고 할까 스스로에게 물었다. 마음에 들지 않는 대목이 있는 걸까. 달문이 영영 두만강 너머로 가버렸다는 대목을 강조한 것이 지나쳤던가. 나름대로 어색한 부분을 골라, 더 자세하고 대담하게 고쳤다.

나는 다시 감방에 갇혔다. 오른쪽 방은 물론 왼쪽 방까지 비어 있었다. 깜빡 잠이 들었는데 관원들이 와서 끌고 나갔다. 방 도사가 기다리고 있었다. 지필묵이 다시 놓였다. 종이는 역시 깨끗했다.

"또 써."

나는 질문하지 않고 방 도사 손에 들린 쇠지팡이부터 살폈다. 불만을 드러내는 순간 저 지팡이가 내 몸을 난타할 것이다. 참고 세 번째로 쓸 것인가 아니면 맞을 때 맞더라도 질문할 것인가. 결국 나는 질문했다.

"마음에 안 드시는 대목을……."

쇠지팡이가 옆구리를 후려갈겼다. 나는 의자와 함께 쓰러졌다가 방 도사의 몽둥이가 날아오기 전에 일어나 앉았다. 붓을 들었다.

세 번째 쓸 때부터, 이런 일을 겪어 보지 않은 사람은 모를 고통이 밀려들었다. 그때까진 달문의 말과 행동에만 집중했다. 한 번 이야기를 시작하면 예측이 힘든 달문의 말들을 옮겨 적고, 또 망설임 없이 나아가는 행동을 따라가기에도 바빴던 것이다. 의금옥에 들어오기 전에 부족하지만 한 번, 의금옥에 들어온 후 두 번을 더 쓴 뒤에야 비로소 달문이 그와 같은 언행을 할 때 내 모습이 보였다. 한마디로 요약하자면 나는 멀찍이 떨어져서 살피는 구경꾼에 불과했다. 힘을 보태지 않았을 뿐만 아니라 내가 전면에 나서야 할 때도 달문의 뒤에 숨었던 것이다. 산대놀이에서 달문이 속한 우익이 아니라 의금부와 형조가 있는 좌익에 후원금을 낸 것도 나였고, 이로 인해 검계 무리들이 인삼 가게 셋을 박살 내고 아버지까지 의문의 죽임을 당했을 때 나아가 따지지 않고 마포에 숨은 것도 나였고, 부산포에서 단지 피곤하다는 이유 하나만으로 달문을 놓치고 잠든 것도 나였고, 달문이 떠나갈 것을 알면서도 두만강에서 또 한 번 달문을 붙잡지 못한 것도 나였다. 사건마다 핑계를 댈 순 있겠지만 내가 조금만 마음을 다잡고 미리 움직이며 긴장했더라면 얼마든지 상황을 반전시킬 수 있었다. 그러나 어리석게도 나는 그렇게 못했다. 실수를 반복했고 주저함을 반복했고 내 일을 달문에게 미루기를 반복했다. 부끄러웠다. 후회스러웠다. 추한 사람은 나였다. 얼굴은 비록 못생겼지만 달문은 떳떳했다. 하고 싶은 말을 하고, 하고 싶은 행동을 했다. 아름다웠다. 하고 싶은 말도 숨기고, 하고 싶은 행동도 멈춘 사람이 바로 나 모독이란 사실이 문장에 적나라하게 드러났다.

내가 물러나 이런저런 집에 숨는 동안, 달문은 거리에 머물렀다. 그에겐 거리가 집이었다. 고단한 몸을 뉘고, 눈과 비와 바람을 막을 집을 평생 가지지 않았을 뿐만 아니라, 마음의 집으로 여길 만한 아내도 자식도 두지 않았다. 곤혹을 치를 위기에 처하더라도 그는 집 대신 거리를 벗어나지 않았다. 가리거나 덮을 것 없이 언제나 단순하고 당당했다. 거리의 사람이었다.

세 번째 집필을 마치자 방 도사는 감방에 가두지도 않고 다시

한 번 더 쓰도록 명령했다. 이번에도 설명은 없었다. 달문의 행적은 이제 건드리기만 해도 줄줄 흘러내리는, 살짝 얼어붙은 샘과 같았다. 네 번째 집필에선 달문의 표정이 곳곳에서 떠올랐다. 한창 자기 일에 몰두하다가 문득, 주저하거나 숨거나 물러나 있는 나를 향해 짓던 표정이었다. 그때도 달문은 대부분 웃고 있었다. 귀밑까지 걸린 입을 벌린 채, 네가 무슨 짓을 해도 나는 이해한다는 표정이었다. 달문의 미소를 보고서야 비로소 나도 어깨에 힘을 빼고 미안한 감정을 지우며 따라 웃곤 했다. 내게 웃었다고 해서, 달문이 그 순간 편안한 건 아니었다. 오히려 가장 힘들 때 아플 때 슬플 때 외로울 때 달문은 그 고통을 감추며 미소 지었다. 나는 감히 나서서 그의 고통에 내 고통을 섞으려 하지 않았다. 나는 고통을 두려워하는 겁쟁이였다. 그게 나였다.

고통과 외로움을 줄이기 위해 무엇을 하느냐고 물었던 적이 있다. 달문은 어둠이 깃드는 종루 대로를 바라보며 이렇게 답했다.

"거리에선 놀아야죠. 거리에서 공부하면 이상하잖습니까? 거리에선 춤추며 놀고 노래하며 놀고 이야기하며 놀고 걷거나 뛰며 놀고 그러다가 싸우면서도 놉니다. 놀다 보면 함께 즐기는 사람들이 보입니다. 그렇게 신난 얼굴을 보고 있노라면 고통이나 외로움 따윈 사라진답니다. 그리고 새 친구들이 생기죠. 우리도 거리에서 놀다가 만났잖습니까?"

네 번째 집필까지 마치자 방 도사가 관원 둘을 데리고 들어왔다. 관원들은 지필묵부터 치운 뒤, 포승줄로 손을 묶고 발에 차꼬를 채웠다. 의금옥이 아니라 다른 곳으로 간다는 것을 직감했다. 묻지도 못하고 고개를 들자, 방 도사가 나와 눈을 맞췄다.

"달문이 어디 있어? 마지막 기회야."

더 큰 고통을 안길 준비를 마쳤다는 말처럼 들렸다. 달문에 관해 쓰는 것보다 지독한 고통은 무엇일까.

"두만강을 넘어간 후론 만난 적 없습니다."

방 도사가 고개를 끄덕였다. 관원 하나가 검은 천으로 눈을 가렸다. 그리고 나를 끌고 거리로 나섰다. 손목을 묶은 포승줄을 쉼 없이 당겼기 때문에, 어디가 어딘지 가늠할 여유가 없었다. 양손이 묶인 채 차꼬까지 찼으므로 넘어지면 얼굴과 온몸을 고스란히 땅에 부딪힐 수밖에 없는 것이다. 오른발과 왼발을 재빨리 내디디며 균형을 잡기 위해 최선을 다했다. 거리는 고요했다. 새벽이라서 그럴까. 아니면 의금부 관원에 의해 개처럼 끌려가는 죄수의 몰골이 끔찍해서 말문을 닫아 버린 걸까. 걸을 때마다 손목과 발목이 끊어질 듯 아렸다. 포승줄과 차꼬에 살갗이 쓸려 벗겨진 탓이었다. 피비린내도 올라왔다.

당기기만 하던 포승줄이 멈췄다. 나는 거친 숨을 몰아쉬며 섰다. 눈을 가린 천이 풀렸다. 갑자기 쏟아진 햇빛으로 인해 건물 아래 사람들을 살피기 어려웠다. 눈을 열 번쯤 깜빡이고 눈물까지 흘린 뒤에야 여기가 어딘지 그들이 누군지 알 수 있었다. 동대문 시장 인삼 가게 앞이었고, 세 명의 누이와 세 명의 매부가 벌벌 떨면서 나를 향해 서 있었다. 그 옆에 장검을 쥐고 건들거리는 사내는 표망둥이였다. 그의 부하 스무 명 정도가 누이들과 매부들을 에워쌌다. 누이들이 두 팔을 내밀며 울먹울먹 말했다.

“괜찮니?”

“다 말해. 말하면 살려 준대. 알겠지?”

“달문 때문에 네가 죽을 이유 없어. 그 거지는 우리 가족도 아니고. 아직 늦지 않았어. 지금이라도 털어놔. 달문만 잡으면 끝난대. 달문한테 미안해서 그래? 미안해하지 마. 넌 달문에게 할 만큼 했어. 오갈 데 없는 거지를 점원으로 뽑아 먹여 주고 입혀 주고 재워 준 게 바로 너야. 달문이 필요하다 해서 특등품 삼 70근을 직접 가지고 부산포로 달려갔던 너야. 세상 누구도 널 비난하진 않아. 오히려 달문이 은혜를 원수로 갚은 꼴이지. 그러니 말해. 꼭 말해야 해.”

옆에 섰던 망둥이가 칼집에서 검을 뽑아 들고 거리가 떠나갈 듯 외쳤다.

“모독! 내게 전부 말했잖아? 달문이 돌아온다면, 그가 만날 유일한 사람이 바로 너라고. 네가 달문과 얼마나 깊은 우정을 나눴는지, 구구절절 자랑했잖아? 달문을 봤다는 이들이 수십 명이야. 팔도 구석구석 달문이 돌아다니고 있어. 예전처럼 춤을 추거나 이름을 내세우진 않지만, 너도 알다시피 한 번 보면 잊히기 어려운 얼굴이잖아? 수십 명이 봤는데, 달문이 네게 연락하지 않았을 리 없지. 넌 달문이 가장 아끼는 친구라며? 너도 달문을 가장 소중하게 여긴다며? 그러니 이제 털어놔. 언제 달문에게 연락이 왔지? 어디서 만났어? 지금 어딨지? 쌍! 대답해. 대답하라고."

망둥이가 장검을 휘돌리며 춤추듯 달려들었다. 그 기세로 내 목을 벤다 해도 이상하지 않았다. 차라리 죽고 말까? 그 순간 스스로에게 물었다. 그러나 정말 달문이 돌아왔다면, 살아서 그에게 묻고 싶었다. 왜 내게 연락하지 않았느냐고. 찾아오지 않았느냐고. 한편으론 달문이 고마웠다. 아무런 연락도 주지 않았기 때문에 나는 떳떳하게 고개를 들고 망둥이의 장검을 노려보는 것이다. 숨기는 것이 없기에 망둥이가 외치는 질문들이 전혀 위협이 되지 않는 것이다. 다급한 쪽은 망둥이였다. 칼을 멈춘 채 나를 째렸다. 칼날에도 겁을 먹지 않고 물러서지 않다니! 당황하는 기색이 역력했다. 그의 협박이 전혀 통하지 않는다는 것을 깨달은 것이다. 방 도사의 짜증 섞인 목소리가 들려온 것은 그 순간이었다.

"뭐해? 어서 부수지 않고?"

망둥이가 나를 여전히 노려보며 외쳤다.

"얘들아!"

도끼와 몽둥이를 든 검계들이 가게를 안팎에서 박살 내기 시작했다. 누이들과 매부들이 그들을 말리기 위해 앞을 막고 팔을 잡으며 매달렸다. 검계는 그들을 아무렇게나 내동댕이쳤다. 자근자근 밟아 대는 검계도 있었다. 둔탁한 굉음과 함께 먼지가 풀풀 날렸다. 멀리서 구경꾼들이 길을 막고 서 있었다. 동대문 시장에서 대대로 함께 장사를 해 온 사람들이었다. 그들은 가게를 손짓하며 수군수군 댔다. 들리진 않았지만 나는 그들이 무슨 소릴 해 대는지 알 수 있었다.

저 짓을 또 당하는구나!

반복이었다. 20년 전에도 똑같은 상황이 벌어졌었다. 부수는 자도 부서지는 가게도 같았다. 가게 하나를 박살 낸 검계들은 우르르 다음 가게로 옮겨 갔다. 나 역시 포승줄에 끌려 자리를 옮겼고 가게가 폐허로 변하는 것을 처음부터 끝까지 지켜봤다.

20년 전, 가게 셋이 박살 나고 이어서 아버지까지 화살에 맞아 죽은 뒤 결심했었다. 두 번 다시 이런 끔찍한 일이 없도록 하겠다고. 살인범을 꼭 잡겠다고. 그러나 불과 20년도 지나지 않아서 다시 불행이 들이닥친 것이다. 내 눈에 들어온 것은 세 명의 누이였다. 20년 전엔 천송과 해송, 아버지와 숙부가 나서서 상황을 수습하려 애썼고, 누이들은 동대문 근처에 얼씬도 하지 않았다. 그러나 지금은 달랐다. 내가 달문을 찾아서 부산포로, 또 경상도에서 함경도까지 떠도는 동안, 가게를 맡아 키운 이는 누이들과 매부들이었다. 제 자식과도 같은 가게들이 눈앞에서 부서지는 것을 보며 그들은 몸을 가누지 못한 채 오열했다. 울고 울고 또 울었다. 울면서 내게 다가와선 발을 잡고 허리를 어루만지고 손을 쥐었다. 방 도사가 곁에 있었지만 그들을 막지는 않았다. 내 눈을 보며 불가능한 부탁을 계속 해 댔다.

"말해. 넌 누이들 말이라면 뭐든 따르던 착한 동생이잖아? 달문을 지킨다고 우릴 죽일 거야? 저 가게들은 우리 몸이고 우리 미래고 우리 꿈이야. 가게들이 부서지면 우리도 살 이유가 없어. 누이들이 송장으로 죽어 나가야 입을 열 거니? 달문이 뭔데? 누이들보다도 더 소중해?"

나는 그녀들을 따라 눈물을 쏟았다. 그러나 그 부탁만은 들어줄 수 없었다.

"미안해. 난 할 말이 없어."

급기야 첫째 누이와 둘째 누이는 길바닥에 쓰러져 기절하고 말았다. 매부들이 그녀들을 업고 의원을 찾아 뛰어갔다. 막내 누이가 기어 와선 내 발등에 이마를 대곤 발목을 붙들고 애원했다.

"제발! 살려 줘. 이렇게 빌게. 제발."

그녀의 더운 눈물이 더러운 발등을 적셨다. 가게가 부서지는 것은 단순히 건물만 무너지는 것이 아니다. 의금부 관원들 앞에서 검계들이 가게를 또다시 때려 부쉈다는 풍문이 돌면, 인삼 가게를 하는 것이 영영 어려워진다. 하루아침에 거지꼴로 나앉을 처지였다. 누이들과 매부들의 전부가, 덧붙여 내 전부가 사라지고 있었다.

아우와 조카

감방으로 돌아오자마자 곯아떨어졌다. 거꾸로 매달려 두들겨 맞거나 달문의 이야기를 거듭 쓸 때보다 곱절은 힘겨웠던 것이다. 벗겨진 손목과 발목에서 고름이 흘러내렸다. 그렇지만 가장 아픈 부위는 왼쪽 가슴이었다. 눈꺼풀이 끝까지 내려와서 잠으로 빠져들면서도 뛰는 가슴은 진정되지 않았다. 종루 대로를 전력으로 달리듯 가슴이 요동쳤던 것이다. 잃었다. 이제 다 잃고 남은 거라곤 질긴 목숨 하나뿐이었다.

다시 신음이 들려왔다. 반사적으로 왼쪽 방을 향해 허리를 틀었다. 텅 비어 있었다. 달문의 아들 이대성을 자처하던 털보는 벌써 저승으로 떠나 버린 게 아닐까. 그렇다면 이 신음은 어디서 나는 걸까. 허리를 정반대로 돌려 오른쪽 방을 살폈다. 거기 짚단 속에 한 사내가, 털보와 거의 비슷한 자세로 누워 있었다. 나는 의금옥 출입문을 눈대중으로 살펴 옥리들이 근처에 없음을 확인했다.

"괜찮소?"

"귀, 귀신?"

사내가 고개를 들다가 나를 보곤 몸서리를 쳤다. 초면이었다.

"사람이라오. 걱정 마오. 오늘이 며칠이오?"

두들겨 맞으며 달문 이야기를 쓰느라 낮밤이 바뀌는 것도 정확히 세지 못했던 것이다.

"4월 20일이오만……."

열흘은 된 것 같았는데, 겨우 사흘이 지났을 뿐이다.

"당신 이름은 무엇이오?"

"나는 이달손李達孫이오."

이달손? 이름부터 불길했다.

"혹시 그 이름이 달문과 연관이 있소?"

"형님을 아시오?"

"형님이라니? 하면 당신이 달문의 동생이라도 된단 말이오?"

"맞소. 내가 수표교 아래 거지 왕초 출신으로 철괴무의 달인이면서 운심을 비롯한 기생들의 조방꾸니였던 달문 형님의 하나뿐인 동생 달손이오."

반말이 튀어나왔다.

"거짓말! 달문에게서 동생이 있단 소릴 듣지 못했어."

"따져 물었던 적은 있소? 형제가 있느냐고?"

그런 적은 없었다. 달문은 언제나 자기 자신으로만 지내고 싶어 했기 때문에 가족이나 고향에 대해 왈가왈부하지 않았다. 나 역시 묻지 않았다. 오랫동안 형제자매에 관한 이야기를 하지 않은 탓에 당연히 혼자이겠거니 여겼다. 해송 숙부에게 어린 시절 병들고 굶주린 부모 곁에서 홀로 살아남은 참혹한 이야기를 들려줄 때도 동생은 등장하지 않았다. 숲으로 들어갈 때도 혼자였고 불타는 시신들을 멀리 볼 때도 혼자였으며 기절할 때도 혼자였다. 그런데 의금옥에서 갑자기 나타난 죄수가 달문의 동생이라고 주장하는 것이다.

"당신은 달문의 동생이 되기엔……."

말허리를 잘랐다.

"너무 잘생겼단 게지요?"

고개를 끄덕였다. 긴 머리가 흘러내려 얼굴을 가리고 뺨과 턱에 피멍이 들어 부어오르긴 했지만, 쾌남아라 불러도 좋을 정도로 미남자였다.

"어려서부터 그딴 소리 많이 듣긴 했소. 어떨 땐 나 스스로 이 달문은 내 형이 아니라고도 했고. 하지만 나는 분명 달문 형님의 동생이라오. 엄마가 다르긴 하오. 달문 형님을 낳은 엄마는 형님 낳고 석 달 만에 병이 나서 세상을 버렸다오. 나를 낳은 엄마는 그 후에 들어갔던 게고. 엄마 말씀이 시집으로 들어갔을 때 달문 형님을 보고 깜짝 놀랐다고 하오. 아들이 하나 있는 건 알았지만, 못생겨도 너무 못생겼다고 했소. 사람의 얼굴이 아니었다고. 나처럼 잘생긴 사내가 달문같이 못생긴 사내의 동생이 된 까닭을 이제 알겠소?"

의심을 거두지 않았다. 나는 달문이 직접 한 이야기를 떠올리며 물었다.

"부모님이 혹시, 떠돌다가 경상도 어느 마른 개천에서 굶어 죽었소?"

"금시초문이오."

"수십 구의 시신이 한꺼번에 불태워졌다는데……?"

"누가 그딴 황당한 소릴 했소?"

달문이 들려준 이야기를 그는 전혀 모르고 있었다.

"혹시 함경도 마운령을 아시오?"

"모르오. 함경도는 단 한 번도 간 적이 없소."

"해송이란 이름은?"

"금시초문이오."

"이대성은?"

"조카요. 내 형님 달문의 외아들. 어떻게 그 아이를 아시오?"

"잡혀 왔소."

"경상도 개령 수다사에서 3월에 잠시 만났다 헤어진 뒤 연락이 끊겼다오."

"이대성과 당신이 의금부에 끌려온 이윤 무엇이오?"

"당신은 누구요?"

"나는 모독이오."

"아, 형님에게 들은 적이 있소. 동대문 인삼 가게 주인, 맞죠?"

"맞소."

이 사내는 나를 알고 있었다. 어디서 언제 어떻게 달문과 나의 질긴 인연을 들었을까. 그가 물었다.

"저들이 원하는 게 뭐요?"

"달문이 어디에 있느냐고 물었소."

"대성이와는 아직 만나지 못해 모르겠으나, 내게도 똑같은 걸 물었다오. 이달문과 언제 마지막으로 만났느냐고. 또 그에게서 세상을 어지럽힐 이야길 들은 게 있느냐고."

"세상을 어지럽힐 이야기? 그게 대체 뭐요?"

그의 표정이 심각해졌다. 목소리까지 낮게 깔았다.

"달문은 나라를 바꾸자 했소. 새 왕이 필요하다고 했소."

"거짓말! 달문은 봉기꾼이 아니오. 그딴 걸 권할 사람이 아니다 이 말이오."

"내 이 두 귀로 똑똑히 들었소. 대성이에게 확인해 보면 알 게요. 수다사 주변에 새 세상을 위해 의로운 병사를 일으킨다는 소문이 파다하게 퍼졌소."

"그걸 달문이 도모했단 게요?"

"아니면 누구겠소? 달문이라면 발 벗고 돕겠다며 나설 이가 수천 아니 수만 명은 된다오."

옥리들이 출입문을 열고 들어왔다. 이달문의 동생 이달손을 자처하는 사내와의 대화는 거기서 끊겼다. 옥리들은 옥문을 열고 이달손을 끌어냈다. 감방을 나온 이달손이 내게 곁눈질을 했다. 흐릿한 웃음이 두 눈에 어렸다.

이대성과 이달손. 이들은 정녕 누구란 말인가. 내가 모르는 달문의 가족이 경상도에 살고 있었던가. 달문까지 그곳으로 가서 난亂을 도모했던가. 내가 아는 달문과는 너무나도 다른 이야기였다. 등장인물의 삶이 들쑥날쑥한, 미숙한 소설 같았다.

거짓말쟁이의 혀

방 도사가 나를 다시 불러낸 것은 늦은 밤이었다. 탁자엔 지필묵이 없었다. 오늘은 달문의 이야기를 쓰지 않아도 되는 걸까. 방 도사가 내 마음을 읽기라도 한 듯 말했다.

"이대성과 이달손 그리고 너 모독! 난 너희 셋을 안 믿어. 거짓말을 지껄인 놈은 혀를 뽑을 거다."

"거짓을 아뢴 적 없습니다."

"길고 짧은 건 대어 보면 알 터!"

말끝을 흐렸다. 세 사람의 주장이 옳은지 그른지 가릴 기준이 생겼다는 뜻이다. 그 기준은 무엇이겠는가. 단 하나뿐이다. 달문만이 이대성과 이달손과 나 모독의 주장을 가늠할 수 있다.

"붙잡았습니까?"

방 도사가 히죽 입귀로만 웃었다.

"누가 장사꾼 아니랄까 봐 눈치가 제법이군. 달문이 스스로 나타났어."

"스스로라고요?"

안타까웠다. 홍길동처럼 영원히 붙잡히지 않기를 바랐으니까.

"충청도 천안 관아 대문을 두드렸다더군. 자신이 달문이라며 마당에서 철괴무까지 췄대. 지금 도성으로 압송중이지. 22일쯤이면 도성에 닿을 거야. 그때까지 마지막 기회를 주마. 거짓을 고한 부분을 밝히고 죄를 청하면, 혀를 뽑진 않고 곤장 백 대로 감해 주겠다. 어때?"

방 도사의 노림수였다. 나로선 물러설 여유가 없었다. 내일이 바로 22일이었다.

"제가 아는 대로 소상히 적었을 뿐입니다."

방 도사가 소매에서 종이 한 장을 꺼내 폈다.

"죽은 거지 아이를 거적에 싸서 목멱산에 올라갈 때 산길을 천 보쯤 걸었다고 했나?"

"맞습니다."

"한데 7백 보는 뭐지? 2천 보는 또 뭐고? 3백 보는?"

장대비를 맞으며 가파른 밤길을 걸어 올랐다는 것이 중요했다. 누구도 그 상황에서 몇 걸음인지를 헤아리며 걷진 않는다. 내가 의금부에 끌려온 후 작성한 네 가지 이야기에서 그 거리가 제각각인 것이다. 방 도사의 손에 쥔 종이엔 이렇게 차이가 나는 대목들이 빼곡했다.

"마포에 머물 때 쥐 영감 세책방에서 빌린 책은 몇 권이랬지?"

"천 권쯤입니다. 아니 어쩌면 7백 권, 아니 5백 권이 안 될지도 모릅니다. 하여튼……."

거기서 잘렸다.

"내가 세책방에 확인하니 고작 스무 권이던데?"

쥐 영감은 두 가지 다른 장부를 썼다. 찾아온 관원들에게 보여 주는 장부엔 빌린 책의 권수가 실제보다 절반 혹은 그 이하였다. 왈자들이 나고 드는 책의 양을 조사해서 한 달 혹은 일 년 이익을 추정해 뒷돈을 요구했던 것이다. 30년 전만 해도 호시절이었으나 지금 백성들은 먹고살기 바빠 이야기책을 빌릴 여유가 없다고 쥐 영감이 한탄하곤 했다. 몇몇 단골들만 쥐 영감이 따로 장부를 가졌을 것이라고 짐작했다. 그 누구에게도 보이지 않은 장부엔 나고 드는 이야기책의 실제 권수가 적혀 있으리라. 내가 이런 사연을 시시콜콜 밝힌다고 방 도사가 믿어 줄까. 세책방을 물려받은 생쥐 영감 역시 비밀 장부를 아무도 모르는 곳에 숨겼을 테고, 관원들에겐 그와 같은 장부는 없노라 시치미를 뗐을 것이다.

"산대놀이로 번 돈을 늙고 병든 기생, 악공, 광대들을 찾아 나눠 준 건 맞아?"

"제가 따라갔었습니다. 그 밤엔 여섯 명을 만나 돈을 건넸고, 남은 돈으로 재인들을 더 돕겠다고 했습니다."

"열 명? 칠십 명? 백 명? 2백 명? 어느 게 맞아?"

"그, 그게……."

달문은 그들을 돕는다는 것조차 밝히길 싫어했다. 내가 집요하게 물으면 어떨 때는 열 명이라고 했다가 어떨 때는 칠십 명, 백 명 혹은 2백 명이라고도 했다. 정확한 숫자는 달문도 몰랐던 것이다. 방 도사의 목소리에 날이 섰다.

"너 이 새끼, 잘 들어!"

나는 혀를 입천장에 댔다. 달문을 기다릴 필요도 없이, 지금까지 드러난 차이만 가지고도 거짓말쟁이로 몰아 혀를 뽑으려 들 수도 있었다.

“지필묵을 갖다 줄 테니까, 다시 적는 거다. 이번엔 모든 게 정확해야 해. 다시 적을래? 아니면 그냥 혀를 뽑아 줄까?”

“저, 적겠습니다.”

벙어리로 남은 생을 보낼 순 없었다.

“한 글자 한 글자 흐트러짐이 없어야 돼. 문장은 물론이고 글자 하나하나마다 어떤 질문을 받더라도 전부 답해야 한다.”

“알겠습니다.”

방 도사가 쇠지팡이로 내 어깨를 내리쳤다. 나는 기우뚱 쓰러질 듯 휘청거리다가 겨우 중심을 잡았다.

“넌 이게 얼마나 중요한 일인지 몰라. 지금부터 좋은 구경을 시켜 주지.”

병풍을 걷어 냈다. 벽을 향해 나를 세웠다. 거기, 새끼손가락으로 뚫은 듯한 작은 구멍이 나 있었다.

“바짝 붙어.”

들여다봤다. 낯익은 사내 둘이 의자에 마주 보며 앉아 있었다. 달문의 아들이라는 이대성과 달문의 동생이라는 이달손이었다. 찢어지고 붓고 터진 얼굴엔 두려움이 가득했다. 방 도사가 뒤에서 내 어깨를 더 밀어 벽에 붙였다.

“똑똑히 보고 들어. 하나도 놓치지 말고.”

그리곤 옆방으로 건너갔다. 방 도사가 들어서자 이대성과 이달손이 동시에 황급히 일어섰다. 방 도사는 내가 있는 벽을 등지고 앉았다. 두 사내도 따라서 다시 의자에 엉덩이를 붙였다. 방 도사의 목소리가 귀에 쏙쏙 들어왔다.

"마지막 기회를 주겠다. 지금이라도 사실대로 고하면 곤장 백 대로 봐주지. 하나 끝까지 거짓말로 버티면 혀를 뽑아 버리겠다."

이대성과 이달손이 연이어 답했다.

"사실만 말씀드렸습니다."

"거짓은 없습니다."

방 도사의 고개가 이대성에게 갔다가 이달손으로 움직였다.

"이대성의 아버지이자 이달손의 형인 이달문을 붙잡았어."

그 순간 이대성은 눈을 질끈 감았고 이달손은 오히려 눈을 크게 떴다. 어느 쪽이든 놀라고 당황한 마음을 다잡는 중이었다. 두 사내는 서로를 향해 눈짓을 보냈다. 그 눈짓이 뜻하는 바를 추측하긴 어려웠다. 방 도사가 다시 협박했다.

"내일 달문이 오면 다 드러나! 둘 다 혀를 뽑힐 건가? 아니면……."

"배가 고파서 그랬습니다."

먼저 굴복한 이는 이대성이었다. 이달손이 막으려 들었다.

"하지 마. 안 돼."

방 도사가 주먹으로 이달손의 뺨을 갈겼다. 바닥에 쓰러진 이달손을 쳐다보지도 않고 이대성에게 명령했다.

"계속해!"

“열흘을 굶었습죠. 그 전엔 떠돌며 관상을 봐 줘 끼니를 챙겼는데, 흉년이 2년 연속 들자 얼굴을 내밀던 사람들이 싹 사라졌습니다. 하는 수 없이 거지처럼 새벽부터 밤늦게까지 집집마다 구걸을 다녔습죠. 그러나 식은 밥 한 덩이 주는 사람이 없었습니다요. 그러다가 수다사에 이르렀는데, 그곳 중들도 자비를 베풀 생각은 않고 제 동냥 바가지부터 깨부쉈습니다. 마침 비가 쏟아졌습죠. 수다사를 내려갈 힘도 없어서 처마 밑에 겨우 웅크린 채 곧 뒈질 강아지처럼 굴었습니다. 열 명쯤 되는 중들이 보리밥을 푹푹 퍼먹으면서 주고받는 이야기가 귀에 들어왔습죠. 흉년이 또 이렇듯 계속되니 달문 유랑단이라도 나타나서 굶주린 자들을 구해야 하지 않겠느냐더군요. 그 순간 제가 지푸라기라도 잡는 심정으로 말했습니다요. ‘아버지를 찾으십니까?’ 중들이 나를 보며 되물었죠. ‘달문이 네 아비라고?’ 제가 답했습니다. ‘맞습니다. 제 이름은 이대성이고 제 아비가 바로 탁월한 춤꾼인 이달문입죠.’ 여기저기서 주워들은 달문에 대한 이야기를 늘어놓았습니다요. 기력만 되찾으면 아버지를 수다사로 모시고 오겠다고도 했습죠. 그러자 중들이 저를 방으로 들인 뒤, 자기들이 먹던 보리밥을 모아 내밀었습니다. 정신없이 먹어 댔습죠.”

“이대성이란 이름은 그럼……?”

“제가 지어낸 겁니다요.”

“진짜 네 이름은 뭐야?”

“자근만者斤萬입니다요.”

방 도사가 오른팔을 들어 이달손을 가리켰다.

"그렇다면 저놈은 이달문의 동생 이달손이 맞느냐?"

자근만이 즉답을 하지 않고 맞은편에 앉은 이달손의 얼굴을 살피며 머뭇거렸다. 방 도사가 소리 높여 꾸짖었다.

"답하렷다! 이달문의 동생이 맞느냐?"

"제가 이달문의 아들이 아니듯, 저치도 이달문의 동생이 아닙니다."

"한데 어찌하여 너는 저자를 숙부로 받들고 또 저자는 너를 조카로 아꼈느냐? 오래전부터 알던 사이인가?"

"아닙니다. 수다사에서 처음 만났습죠. 제가 이달문의 아들을 자처하며 중들에게 대접을 잘 받고 있을 때, 저치가 나타났습니다. 대뜸 제게 제안을 하더군요."

"제안?"

"자신을 숙부, 즉 이달문의 아우 이달손으로 인정해 주면, 보답을 넉넉하게 하겠다고 했습니다. 돈 꾸러미까지 보여 줬습죠. 저로선 받아들이지 않을 이유가 없었습니다. 당장 저치를 중들에게 데려가서 하나뿐인 숙부이자 이달문의 아우 이달손으로 소개했죠. 중들은 저치를 극진히 대접했습니다. 이달손은 저와 함께 수다사 아래 동네를 두루 돌아다니기도 했습니다. 이달손은 앞장서서 걷기만 했죠. 동네 사람들이 제게 와서 물었습니다. 저기 성큼성큼 걷는 사내가 누구냐고. 저는 약속한 답을 했죠. 내 아버지 이달문이 세상에서 가장 아끼는 동생 이달손이라고. 달손 숙부는 달문 아버지만큼이나 착하디착하다고. 제게만 인사하던 사람들이 차츰 이달손 저치를 반갑게 맞기 시작했습니다."

"이달손도 너처럼 굶주린 배를 채우기 위해 달문의 아우라고 거짓으로 칭한 것이냐?"

"그게 그렇지 않습니다. 저는 거지 신세였지만, 이달손은 음식을 사 먹을 만큼 돈을 넉넉하게 지녔습니다. 달문의 아우로 행세한 까닭은 따로 있습죠."

"무엇이냐 그 까닭이?"

"야!"

이달손이 자리를 박차고 일어서며 자근만을 향해 주먹을 날렸다. 자근만이 재빨리 목을 움츠리지 않았다면, 미간이나 콧잔등에 얹혔을 것이다. 이달손이 탁자를 넘어 다시 자근만의 멱살을 쥐려 했다. 그 순간 방 도사가 이달손의 어깨를 쇠지팡이로 갈긴 후 옆구리를 걷어찼다. 의금부 도사에서 물러났다가 돌아올 정도로 늙었지만, 돌려차기 솜씨는 여전했다.

"끌어내 이 새끼!"

방 도사의 명령을 받은 관원 둘이 방문을 열고 들어와선 이달손을 좌우에서 붙들고 나가려 했다. 이달손이 버티며 외쳤다.

"입 다물어! 함부로 혀를 놀리면 반드시 그 입을 갈기갈기 찢어주마."

이달손이 끌려 나간 후 방 도사가 그 자리에 옮겨 앉았다.

"자, 이제 여긴 너랑 나 둘밖에 없어. 편하게 얘기해."

"그, 그게 제가 이야기를 풀면 이달손은 목숨이 달아날 겁니다."

방 도사는 내가 훔쳐보고 있는 벽 쪽으로 고개를 돌리곤 말했다.

"입을 안 열면 어차피 너희 둘은 다 죽어. 그냥 죽는 게 아니라 능지처사를 당할 거야. 너라도 살아야 하지 않겠어?"

"저를…… 살려 주실 겁니까?"

"어허, 속고만 살았나. 자자 어서 털어놔. 이달손이 네게 돈을 건네면서까지 이달문의 아우로 행세하려 한 이유가 뭐지?"

"믿음을 얻기 위해섭니다."

"믿음이라고?"

"이달문의 아우와 아들이 왔다고 하면, 들로 일 나갔던 농부들까지 죄다 돌아와 모였으니까요. 간혹 어떤 이들은 이달손이나 제게 춤을 보여 달라 청하기도 했습니다. 당대 으뜸 광대 달문과 한 핏줄이면, 달문보단 못하더라도 춤을 꽤나 추지 않느냐고 묻더군요. 그럴 때면 저는 웃으며 이달손에게 화살을 돌리곤 했답니다. 우리 집안 사내들 대부분이 춤과 노래와 재담에 서툰데 달문 형님만 어려서부터 독보적이었다고, 이달손이 둘러대더군요. 그리고 춤 대신 시나 한 수 읊어도 되느냐고 묻곤 했답니다."

"시라고? 이달손이 시를 지을 줄 알아?"

"저는 언문도 겨우 깨쳤지만, 이달손은 어디서 배웠는지 몰라도 한시를 간간이 읊더군요."

"기억나는 시가 있나?"

"거의 다 잊었는데, 이 시는 하도 이상해서 외우고 있습죠. '백운무정처白雲無定處 / 하일도천문何日到天門' '흰 구름은 정해진 곳이 없는데 / 어느 날에 천문으로 들어갈까' 대충 이런 내용이라면서요?"

"천문天門? 분명히 천문이라고 그랬나?"

"예."

하늘 문이니 곧 왕이 사는 대궐의 문을 가리키기도 했다. 흰 구름처럼 떠돌며 사는 그가 대궐 문으로 들어갈 일이 무엇일까. 음흉한 시가 아닐 수 없었다. 난을 일으켜 대궐 문을 부수고 들어갈 날을 꿈꾸는가. 방 도사가 물었다.

"네가 이대성이 아니고 자근만이듯, 저놈도 이달손이 아니고 본명이 따로 있을 게다. 진짜 이름이 뭐라더냐?"

"모릅니다, 그건! 친해진 후에 두어 번 물었지만, 옛날 것들은 전부 버리고 이제부턴 이달손으로 살겠다고 하더라고요."

잠시 뜸을 들였다가 물었다.

"도사 어른! 이놈 목숨 살려주시는 것 맞죠?"

방 도사가 대답 대신 관원들을 불러들였다. 그리고 자근만과 함께 방을 나갔다. 내 방으로 돌아오진 않았다. 관원이 지필묵을 들고 와선 방 도사의 명령을 전했다.

"써! 뭘 적어야 하는진 알지?"

붓을 쥐자마자 혀가 욱신욱신 아리기 시작했다.

찢어 죽이다

내가 있는 방으로 방 도사가 돌아온 것은 중천의 해가 기울기 시작할 즈음이었다. 나는 의자에서 단 한 번도 일어나지 않고 달문에 관한 이야기를 다섯 번째로 써 나갔다. 내일 달문이 도성에 도착한다는 소식이 전해진 후부터 상황이 급박하게 돌아갔다. 달문의 아들이라 주장하던 사내가 방금 이실직고를 했다. 그에 따르면 두 사내는 이달문의 아우도 조카도 아니었다. 이대성과 이달손이라는 이름조차 거짓으로 지어낸 것이다. 특히 이달손은 달문의 이름을 내걸고 사람을 모은 뒤 음흉한 시를 들려주며 난을 일으키려 했다. 그런데 그들이 실토한 이야기의 핵심 장소인 개령 수다사 근처 어디에도 달문이 등장하지 않았다. 두 사람 역시 달문을 직접 만난 적은 없다고 했다.

"벌써?"

방 도사는 내가 내민, 달문의 이야기로 빼곡하게 채운 종이 뭉치를 쥐며 믿기지 않는다는 듯 고개를 흔들었다.

"빠진 건 없지?"

"지난번보다 스물세 장이 더 깁니다."

숫자까지 댈 필요는 없었다. 방 도사는 칭찬 대신 말꼬리를 붙들고 쏘아붙였다.

"네 번째로 쓸 때 스물세 장이나 빼먹었단 얘기잖아?"

"뺀 건 없습니다. 기억을 되살려 자세히 적다 보니 늘어났을 뿐입니다."

방 도사가 첫 장에 적힌 '달문'이란 이름을 검지로 두드리며 물었다.

"이태정李太丁이라고 알아?"

처음 듣는 이름이었다. 인삼 가게 손님 명단을 더듬어 봤지만 떠오르지 않았다.

"모르겠습니다."

"잘 생각해 봐. 알 텐데……? 무신년1728년에 났으니 올해 서른일곱 살이야."

"누굽니까, 이태정이?"

"아비 이름은 이하정, 무신년에 처형된 대역죄인이지. 잔당이 아기를 몰래 경상도로 빼돌렸어. 그 아기 이름이 바로 이태정! 수시로 이름을 바꾸고 빌어먹으며 방방곡곡을 떠돌았다는군."

대역죄인의 아들! 그런 자를 내가 어찌 알겠는가. 왜 그 이름을 들이대곤 거듭 묻는가.

"이태정이 저를 안답니까?"

방 도사는 동문서답을 했다.

"빌어먹기만 한 건 아니야. 떠돌며 만난 이들 중 쓸 만한 자들에게 넌지시 이런저런 시나 문장을 읊어 댔지. 시절을 한탄하고 새로운 세상을 모색하는 분위기로 가득했어. 하지만 그렇게 모인

자들도 십여 명이 전부고, 거사를 도모하는 데 필요한 자금도 못 구했지. 모였던 자들마저 뿔뿔이 흩어진 뒤 이태정은 울분만 깊어 갔다더군."

아버지 이하정처럼 난亂을 일으킬 작당을 하고 다녔다는 것이다. 이런 자와 안면이 있거나 말이라도 섞었다면 치도곤을 당하고 목이 달아난다. 나는 강력히 부인했다.

"태정이란 이름을 가진 자는 아는 이가 없습니다. 이태정은 물론 김태정, 윤태정, 박태정…… 모두 저와는 무관한 사람입니다."

방 도사는 쇠지팡이로 내 어깨를 가볍게 두드리며 이태정에 대한 설명을 이었다.

"이태정은 올해 개령 수다사에서 달문의 아들을 자처하는 사내와 만났지. 그리고 스스로를 달문의 아우로 칭하곤, 그 사내와 숙부와 조카 사이인 듯 어울려 친하게 지냈어."

그제야 이태정이 누군지, 왜 방 도사가 그 이름을 들이미는지 알아차렸다. 두려움이 밀려들었다.

"이달손의 본명이…… 이태정이란 말입니까?"

"맞아."

떨리는 목소리로 물었다.

"의금옥에서 처음 만난 사입니다. 이태정이, 저를 잘 안다고 했습니까? 거짓말입니다."

대를 이어 난을 일으키려는 자가 나를 잘 안다고 했다면, 그 함정에서 빠져나오긴 어렵다. 백척간두에 선 꼴이다.

"너를 안다고 하진 않았어. 하지만 오래전 함경도 길주 서북보 아랫동네에서 달문이 줄을 타며 춤추는 걸, 먼 발치에서 본 적은 있다더군. 어떨 땐 말도 섞었다 하고 어떨 땐 박수만 치다 물러났다고도 하고. 하여튼 전국을 떠돌며 판을 벌인 달문 유랑단의 놀이를 구경한 건 확실해. 길주 서북보라면 모독 자네가 합류한 곳 아닌가?"

"그렇긴 합니다만, 이달손 아니 이태정이 달문이나 유랑단원들을 찾아와 만나진 않았습니다. 믿어 주십시오."

"확실한가?"

"확실합니다."

그리고 조심스럽게 말했다.

"놀이판을 멀리서 구경하는 정도였다면, 달문과도 관련이 없는 사람이군요."

"누굴 바보로 알아?"

방 도사가 정색하며 지팡이로 명치를 찔렀다. 나는 새우처럼 몸을 웅크렸다가 한참 만에 겨우 폈다.

"내가 네놈들을 조금도 믿지 않는다고 말했을 텐데. 달문과 매우 친하다며 수다사를 중심으로 경상도를 휘젓고 다녔던 놈들이 이제 와서 달문의 춤을 먼발치에서 구경만 했다는 거야. 자근만도 이태정도 악착같이 달문만은 죄가 없다고 하니 오히려 이상한 노릇이지. 이래 봬도 내가 잡아넣은 대역죄인만 백 명이 넘어. 처음엔 전혀 모르는 사람처럼 데면데면 구는 게 이놈들 작전이거든. 입을 맞추고 들어오는 게지. 곤장을 거듭 맞고 나면 한두 놈씩 슬슬 털어놔. 자기 죄는 최대한 가볍게 하고 다른 사람에게 떠넘기는 경우가 대부분이지."

자근만과 이태정이 달문의 무죄를 주장하며 감싸는 것이 달문이 중죄를 지었다는 반증이라는 것이다. 달문이 자근만과 이태정을 휘하에 두고 움직였다고 의심하는지도 몰랐다. 달문은 결코 그런 자들을 끌어들여 난을 모의할 사람이 아니다. 그는 춤을 알고 아름다움을 아는 광대로서, 어떤 일에도 끼지 않고 이름을 숨긴 채 아무것도 하지 않는 삶을 꿈꾸었다.

"도사 어른! 달문을 아시잖습니까? 판에서 놀 땐 몸과 맘을 던지지만, 그 외엔 재물도 명성도 싫어합니다. 조방꾸니로 떼돈을 벌어들일 기회를 스스로 걷어차고 도성을 떠나 일본으로 건너가고 또 팔도를 떠돌았습니다. 그런 달문이 난을 일으킬 패당의 우두머리가 될 만하다고 보십니까? 수표교 거지들이 서로 다투는 것조차 끔찍이도 싫어하던 달문입니다. 경상도에서 난을 일으키려 했을 리 없습니다."

"사람은 변하기 마련이야. 달문이 도성에서 사라진 지도 17년이 넘었어. 강산이 한 번 하고도 또 한 번 바뀔 시간이라고. 달문이 하겠다고 든다면 못할 것도 없잖아?"

"못할 것도 없다뇨?"

"달문은 수표교 거지 왕초에 산대놀이 우익 으뜸 광대에 달문방 조방꾸니 대장에 달문 유랑단까지 만들어 이끌었지. 봉기꾼으로 가담한다면, 달문은 당연히 우두머리를 맡지 꼬리엔 어울리지 않아. 달문의 생애에서 가장 어색했던 시절이 바로 인삼 가게 점원을 할 때였거든. 안 그래?"

"제가 다섯 번이나 반복해서 적었습니다. 달문은 '달문'이라는 이름, 춤과 기예와 재담에 능하다는 사실조차 지우고 조용히 살고자 했습니다. 도성을 떠난 것도 그 때문입니다. 그런 달문이 난을 일으키려 했다고요? 그딴 짓을 하면 아무것도 하지 않고 흘러가는 삶으로부터 영영 멀어지는 겁니다. 달문답지 않습니다."

방 도사는 입씨름하기 싫은 듯 고개를 저으며 짧게 말했다.

"어명이 내렸어."

어명! 두 글자가 가슴을 쳤다. 관원 둘이 갑자기 뛰어 들어왔다. 그들은 포승줄을 풀어 양손을 다시 결박하고 차꼬도 고쳐 채우고 나무토막에 헝겊을 씌운 재갈까지 입에 물리려 했다. 심장이 터질 듯 뛰었다. 감방에 가두기 위해서가 아닌 듯했다. 혹시 거짓말을 일삼은 이태정과 자근만에 더하여 나까지 처형시키란 어명이 내려온 걸까. 나는 아직 제대로 문초도 받지 않았다. 이대로 목숨이 달아난다면 통탄할 일이다. 하지만 세상에 억울한 일이 어디 한두 가지인가. 나라님이 명을 내리면 그대로 행하는 것이 이 나라 법도인 것이다. 재갈을 밀어내며 소리쳤다.

"뭡니까…… 어명이?"

방 도사가 지팡이로 이마를 후려쳤다.

"가 보면 알아!"

*

끌려간 곳은 남대문 밖이었다. 구경 나온 백성이 대문 안에서부터 구름처럼 몰려들었다. 의금부 관원들이 육모방망이를 높이 들어 위협한 뒤에야 겨우 길이 열렸다. 차꼬에 나란히 발을 넣은 채 끌려가는 죄인은 자근만과 나였다. 의금옥에서부터 걸음을 맞춰 거리로 나섰지만, 재갈을 무는 바람에 대화할 기회가 없었다. 혀라도 놀리려 하면 침이 아랫입술을 적시고 턱을 지나 목을 타고 가슴으로 찐득찐득 흘러내렸다. 주위를 두리번거리며 이태정을 찾았지만 보이지 않았다. 달문을 두고 세 사람이 이렇게 저렇게 얽힌 상황이었다. 멀찍이 선 구경꾼들은 자근만과 나를 손가락질하며 혀를 차 대기도 하고 돌멩이를 던지기도 하고 침을 땅에 뱉어 신으로 쓱싹 닦기도 했다.

남대문에 이르러서야 잠시 쉬었다. 대문 밖을 다녀온 관원의 귀띔을 듣고 방 도사가 내린 결정이었다. 대기하란 통보를 받은 것이다. 우리를 앞세우고 느릿느릿 뒤따라 걷던 방 도사가 다가왔다.

"몸가짐을 더욱 조심해야 한다. 전하께서 친히 대역죄인 이태정을 능지처사하는 자리에 나오실 것이야."

나라님이 형장으로 직접 행차하신단 것이다. 내 무릎이 꺾이는 바람에 차꼬에 함께 묶인 자근만까지 쓰러졌다.

"일어서 어서! 누가 쓰러지라고 했나?"

자근만과 나는 무릎을 펴려고 안간힘을 썼지만 스스로 일어서지 못했다. 두 팔을 묶인 데다가 발목을 채운 차꼬가 살점을 파고든 지 오래였다. 관원들이 달려들어 우리 둘을 일으켰다. 방 도사가 저주를 퍼부었다.

"지랄들을 하는군! 내가 그랬지? 이실직고하지 않는 놈은 저승으로 보내 버리겠다고. 너희 두 놈이 사실을 전부 말했다는 게 아니라, 이태정 저놈이 거짓말을 더 많이 해서 먼저 죽는 게다. 똑똑히 봐 둬라. 거짓말이 단 하나라도 발각되면 너희도 온몸이 찢겨 죽을 테니까."

북에 이어 장중한 나발 소리가 도성을 덮었다. 남대문 주변에 모인 백성이 일제히 양손을 땅에 대고 엎드렸다. 관원들이 자근만과 나를 다시 쓰러뜨렸다. 배와 가슴이 땅에 세게 부딪혔다. 숨이 막혀 입을 벌리고 싶었지만 재갈 때문에 꼼짝도 할 수 없었다. 늦봄이지만 서늘한 기운이 온몸으로 밀려 올라왔다.

나라님을 호위하는 상군廂軍이 대로로 나아오고, 나라님이 탄 가교駕轎가 뒤따라 모습을 드러냈다. 후미를 지키는 또 다른 상군이 남대문을 빠져나갈 때까지 단 한 사람도 움직이는 이가 없었다. 가교 근처로 다가갔다간 단칼에 목이 달아났을 것이다. 나라님이 대문 위 문루에 자리를 잡은 뒤 방 도사가 명령을 내렸다.

"가자! 서둘러라."

자근만과 나는 관원들에게 둘러싸여 남대문을 빠져나갔다. 모여든 백성도 피투성이가 되어 걷는 죄수들을 보고 슬금슬금 물러섰다. 남대문을 통과한 후 쉰 걸음쯤 더 걸어가서야 오늘 처형될 죄인 이태정을 볼 수 있었다. 넓은 공터 가운데 그를 세우고 다섯 마리의 황소가 빙 둘렀다. 소들은 엉덩이를 죄인 쪽으로 향한 채 구경꾼들을 보며 콧김을 뿜기도 하고 뿔을 흔들어 대기도 했다. 곁에 선 관원들이 고삐를 쥐고 제지했지만 힘겨운 기색이 역력했다.

갑자기 발목이 끊어질 듯 아팠다. 자근만이 이태정을 향해 반 보 앞으로 나아가려 한 것이다. 그의 눈엔 눈물이 가득 고였다. 이태정 역시 자근만을 보았다. 둘은 눈으로 말하고 있었다. 나는 그들의 이 애절함을 이해하기 어려웠다. 이태정이 달문의 아우를 사칭하며 수다사 인근 농부들에게 믿음을 얻은 후 음흉한 시와 문을 퍼뜨렸다는 사실을 실토한 사람이 바로 자근만이다. 내가 이태정이라면 자근만을 향해 불같이 화를 내든가 아니면 싸늘하게 외면했을 것이다. 그런데 오랜 어려움을 함께 뚫고 나오다가 뜻밖의 불행에 맞닥뜨린, 그래서 한 명은 살고 한 명은 죽게 된 친구 혹은 형제의 눈길처럼 애절했다.

"읔!"

뒷무릎을 세게 맞곤 앞으로 쓰러졌다. 자근만과 내 이마가 동시에 쿵 소리를 내며 땅을 찧었다. 이마가 찢겨 피가 흘렀다. 방도사가 자근만과 내 뒷목을 두 발로 밟고 올라섰다. 다시 숨이 막혔다.

"누가 앞으로 가라 했어? 내 허락 없이 한 뼘이라도 움직이면 살점을 모조리 뜯어주지."

능지처사는 목을 베거나 매다는 것보다 훨씬 끔찍한 형벌이다. 팔과 다리를 차례차례 잘라나가며 살점을 한 점 한 점 뜯어내는 동안, 죄인은 죽지 못한 채, 자기 몸이 끔찍하게 망가지는 것을 보고 듣고 느끼는 것이다. 능지처사는 원래 이렇게 하는 것이지만, 이 나라에선 능지처사를 나라님이 명하더라도 거열車裂로 바꿔 집행하는 경우가 잦았다. 거열은 여러 개의 수레에 죄인의 사지를 묶어 찢어 죽이는 형벌이다. 황소가 끄는 수레를 쓰기도 하고 오늘처럼 수레 없이 황소들만 데려오기도 했다. 능지처사처럼 죄수가 천천히 처참한 몰골로 죽어 가지는 않지만, 거열 당해 너덜너덜 찢긴 시신 역시 백성들에게 큰 충격을 줬다. 특히 형장까지 끌려 나온 다른 죄수들은 자신들도 곧 갈가리 찢길 것이라는 두려움에 떨었다. 방 도사가 킬킬거렸다.

"거짓말을 하면 내가 어찌한다 했더라? 혀를 자른다고 했지? 형장으로 나오기 전에 조용히 그 약속을 지켰어. 잘 봐 둬!"

엎드린 채 고개를 들었다. 이태정이 눈에 들어왔다. 볼이 복어처럼 유난히 볼록했다. 입에서 계속 피가 흘러내렸다. 걸레 뭉치로는 지혈이 되지 않는 것이다.

고개를 돌렸다. 황소들의 굵은 다리들이 보였다. 그 다리들은 전후좌우로 잔걸음을 옮기느라 바빴다. 구경꾼들에게 둘러싸인 시간이 황소들에겐 무척 낯설고 불편한 것이다. 고삐를 쥔 병사들이 제지하지 않았다면 벌써 어디로든 달려 나갔을 것이다. 황소들의 다리 사이로 이태정의 퉁퉁 부은 두 발이 보였다. 손과 발 그리고 목에는 굵은 줄 다섯 개가 각각 묶였다.

남대문 망루를 올려다봤다. 건장한 상군들이 좌우에 벌려 섰다. 그 중앙에 나라님이 자리를 잡았다. 처음 올려다봤을 땐 상군들만 보였는데, 다시 보니 나라님의 용안과 어깨와 가슴이 보였다. 앉아 기다리다가 거열형을 더 자세히 보기 위해 일어선 것이다. 나라님이 오른팔을 들었다. 허리를 숙인 채 대기중인 내관에게 말했다. 거리가 멀어 그 말까지 들리진 않았다. 상군을 거느린 장수의 우렁찬 목소리가 나라님의 명령을 전했다.

"형을 집행하라!"

황소들이 동시에 걸음을 내디뎠다. 남대문을 향해 섰던 이태정의 몸이 순식간에 뉘어져 땅에 닿았다가 허공으로 떠올랐다.

"부…… 디……."

내 옆에 엎드린 자근만의 입에서 얕은 숨과 함께 신음처럼 두 말이 끊겨 흘러나왔다. 입에 문 재갈 탓에 그 뜻이 제대로 이어지지 않았다. 자근만은 이마를 땅에 대곤 눈을 감았다. 나 역시 사지가 떨렸지만 허리에 힘을 주곤 고개를 더 높이 들었다. 저것이 나와 달문이 빠진 함정의 마지막 귀착점이었다. 우리가 제대로 대처하지 못하면, 나도 달문도 이태정처럼 당할 것이다. 끔찍하겠지만 끝까지 봐 둬야겠단 생각이 들었다. 달문이 내일 도성으로 오면, 그와 이야기할 기회가 생기면, 오늘 본 광경을 생생히 전하고 함께 살아날 방법을 찾으리라.

황소들이 한 걸음 더 내디뎠다. 이태정의 입에 가득 찼던, 피로 물든 걸레 뭉치가 공처럼 튀어나왔다. 뒤이어 처형장에 모인 이들의 귀를 찢는 괴성이 터졌다.

"으아아아악!"

곤장을 맞고, 채찍질을 당하고, 무릎과 허벅지에 무거운 돌을 얹어 뼈가 부스러질 때도 비명을 내질렀지만, 이태정이 마지막으로 지른 비명과는 비교할 수 없었다. 사람 목에서 어떻게 저런 소리가 나올까 싶었다. 바위가 굴러떨어지는 소리 같았고, 성난 곰의 울음 같았고, 천둥 같았고, 숨을 틀어막아 버릴 정도로 목에 꽉 찬 가래 끓는 소리 같았다. 그 모든 소리와도 같았고 그 모든 소리와도 달랐다. 소리가 터져 나온 후 곧바로 사지가 찢겼고 피가 튀었고 구경꾼의 비명이 터졌다가 고요해졌다. 찢긴 팔과 다리와 머리, 또 거기에 붙은 살점들이 시뻘건 피를 뿌리며 황소들의 걸음에 따라 이리저리 끌려다녔다. 고개를 들어 망루를 다시 올려다보았다. 나라님의 가슴과 어깨와 얼굴이 천천히 사라졌다. 이태정의 마지막을 눈에 담은 뒤 물러나 돌아선 것이다. 능지처사하란 어명만 내리지 않고 직접 남대문 망루까지 행차했고, 어좌에서 일어나선 난간까지 걸어 나와 거열의 과정을 전부 봤다. 나라님에게 이번 사건은 간단히 넘길 수 없는 흉사였다. 혹독하게 심문하고 준엄하게 징벌하여 들불처럼 번져가는 민란의 기운을 짓밟아 묻어 버리려는 것이다. 그 중심에 달문이 있었다.

거지와 나라님

달문보다 내가 먼저 나라님이 직접 심문하는 친국장으로 갈 줄은 몰랐다.

진시辰時 오전 7시부터 9시도 되기 전이었다.

"올리라 해서 올리긴 했지만 너부터 찾을 줄이야……."

방 도사는 의금옥을 나서며 계속 혀를 차 댔다. 달문과의 대질은 예상했지만, 이른 새벽 나를 먼저 데려오란 어명이 내릴 줄은 몰랐던 것이다.

"올렸다고요? 무엇을……."

묻다가 멈췄다. 오늘은 달문이 도성에 도착하는 날이다. 그리고 나는 의금부에 끌려온 뒤 달문에 관한 이야기를 다섯 번이나 처음부터 새로 적었다. 방 도사가 나라님에게 올릴 것이라곤 내가 쓴 이야기뿐이다. 방 도사가 곁에 딱 붙어 거듭 강조했다.

"절대로 먼저 입을 열면 안 된다. 질문을 전해 받은 뒤에도 거듭 신중하게 정리한 뒤 답해야 해."

"고개를 들어 용안을 우러러서도 안 된다. 턱을 당기고 시선은 항상 바닥을 향해야 한다. 고개를 들라는 명이 내리면 그때 천천히 턱부터 올리도록 해. 그때도 용안을 우러러보면 안 된다. 얼굴은 들되 시선은 여전히 내리깐다."

"무릎을 펴고 일어나선 안 된다. 처음 엎드린 곳에서 두 팔을 뻗어 짚어도 안 된다. 혀 차는 소릴 내서도 안 되고 어깨나 손이나 발을 떨어도 안 된다."

돌멩이처럼 꼼짝 말라는 뜻이다.

친국장으로 들어가는 작은 문 앞에서 낯선 관원들이 방 도사로부터 나를 넘겨받았다. 그때까지 큰소리 뻥뻥 치던 방 도사는 말 한마디 건네지 못한 채 멈춰 섰다. 오랫동안 괴롭힘을 당했지만 그 순간엔 방 도사 곁에 머물고 싶었다. 관원들은 등 뒤로 양손을 돌려 줄을 더욱 세게 묶고, 차꼬도 발목에 새로 채웠다. 의금옥에서 쓰던 차꼬보다 세 배는 무거워 발을 드는 것조차 힘겨웠다. 피가 통하지 않아 손과 발이 저려왔지만 아랫입술을 깨물며 참았다. 아무리 고통스럽더라도 신음조차 내지 말라는 것이 방 도사의 마지막 충고였다. 의금부에서 심문할 때는 혹독하게 다루더라도 죄인을 살려 둬야 하지만, 친국장에선 그와 같은 원칙이 없었다. 나라님의 명령에 따라 죄인을 벌하다가 설령 목숨을 잇는다 해도 그뿐이니까, 관원들이 훨씬 심하게 죄인들을 다룬다고 했다. 나라님 앞에서 죄인이 숨겨왔던 잘못을 토설하면 그 공이 관원들에게 돌아갔다. 관원들은 경쟁하듯 하나라도 더 새로운 이야기를 끌어내고자 죽기 직전까지 죄인을 밀어붙였던 것이다.

마당 한가운데 끌려 나와 무릎을 꿇고 손바닥을 땅에 대곤 엎드렸다. 나라님이 앉을 옥좌는 대청마루에 놓여 있었다. 왼편엔 곤장이 크기와 무게를 달리하여 열두 개가 놓였고, 오른편엔 화로에서 이글이글 불길이 치솟았다. 살갗을 지질 때 쓰는 인두가 화로에 꽂혀 있었다. 바삐 움직이는 발소리가 들려왔다. 나라님이 친국장으로 들어오는 중이었다. 내관과 대신들이 그 뒤를 따랐다.

나라님은 벌써 40년이나 옥좌를 지키며 다스렸다. 이제 일흔한 살로 접어들었지만, 여전히 많은 서책을 읽고, 충실히 정사를 보고, 배움이 부족하다며 신하들을 꾸짖었다. 왕이자 스승이며 부모로서 요순의 정치를 펴고 있다고 자부했다. 군주와 나라와 백성이 서로 의지하여 태평성대를 열었다는 것이다. 나라님에게 군도群盜의 민란民亂은 용납할 수 없었다. 열 명이든 백 명이든 목을 베어 사악한 기운을 지우려 했다.

고개를 들고 싶었지만 방 도사의 충고에 따라 더욱 머리를 낮춰 이마를 땅에 붙였다. 이윽고 발소리가 잦아들다가 멈췄다. 질문이 화살처럼 갑자기 날아들었다.

"달문…… 이라는 글, 매설가 모독 네가 썼느냐?"

"그러하옵니다."

자세와 시선을 바꾸지 않고 짧게 답했다. 바로 앞 대청마루에 나라님이 앉은 것이다.

"허황된 소설로 쓴 것이냐?"

'허황'이란 두 글자가 가슴을 찔렀다.

"아니옵니다."

"아니다? 뭐가 아니란 게야?"

"……."

침묵이 흘렀다. 혼란스러웠다. 고개를 들어 용안을 잠깐만 살펴도, 그 질문이 지극히 불쾌하여 던진 것인지, 단순한 놀라움의 표현인지, 그것도 아니면 내게 다음 답을 하라는 신호인지 알아차렸을 것이다. 느리고 굵은, 연륜이 묻어나는 목소리엔 여러 감정이 한꺼번에 섞여 있었다.

"다시 묻겠다. 네가 쓴 이야기는 소설이냐?"

매설가를 꿈꾸며 나는 평생 소설만 쓰기로 작정했다. 주인공이 달문처럼 실존 인물이든 지어낸 허구 인물이든 상관없었다.

"소설이지만 허황되진 않사옵니다."

솔직하게 털어놓았다. 다섯 번 고쳐 쓸수록 허황됨은 줄어들다가 거의 사라졌다.

"어디까지 사실인 게냐?"

"……."

답하기 어려웠다. 내가 쓴 이야기는 물론 모두 사실이다. 아니다, 정확히 밝히자면, 함경도 마운령에서 숙부를 만나 길주까지 동행한 부분은 뺐다. 숙부가 달문에게 활빈당 가입을 권유했던 그 밤을 달문과 내가 단둘이 곤한 잠에 빠져들었다고만 적었다. 겪지 않은 일을 적은 것은 없지만, 겪은 것을 문장으로 옮기지 않은 대목은 있는 셈이다. 뜻을 덧붙이는 것도 소설이고 인물이나 사건을 지우거나 건너뛰는 것도 소설이다.

"거짓을 얼마나 섞었느냐고 물었느니라."

"거짓은…… 없사옵니다."

"없다? 하면 여기 나오는 이야기들이 모두 사실이다?"

"그러하옵니다. 어찌 거짓을 적을 수 있겠사옵니까?"

그러하옵니다, 에서 멈췄어야 했다. 나라님이 똑같은 질문을 반복하니, 나도 모르게 반문하고 말았다. 이어진 침묵이 어느 때보다도 길고 무거웠다.

"제가 직접 보고 듣고 겪은 일들만 적었사옵니다. 제가 겪지 않았지만 세상에 떠도는 달문에 대한 아름다운 이야기는 차고 넘치옵니다."

"고개를 들거라!"

땅에 닿은 머리를 떼곤 천천히 턱을 밀며 고개를 들었다. 시선은 여전히 아래로 깔았다.

"과인을 보거라!"

그제야 검은 눈동자를 올렸다. 나라님 용안을 처음 우러르는 순간이었다.

"거짓이 있다면 어찌하겠느냐?"

"단 한 줄이라도 거짓이 있다면…… 목을 베시옵소서."

"곧 달문이 도착할 것이다. 네가 쓴 모든 것을 달문에게 묻고 따질 것이야. 오늘 해가 지기 전에 네놈 목이 달아날지도 모른다. 장담하지 말고 다시 찬찬히 생각하거라. 과장한 대목이 있느냐? 달문이 하지 않은 말을 넣은 부분이 있느냐?"

"없사옵니다."

거짓이 하나라도 발견되면 나라님은 내 목을 베라 명할 것이다. 이태정의 사지가 갈가리 찢긴 남대문 밖 형장으로 나 역시 끌려갈 것이다.

"자근만이 어찌하여 달문의 아들이라 칭하고, 이태정은 또 어찌하여 달문의 아우라 칭하였다고 보느냐?"

"달문의 명성을 이용하기 위함이옵니다. 달문은 오로지 억울할 따름이옵니다."

"정녕 그러하냐?"

"그러하옵니다."

발소리가 바삐 나더니 마당을 뼁 돌아 대청마루 가까이에서 멈췄다.

"죄인 달문이 도착하였나이다."

대전 내관의 보고에 나라님이 명령했다.

"당장 데려오너라."

나는 긴 숨을 몰아쉬었다. 13년 만이었다. 다시는 돌아오지 않겠노라며 두만강을 건너갔던 달문이었다. 이번 생에 재회할 수 있을까 걱정한 밤이 참으로 길었다. 그를 만나기 위해 두만강을 건널까 고민하기도 했다. 그러나 이 나라의 수십 배나 되는 대륙에서 달문을 찾기란 불가능했다. 그래도 혹시 달문이 돌아온다면, 정성을 다해 환대하리라 마음먹기도 했다. 친국장에서 나라님 앞에 나란히 머리를 조아린 채 만나리라곤 상상도 못 했다.

발소리가 여럿 들렸다. 바닥을 끄는 쇳소리는 죄인이 발을 옮길 때마다 내는 차꼬 소리다. 좌우에서 죄인을 끌고 나온 관원들의 발소리는 단정하고 조심스러웠다. 발소리가 동시에 멎었고 죄인이 내 오른쪽에 무릎을 꿇고 엎드렸다. 관원들 발소리가 멀어지는 동안, 나는 재빨리 고개를 돌렸다. 달문이었다. 머리가 온통 헝클어지고, 볼이 벌겋게 부어오르긴 했지만 천하의 추남 달문이 분명했다. 검은 머리는 어느새 완전한 백발로 바뀌었다. 끌로 파낸 것처럼, 이마와 양 볼과 목에 깊고 굵은 주름이 생겼다. 늙은이의 얼굴에서 오직 크고 둥근 왕방울 눈만은 여전히 맑았다. 눈이 마주치자 달문이 눈귀를 올리며 웃어 보였다.

"네가 달문이냐?"

달문이 고개를 든 채 답했다.

"그러합니다."

나는 작은 소리로 급히 말했다.

"고개 숙여, 어서!"

달문은 내 목소리를 듣지 못한 것인지 아니면 들리지 않는 척하는 것인지 고개를 들곤 용안을 우러렀다. 용안뿐만 아니라 눈동자를 굴려 친국장 여기저기를 쳐다보기까지 했다. 낯선 곳에 가면 그곳이 어디든 살펴 두는 것이 호기심 많은 달문의 버릇이긴 했다. 그러나 목숨이 왔다 갔다 하는 친국장에서도 마당의 넓이와 사람들의 위치 그리고 각각 놓인 물건들의 모양과 크기를 확인할 줄은 몰랐다. 당장 불호령이 떨어질 듯했다. 그러나 달문의 자세를 꾸짖는 대신 나라님은 질문을 시작했다.

"네 옆에 있는 자를 아느냐?"

달문이 나를 다시 보곤 답했다.

"압니다."

"누구냐?"

"모독이라고 불리길 바라는, 장차 이 나라에서 으뜸 매설가가 되기를 꿈꾸는 장사꾼입니다. 동대문 시장에서 인삼 가게를 했습니다."

달문이 당당하게 답하자, 나도 천천히 고개를 들었다. 방 도사의 충고 따윈 머릿속에서 지워졌다. 나라님이 달문의 커다란 눈을 노리며 물었다.

"너는 누구냐?"

"저는 아무것도 아닙니다."

"아무것도 아니다?"

"들에 나가 일할 땐 농부고, 바다에서 일할 땐 어부고, 산에서 일할 땐 나무꾼이고, 땅 밑에서 일할 땐 광부고 그랬습니다만, 입에 풀칠하며 살려고 한 짓입니다. 이 나라 백성이라면 누구나 하는 일이기 때문에, 특별히 제가 누구라고 말할 것은 못 됩니다. 지극히 작고 평범한 사람 중 하나일 뿐입니다."

"산대에 참가한 광대라고 들었다."

"오래전에 잠깐 했던 일입니다."

달문은 자꾸 작아지려고 들었다. 나라님이 호통을 쳤다.

"놀아 보거라."

"네?"

"당대 최고의 광대라니, 솜씨를 보이거라."

대신들이 끼어들어 반대했다. 개국 후 친국장에서 죄인이 춤을 춘 적은 단 한 번도 없었던 것이다. 나라님은 뜻을 꺾지 않았다.

"친국은 말 그대로 과인이 직접 죄인을 문초하는 것이다. 죄인에게 말을 시키든, 곤장을 때리든, 춤을 추라고 하든, 과인이 필요하면 그렇게 하는 것이다. 자, 어서 포승줄과 차꼬를 풀어주도록 하여라. 과인을 흡족하게 하지 못하면, 너희 두 놈에게 곤장 30대를 치겠다. 그리고 또 춤을 춰 과인을 실망시키면 그땐 너희 두 놈에게 곤장 100대씩을 치겠다."

관원들이 결박을 풀었다. 달문은 나를 보며 눈으로 안심시켰다. 그러나 친국장으로 들어설 때부터 그의 몰골은 말이 아니었다. 천안에서 도성까지 압송되는 동안, 먹지도 쉬지도 못한 탓이다. 비틀비틀 서너 걸음 걸어 나오자 장검을 든 관원 둘이 재빨리 좌우에서 막아섰다. 나라님이 물었다.

"말뚝이란 녀석이 겁도 없이 나라님까지 밟아 댄다 들었느니라. 하던 대로 해 보거라. 팔도를 돌며 떠들던 것과 조금이라도 다르면 목이 달아날 테니 명심하렷다. 자, 시작하거라."

나는 달문에게 눈짓을 보냈다.

안 돼, 말뚝이의 재담만은!

달문이 하품하듯 입을 크게 벌렸다가 푸르르릉 푸릉 소리를 내며 입술을 풀었다. 기어이 목숨을 재촉하려는 것이다. 허리를 펴고 가슴을 잔뜩 내밀곤 말뚝이답게 시작했다.

"이게 다 누구 잘못이오? 봄부터 가을까지 비 한 방울 내리지 않은 잘못, 산 넘고 물 건너 돌림병이 돌고 돈 잘못, 죽은 남편과 이제 갓 돌 지난 아들 군포 못 낸 잘못, 관아에서 빌린 보리 한 말을 쌀 백 섬으로 못 갚은 잘못, 조세 낼 돈이 없어 달아난 잘못, 달아나 산에 불을 지르고 밭을 일군 잘못, 섬으로 건너가 몰래 물고기를 잡은 잘못, 산과 섬에 숨어든 백성들 잡으려고 달려드는 관군과 싸운 잘못, 하늘과 조상과 나라님을 감히 원망한 잘못, 이 나라엔 더 이상 희망이 없다고 단정한 잘못, 이게 다 말뚝이 잘못이오? 아니면 여기 구경 나온 여러분 잘못이오? 잘못을 따지려 들면, 꼬리에 꼬리가 줄줄줄 줄줄줄 매달려 나오는구나. 수만 나졸의 잘못을 댕기면 수천 아전의 잘못이고, 수천 아전의 잘못을 댕기면 수백 사또의 잘못이고, 수백 사또의 잘못을 댕기면 육판서의 잘못이고, 육판서의 잘못을 훅 잡아당기면 삼정승의 잘못이고, 손에 침 탁탁 뱉은 뒤에 삼정승의 잘못을 화악 젖 먹던 힘까지 다해서 잡아당기면 누구냐? 나, 나, 나는 차마 말 못 하겠네. 말뚝이가 씨부리지 않아도 다들 누군지 알겠지? 나, 나, 나는 말한 적 없지만, 이 모든 잘못을 저지른 삼정승보다 더 크고 높은 단 한 사람은 누구겠어? 확실한 것 하나는 나, 나 말뚝이는 아니라고. 아니고말고."

나라님 앞에서, 이 세상 모든 잘못을 나라님에게 돌리는 이야기를 해 댄 광대가 무사할 수 있을까. 제 무덤을 스스로 판 꼴이었다. 그런데 불호령 대신 짧은 침묵이 이어지더니, 나라님이 명령을 내렸다.

"헤아리기 힘들 정도로 순문詢問을 다녔느니라. 대소신료는 물론이고 백성들과도 수시로 만나 질문하고 또 들었어. 하지만 단 한 명도 방금 너처럼 이 나라에 잘못이 그득 쌓였다고 아뢰지 않았다. 불경한 말로 가득 차 있으나 정직하게 고했으니 죄를 묻지 않겠다. 자, 이제 재담은 그 정도로 하고 놀아 보거라."

말뚝이의 입을 빌려 나라님을 비난하고도 중벌을 받지 않고 넘어간 것이다.

달문이 뒤공중제비를 돌며 곤두놀이를 시작했다. 나를 넘고 크고 작은 곤장들을 넘은 뒤, 힘껏 차올라 관원들이 든 장창을 넘어 협문 위 기와에 올라섰다. 세 길이 넘는 높이였다. 달문이 외쳤다.

"장창을 붙드시오!"

관원 넷이 장창을 잡고 섰다. 달문이 순식간에 몸을 던져 장창에 매달린 채 빙글빙글 돌기 시작했다. 맴을 돌 때마다 달문의 몸이 조금씩 올라갔다. 이윽고 장창 끝에 닿은 달문이 저고리를 벗어 창끝에 뭉쳐 씌웠다. 그리고 명치를 그 위에 얹은 다음 손발을 사방으로 뻗었다.

"돌리시오!"

관원들이 장창을 돌리자, 달문의 몸도 따라서 돌기 시작했다. 처음엔 장창과 비슷한 속도로 돌다가 점점 빨라졌다. 손이 발에 붙고 발이 손에 붙어 원을 그렸다. 손발을 구별하기 어려울 정도로 빨리 돌던 달문의 몸이 공중으로 치솟았다. 펑 하고 연기가 갑자기 일었다. 장창에도 허공에도 달문은 없었다. 나라님과 대신과 내관과 관원들의 시선이 온통 하늘로 향했다. 어느새 내 곁에 꿇어앉은 달문이 말했다.

"보잘것없는 재주일 뿐입니다."

나라님이 턱을 당기고 시선을 내려 달문을 쳐다보았다. 곤장 쪽으로는 고개를 돌리지 않았다. 당대 으뜸 광대의 솜씨로 인정한 것이다.

"이게 무엇인지 아느냐?"

나라님이 앉은뱅이 탁자에 놓인 종이 뭉치를 손으로 가리켰다.

"모릅니다."

"모독이 너에 관해 쓴 소설이다. 모독은 이것이 모두 사실이라고 했다. 지금부터 이것이 사실인지 아닌지 하나하나 묻겠느니라."

달문이 짧지만 분명하게 답했다.

"모두 사실입니다."

나라님의 목소리가 높아졌다.

"고얀지고. 무슨 이야기가 적혔는지 알아보지도 않고, 어떻게 모두 사실이라고 단정하는 거냐?"

"모독의 이야기를 여러 번 들을 기회가 있었습니다. 그는 꾸며 말할 때는 확실히 꾸며 말하고, 사실대로 적을 때는 또 확실히 사실대로 적는 이야기꾼입니다. 그가 사실이라고 밝혔다면 사실입니다. 하나하나 따질 필요 없습니다."

"모독을 믿느냐?"

"사람을 믿습니다."

짧은 침묵이 흘렀다. 나라님은 경연장이든 친국장이든 어디서나 논의를 주도해 나갔다. 달문처럼 스스럼없이 대답하는 자를 만난 적이 없었던 것이다.

"스스로 천안 관아로 찾아갔다고?"

"그러합니다."

"이유가 무엇이냐?"

"저로 인해 많은 이들이 어려움을 겪는다는 소식을 들었기 때문입니다. 특히 옆에 있는 모독은 평생 제게 도움을 베풀었습니다. 그가 의금부에 끌려가서 갖은 고생을 한다고 하니 숨어 지낼 수 없었습니다."

"모독이 의금부에 끌려왔다는 걸 어찌 알았어?"

"방榜을 보았습니다."

나라님 질문이 날카로워졌다.

"너는 글을 모르지 않느냐?"

"모릅니다."

"글을 아는 이에게 물었던 게냐? 너를 도와준 이가 누구냐?"

"묻지 않았습니다."

"않았다?"

"저를 찾는 방 옆에 종이가 한 장씩 더 붙어 있었습니다. 글을 몰라 읽진 못하지만, 거기에 적힌 제 이름은 알고, 또 이름을 적은 글씨의 모양이 모독의 것임을 알았습니다. 그래서 그날 곧장 천안 관아로 갔던 겁니다."

방 도사가 다섯 번이나 거듭 달문의 이야기를 쓰라고 한 까닭 중 하나가 밝혀졌다. 내가 쓴 글에서 제목만 떼어, 달문을 찾는 방에 나란히 붙여 뒀던 것이다. 수표교에서 처음 달문을 만났을 때, 내가 땅바닥에 쓴 '달문'이란 이름을 달문도 따라 적으며 익혔다. 그 대목을 방 도사가 유심히 읽었던 것이다.

"어제 달문의 아우 이달손이라고 자칭한 대역죄인 이태정을 남대문 밖에서 죽였다."

"오늘 아침 남대문을 통과하며 들었습니다."

"또한 달문의 아들 이대성이라고 칭한 자근만도 의금옥에 갇혀 있느니라."

"그 또한 들었습니다."

"이태정과 자근만, 그들을 아느냐? 만난 적이 있느냐?"

"없습니다."

"만난 적이 있든 없든 그들이 너를 등에 업고 괴이한 일을 꾸미고 다녔느니라. 중벌을 면치 못할 텐데, 스스로 천안 관아로 갈 때 두렵지 않았느냐?"

나도 같은 질문을 던지고 싶었다. 내가 달문이었다면 멀리멀리 숨었을 것이다.

“사실대로 말씀드리기 위해 왔습니다. 벌을 받고 아니 받고는 그다음 일입니다.”

“조금 전에 사람을 믿는다고 했지?”

“그러합니다.”

“악독한 검계 무리도 믿느냐? 네가 조방꾸니 동업을 제안하기 위해 망둥이를 찾아갔을 때, 두려움은 없었느냐? 망둥이와 그 부하들이 너를 죽이는 건 너무나도 쉬운 일이 아니더냐?”

나라님은 내가 올린 소설을 소상히 읽은 것이다.

“두렵지 않았습니다.”

“그 이유가 무엇이냐?”

“망둥이를 믿었습니다. 그도 사람이기에, 제가 가서 극진히 설명하면 들어주리라 여겼습니다.”

“통영 부근에서 문둥병자들과 어울린 것은 맞느냐?”

“맞습니다.”

“그들에게 병을 옮을 수도 있지 않느냐? 그것은 망둥이처럼 사람을 믿고 아니 믿고의 문제가 아니다. 병에 걸릴지도 모른다는 생각은 하지 않았느냐? 두렵지 않았느냐?”

“몹쓸 병에 걸렸지만 그들도 사람입니다. 사람이기에 사람으로 대한 겁니다. 사람이기에 그들이 굶어 죽는 것을 보고만 있지 못한 겁니다. 그로 인해 제가 병에 걸린다면, 어쩔 수 없는 일이라 여겼습니다. 병에 걸리는 게 두려워 사람을 개돼지 취급하긴 싫었습니다."

"이태정이나 자근만도 믿느냐?"

"믿습니다."

"억울하지 않느냐? 네 말대로라면, 얼굴도 모르는 자들 때문에 목숨이 달아날 수도 있느니라."

"억울하지 않습니다."

"설마 그들을 믿는다는 말은 아니지?"

"믿습니다. 그들이 제 이름을 가져다 쓴 것은 그들 잘못이 아닙니다."

"어찌하여 그들 잘못이 아니란 말이냐? 네게 허락을 구한 적도 없지 않느냐?"

"흉년이 연이어 들었을 때, 저는 몇몇 친구들과 유랑단을 꾸려 경상도에서부터 함경도까지 놀이판을 열었습니다. 사람들이 굶어 죽어 가는 것을 보고만 있을 수 없어서였습니다. 유랑을 나서며, 저는 제 이름을 그들을 살리는 데 쓰기로 했습니다. 옆에 있는 모독도 서북보에서 합류하였기에 그 사정을 잘 압니다. 저는 제 이름을 제 실력이나 사람됨보다 크게 썼습니다. 그리하여야 굶주린 자들을 먹일 곡물을 얻을 수 있었기 때문입니다. 이름을 널리 쓰면서 생각했습니다. 이렇게 하면, 누군가는 달문이란 이름에 기대어 무엇인가를 도모할지도 모르겠다고 말입니다. 이태정이나 자근만이 누군지 모릅니다. 하지만 그들을 포함하여, 많은 이들이 제 이름에 의지하여 어떤 일들을 도모했고 도모하고 도모할 것 같습니다. 그것은 그들의 잘못이라기보다는, 제가 제 이름을 제 꼴보다 더 크게 쓴 결과입니다."

"대역죄인들이 네 이름을 써먹은 게다. 네가 그 일에 책임이 있단 소린 곧 너 역시 대역죄를 지었단 뜻이야."

"대역죄인지 아닌지 저는 모릅니다. 다만 제가 제 이름을 내세우며 일하지 않았다면, 그들도 달문이란 이름에 기댈 마음을 애초에 먹지 않았으리라 생각합니다."

"일생일대의 실수였다?"

"실수는 아닙니다. 저로선 그렇게 하는 방법밖에 없었습니다. 제가 이름을 앞세운 탓에 나중에 문제가 생기더라도, 지금 당장은 굶어 죽어 가는 사람들을 구하고 싶었습니다."

"굶주린 백성을 구하는 게 어찌하여 달문 너의 일이더냐? 그건 나라에서 할 일이다. 백성을 아끼고 사랑하는 과인의 일이다."

"나라에서 할 일, 제가 할 일이 따로 있습니까? 당장 구할 방법이 있는 쪽이 먼저 하는 게 중요합니다. 시일이 늦어 사람들이 굶어 죽고 나면 모든 게 헛될 뿐입니다."

"과인이 구제책을 내지 않았다는 게냐? 건량乾糧 곡식을 무상으로 나눠 주거나, 설죽소設粥所를 곳곳에 설치하여 죽을 끓여 굶주린 백성들을 먹이도록 했느니라. 과도한 조세로 고향을 떠나 떠도는 이들이 없도록 하라는 명을 내렸을 뿐만 아니라, 도성을 비롯하여 큰 고을로 몰려든 거지들을 배불리 먹인 뒤 고향으로 돌려보내도록 했느니라. 또한 팔도 관아에 구황救荒 서책들을 보내 흉년이 들었을 때도 굶어 죽지 않고 살 방도를 백성에게 가르치도록 했느니라."

"많은 이들이 굶어 죽어 가고 있었습니다. 잠시도 지체할 겨를이 없었습니다. 저는 제가 본 것을 아뢸 뿐입니다."

달문이 또박또박 답하자 말문이 막힌 쪽은 오히려 나라님이었다. 잠시 침묵이 찾아들었다.

"건방지구나. 감히 나라에서 할 일을 거지가 하겠다고 덤비다니! 곤장 30대를 치렷다!"

관원들이 재빨리 달문을 곤장 틀에 뉘었다. 중곤으로 사정없이 때리기 시작했다. 나는 습관처럼 속으로 숫자를 헤아렸다. 하나 둘 셋 넷 그리고 다섯을 외워야 하는데, 아홉으로 열다섯으로 스물로 건너뛰고 싶었다. 그렇게 숫자를 잘못 외거나 더하기와 빼기를 못하면, 아버지는 곧장 달문이란 이름을 들이댔었다. 달문처럼 멍청하게 살래? 달문처럼 비렁뱅이로 살래? 달문처럼 산다는 것이 무엇일까. 나를 비롯한 대부분의 사람들은 나라님 앞에서 숨 한번 제대로 못 쉬는데, 달문은 고개 빳빳하게 들고 제가 하고 싶은 말을 다 하는 중이었다. 나라님의 주장에 대해서도 옳으면 옳고 그르면 그르다고 제 뜻을 밝혔다. 누가 감히 그렇게 할 수 있을까. 달문이 숫자를 몰라서, 예의를 모르고 국법을 몰라서, 멍청해서, 비렁뱅이라서 그런 것일까. 정녕 그럴까.

나라님이 명했다.

"해 보거라!"

달문이 고개를 들었다.

"유랑하며 무엇이라 떠들었는지 더 해 보란 말이다."

나는 길주에서 회령까지 달문 혼자 혹은 소화와 함께 주고받은 재담들을 떠올렸다. 말뚝이의 재담보다도 더 심하게, 나졸에서부터 아전, 고을 수령, 당하관, 당상관을 거쳐 나라님까지 잘못을 지적하고 풍자하는 말들로 가득했다. 판에 모인 농부들은 손뼉을 치며 좋아했지만, 나라님이 그 이야기를 듣는다면, 당장 달문의 혀를 뽑고 사지를 찢어 죽이려 들 것이다. 달문이 양손으로 허리를 짚고 천천히 일어섰다. 달문에게 눈짓을 또 보냈다.

하지 마! 하면 죽어.

"정녕 듣기를 원하십니까?"

"하나도 지우거나 바꾸지 말고, 그대로 하렷다!"

나는 끼어들지 않을 수 없었다.

"전하! 한낱 거지 광대의 우스갯소리일 뿐이옵니다. 들을 가치가 없사옵니다."

나라님이 쏘아붙였다.

"경상도와 충청도와 함경도 백성들은 들을 가치가 있고, 그들을 자식처럼 아끼는 과인은 들을 가치가 없다 이 말이더냐? 그딴 기준을 누가 만든 것이냐?"

그리고 달문을 종용했다.

"시작하라."

달문이 쩔뚝대며 한 걸음 나섰다.

"지랄 맞은 세상이지. 말세 말세 해도 지금과 같은 말말세는 없어. 아니 그런가?

잡아 죽이고 싶은 놈이 하나는 있지?

벼락을 내릴 수 있다면 뒈지게 만들 놈이 하나는 있지?

자, 우선 그놈 놈 놈 놈을 외쳐 봐.

이런 이런 너무 많네 많군. 그 사람들 다 불러 세우면 이 판이 그득 차고도 모자라겠어. 알아, 이놈들이 아무리 많다 해도 정말 혼꾸멍을 내고 똥꾸멍을 파 버릴 놈들 중에선 새끼발가락 때만큼도 안 된다는 걸.

자, 어디 볼까. 여기도 우선 손볼 놈이 있나? 누구 손을 먼저 볼까?"

달문이 갑자기 말을 멈추고 오른팔을 들어 정면을 가리켰다. 옥좌에 앉은 나라님 용안이 벌겋게 달아올랐다. 70년 넘게 살면서 처음 당한 삿대질일 것이다. 당장 달문의 목을 베라고 명령을 내릴 것 같았다. 그 순간 달문의 팔이 왼쪽에 선 대전 내관과 오른쪽에 선 대신들에게 향했다. 지목당한 이들의 얼굴 역시 나라님처럼 시뻘게졌다. 나는 눈을 질끈 감았다. 달문은 조금도 재담을 고치거나 지우지 않고 그대로 뱉은 것이다. 달문다웠지만 이 순간엔 원망스러웠다. 오늘은 그와 나의 목숨이 끊기는 날이었다. 삿대질까지 당한 나라님이 어찌 우릴 살려 두겠는가. 달문이 팔을 다시 거둬 내린 뒤 나를 흘끔 쳐다보았다. 거기서부턴 나도 처음 듣는 이야기가 시작되었다. 13년 동안 달문이 쌓은 고민인 듯도 했다.

“나졸이 바뀌면 달라지나. 육방 아전이 바뀌면 달라지나. 우리 고을 사또가 옆 고을 사또와 자리를 바꾸면 달라지나. 당하관이 당상관이 되고 당상관이 당하관이 되면 달라지나. 나라님이 바뀌면 가뭄에 단비 내리고, 나락에 붙은 벌레들 모두 떨어지고, 얹고 얹고 또 얹어 등이 휘던 이 모양 세稅 저 모양 세 모두 사라지고, 나라 곳간이 열려 아무도 굶어 죽지 않게 되나. 그럼 바꾸지. 바꾸자고 나서지. 그렇게 바꿔도 거기가 거기, 달라지는 건 하나 없다네. 어쩌면 지금 나라님이 성군聖君일지도 모르지. 그게 내가 여러분 앞에서 이렇게 떠드는 이유라네.

이 불행 이 고통 이 슬픔은 어디서부터 오나. 내 밖에 있는 그 많은 것들이 나를 찌르고 나를 베고 나를 결국 죽이나. 그래서 내가 내 밖의 것들과, 나졸에서부터 나라님까지 맞서 싸우면, 나는 이 불행과 이 고통과 이 슬픔에서 벗어날까. 꼭 반드시 벗어날 거라고 많은 이들이 말했네. 그러나 그렇게 말한 이들도, 그들이 싸워 이기든 지든, 불행과 고통과 슬픔 속에서 죽어 갔지.

나졸부터 나라님까지 잘못이 없다는 게 아니야. 나날이 해마다 커지는 불행과 고통과 슬픔에 그들도 분명 책임이 있지. 그러나 그들을 없애고, 우리가 그들 자리를 차지하면 간단히 끝날 문제일까. 그들이 짊어졌던 책임이 이제 우리 책임이 된다네. 우리는 또 다른 우리의 불행과 고통과 슬픔을 해결하지 못해 도망치거나 잡혀 죽겠지.

최악일 거야. 그래서 내가 여기까지 온 게고.

그러나 내가 바라봐야 하는 건 바깥이 아니지. 난 나를 지키려고 해. 그리고 여기 모인 이들도 모두 자신을 지켜. 집에선 자신만만하다가 길에서 거리에서 무너지지 않도록 자기 자신을! 자신이 얼마나 추한지, 자신이 얼마나 악한지, 자신이 얼마나 부족한지, 자신이 얼마나 어리석은지!"

달문의 팔이 어느새 다시 정면을 가리키고 있었다. 나는 머리를 땅에 박았다. 나라님이 신하들을 혹독하게 벌한 소문은 차고도 넘쳤다. 달문은 활빈당을 비롯한 봉기꾼들의 주장엔 동의하지 않지만, 나라님부터 백성에 이르기까지 저마다의 잘못을 인정하고 반성해야 한다고 주장한 것이다. 나라님으로서는 도저히 받아들이기 힘든 요구였다. 이윽고 나라님이 긴 침묵을 깼다.

"감히 과인에게 삿대질한 죄, 곤장 30대를 쳐라. 그리고 자근만을 데려오너라."

관원들이 달문을 나무틀에 눕힌 뒤 팔목과 발목을 묶었다. 곤장을 치기 시작했다. 달문은 눈을 질끈 감고 버텼다. 나라님은 30대가 끝날 때까지 달문의 엉덩이를 노려만 봤다. 나는 이번엔 숫자를 헤아리지 않았다. 대신 달문에게 내린 벌이 겨우 곤장 30대란 사실을 곱씹었다. 방금 달문이 나라님 앞에서 펼친 재담이라면, 주리를 틀거나 인두로 가슴과 배를 지지거나 무릎 위에 무거운 돌을 얹어 뼈를 부러뜨리는 것도 가벼운 형벌이었다. 그런데 친국장에서 가장 흔하고 가벼운 벌인 곤장 30대가 고작인 것이다. 그것은 달문의 죄를 이태정과는 다르게 보고 있다는 반증이었다. 살점이 터져 피를 줄줄 쏟으며 달문이 다시 내 옆으로 끌려왔다. 오늘 맞은 곤장만 합쳐도 60대였으니, 엉덩이에 멀쩡한 살점이 남아나질 않았다.

자근만이 끌려 들어와서 달문 옆에 머리를 조아리며 엎드렸다. 자근만과 달문과 나를 차례차례 노려보던 나라님이 물었다.

"네가 자근만이냐?"

"그렇습니다."

"이자를 아느냐?"

"달문입니다."

"만난 적 있느냐?"

"없습니다. 오늘 처음 봅니다."

"만난 적도 없는데 어찌 아느냐?"

"천하의 추남이란 소문을 들었습니다. 입이 귀에 닿고, 눈알이 당장 튀어나올 것처럼 커다랗다고. 오늘 보니 과연 그러합니다."

"달문의 아들 이대성이라 칭한 후 혹시 달문과 마주칠까 걱정한 적은 없느냐?"

"상상한 적은 있습니다. 하지만 그땐 또 적당히 대처하자 여겼습니다."

"무슨 소리냐 그것이?"

"달문은 천하의 추남이자 또한 세상에서 가장 착한 사람이라

들었습니다. 이름을 허락 없이 썼다고 하나, 너무 배가 고파 그렇게 했다고 설명하면 저를 용서해 줄 것이라 여겼습니다."

나라님이 달문에게 물었다.

"다시 묻겠다. 정말 용서하느냐, 자근만을?"

"제가 어찌 저 사람을 용서하고 말고가 있겠습니까? 제가 제 이름을 턱없이 높여 두었기에, 저 사람은 그걸 굶주림을 채우는 데 썼을 뿐입니다. 제가 지난날 제 이름을 써서 곡물을 얻어 주린 자들을 먹인 것과 저 사람이 제 이름을 써서 주림을 면한 것은 같습니다."

나라님이 헛웃음을 웃었다.

"달문! 너는 바보냐? 멍청이냐? 아니면 바보나 멍청이 흉내를 내는 꾀돌이냐?"

"저는…… 사람입니다."

"사람이라면 그렇게 평생 손해만 보며 살진 않아. 수표교 아래에서부터 지금까지, 다들 너를 이용만 하지 않았느냐. 네가 가진 것들을 빼앗으려 들지 않았느냐. 그런데도 넌 그걸 억울해하지도 않고, 오히려 네가 가진 것들을 전부 나눠 줬다고? 그게 바로 네가 바보란 증거다. 멍청이란 증거야."

"저는 그런 사람입니다."

"도성을 왜 떠났느냐? 일본에서 혼자 왜 몰래 돌아왔느냐? 또 두만강을 건너간 후 또다시 몰래 돌아온 까닭은 무엇이냐?"

"저는 무엇을 하는 사람이 아닙니다. 저는 무엇을 하지 않는 사람입니다. 무엇을 하지 않더라도, 다른 사람들이 저를 믿어 주기 때문에, 그렇게 도움만 받으며 살아왔습니다. 거지는 다른 사람들의 도움 없인 단 한 끼도 먹지 못합니다. 저는 무엇을 하지 않으며 살고자 하는 사람이지만, 몇 번 무엇을 한 적이 있습니다. 그것들마저 제가 하지 않았더라면 어땠을까 스스로 묻는 날도 있습니다만, 아무래도 그것들까지 하지 않긴 어려웠습니다. 왜냐하면 제가 그것들을 하지 않으면, 제가 아는 사람들을 포함하여 제가 모르는 사람들까지 끔찍한 고통을 받기 때문입니다. 죽음에 이르는 고통입니다. 그때 저는, 가장 늦게, 그래도 제가 무엇인가를 해서 그들을 구하려고 했습니다. 하고 나면, 또 다른 일들을 해야 하지 않겠느냐고 사람들이 권하였습니다. 그래서 떠난 겁니다. 제 천성처럼, 이름도 없고 성도 없이 조용히 낯선 거리에서 지내다가 스러지기 위하여! 떠났고 떠났고 떠났지만, 결국 그때마다 이유가 생겨 돌아왔습니다. 오늘처럼!"

"다른 나라로 떠나가려던 것이냐?"

"아닙니다."

"아니다? 일본이나 청나라로 가려던 게 아니다 이 말이냐?"

"일본이나 청나라를 구경하는 재미가 무척 크긴 했습니다. 하지만 그 나라들은 구경하면 새롭지만 눌러살면 이 나라와 다른 면이 거의 없습니다. 그래서……."

"그래서?"

나라님이 말꼬리를 잡아챘다. 나는 달문이 그다음 이야기는 하지 않기를 바랐다. 그러나 달문은 얼버무리지 않고 한결같이 답했다.

"그래서 나라 없는 곳에서 살아 볼까 하고 떠돌았습니다."

"나라 없는 곳은 예의도 믿음도 지식도 아름다움도 없는 곳이다. 백성을 위하는 군왕이 없는 곳이다. 훔치고 죽이고 때리는 일이 매일 일어나는 곳이다. 그런 거칠고 위험하며 한심한 곳에 가서 살 이유가 무엇이더냐?"

"저는 거리에 사는 사람입니다. 그런데 이 나라가 저를 덮고 있는 가장 커다란 집처럼 느껴졌습니다. 그 집도 제겐 필요하지 않게 되었습니다. 나라가 없다고 하여 예의도 믿음도 지식도 아름다움도 없지는 않습니다. 나라가 그것들을 갖추는 것이 아니라 사람들이 오가는 거리가 차라리 그것들을 만드니까요. 글을 전혀 모르는 거지 패들끼리도 예의를 갖추고 서로 믿습니다. 구걸에 대한 요령들로 가득합니다. 춤추고 노래할 땐 아름답다는 말 외엔 어떤 말도 떠오르지 않습니다."

"그러하더냐?"

"그러합니다."

나라님이 다그쳤다.

"방금 네가 한 말이 얼마나 불경한 줄은 알렸다?"

"거짓말하길 바라십니까? 겪으며 생각한 사실을 말씀드리는 겁니다. 나라에서 강조하는 공자님의 도道란 길이고 길이란 거리가 아니겠습니까? 나라가 없는 불편함보다 길거리의 편안함이 훨씬 컸습니다."

"그렇다면 왜 돌아왔느냐?"

"몇 달 혹은 몇 년은 나라 없이 사는 게 가능했지만, 결국 나라에 속하고 말았습니다. 산다는 것은 통한다는 것이고, 통하다 보면 결국 나라에 속한 이들의 눈에 띄었습니다. 나라가 없는 거리에 사람을 남겨 두지 말자는 것이 온 나라의 뜻이었습니다."

"이 나라에 사는 게 네 뜻은 아니다 이 말이냐?"

"그렇습니다."

"원하는 나라에 사는 것도 아니면서, 전국을 돌며 주린 백성에게 먹을 것을 나눈 까닭은 무엇이냐?"

"사람을 위해서입니다."

"오직 사람?"

"그렇습니다."

나라님은 말머리를 돌렸다.

"가진 돈이 얼마나 있느냐?"

"한 푼도 없습니다."

"집은?"

"옮겨 가는 고을마다 천한 몸 하나 뉠 곳은 얻습니다만, 그곳이 제집은 아닙니다."

"형제는 있느냐?

"없습니다."

"올해 나이가 몇이라고 했지?"

"쉰여덟 살입니다."

"결혼하지 못한 것이냐 안 한 것이냐? 따르는 계집이 적지 않았다고 적혀 있더구나."

나라님이 내게 시선을 옮겼다. 달문이 고개를 들어 용안을 우러렀다. 잠시 침묵이 흘렀다.

"안 한 겁니다."

"왜 안 했느냐?"

"아무것도 하지 않는 사람으로 살고자 했습니다. 아무것도 하지 않는 사람은 아무것도 가져선 안 됩니다. 돈도 집도 사람도!"

"예법에 어긋나지 않느냐?"

"예법을 모릅니다. 제가 아는 것은 하나뿐입니다."

"무엇이냐, 그것이?"

달문이 고개를 돌려 나를 봤다. 또 고개를 반대쪽으로 돌려 자근만을 봤다. 그리고 답했다.

"사람을 믿어야 한다는 겁니다."

"과인을 믿느냐?"

"믿습니다."

"과인은 지금 당장 너를 죽일 수도 있다. 그래도 믿느냐?"

"사람을 믿는 것은 그 사람이 어떤 말을 하고 행동을 하는가를 보고 나서 정하는 게 아닙니다. 먼저 믿는 겁니다."

잠시 침묵이 흐른 뒤 나라님이 뜻밖의 질문을 했다.

"네가 이 자리에 앉는 게 쉽겠느냐, 과인이 너처럼 사는 게 쉽겠느냐?"

달문이 즉답하지 않고 잠시 푸른 하늘을 우러렀다.

"둘 다 쉽지 않습니다."

달문은 차라리 택하지 않겠다고 답했다. 내가 원한 답이기도 했다. 나라님의 질문이 더 나아갔다.

"쉽진 않지만 불가능한 건 아니란 소리더냐?"

옥좌에 앉을 수도 있다고 답한다면, 목이 달아날 것이다. 나는 달문이 적당히 얼버무리기를 바랐다.

"할 순 있지만……."

그 순간 나라님의 두 눈이 번뜩였다.

"그 자리에 앉진 못하겠습니다. 곤두놀이를 하든 솟대에 오르든 줄에 매달리든 끝없이 재담을 지껄이든 아니면 각종 춤을 추면서 왕 노릇을 하라면 하겠지만, 옥좌에 가만히 앉아 있으라면 잠시도 못 버티겠습니다. 판에서 놀 듯 왕 노릇을 해도 됩니까?"

"가만히 앉아선 광대짓을 못한다는 소리처럼 들리는구나. 맞느냐?"

"맞습니다. 가만히 앉은 이는 광대가 아니고, 춤추고 노래하며 재주넘는 이는 왕이 아닙니다."

"맞다. 네 말이 맞아!"

나라님이 껄껄 웃음을 터뜨렸다. 대신과 내관과 관원들 모두 어리둥절한 표정으로 흘끔흘끔 옥좌를 쳐다보았다. 나라님에 이어 달문이 아귀 입을 활짝 벌리고 친국장이 떠나갈 듯 웃었다.

제7부

하지 않는 것을 하는 자

세월이 흐른 뒤 찾아오는 것들

나라님은 달문이 역모와 관련이 없다는 것을 인정했다. 그러나 58세가 되기까지 결혼도 하지 않고 풍속을 문란하게 한 죄를 물어 함경도 경성鏡城으로 귀양을 보내라는 명을 내렸다. 자근만은 전라도 진도로 유배하도록 했고, 나는 무죄방면 되었다.

의금부에서 풀려난 나는 동대문 집에 들러 옷만 갈아입곤 서대문으로 향했다. 누이들과 매부들은 친국 받느라 고생한 심신부터 다스려야 한다며 말렸다. 그러나 나는 마음이 급했다. 달문과 자근만이 서대문을 통해 귀양길에 오를 것이라는 귀띔을 방 도사에게서 들은 것이다. 방 도사는 의금옥을 나서는 내 앞을 막곤 웃는 얼굴로 협박했다.

"하옥된 후 보고 들은 것들은 단 하나도 발설해선 안 돼. 명심하게, 언제나 자네를 내가 지켜보고 있다는 걸."

해가 뉘엿뉘엿 지고 있었다. 문지기들이 대문을 닫고 창을 높이 든 채 좌우로 벌려 섰다. 수레 두 대가 나란히 대문을 향해 나아왔다. 달문과 자근만이 각각 수레 위에 얹힌 정사각형 옥에 갇혀 있었다. 앞장섰던 방 도사가 나를 알아보곤 손을 들어 보였다. 그에게 다가가선 엽전 꾸러미를 소매에 넣어 줬다. 방 도사가 묵직해진 소매를 흔들어 가늠한 뒤 물러섰다.

"달문이 다릴 저는군. 곤장 맞은 게 덧났나 봐. 잠깐뿐이야. 갈 길이 멀어."

나는 앞 수레로 급히 갔다. 달문이 나를 보며 웃어 줬다.

"여기까지 왜 오셨습니까? 어서 가서 쉬십시오."

"몸이나 챙기게. 다리는 어떤가?"

"곤장 독이 빠지면 저절로 나을 겁니다. 걱정 마십시오."

"나도 뒤따라가겠네. 함께 경성에서 지내도록 하세나."

"제가 귀양을 마치고 또 두만강을 건너 사라지기라도 할까 걱정이신 겁니까?"

정곡을 찔렀다. 다시 달문을 놓치긴 싫었다.

"같이 가겠네."

"함경도 경성까진 아주아주 멉니다."

"알지. 유랑단과 함께 들렀던 고을이잖은가?"

"겨울이 절반 이상입니다. 상상하기 힘들 정도로 춥습니다."

"그러니 내가 더더욱 챙겨야지."

달문이 내 눈을 보며 불쑥 물었다.

"제가 약속을 어긴 적 있습니까?"

"……없네만."

"귀양을 마치면 도성으로 돌아오겠습니다. 제가 사라질까 봐 따라나서실 필요는 없습니다. 그 대신 약속을 하나 해 주십시오."

"무엇인가, 그게?"

"나라님이 읽으셨다는 저에 관한 소설, 그걸 다음에 만났을 땐 들려주십시오. 다른 이들에게 먼저 읽히지 마시고요. 나라님이 몇몇 대목을 꺼내 물으셨을 때, 소설을 처음부터 끝까지 다 듣고 싶어 미치겠더라고요."

"읽지도 않고 전부 사실이라고 한 건, 지나쳤어."

"첫 소설을 허투루 쓸 매설가가 아니잖습니까?"

말다툼으론 달문을 이길 수 없었다. 나라님도 결국 달문이 난을 일으키려는 자들과 무관하다는 결론을 내리지 않았는가.

"꼭 돌아와야 하네!"

"꼭 완성시켜 주셔야 합니다."

"알겠네. 그리하지."

나무 기둥 사이로 손을 넣어 달문의 크고 넓적한 손등을 만졌다. 방 도사가 헛기침을 했다. 나는 한 걸음 물러섰다. 동대문 시장으로 돌아가려는데 잇닿은 수레에서 자근만이 외쳤다.

"나랑도 작별 인사나 합시다."

방 도사를 돌아보곤 눈으로 허락을 받은 뒤 자근만에게 걸음을 옮겼다. 달문과 내가 친국장까지 끌려가서 고생한 것도 따지고 보면 자근만이 달문의 아들 행세를 했기 때문이다. 악연이었다. 내가 먼저 싸늘하게 뱉었다.

"너 같은 놈하고는 인사고 뭐고 할 게 없어."

"난 있소."

자근만이 왼쪽 눈을 끔뻑 감았다가 떴다. 얼굴에 미소가 흘렀다. 아무리 생각해도 어울리지 않는 웃음이었다. 반걸음 더 다가

섰다. 자근만이 방 도사의 귀엔 들리지 않을 만큼 작은 소리로 말했다.

"고맙소."

"고맙다니?"

기대하지 않았던 감사 인사였다.

"덕분에 대두령을 구했으이."

"대두령?"

"모독이란 매설가는 바닷바람을 막기 위해 해안에 심은 소나무들을 특히 아낀다는데, 사실이오?"

해송!

자근만이 갑자기 숙부의 이름을 암시했다. 대두령이란 세 글자가 나를 얼어붙게 했다.

달문과 자근만을 실은 수레가 반쯤 열린 서대문으로 나갔다. 방 도사도 거기까지만 죄인들을 호송했다가, 서대문이 닫히자마자 다시 내게 돌아왔다. 그때까지도 나는 멍하니 제자리에 서 있었다. 거열 당한 이태정이 저들의 대두령이 아니었단 말인가. 나는 자근만과 해송 숙부를 마운령 산채에서 만났다. 그때 숙부는 대두령을 위해 산삼을 구해 바쳤다고 했었다. 그 말도 거짓이었던가. 숙부는 자신이 활빈당 대두령이란 사실을 조카인 나한테까지 속였던 것인가. 이태정이 왜 순순히 자신이 역적의 아들이라고 자백했는지 의문이 풀렸다. 대두령인 해송 숙부까지 포위망이 좁혀 올 것을 염려하여 희생물이 되기로 작정한 것이다. 역심을 품고 달문의 동생을 사칭하였다고 실토했으니, 역모의 주동자는 이태정으로 확정되었다. 나라님은 달문을 만난 후 자근만의 목숨까지 살려 줬다. 자근만으로선 달문과 나를 이용하여 해송 숙부가 거론되는 것도 막고, 또 자신도 진도 귀양 정도로 끝낸 것이다. 이 정도면 회심의 미소를 지을 만도 했다. 달문은 혹시 이것까지 짐작하였을까. 아니면 그도 나처럼 당한 것일까. 이어지는 물음에 포박당한 내 어깨를 방 도사가 두드리며 충고했다.

"자자, 어여 돌아가게. 삼이라도 한 뿌리 푹 고아 먹도록 해."

달문은 떠나고 나는 남았다.

겉으로 달라진 것이 없었지만 속으론 어느 것 하나도 같지 않았다.

우선 인삼 가게의 내 지분을 누이들과 매형들에게 넘겼다. 그들은 내 몫에 해당하는 급전을 구해 왔으나 나는 가게 보수에 쓰라며 받지 않았다. 대광통교로 생쥐 영감을 찾아갔다. 내년 가을 달문이 돌아올 때 원고를 넘기기로 하고 선금을 받았다. 아직 단 한 편의 소설도 완성하여 세책방에 두지 못한 이에게 선금을 주긴 처음이라고 했다. 그리고 조심스럽게 물었다. 혹시 이번에도 완성하지 못하면, 그림자로 삼을 매설가를 따로 구하는 것은 어떻겠느냐고. 꼭 내가 처음부터 끝까지 소설을 다 쓰지 않아도 된다고 말했다. 나는 딱 잘라 거절했다. 달문과 함께 나라님 앞까지 끌려가서 친국을 받고 구사일생으로 돌아온 기분을 나 외에 누가 쓰겠는가.

마포에 집필실을 다시 얻었다. 달문과 밤을 새워 소설을 이야기했던 바로 그 외딴집이었다. 부엌에 잠만 자는 길다란 쪽방을 하나를 붙였다. 쓰는 방과 자는 방을 나눈 것이다. 문밖 평상에만 머물던, 이제는 스물여섯 살에 칠 척1척은 30cm을 훌쩍 넘긴 꼬마를 불러들여 쪽방에서 자도록 했다. 꼬마는 약간 들뜬 표정으로 자신의 성이 김 씨라고 알려 줬다. 성은 필요 없고 이름이 뭐냐고 물었더니, 그건 가르쳐 주기 힘들다며 그냥 '마포'라고 부르라고 했다. 그래서 나는 그를 '마포 김 거인'이라고 부르기로 했다. 잠자는 시간만 빼고 매일 쓰고 고쳤다. 달문에겐 연락이 없었다. 무소식을 희소식이라 믿었다.

딱 한 번 예외가 있었다. 방 도사가 마포 집필실까지 찾아온 것이다. 방 도사를 들이자마자 달라진 외모가 눈에 띄었다. 몇 달 사이 살이 쏙 빠지고 오른팔엔 누런 천을 둘둘 감았다. 창문을 열어도 썩은 내가 진동했다. 수표교 거지 왕초 달문도 이 정도는 아니었다.

"다치셨습니까?"

방 도사가 울음을 터뜨렸다. 의금부에서 인생의 대부분을 보내는 동안 운 적이 없었다. 항상 넉넉한 웃음과 함께 유들유들 다닌다고 하여 '방미소'로 통하지 않았던가. 울음이 잦아들 때까지 기다렸다. 오른 손가락으로 진물에 흘러나왔다. 방 도사가 숨을 연이어 들이켜면서 말했다. 목이 꽉 잠겨 쉰 목소리가 났다.

"천벌을, 받는 거라네."

"천벌이라뇨?"

"그렇지 않고서야, 아무런 이유도 없이 갑자기 이렇게 살이 썩어 가겠는가? 처음엔 새끼손톱이 가려웠어. 그러다가 손톱이 쏙 빠지더군. 그다음엔 다섯 손가락 마디 전체가 아팠고, 손목까지 시커멓게 변한 건 사흘도 지나기 전이었지. 고름이 터지고 악취가 흘러, 마누라도 가까이 못 올 정도가 되어 버렸네. 팔꿈치까지 썩어 들어가더니 이젠 어깨까지 검은 기운이 올라왔으이. 이러다간 온몸이 새카맣게 변해 죽을걸세. 어의까지 지낸 의원이 다녀갔네만 병명을 모르겠다며 고개를 설레설레 젓더군. 얼마나 끔찍하게 아픈 줄 아는가. 대바늘로 쉼 없이 찌르는 것만 같아서 지금도 참기 힘드네. 비명을 하도 많이 질러서 소리꾼도 아닌데 목이 잠겼으이. 마지막으로 찾아간 곳이 나라무당이었네. 백 살을 넘긴 만신이 나를 보자마자 묻더군. 오른팔 특히 손가락으로 몹쓸 짓 한 게 있느냐고. 원혼이 내 손에 들러붙어 중병이 든 거라고. 당장 찾아가서 용서를 구하지 않으면 열흘 안에 온몸이 썩어 죽을 거라더군. 아무리 비싼 굿을 해도 소용없다며 돌려보냈어. 그래서 자넬 찾아온 거라네."

"저를 왜……? 죄 없는 저를 의금옥에 잡아간 것 때문입니까? 달문과 저의 남다른 인연을 아시니, 제가 나리였더라도 일단 저를 붙잡아 달문의 행처를 알아내려 했을 겁니다."

"그게 아닐세."

"하면 망둥이를 시켜 인삼 가게들을 두 번이나 부순 것 때문에 이러십니까? 그 일 때문에 저와 가족들이 고생을 한 건 사실입니다. 하지만 그럭저럭 다시 가게를 열게 되었으니 마음에 두지 않으셔도……."

"미안하네. 정말 미안해."

방 도사가 무릎을 꿇었다. 만류하기 위해 다가서다가 오른팔에서 뿜어 나온 악취에 주춤했다. 그가 고백했다.

"내가 죽였네."

"네?"

그가 썩어 가는 오른팔을 들었다.

"내가 쏘았어. 한강을 건너는 천송 영감의 가슴에 화살을 날린 게 날세."

내 아버지를 죽였다는 것이다. 아버지의 장례를 치른 후 지금까지 살인범을 수소문했지만 찾을 수 없었다. 분노가 치밀어 올랐다.

"의금부 당상관들 눈 밖에 났을 뿐만 아니라 은밀히 판돈까지 걸었다네. 내가 가진 전 재산을 넣었지. 그런 기회는 쉽게 오는 게 아니었네. 백성들은 달문에게 한껏 기대했겠지만, 산대를 세우지 못하면 으뜸 광대가 아무리 뛰어나더라도 빛이 바래기 마련이야. 그래서 돈줄을 막았던 걸세. 돈이 없는데 달문이 어찌 산대를 만들겠는가. 하지만 천송 영감이 달문에게 후원하는 바람에 내 전부가 날아간 걸세. 응징해야 했어. 살려 둘 수 없었네."

"나도 그 밤 눈에 띄었다면 죽였을 테죠?"

"죽였을걸세."

방 도사는 모든 걸 체념한 듯 솔직하게 인정했다.

"나는 곧장 의금부로 가서 천송 영감을 살해한 잘못을 스스로 고할 걸세. 죗값은 법에 따라 받겠으나 먼저 자네에게 잘못을 빌고 싶었네. 천송 영감은 좋은 사람이었어. 내 맏아들이 두 살 되던 겨울 열병을 앓았을 때도 특등품 삼을 구해 줘서 고비를 넘겼다네. 내가 아플 때 챙겨준 건 이루 헤아릴 수도 없지. 천송 영감은 전혀 잘못한 게 없어. 모든 게 내 욕심 탓이야. 너무 늦게 자네에게 왔네. 부끄럽군. 용서하게. 제발, 용서한다고 말해 주게나."

나는 젖은 눈을 훔치며 고개를 저었다. 만인을 용서해도 이 사람만은 용서할 수 없었다.

"으윽!"

방 도사가 갑자기 비명을 지르곤 오른팔을 가슴에 붙인 채 떼굴떼굴 굴렀다. 나는 그가 고통에 몸부림치는 꼴을 두 눈 크게 뜨고 똑똑히 지켜봤다. 방바닥에 이마를 부딪치며 내게 청했다.

"아…… 도저히…… 이 팔을 베어 주게. 제발! 베어 줘."

나는 호신용으로 책상 옆에 세워 둔 장검에 눈이 갔다. 장검을 찾아 쥐진 않았다. 방 도사가 원하는 것은 단 하나도 들어주지 않을 것이다. 내 아버지를 죽이려고 화살을 쏜 오른팔로 인해 영영 지옥을 맛보기를!

겨우 고통을 가라앉힌 방 도사가 긴 한숨을 내쉰 뒤 말했다.

"말도 안 되는 소리지. 용서해 달라고 청하는 것 자체가 염치없는 짓이야. 병이 나지 않았다면…… 용서를 구하지 않았겠지. 나란 사람의 그릇이 요 정도야. 거듭 부끄럽군. 나는 평생 법을 어긴 자들을 잡아들였으이. 그중에는 의금부에 끌려온 후 다신 세상으로 돌아가지 못한 자들도 꽤 된다네. 이제 와서 왜 이러느냐고 손가락질하는 이도 있을 거야. 하지만 이유가 뭐든 의금부 도사답게 죄를 고하고 벌을 받고 싶네."

앞마당까지 따라나갔다. 방 도사가 문득 생각난 듯 유언처럼 말했다.

"달문에 관한 소설을 쓰고 있다 들었네. 내게 보여 준 이야기들만 해도 충분히 좋았으이. 국법이 지엄하여 그것들을 자네에게 가져다주지 못하는 게 안타까울 따름일세. 부디 멋진 작품을 완성토록 하게. 달문 같은 사람이 어디 흔하겠는가. 모래밭에서 바늘을 찾는 것보다 어려우이. 달문의 이야기를 소설로 쓴다는 건 또 얼마나 귀한 일인가. 자네가 완성한 글을 못 읽고 이승을 떠날 생각을 하니, 그건 조금 쓸쓸하군. 자, 들어가게. 쓰시게."

그것이 방 도사와의 마지막 만남이었다. 그는 곧장 의금부로 갔고 죄를 자백한 후 의금옥에 갇혔다. 보름 뒤 젊은 도사 두 명이 마포로 나를 찾아왔다. 그들은 방 도사의 자백이 적힌 공초를 보여 준 뒤, 내 이름이 들어간 부분을 확인해 달라고 했다. 찬찬히 두 번 정독했다. 내게 찾아와서 밝힌 것과 같았다. 그들에게 방 도사의 오른팔 상처에 대해 물었다. 그들은 기다렸다는 듯이 답했다. 놀랍게도 그 끔찍한 팔의 상처가 점점 줄어들고 있다는 것이다. 첫날엔 의금옥 전체에 썩는 냄새가 진동했는데, 그다음 날부터 상처 부위가 차츰 줄면서 냄새도 옅어졌다는 것이다. 이레 만에 팔에 감은 천을 풀었고 지금은 손등과 손가락에 새살이 돋아나는 중이라고 했다. 오른팔의 상처가 깨끗이 나은 뒤, 그러니까 나를 찾아오고 두 달 후 방 도사는 처형되었다. 마침 그가 등장하는 대목을 쓰던 저녁이었기에, 기분이 남달랐다. 밤엔 잠시 강변을 거닐며 밤하늘을 쳐다보기도 했다. 문득 궁금해졌다. 달문이 나였다면 방 도사를 용서했을까.

계속 손해만 보는 달문에게 따져 물었던 적이 있다. 왜 그리 당하기만 하느냐고. 이번 일로 입은 손해가 얼마나 큰지 아느냐고. 달문은 특유의 웃음과 함께 이렇게 답했다.

"앞으로 50년은 더 살 듯하니, 그사이 갚으러 올 수도 있지 않겠습니까? 오면 기쁘고, 오지 않아도 어쩔 도리 없지만 말입니다."

내게 방 도사가 찾아오듯, 달문에게도 긴 세월을 돌아 지난날의 잘못을 사과하거나 손해를 보상하러 온 이들이 있었을까. 대부분이 달문을 괴롭히고 이용하고 피해를 준 뒤 영원히 나타나지 않았지만, 달문은 그들을 탓하지 않았다. 오랜 시간이 지난 뒤에도 잊지 않고 찾아온 이들을 고마워했을 뿐이다. 그것이 나와 달문의 가장 큰 차이였다.

막판

금상 41년1765년 9월 달문이 돌아왔다.

귀양이 풀렸다는 소식에 나는 잠을 이룰 수 없었다. 달문에 관한 소설은 8월 말에 이미 마쳤다. 초고를 일곱 번이나 다듬은 것이다. 글 쓰는 재주가 부족하니 반복의 힘을 믿을 수밖에 없었다. 생쥐 영감은 5월부터 달마다 마포로 와선 원고를 달라고 졸랐다. 그러나 나는 '달문의 귀환'이 남았다며 버텼다. 의금부에 끌려왔던 것을 빼면, 도성이 싫다며 떠난 지 14년 만에 제 발로 돌아오는 셈이다. 달문과 재회한 후 원고를 직접 세책방으로 가져다주겠다고 생쥐 영감에게 약속했다. 앞으로도 달문의 행적은 기이하겠지만 여기서 우선 정리하기로 했다.

귀경 놀이판은 남대문 밖, 이태정이 능지처사를 당한 곳에서 열기로 했다. 나라님의 명이 있지 않는 한, 사대문 안팎에서 놀이판을 크게 벌이는 것은 엄하게 금지되었다. 훗날 들었지만, 달문의 재주를 만백성이 즐기도록 두라는 어명이 특별히 내려왔다고 했다. 달문이 점원으로 일했던 동대문 시장 상인들이 판을 주최하겠다며 나섰다. 내 누이들과 매부들도 힘을 보탰다. 대광통교 세책방 생쥐 영감을 비롯한 많은 이들이 후원금을 냈다. 미리 함경도로 사람을 보내 달문이 원하는 판을 알아 오도록 했다. 달문이 직접 그린 개략도가 내게 전해졌다. 목욕재계 후 기다렸다가 종이를 펴고 그림을 살폈다.

"아!"

첫눈에 알아차렸다. 달문은 21년 전 마포 산대놀이보다 더 나아가고 싶은 것이다. 움직이는 예산대가 아니라 남대문보다 더 높은 산대를 만들어야 했다. 즉시 동대문을 대표하는 상인들을 만나 산대의 크기와 작동 원리를 설명하고 필요한 경비를 밝혔다. 그때나 지금이나 입이 쩍 벌어지는 거금이었지만, 반대하는 상인은 단 한 사람도 없었다. 이 산대만 만들면 달문의 춤과 재담을 보고 들을 수 있느냐고 오히려 물었다. 나는 산대를 마련해 달라고 그림을 보낼 정도면 판을 놀 자신이 있는 거라고 답했다. 모인 사람들 얼굴이 환해졌다. 나오는 길에 생쥐 영감이 물었다.

"그래도 판을 처음부터 끝까지 혼자서 감당할 수 있을까요? 제아무리 달문이라 해도 쉰아홉 살 늙은인데……."

나도 그 점이 걱정스러웠다. 개략도를 받아온 관원에게 다른 부탁은 없었느냐고 물었던 것도 그 때문이다. 운심은 이미 늙었다 쳐도 그 제자인 소화는 얼마든지 불러올려 재담을 놀고 검무를 출 만했다. 게다가 달문과 인연이 있는, 유랑단원이었던 악공과 무희 혹은 그들의 제자나 자녀들에게 청하면 영광으로 알고 참가할 것이다. 그들에게 연락하지 않고 달문 혼자 해치우는 것 자체가 어찌 보면 나중에 원망을 살 짓이다.

"시키는 대로 준비하고 기다려야죠. 달문을 믿습니다."

"우리 모두 달문을 믿습니다만…… 이렇듯 큰 판은 마지막이겠죠?"

나 역시 비슷한 생각을 하고 있었다. 도성을 떠나 영영 사라지려 한 달문이 아닌가. 쉰아홉 살이라는 나이까지 감안한다면, 이번이 막판일 가능성이 컸다.

"그것도 달문이 정하도록 해야죠. 도성으로 돌아와 판을 놀아주겠다는 것만으로도 고마운 일입니다. 이 나라 아니 이 세상 으뜸 광대를 맞이하기 위해 최선을 다하고 기다립시다. 그다음은 상상하지 말고요."

생쥐 영감이 고개를 끄덕이며 좌우로 한 가닥씩 뻗은 콧수염을 쓸었다.

"이번엔 꼭 약조대로 원고를 주셔야 합니다. 무슨 일이 있더라도!"

달문이 돌아왔다.

달문은 마중 나오지 말라는 뜻을 미리 전했다. 서대문 밖으로 향했던 나는 걸음을 돌려 종루까지 갔다가 거기서 목멱산을 보며 걸었다. 섭섭한 마음이 잠시 깃들기도 했다. 판에 오르기 전에 잡인과의 접촉을 꺼리는 줄은 알지만, 적어도 내겐 곁을 주리라 여겼다. 따듯하게 말 몇 마디 주고받고 손 한번 쥐는 것이 그토록 어려운가. 그러나 곧 마음을 고쳐먹었다. 종루 거리는 물론 남대문으로 향한 거리에 행인이 아무도 없었던 것이다. 백성들은 달문의 춤과 재담을 구경하기 위해 남대문 밖에서 기다리는 중이었다. 수천 아니 수만 개의 눈동자가 달문의 손짓과 발짓에 쏠릴 것이다. 골방에서 문장이나 짓는 내가, 가게에서 삼이나 파는 내가 어찌 수많은 이들의 주목을 받는 판에 올라서는 광대의 심정을 알까. 도성 백성에겐 21년 만에 선물하는 춤이요 재담이었다. 더군다나 거금을 들여 남대문보다 높은 산대까지 세웠다. 달문이 만나자고 해도 내가 피해야 할 상황인 것이다. 낯이 익은 상인들의 배려로 판의 제일 앞에 자리를 잡은 것만도 다행이었다.

기다렸다. 기다리며 달문이 오고 있는 북쪽 하늘을 우러렀다. 남으로 내려오는 양털 구름 속에 달문과 나눈 순간들을 그려 넣었다. 21년 전 마포 산대놀이에선 두 패로 나눠 다퉜다. 그러나 오늘은 단 한 명의 광대를 위해 모인 것이다. 그 사람을 기다리며 저마다 달문에 관한 이야기를 해 대기 시작했다. 앞에서도 뒤에서도 왼편에서도 오른편에서도 달문이란 이름이 파도처럼 밀려들었다. 시간도 장소도 사건도 관련 인물도 제각각이지만 중심에는 항상 달문이 있었다. 그중 몇몇 이야기엔 어리숙한 장사꾼으로 나도 등장했다. 내가 겪은 일과 딴판인 이야기가 들려도 끼어들어 시시비비를 가리지 않았다. 달문을 기다리는 마음은 그들도 나도 마찬가지였다. 내가 전혀 몰랐던 이야기들도 섞여 있었다. 예전 같으면 당장 그 자리로 옮겨 가서 새로운 이야기를 듣고 외우고 또 한두 문장이라도 적어 뒀을 것이다. 그러나 나는 휴대용 먹물 통도 작은 붓도 가져오지 않았다. 그들에게 그들의 달문이 있듯 내겐 나만의 달문이 있었다. 그들의 이야기까지 욕심내어 모으다간 나만의 달문을 영영 끝내지 못할 것이다. 이상한 평온함이기도 했다. 지금은 오직 달문의 춤과 재담을 본다는 기대뿐이었다.

함성이 터져 나왔다. 판은 여전히 텅 비었지만 산대에 꽂힌 나뭇가지와 꽃들이 흔들렸던 것이다. 붉은 꽃이 푸른빛을 띠더니 어느새 산 전체가 노랗게 바뀌었다. 바위 옆에 서서 합장한 채 꿈쩍도 않고 선 늙은 중이 눈에 들어왔다. 달문에게 받은 개략도에는 없었지만 나는 한눈에 그 중을 알아보았다. 21년 전 우익의 예 산대에도 등장했던, 『구운몽』의 성진이었다. 그때도 오늘도 달문이 성진을 맡았다. 그때는 그래도 노련하되 젊은 기운이 넘쳤는데, 오늘은 누가 보더라도 인생 굽이굽이를 지나온 노승이었다.

내 마음을 알아차리기라도 했을까. 주름 가득한 얼굴로 맥없이 서 있던 달문이 순식간에 공중제비를 돌며 산대에서 솟대로 곧장 올라섰다. 쉰아홉 살이란 나이가 머릿속에서 지워질 만큼 날렵하고 우아했다. 북이나 가락을 책임질 악공도 없었으므로, 판의 시작과 끝은 오로지 달문이 정했다. 달문이 손발을 놀리면 시작이었고 멈추면 끝이었다.

철괴무에 이어 팔풍무를 춘 후 솟대나 줄을 타는 것이 보통이었는데, 오늘은 반대였다. 달문은 솟대 끝에서 물구나무를 섰다. 어깨까지 내려왔던 백발이 땅을 향해 수양버들처럼 축축 늘어졌다. 바람의 방향과 세기에 따라 흰 머리카락들이 살랑살랑 흔들렸다. 두 팔마저 아래로 늘어뜨린 채, 눈을 감았다. 산대에서 내려오면 당장 현란한 곤두놀이가 시작되거나 아니면 흥겨운 춤사위를 이어 가리라 여겼는데, 뜻밖에도 달문은 솟대에 거꾸로 매달려 고요했다. 달문이 움직이지 않자, 판을 둘러싼 구경꾼들 역시 침묵을 이어 갔다.

드디어 달문이 눈을 떴다. 몸을 빙글 돌려 솟대 위로 올라앉았다. 창끝이 엉덩이에 닿았지만 전혀 아픈 내색을 하지 않았다. 두 팔을 뺨에 붙이곤 찍찍거리기 시작했다. 생쥐 흉내였다. 쌀 한 톨을 먹고, 쌀 한 가마를 먹고, 쌀 한 곳간을 먹어 나가자, 배가 점점 부풀어 올랐다. 당장이라도 터질 듯 커진 배를 구경꾼들이 손으로 가리키며 걱정을 쏟아 냈다. 그때 허공에서 "야옹!" 소리가 들렸다. 순식간에 달문의 배가 줄어들었다. 그리고 달문의 표정이 생쥐를 쫓는 고양이로 바뀌었다. 두 팔을 쭉 뻗어 쥐구멍부터 막은 뒤, 생쥐를 입에 물고 허공으로 던지고 또 던졌다. 저 멀리 날아간 생쥐가 내려오지 않았다. 고양이는 하늘을 향해 두 팔을 휘저으며 사라진 먹잇감을 찾았다. 그때 허공에서 "어흥!" 소리가 들렸다. 고양이는 순식간에 팔을 거두고 몸을 둥글게 말아 웅크렸다. 그리고 달문이 허리를 펴자, 그의 얼굴은 어느새 호랑이로 변해 있었다. 두 눈을 번뜩이며 판을 살피자, 구경꾼들이 두려워하며 시선을 피해 고개를 숙였다. 달문은 좌우로 솟대를 힘껏 흔들며 호랑이 울음을 내지른 후 이야기를 시작했다.

"나라님보다 높은 곳에서 천하를 굽이굽이 살피기엔 솟대만큼 쓸 만한 게 없으렷다. 두 팔 벌려 휘젓기만 해도 해동청 보라매가, 에고 형님! 하며 날아오고, 두 발 뻗어 발바닥을 마주치기만 해도 비구름이 천둥을 쫓아 몰려드는구나. 내 재주를 볼작시면 고개를 치켜든 채 해와 별과 달을 보듯 우러르는 것은 기본! 속세의 찌든 먼지 가득 찬 귓구멍을 솟대만 한 옻나무 가지로 푹푹 파내야 하느니라. 머리 숙여 쓰고 읽기만 한, 남녀노소 가리지 않고 하대하며 막말을 퍼부어 댄 양반님네야! 이 몸을 우러르기 정녕 힘들면 차라리 긴 모가지 주욱 죽죽 뽑거라. 댕강댕강 잘라 이 솟대 꼭대기에 걸면 내 이 못난 얼굴이 또렷이 보일 게다. 잘린 머리 손으로 짚고 물구나무를 서랴. 그 머리 뻥 걷어차 서산에 걸린 해와 뺨 비비게 하랴. 그 머리 중심에 두고 횡으로 맴을 돌며 어제를 탓하랴 그제를 탓하랴. 마침내 숭어처럼 튀어 올라 이 몸 나고 자란 사연 소개하랴. 솟대 아래 천하에서 가장 못생긴, 사람 같지도 않은 비렁뱅이 광대가 바로 나 달문이구나. 병신인 척 춤을 추다가 병신이 되고, 늙은인 척 세 치 혀를 놀리다가 늙어 버렸네. 처음부터 척 척 흉내 내지 않은 것은 비렁뱅이. 처음부터 지금까지 빌어먹지 않은 적이 없었지. 살면 살수록 몸도 맘도 가벼워져, 이젠 애쓰지 않아도 어디서든 솟대를 타네. 솟대에서도 더 가벼워지면, 그땐 신선이려나! 붕새나 난새가 없어도, 하늘로 솟구쳐 날까."

그리고 힘껏 날아오르려는 순간 솟대가 뚝 하고 부러졌다. 달문은 부러진 솟대와 함께 추락했다. 다시 침묵이 흘렀다. 판 위로 떨어졌던 달문이 천천히 일어섰다. 이번엔 생쥐도 아니고 고양이도 아니고 호랑이도 아닌 달문이었다. 격려의 박수가 쏟아졌다.

먹구름이 몰려들더니 후드득후드득 비가 내리기 시작했다. 내 나이 열여섯 살 수표교에서 달문을 처음 만난 초여름에도 지금처럼 판을 노는 중에 비가 왔었다. 그땐 구경꾼들이 모두 흩어졌지만, 오늘은 빗방울이 굵어져도 자리를 떠나는 이가 없었다. 달문이 오른손으로 지팡이를 쥐고 빙글 돌리는 시늉을 했다. 어떤 날은 쇠지팡이를 든 적도 있지만, 어떤 날은 저렇듯 빈손으로 지팡이를 쥔 듯 놀았다. 달문의 표정이 달라졌다. 얼굴에 주름이 두 배는 늘면서, 입귀와 눈귀가 축 처졌다. 쉰아홉 살이 아니라 아흔아홉 살이라고 해도 믿을 만큼 늙은 것이다. 지팡이 짚는 시늉을 하며 어정어정 걸어 나왔다. 갑자기 강풍이 불어 지팡이가 휙 날아가 버렸을까. 달문이 무릎을 꿇으며 고꾸라졌다. 침묵이 찾아들었다. 나 역시 달문의 철괴무를 스무 번 이상 보았지만, 취한 듯 아픈 듯 비틀거린 적은 많지만, 이렇듯 맥없이 쓰러진 것은 처음이었다.

실수일까 아니면 일부러?

달문의 놀이에서 실수는 없었다. 실수로 보이더라도 나중에 확인하면 치밀하게 약속된 사위인 경우가 대부분이었다. 구경꾼들 역시 그렇게 믿었다. 그러나 달문이 절름발이 흉내를 내는 것이라고 만인이 여기더라도 내 생각은 달랐다. 작년에 달문은 친국장에서 60대의 곤장을 맞고, 곤장 독을 빼지도 못한 채 함경도 경성으로 떠났던 것이다. 제때 치료하지 못해 오른 다리를 절게 된 것은 아닐까. 다리 하나가 불편하다면 솟대에서부터 판을 시작한 것이 이해되었다. 팔풍무는 두 다리 멀쩡한 광대들도 실수하고 다치는 춤이다. 몸무게를 한쪽 발에만 두고는 어림도 없다는 것을 달문이 누구보다도 잘 알았다. 그렇기 때문에 뛰고 달리는 곤두놀이보다 매달려 돌고 버티는 솟대타기를 택할 법도 했다.

달문이 고개를 들고 입을 크게 벌려 빗물을 양껏 마신 뒤, 얼굴에 주름이란 주름 흉터란 흉터는 모두 접어 대며 껄껄 소리 내어 웃었다. 달문을 걱정하며 쳐다보던 구경꾼들도 따라 웃었다. 달문이 또 상상 속 지팡이로 땅을 고쳐 짚는 시늉을 하며 말했다.

"고약하군 고약해. 고약하지만 고약한 판이라도 고약한 대로 끝까지 가 봐야겠지?"

산대놀이에 모인 구경꾼들이 한목소리로 받았다.

"얼쑤!"

달문이 느릿느릿 양팔을 좌우로 한껏 벌렸다. 등이 먼저 툭 솟구쳤다. 딸려 가듯 두 팔과 머리와 가슴이 올라갔다. 영락없는 곱사등이였다. 그 자세에서 두 팔을 비틀어 꼬기 시작했다. 팔을 따라 허리도 뒤틀렸고 골반과 함께 무릎도 돌아갔다. 머리는 정면을 향하되 몸은 완전히 오른쪽을 향했다. 주먹을 쥐는가 싶더니, 열 개의 손가락이 모두 오그라들었다. 입 밖으로 길게 뽑은 혀에

선 침이 줄줄 흘렀다. 지팡이도 놓쳐 버린 듯, 걸음을 뗄 때마다 두 어깨가 출렁거렸다.

지금까지 내가 본, 철괴무를 비롯한 달문의 병신춤 중에서 가장 참혹했다. 병신을 흉내 내는 것이 아니라 그 자신이 병신이었다. 놀라운 것은 표정이었다. 보기만 해도 고통스러웠지만, 그런 몸으로 힘겹게 춤사위를 하나씩 해 나가고 있었지만, 그의 얼굴은 웃고 있었다. 이렇게라도 춤을 춰 기쁘다는 듯이, 근육이 터지고 뼈가 부서지는 한이 있더라도 이 고통을 표현하는 순간이 즐겁다는 듯이. 회오리바람과 함께 웃는 달문의 얼굴로 빗방울이 들이쳤다. 옷이 비에 젖을수록 뒤틀린 몸들이 더욱 적나라하게 드러났다. 곧 뽑혀 사라질 고목처럼, 핏기라곤 전혀 없는, 세상 쓴맛 다 본 늙은이의 마지막 몸부림이었다. 나는 속으로 묻지 않을 수 없었다. 병신인 척하는 것이 아니라 병신이 되어 버린 자의 몸부림도 과연 춤인가. 춤이 될 수 있는가. 아름다울 수 있는가.

저러다가 다시 훨훨 판을 휘저으며 날아다닐 것이라는 구경꾼들의 기대는 점점 줄어들었다. 아예 눈을 감는 이도, 돌아서는 이도 있었다. 이제 곧 마지막이라는, 피하고 싶지만 피할 수 없는 불길한 예측만이 축축한 판을 감쌌다.

달문의 목이 꺾였다.

어깨가 뒤틀렸다.

무릎이 꺾였다.

쓰러졌다.

울음이 터져 나온 것은 바로 그 순간이었다. 판을 에워싼 구경꾼들은 달문이 병신춤을 추기 시작할 때부터 눈물을 흘리고 있었다. 그러나 혹시 방해라도 될까 싶어, 손으로 입을 막고 눈물을 꾹꾹 누르며 견뎠던 것이다. 그러나 달문이 더 이상 걸음을 내딛지 못하고 쓰러지자, 여기저기서 울음이 폭포처럼 터졌다.

나라님이 세상을 떠나도 이렇듯 많은 이들이 동시에 울지는 않으리라. 울음이 울음을 덮고 그 울음이 다시 울음을 사방으로 퍼뜨렸다. 빗물에 쓸려가도 계속 눈물이 솟았다. 성벽을 지나 도성을 휘감았다. 병들고 다치고 굶주려, 살아 보려 안간힘을 썼지만 끝내 소생하지 못한 채 외롭게 쓰러진, 아직 이승에 남았든 저승으로 건너갔든 혹은 그사이에 있든, 그 모든 자들과 함께 하는 울음이었다.

달문이 고개를 번쩍 들었다.

요동치던 울음이 순식간에 멈췄다.

그는 젖은 눈으로 먹구름 가득한 하늘을 우러렀다. 입을 한껏 벌리고 콧구멍을 넓혔다. 그리고 웃었다. 걱정 근심 하나 없는 바보처럼!

한없이 좋은 사람

저물 무렵 비가 그쳤다.

나는 마포 집필실로 미리 가서, 오늘 달문의 마지막 놀이판에 관한 글을 채워 넣었다. 쪽방엔 생쥐 영감이 따라와서 기다렸다. 원고를 마치면 대광통교로 가져다준다고 했지만 조금이라도 빨리 받고 싶다며 고집을 부린 것이다. 내 방에 얼씬도 하지 않는다는 약속을 받곤 허락했다.

집중해서 소설의 끝부분을 써 나갔다. 달문의 솟대놀이와 재담과 철괴무로부터 시작된 병신춤들을 문장으로 옮기느라, 생쥐 영감이 쪽방에서 기다리는 것도 잠시 잊었다. 그 춤에 어울리는 단어와 문장을 찾아낼 마음뿐이었다. 책상 앞에 앉은 후 단 한 번도 일어서지 않고 원고를 썼다.

어둠을 밟으며 내 방으로 찾아든 사내는 두 명이었다. 달문이 표망둥이까지 데리고 올 줄은 몰랐다. 나는 달문의 걸음걸이부터 살폈다. 역시 오른 다리를 심하게 절었다. 푸짐한 주안상이 따라 들어왔다. 생쥐 영감이 미리미리 손을 쓴 것이다. 달문이 생쥐 영감도 부르자고 했지만 내가 딱 잘랐다. 원고를 끝내기 전까진 세책방 사람들과 말을 섞지 않는 법이라고 했다. 작품이 아무리 좋다고 해도, 어떻게든 시비를 거는 것이 일상인 자들이니까.

"방 도사가 죽기 전에 용서를 빌었다면서요?"

망둥이에게 들었을 것이다. 화살을 쏘았다고 방 도사가 실토하기 전까지 나는 망둥이와 그 부하들을 내내 의심했다. 손에 익은 검이 아니라 활을 사용했다는 점이 어색했지만, 검계는 아무렇지도 않게 돈을 받고 사람을 죽이는 악한들이었다. 나는 방 도사를 끝까지 용서하지 않았노라고 밝히진 않았다.

"표 두목과 함께 올 줄은 몰랐네."

달문보다 먼저 망둥이가 말했다.

"21년 전에도 그렇고, 지난번에도 그렇고, 인삼 가게들을 박살 낸 건 방 도사가 시켜서 한 짓이야. 아무려면 내가 하고 싶어서 했겠는가?"

죽은 방 도사 핑계를 댔다. 망둥이는 평생 남 탓만 했다. 나는 그냥 넘어가지 않고 쏘아 줬다.

"의금부 도사가 시키면 또 우리 가게들을 부수러 올 테지? 그게 다 하고 싶어서 하는 짓이지. 돈이 하려 들고 검이 하려 드는 짓!"

"명색이 내가 집주름인데, 집을 부수는 짓을 또 하겠나?"

망둥이가 집을 사고파는 집주름을 시작했다는 소식은 들었다. 나처럼 능수능란하게 흥정을 붙이진 못할 테니, 보나마나 눈을 부라리거나 왕년에 손을 봐 준 일들을 자랑하며 반강제로 집을 사거나 팔 것이다. 달문이 끼어들었다.

"방 도사 일도 있고 하니, 의금부에서 매설가님과 인삼 가게들을 건드리는 일은 없을 겁니다. 보다시피 이제 표 두목도 많이 늙었습니다."

망둥이가 반박했다.

"난 아직 젊어. 탁주를 단지째 가져와 봐. 계집을 열 명 스무 명 데려와 봐."

가슴 병까지 들어 오르막길에선 기침을 몰아서 한다는 풍문이 퍼진 지 오래였다. 술도 여자도 지금 망둥이에겐 치명적인 독이었다. 오늘 보니 예전보다 훨씬 마르고 안색도 누렇게 떴다. 조방꾸니로 동업할 때만 해도, 달문은 추남이고 망둥이는 미남이었다. 달문은 물러나 숨으려고 했고 망둥이는 나아가 뽐내려고 했다. 선은 초라했고 악은 당당했다. 그러나 오늘 두 사람을 보니 완전히 뒤바뀌었다. 둘 다 늙은 것은 마찬가지다. 그러나 달문은 못난 얼굴을 환하게 웃으며 당당했다. 그의 웃음에는 선하게 살아 낸 지난 세월이 순간순간 반짝였다. 반대로 망둥이는 무표정한 얼굴로 어깨를 움츠린 채 초조했다. 그가 죽이거나 병신으로 만든 자들의 원망이 등과 어깨를 짓누르는 듯했다. 남다른 착함 앞에서 유별난 악이 얼마나 형편없는지 여실히 드러났다. 이렇게 비교하고 나니, 나는 달문이 불청객으로 망둥이를 데려온 것까지 받아들일 수 있었다. 당대 최고의 선과 최고의 악이 어떻게 마지막을 맞이하는지도 쓸 수 있게 된 것이다. 선물이라 여기니 고마웠다. 달문이 눈짓을 보내자 망둥이가 흐르는 침을 손바닥으로 닦고 말했다.

"애들에게 얘길 해 뒀네. 동대문 인삼 가게는 무슨 일이 있어도 건드리지 말라고."

여기서 말을 맺었다면 깔끔했을 것이다. 그러나 망둥이는 역시 검계로 평생을 낭비한 습성을 버리지 못했다. 늘 강하고 큰사람처럼 구는 것으로 제 목숨을 지켰던 것이다.

"혹시 딴 동네 애들이 괴롭혀도 말만 해. 내가 직접 가서 목을 따 버릴 테니까. 요즘 집만 팔러 다니고 피 맛을 못 봐서 심심했는데 마침……."

"어허, 자꾸 그딴 소리 하면 내쫓겠네."

달문이 차갑게 말허리를 자르자, 망둥이의 미간이 좁아졌다. 이내 꼬리를 내렸다.

"알았어. 가만있을게. 입 닫으면 되는 거지?"

달문은 입이 찢어져라 웃곤 망둥이의 잔에 술을 따랐다.

"조금씩 마셔. 이야길 다 듣기도 전에 취해 잠들진 말고."

망둥이가 고개를 끄덕였다. 달문이 내 잔에도 술을 채웠다.

"목 축여가며 천천히 소리 내어 읽어 주십시오. 밤은 기니까요."

"하나만 묻지. 오늘 산대에 왜 성진을 등장시켰나? 양소유의 일생만으로 충분하다고, 『구운몽』 말미에 성진이 나오는 건 소설을 망친 거라고 하지 않았는가? 달문의 마지막 산대놀이에 성진을 세울 줄은 정말 몰랐네."

달문이 큰 입을 벌리며 웃었다.

"기억하고 계시는군요. 맞습니다. 그땐 양소유로 충분하다 여겼습니다. 그런데 이렇게 늙어 보니 젊어서 한 짓들이 다시 보이더군요. 불제자가 되어 부처님 말씀을 지루하게 펴는 건 지금도 반대합니다만, 젊었을 때와 다른 자리에 다른 모습으로 서는 건 해 볼 만한 일 같습니다. 삶 전체를 새롭게 곱씹기 위함이라고 해 두죠."

나는 솟대놀이에선 펄펄 날던 달문이 땅으로 내려와 철괴무를 추다가 지쳐 쓰러진 장면을 다시 떠올렸다. 잔인하게 들리겠지만 오늘이 아니고는 이런 질문을 던지기도 힘들 듯했다.

"언제 늙었다고 느끼나? 늙는 게 많이 힘든가?"

"힘들진 않습니다. 똑같죠. 젊을 땐 젊어서 감당할 일들이 있었고, 늙고 나선 또 늙었기 때문에 이런저런 일들이 기다리는 셈입니다. 확실히 젊을 때와는 다르죠. 예전 같으면 곧장 입 밖으로 나갔을 이야기가 요즘엔 입안에서 두 바퀴 혹은 세 바퀴 침과 섞여 돈답니다. 그러다가 꿀꺽 삼켜 버리기도 하고요. 10년 전만 해도 근사하고 아름다운 이야긴 빨리 해 버리고 싶었는데, 조금 늦더라도, 많이 늦더라도, 입안에서 굴리는 맛이 꿀맛입니다. 춤도 놀이도 다 마찬가집죠."

"서운하진 않고? 못 하는 게 점점 늘어나잖나?"

"전혀, 그런 맘 없습니다. 못 하는 게 처음부터 수만 가지였습죠. 매설가님도 그렇지 않습니까? 쓴 것보다 못 쓴 게 수백 배 수천 배 많으실 테죠? 삶도 그러하니, 그걸 다 누리겠단 욕심은 애초에 접었습니다. 이제 소설을 읽어 주시겠습니까?"

나는 슬쩍 농담을 던졌다.

"이미 살아 버렸는데, 이렇게 한참 늦은 얘긴 들어서 뭣 하겠어?"

"미안할 뿐입죠. 적어 둘 것도 없는 거리의 삶인데, 거기에 그토록 많은 시간을 쏟아부으셨잖습니까. 처음입니다. 제 삶 전체를 이야기로 듣는 건."

시작할 때가 된 것이다.

"판을 노느라 힘들었을 텐데, 이불이랑 베개를 가져와 벽에 기대고 들어. 세상에서 가장 편한 자세로."

"괜찮습니다."

달문은 가부좌를 틀 듯 앉더니 허리를 꼿꼿하게 세웠고, 망둥이는 벽에 기대 왼발은 뻗고 오른 다리는 접었다. 나는 원고 뭉치를 가져와서 책상 위에 놓았다. 판을 보고 돌아와서 급히 쓴 이야기도 맨 아래에 들어갔다. 성질 급한 망둥이가 물었다.

"제목이 뭐야?"

제목을 적어야 할 첫 장이 숫눈처럼 깨끗했다. 의금부에선 '달문'이라고 적었다. 이름이 자신과 너무 달라서 좋다는 달문의 지적처럼, 그 이름으론 이야기 전체를 아우를 수 없을 듯했다. 머릿속을 맴맴 돌기만 할 뿐 아직 끄집어내어 확정 짓진 못한 것이다.

"일단 들어봐. 다 듣고 적당한 제목 떠오르면 말해 줘도 좋고……."

망둥이도 달문도 고개를 끄덕였다. 나는 상체를 좌우로 흔들며 소설을 큰 소리로 읽어 나가기 시작했다.

언제부터 달문達文이란 이름을 들었는지 모르겠다. 하여튼 내가 아주 어릴 때부터였다. 내 또래 중에 부모로부터 그 이름을 듣지 않고 자란 이는 없었다…….

내가 소설을 읽는 내내 달문은 담담한 표정을 유지했다. 오히려 망둥이가 낄낄거리고 훌쩍거리다가 자신이 등장하는 대목에선 벌떡 일어나 장검을 휘두르는 흉내를 내며 방 안을 펄쩍펄쩍 뛰어다녔다. 그러다가 탁주를 벌컥벌컥 마셨다. 질문도 했다.

"박문수 대장은 어찌 되셨나?"

내가 답했다.

"10년 전에 돌아가셨지."

"좌상 대감은?"

"박 대장보다도 4년 먼저 가셨고."

"언제 그렇게 다들 북망산으로 떠났지?"

"그분들뿐일까? 도성 밤거리를 주름잡던 악공들도 광대들도 기생들도 왈자들도 많이들 떠났어."

"이러다간 우리만 남겠는걸!"

푹푹 한숨도 쉬었다. 망둥이가 어떤 짓을 하든 내겐 상관이 없었다. 그러나 달문이 시선을 내리깐 채, 맞장구도 치지 않고 듣고

만 있는 것이 계속 마음에 걸렸다. 잘 썼다는 것인지 아쉽다는 것인지, 표정이나 자세로부턴 찾아내기 어려웠다.

축시丑時 오전 1시부터 3시가 넘어서야 소설 낭독이 끝났다. 이야기들을 따라 감정을 쏟아 내던 망둥이는 자시 무렵 곯아떨어졌다. 그 후론 읽는 나와 듣는 달문뿐이었다.

가끔 가을바람이 창을 때리고 개들이 컹컹 따라 짖었지만, 읽고 듣는 분위기를 깨진 않았다. 처음엔 달문의 무표정이 바위 같아 부담스러웠지만, 망둥이가 잠든 후부턴 그 담담함이 고요하게 흘러가는 강과도 같다는 느낌이 들었다. 내가 펼쳐 보이는 인물과 사건과 풍경들을 모두 품고 바다로 흘러가는 한강처럼, 달문이 내 앞에 앉아 있었다. 달문을 강처럼 여기니 이야기를 읽어 가기가 한결 편해졌다.

그렇게 편히 흘러 드디어 오늘 놀이판을 마치는 장면까지 이르렀다. 나는 마른침을 삼키곤 기다렸다. 물부터 한 잔 들이켜고 싶었지만 평을 듣는 것이 먼저였다. 달문이 먼저 물었다.

"마음에 드십니까?"

나는 머뭇거렸다. 달문의 평을 들을 생각이었지, 내 마음을 밝히리라곤 예상하지 못했던 것이다. 달문이 고쳐 물었다.

"모독이란 이름을 달고, 세책방으로 나가는 첫 작품 아닙니까. 제가 괜히 주인공이 되어 이야기를 망친 건 아닌지 걱정입니다. 마음에 드십니까?"

괜한 걱정이었다. 달문이 아니었다면, 어떻게 내가 이런 이야기를 이토록 두둠하게 쓸 수 있었겠는가.

"달문 자네와 함께 매설가로서 첫걸음을 내딛게 되어서, 얼마나 다행인지 모른다네."

잠시 뜸을 들였다가 물었다.

"마음에 드는가?"

"이 소설처럼 제가 살아온 것 같습니다."

"걸리는 대목이 혹시 있으면……."

"없습니다. 좋습니다. 이게 소설의 매력이군요. 왜 그토록 매설가가 되시려 하는지 이제야 조금은 알겠습니다. 제가 어찌 살아왔는지를 소설과 구태여 견줄 필요는 전혀 없습니다. 충분히 잘 다듬고 바꾸고 채우고 지우셨습니다. 제가 누군지, 왜 이 거리를 벗어나지 못했는지 소설 덕분에 확실히 알게 되었습니다. 고맙습니다."

달문이 내 손을 쥐었다 놓으며 말했다.

"아시겠지만…… 이게 최소한의 기준이 되어야 합니다."

"최소한의 기준?"

"다음 작품은 방금 들려준 소설보다 무조건 더 좋아야 한다는 겁니다. 최소한 이 정도고, 당연히 이보다 나은 걸 계속 쓰셔야 합니다."

귀여운 경고이자 대단한 덕담이었다. 과연 나는 이것보다 더 나은 작품을 쓸 수 있을까.

"해송 숙부가 배후란 걸 알았나?"

"그럴 수도 있겠다는 생각은 했지요."

"숙부는 결국 자네를 이용해서 세상을 뒤엎으려 한 셈이야. 자네가 가장 싫어하는 방식으로……."

달문이 말허리를 잘랐다.

"점원 시절 제게 참 잘해 주셨습니다. 흥미로운 이야기도 자주 나눴고요. 그때부터 짐작했죠. 돈만 좇다가 인생을 끝낼 분이 아니란 걸. 제가 좋아하는 방식이냐 싫어하는 방식이냐는 중요하지 않습니다. 적어도 저를 해치기 위해 벌인 짓은 아니지요. 해송 어른도 사람을 살리기 위해 한 일이고, 저도 사람을 살리기 위해 이렇게 저렇게 해 왔던 겁니다. 이용할 땐 서로 이용해야죠. 저도 유랑단을 꾸리기 위해, 오랫동안 쌓아온 정을 앞세워 재인들을 끌어모았답니다. 사람이 사람을 믿고 뭔가를 함께하는 건 평범하면서도 놀라운 일입죠."

"숙부는 자네에게 아무런 설명도 하지 않았어. 자네도 모르게 자네 명성을 이용했을 뿐이야."

"설명하든 안 하든, 해송 어른은 저를 믿은 겁니다. 제가 불쾌해하거나 화를 내거나 관아에 고변告變하지 않으리란 것을 아셨죠."

더 이상 숙부에 관한 대화를 이어 가진 않았다. 달문이 사람을 믿는 것과 내가 사람을 믿는 것은 여전히 차이가 컸다.

"잠시 눈이라도 붙여."

앉은뱅이 탁자를 윗목으로 옮겼다.

"같이 안 주무실 겁니까?"

"마무리 지을 게 조금 더 남았네. 먼저 자."

"알겠습니다. 생쥐 영감이 기다린다고, 너무 무리하진 마시고요."

달문이 슬쩍 문 쪽을 살폈다. 쪽방 불빛이 문에 비쳤다. 뜬눈으로 기다리는 걸까. 아니면 불을 켠 채 잠들었을까.

"그래. 조금만 하면 돼."

남대문 밖에서의 놀이판을 소설의 마지막으로 삼으려 했었다. 달문에게 읽어 준 대목도 거기까지였다. 그런데 망둥이와 달문 앞에서 소설을 읽어 준 이 밤의 풍경도 소설에 넣어야겠다는 생각이 갑자기 들었다. 내일 아침에 일어날 일까지 미리 문장으로 옮겨두면 어떨까 하는 욕심까지 생겼다.

춤사위를 따라 문장을 잇다 보니 동이 트기 시작했다. 달문이 몸을 뒤채며 내 쪽으로 돌아누웠다. 붓을 쥔 손놀림이 바빠졌다. 지금까진 계속 달문이 겪은 일들만 썼다. 그리고 그 경험의 끝이 소설의 끝이라고 어렴풋이 예상했다. 그러나 이것이 소설이라면, 반드시 지나간 일만 적을 필요는 없었다. 지금 내 마음에서 일렁이는 일, 그리고 그 일렁임을 따라 피어날 일들도 소설 속에 얼마든지 담길 수 있었다.

마침내 내가 상상하는 미래까지 문장이 닿았다. 새벽까지 쓴 원고를 제일 밑에 놓고 그 위에 원고 뭉치를 올렸다. 바스락대는 소리에 달문이 눈을 떴다. 허리를 세우며 일어나 앉았다.

"안 잔 겁니까, 기어이?"

"그냥 잠들긴 아까운 밤이었어. 그런 밤 있잖나?"

달문이 고개를 끄덕이며 눈을 비볐다. 그리고 옆에서 코를 고는 망둥이의 이불을 고쳐 덮어 줬다. 내가 물었다.

"미운 적 없나? 평생 잘해 줬지만 또 평생 자네를 괴롭힌 악인이 아닌가?"

"착한 사람은 홀로 스스로 착할 수 있지만 악한 사람은 그 악행을 부릴 누군가가 필요한 법입니다. 제가 아니었다면 다른 사람에게 저질렀겠지요. 그래도 저는 친구니까, 악행을 하더라도 조금은 여지를 뒀습니다. 미웠던 적은…… 이상하게 들리시겠지만, 단 한 번도 없습니다. 다만 그 마음과 태도를 고치거나 버리지 못하는 걸 볼 때마다 가엾단 생각은 했습죠. 망둥이가 하루아침에 달문이 되진 않습니다. 망둥이는 망둥이답게 살아가되, 그래도 곁에 달문이 있었으니 천천히 조금씩 달라졌겠죠. 달라지지만 완전히 달라지진 않고 죽는 게 사람입니다. 그건 망둥이도 달문도 또 세상 사람들도 다르지 않습죠."

그리고 아무렇지도 않게, 새벽 산책이라도 나가려는 듯 자리에서 일어섰다. 나도 종이 뭉치를 옆구리에 끼곤 따라 일어섰다. 달문이 물었다.

"쓰시던 거 계속 쓰십시오. 괜히 저 때문에……."

"아니야. 방금 마쳤다네. 생쥐 영감에게 줘야겠지."

달문과 함께 쪽방으로 갔다. 등잔불을 켠 채 모로 누워 잠들었던 생쥐 영감이 인기척을 느끼곤 눈을 뜨고 일어나 앉았다. 나는 앉은뱅이 탁자에 종이 뭉치를 내려놓았다. 그 두께가 한 뼘은 족히 넘었다. 생쥐 영감이 놀란 눈으로 나와 내 등 뒤에 선 달문을 보며 감격스러워했다.

"드디어, 끝마쳤군요!"

"잘 부탁합니다."

나는 생쥐 영감의 팔꿈치를 잡았다가 놓았다. 생쥐 영감이 처음 서너 장을 넘겨 본 후 고개를 들고 물었다.

"제목이…… 없네요. 뭔가요?"

나는 옆에 앉은 달문을 보며 물었다.

"'달문'으로 할까 하는데 어때?"

생쥐 영감이 답했다.

"제가 원한 제목도 그겁니다."

달문이 반대했다.

"안 됩니다. 이게 어디 저 한 사람에 대한 이야긴가요?"

생쥐 영감의 미간이 좁아졌다.

"그럼 무엇으로 할까요?"

나는 묵묵히 먹물 통을 열고 작은 붓을 적신 후 원고 첫 장에 제목을 적었다.

집필실을 나와 강변길로 접어들었다. 젖은 낙엽들이 걸음걸음 밟혔다. 고니 두 마리가 날개를 편 채 나란히 강을 거슬러 올라갔다. 뒤따르던 달문이 물었다.

"뭐라고 쓰셨습니까?"

나는 돌아섰다. 어느새 고니들이 가는 붓으로 찍은 점처럼 작아졌다.

"궁금한가?"

달문이 큰 머리를 끄덕였다. 나는 대답 대신 눈을 맞춘 채 뒷걸음질을 쳤다. 절뚝절뚝 나아오며 간격을 좁히는 달문을, 거울 속 사내처럼 따라했다.

"왜 제 흉내를 내는 겁니까? 제목을 알려 주세요."

다섯 걸음을 더 물러난 후 되물었다.

"꼭 알아야겠나? 밤새 읽어 준 이야기들로도 부족해?"

달문이 고개를 설레설레 저었다. 한 줄로 땋아 내린 머리가 열두 발 상모처럼 하얗게 흔들렸다.

"매설가들은 다 그럽니까? 이것 하나만 알아 두세요. 절름발이치고 뒷걸음질하는 이는 없답니다. 특히 이렇게 좁고 진흙투성이 길에선 반 뼘만 잘못 디뎌도 강에 빠지니까요. 허벅지든 무릎이든 발목이든 다리 하나가 말썽을 일으키면 앞만 보고 걷기도 힘듭죠. 한데 뭡니까? 세상에 있지도 않은 뒷걸음질을, 아니면 저를 놀리려고 만든 헛짓을 제목으로 삼기라도 했습니까?"

이 정도에서 오래전 달문이 들려준 이야기를 내 식대로 풀었다.

"이름이야 뭐든 상관이 있겠는가? 모독은 모독이고, 달문은 달문이며, 한없이 좋은 사람은 한없이 좋은 사람인 것을! 돈보다도 재주보다도 권력보다도, 등장인물을 먼저 만나 이야기를 따라가다 보면 저마다의 제목이 붙겠지. 아니 그런가?”

달문은 대답 대신 철괴처럼 오만상을 지었다. 웃고 있는지도 울고 있는지도 얼굴 곳곳의 주름과 흉터를 재미 삼아 움직여 보고 있는지도 몰랐다. 강이 끝난 자리에서 새로운 여행을 시작할 시간이었다.

참고문헌

자료편

• 박지원, 「방경각외전」, 『연암집』 하권, 김명호 외 옮김, 돌베개, 2007.

• 이규상, 「달문」, 『18세기 조선인물지-병세재언록』, 민족문화연구소 옮김, 창비, 1997.

• 이옥, 「장복선전」, 『완역 이옥 전집』 2권, 실시학사 고전문학연구회 옮김, 휴머니스트, 2009.

• 조수삼, 「달문」, 『추재기이』, 안대회 옮김, 한겨레출판, 2010.

• 홍신유, 「달문가」, 『이조시대 서사시』 2권, 임형택 옮김, 창비, 2013.

*

• 『영조실록』

• 『승정원일기』

• 「역적 이태정 등 추안」, 『추안급국안』 제66권, 전주대학교 한국고전학연구소 옮김, 흐름출판사, 2014.

• 「게우사」, 『판소리연구』 제5집, 김종철 주석, 1994.

• 김만중, 『구운몽』, 정길수 옮김, 돌베개, 2017.

• 박제가, 「묘향산 소기」, 『정유각집』 하권, 정민 외 옮김, 돌베개, 2010 .

• 성대중, 「거지들의 연회」, 『청성잡기』, 한국고전번역원 옮김, 올재 클래식스, 2012.

연구편

• 강명관, 『조선의 뒷골목 풍경』, 푸른역사, 2003.

• 강명관, 『허생의 섬, 연암의 아나키즘』, 휴머니스트, 2017.

• 강현모, 「광문전승에 나타난 형상화의 양상」, 『한민족문화연구』 제41집, 2012.

• 강현모, 「연암의 광문전승에 나타난 서사구조와 지향의식」, 『한국언어문학』 제81집, 2012.

• 김명호, 『연암 문학의 심층 탐구』, 돌베개, 2013.

• 김백철, 『두 얼굴의 영조』, 태학사, 2014.

• 김백철, 『박문수, 18세기 탕평관료의 이상과 현실』, 한국학중앙연구원, 2014.

• 김상혁, 「예산대曳山臺 작동메커니즘에 대한 과학기술적 고찰」, 『충북사학』 제22권, 2009.

• 김승호, 「〈달문가〉·〈광문자전〉·〈달문〉 각편의 서사유형적 연구」, 한국문학연구 제21집, 1999.

• 김은희, 「밀양검무의 춤사위 용어와 무보 기본틀 연구」, 중앙대학교 대학원 석사학위논문, 2015.

• 김재호, 「한국 전통사회의 기근과 그 대응: 1392-1910」, 『경제사학』 제30집, 2001.

• 김종철, 「〈무숙이타령〉과 19세기 서울 시정」, 『판소리의 정서와 미학』, 역사비평사, 1996.

• 김준형, 「《청성잡기》를 통해 본 거지와 거지 이야기」, 『민족문학사연구』 제40집, 2009.

• 김지훈, 「동아시아 동물재주부리기의 역사와 연행양상」, 고려대학교 대학원 박사학위논문, 2017.

• 노한나, 「밀양 검무의 춤사위 분석에 따른 미학적 성격 연구」, 성균관대학교 대학원 박사학위논문, 2015.

• 박세연, 「동아시아 기관괴뢰의 구조분석을 통한 《봉사도》 윤거잡상의 재연」, 『민속학연구』 제26집, 2010.

• 박세연, 「조선시대 산대 기관인형 연구」, 중앙대학교 대학원 박사학위논문, 2014.

• 박준원, 「광문자전廣文者傳 분석-광문廣文의 실체와 형상」, 『한국한문학연구』 제8집, 1985.

• 박진태, 「이철괴를 통해 본 산대놀이의 역사」, 『우리말 글』 제29집, 2003.

• 박희병, 『연암을 읽는다』, 돌베개, 2006.

• 백승종, 『정감록 역모 사건의 진실게임』, 푸른역사, 2006.

• 사진실, 「광막한 천지에 부는 바람 같은 사내, 광대 달문」, 서대석 엮음, 『우리 고전캐릭터의 모든 것』 1권, 휴머니스트, 2008.

• 사진실, 『공연문화의 전통 악樂, 희戱, 극劇 』, 태학사, 2017.

• 사진실, 『봉래산 솟았으니 해와 달이 한가롭네-왕실의 연희축제』, 태학사, 2017.

• 사진실, 『전통연희의 재창조를 꿈꾸다』, 태학사, 2017.

• 사진실, 『전통연희의 전승과 근대극』, 태학사, 2017.

• 사진실, 『전통연희의 전승과 성장』, 태학사, 2017.

• 사진실, 『조선시대 공연공간과 공연미학』, 태학사, 2017.

• 사진실, 『한국연극사 연구』, 태학사, 2017.

• 서대석, 『한국구비문학에 수용된 재담 연구』, 서울대학교출판부, 2004.

• 서지연, 「통영오광대 춤사위 분석을 통한 미의식 연구」, 『민족미학』 제13집, 2014.

• 서지은, 「땅재주의 역사와 연행양상」, 고려대학교 대학원 석사학위논문, 2006.

• 손태도, 『광대의 가창 문화』, 집문당, 2003.

• 신근영, 「솟대타기의 역사적 전개와 연희양상」, 고려대학교 대학원 석사학위논문, 2007.

• 신기수, 『조선통신사의 여정』, 김경희 옮김, 월인, 2018.

• 안대회, 「18 · 19세기 탈춤꾼 · 산대조성장인山臺造成匠人 탁문한卓文漢 연구」, 『정신문화연구』 제33권 4호, 2010.

• 안대회, 「당대를 쥐락펴락한 만능 엔터테이너 광대 달문」, 『조선을 사로잡은 꾼들』, 한겨레출판, 2010.

• 안대회, 『벽광나치오』, 휴머니스트, 2011.

• 유승희, 「18~19세기 관속층官屬層의 실태와 폭력 범죄의 발생-한성부漢城府를 중심으로」, 『조선시대사학보』 제35집, 2005.

• 유승희, 「18-19세기 한성부漢城府 경제범죄經濟犯罪의 실태와 특징」, 『서울학연구』 제31집, 2008.

• 이상택, 『한국고전소설의 이론』 1권, 새문사, 2003.

• 이호승, 「한국 줄타기의 역사와 연행양상」, 고려대학교 대학원 박사학위논문, 2007.

• 전경욱, 「감로탱에 묘사된 전통연희와 유랑예인집단」, 『공연문화연구』 제20집, 2010.

• 전경욱, 『한국전통연희사전』, 민속원, 2014.

• 전상욱, 「향목동 세책의 대출장부에 대한 고찰」, 『열상고전연구』 제37집, 2013.

• 정병설, 『조선시대 소설의 생산과 유통』, 서울대학교출판문화원, 2016.

• 정은주, 「아극돈 《봉사도》 연구」, 『미술사학연구』 제247호, 2005.

• 정형지, 「조선시대 기근과 정부의 대책」, 『이화사학연구』 제30집, 2003.

• 차충환, 「상하 경향을 아우른 휴머니즘과 자유인의 형상, 달문」, 김진영 외, 『조선후기 소수자의 삶과 형상』, 보고사, 2007.

• 최낙용, 「만석중놀이 연구」, 『공연문화연구』 제17집, 2008.

• 최원오, 「〈무숙이타령〉의 형성에 대한 고찰」, 『판소리연구』 제5집, 1994.

• 하을란, 「한국 동물가장가면희의 역사와 연희양상」, 고려대학교 대학원 박사학위논문, 2009.

• 한태문, 『조선통신사의 길에서 오늘을 묻다』, 경진, 2012.

*

• 「《기완별록》 속 전통연희 복원과 재현을 위한 기초 연구」 자료집, (사)한국민속학회 · (재)전통공연예술진흥재단, 고려대학교 박물관 세미나실, 2017.12.28.

감사의 글

최원오 선생님과 저물 무렵 제주도에서 나눈 이야기들이 이 소설의 뼈대가 되었다. 안대회 선생님의 논저에 기대어 산대놀이에 참가한 광대와 장인들의 삶을 구체적으로 상상했다. 김명호 선생님이 번역한 『연암집』과 연암 연구를 통해, 연암과 달문의 같고 다름을 고민할 수 있었다. 캐릭터 중심으로 이야기를 전개시켜 보라고 한 류준필 선생님의 권유가 중요한 방향타가 되었다. 감사드린다.

이선아, 김준태, 류진아, 최예선, 오기쁨, 이경아 님이 초고를 읽고 평을 주셨다. 정혜윤 님으로부터 거리에서 마주친 뜻밖의 좋은 일들을 많이 들었다. 김홍민 대표님은 『거짓말이다』에 이어 마포 김사장만의 독특한 제목을 제안하고 편집에도 심혈을 기울여 주셨다. 거리의 이야기와 사회파 소설을 계속 쓰라고 한 아내 민수경의 격려 덕분에 여기까지 왔다. 감사드린다.

끝으로, 산대놀이를 비롯하여 조선시대 공연예술에 대한 사진실 선생님의 탁월한 연구를 바탕으로 달문의 일생을 풍부하게 짤 수 있었다. 더 일찍 쓰지 못해 미안해요. 누나! 고맙습니다.

작가의 말

자유인에 대하여 썼다.

인간 본성의 문제이기도 하다.

18세기를 등장 시간으로 삼은 작품이지만, 21세기의 거리에서 줄곧 썼다. 2014년 봄부터 2018년 초여름까지를 이렇게 보낼 줄 나도 몰랐다. 거리거리에서 의논하고 먹고 마시며 걷고 눕는 사람들을 만났다. 그들이 되기도 했다. 등장인물들이 쉼 없이 튀어 나왔다.

거리는 산만하고 복잡하며 무엇보다도 위험했다. 매일 굶고 매일 아프고 매일 다치고 또 몇몇은 끝내 목숨을 잃었다. 슬픔이 깊을수록 왁자지껄하게 놀기도 했다. 희망을 품은 적은 솔직히 드물었다. 더 어렵고 더 힘들수록 더 웃고 더 춤췄다. 명랑하고 허무한 나날을 무엇이라 부를까.

거리의 사람들은 오랫동안 공격받아 왔다. 어리석고 심약하다고, 더럽고 게으르며 무책임하다고, 몰상식하고 욕심덩어리라고, 꿍꿍이가 있다고, 병을 옮긴다고, 언제든지 범죄자로 돌변할지 모르니 위험하다고. 다시 위험에 이르렀다. 거리가 위험한 것이 아니라 거리의 사람들이 위험하다는 주장이다. 과연 그럴까. 거리에서 평생을 흐른 한 인간의 몸과 마음을 통해, 그 단단한 편견들을 부수고 싶었다. 그리고 그 위에서 묻고 싶었다. 좋은 사람으로 잘 산다는 것은 무엇인가?

앞으로도 나는 소설을 잘 쓰기 위해 노력할 테지만, 달문처럼 매력적인 캐릭터를 다시 만날지 확신하기 어렵다. 그러나 내 인생에서 한없이 좋은 사람을 써야 한다면 지금이라는 생각이 들었나. 시난겨울 뜨거운 촛불의 발걸음을 기억하는 독자에게 즐거움과 위로가 되었으면 싶다. 당신에게 배운 용기이기도 하다.

2018년 6월

김탁환

이토록 고고한 연예

초판 1쇄 발행 2018년 6월 20일
초판 4쇄 발행 2022년 12월 27일

지은이 김탁환

발행편집인 김홍민 · 최내현
책임편집 조미희
마케터 마리
표지디자인 씨오디
용지 한승
인쇄·제본 대원문화사

펴낸곳 도서출판 북스피어
출판등록 2005년 6월 18일 제105-90-91700호
주소 (10595) 경기도 고양시 덕양구 동송로 23-28 305동 2201호
전화 02) 518-0427
팩스 02) 701-0428
홈페이지 https://blog.naver.com/hongminkkk
전자우편 editor@booksfear.com

ISBN 978-89-98791-78-0 (03810)

이 도서의 국립중앙도서관 출판예정도서목록(CIP)은 서지정보유통지원시스템 홈페이지(http://seoji.nl.go.kr)와 국가자료공동목록시스템(http://www.nl.go.kr/kolisnet)에서 이용하실 수 있습니다.
(CIP제어번호 : CIP2018015868)